HEYNE ‹

AF202126

Das Buch

Lara Sennen ist eine schöne Frau, erfolgreich im Beruf, glücklich verheiratet. An einem warmen Sommertag fährt sie in der Toskana mit einem Makler durch die Gegend, um sich ein Anwesen anzusehen. Was sie nicht weiß: Das Haus steht gar nicht zum Verkauf. Aber es ist verlassen und bietet damit den idealen Ort für ein Verbrechen …

Bernd Gernersheim findet kurz nach seiner Pensionierung noch einmal eine späte Liebe mit einer jungen Frau. Am Tag seiner Hochzeit trifft er, während seine Gäste feiern, im Park auf einen Unbekannten, der ihm unangenehme Fragen stellt. Gernersheim bekommt Angst – aber es ist bereits zu spät.

Der unheimliche Mörder schlägt danach immer wieder und scheinbar wahllos an den unterschiedlichsten Orten zu …

Faruk, ein jugendlicher Intensivtäter, stand schon zigfach vor Gericht und kam jedes Mal mit geringen Strafen davon. Während die Morde geschehen, sitzt er im Knast. Hat er dennoch etwas mit diesen Verbrechen zu tun? Eines Tages gelingt ihm die Flucht. Mit fatalen Folgen.

Die Autorin

Sabine Thiesler, geboren und aufgewachsen in Berlin, studierte Germanistik und Theaterwissenschaften. Sie arbeitete einige Jahre als Schauspielerin im Fernsehen und auf der Bühne und schrieb außerdem erfolgreich Theaterstücke und zahlreiche Drehbücher fürs Fernsehen (u. a. *Das Haus am Watt*, *Der Mörder und sein Kind*, *Stich ins Herz* und mehrere Folgen für die Reihen »Tatort« und »Polizeiruf 110«). Bereits mit ihrem ersten Roman *Der Kindersammler* stand sie monatelang auf den Bestsellerlisten. Ebenso mit den folgenden Büchern *Hexenkind*, *Die Totengräberin*, *Der Menschenräuber*, *Nachtprinzessin*, *Bewusstlos*, *Versunken*, *Und draußen stirbt ein Vogel*, *Nachts in meinem Haus*, *Zeckenbiss* und *Der Keller*.

Weitere Infos unter www.sabine-thiesler.de.

SABINE THIESLER

ZECKENBISS

THRILLER

WILHELM HEYNE VERLAG
MÜNCHEN

Sollte diese Publikation Links auf Webseiten Dritter enthalten,
so übernehmen wir für deren Inhalte keine Haftung,
da wir uns diese nicht zu eigen machen, sondern lediglich auf deren
Stand zum Zeitpunkt der Erstveröffentlichung verweisen.

Penguin Random House Verlagsgruppe FSC® N001967

2. Auflage

Vollständige Taschenbuchausgabe 08/2019
© 2018 by Sabine Thiesler
© 2018 dieser Ausgabe by Wilhelm Heyne Verlag, München,
in der Penguin Random House Verlagsgruppe GmbH,
Neumarkter Straße 28, 81673 München
Umschlaggestaltung: Eisele Grafik·Design, München,
unter Verwendung von © Phongphan / Bigstock; Steve Halama / Unsplash
Satz: Schaber Datentechnik, Austria
Druck und Bindung: GGP Media GmbH, Pößneck
Printed in Germany

ISBN 978-3-453-42328-2

www.heyne-verlag.de
www.sabine-thiesler.de

LARA SENNEN

1

Toskana, 2017

Die Hitze schlug ihm geradezu ins Gesicht, als er aus dem Flugzeug trat. Einen Moment nahm ihm die heiße Luft den Atem.

Florenz, zwölf Uhr 25, 33 Grad. Keine Wolke am Himmel.

Er war groß und schlank, Anfang fünfzig, volles Haar. Trug einen fantastisch sitzenden, schmal geschnittenen, teuren grauen Anzug, eine geschmackvolle seidene Krawatte, italienische Designerschuhe. Setzte seine Sonnenbrille auf und ging mit leichten, lockeren Schritten die Gangway hinunter.

Im engen Shuttlebus, der die Passagiere zum Flughafengebäude brachte und in dem ihm eine eiskalte Klimaanlage um die Ohren pfiff, versuchte er nichts anzufassen, möglichst wenig zu atmen, niemanden zu berühren und die schwitzenden Touristen mit ihren Rucksäcken, den kurzen Hosen, Sandalen und ausgewaschenen T-Shirts zu ignorieren.

Sein Mietwagen, ein Porsche Cayenne, stand nicht am Flughafen, da es am Aeroporto Amerigo Vespucci nicht genügend Parkplätze gab, sondern auf einem Parkplatz mitten in Florenz.

Er hasste es, wenn ihm der Schweiß ausbrach, weil er wütend war. Jetzt stand er kurz vor der Explosion, wollte endlich seine Ruhe haben, nicht mehr behelligt werden von diesen ganzen Menschen, diesen grässlichen Touristen, diesen Unwägbarkeiten, die die Italiener als gegeben hinnahmen.

Zwanzig Minuten später saß er endlich im Auto, hatte das Navi auf Englisch programmiert und rollte aus der Stadt.

Die Klimaanlage summte leise. Kaum wahrnehmbar, aber sein Gehör war schärfer als das der meisten Menschen.

Er glitt dahin, als würde er lautlos fliegen. Spürte weder die Straße noch den Lärm um ihn herum. Wegen ständiger Tempolimits musste er langsam fahren, aber es war ihm egal, in diesem Wagen hatte er sowieso kein Gefühl für Geschwindigkeit. Wenn er beschleunigte, merkte er es kaum.

Die toskanischen Hügel vor den Toren von Florenz flogen an ihm vorbei. An ihren Hängen und auf ihren höchsten Punkten überall beeindruckende Paläste reicher Florentiner.

Er lächelte.

Lara Sennen. Ihretwegen war er nach Italien geflogen.

Er hatte sie gegoogelt, war auf Interessantes gestoßen. Seit Langem verfolgte er sie im Netz. Ihr Mann, Bastian Sennen, war ein reicher Unternehmer, Chef einer Parfümeriekette und leidenschaftlicher Polospieler.

Er wusste, dass an diesem Wochenende Sennen mit seiner Gattin in Ambra erwartet wurde, wo regelmäßig einige der renommiertesten Poloturniere Europas ausgetragen wurden.

Er drückte aufs Gas. War auf dem Weg.

Auch sein Pulsschlag beschleunigte sich.

Die Gelegenheit.

Ambra.

2

Unter Tausenden konnte sie seine Schritte heraushören, und ihr Herz begann zu rasen.

Während er im Restaurant des Poloclubs auf seinen Sieg anstieß, hatte sie im Stall in Melodies Box gestanden und sich um die Stute gekümmert, die schwächelte. Sie hatte das Pferd gestreichelt, gestriegelt und beruhigt, hatte ihm zärtliche Worte ins Ohr geflüstert, ihm die Stirn gekrault und gewartet.

Jetzt endlich klackten die Absätze derber Stiefel durch den Reitstall.

Sein Gang war kraftvoll wie ein Aufgalopp.

Sie sah ihn aus dem Augenwinkel mit seinen weißen Jeans und seinen braunen Stiefeln, die sie so sehr an ihm liebte. Sein streichholzkurzes, ergrautes Haar stand in reizvollem Kontrast zu seiner gebräunten Haut, und er wirkte ernst. Wie immer. Überhaupt lächelte er selten.

Das gefiel ihr an ihm. Grinsende Männer waren ihr zutiefst zuwider, sie wirkten, als bäten sie pausenlos um Entschuldigung, um Lob oder um gutes Wetter.

Noch waren die anderen Pferde, die am Turnier teilgenommen hatten, draußen, noch feierten alle, niemand war im Stall.

Sie waren allein, wahrscheinlich nur für wenige Minuten.

Er begrüßte sie nicht, er sah sie nicht an, sondern öffnete die Box, kam herein und schloss sie wieder. Auch die Stute begrüßte er nicht, benahm sich wie ein Fremder.

Langsam näherte er sich Lara und schob sie gegen das schwitzende und zitternde Pferd, das leise schnaufte. Er packte sie und drehte sie derb um. Laras Gesicht war jetzt ins Pferdefell gedrückt, sie bekam kaum Luft, aber roch den dampfenden, scharfen Schweiß des Tieres und atmete ihn tief ein. Nach diesem erdig süßlichen Geruch, stark und warm, wie Moschus mit Heu und einer Prise Zimt, war sie süchtig wie nach einer Droge.

Die Situation erregte sie maßlos, sie hatte sich kaum noch unter Kontrolle.

Er stand dicht hinter ihr, umschlang sie mit beiden Armen, öffnete ihre Hose mit geübtem Griff und zog sie herunter.

»Bleib!«, sagte er scharf, als würde er einem Hund einen Befehl erteilen.

Lara rührte sich nicht. Sie war verrückt nach ihm und hatte gar nicht bemerkt, dass er zurückgetreten war und ihr mit der Reitgerte in diesem Moment eins überzog.

Es gab ein zischendes Geräusch, bevor der Lederriemen ihr nacktes Fleisch traf.

Lara stöhnte laut auf. Vor Schmerz. Und vor Lust.

»Ja«, sagte sie, und es klang wie ein letzter Atemzug, »ja … tu es.«

Und dann vögelte ihr Mann sie von hinten, gewalttätig und rigoros, und drückte sie rhythmisch und brutal gegen den massigen, pulsierenden Leib des Tieres.

Lara krallte sich in die Mähne des Pferdes, spürte das nervöse Zucken seiner Muskeln, und es verschmolz mit dem, was mit ihrem Unterleib geschah, zu einem überwältigenden Gefühl.

Er spreizte ihre Arme, drückte sie mit Kraft gegen das Pferd, denn sie konnte sich kaum noch auf den Beinen halten.

Melodie schnaubte erneut, sie achteten gar nicht darauf.

Beide waren in einem ekstatischen Rausch und bemerkten daher nicht, dass die Stalltür leise geöffnet wurde.

Ein großer, schlanker Mann in einem grauen, gut sitzenden Anzug kam herein und blieb stehen. Er beobachtete die Szene, verharrte einen Moment, lächelte und fuhr sich mit der Zunge über die Lippen, wahrscheinlich ohne es selbst zu merken.

Dann drehte er sich um und verließ den Stall ebenso lautlos, wie er gekommen war.

Es blieb still, als alles vorbei war. Weder Bastian noch Lara hatten geschrien.

Aber als Lara erschöpft und von ihm abgewandt gegen die Bretterwand der Box gelehnt mit geschlossenen Augen dastand, zog Bastian ihr erneut eins mit der Reitgerte über.

Sie schluchzte auf, drehte sich um und fiel ihm um den Hals.

»Ich hab dich so vermisst«, flüsterte sie.

»Zieh dich an«, erwiderte er knapp. »Sehen wir uns nachher bei der kleinen Feier im Club oder heute Abend auf Olivello?«

»Heute Abend auf Olivello«, sagte sie lächelnd und wischte sich mit dem Unterarm die Tränen aus dem schmalen, schönen Gesicht, zog sich die Hose hoch und sah ihm voller Stolz hinterher, als er den Stall verließ.

Er kam erst kurz vor Mitternacht, wie immer öffnete er so leise die Tür, dass sie ihn nicht kommen hörte, und wie immer zuckte sie zusammen, als er so plötzlich vor ihr stand.

»Es hat ein bisschen länger gedauert«, sagte er. »Tut mir leid.«

Sie nickte nur und fragte sich, ob er es während der Siegesfeier draußen zwischen den Olivenbäumen, in der Toilette oder wo auch immer noch mit einer anderen Frau getrieben hatte. Das hatte sie sich schon oft gefragt. Aber im Stall mit einer anderen – das würde wehtun.

Seit fünfzehn Jahren war Lara mit Bastian verheiratet. Er war nicht treu, natürlich nicht, davon war sie schon vor der Hochzeit ausgegangen, aber es waren aufregende fünfzehn Jahre gewesen, von denen sie keinen Tag missen wollte. Wenn Bastian fremdging, tat er es so elegant und unauffällig, dass sie nie etwas davon mitbekommen hatte. Und dafür war sie dankbar.

Sie entdeckte keine Restaurantquittungen über ein Dinner zu zweit, keine Utensilien fremder Frauen zwischen seiner Wäsche, keine Lippenstiftreste an seinem Kragen. All die Dinge, die betrogene Ehefrauen in Filmen fanden.

Es gab nichts, das auf Affären hindeutete, und daher war sie glücklich und vollauf zufrieden.

Ihr Leben war perfekt. Sie liebten sich und hatten tollen Sex. Besser konnte es nicht sein.

Bastian leitete eine Parfümeriekette, die gerade nach Frankreich, Italien und Spanien expandierte; sie war eine erfolgreiche und gefragte Anwältin, spezialisiert auf Strafrecht. Die Arbeit machte ihr Spaß, erfüllte sie, und sie hatte das Gefühl, etwas Sinnvolles zu tun und gleichzeitig etwas bewegen und verändern zu können.

Sie mussten nicht auf jeden Cent gucken und konnten sich leisten, was sie sich leisten wollten. Ihr Palais in Potsdam war ein Traum aus Stuck, Parkett und lichtdurchfluteten

Räumen, in denen man fast Proviant brauchte, um alle Zimmer zu durchwandern.

Polo war das extravagante Hobby Bastians, und wenn es zeitlich irgendwie möglich war, reiste er um die Welt, um an den wichtigsten Turnieren teilzunehmen. England, Frankreich, Italien, Argentinien, USA. Er war mit seinen einundfünfzig Jahren nicht mehr der Jüngste, aber einer der anerkanntesten Spieler weltweit.

Hier in Italien, nahe Ambra, gab es einen der renommiertesten Poloclubs Europas, und hier spielte Bastian ganz besonders gern, sodass sie oft in den toskanischen Bergen eine Ferienwohnung mieteten, wenn Bastian auf seinen Pferden den Stick schwang.

»Wie war es?«, fragte sie ihn lächelnd.

»Was?«

»Die Feier.«

»Wunderbar, aber nicht außergewöhnlich. Ich habe mit den Stalljungen und dem Team zusammengesessen, wir haben ein paar Bierchen getrunken – das war's. Du hast nichts verpasst.«

3

»Mir geht das Ferienhaus auf die Nerven«, sagte Lara am nächsten Morgen beim Frühstück. »Alles ist abgezählt: vier Löffel, vier Messer, vier Gabeln, vier Gläser, vier Teller, vier Tassen und so weiter. Aber nur drei Eierbecher. Kein Toaster, keine Brotschneidemaschine, aber dafür zwei Käseraspeln und drei Pfannen ohne Deckel. Im Bad ein lumpiger Föhn und noch nicht mal ein Schminkspiegel … Ich mag nicht mehr, Bastian. Wir sind so oft hier, du spielst andauernd in Ambra. Lass uns in einem Hotel wohnen oder ein Haus kaufen.«

»Liebling, in einem Hotel sind wir nie ungestört, weder am Pool noch im Zimmer. Die Wände haben Ohren, das ist entsetzlich. Aber das hast du doch auch nicht ernst gemeint, oder?«

Lara grinste. »Nein, das hab ich nicht. Außerdem sind italienische Hotels ja auch gewöhnungsbedürftig. Weißt du noch, das Hotel in Rom? Fünf Sterne und dann diese Bruchbude? Seinem ärgsten Feind würde man nicht wünschen, dort eine Nacht verbringen zu müssen.«

Jetzt grinste auch Bastian. »Dann sag doch gleich, dass du ein Haus kaufen möchtest.«

»Ja. Stimmt. Das würde ich gern.«

»Wie kommst du denn auf die Idee?«

»Ich finde es wunderschön hier. Diese einsamen Landhäuser, der tolle Blick über die toskanischen Hügel, Weinberge und Olivenhaine – das ist einfach traumhaft. Und wie oft waren wir in den letzten Jahren hier?«

Bastian überlegte. »Wie viele Turniere hab ich hier gespielt? Keine Ahnung. Sechs pro Jahr, also vierundzwanzig bestimmt schon. Oder dreißig?«

»Egal. Auf jeden Fall oft genug. Und du merkst es ja gar nicht. Du bist den ganzen Tag im Stall und auf dem Poloplatz, aber ich hänge hier im Urlaub in so einem blöden, unpersönlichen Ferienhaus rum. Das nervt, Schatz. Echt. Und außerdem ist so ein Haus auch eine wunderbare Geldanlage. Und wenn wir nicht mehr hierherkommen wollen, verkaufen wir es eben wieder.«

Sie tunkte ihren Zeigefinger in den Honig und fuhr ihm damit über die Lippen. »Und wir hätten immer unsere Ruhe. Immer.«

Unwillkürlich begann er an ihrem Finger zu saugen. Dabei sah er ihr fest in die Augen. »Du brauchst mich nicht zu überzeugen, ich bin schon überredet. Die Idee ist nicht schlecht. Ja, warum eigentlich nicht? Wenn du dir so etwas wünschst? Ich dachte nur immer, Ferienhäuser sind dir ein Graus?«

»Fremde ja, eigene nicht. Das ist ein gewaltiger Unterschied.«

Bastian ging mit seinem Kaffee in der Hand hinaus auf die Terrasse. Lara folgte ihm.

»Warum lässt du nicht sowieso endlich deinen Job sausen, setzt dich auf eine toskanische Terrasse, guckst über die Welt und schreibst dein Buch über kriminelle Kinder?«, fragte er.

»Ob mir das mit dem Buch gelingt, weiß ich nicht, aber ich werde es mir überlegen. Reizvoll ist die Idee auf alle Fälle. Meinen Job gebe ich deswegen aber nicht auf.«

Bastian nickte zustimmend. »Na gut, dann sieh dich um, engagiere einen Makler und sondiere vor. Aber ich habe echt keine Lust, hier bei der Hitze in der Gegend rumzugurken und mir Immobilien anzugucken, die letztendlich dann doch nicht infrage kommen.«

Lara war begeistert. »Super. Ich bin sicher, dass ich für uns was Schönes finde.«

»Wenn du ein Haus gefunden hast, das dir gefällt, dann sehe ich es mir auch an. Einverstanden?«

»Va bene. Ich werd mal im Poloclub fragen, ob jemand was weiß.«

Lara war überrascht, wie einfach es gewesen war, Bastian von der Idee zu begeistern. Sie hatte gedacht, ihn viel länger überreden zu müssen.

Sie drückte ihm einen Kuss auf den Hals, ließ ihre Zunge kurz in seinem Ohr kreisen und ging zurück ins Haus.

4

Zwei Tage später, als sich Bastian nach dem Mittagsimbiss mit einer Zeitung in den Schatten einer Eiche am Pool zurückgezogen hatte und eingenickt war, fuhr Lara wie fast jeden Tag hinunter zum Clubhaus. Dort war eigentlich immer jemand, mit dem man reden und einen Kaffee trinken konnte.

»Ciao, Lara, wie geht's dir?«, fragte Cinzia, die hinter dem Tresen in der Bar Gläser abtrocknete.

»Alles prima, danke. Und dir?«

»Auch gut. Aber du kennst mich ja, mir geht's immer gut.« Cinzia grinste. Seit fünf Jahren arbeitete sie für den Poloclub, war zuständig für Getränke und kleine Snacks, kümmerte sich außerdem um die Mensch-und-Tier-Apotheke und versorgte kleinere Verletzungen während der Turniere oder des Trainings. Sie war eigentlich ausgebildete Krankenschwester aus Neapel, hatte vor fünf Jahren einen Urlaub in der Toskana gemacht, war im Club hängen geblieben und nie mehr in den Süden zurückgekehrt.

Lara war ein Grammatikfreak und hatte sich so intensiv mit der italienischen Sprache auseinandergesetzt, dass sie sich mittlerweile fließend und problemlos mit Cinzia unterhalten konnte.

»Ich hab gehört, ihr sucht in der Gegend ein Haus?«, fragte Cinzia.

»Ja, stimmt.« Lara hatte es gleich nach dem Gespräch mit Bastian Marzia erzählt, die auch Polo spielte, und was Marzia wusste, wusste offenbar nach einer halben Stunde der gesamte Club. Aber das war ja auch nicht das Schlechteste. »Weißt du, wir sind so oft hier, ich möchte nicht immer in anonymen Ferienhäusern rumhängen.«

»Ich hör mich mal um«, sagte Cinzia. »Es gibt ja so einiges, was zum Verkauf steht. Hast du schon einen Makler engagiert?«

»Ja, gestern. So ein Jüngelchen aus Florenz. Alberne Frisur, Lackschühchen, zu kurze Hose und fällt vor lauter Höflichkeit beim Gutentagsagen fast über seine eigenen Füße. Ob dieser Softie was zustande bringt, weiß ich nicht, aber mal sehen. Es ist ja auch nicht eilig.«

Cinzia nickte. »Ich erkundige mich mal. Gequatscht wird ja viel. Hier besonders. Was sucht ihr denn genau?«

»Was Kleines. Nicht so 'nen Palazzo für drei Großfamilien. Maximal fünf Zimmer, Küche, zwei Bäder. Terrasse und Pool. Mehr nicht. Das Grundstück muss nicht groß sein, aber eine einsame Lage mit tollem Blick sollte es haben. Die Aussicht ist mir das Wichtigste. Und ich will keine Nachbarn, die am frühen Morgen schon anfangen, ihre Motorsäge oder ihren Trecker anzuwerfen.«

»Verstehe. Aber das wird nicht einfach, meine Liebe, so was Kleines, Verschwiegenes, so was zum Verstecken gibt's kaum. Hier findest du ja überall nur diese riesigen Anwesen – vierzig Zimmer für sechs Millionen sind wahrscheinlich kein Problem.«

Lara lachte. »Warten wir mal ab, ich bin da ganz optimistisch.«

»Wie viel wollt ihr denn ausgeben?«

»Fünfhunderttausend. Mehr auf gar keinen Fall. Mach mir mal eine Apfelschorle bitte.«

Cinzia riss die Augen auf, als hätte sie die Bestellung gar nicht gehört. »Du kennst doch das Weinberghaus unterhalb von Colombaio, oder?«

»Ja, von außen, aber ich war nie drin.«

»Das Ding ist im Grunde eine Ruine, da muss alles, aber auch alles gemacht werden. Keine Heizung, kein Wasser, kein Strom, kein Fundament, kein isoliertes Dach, sondern eins, aus dem bereits die Bäume wachsen, der Wind pfeift durch die Fenster, und die Türen sind bereits geklaut. Ganz übel. Wenig Land drumherum und ein Blick auf die Tabakfabrik. Der gesamte Schrotthaufen für fünfhunderttausend. Ist vor drei Monaten verkauft worden.«

»Ach …«, meinte Lara nun doch ein wenig desillusioniert, »das wusste ich ja gar nicht.«

»Tja, da staunt der Laie, und der Fachmann wundert sich, zumal das Weinberghaus auch nicht wirklich groß war. Mehr als deine gewünschten fünf Zimmer sicher nicht. Und dann kaufst du die Ruine für 'ne halbe Million und musst noch mal eine Million reinstecken, um das Ganze auszubauen und hübsch zu kriegen. Das fängt beim Brunnenbohren an und hört beim Straßenbauen auf. So sieht's aus im Moment.«

Lara war fassungslos. »Das ist ja grausam. Bitte, lass die Apfelschorle und gib mir ein Glas Wein. Auf den Schreck.«

Cinzia grinste, goss den Wein ein und schob das Glas über den Tresen. »Lass mal, ich bin sicher, du findest was. Ein bisschen Glück braucht der Mensch. Aber so ist das gerade in der Toskana. Schlechte Zeiten für Käufer.«

»Woher weißt du das?«

»Meine Schwester sucht schon seit drei Jahren hier in meiner Nähe etwas Erschwingliches. Ohne Erfolg.«

Lara atmete tief aus und schwieg.

An einem kleinen Tisch am Fenster saß ein Mann im grauen Anzug, vor sich ein Viertel Chianti, und beobachtete Cinzia und Lara aufmerksam. Es war nicht schwer für ihn zu verstehen, was sie sagten.

Lara bemerkte ihn nicht.

Als sie zwanzig Minuten später die Bar verließ, sah der Fremde gedankenverloren aus dem Fenster, offenbar vollkommen versunken in die Schönheit der Landschaft.

5

Stundenlang fuhr er durch die Gegend. Das graue Jackett lag auf der Rückbank, die Hemdsärmel hatte er hochgekrempelt, die Klimaanlage summte leise.

Er suchte einsame Häuser. Es war leicht zu erkennen, welche bewohnt waren und welche nicht. Stand kein Auto vor der Tür, merkte er es sich und kam am späten Abend noch einmal wieder. Wenn der Parkplatz wieder verwaist war, fühlte er sich schon fast sicher.

Er kontrollierte Mülltonnen, sah durch Fenster, ob Blumen oder verderbliche Lebensmittel herumstanden, hielt Ausschau nach Katzen und Hunden, nach Gartenmöbeln und Sonnenschirmen. Und wenn er überzeugt war, dass das Haus zurzeit unbewohnt war, notierte er sich die Adresse.

Nur ein einziges Mal hatte sich eine Tür geöffnet, als er gerade in ein Fenster sah und die flache Hand gegen die Stirn hielt, um die Spiegelung zu unterdrücken.

»Buongiorno!«, hatte eine weibliche Stimme scharf gesagt. »Cerca qualcuno? Suchen Sie jemanden?«

»Ja!«, sagte er, richtete sich auf und lächelte die Frau an. »Oh, wie schön, dass Sie zu Hause sind, und Sie sprechen auch noch Deutsch! Ich habe es schon bei mehreren Häusern in der Umgebung probiert, aber da war überall niemand.

Ich habe mich verfahren. Können Sie mir sagen, wie ich nach Monte San Savino komme?«

»Haben Sie denn kein Navi?«, fragte sie misstrauisch und blickte demonstrativ zu dem Wagen in der Auffahrt.

»Doch«, sagte er und lächelte immer noch, »aber das ist ein Mietwagen, und ich komme mit dem Gerät nicht klar. Es spricht nur Italienisch mit mir und weigert sich, mich dahin zu bringen, wohin ich möchte.«

Jetzt lächelte die Frau auch und erklärte ihm den Weg nach Monte San Savino.

Er bedankte sich, setzte sich ins Auto und fuhr davon.

Offensichtlich musste er noch vorsichtiger sein.

6

Noch zwei Tage bis zum Turnier, Bastian trainierte jeden Tag. Hin und wieder begleitete Lara ihn, sah dem Training zu, kümmerte sich um Melodie, die allmählich wieder zu Kräften kam, und trank bei Cinzia in der Bar einen Kaffee oder ein Glas Wein, bis Bastian fertig war.

»Und? Hast du schon ein Haus in Aussicht? Was hatte denn das Jüngelchen aus Florenz zu bieten?«

»Nichts. Gar nichts. Das, was er mir angeboten hat, war vollkommen indiskutabel. Er hat mir überhaupt nicht zugehört, als ich ihm erklärt hab, was ich suche. Den Typ können wir vergessen.«

Cinzia grinste. »Tja. Kann sein. Kann aber auch sein, dass er wirklich nichts hat. Jedenfalls nicht das, was du dir vorstellst. Fass mal 'nem nackten Mann in die Tasche.«

In diesem Moment trat ein Mann im grauen Anzug zu ihnen an den Tresen, schob sich auf einen Barhocker und sah Cinzia freundlich an. »Einen caffè corretto bitte«, sagte er auf Englisch.

Cinzia nickte und begann, den Kaffee zuzubereiten.

»Das hier ist ein ganz wundervoller Poloclub«, begann der Fremde und redete weiter in Englisch. »Das wusste ich ja gar nicht, obwohl ich die Toskana sehr gut kenne.«

Cinzia lächelte.

Lara hielt sich aus dem Gespräch raus und nippte an ihrem Wein.

»Ich wollte eigentlich in Monte San Savino einem Kunden eine hochwertige Immobilie zeigen, aber er hat mich versetzt. Es ist unglaublich, die Leute haben keinen Anstand mehr.«

Cinzia zuckte die Achseln und goss einen Schuss Grappa in den Espresso.

»Und da kam ich vor ein paar Tagen auf die Idee, mir hier mal diesen wunderschönen Poloclub anzusehen. Ich liebe Pferde, wissen Sie, und ich freue mich schon auf das Turnier!«

Cinzia war plötzlich aufmerksam geworden. Normalerweise schaltete sie auf Durchzug, wenn irgendein Gast an der Bar ihr langweilige Geschichten erzählte oder sich selbst vorstellte und in den höchsten Tönen lobte, aber »hochwertige Immobilie« war das Stichwort gewesen, das sie nicht überhört hatte.

»Sind Sie Makler?«, fragte sie jetzt auch auf Englisch und schob ihm die Espressotasse über den Tresen.

»Ja. Ich bin Chef einer großen Immobilienagentur, die sich hauptsächlich um toskanische Anwesen kümmert.«

»Dann schickt Sie vielleicht der Himmel, denn meine deutsche Freundin hier sucht in der Gegend was Schönes.« Cinzia wandte sich grinsend Lara zu, die den Fremden zurückhaltend, aber dennoch interessiert ansah.

»Lara! Das hier ist ein Immobilienmakler! Vielleicht kann er dir weiterhelfen?«

Lara lächelte unverbindlich. »Ja?«

Der Fremde rückte mit dem Barhocker näher an sie heran, reichte ihr die Hand und fragte: »Sie sind Deutsche?«

Lara nickte.

»Wunderbar. Dann darf ich mich vorstellen: Mein Name ist Benjamin Faber. Ich habe mich auf toskanische Anwesen spezialisiert und unterhalte ein Büro in Siena und eins in München.«

»Oh, das hört sich gut an. Angenehm. Ich bin Lara Sennen.«

Lara musterte den Makler genauer. Er war schlank, hatte angegrautes, längeres blondes Haar und einen kaum merklichen, gestutzten Zweieinhalbtagebart. Seine Stimme war tief, er sprach langsam und ohne jeden Dialekt.

»Stimmt es, dass Sie hier in dieser Gegend ein Haus suchen? Vielleicht kann ich Ihnen helfen.« Er zog aus seiner Jacketttasche eine Visitenkarte und schob sie ihr zu.

Lara las: »Benjamin Faber, Director, Real Estate, Luxury Tuscany villas«, eine Adresse in Siena, dann mehrere Telefonnummern und zwei unterschiedliche E-Mail-Adressen.

»Was suchen Sie denn genau?«, fragte er, beugte sich ein wenig vor und lächelte sie an.

Lara witterte ihre Chance und schilderte die Immobilie, die sie suchte, so detailliert wie möglich.

Faber hörte aufmerksam zu und nickte hin und wieder. Dann sagte er: »Wenn Sie wollen, kann ich Ihnen in den nächsten Tagen zwei Objekte zeigen, die vielleicht passen könnten.«

»Oh, das wäre toll. Ja, natürlich, sehr gern.«

Lara konnte es kaum glauben und hatte sofort Vertrauen zu diesem interessanten Mann.

Faber lächelte. »Dann würde ich vorschlagen, dass wir uns morgen um zehn in Ambra auf dem kleinen Parkplatz vor dem Albergo treffen, wenn es Ihnen recht ist. Sie können Ihr Auto stehen lassen, und wir fahren mit meinem Wagen zu den Objekten. Ich muss mein Portfolio mal durchsehen, vielleicht finde ich noch ein drittes Haus, das Ihnen gefallen könnte.«

»Super!« Lara war begeistert von der Aussicht auf zwei oder drei Besichtigungen. »Morgen um zehn passt mir ausgezeichnet.«

»Gut«. Er wandte sich an Cinzia. »Dann machen Sie mir bitte die Rechnung, die Getränke von Frau Sennen übernehme ich selbstverständlich auch.«

Faber bezahlte, stand auf und verbeugte sich leicht. »Dann darf ich mich verabschieden, wir sehen uns morgen.«

Lara nickte. »Vielen Dank. Bis morgen.«

Benjamin Faber drehte sich um und ging mit lockerem Schritt aus der Bar.

Lara sah ihm hinterher. »Du, ich sag dir, wenn ich Bastian nicht hätte ... den Typ würde ich nicht von der Bettkante stoßen.«

Die beiden Frauen grinsten sich an.

Lara hatte die Visitenkarte eingesteckt und zeigte sie Bastian nach der gemeinsamen Rückfahrt ins Ferienhaus.

»Guck mal. Ich hab vorhin im Club durch Zufall einen deutschen Makler kennengelernt, der mir hier in der Gegend zwei, drei Häuser zeigen will, die eventuell für uns passen könnten. Morgen Vormittag. Willst du nicht doch mitkommen?«, fragte sie, während sie sich auf die Terrasse setzten. Der Pool glitzerte türkis im warmen Abendsonnenlicht.

»Nein. Wirklich nicht. Ich habe keine Lust, und ich kann auch gar nicht. Morgen Vormittag ist wieder Training. Aber ich drück dir und uns die Daumen, dass was Schönes dabei ist.«

»Schade«, sagte Lara. »Dann nehme ich das Auto?«

»Ja, tu das. Paolo kann mich abholen und auch wieder zurückbringen. Es wird bei dir ja nicht ewig dauern.«

»Nein. Vielleicht bis zwölf, eins … Ich treffe mich mit dem Makler vor dem Albergo in Ambra.«

Sie ging zum Pool, bückte sich und spielte mit den Fingern im Wasser. »Schön warm. Warst du heute schon drin?«

»Nein. Aber wenn du reingehst, komm ich mit.«

Lara lächelte und ging ins Haus.

Nur wenig später kam sie nackt zurück und ließ sich ins Wasser gleiten.

Anschließend schwamm Lara ihre Bahnen, sie konnte unheimlich ausdauernd sein, und Bastian langweilte sich schon beim Zusehen.

Er trocknete sich ab, ging ins Haus und setzte sich an den Computer. Dann googelte er »Benjamin Faber – Real Estate – Luxury Tuscany villas«, und tatsächlich: Unter dem Namen fand sich eine Immobilienfirma, die ihren Sitz in Siena und München hatte.

Bastian scrollte durch zig Angebote und Anwesen, die zum Verkauf standen. Er wurde ganz verrückt dabei, konnte nach einer Weile keins mehr vom anderen unterscheiden.

Es gab auch ein Bild von Benjamin Faber.

Er ging zurück auf die Terrasse.

»Du, ich hab diesen Makler im Internet gefunden!«, wollte er Lara gerade zurufen, als er sah, dass sie im Bademantel im Liegestuhl eingeschlafen war.

Sie sah so friedlich aus, und er weckte sie nicht.

7

Benjamin Faber wartete schon, als Lara auf dem Parkplatz vor dem Albergo hielt.

Sie stieg aus, schloss ihren Wagen ab, und Faber kam lächelnd auf sie zu. »Guten Morgen, Frau Sennen. Wie geht es Ihnen?«

»Gut. Danke.«

»Darf ich Sie noch auf einen Kaffee einladen?«

»Nein, ich würde sagen, wir fahren gleich los und trinken den Kaffee hinterher. Dann können wir uns über die Objekte unterhalten.«

Sie gingen zu seinem Wagen, einem Porsche Cayenne mit italienischem Kennzeichen.

Faber hielt ihr die Tür auf.

»Tolles Auto«, sagte Lara, als sie sich auf den Beifahrersitz setzte.

»Ja, aber leider nicht meins. Ich miete mir immer einen Wagen, wenn ich in der Toskana zu tun habe, denn auf die Dauer ist mir die Fahrerei von München nach Siena zu stressig. Und auch zu langweilig. Da fliege ich lieber.«

Er ließ den Motor an, und sie rollten vom Platz.

»Wo fahren wir hin?«, fragte sie ihn.

»Nach Palazzuolo.«

»Oh ja, das ist ja ganz in der Nähe, da war ich auch mal, aber es ist eine Weile her.«

»Nur zehn Minuten von hier. Wir fahren auch nicht direkt in den Ort. Das Haus liegt etwas außerhalb am Hang mit herrlichem Blick ins Tal. Es hat sechs Zimmer, zwei Magazinräume, Küche, zwei Bäder, eine sehr romantische Terrasse und einen Pool. Sehr schön, ein kleines Juwel, aber eben doch ein bisschen einsam. Der nächste Nachbar ist ungefähr zwei Kilometer entfernt, Palazzuolo vier.«

»Das macht nichts. Wir mögen es einsam. Trubel haben wir in Berlin genug.«

Faber nickte. »Das ist gut. Ich mag diese Alleinlagen in der Toskana auch am liebsten. Die Eigentümer sind zurzeit übrigens nicht da, aber ich habe einen Schlüssel.«

»Warum wollen die eigentlich verkaufen?«, fragte Lara.

»Aus Altersgründen. Das Reisen ist ihnen auf die Dauer zu anstrengend, und die Arbeit in Haus und Garten wächst ihnen allmählich auch über den Kopf. Außerdem hatte der Mann vor anderthalb Jahren einen Schlaganfall und hat sich nie wieder so ganz davon erholt. Denn wenn man krank ist und einsam wohnt, kann es schwierig werden.«

Lara nickte. »Das versteh ich.«

Eine Weile fuhren sie schweigend weiter. Lara genoss es, wie der schwere Wagen ruhig und sicher in den engen Kurven lag, Serpentine folgte auf Serpentine.

»Wird Ihnen schlecht?«, fragte Faber und sah sie von der Seite an.

»Nein, nein, überhaupt nicht. Kein Problem. Ich finde es sehr schön, mal kutschiert zu werden. Wenn mein Mann und ich unterwegs sind, fahre meist ich.«

»Ihr Mann spielt Polo?«

»Ja.«

»Sie auch?«

»Nein. Ich bin als junges Mädchen zweimal beim Reiten vom Pferd gefallen, und dann hab ich es gelassen.«

»Was machen Sie denn beruflich, wenn ich fragen darf?«

»Ich bin Anwältin.«

»Strafrecht?«

»Ja.«

»Oh!« Faber zog die Augenbrauen hoch. »Das ist ja interessant.«

Nur wenige Minuten später bog er von der Straße ab und in einen Schotterweg ein.

»Jetzt sind wir fast da.«

Er fuhr im Schritttempo weiter. Links lag ein Sonnenblumenfeld, das in voller Blüte stand, alle Köpfe waren der Sonne zugewandt.

Nach einer Kurve tauchte hinter einem Hügel versteckt das Haus auf. Es war aus Natursteinen in typisch toskanischer Art gebaut und von blühendem Oleander, Hortensien und Geranien umgeben.

Lara stieg aus und ging auf die Terrasse. Jasmin und Lavendel dufteten, sie stand stumm und berauscht von dem weiten herrlichen Blick ins Tal.

Genauso hatte sie es sich vorgestellt.

Dies war der Ort, von dem sie immer geträumt hatte.

Es war heiß. Die Sonne brannte.

»Haben Sie etwas dagegen, wenn ich mein Jackett ausziehe?«, fragte Faber hinter ihr.

»Aber nein! Warum sollte ich?«, antwortete sie, ohne sich umzudrehen, sie konnte sich nicht losreißen von der Aussicht über die sanft schimmernden Hügel, die ihr scheinbar zu Füßen lagen.

Faber hängte das Jackett über einen Gartenstuhl. Dann löste er seine Krawatte und zog sie aus dem Hemdkragen.

Er trat zu ihr und stellte sich hinter sie.

Lara sah, spürte und ahnte nichts.

Blitzschnell warf er ihr die Krawatte um den Hals und zog zu.

Lara quietschte, röchelte, begriff überhaupt nicht, was los war, versuchte, mit ihren Händen die Krawatte zu lockern, was völlig unmöglich war, er machte einen Schritt zurück, zog sie nach hinten, sie verlor den Halt unter den Füßen, konnte sich noch weniger wehren, sank schließlich zu Boden, als ihre Luft zu Ende ging, strampelte, versuchte ihn mit den Händen abzuwehren, starrte jetzt erst ihrem Mörder ins Gesicht, als er über sie hinwegstieg, ungläubig, warum ihr dies an einem so herrlichen Sommertag in der Toskana geschah, konnte es nicht verstehen, nicht glauben, kämpfte und wütete ins Leere, krampfte, krümmte und rollte sich, hatte kaum noch Luft, erschlaffte, musste begreifen, dass sie es nicht schaffen, dass sie verlieren würde, streckte sich noch einmal im Todeskampf, sackte schließlich in sich zusammen und starb.

8

Er wartete ein paar Minuten. Dann zog er ihre Lider hoch, um zu sehen, ob sie auch wirklich tot war.

Du hattest schöne Augen, dachte er.

Als er sich ganz sicher war, dass sie nicht mehr lebte, zog er seine Krawatte unter ihrem Hals hervor, legte sie sich wieder um, band den Knoten sorgfältig und zupfte sie gerade.

Dann durchsuchte er ihre Handtasche: zwei Lesebrillen, Papiertaschentücher und ein Buch, die Autobiografie von Benvenuto Cellini, einem italienischen Bildhauer der Renaissance. Wahrscheinlich hatte sie sich in der Toskana schon jede Kirche, jedes Kloster und jeden Palazzo angesehen. Dazu noch einen Organizer. Er schlug das heutige Datum auf. Über ihr Treffen mit ihm war nichts eingetragen. Sehr gut. Außerdem zwei Kugelschreiber, ein Notizblock, eine Brieftasche mit Kredit- und Visitenkarten, darunter auch seine, die er an sich nahm, ein paar Fotos von Personen, die er nicht kannte, drei Restaurantquittungen und zweihundertfünfzig Euro in bar. Die Kreditkarten pfefferte er ins Unterholz, das Geld steckte er ein.

Dann sah er ihr iPhone. Wenn ihn nicht alles täuschte das neueste, das zurzeit auf dem Markt war.

Es war gesperrt. Er ging davon aus, dass es sich mithilfe eines Fingerabdrucks öffnen ließ, und drückte den rechten Zeigefinger der Toten auf das Display. Nichts geschah. Daraufhin probierte er es mit dem linken, und tatsächlich öffnete sich das Hauptmenü. Er lächelte triumphierend und sah nach, ob sie vielleicht dort ihr Treffen notiert hatte, aber auch dies war nicht der Fall. Danach schob er es sich in die Hosentasche. Sehr schön. Sollten sie ruhig erst einmal orten, dass Lara zum Flughafen gefahren war. Es konnte zumindest nicht schaden.

Ansonsten machte er keine Anstalten, irgendetwas zu verändern, ließ sie liegen, so wie sie hingefallen war. Betrachtete einen Moment die Leiche ohne jedes Mitleid, dann drehte er sich um und ging zu seinem Auto.

Noch einmal warf er einen Blick auf das Haus. Was für ein wunderschönes Anwesen. Es könnte ihm gefallen. Nur leider stand es nicht zum Verkauf.

Auch dieses Haus hatte unbewohnt gewirkt, als er durch die Gegend gefahren war und eine Immobilie für die Tat gesucht hatte. Es hatte morgens und abends kein Wagen vor der Tür gestanden, und er hatte durch die Fenster im Erdgeschoss gesehen und keine verräterischen Spuren entdeckt. In diesem Haus war alles penibel aufgeräumt, nichts lag herum, es standen keine Blumen im Raum, nirgends eine Schale mit Obst oder Zwiebeln und Knoblauch in einem Hängesieb am Fenster. Er entdeckte nirgends etwas Verderbliches, die Besitzer waren also nicht nur kurz zum Einkaufen gefahren, sondern im Moment einfach nicht da.

Er hatte das Haus ausgewählt, obwohl es ein Restrisiko gab, dass er überrascht wurde. Aber das schätzte er so klein ein, dass er es wagen konnte. Kleiner, als wenn er sie am helllichten

Tag im Wald umgebracht hätte. Der Wald war öffentliches Gebiet. Dort gab es Pilzesucher, Spaziergänger, Waldarbeiter, Fahrradfahrer und auch ganz normalen Durchgangsverkehr, der sich von A nach B bewegte. Ein Privatgrundstück war dagegen tabu. Das betrat niemand leichtfertig.

Er hatte es sich gut überlegt. Nicht nur sein Opfer hatte sich auf der Terrasse des schönen Anwesens in Sicherheit gewiegt, sondern er sich auch.

Und es hatte ja auch problemlos funktioniert und war einfacher gewesen, als er gedacht hatte.

Nachdem er noch einmal innegehalten, sich umgesehen und in Gedanken alles kontrolliert hatte, programmierte er in seinem Navi die Annahmestelle für Mietwagen in Florenz und fuhr los.

Dass man ihn im Poloclub gesehen hatte, war ihm egal, der Name Benjamin Faber war ab jetzt Geschichte. Er würde ihn nie wieder benutzen und die fünfzig Visitenkarten, die er erst vor zwei Tagen in einem kleinen Fotoshop in Siena hatte drucken lassen, vernichten.

Es war ein herrlicher Tag. Keine Wolke zeigte sich, der Himmel schien so blau wie nirgends sonst.

Er hatte die Fenster heruntergelassen und das Radio laut aufgedreht. Eros Ramazotti sang »Un attimo di pace«, und er fühlte sich total entspannt.

Als an einer Ampel links neben ihm ein Lastwagen hielt, warf er einer spontanen Eingebung folgend Laras iPhone durchs Fenster auf die offene Ladefläche zwischen Seile, Kanister, Eimer und zwei alte Autoreifen. Sollten sie sich doch den Kopf zerbrechen, was Laras Handy dort zu suchen hatte, und den armen Maurer mit tausend Fragen löchern.

Er grinste breit. Es lief hervorragend.

Anderthalb Stunden später erreichte er Florenz und gab den Mietwagen zurück.

»Waren Sie zufrieden?«, fragte die freundliche Signora am Schalter.

»Ja, sehr.«

»Gab es irgendwelche Vorkommnisse?«

»Nein, keine. Es hat alles ausgezeichnet funktioniert.«

»Va bene.«

Er bezahlte mit seiner Kreditkarte, die Signora erledigte die Formalitäten, nahm die Autoschlüssel in Empfang und wünschte ihm eine gute Weiterreise.

Danach fuhr er mit dem Shuttlebus zum Flughafen und trödelte durch die Eingangshalle.

Er hatte noch anderthalb Stunden Zeit. Besah sich ausgiebig ein Ledergeschäft mit Handtaschen, Koffern, Reisetaschen, Westen und Jacken. Seine Frau war nach Handtaschen verrückt gewesen. Sie waren ihre Glücklichmacher, ganz egal, ob sie zwanzig oder vierhundert Euro gekostet hatten. Er hatte das nie ganz verstanden und es nur ein einziges Mal gewagt, ihr eine zu schenken. Die Tasche hatte ihr überhaupt nicht gefallen, und sie trug sie nie. So waren sie beide frustriert, und er tat es nie wieder.

Bei der Sicherheitskontrolle lächelte er dem Personal freundlich zu, legte ohne Aufforderung Jacke, Brieftasche, Ticket und Gürtel in die Plastikschale, hob im Ganzkörperscanner bereitwillig die Arme, zog seine Schuhe aus und wieder an und bewegte sich wie ein Geschäftsmann, der es gewohnt ist zu fliegen und alles Nötige beinah automatisch erledigt. Anschließend ging er zu seinem Gate, kaufte sich ein Panino mit Tomate und Mozzarella und eine kleine Flasche Wasser, setzte sich und aß und trank genüsslich und langsam.

Bis zum Boarding war noch eine Dreiviertelstunde Zeit. Er ging noch einmal zurück zu den Geschäften, kaufte sich einen *Spiegel*, setzte sich wieder und begann zu lesen.

Er war so vertieft in einen Artikel, dass er erst aufsah, als er arabische Wortfetzen hörte. Jedenfalls glaubte er, dass es Arabisch war. Ihm gegenüber nahmen ein bärtiger Mann und eine voll verschleierte Frau Platz.

Mehr als zwei ungeschminkte Augen waren von der Frau nicht zu sehen. War es überhaupt eine Frau? Er war sich nicht sicher. Ihre Füße waren unter dem langen Rock verschwunden, außerdem trug sie Handschuhe. Auch eine weibliche Figur konnte er unter dem dichten, faltenreichen Gewand nicht ausmachen.

Seine Hände wurden feucht. Hatte sich die Frau auch scannen lassen? Er konnte es sich nicht vorstellen. Vielleicht trug sie – oder er – einen Sprengstoffgürtel um den Bauch, und niemand ahnte etwas davon? Es war die perfekte Vermummung.

Je mehr er darüber nachdachte, umso übler wurde ihm und umso schneller schlug sein Herz. Sollte er überhaupt mitfliegen?

Er hatte Angst vor dieser Frau und diesem Mann. Oder vor den beiden Männern vor ihm. Bäche von Schweiß liefen ihm den Rücken hinunter. Es war ein Wahnsinn und vielleicht der blanke Selbstmord, unter diesen Umständen und zusammen mit diesen beiden Personen in ein Flugzeug zu steigen.

Er überlegte fieberhaft.

Seine Angstattacke wurde immer schlimmer.

Noch fünfzehn Minuten bis zum Boarding.

Aber wenn er jetzt seiner Angst nachgab und den Flughafen verließ, konnte er wahrscheinlich nie wieder fliegen.

Und auch in keinen Zug steigen. Auf allen öffentlichen Plätzen, im Bus, in der Bahn, im Restaurant, im Kino, auf dem Markt – überall würde er vor Angst verrückt werden.

Dann wäre er nicht mehr lebensfähig.

Und seine Mission wäre zum Scheitern verurteilt.

In diesem Moment wurde am Nachbargate der Flug nach Lissabon aufgerufen, und das Paar stand auf, ging mit zig anderen durch die Ausweiskontrolle und zu dem Bus, der sie zum Flugzeug brachte.

Mit zitternden Händen schraubte er seine Wasserflasche auf und trank sie aus. Dann schloss er die Augen.

Es war alles gut, er konnte sich entspannen und fliegen.

Zurück nach Berlin.

9

Gegen fünfzehn Uhr begann Bastian Sennen sich zu wundern, dass seine Frau von der Besichtigungstour immer noch nicht zurück war. Es konnte doch nicht fünf Stunden dauern, sich zwei oder drei Häuser in der Umgebung anzugucken? Außerdem legten Makler Wert darauf, um Gottes willen nicht zu viel von ihrer kostbaren Zeit zu opfern, und hielten sich nicht zehn Minuten länger als erforderlich an einem Objekt auf.

Fünf Stunden?

Er rief sie auf ihrem Handy an, aber sie hob nicht ab.

Er schickte ihr eine SMS: »Bitte ruf mich an!«, aber es kam keine Antwort.

Normalerweise trank Bastian keinen Alkohol vor neunzehn Uhr, aber jetzt holte er sich ein Glas Wein. Daran merkte er, wie nervös er war.

Immer und immer wieder probierte er es auf ihrem Handy. Es klingelte endlos, aber sie ging nicht ran.

Vor Wut schlug er mit der Faust auf den Terrassentisch, weil er in dieser Situation noch nicht mal einen Wagen hatte, um zum Poloclub zu fahren. Er saß hier auf dem Berg und war vollkommen aufgeschmissen.

Eine halbe Stunde lief er ziellos durchs Haus. Von der Küche ins Wohnzimmer und zurück. Vom Wohnzimmer auf

die Terrasse, von der Terrasse ins Wohnzimmer, vom Wohnzimmer auf die Terrasse, von der Terrasse ins Wohnzimmer
und zurück in die Küche.

Und dann probierte er wieder, sie anzurufen.

»Pronto!«, schrie auf einmal eine tiefe, ohrenbetäubend
laute und schon ältere Männerstimme.

Bastian war in diesem Moment so perplex, dass er nicht
wusste, was er sagen sollte.

»Pronto!«, schrie der offensichtlich Schwerhörige schon
wieder.

»Chi parla?«, stotterte Bastian.

»Pronto!«, schrie die Stimme erneut.

Jetzt hatte sich Bastian gefangen. »Vorrei parlare con mia
moglie, Lara, per favore!«, sagte Bastian jetzt auch sehr laut
und deutlich ins Telefon.

»Chi?«

»Mia moglie, Lara Sennen!«

»Non c'è«, sagte die Stimme, und die Verbindung wurde
unterbrochen.

Bastian brach der Schweiß aus. Wer war das denn? Nach
einem distinguierten und auf freundliche Höflichkeit getrimm-
ten Makler hatte sich das nicht angehört.

Er rief wieder an.

»Pronto!«, schrie der Mann.

»Come si chiama? Sono Bastian.«

»Pronto?«

»Cerco mia moglie Lara.«

Klack. Aufgelegt.

Nein. Der Makler war das sicher nicht gewesen. Er wäre
mit großer Wahrscheinlichkeit auch niemals an Laras Handy
gegangen. Was auch immer passiert war – dies war offen-

sichtlich ein schwerhöriger Olivenbauer oder ein Arbeiter, der ihre Handtasche geklaut oder ihr Handy gefunden hatte und nichts damit anfangen konnte.

Und der Lara nicht kannte und nicht wusste, wo sie war.

Es war zum Verzweifeln.

Um siebzehn Uhr rief er im Poloclub an.

Cinzia hob ab.

»Cinzia, ich bin's, Bastian. Sag mal, ist Lara im Club?«

»Nein, Bastian, gestern war sie hier, aber heute noch nicht.«

»Hast du eine Ahnung, wo sie sein könnte? Sie ist vor zehn mit dem Auto los, wollte um eins zu Hause sein, ist immer noch nicht da, und ich erreiche sie auch nicht über Handy.«

»Sie wollte sich doch heute mit einem Makler Immobilien angucken. Ein Typ, der gestern hier im Club war. Aber wo sie hinwollten, weiß ich nicht, und sie hat sich bisher hier auch noch nicht blicken lassen«, sagte Cinzia.

Bastians Knie wurden weich. »Sie war heute Morgen um zehn verabredet und ist noch nicht zurück«, wiederholte er. »Das finde ich sehr merkwürdig. Und ich kann sie auch nicht erreichen.«

»Ich würde noch ein bisschen warten«, sagte Cinzia leise.

»Bitte ruf mich sofort an, falls sie im Club auftaucht oder wenn ihr irgendetwas hört, ja?«

»Aber sicher doch. Mach dir keine Sorgen.«

»Doch«, sagte Bastian. »Die mach ich mir.«

Er schaltete Musik an, schenkte sich ein weiteres Glas Wein ein und setzte sich an den Pool. Musik von Johann Sebastian Bach untermalte den orange-violetten Sonnenuntergang hinter den bewaldeten Hügeln, die allmählich nicht mehr grün,

sondern schwarz erschienen und die Abenddämmerung einläuteten.

Normalerweise liebte er diese Musik – Bach war für ihn
einer der größten Komponisten überhaupt –, jetzt konnte er
sie nicht ertragen.

Er stürmte ins Haus, schaltete den iPod aus, zog ihn aus
der Steckdose und schmiss ihn aufs Bett.

Eine maßlose Wut überkam ihn. Was dachte sie sich eigentlich dabei, sich nicht zu melden, wenn es später wurde,
wenn sie aus irgendeinem Grunde nicht nach Hause kommen konnte, wenn weiß Gott was passiert war, es gab hun-
derttausend Gründe! Warum rief sie nicht zehn Sekunden
an und sagte wenigstens *einen* Grund, damit seine Angst aufhörte, damit er sich beruhigen konnte? Das war einfach ver-
antwortungslos, unverschämt und gemein. Es war respektlos,
gedankenlos und dumm. Konnte sie sich nicht vorstellen, wie
er sich fühlte?

Er saß auf der dunklen Terrasse, trank einen Liter Wein
und schlief ein.

Als er wieder zu sich kam, wurde ihm klar, dass Lara weder
eine gedankenlose Frau war, die sich nicht meldete, wenn
ihr etwas dazwischengekommen war, noch eine verantwor-
tungslose, gemeine oder respektlose Person, die sich nicht in
seine Situation hineinversetzen konnte.

Und dumm war sie schon gar nicht, denn so eine Frau
hätte er niemals geheiratet.

Ganz allmählich begriff er, dass etwas passiert sein musste.

Gegen Mitternacht war er vollkommen betrunken, suchte
eine Telefonnummer der Carabinieri und fand keine. Auch
im Internet nicht. Es gab vieles, das er im Internet nicht mehr
fand, wenn er betrunken war.

Da erinnerte er sich ganz dunkel, dass am Kühlschrank eine Liste mit Notfallnummern klebte, die sicher die Besitzer des Ferienhauses dort angehängt hatten.

Er konnte kaum laufen, musste sich an den Möbeln festhalten, um zur Tür zu kommen, ohne lang hinzuschlagen, und schleppte sich in die Küche. Suchte seine Brille und las:

– Carabinieri	112
– Feuerwehr	115
– Schwerer medizinischer Notfall	118
– Carabinieri-Station Ambra	0576 239875611

Na also. Die allgemeine Carabinieri-Nummer würde er nicht anrufen. Da landete er sicher in Rom oder Mailand, und die interessierten sich höchstwahrscheinlich nicht für eine verschwundene Touristin in der Toskana, und dann auch noch mitten in der Nacht.

Aber die andere Nummer aus dem Ort würde er anrufen. Irgendjemand musste schließlich Nachtdienst haben.

Er wählte die Nummer und hoffte, dass die italienischen Vokabeln, die er brauchte, um sein Problem zu schildern, nicht bereits durch den Chianti hinweggespült worden waren.

10

Das Telefon klingelte auf Neris Nachttisch.

Gabriella stöhnte auf und zog sich die Decke über die Ohren.

Neri blinzelte in Richtung Radiowecker. 0 Uhr 17.

Das durfte ja wohl nicht wahr sein. Wer zum Teufel rief ihn jetzt an? Letzte Woche hatte Diego Bereitschaftsdienst gehabt, und niemand hatte seinen Nachtschlaf gestört. Kaum war er, Neri, dran, klingelte das verdammte Telefon. Er erinnerte sich dunkel, dass Gabriella und er um elf ins Bett gegangen waren. Demnach bin ich jetzt gerade in der Tiefschlafphase, überlegte Neri und bekam noch schlechtere Laune.

Das Telefon klingelte immer noch.

»Willst du nicht rangehen, verdammt!«, schimpfte Gabriella unter ihrer Decke, und Neri hob endlich ab.

»Commissario Donato Neri«, brachte er nur mit Mühe heraus, weil er plötzlich nicht mehr wusste, ob er Neri Donato oder Donato Neri hieß. Das alles lag nur an der Tiefschlafphase.

Hoffentlich hast du einen guten Grund, mich zu wecken, dachte er noch, als er schon eine völlig aufgelöste Männerstimme hörte: »Bitte, kommen Sie, es ist etwas ganz

Fürchterliches passiert, meine Frau ist weg, sie wollte mittags zu Hause sein und ist immer noch nicht da.«

»Nun mal langsam«, sagte Neri und bekam augenblicklich Kopfschmerzen. »Das will noch gar nichts heißen.« Er stand auf und ging ins Wohnzimmer, um Gabriella nicht weiter zu stören. Der Anrufer war kein Italiener, so viel stand fest, er hatte einen starken ausländischen Akzent. Welchen, konnte Neri nicht sagen. »Wie alt ist Ihre Frau?«

Der Anrufer zögerte. »Fünfundvierzig?«, sagte er mit einem Fragezeichen in der Stimme und korrigierte sich sofort. »Nein. Sechsundvierzig.«

»Dann ist sie also kein Kind mehr.«

Bastian Sennen fühlte sich nicht ernst genommen und wurde wütend. »Wieso, Commissario?«

»Ich wollte Ihnen nur klarmachen, dass Ihre Frau erwachsen ist und tun und lassen kann, was sie will. Vielleicht hatte sie einfach keine Lust, nach Hause zu kommen. Vielleicht hatte sie auch einen guten Grund, nicht nach Hause zu kommen – der natürlich nichts mit Ihnen zu tun haben muss, verstehen Sie mich nicht falsch. Vielleicht ist sie bei einer Freundin versackt und hat vergessen, Sie anzurufen. Vielleicht hat sie ihr Handy verloren oder Ihre Nummer vergessen … Es gibt tausend harmlose Gründe, daher würde ich mir noch keine Sorgen machen. Warten wir noch ein, zwei Tage ab, und dann nehmen wir eine Vermisstenanzeige auf. Va bene?«

Bastian hatte nur die Hälfte von dem verstanden, was Neri gesagt hatte, aber genug, um zu begreifen, dass der Commissario erst in ein paar Tagen aktiv werden wollte, da es sich bei der Vermissten nicht um ein Kind handelte.

Was für ein Wahnsinn!

Was für ein Schwachsinn!

Er wusste, dass Lara etwas passiert sein musste, sonst hätte sie sich gemeldet. Er kannte seine Frau. Sie konnte nachvollziehen, wie es war, wenn man sich Sorgen machte, darum rief sie an und sagte Bescheid. Immer! Aber das verstand dieser dusslige Dorfpolizist anscheinend nicht. Oder er wollte es nicht verstehen, weil es mitten in der Nacht war.

»Bitte melden Sie sich morgen noch mal, falls Ihre Frau immer noch nicht aufgetaucht ist, ja?«, sagte Neri so freundlich, wie es ihm um diese Zeit möglich war. »Gute Nacht, Signor …? Ich habe Ihren Namen nicht verstanden?«

»Sennen. Esse, e, enne, enne, e, enne«, lallte Bastian.

»Wie?«

»Sennen. Esse, e, enne, enne, e, enne«, wiederholte Bastian mühsam.

»Schon klar.« Neri verdrehte die Augen. Der Mann war ja voll wie ein Chiantifass. »Versuchen Sie ein bisschen zu schlafen. Buonanotte.«

Er legte auf. In der Haut dieses Mannes wollte er jetzt nicht stecken, aber vielleicht gab es ja wirklich eine ganz harmlose Erklärung.

Himmel, kann ich reizend sein, wenn ich in der Tiefschlafphase bin, dachte er noch, grinste in sich hinein, kroch zu Gabriella ins Bett, schmiegte sich in ihren Nacken, strich ihr noch einmal übers Haar und schlief augenblicklich ein.

11

Deutschland

Wie jeden Morgen riss ihn das Geklapper und das Schlagen der Schlüssel gegen die metallene Zellentür aus dem Tiefschlaf.

Die Tür ging auf, wenn auch nur einen Spalt.

»Morgen!«, dröhnte die Stimme des JVA-Beamten.

»Fick disch«, brummelte Faruk mit verschlafener Stimme. Er schmiss sich noch einmal auf die andere Seite, und die Tür fiel wieder krachend ins Schloss. Das war zwar nicht die korrekte morgendliche Begrüßung, die einen JVA-Beamten erfreute, aber Faruk hatte zumindest Laut gegeben, und somit war klar, dass er noch lebte. Das reichte.

Es gab JVA-Beamte, die hatten hin und wieder ihre soziale Ader und weckten auf die sanfte Art. Wenn sie wussten, dass der Knacki nicht arbeiten gehen musste und theoretisch bis acht schlafen konnte, öffneten sie leise die Tür, stellten sich neben das Bett, guckten, ob er sich bewegte und atmete, und gingen wieder. Dann schlossen sie die Tür leise wieder zu und achteten sogar darauf, dass nicht zu viel Licht in die Zelle fiel.

Das war wie Weihnachten und die absolute Ausnahme.

Andere schalteten immer rigoros das Licht an, traten gegen das Bett, brüllten »Morgen!« und warteten darauf, dass der

Gefangene auch »Guten Morgen« sagte. Kein Seufzen, kein Stöhnen, kein Grunzen, kein »Öhhm«. Es könnten ja die letzten Atemgeräusche sein, bevor er verendete.

Auch ein Winken mit der Hand reichte nicht. Es konnte ja ein Um-Hilfe-Winken sein.

Aber »fick disch« war okay.

Manchmal hatte Faruk Lust, Schluss zu machen und sich am Fenstergitter aufzuknüpfen oder sich mit seinem Einmalrasierer die Pulsadern aufzuschneiden, aber möglichst so, dass es eine große blutige Sauerei gab … Aber dann dachte er daran, dass er irgendwann wieder frei sein würde. Wenn er sich zusammenriss, vielleicht schon sehr bald. Und dann war es wesentlich witziger, einer schwangeren Schlampe den Bauch aufzuschlitzen oder eine Oma zu vögeln und ihr dabei die Luft abzudrücken, bis ihr die Augen aus den Höhlen quollen.

Faruk musste kichern, stand auf und stellte sich breitbeinig vor sein Zellenklo, um zu pinkeln. Dann ließ er den Wasserhahn in seinem kleinen Waschbecken, das vor Dreck starrte, laufen. Niemand kümmerte sich um die Zellen, verdammt. Es nervte ihn. Der Hausarbeiter war nur für die Flure, die Duschen und die Mülleimer zuständig. Hier in den Zellen mussten sie in ihrem eigenen Dreck ersticken.

Aber Putzen war in Faruks Augen Weiberkram.

Faruk merkte, dass ihm die Galle hochkam. Das erste Mal an diesem verfickten Tag.

Er gab drei Löffel Nesquik in seinen Kaffeebecher, füllte ihn mit Wasser auf und nahm einen tiefen Schluck. Gut. Es gab Knackis, die morgens nur lauwarmes Wasser tranken, weil ihre Knete noch nicht mal für Kaffee, geschweige denn

Tabak reichte. Oder weil sie Schutzgeld zu zahlen hatten und ihnen irgendjemand jeden Dienstag Kaffee und Tabak abzockte.

In der Fensterbank bewahrte er sein Essen auf. Zehn Scheiben Brot gab es jeden Mittag, das musste für Abendbrot und Frühstück reichen, sechs Scheiben hatte er noch übrig. Das Brot war hart, klebrig und grau. Es schmeckte wie getoasteter Beton. Er hatte noch eine Scheibe Käse und einen Rest Margarine. Das reichte für drei Scheiben. Ein wahres Festmahl.

So schnell es ging, aß er die Brote und spülte sie mit Nesquik herunter. Zwanzig vor sieben. Verdammt. Zähne putzte er nur abends, wenn überhaupt, aber seine verfluchte Verdauung kam nie schnell genug in Gang. Er setzte sich aufs Klo, doch nichts passierte. Wahrscheinlich würde er während der Arbeit Bauchschmerzen bekommen und dann zwischen die Petersilienbeete scheißen. Und das würde wieder Ärger geben. Vor ein paar Wochen hatte ihn ein Russe krankenhausreif geschlagen, als er es gesehen hatte, weil Petersilie sein Lieblingskraut war.

Verflucht waren die Russen, die Araber, die Afrikaner.

Wo bin ich hier, dachte Faruk, im deutschen Knast oder im Asylantenheim?

Beinah hätte er gelacht, aber selbst das nutzte nichts, er konnte einfach nicht um diese Zeit und stand vom Klo wieder auf.

Draußen hörte er die ersten Türen schlagen. Die, die einen Job hatten, schlossen ihre Zellen ab, gingen runter und warteten an der Tür zum Hof.

Faruk machte noch schnell zehn Liegestütze und verließ dann auch seinen Haftraum.

Vor der Hoftür gab er um sieben seinen Schlüssel ab. Die Gefangenen schlossen während der Arbeit alle ihre Zellen zu, damit sie von den Mitgefangenen, die nicht zur Arbeit gehen konnten oder durften, nicht beklaut wurden. Nach der Arbeit holten sie sich ihren Schlüssel beim Pförtner wieder.

Die JVA-Beamten hatten ihrerseits natürlich auch einen Schlüssel, um Zellenkontrollen machen zu können, wenn die Gefangenen nicht da waren.

Faruk arbeitete in der Gärtnerei. Das war für ihn das Allerletzte. Den ganzen Tag in der dreckigen Erde wühlen und kleine Pflanzen hineinstecken. Da musste man schon schwul und bescheuert sein, um so eine Drecksarbeit zu mögen. Er konnte sie nicht ausstehen. Hätte lieber in der Küche Zwiebeln und Karotten geschnitten, Teller abgewaschen, Suppen gerührt, ganz egal. Da konnte er mit Messern hantieren – er fand Messer megageil – und den Fraß zusammenpanschen, den die anderen fressen mussten. Dort würde er sich wie der King fühlen, denn im Knast kam immer erst das Fressen, dann die Moral. Und er konnte auch in die Suppe rotzen, wenn ihm danach war.

In der Küche zu arbeiten war einfach das Größte, und darum hätte er das richtig gerne gemacht. Aber nicht jeden Tag in der nassen Erde wühlen mit Regenwürmern zwischen den Fingern, pfui Teufel. Sie wussten das und hatten ihn extra zu den Gärtnern gesteckt, die Schweine. Sie schikanierten die Knackis, wo sie nur konnten.

Vor der Tür zum Hof stand das ganze Pack, das zur Arbeit ging. Ungefähr zwanzig Leute. Insgesamt waren sie in dem Block fünfzig. Sechs Türken gab es darunter und sieben Deutsche. Die hatten's nicht leicht. Hatten niemanden, der sie raushaute, hatten keine Gang. Wenn irgendein Mustafa beschloss, sie zu Brei zu verarbeiten und seine Kumpels zusammentrommelte, dann hatten sie schlechte Karten.

Und weiter hinten isoliert standen ein paar Russen. Sie redeten mit keinem, arbeiteten in der Tischlerei, die Maschinen konnte man sowieso nicht überbrüllen, und auch sonst waren die immer unter sich. Sie waren organisiert, hatten untereinander eine strenge Hierarchie, waren schweigsam und ordentlich.

Faruk hatte mal einen Blick in die Zelle von Dimitrij geworfen, der hier der Boss der Russen war, und er war fast blind geworden dabei. So blitzeblank war dort alles.

Wenn ich mal am offenen Herzen operiert werden müsste, dann bitte in Dimitrijs Zelle, dachte er sich. Die war klinisch sauber. Unter dem Spiegel stand nur eine russische Ikone mit einem gold glänzenden Christus, der mit dünnen, spinnenartigen Fingern auf ein offenes Buch deutete.

Todsterbenslangweilig, dachte Faruk, aber bitte schön.

Die Russen waren okay und nervten nicht. Wenn man sie in Ruhe ließ, hatte man keinen Stress.

Die anderen waren Araber oder Schwarzafrikaner.

Zum Teufel mit denen allen.

Er hatte keinen Bock, wollte nur noch schlafen. Auf die zwölf Euro, die er pro Tag dafür verdiente, dass er in der Erde herumwühlte, sich an Dornen stach, nasse Blätter und glitschige Schnecken wegräumte, stundenlang auf Knien hockte und sich wie ein Underdog fühlte, hätte er geschissen, aber wenn er sich zwei Tage verweigerte, wanderte der Fernseher für drei Wochen weg, und das war das Schlimmste überhaupt, das ihm passieren konnte. Ohne Fernseher war er kein Mensch, ohne Fernseher fiel ihm der Knast auf den Kopf, ohne Fernseher hatte er keinen Bezug zur Außenwelt mehr und fühlte sich in seiner Kack-Zelle wie lebendig begraben.

Also trottete er jeden Tag in seine ekelhaften Beete.

All das war unter seiner Würde.

Er hatte alles gestohlen, was nicht niet- und nagelfest war, Drogen verkauft und tja, verdammt, auch jemand umgebracht – das war seine Welt, und jetzt musste er im Dreck wühlen wie eine miese Sau. Aber bald würde er weitermachen, wo er aufgehört hatte. Bald.

Nur wusste das keiner. Und er war nicht so blöd, es irgendjemand auf die Nase zu binden. Und dieser dämlichen Psychoschlampe schon gar nicht.

Denn sie hatte schon einmal befürwortet, dass er vorzeitig entlassen wurde. Nur hatte er draußen leider Scheiße gebaut und war wieder hier gelandet.

Es war ein hartes Stück Arbeit, sie wieder weichzukochen, denn sie konnte tierisch wichtig für ihn sein, das war ihm schon klar.

Er hatte sich schon oft vorgestellt, diese Schlampe zu vögeln und sie dann von oben nach unten aufzuschlitzen, aber noch nie hatte er sich anmerken lassen, was er dachte.

Er war ja nicht doof.

12

Berlin, 2009

Da war Faruk elf.

Die Schule kotzte ihn an, er hatte schon lange den Anschluss verpasst. »Was willst du? Wovon redest du? Isch versteh kein Wort!«, hatte er an dem letzten Tag, an dem er in der Schule erschienen war, zu seiner Lehrerin gesagt.

Dann war er einfach nicht mehr hingegangen. Es machte für ihn keinen Sinn.

Er trieb sich in der Stadt herum. Mit Erkan, Mehmet und Osman. Denen ging es genauso. Scheiße alles. Schule war nicht die Lösung. Sie mussten andere Wege finden.

Es war einfach. Am Anfang waren sie vorsichtig, Mehmet redete, lenkte das Opfer ab, Osman klaute, Erkan nahm die Beute in Empfang, und Faruk bunkerte das Geraubte. Wer beim Klauen erwischt wurde, hatte nie etwas in der Hand und spielte die Unschuld vom Lande. Die Rollen wechselten, die vier waren ungeheuer erfolgreich und hatten jede Menge Geld. Sie fassten sich an den Kopf, wie sie so blöd gewesen sein konnten, jemals in die Schule gegangen zu sein.

Irgendwann wurde es ihnen zu kompliziert, und sie rissen ihren Opfern nur noch die Taschen aus der Hand. Verschwanden blitzschnell, drückten die Beute dem Komplizen an der nächsten Straßenecke in die Hand, und innerhalb von wenigen Minuten war die Tasche im Moloch der Stadt verschwunden.

Ein einziges Mal wurden sie erwischt, in Faruks Bude fand man drei Handtaschen von überfallenen Frauen. Er war ja erst elf, und den Stress mit der Polizei bekam sein Vater.

Tarik verprügelte Faruk mit einem abgebrochenen Stuhlbein, bis Faruk vor Schmerzen schrie und um Gnade winselte.

Dann schmiss Tarik den Stock durchs Zimmer und sagte zu seinem Sohn: »Hör auf zu heulen. Mädchen heulen, Männer nicht.«

Faruk stand mühsam auf, wischte sich die Tränen aus dem Gesicht und wollte in seinem Zimmer verschwinden.

»Bleib hier!«, brüllte Tarik. »Eins möchte ich dir noch sagen. Du hast geklaut. Ich nehm es dir nicht übel. Aber sie haben dich erwischt. Das nehm ich dir übel, weil du bist einfach zu dämlich. Man kann alles machen auf dieser Welt, verstehst du? Alles! Man darf sich nur nicht erwischen lassen. Wer im Gefängnis landet, ist dumm. Dort sitzen nur die Bescheuerten. Verstehst du? Wenn dich einer verpfeift, gehst du in Knast, na gut, kannst nix machen, aber nicht, weil du bist zu dumm. Sei clever. Trickse sie aus. Such dir das, was du brauchst, aber lass dich nicht erwischen. Haben wir uns verstanden, mein Sohn?«

Faruk hatte nur genickt.

Als die Schule Briefe schickte und Vater Tarik aufforderte, Faruk wieder zur Schule zu schicken, nahm Tarik das zähneknirschend zur Kenntnis und stellte Faruk erneut zur Rede.

»Sohn!«, brüllte er durch die Wohnung, und das tat er nur, wenn es wichtig war, er sich Gehör verschaffen wollte und keine Widerrede duldete. »Sohn, komm mal her!«

Faruk kam angesaust, blieb mit gesenktem Blick in sicherer Entfernung stehen und tat, als ob er kein Wässerlein trüben könnte.

»Pass auf, mein Freund«, begann Tarik, »Schule ist wichtig, verstehst du? Du hast Kumpels, ihr redet viel, ganzen Vormittag, die verraten dir Tricks, jeder hat gemacht Erfahrungen, hier und da. Hör dir alles an, dann wirst du besser, klar? Und in der Schule lernst du rechnen. Wenn dir einer sagt, ich geb dir drei Prozent, musst du blitzschnell wissen, wie viel das ist, klar? Sonst bescheißen sie dich, mein Sohn. Auf der Straße bescheißen immer die, die ein bisschen cleverer sind als die anderen. Und das sollst du werden. Verstehst du? Also geh zur Schule. Zumindest mach fertig bis Hauptschule. Das reicht. Danach lernst du nur noch alles, was ist nicht wichtig. Aber bis neunte, zehnte Klasse ist wichtig. Wenn du hörst, bei Yasar kosten sieben Gramm Gras dreiundsechzig Euro und bei Muhammad kosten fünf Gramm fünfundvierzig Euro, dann musst du rechnen können, wo ist billiger. Verstehst du? Das lernst du in der Schule, und ich will nicht haben dummen Sohn. Also geh verdammt noch mal in Schule, sonst kannst du nicht überleben. Nicht in diese Stadt hier. In Anatolien vielleicht. Bei den Ziegen. Aber nicht hier, in Berlin. Und wenn ich noch mal höre, du bist auf Straße und nicht in Schule, dann kriegst du den Stock. Alles klar?«

Faruk nickte. Und wusste, er hatte keine andere Wahl. Ab morgen musste er zurück in diese Scheißschule.

Er zog es durch, weil er den Stock fürchtete. Und wurde raffinierter. Und auch hemmungsloser. Bettelte mit seinem noch unschuldigen Kinderblick, und wenn die gute Frau ihr Portemonnaie zückte, riss er es ihr aus der Hand und war schon Sekunden später über alle Berge. So schnell konnte sie weder reagieren noch um Hilfe schreien oder ihm gar hinterherrennen.

Diese einfache Masche war wesentlich effektiver, als zu versuchen, den Opfern die Handtasche zu entreißen, die sie in der Regel viel fester hielten und die er ihnen auch noch vom Arm ziehen musste. Wenn sie größer und stärker waren, bekam er ein Problem. Mit Geldbörsen nicht.

In seinem Kinderzimmer stapelte sich das Geld. Er hatte einen Karton mit Star-Trek-Figuren, und darunter hortete er mittlerweile 4375 Euro.

Wenn Leyla, seine Schwester, hereinkommen wollte, fuhr er sie an, gefälligst anzuklopfen. »Geh in die Küche und hilf deiner Mutter«, schrie er, »in meinem Zimmer hast du nichts zu suchen. Mädchen haben in Zimmern von Männern überhaupt nie was verloren!«

Leyla kuschte und verschwand, sie war ein Jahr jünger als er.

Faruk machte ihr oft Geschenke. Brachte ihr gebrannte Mandeln, Fenchelbonbons und türkischen Honig mit, strich ihr über die Wange und lächelte, und Leyla wusste, dass es ein Glück war, so einen wunderbaren Bruder zu haben. Er würde für sie durchs Feuer gehen. Das war ein gutes Gefühl.

Und seiner Mutter kaufte er ein rosa-goldenes Kopftuch, das er wunderschön fand.

Männer machten Frauen eben Geschenke.

Männer waren stark. Und schlau.

Auch die Eltern stellten klar, dass Faruk wichtiger war als Leyla, dass er mehr zu sagen hatte als seine Schwester und dass sie ihm gehorchen musste.

Faruk war der Pascha, zumal er sich alles leisten konnte.

13

Jedes Mal, wenn Wolfgang Bergmann die Treppe zu seiner Wohnung hinaufstieg, kam die Erinnerung wieder hoch. Mit Macht. Niemand erwartete ihn. Karin nicht. Und Jenny nicht. Seine Wohnung war leer. Nach einer Weile gewöhnte er sich daran, aber das Nachhausekommen war schwer.

Im Treppenhaus roch es muffig. Niemand kam auf die Idee, ab und zu mal ein Flurfenster zu öffnen. Wenn er es tat und eine halbe Stunde später noch einmal danach sah, war das Fenster hundertprozentig wieder geschlossen. Als würde ein leiser Luftzug die Pest ins Treppenhaus wehen.

Frau Seesen im ersten Stock hatte wieder ihren Müll vor die Tür gestellt, unsortiert, und er fand es widerlich, Joghurtbecher, gebrauchte Slipeinlagen, leere Büchsen von Katzenfutter und Fischgräten durch die leicht durchsichtige Plastiktüte zu erkennen. So brauchte er nicht viel Fantasie, um sich vorzustellen, wie Frau Seesen lebte. Noch nicht einmal die Blumen würde er sich von ihr gießen lassen.

Aber zum Glück hatte er keine Blumen, und Frau Seesen war er nur ganz selten auf der Treppe begegnet. Er wusste, dass sie weiße Haare hatte, aber ob sie kurz oder lang waren, konnte er nicht sagen.

Ihm gegenüber im dritten Stock wohnte Giorgio Falerni, ein »pianista«. Er legte Wert auf diese Berufsbezeichnung, dabei war er ein armseliger Alleinunterhalter, den man für Hochzeiten und Feste aller Art buchen konnte. »Die kleine Nachtmusik« spielte er zum Abendessen, mit »Hossa, hossa, hossa« läutete er den Tanz ein.

Wolfgang mochte den Italiener, der vor Heimweh fast verrückt wurde, jedes Jahr zwei Kilo abnahm, mittlerweile ein Schatten seiner selbst war und auf jedem Fest ab dreiundzwanzig Uhr nur noch italienische Sehnsuchtsschnulzen spielte, während ihm die Tränen übers Gesicht liefen.

Giorgio bekochte sich täglich, es war seine Maßnahme gegen das Heimweh. Wenn er aß, ging es ihm besser.

Wolfgang kochte für sich selbst so gut wie nie, aber wann auch immer er bei Giorgio klingelte, tischte der ihm italienische Köstlichkeiten auf. Und Giorgio war glücklich, wenn es Wolfgang schmeckte.

Wolfgang revanchierte sich hin und wieder mit Kinokarten, einem Spaziergang durch den Zoo oder einer Dampferfahrt auf dem Wannsee.

Giorgio bezeichnete Wolfgang, sein Gegenüber auf dem Flur, als »beste amico del mondo«. Für Giorgio war Wolfgang eben »numero uno!«, das hatte er ihm oft genug und immer wieder gesagt.

Falls nötig, wäre Wolfgang für den einsamen, traurigen italienischen Nachbarn durchs Feuer gegangen. Und umgekehrt.

Bei Giorgio war heute alles still. Wolfgang hörte keine Musik, nichts. Auch ansonsten war es ruhig, als wäre das ganze Haus verwaist.

Wolfgang schloss seine Tür auf. Alles okay. Es war wie immer. Er war allein in seiner Bude und konnte sich zum Teufel noch mal nicht damit abfinden.

Im Flur ließ er seine Tasche fallen und ging zur Station des Telefons im Wohnzimmer. Kein Licht blinkte. Niemand hatte versucht, ihn anzurufen, niemand hatte auf den Anrufbeantworter gesprochen.

Als er sich Schuhe und Jacke ausgezogen und ein Bier aufgemacht hatte, rief er Karin an. Sie hob sofort ab, als hätte sie neben dem Telefon gesessen und auf einen Anruf gewartet.

»Hi, hier ist Wolfgang«, sagte er. »Wie geht's?«

»Gut.«

»Geht's dir wirklich gut?«

»Ja, ja, ja. Ich habe heute zu viel Lakritze gegessen, darum geht es mir vielleicht ein bisschen schlecht, weißt du, aber dann war ich am Strand, und dann war es wieder besser.«

»An welchem Strand?«

»Na, am Strand eben.«

»Wo ist ein Strand, zu dem du gehen könntest?«

»Gleich hinter Potsdam. Da waren wir doch auch immer mit ihr. Erinnerst du dich?«

»Ja, ich erinnere mich. Da ist ein See und ein bisschen Ufer. Aber kein Strand.«

»Bist du jetzt böse auf mich?«

»Nein. Gut, dann warst du also am Strand. Und war es schön?«

»Ja. Sehr, sehr schön. Ich bin noch jung, weißt du, ich darf noch bleiben. Aber in meinem Kopf ist so ein Durcheinander. Ich ruf dich wieder an. Ich pass auf mich auf, keine Sorge.«

Sie legte auf.

Irgendwann, Karin, dachte er, irgendwann wird alles wieder gut. Das verspreche ich dir …

Vielleicht war Giorgio ja doch da. Er konnte jetzt nicht allein sein.

Seine Wohnungstür ließ er offen, als er bei Giorgio Sturm klingelte. Bitte, flehte er innerlich, bitte mach auf. Für mich bist du auch die numero uno.

Sekunden – gefühlte Minuten – vergingen, und dann hörte er ein Rumpeln und Poltern hinter der Tür. Wenig später öffnete Giorgio mit verschwollenem Gesicht und zerzaustem Haar. Er wirkte müde und kaputt, aber als er Wolfgang sah, ging sofort ein Strahlen über sein Gesicht.

Er machte die typisch italienische Handbewegung, als würde er etwas über die Schulter hinter sich werfen, was aber in diesem Fall so viel hieß wie: »Komm rein!«

»Hast du Wein?«, fragte Wolfgang.

Giorgio wiederholte die Geste. »Genug. Komm. Freu mich, dich zu sehen.«

Wolfgang ging die drei Schritte zurück in seine Wohnung, nahm den Schlüssel aus der Messingschale, die an einer Kette neben der Lampe hing, und zog hinter sich die Tür ins Schloss.

Dann umarmte er Giorgio, und sie gingen hinein.

»Hab dich lange nicht gesehen«, sagte der Italiener ohne jeden Vorwurf in der Stimme, und Wolfgang nickte.

»Viel zu tun. Ständig auf dem Bock. Richtig übel.«

»Ho capito. Un Chianti?«

»Sehr, sehr gern.«

»Ich hab noch ein bisschen Spaghetti del capo.«

»Benissimo.«

Giorgios Wohnung war sehr spartanisch eingerichtet. Eine hellblaue Couch, ein grüner Sessel, ein brauner Kachelcouchtisch, ein großer Fernseher, keine Teppiche auf dem PVC-Fußboden, aber jede Menge Familienfotos an den Wänden und auf der kleinen Kommode am Fenster. Seine Frau, seine Mutter, seine Kinder.

»Wie geht's?«, fragte Giorgio, während er einschenkte.

»Gut. Und dir?«

»Nicht gut.« Giorgio stand auf, putzte sich die Nase und wischte sich ein paar Tränen aus den Augen. »Meine Frau hatte gestern Geburtstag, und ich war nicht da. Konnte nicht da sein. An ihrem Geburtstag, verstehst du? Ich habe sie seit drei Jahren nicht gesehen, und das ist eine Sünde. Das hat Gott so nicht gewollt, als er Frauen und Männer und Kinder erschaffen hat.«

»Da hast du recht. Warum fährst du nicht einfach mal zwei Wochen hin?«

Giorgio schlug die Hände über dem Kopf zusammen. »Amico, das ist weite Strecke! Weißt du nicht? Bis Carrozziere auf Sizilien, in Süden von Syrakus, wo meine Familie wohnt, sind 2300 Kilometer. Und wenn ich zurückwill, 4600 Kilometer. Viel zu viel, auch viel zu viel Zeit für einen Besuch, wenn Frau oder Kinder haben Geburtstag. Verstehst du? Ich kann sie nicht sehen. Ich immer allein.«

Der arme Kerl, dachte Wolfgang. Er tat ihm leid. »Und wenn wir zusammen fahren? Uns abwechseln?«

Giorgio lächelte gerührt. »Dann ist doch immer noch zu viel Zeit. Nein, Wolfgang, das geht nicht. Ich werde sie nicht sehen, bis ich zurückgehe nach Sizilien, und ob meine Frau mich dann noch liebt, weiß ich nicht. Das ist eine Angst für jede Nacht. Wenn ich das denke, kann nicht mehr schlafen.«

Wolfgang wusste, wie es sich anfühlte, wenn die Frau unerreichbar weit weg war, aber er hatte keine Lust zu sagen: Ja klar, ich weiß, wie du dich fühlst, mir geht es ähnlich und so weiter und so weiter, weil es eigentlich eine Beleidigung für einen Menschen war, der sein Unglück vor einem ausgebreitet hatte. Sich mal, ich hab das alles schon gehabt, du Dösbaddel, und? Lass ich mich so hängen? Dein Problem hat im Grunde jeder oder hat jeder schon mal gehabt, also stell dich nicht so an.

Darum hielt er den Mund und sagte nur: »Ich denke, wir müssen einen Weg finden, dass du mal Urlaub in Sizilien machst. Ich komme mit, oder ich helf dir dabei. Kein Problem. Aber es gibt sicher einen Weg. Billigflieger zum Beispiel.«

Giorgio nickte, beugte sich vor und drückte Wolfgang einen Kuss auf die Stirn.

»Numero uno«, sagte er. »Grazie. Ti amo.«

Dann legte Giorgio Musik auf, der Wein floss, irgendwann leuchteten seine dunklen Augen wieder, und als er betrunken war, begann er wunderschön zu singen, ein ruhiges Lied von Eros Ramazotti:

Solo ieri c'era lei ..., nella vita mia
Solo ieri c'era un sole, che metteva allegria ...

Wolfgang ging leise hinaus, hinüber in seine Wohnung.

Giorgio war eine Seele. Wenn Wolfgang nicht wüsste, dass Giorgio da war, hier in Kreuzberg, dritter Stock, zweiter Hinterhof, ihm direkt gegenüber – sein Leben wäre ärmer, noch einsamer und noch dunkler.

Grazie, amico.

14

Wolfgang erwachte um Viertel vor fünf. Pünktlich. Das war seine Zeit. Er war beinahe stolz auf seine präzise innere Uhr, stand sofort auf, stolperte barfuß ins Bad, pinkelte, putzte sich die Zähne und stellte sich unter die Dusche. Zum Glück sagte in diesem Haus niemand etwas, wenn er gegen fünf Uhr früh, oder manchmal auch nachts um zwei oder drei, duschte. Da hatte er ganz andere Sachen von spießigen Häusern gehört, in denen die Duschzeiten geregelt und im Mietvertrag festgeschrieben waren. Nach zweiundzwanzig Uhr bis sechs Uhr früh, manchmal sogar bis sieben, ging gar nichts.

Wolfgang schüttelte sich. Das wäre nicht sein Haus, da hatte er es hier ja richtig gut.

Er ließ das warme Wasser über seinen Körper laufen, und allmählich wurden seine Gedanken wieder klar. Der Tag lag vor ihm. Er würde zehn Stunden fahren und dann im Internet recherchieren. Es gab verdammt viel zu tun.

Aber er hatte Zeit. Würde Wege finden.

Da war er ganz sicher.

Nach der Dusche zog er sich frische Wäsche an, warf die gebrauchte in den Wäschekorb, und jedes Wochenende stellte er die Waschmaschine an. Dann machte er sein Bett, ging in die Küche, kochte Kaffee, toastete Brot, schaltete das Radio an und setzte sich an den Küchentisch. Eine Viertelstunde Zeit für zwei Milchkaffee und zwei Toast mit Marmelade und Honig.

Anschließend räumte er das Frühstücksgeschirr weg und wusch es ab. In seiner Wohnung war immer alles sauber und perfekt. Er konnte den Gedanken nicht ertragen, dass überraschenderweise Besuch kam und eine unordentliche Wohnung vorfand.

Wenn in seiner Wohnung alles aufgeräumt war, funktionierte auch sein Kopf besser. Es verschaffte ihm Klarheit und Gelassenheit. Und er freute sich mehr auf den Feierabend.

Um sieben Minuten vor sechs stieg er in seine Taxe und meldete sich über Funk zum Dienst.

»Lasst es krachen«, sagte er. »Mir geht's prima, die paar Tage Pause haben mir gutgetan, ich bin wieder gesund und fit und stehe zur Verfügung.«

»Schön zu wissen, dass es dir besser geht, Wolfgang«, sagte die Frau in der Zentrale. »Ich hab eine Fuhre in der Gneisenaustraße. Nicht weit von dir. Zum Brandenburger Tor.«

»Ich übernehme«, sagte Wolfgang und fuhr los.

Es war ein sonniger, warmer Morgen in Berlin, und es würde heiß werden. Die Luft flirrte überm Asphalt, im Radio rieten sie andauernd, genug zu trinken, und gaben die Ozonwerte durch.

Es ging ihm tierisch auf den Nerv. Das wusste man, das hörte man jedes Jahr gebetsmühlenartig zigtausend Mal, für wie blöd hielten die einen eigentlich.

Die Stadt war friedlich, noch war der Berufsverkehr nicht in Gang, es war herrlich, durch die Gegend zu fahren, aber die Fahrgäste waren rar.

Wolfgang drehte das Radio lauter und summte mit, wenn er den Song kannte.

In den Nachrichten hörte er von einem Angriff der Türkei auf Kurdenstellungen, einem terroristischen Anschlag in Kabul und das aktuelle Politbarometer. Es interessierte ihn alles nicht.

Im U-Bahnhof Kottbusser Tor hatten sie einen achtzehnjährigen jungen Mann angegriffen und halb totgeschlagen.

Wolfgang kam die Galle hoch, aber er bog nicht ab in Richtung Kottbusser Tor, sondern fuhr weiter.

In der Gneisenaustraße stieg eine ältere Frau mit schütterem grauen Haar ein. Die Kopfhaut schimmerte bereits durch, und Wolfgang fragte sich, warum sie keine Perücke trug. Heutzutage waren die Dinger so gut, kein Mensch würde es merken, aber dies sah einfach nur schrecklich aus. Sie war mager, zitterte, hatte motorische Störungen und Schwierigkeiten, in den Wagen einzusteigen.

»Wo geht's denn hin?«, fragte er, als sie endlich Platz genommen hatte und erleichtert aufatmete. So schwer und rasselnd, als hinge sie an einer Beatmungsmaschine.

»Zum Brandenburger Tor«, flüsterte sie extrem leise, sodass er kaum etwas verstand.

»Und wo da?«

»Ganz egal. Irgendwo. Werfen Sie mich raus, wo Sie halten können.«

Wolfgang nickte, fuhr los und besah sich die Frau im Rückspiegel. Komische Type. Und in ihrer Hilflosigkeit extrem leichte Beute. Für dieses ganze Gesocks, das in dieser verdammten Stadt rumrannte und achtzehnjährige Jungs halb oder ganz totschlug. Früher hatte es nur die Mädchen getroffen, jetzt traf es alle. Alte, Junge, Männer, Frauen, ganz egal. Hauptsache: totschlagen.

Wenn die Kahlköpfige nicht im Auto gesessen hätte, hätte er angehalten und gekotzt.

Dies war nicht mehr seine Stadt.

»Darf ich fragen, was Sie da machen? Ich meine, so in aller Herrgottsfrühe am Brandenburger Tor?«

Die Kahle riss die Augen auf, als hätte man sie aus dem Tiefschlaf geweckt.

»Ich treffe mich mit einer Freundin«, sagte sie nach einer Weile, und Wolfgang glaubte ihr kein Wort.

Aber es war ja auch egal. Er konnte sich nicht um alles kümmern. Musste seine Fahrgäste tun lassen, was sie wollten, er konnte nicht jeden Tag die Welt retten und hundertachtundvierzigtausend Mails checken.

Er grinste. Der Song ging ihm schon seit Langem nicht mehr aus dem Kopf.

Zwanzig Minuten später war er am Brandenburger Tor, hielt im Halteverbot, weil es keine andere Möglichkeit gab.

Die Kahle hatte keine Brieftasche, sondern nur ein Portemonnaie, was er bemerkenswert fand, zahlte passend und gab fünfzig Cent Trinkgeld. Dann rollte sie sich aus dem Wagen und stand da. Allein auf weiter Flur. Weit und breit keine Freundin in Sicht.

Wolfgang hätte sie gern noch länger beobachtet, aber da er im Halteverbot stand, fuhr er weiter.

Er konnte sich wirklich nicht um alles kümmern. Aber auf Dauer überlebensfähig war diese Frau nicht. Nicht in Berlin. So viel war klar.

Drei Stunden später reihte er sich in die wartende Schlange der Taxis am Flughafen Tegel ein, aß währenddessen ein

Baguette mit Salami und Schinken und trank dazu einen großen Coffee to go. Alles super. Das war ihm die liebste Zeit des Tages. Dazu hörte er den Polizeifunk.

- Mitte: Unbekannter Fußgänger lebensgefährlich verletzt …
- Wilmersdorf: Achtzehnjähriger in U-Bahnhof lebensgefährlich verletzt …
- Kreuzberg: Motorradfahrer stirbt am Unfallort …
- Neukölln: Mitglied einer Rockergruppe erschossen …
- Mitte: Achtzigjährige Berlinerin beim Raub ihrer Handtasche gestürzt und ihren Verletzungen erlegen …
- Charlottenburg: Taschendiebe festgenommen …
- Reinickendorf: Lebensmitteldiscounter überfallen …
- Spandau: Tankstelle überfallen …
- Steglitz: Schwerverletzter bei Verkehrsunfall, Fahrer flüchtig …

Er fragte sich, ob die Achtzigjährige in Mitte die Frau gewesen war, die er zum Brandenburger Tor gebracht hatte.

Vielleicht. Sie wollte sich mit einer Freundin treffen, jetzt war sie eventuell schon tot.

Die Welt war eine einzige große Scheiße.

15

Am nächsten Tag fuhr er spät. Er konnte es sich aussuchen, denn er war sein eigener Unternehmer, konnte tun und lassen, was er wollte, Hauptsache, es kam genug Kohle rein.

Vor dreißig Jahren hatte er in Berlin studiert. An der Musikhochschule. Geige.

Wolfgang spielte sehr gut Klavier, annehmbar Gitarre, einigermaßen Akkordeon, aber richtig gut Geige. Die Geige war seine Leidenschaft. Von ihr träumte er als Student in der Nacht, und er vermisste sie auf Reisen, wenn er sie mal nicht dabeihatte.

Die Geige war für ihn Erotik, und all seine Sehnsüchte nach Erfolg, Reichtum und Anerkennung projizierten sich auf dieses eine kleine Instrument.

Er spielte es jeden Tag mehrere Stunden und vergaß dabei alles um sich herum.

Vergaß, dass er in einer engen, dunklen Bude saß, in der noch nicht einmal genug Platz war, um mit einer Freundin zu frühstücken. Er spielte seine Geige und war in einer anderen Welt.

Und es gab gar keine Frage: Er würde und musste Musik studieren.

Seine Eltern hielten dies für ein Hirngespinst und ihren Sohn für einen mittelmäßig Begabten, der im Schulorchester durchaus mitspielen konnte, aber mehr auch nicht. Ein Leben auf die Musik aufzubauen war ihrer Meinung nach zum Scheitern verurteilt.

Wolfgang ließ sich dadurch nicht beeindrucken, und zwei Jahre später strichen ihm seine Eltern sämtliche Gelder.

Aber er biss sich durch. Tagsüber brütete er über Noten und Partituren, nachts fuhr er Taxi und finanzierte damit sein Studium.

Er war fix und fertig, aber hochgradig motiviert.

Sein Leben war Musik. Alles andere war ihm egal.

Es gab schlechtere Leben.

Die Berliner Philharmoniker engagierten ihn, das Wort »Genie« wollte er nicht hören, aber er hatte seinen Platz gefunden, war etabliert, verdiente gutes Geld, war rundum glücklich.

Und bei jedem Konzert sah er ständig links, dem Dirigenten gegenüber, diese wunderhübsche brünette Cellistin vor sich.

Doch nie warf sie ihm einen Blick zu. Nie sah sie in seine Richtung.

Aber irgendwann sprach er sie in der Pause an und lud sie zum Essen ein.

Karin hieß so wie ihre geliebte Oma, die drei Jahre zuvor gestorben war. Aber für Karin war Oma nicht tot, sie fühlte ihre Anwesenheit, Oma war immer bei ihr, neben ihr, war mit ihr im Raum, da war Karin ganz sicher, und sie sprach mit Oma auch weiterhin jeden Tag. Befragte sie zu allem, was sie beschäftigte, und hatte das Gefühl, eine Antwort zumindest zu spüren.

Karin war bei Oma Karin aufgewachsen, ihr Vater war als Maurer von einem umstürzenden Gerüst erschlagen worden, als Karin sieben war. Ihre Mutter war drei Jahre später mit einem Entwicklungshelfer nach Somalia gegangen und hatte Karin bei der Großmutter zurückgelassen.

»Mach's gut, mein süßer Schatz«, hatte sie beim Abschied gesagt und Karin in der Abflughalle des Flugplatzes an sich gedrückt. »Sei brav, ich komme bald wieder. Oma ist lieb zu dir, es ist alles gut. Bevor der Winter kommt, bin ich wieder bei dir.«

Es waren etliche Winter ins Land gegangen, und Mama war nicht wiedergekommen.

Karin hatte gewartet und geweint. Sie hatte ihre Mama vermisst.

Irgendwann kam der Tag, da hatte sie sie gehasst.

Als Oma viel zu früh starb, hatte Karin niemanden mehr, nur noch den Namen von ihrer geliebten Großmutter, die ihr jeden Wunsch von den Augen abgelesen und sie jeden Abend in den Arm genommen hatte.

»Deine Mutter kann zurzeit nicht nach Hause kommen«, hatte sie versucht zu erklären, »ich glaube, sie hat in Somalia so viel zu tun. Da gibt es viele Kinder, denen sie helfen und die sie retten muss, weil sie ihre Eltern verloren haben. Aber sie hat dich nicht vergessen. Ganz bestimmt nicht.«

»Ach ja?«, schnaubte Karin. »Warum schreibt sie dann nicht? Warum ruft sie nicht an? Und die Kinder, die sie rettet, sind fremde Kinder. Ich bin ihr Kind! Warum stellt sie sich tot? Vielleicht ist sie tot?«

»Ich weiß es doch auch nicht«, sagte Oma und versuchte, nicht zu weinen. »Lass es einfach so, wie es ist.«

»Ich hasse Mama«, schrie Karin und stürmte aus dem Zimmer.

Er fuhr los und wappnete sich für die kommenden zehn Stunden in einer Stadt, die er dafür hasste, dass sie alles ertrug, was Unfassbares in ihr geschah, und niemals zurückschlug.

16

Toskana

»Was war denn los heute Nacht?«, fragte Gabriella, als Neri in die Küche kam und sie ihm einen Cappuccino auf den Küchentisch stellte.

»Ein besoffener Tourist, der seine Frau vermisst.«

»Ein Tourist?«

»Ja. Ich schätze ein Deutscher, aber genau weiß ich es nicht. Seine Frau wollte mittags wieder zu Hause sein und war dann mitten in der Nacht immer noch nicht da. Und da hat er die Nerven verloren.«

»Und? Was hast du ihm gesagt?«

»Dass seine Frau erwachsen ist, tun und lassen kann, was sie will, und dass er noch ein bis zwei Tage warten soll. Dann nehmen wir eine Vermisstenanzeige auf.«

»Sehr charmant!«, meinte Gabriella spöttisch und verdrehte die Augen. »Es gibt nur zwei Möglichkeiten, Neri: Entweder es herrscht Krieg zwischen den beiden, dann ist seine Frau abgehauen und ihr ist nichts passiert. In dem Fall macht sich der Verlassene aber auch nicht allzu große Sorgen und meldet sich bestimmt nicht mitten in der Nacht bei den Carabinieri. Oder zwischen den beiden ist alles in Ordnung. Wenn dann der Gatte dich völlig aufgelöst vor Angst anruft, würde ich davon ausgehen, dass wirklich etwas passiert ist. Keine Frau, die ihren Mann liebt, meldet sich nicht. Nicht über so viele Stunden. Das kannst du knicken, tesoro.«

Neri trank seinen Kaffee und spürte ein leichtes Ziehen in der Brust. »Also, was meinst du?«

»Dass du von Frauen nicht die geringste Ahnung hast, mein Lieber. Da kannst du so alt werden wie ein Fels – du wirst dumm sterben.«

»Sehr freundlich.«

Gabriella lachte und fuhr ihm durchs Haar. »Falls er sich noch mal meldet, dann fahr hin zu dem armen Teufel. Rede mit ihm. Hilf ihm, seine Frau zu finden. Ich glaube, das ist ungemein wichtig.«

Neri spürte, dass Gabriella recht hatte, und schon wieder ging es ihm auf die Nerven wie all die Jahre zuvor. Aber gleichzeitig war er für ihre Hinweise auch unendlich dankbar. Wie all die Jahre zuvor.

Er drückte ihr einen Kuss aufs Haar, schrieb sich die Nummer auf, die sein Telefon in der Nacht aufgezeichnet hatte, und machte sich auf den Weg ins Büro.

Dort sah er die Post durch, ob irgendetwas Weltbewegendes passiert war, das keinen Aufschub duldete, aber es handelte sich nur um Nebensächlichkeiten, die Zeit hatten.

Dann rief er die notierte Nummer an.

»Buongiorno, Signor …«, sagte er betont langsam, da ihm jetzt erst wirklich bewusst war, dass er mit einem Touristen sprach, der wahrscheinlich nicht alles verstand. »Mein Name ist Donato Neri, Carabiniere aus Ambra. Sie hatten mich heute Nacht angerufen, und ich habe Ihren Namen nicht ganz mitbekommen.«

»Ah, ja … Buongiorno. Sennen. Esse, e, enne, enne, e, enne.«

»Va bene. Wie geht es Ihnen? Haben Sie etwas von Ihrer Frau gehört?«

Bastian Sennen antwortete nicht, sondern atmete nur ins Telefon.

»Pronto?«

»Si«, hörte Neri ein dünnes Stimmchen.

»Ist Ihre Frau wieder da?«

»Nein. Bitte, helfen Sie mir!«

»Gut, ich komme. Bitte geben Sie mir Ihre Adresse.«

Bastian Sennen hauchte die Adresse von Olivello ins Telefon und legte auf.

Neri spürte, dass der Mann mit seinen Nerven vollkommen am Ende war.

In diesem Moment betrat Diego, sein neuer, junger Kollege, der frisch von der Polizeischule gekommen war und in Ambra gerade seinen Dienst begonnen hatte, das Büro.

»Diego, ich muss los«, sagte Neri in eiligem Tonfall. »Eine Touristin wird vermisst. Alles, was ich weiß, hört sich nicht gut an. Halte hier die Stellung, ruf mich an, wenn was ist, ich melde mich, wenn ich dich brauche, d'accordo?«

»D'accordo, Chef.«

»Also rühr dich nicht von der Stelle, ich weiß nicht, wie lange es bei mir dauert.«

»Kein Problem, Chef.«

Neri nickte und verließ das Büro.

Das mochte er so an neuen, jungen Kollegen, dass sie nicht jeden Satz infrage stellten, sondern einfach taten, was man ihnen sagte.

17

Nach seinem Anruf bei den Carabinieri in der vergangenen Nacht war Bastian vollkommen betrunken ins Bett gefallen und sofort eingeschlafen. Er wusste, dachte, hörte nichts mehr, er machte sich keine Sorgen mehr, sondern schlief wie ein Stein. Sein Bewusstsein war ausgeschaltet.

Um kurz vor fünf war er wieder wach, und dann kamen die Gedanken und Ängste mit Macht zurück. Er spürte, dass alles anders war als sonst. Das Ferienhaus war leer und kalt, der Nussbaum vor dem Fenster wirkte nicht mehr heimelig, sondern warf dunkle Schatten ins Zimmer.

Sie war nicht mehr da, und nichts hatte noch einen Sinn.

Bastian kochte sich Kaffee, aber er schmeckte fad. Er hatte keinen Hunger, nur ein übles Gefühl in der Magengegend.

Wusste einfach nicht, wohin mit sich.

Es war beinah eine Erlösung, als kurz vor zehn der Carabiniere auftauchte. Allein.

»Buongiorno«, sagte Bastian und gab dem Carabiniere die Hand. »Mein Name ist Bastian Sennen, wir haben telefoniert. Meine Frau und ich haben dieses Ferienhaus gemietet und machen hier Urlaub. Und Lara ist, wie gesagt, seit gestern Mittag weg. Verschwunden.« Er war schon wieder den Tränen nahe.

Neri seufzte innerlich und sah sich um. Dies war ein wunderbares Ferienhaus. Gut gepflegt, mit einem schönen Pool, einer herrlichen, von Jasmin umwucherten Terrasse und einem fantastischen Blick ins Tal. Was wollte man mehr. Italien bot alles, was das Herz begehrte, aber dann verloren Touristen ihre Brieftasche, ließen sich beklauen, waren in Prügeleien verwickelt, verloren ihre Kinder oder ihre Frauen, brachten sich gegenseitig um, fuhren sich mit ihren Autos zu Tode und, und, und … Sie machten nur Scherereien, Ärger und Arbeit. Porcamiseria. Konnten sie nicht einfach am Pool liegen, ein Buch lesen, abends essen gehen und den lieben Gott einen guten Mann sein lassen? – Aber nein. Seit Jahren hatte er nur Stress mit Touristen, und nun war schon wieder eine deutsche Frau verschwunden.

»Wie sieht Ihre Frau denn aus?«

»Sie war, äh, ich meine, sie ist …«, korrigierte sich Bastian, was Neri verstanden hatte und bemerkenswert fand, »wunderschön.« Er machte eine Pause.

»Na, groß, klein, dick, dünn …?«, fragte Neri ungeduldig. Bastian sah auf. »Relativ groß. Eins achtundsiebzig. Schlank. Lange blonde Haare, dunkle Augen. Einen tätowierten Schmetterling an der rechten Wade.« Er überlegte. »Tja, mehr fällt mir jetzt nicht ein …«

»Das ist ja schon eine ganze Menge«, meinte Neri, der sich Notizen gemacht hatte. »Haben Sie vielleicht irgendwo ein Foto?«

Bastian nahm sein Smartphone und scrollte Fotos rauf und runter, bis er das richtige gefunden hatte. »Hier. Das trifft sie ganz gut. Hab ich vor zwei oder drei Tagen gemacht.«

Neri besah sich das Bild. »Ah ja. Bene. Können Sie mir das ausdrucken?«

Bastian schüttelte den Kopf. »Wir haben hier keinen Drucker. Aber ich schicke es Ihnen per Mail.«

Neri nickte. »Wie alt ist Ihre Frau noch mal?«

»Sechsundvierzig.«

»Erzählen Sie mir, was gestern passiert ist.«

Bastian sammelte sich, suchte seine italienischen Vokabeln zusammen und bemühte sich, so gut wie möglich zu formulieren.

»Sie hatte vor, sich hier in der Gegend ein Haus zu kaufen, war für gestern Morgen mit einem Makler verabredet und wollte sich ein paar Objekte ansehen. Der Makler hieß Faber. Benjamin Faber. Ein Deutscher. Ich hatte keine Lust mitzufahren und wollte lieber trainieren, fürs Poloturnier. Morgens um halb zehn fuhr sie mit unserem Auto los. Beim Albergo wollte sie es parken, mit dem Makler die Immobilien ansehen und dann mittags wieder zurück sein. Aber seitdem habe ich nichts mehr von ihr gehört.« Bastian schluckte. »Ich hab sie hundertmal angerufen, hab ihr zig SMS geschickt – aber sie antwortet nicht.«

»Strano.«

»Allerdings hob gestern Nachmittag ein Mann ab.«

»Was für ein Mann?«

»Keine Ahnung.«

»Wie hieß er?«

»Ich weiß nicht. Ich hab ihn nach seinem Namen gefragt, aber er hat nicht geantwortet. Er hat immer nur ›Pronto‹ geschrien. Ich hab ihn auch nach meiner Frau gefragt, aber er hat nichts gesagt. Hat wirklich nur ständig ›Pronto‹ geschrien. Und ich hab zweimal angerufen!«

»Bitte geben Sie mir mal die Handynummer Ihrer Frau. Vielleicht können wir das Gerät orten.«

Bastian kritzelte Zahlen auf einen Zettel und gab ihn Neri.

Neri wählte die Nummer auf seinem Diensthandy.

Es klingelte ungefähr zwanzigmal, dann brach die Verbindung ab.

»Ich werde es wieder probieren«, sagte Neri. »Vielleicht erreiche ich diesen Mann irgendwann und finde heraus, wer es ist und was er mit dieser Sache zu tun hat. Keine Sorge.«

»Ja. Das wäre gut.«

»Und Sie haben keine Ahnung, wo die Immobilien sind, die Ihre Frau sich ansehen wollte?«

Bastian schüttelte den Kopf. »Nein. Sie hatte ja noch kein Material, kein Exposé, nichts. Das wollte ihr der Makler erst alles geben.«

»Haben Sie Benjamin Faber mal gegoogelt?«

»Ja. In Siena gibt es eine Immobilienfirma auf diesen Namen.«

In diesem Moment klingelte das Telefon. »Capo«, sagte Diego leise, und dann hörte Neri nur noch ein Schnaufen, Atmen und leises Hüsteln. »Capo …«

»Was ist los, Diego? Reiß dich zusammen!«

»Donatella, du weißt, die Frau von Pino aus Berardenga, äh, wie soll ich sagen, äh, nun ja, sie hat angerufen, sie ist, äh, Putzfrau, und sie hat …«, er musste husten, »sie hat h-h-heute Morgen eine Frau gefunden. Eine Leiche, verstehst du? B-b-bei dem Ferienhaus, das zurzeit unbewohnt ist. Monte S-santa Victoria, o-o-berhalb Solata.«

»Diego«, sagte Neri scharf. »Das alles ist kein Grund, die Nerven zu verlieren. Sag Donatella, sie soll nichts anrühren, ich bin schon unterwegs. Schließ das Büro ab und komm auch. Wir treffen uns dort. Alles klar?«

»A-alles klar«, stotterte Diego, und seine Stimme hörte sich an, als würde er augenblicklich ohnmächtig werden.

Neri schüttelte den Kopf. Diese jungen Menschen waren zu nichts mehr zu gebrauchen.

»Tja«, sagte Neri zu Bastian, »ich muss los. Wir sind hier kolossal unterbesetzt, und es gibt immer 'ne Menge zu tun. Aber ich kümmere mich gleich um Ihren Fall und setze schon mal eine Vermisstenanzeige auf. Wenn Ihre Frau morgen früh immer noch verschwunden ist, kommen Sie bitte zum Unterschreiben.«

»Ja«, flüsterte Bastian geknickt und überlegte, wie er die kommende Nacht überstehen sollte.

Zwanzig Minuten später hielt Neri vor dem Haus »Santa Victoria« und stieg aus dem Auto. Diego erwartete ihn schon rauchend und war kalkweiß im Gesicht.

»Oddio!«, sagte Neri, als er nur Sekunden später vor der Leiche stand. Diego hielt sich die Hand vor den Mund, drehte sich weg und lief ins Gebüsch.

Der Junge ist nett und bemüht, dachte Neri, aber völlig ungeeignet. Ich werde eine Meldung machen. Hier in Ambra passiert so viel, ich habe alle Hände voll zu tun, und da ist Diego nun wirklich keine große Hilfe. Im Gegenteil.

Er sah auf die blonde Frau, die auf dem Bauch lag. Auf den ersten Blick sah sie vollkommen unversehrt aus, so als wäre sie gestürzt und würde gleich wieder aufstehen. Ihre hellen Haare glänzten in der Sonne.

»Hol mir mal meine Handschuhe aus dem Auto«, sagte Neri zu Diego, der ängstlich zu ihm herüberschaute. »Und zieh dir auch welche an. Wir müssen die Leiche umdrehen und sie uns ansehen. Spurensicherung hin oder her. Wenn wir auf die Brüder warten, ist die Leiche verwest oder von Wildschweinen gefressen.«

Diego lief los, froh, etwas tun zu können.

Als Neri sich die Handschuhe angezogen hatte, drehte er die Tote mit Diegos Hilfe vorsichtig um und unterdrückte einen Aufschrei. Das Gesicht der ehemals schönen Frau war aufgedunsen und geschwollen und zeigte dunkelrote und violette Verfärbungen. Außerdem waren deutlich punktförmige Blutungen in der Gesichtshaut zu erkennen.

»Das sind Erstickungsblutungen«, hauchte Diego, »die treten bei Erdrosseln oder Erwürgen auf. Haben wir in der Polizeischule gelernt.«

»Sehr brav«, murmelte Neri und betrachtete eingehend die ebenso blutunterlaufene Haut am Hals.

Dann zog er vorsichtig das Hosenbein der hellen Leinenhose an der rechten Wade hoch, und ein kleiner tätowierter Schmetterling kam zum Vorschein. Aha, dachte er. Lara Sennen. Verdammt.

»Na, dann ist die Sache ja klar«, resümierte er und stand auf. »Die Gute ist erdrosselt oder erwürgt, auf alle Fälle aber ermordet worden. Und höchstwahrscheinlich hier.« Er sah sich um. »Schleifspuren kann ich nirgends entdecken. Dann ruf mal die Spurensicherung an, Diego, und sag ihnen, was los ist. Und sag ihnen auch, sie sollen sich verdammt noch mal beeilen. Hier in der Sonne und bei der Mörderhitze ist schon in wenigen Stunden von der Toten kaum noch was übrig. Da sind die Maden schneller.«

Diego nickte und zog sein Handy aus der Uniformjacke.

Während Diego telefonierte, fotografierte Neri das Opfer und drehte es anschließend wieder in die ursprüngliche Position.

Dann holte er einen Sonnenschirm, der zugeklappt in einer Terrassenecke stand, öffnete ihn und schob ihn so, dass die Tote im Schatten lag.

18

Es war einundzwanzig Uhr, als die Spurensicherung endlich weg und die Leiche abtransportiert war. Neri hatte die Nase gestrichen voll, sehnte sich nach Gabriella, einer frischen, knackigen Bruschetta und einem Glas Chianti.

Aber eins musste er noch erledigen, das konnte nicht bis morgen warten.

Er musste noch einmal zu Signor Sennen.

»Komm«, sagte er zu Diego, »wir fahren zu diesem Polospieler.«

Diego war immer noch oder schon wieder blass um die Nase.

»Aber ich hab Feierabend, capo«, stotterte er, »seit drei Stunden schon. Ich wollte meinem Sohn wenigstens noch buonanotte sagen.«

»Da muss der figlio bis morgen warten«, erwiderte Neri ungerührt. »Ambra ist ein heißes Pflaster. Das wirst du noch merken. Hier passiert pausenlos etwas, und kein Mensch weiß warum. Das liegt vielleicht an irgendwelchen Wasseradern, Erdstrahlen, Magnetfeldern oder touristischen Gendefekten. Keine Ahnung. Wir sind hier das Zentrum der Kriminalität, und da kann man sich den Feierabend meist abschminken. Seit ich hier in Ambra bin – und das ist jetzt auch schon eine halbe Ewigkeit –, hab ich noch keinen Tag Urlaub gemacht. Und dir wird es nicht besser gehen, wenn du in dieser Hölle arbeitest. Aber es hat alles seinen Sinn, verstehst du?«

Diego verstand gar nichts.

»Die Kollegen in Rom machen Dienst nach Vorschrift und sind nicht am Puls der Zeit. Aber hier erlebst du alles haarklein mit. Vom Handtaschenraub bis zum Massenmord. Hier tobt das Leben.«

»Massenmord?«

»Na klar. Haben wir alles gehabt und aufgeklärt. Ich sag dir, es gibt für einen Carabiniere und Kriminalisten nichts Interessanteres, als in Ambra zu arbeiten.«

Diego sah Neri mit staunenden Augen an. »Das glaub ich allmählich auch.«

»Also«, sagte Neri, »wir fahren jetzt zu diesem Signor Sennen. Dein Sohn wird sich freuen, wenn du ihm morgen Abend ein Märchen vorliest.«

Diego kam zwar fast um vor Hunger, aber er sagte nichts, sondern stieg ins Auto und schickte seiner Frau schnell eine SMS.

Neri fuhr los.

Es war tiefschwarze Nacht, als sie das Ferienhaus von Bastian Sennen erreichten.

Keine einzige Außenlaterne brannte, und Neri kam im ersten Moment der Gedanke, dass der Vogel ausgeflogen und bereits nach Deutschland zurückgekehrt war.

Diego beleuchtete den Weg notdürftig mit seiner Handy-Taschenlampe, und erst jetzt sahen sie, dass zwei Autos vor der Tür standen.

Neri spürte, wie er sauer wurde. Dann kann die Leiche ja doch nicht Lara Sennen sein, dachte er, und der Schweiß brach ihm aus. Nun ja, es gab viele, die sich Schmetterlinge irgendwohin tätowierten. Aber wer – zum Teufel – war sie dann? Und warum hatte dieser blöde Polospieler, dieser weinerliche Typ, ihn nicht angerufen und gesagt, dass seine Frau wieder da war? Das war ja wohl das Letzte! Dann hätten sie sich den Weg auf den Berg sparen können, und er würde jetzt schon bei Gabriella auf der Terrasse sitzen und etwas Köstliches essen.

Neri hatte Lust, das Haus zu stürmen wie ein Polizeieinsatzkommando bei einer Razzia in einem Bordell.

Aber er tat es nicht, sondern ging – gefolgt von Diego – leise ums Haus herum.

Im Erdgeschoss brannte Licht, die Fensterläden waren nicht geschlossen, Gardinen gab es nicht.

Neri und Diego hatten freie Sicht auf die Couch vor dem Kamin und auf Signor Sennen und eine völlig ekstatische Cinzia, die auf Bastian hockte, ihn ritt wie einen Gaul, ab und zu ihren Oberkörper hoch und nach hinten riss, während sie sich mit den Händen durch die wirren Haare fuhr. Sie stöhnte, ächzte und tobte, küsste Bastian, fuhr wieder hoch, schüttelte sich, schloss die Augen, hielt sich selbst die Brüste, Bastian ließ es geschehen.

Neri und Diego sahen sich an.

Neri nach dem Motto, das ist ja ein fröhlicher trauernder Witwer, Diego mit der Frage in den Augen: Was machen wir denn jetzt, Chef?

Dieser Bastian Sennen präsentierte ihnen gerade das Mordmotiv auf einem Silbertablett.

Das waren so Situationen, in denen Neri keine Gnade kannte.

Sennens Frau war noch nicht ganz kalt, und ihr Mörder vögelte schon wieder wüst in der Gegend herum. Ein Sexomane vor dem Herrn, ein Triebtäter, und von seinen traurigen Augen durfte man sich nicht irritieren lassen.

Zornesbebend riss Neri die nicht abgeschlossene Terrassentür auf und stand vor dem Paar, das den Schreck seines Lebens bekam und Mühe hatte, sich voneinander zu lösen.

Coitus interruptus. Das Überraschungsmoment war auf Neris Seite.

»Was bilden Sie sich ein?«, röchelte Bastian und zog sich ein Kissen auf seinen Schoß.

Cinzia sprang entsetzt auf und rannte nackt ins Bad.

Diego war puterrot, hatte Schluckbeschwerden und eine pelzige Zunge.

»Tut mir leid, wenn wir stören«, sagte Neri und genoss diese Sekunde in vollen Zügen. »Ich habe Ihnen etwas Dringendes mitzuteilen, und ich konnte ja nicht davon ausgehen, dass Sie hier …«, er zögerte, »nun ja, dass Sie sich so schnell trösten nach dem Verlust Ihrer Frau.«

Bastians kurze Haare standen wüst in alle Richtungen, er hatte blutunterlaufene Augen und einen wirren Blick. »Was ist los?«

Neri antwortete nicht sofort. Er hatte Zeit. Sah Bastian nur unverwandt an. Und durch sein Warten beeindruckte er Diego, der überhaupt nicht wusste, was hier gespielt wurde.

»Signor Sennen«, begann Neri ernst. »Wir haben eine Leiche gefunden, und die Vermutung liegt nahe, dass es sich um Ihre Frau handeln könnte. Sie sieht dem Foto, das Sie mir gemailt haben, ungeheuer ähnlich und hat einen kleinen tätowierten Schmetterling auf der rechten Wade. Wäre es Ihnen möglich, sie morgen früh in Siena zu identifizieren?«

»Aber selbstverständlich«, sagte Bastian tonlos, und sein rechtes Augenlid zuckte unkontrolliert und nervös und bescherte ihm einen Flatterblick.

»Um neun?«

»Ja, sicher. Kein Problem«, murmelte er.

»Eine Frage habe ich noch«, sagte Neri. »Wie kommt Ihr Auto wieder hierher? Denn es ist doch Ihr Auto, das da neben dem von der Signora vor der Tür steht?«

Bastain nickte. »Ein Freund aus dem Poloclub hat mich abgeholt, und dann hab ich meinen Wagen hierher gebracht.«

»Weil Sie nicht damit rechneten, dass Ihre Frau noch damit nach Hause kommt?«

Bastian nickte erneut. »Genauso ist es.«

»Gut«, sagte Neri und ersparte Bastian die Peinlichkeit aufzustehen. »Bleiben Sie ruhig sitzen, wir finden hinaus.«

»Was waren das noch für Zeiten, als Giacomo seine Goldmünzen geklaut wurden und man sich nur mit derartigen Problemen rumärgern musste«, sagte Neri am späten Abend zu Gabriella. »Und nun wird eine Frau erdrosselt? Auf der Terrasse eines lieblichen, unbewohnten Hauses? Bitte! Gabriella, sag mir, was ist denn bloß los?«

Gabriella zuckte nur die Achseln und grinste.

»Morgen kommt ihr Mann, um sie zu identifizieren. Für mich ist er der Mörder. Ganz klar. Sie war ihm bei seinen Frauengeschichten im Weg, und da hat er sie umgebracht. Dass sie den Makler kennengelernt hat, war günstig, er ist den beiden unauffällig gefolgt, und als die Besichtigungen zu Ende und der Makler weg war, hat er sie bei einem der Objekte umgebracht, um die Sache dem Makler in die Schuhe zu schieben. Ich hätte Lust, ihn gleich morgen zu verhaften.«

»Lentamente, tesoro, lentamente!«, beschwichtigte ihn Gabriella. »Das wäre ein absolut unüberlegter Schnellschuss! Überleg doch mal: Wie sollte er den beiden denn unauffällig folgen? Mit dem Taxi? Auf dem Fahrrad oder auf Engelsschwingen? Der gute Mann hatte doch gar kein Auto! Schon vergessen, Neri? Mit dem Auto war ja diese Lara unterwegs.«

Neri schwieg beschämt.

»Und wenn die Besichtigung beendet ist, fährt sie mit dem Makler wieder zurück. Da wartet sie nicht bei dem Haus, bis ihr Mörder vorbeikommt!«

»Stimmt. Porcamiseria!«, sagte er nach einer Pause leise und schlug sich mit der flachen Hand vor die Stirn. »Aber was ist denn dann passiert?«

»Keine Ahnung, ich kann nicht hellsehen. Aber ich frage mich erst mal ganz generell: Warum sollte jemand eine Frau vor einem Haus umbringen, das ihr nicht gehört und in dem es nichts zu rauben gibt? Das ergibt keinen Sinn, Neri. Ein Räuber kommt normalerweise, um einzubrechen, tötet die Frau, die zufälligerweise zu Hause ist, nimmt alles mit, was ihm wertvoll erscheint, und fertig.

Aber hier? Die Frau steht vor einem fremden Haus, es wird nicht eingebrochen und nichts gestohlen, sie wird einfach nur ermordet … Du, ich sag dir, der Tatort ist nicht wichtig, sie hätte auch im Wald umgebracht werden können, das ist alles kein Zufall. Das war ein Plan. Vielleicht wollte der Makler sie von Anfang an töten und hat sie zu dem Haus gelockt. Warum wissen wir natürlich nicht. Aber der Makler war Deutscher, und das Opfer war Deutsche. Das hat mit Italien rein gar nichts zu tun. Vielleicht hatten die beiden eine Rechnung offen. Eine deutsche Rechnung. Oder ihr Ehemann hat ihn als Killer engagiert. Kann natürlich auch sein.«

»Boooccchh«, sagte Neri und rieb sich die Augen. »Wenn das irgendwie so stimmen sollte, dann bist du genial, Gabriella.«

»Keine Ahnung. Ich denke ja nur. Alles ist möglich. Ermittle mal, ob es so oder so oder anders war. Es sind ja nur ein paar Gedankengänge.«

Neri küsste sie auf die Stirn. »Was hab ich für eine tolle Frau«, murmelte er und ging in sein Arbeitszimmer, um alles noch einmal ganz genau durchzudenken.

19

Es war ein unauffälliger kleiner Laden in der Via Tito Sarrocchi, ein schmales, dezent dekoriertes Schaufenster mit toskanischen Motiven und ein Schaukasten mit fünf verblichenen Bildern von Häusern, die zum Verkauf standen.

Neri und Diego hatten ihren Wagen am Museo di Storia Naturale geparkt und wären an dem unscheinbaren Geschäft beinah vorbeigelaufen, aber da stieß Diego plötzlich einen hohen, leisen Pfiff aus, der Neri sofort alarmiert herumfahren ließ.

»Was ist los?«, fragte er, die Hand an der Waffe.

»Hier ist es«, sagte Diego entschuldigend, »die Immobilienfirma, die wir suchen. Tut mir leid, Chef.«

»Schon gut«, knurrte Neri, nickte Diego zu und betrat den Laden.

»Buonasera«, sagte Neri laut und deutlich, »mein Name ist Donato Neri, das ist mein Kollege Diego Roncucci, wir sind Carabinieri aus Ambra und möchten gern Signor Benjamin Faber sprechen.«

Hinter einem blank polierten, leeren Schreibtisch, auf dem lediglich ein Computer stand, erhob sich eine üppige Schwarzhaarige mit wilden, kaum zu bändigenden Locken und lächelte. »Aber selbstverständlich, gerne. Bitte, kommen Sie mit.«

Neri und Diego sahen sich an. Das hatten sie nun überhaupt nicht erwartet.

Sie folgten der Lockigen und betraten einen Nebenraum, wesentlich größer als der vordere, aber auch hier war der Schreibtisch mehr als übersichtlich.

Hinter ihm erhob sich ein blonder Mann, Anfang vierzig, gebräunt, mit einer auffallend großen Nase, Lachfältchen um die Augen und Grübchen in den Wangen.

»Buonasera«, sagte er freundlich und streckte den Carabinieri zur Begrüßung die Hand hin. »Mein Name ist Benjamin Faber, was kann ich für Sie tun?«

Neri war völlig blockiert. Da er nicht damit gerechnet hatte, das »Phantom« Benjamin Faber wirklich zu treffen, wusste er jetzt nicht, wie er reagieren sollte.

»Es dreht sich um Folgendes«, begann er langsam.

»Bitte nehmen Sie Platz! Möchten Sie einen Kaffee?«

»Gern.«

Neri setzte sich und deutete Diego an, es auch zu tun.

Faber gab der Gelockten einen Wink, und diese setzte die Espressomaschine in Gang. Dann faltete er die Hände und sah Neri an. Wartete. Bis Neri endlich wieder zu sich kam.

»Signor Faber, wo waren Sie vorgestern zwischen neun Uhr morgens und ein Uhr mittags?«

»Hier!«, sagte Faber und hob entschuldigend die Hände. »Meine Mitarbeiter können es bezeugen. Aber bitte, warum fragen Sie mich das?«

»Haben Sie nicht vorgestern Vormittag einer Signora Lara Sennen Häuser im Valdambra gezeigt?«

»Nein. Wie hieß diese Frau noch mal? Ist sie eine Deutsche?«

»Ja. Lara Sennen.« Neri buchstabierte auf Italienisch: »Elle, a, erre, a, esse, e, enne, enne, e, enne.« Und grinste innerlich, als er an den nächtlichen Anruf von ihrem Ehemann dachte.

Faber durchsuchte seinen Computer. »Nein. Ich habe keine Kundin dieses Namens. Aber – mi scusi – ich weiß immer noch nicht, worum es geht.« Allmählich erstarb das Dauerlächeln auf Fabers Gesicht.

»Signora Sennen hatte vorgestern einen Termin mit einem Immobilienmakler Benjamin Faber, Chef der Real Estate, Luxury Tuscany villas in Siena, Via Tito Sarrocchi. Signor Faber zeigte ihr Häuser im Valdambra, und dort wurde Signora Sennen ermordet.«

Faber wurde blass. »Ich habe nichts damit zu tun, ich war den ganzen Tag hier. Francesca!«, rief er laut. »Komm doch mal bitte!«

Die Lockige kam mit den Espressi herein, stellte sie auf den Tisch und lächelte in Richtung Diego. Diego hatte Mühe, nicht zurückzulächeln.

»Bitte, Francesca, erkläre den Herren, was ich vorgestern getan habe.«

Francesca griff nach dem Terminkalender und blätterte zwei Tage zurück. »Um neun Uhr kamen Sie ins Büro, um neun Uhr dreißig kam Signora Tarozzi und beschwerte sich, dass wir für ihr Anwesen immer noch keine Kunden gefunden hätten. Um zehn Uhr fünfzehn wurden Getränke geliefert, um zehn Uhr dreißig sind Sie mit Monsieur Boulangé nach Castelnuovo Berardenga gefahren, um ihm ein Castelletto zu zeigen, um vierzehn Uhr waren Sie wieder zurück. Sie haben noch die Post erledigt und sind um siebzehn Uhr zwanzig gegangen.«

»Ich hätte gern Telefonnummer und Adresse von diesem Monsieur Boulangé«, meinte Neri. »Wo waren Sie genau mit ihm?«

Fabers Hände zitterten leicht, als er die Adresse des Castelletto aufschrieb. »Allora. Qui«, sagte er und reichte Neri den Zettel.

»Bene. Grazie. Und die Daten dieses Monsieur Boulangé?«

Auch diese Adresse suchte Faber heraus und gab sie Neri.

»Wunderbar. Wir werden das überprüfen. Vielen Dank, und wenn noch irgendetwas sein sollte, melden wir uns.«

Neri und Diego erhoben sich und gingen zur Tür.

»Haben Sie vielleicht noch ein Prospekt Ihrer Firma?«, fragte Neri.

»Aber selbstverständlich.« Faber reichte Neri eine Broschüre, auf der ein großes Bild von ihm selbst prangte.

Neri war zufrieden. Genau das hatte er gewollt.

»Una buona giornata!«, wünschten Neri und Diego dem ziemlich verwirrten Makler und traten auf die Straße.

Am nächsten Tag telefonierte Diego mit Monsieur Boulangé, der mittlerweile nach Paris zurückgeflogen war.

Da Diego in der Schule nach Englisch als zweite Fremdsprache nicht Deutsch, sondern Französisch gewählt hatte, konnte er noch ein paar Vokabeln zusammenkratzen und sich mit Monsieur Boulangé mehr schlecht als recht unterhalten.

Auf jeden Fall bestätigte der Franzose, dass er vor drei Tagen vormittags gegen zehn Uhr dreißig mit Herrn Faber aufgebrochen war, um ein Castelletto anzusehen.

Circa vierzig Kilometer vom Tatort entfernt.

Die Spur war kalt.

Wenn Boulangé kein Komplize war, konnte Faber nicht der Mörder sein.

20

Deutschland

Ahmed-Schachbrett, wie er genannt wurde, hatte die Fresse voll. Vom Knast, von allem. Darum war er heute Morgen auch nicht zur Arbeit gegangen. Hatte keinen Bock, irgendwelche Bretter zuzusägen, und hatte nur »verpiss disch, isch geh nischt, nix Arbeit heute« gerufen, als man aufschließen wollte. Daher war er wieder eingeschlossen worden, konnte weiterpennen, aber kassierte ein Sternchen. Bei zwei Sternchen war der Fernseher für drei Wochen weg.

Egal. Er wollte diese ganze Scheiße nicht mehr.

Er hatte Raubüberfälle gemacht, Einbrüche, Drogen verkauft, von irgendetwas musste man schließlich leben in diesem Drecksland.

Sie hatten ihn schon oft gefragt, wo er herkam – seine Papiere hatte er weggeschmissen –, und immer hatte er gesagt: »Weiß nicht. Vergessen.« Das wusste er, das hatte ihm Mohammad gesagt, das war die garantiert sicherste Methode, niemals abgeschoben zu werden, denn dann wussten sie nicht, wohin mit ihm. »Sag immer, hab vergessen, woher. Trauma, verstehst du, schlimm alles. Vergessen. Kopf leer. Weiß nich, wo Mama ist. Ist ganz einfach, und dann dir passiert nichts. Kannst du bleiben für immer.«

Scheiße war nur, dass er im Knast saß, und der ging ihm tierisch auf den Zeiger.

»Hast du Tabak?«, fragte er Faruk später beim Hofgang.

Faruk zuckte die Achseln. Na klar hatte er Tabak, aber er hatte keine Lust, diesem dreckigen Marokkaner, Syrer, Afghanen oder was auch immer Tabak abzutreten. Denn das Schwein wollte ja nicht kaufen. Es würde schwierig werden.

Ahmed-Schachbrett war zwanzig Kilo schwerer und ließ seine Faust fliegen. Faruk schoss ein höllischer Schmerz durch den Kopf, und er schmeckte sein Blut auf der Zunge, das er angewidert immer wieder schluckte.

»Wolla«, brachte er mit Mühe hervor. »Schüüsch. Schickst du habel Fenster? Dann Abend ja.« Das war Knastsprache, die irgendwie alle verstanden, und der Satz hieß so viel wie: Ich pendel dir heute Abend was durchs Fenster.

Ahmed war zufrieden und trollte sich. Na also. Ging doch.

Faruk hatte irrsinnige Schmerzen, der ganze Kiefer tat ihm weh, aber er sagte nichts. Bald, ganz bald würde er frei sein, die Klee hatte er auf seiner Seite. Jahrelang hatte er nach der Parole gelebt: Schlechtes denken, Gutes sagen. Damit täuschst du jeden Psychologen, jeden Sozialarbeiter, dieses ganze Gesocks. Und es hatte damals wunderbar funktioniert.

Und darum würde er auch bald aus diesen Mauern hier hinausspazieren.

In der hinteren Ecke des Hofes standen drei Jungs. Bob, Andi und Paul. Drei von sieben Deutschen in dieser Wohngruppe, sie hatten einen verdammt schweren Stand. Keine Lobby, keine Kumpels, keinen Chef und keinen Schlägertrupp, der die Dinge regelte. Sie waren Freiwild.

»Hi«, sagte er, und obwohl er vor Schmerzen in seinem Gesicht kaum laufen konnte, schlenderte er so lässig wie möglich langsam näher. »Was ist eigentlich mit der Schlampe Klee? Die hab ich schon ewig nicht gesehen.«

»Haste Sehnsucht?«, meinte Bob, und alle schrien vor Lachen.

Faruk merkte, dass er sauer wurde, aber er hatte keinen Bock auf eine Schlägerei. Nicht mit dem kaputten Kiefer. Und nicht drei gegen einen. Denn die Afrikaner, Araber und Russen würden nur zugucken. Da war er ganz sicher. Vielleicht hinterher noch einmal auf den Kopf treten, wenn er schon am Boden lag.

»Nee, sagt mal, ich will raus, ich will die was fragen. Mir stinkt's.«

»Wem nich.«

»Ich glaube, die Mutti hat Urlaub. Traurig?« Andi verdrehte die Augen.

»Klar. Wenn dich eine hier rausbringt, dann die.«

Faruk wandte sich ab, suchte in seiner Jackentasche nach einer Kippe und schlenderte weiter. Urlaub. Was für eine Scheiße. Die Warterei, bis sie wiederkam, ging ihm auf den Sack. Die Klee hatte gesagt, sie glaubt ihm, wenn er sagt, dass er kapiert hat, dass er Mist gebaut hat. Vielleicht würde sie ihn bald rauslassen. Und das wollte er. Begleiteter Ausgang war der Schlüssel zum Glück. Wenn du dich da anständig benahmst, stand die Knasttür schon fast offen. Der Hammer. Dann musstest du nur noch Geduld haben.

Faruk hatte von einem Häftling gehört, der hatte bei einem begleiteten Ausgang mehr Glück als Verstand gehabt. Es war schon Jahre her, aber die Geschichte kursierte immer noch: Den Knacki hatte so 'ne kleine JVA-Schlampe begleitet, die gerade mal eins fünfundfünfzig groß war. Zuerst wollte er zum Frisör und ließ sich die Haare schneiden. Als er fertig war und sie weitergingen, packte er sie plötzlich am Kinn, sah ihr tief in die Augen, pustete ihr ins Gesicht, sodass es ihr so richtig unangenehm wurde, und sagte dann: »Pass auf, du kleines Dreckstück, du hast die Wahl: Entweder ich schieb dich da hinten ins Gebüsch und vögle dich durch, bis du dir wünschst, niemals geboren worden zu sein, oder ich schlag dir die Zähne aus, dass du die nächsten fünf Jahre beim Zahnarzt verbringst, oder aber du lässt mich gehen, wir bleiben Freunde und haben Frieden. Was hättest du denn gern?«

Und dann hatte er sich umgedreht und war gegangen. Total cool, und die kleine Schlampe konnte nichts dagegen tun. Sie hatte ja noch nicht mal 'ne Waffe dabei.

Super Gesetze in Deutschland. Wenn dagegen ein Knacki zum Arzt oder ins Krankenhaus gebracht wurde, war der Beamte, der ihn begleitete, bewaffnet. Manchmal bekam man sogar Hand- oder Fußfesseln.

Aber wenn die Psychologin sagte: »Ich brauch das jetzt für meine Therapie, dass Abdullah mal draußen spazieren geht und Freiheit schnuppert«, lief der Beamte unbewaffnet nebenher. In Zivil! Und konnte nicht eingreifen, wenn der Knacki keine Lust mehr hatte, brav in seine Zelle zurückzukehren. Weil die JVA-Beamten außerhalb der Anstalt keine Polizeigewalt hatten.

Sie konnten die Polizei rufen, klar, aber dann war der Knacki längst über alle Berge.

Es war zum Totlachen.

Und deshalb liefen ungefähr zweitausend Knackis draußen rum, aber das wusste ja keiner von der Öffentlichkeit, sonst würde das Volk durchdrehen.

Die Methode war denkbar einfach, aber du warst dann halt ständig auf der Flucht, musstest unentwegt Schiss haben, dass sie dich wieder einkassierten, und nicht alle Psychos, die Psychologen und Sozialarbeiter, waren so drauf wie die Klee, die schon nach einem halben Jahr bestimmt wieder sagte: »Ja, ich denke, wir sollten seine Haftbedingungen lockern, ich brauche das für meine Therapie.«

Die cleveren Knackis schrien vor Lachen und nutzten es schamlos aus, die Doofen bekamen so was gar nicht mit.

Heutzutage musste keiner mehr über die Mauer klettern und in den Stacheldraht springen, heutzutage stellte man es geschickter an: »Tschüss, Meister, mach's gut, isch geh dann mal.«

Selbstverständlich würde er mit all dem kriminellen Scheiß weitermachen. Er hatte ja gar keine andere Chance, hatte keinen Beruf gelernt und nichts. Er würde also einbrechen und rauben und tun, was sein Onkel Hasan ihm vorschlug, schließlich musste er ja von irgendetwas leben. Aber vielleicht konnte er es vermeiden, die Leute aufzuschlitzen oder abzustechen, er war damit einfach zu schnell bei der Hand. Das sah er schon ein. Es war so leicht, ein Messer in einen Bauch zu stechen, es brauchte kaum Kraft, da war wenig Widerstand, und daher war die Versuchung groß, es immer und immer wieder zu tun.

Die Schlampe war also in Urlaub. Nun gut. Er musste warten.

Ahmed-Schachbrett hatte den Tabak schon wieder vergessen. Er hatte diesen widerlichen Drecksfraß, Hühnerfrikassee mit Reis und Bohnen, hinuntergewürgt. Es war Drecksessen. Kein Schweinefleisch, aber ansonsten deutsche Pampe, da konnte ein Araber wie er nichts mit anfangen.

Es war kaum auszuhalten.

Er fühlte sich wie ein Hund, der nur das fressen darf, was ihm in den Napf geschüttet wird.

Nach dem Essen fiel ihm der Tabak wieder ein. Er wollte gerade auf den Flur gehen, um Faruk noch einmal etwas deutlicher zu erinnern, denn eine Faust in der Fresse war deutlicher als tausend Worte, als ihm ein JVA-Beamter entgegenkam.

»Schichtwechsel, Einschluss!«, sagte er, deutete Ahmed mit einer Armbewegung an, in den Haftraum zurückzugehen, und klapperte mit den Schlüsseln.

Ahmed spuckte auf den Boden und ging in seine Zelle. Die Tür krachte ins Schloss, der Schlüssel drehte sich.

Dieser verfluchte Faruk. Er hatte den Tabak nicht durchs Fenster gependelt, aber er hätte ihn ja auch bringen können.

»Faruk!«, brüllte er aus dem Fenster. »Tabak!«

Faruk reagierte nicht.

Der Drang, jetzt zu rauchen, war plötzlich unerträglich.

Ahmed schrie noch ein paarmal.

Keine Reaktion.

»Meister«, sagte er, als er den Alarmknopf der Alarmanlage, die jeder Häftling für Notfälle in seiner Zelle hatte, gedrückt hatte, »Meister, können mir bringen Tabak von Faruk?«

»Nein.«

»Warum nisch?«

»Is nich.«

»Bitte, Meister.«

»Nein.«

Ahmed drehte durch.

»Kaputt, kaputt, kaputt!«, schrie er. »Isch mach kalt, mach alles kaputt. Gleich is Schutt!«

Er raste. Tobte wie ein Irrer. Trat die Wände seines Bettes ein, schmiss Seiten-, Kopf- und Fußteile aus dem Fenster, quetschte die dünne Matratze durch die Gitterstäbe. Decken und Kissen hinterher, kippte Schrank, Tisch und Stuhl um, zertrat sie mit unglaublicher Gewalt in Stücke und warf aus dem Fenster, was er aus dem Fenster werfen konnte: Schranktür, Seitenwände, Tischbeine, Stuhllehne, Klamotten, Vorräte, Fernseher, Briefe, alles.

Dabei röhrte er wie ein Orang-Utan, schlug sich die Hand kaputt und schleuderte sie immer wieder im Kreis durch die Luft, um das Blut an die Wände zu spritzen.

»Haus vier, Zelle fünfzehn randaliert«, sagte Michael zu Herbert und drückte seine Zigarette aus.

Beide warteten einen Moment ab.

»Okay, ruf mal die Leitzentrale an«, entschied Michael.

Ein stiller Alarm genügte. Es war keine Eile geboten, denn der Gefangene war ja noch weggesperrt.

Eine Viertelstunde später stürmten die Beamten Ahmeds Zelle, aber zu ihrer Überraschung fanden sie dort keinen kampfbereiten Gefangenen vor, der sich mit allen Kräften zu wehren versuchte. Ahmed lag am Boden inmitten von ein paar übrig gebliebenen Trümmern. Der Rest seiner Habe lag unten im Gefängnishof. Seine Hand war blutverschmiert, sein Gesicht schmerzverzerrt.

»Hände auf den Rücken!«, schrie Volker.

Ahmed konnte sich kaum rühren.

Die Beamten verzichteten auf Pfefferspray, Handschellen bekam er trotzdem. Ahmed schrie auf vor Schmerz.

»Der Doktor kommt gleich. Los, ab!«

Sie führten ihn in den Keller. In eine Zelle ohne Fenster, nur eine Pritsche aus Stein und ein Loch im Boden als Toilette. Jeder, der verrücktspielte, sein Mobiliar zerschlug, Beamte beschimpfte, sich oder andere verletzte, wanderte in den Keller. Für einen, zwei oder drei Tage. Kein Hofgang, kein Fernsehen, kein Tabak, keine Kontakte. Kein Tageslicht, nichts zu lesen, gar nichts. Keine Besuche. Brot und Wasser. Eine Unterhose und ein Schlafanzug aus Papier. Das war alles. Durchhalten, nicht ausflippen und sich nichts mehr zuschulden kommen lassen. Das war das Einzige, was gegen den Keller half.

Ahmed zog sich nackend aus, bückte sich und zog die Arschbacken auseinander. Kleine Hafenrundfahrt. Der Beamte untersuchte, ob er dort Drogen versteckt hatte.

»Alles klar«, sagte Volker und gab ihm den hauchdünnen Papierschlafanzug.

Der Gefängnisarzt untersuchte Ahmeds Hand.

»Ist nichts gebrochen«, sagte er. »Das wird wieder.«

»Große Schmerz«, hauchte Ahmed. »Bitte, Medizin.«

Aber der Arzt zuckte nur mit den Achseln und wandte sich ab. Im Keller wurden, wenn der Arzt es nicht unbedingt wollte, keine Schmerzmittel verabreicht.

»Viel Spaß noch«, sagten die JVA-Beamten und gingen.

Die Tür krachte ins Schloss, und Ahmed war in der trostlosen, steinernen Hölle allein.

Dass er sich dies alles selbst zuzuschreiben hatte, begriff er nicht.

»Das wirst du büßen, Faruk«, murmelte er.

Wenig später weinte er sich in den Schlaf, ohne es zu merken.

21

Pro Tag zehn Stunden durch Berlin zu gurken war eine Menge Holz. Es gab keine Ecke der Stadt, die Wolfgang nicht kannte. Er kurvte von Köpenick bis Tegel, von Reinickendorf bis Spandau, fuhr in der City sowieso ständig hin und her, und ab und zu gab es einen Glücksfall, wenn ein Beklopter von Charlottenburg bis nach Potsdam wollte.

Immer wenn er in der Nähe war, beobachtete er Karins Haus. Fuhr x-mal ums Karree, wollte sie sehen, nur einmal ganz kurz, sie hatte so einen schönen Gang, und er hatte schon fast vergessen, wie sie sich bewegte. Wie sich Grübchen tief in ihre Wangen prägten, wenn sie lächelte. Er wollte noch einmal erleben, wie es aussah, wenn ihr der Wind die Haare aus dem Gesicht blies und sie in ihren Stiefeletten hüpfte, wenn sie über einen Stein gestolpert war. Er wollte es genießen, wenn sie aus dem Haus trat, sich suchend umsah, den Riemen ihrer Handtasche höher über die Schulter schob und losging. Locker und leicht.

Und nicht so wie in der Zeit, bevor sie ihn verlassen hatte. Da hatte sie sich geschleppt wie eine alte, kranke Frau.

Es war kurz vor siebzehn Uhr. Er hielt vor dem Blumengeschäft zwei Straßen weiter, da war fast immer was frei auf dem Bürgersteig.

Die Blumenverkäuferin kannte ihn gut. »Hi, Wolfgang«, sagte sie. »Wie immer?«

Er nickte.

Sie drückte ihm einen kleinen gemischten Strauß in die Hand. Je nach Saison zusammengestellt. Im Winter mit Schneeglöckchen und Krokussen, im Sommer mit Sonnenblumen, Rosen oder Gerbera, im Herbst mit Astern.

Ein Liebesgruß. Zehn Euro.

Wolfgang bezahlte, fuhr vor Karins Haus, sprang aus dem Auto und drückte mit beiden Händen sämtliche Klingelknöpfe.

Irgendwer öffnete immer.

Der Türsummer schnarrte, die Tür öffnete sich.

Wolfgang lief die Treppen hinauf und legte den kleinen Strauß vor Karins Tür.

Wie so oft.

Wie immer und immer wieder.

Dann verließ er das Haus, stieg in seine Taxe und fuhr weiter.

Kurz vor zwei Uhr nachts. Auf dem Nikolsburger Platz gab es eine Prügelei.

Am Boden lag ein Fünfzehnjähriger. Vielleicht auch sechzehn oder siebzehn. Weite Jeans, Kapuzenshirt, Anorak, Adidas-Turnschuhe. Die ganz flachen, angesagten.

Zu dritt traten sie auf ihn ein. Es war vollkommen unspektakulär. Sie grölten und schrien nicht, sie beschimpften ihn nicht, sie traten einfach nur und machten ihn fertig. Er war am Ende, konnte sich nicht mehr wehren, mit seinen Sinnen flogen auch die Schmerzen dahin, er hatte nur noch den einen Gedanken: Ich hab Durst, ich muss trinken, aber er konnte weder schreien noch reden, und so verlor sich auch die Sehnsucht nach Wasser, bis ihm schwarz vor Augen wurde und er in tiefe Bewusstlosigkeit sank.

Seine Peiniger bekamen nicht mit, dass ihr Opfer längst nichts mehr spürte, sondern traktierten es weiter.

Kalle trat und trat. Hatte nichts anderes als seine schweren Stiefel, am liebsten wäre er mit einem Bus über diesen Typen gefahren, immer und immer wieder, bis er zu Brei zermatscht war. Das alles tat ungeheuer gut. Endlich war er mal für ein paar Minuten nicht der Dreck der Straße, auf dem alle rumtrampelten.

Er würde es ihnen allen zeigen. Und wenn er es jeden Tag tun musste.

Wolfgang stoppte sein Taxi, schaltete den Motor aus, löschte das Licht und sprang aus dem Wagen.

Der plötzliche Schmerz im Rücken war für Kalle, dessen Adrenalin im Mordrausch regelrecht explodierte, nur ein ungewohntes und schwer zu begreifendes Gefühl, daher kapierte er auch nicht, was mit ihm gerade passierte.

Die Sechzehn-Zentimeter-Klinge drang in seinen Rücken und in die seiner Kumpels immer wieder ein, bis sie endlich spürten, dass etwas Schreckliches mit ihnen geschah.

Kalle war der Erste, der fiel. Blutiger Schaum sprudelte aus seinem Mund, und er bekam keine Luft mehr. Schnappte nach Luft wie ein Fisch an Land, doch seine Lunge blieb leer.

Kalle wollte um sein Leben kämpfen, aber er wusste nicht wie.

Keine Chance. Er lag auf dem dreckigen Pflaster, mitten in Berlin, hauchte sein verdammtes Leben aus und konnte nichts dagegen tun.

Nur Sekunden später brachen auch die beiden anderen Jungs zusammen.

Ihr Opfer konnte sich schon lange nicht mehr rühren.

Zwei Minuten später wurde die Polizei anonym aus einer uralten, übrig gebliebenen Telefonzelle informiert. »Schlägerei auf dem Nikolsburger Platz«, hieß es. »Kommen Sie schnell, es gibt Verletzte.« Dann wurde aufgelegt.

Wolfgang fuhr bis sechs, dann hatte er nur noch den einen Gedanken im Kopf: Ich kann nicht mehr.

Ohne Dusche, ohne Kaffee, ohne Bier und ohne SMS an Karin, der er fast jeden Morgen ein paar Worte schickte wie: »Ich würde mein Leben geben für eine Stunde mit dir ...«, ließ er sich ins Bett fallen und schlief bis abends um fünf.

In den Nachrichten sagten sie, es habe in Wilmersdorf eine Messerstecherei gegeben. Einer habe lebensgefährliche Kopfverletzungen erlitten, zwei seien durch Stiche verletzt worden und ein weiterer sei seinen schweren Stichwunden erlegen.

Wolfgang hörte es, nahm es zur Kenntnis, aber es interessierte ihn nicht wirklich.

Dann erst duschte er, aß ein paar Brote und fühlte sich allmählich wieder wie ein Mensch.

Um sechs ging er an den Computer, um zu recherchieren.

22

Toskana

Neuerdings kamen Obduktionsberichte – wie fast alle behördlichen Schreiben – nicht mehr mit der Post, sondern per Mail. Was Neri bedauerte, weil er Franco, den Briefträger, jetzt nur noch selten sah. Früher hatte Franco immer ein bisschen Zeit mitgebracht, sie tranken gemeinsam einen Kaffee, und bei der Gelegenheit erfuhr Neri den Dorfklatsch, den man einem Carabiniere nicht unbedingt auf die Nase band. Jetzt traf er auch Franco fast nur noch in der Bar, wo er äußerst schweigsam und zurückhaltend war.

Heute war der Obduktionsbericht von Lara Sennen in der elektronischen Post. Neri öffnete die Mail, wollte sie ausdrucken, aber der Drucker streikte. Neri bekam Zustände.

Dies war auch so ein Grund, warum er lieber fertig ausgedruckte Berichte aus einem Briefumschlag zog.

»Diego!«, brüllte Neri, und augenblicklich erschien Diegos blasses Gesicht in der Tür. »Ja, capo?«

Mein Gott, dachte Neri, der Junge ist das leibhaftige schlechte Gewissen. Er guckt, als habe er vor fünf Minuten eine Oma totgefahren.

»Ist was passiert?«, fragte Neri.

»Nein, wieso?«

»Nur so. Weil du aussiehst, als stünde der Weltuntergang unmittelbar bevor.«

»Nein. Wieso?«

»Schon gut. Vergiss es. Fahr mal nach Montevarchi und hol Druckerpatronen. Die mit dem Leoparden vorne drauf. Einfarbig schwarz. Drei Stück. Kosten zusammen ungefähr vierzig Euro. Hast du Geld, und kannst du das auslegen?«

»Ja, natürlich. Kein Problem, Chef.«

Neri grinste. »Super. Und beeil dich. Ich muss was Wichtiges ausdrucken.«

Diego nickte.

»Ach ja, fahr am besten mit deinem Privatwagen, lass den Dienstwagen stehen, falls was passiert und ich schnell wegmuss.«

Diego nickte erneut, und das blasse Gesicht verschwand aus der offenen Tür.

Wunderbar. Jetzt konnte sich Diego mit den Anträgen rumärgern und versuchen, bei der Abrechnungsstelle in Arezzo die vierzig Euro plus Benzingeld wiederzubekommen. Er, Neri, war raus aus der Nummer. Vielleicht war Diego in seiner dus_sligen Art ja doch eine Hilfe. Es war immer gut, so einen Underdog im Büro zu haben, der einem aus der Hand fraß. Er würde sich das mit der Meldung noch mal überlegen.

Neri hörte, wie Diego vor dem Fenster seinen Privatwagen startete, und legte die Beine auf den Schreibtisch. Langsam scrollte er den Bericht über den Bildschirm und las.

Komischerweise konnte er am besten lesen, wenn er ewig weit vom Bildschirm entfernt saß. Je mehr er vom Schreibtisch abrückte, desto klarer erschienen die Buchstaben. Neri hatte keine Ahnung, ob es eine Weit- oder Kurzsichtigkeit war, eine Sichtigkeit war es auf alle Fälle.

Das übersachliche Pathologen-Italienisch war todsterbenslangweilig, und Neri ertappte sich dabei, immer mehr Absätze zu überfliegen oder gar zu überspringen. Diego konnte es ja nachher auch noch einmal lesen und ihm sagen, ob ihm etwas Interessantes aufgefallen war. Schließlich musste der Junge auch lernen, diese grässlichen Berichte zu verstehen.

Neri jedenfalls war nichts Außergewöhnliches aufgefallen. Der Todeszeitpunkt war gegen elf Uhr am Vormittag gewesen. Aha. Und dass die Signora erdrosselt worden war, hatte ja schon am Tatort ein Blinder mit Krückstock gesehen.

Ein Mord in einem blühenden toskanischen Garten mit traumhafter Kulisse. Es war doch nicht zu fassen.

Neri seufzte und klickte die Mail weg.

Zehn Minuten später – Neri war gerade eingenickt – klingelte das Telefon. Er schreckte hoch, aber sein Pulsschlag beruhigte sich, als er hörte, dass Gabriella am Apparat war.

»Tesoro«, säuselte sie, »möchtest du heute lieber Risotto mit Spargel oder Pasta mit Trüffelsoße?«

»Pasta mit Trüffelsoße«, antwortete Neri wie aus der Pistole geschossen. Das war etwas ganz und gar Köstliches, und er konnte es gar nicht erwarten, nach Hause zu kommen.

»Gut. Und? Was macht dein Fall?«, fragte Gabriella betont nebensächlich, aber voller Neugier. »Wie geht es diesem Bastian Sennen?«

»Keine Ahnung. Ich hab schon eine Weile nichts mehr von ihm gehört.«

»Wie, du hast nichts mehr von ihm gehört?«

»Na, so wie ich's sage! Er hat sich nicht mehr gemeldet!«

Gabriella schnaufte. »Das gibt's doch wohl nicht! Neri, fahr hin! Guck, was los ist. Vielleicht ist der Vogel ja längst davongeflogen, und du hast nichts davon gemerkt! Nimm ihm den Pass ab! Der Mann ist ein Mordverdächtiger! Der wird sicher nicht zu dir ins Büro kommen und dort sitzen bleiben, bis du ihn endlich festnehmen kannst! Mammamia, tesoro, ich fass es nicht!«

»Das war Gedankenübertragung«, hauchte Neri hilflos, »als du angerufen hast, wollte ich gerade zu ihm fahren.«

»Va benissimo, caro, und erzähl mir nachher beim Essen, was los war.«

Gabriella legte auf.

Neri seufzte und stand auf. Gabriella hatte ja völlig recht. Vielleicht hatte er die ganze Sache ein wenig schleifen lassen, aber gut war auf jeden Fall, dass er so vorausschauend Diego gebeten hatte, mit seinem Privatwagen zu fahren.

Eine knappe halbe Stunde später hielt er bei Bastian Sennen vor dem Ferienhaus.

Erstaunt registrierte er, dass Bastians Wagen immer noch vor der Tür stand. Das sprach eigentlich für seine Unschuld. Wäre er der Mörder, wäre er sicher längst abgehauen.

Bastian Sennen öffnete Neri die Tür und war nur noch ein Schatten seiner selbst: ein Mann, der in kurzer Zeit um Jahre gealtert schien. Seine Haare waren grau und stumpf und erschienen Neri lichter als noch vor ein paar Tagen. Seine Haut war fast ebenso grau wie sein Haar und wirkte zerknittert wie eine alte zerknüllte und wieder auseinandergezogene Brötchentüte, seine Augen blickten glanz- und bewegungslos wie bei einem Kranken, der auf den Tod wartet und nur noch starren kann, und statt seiner Lippen markierte ein blasser Strich, der sich in seiner Farbe in keinster Weise von der Haut abhob, den Eingang zu seinem Mund.

Hätte Bastian Sennen nicht aus eigener Kraft vor ihm gestanden, hätte Neri gedacht, in das Gesicht einer Leiche zu blicken.

Bastian schien nicht überrascht über den Besuch des Carabiniere, kredenzte ihm einen Espresso und sagte mit weinerlicher Stimme: »Maresciallo, ich halte es hier nicht mehr aus. Ich will nach Hause. Haben Sie die Papiere für die Überführung der …« Er bekam das Wort »Leiche« nicht über die Lippen und verstummte einen Moment. »Haben Sie die Papiere für die Überführung meiner Frau fertig?«

Neri schloss kurz die Augen, um seinen Worten mehr Nachdruck zu verleihen. »Hören Sie, ich habe gerade eben den Obduktionsbericht bekommen. Zwei Minuten bevor ich zu Ihnen gefahren bin. Ich muss ihn jetzt ausdrucken, durcharbeiten, kommentieren und nach Arezzo schicken. Die entscheiden dann, ob die Leiche überführt werden darf oder ob das Ersuchen nach Rom weitergeleitet werden muss, um dort entschieden zu werden. Schließlich handelt es sich um ein Kapitalverbrechen.«

Bastian schwieg.

»Das Problem ist eben – wie ich schon sagte –, dass Ihre Frau nicht einfach gestorben, sondern ermordet worden ist, Signor Sennen.«

»Sì, sì, sì … das ist mir ja klar, aber ich muss überlegen.«

Alles hatte Bastian von Neris Redeschwall nicht verstanden, nur so viel, dass es noch dauern konnte. Wie alles in Italien. Sollte er Lara zurücklassen und zu Hause darauf warten, dass der Sarg irgendwann mit einem Flugzeug kam? Konnte er sie hier mit diesen ganzen Bürokraten allein lassen? Hätte sie ihm das übel genommen? Und was hätte sie an seiner Stelle getan? Er wusste es einfach nicht.

Bastian sank auf einen Stuhl, so vorsichtig und langsam, als würde er sich auf scharfkantige Glasscherben setzen.

»Ich schaff das nicht«, sagte er leise, »ich kann nicht länger warten. Nicht in diesem scheußlichen Ferienhaus, wo niemand ist, mit dem ich reden kann. Ich sehe sie überall, ich rede mit ihr, ich träume von ihr, aber sie ist nicht da. Manchmal renne ich nachts raus, weil ich ein Geräusch gehört habe und denke, sie ist in den Pool gesprungen. Ich werde noch verrückt, Commissario. Und darum muss ich nach Hause, wo meine Freunde sind. Vielleicht geht es mir besser, wenn ich ihnen erzähle, was passiert ist. Und vielleicht hat auch irgendjemand eine Idee, warum das passiert ist. Sie war der liebste, fröhlichste und verträglichste Mensch unter der Sonne. Es gab niemanden, der sie nicht mochte, sie hatte mit niemandem Streit. Und dann wird sie hier ermordet? Hier in der Toskana? Ich verstehe es nicht.«

»Hm«, sagte Neri und dachte: Ich verstehe es auch nicht. Und wenn du es nicht verstehst, wie soll ich es dann verstehen?

»Was machte Ihre Frau beruflich?«, fragte Neri mehr höflichkeitshalber.

»Sie war Anwältin und vertrat vor allem jugendliche Kriminelle. Ich sage Ihnen, die Straftäter waren wie ihre Kinder, sie half ihnen, wo sie nur konnte, sie kämpfte für sie, die schwersten Jungs lagen ihr zu Füßen. Ohne Lara ist die Welt ein bisschen dunkler.«

Neri zog die Augenbrauen hoch. Natürlich, so war es doch immer, da hatte irgendjemand einen Engel getötet, und weit und breit war kein Motiv in Sicht.

»Hatte Ihre Frau Feinde?«

»Aber bitte! Das habe ich Ihnen doch gerade versucht klarzumachen, dass alle sie geliebt haben! Alle!«

»Das kann ich mir vorstellen, aber es ist, wie es ist, noch sind die Ermittlungen nicht abgeschlossen, sondern laufen auf Hochtouren. Und solange wir die Akte nicht schließen, brauchen wir Sie hier, Signor Sennen. Und darum möchte ich Sie bitten, mir Ihren Pass auszuhändigen. Sie können sich hier im Raum Arezzo frei bewegen, aber Sie dürfen diese Region nicht verlassen und ausreisen schon gar nicht. Mi scusi, Signor Sennen.«

Bastian erstarrte vor Schreck. »Das kann doch wohl nicht wahr sein! Ich habe einen Job, ich muss mich um meine Geschäfte kümmern und kann doch hier nicht ewig rumsitzen!«

»Ewig vielleicht nicht, aber ein paar Tage schon. Versuchen Sie, Ihre Geschäfte per Internet und Telefon zu regeln. Es kommt jetzt darauf an, wie schnell wir den Mörder überführen.«

»Und wenn Sie ihn nicht überführen?«

»Tja, dann wird es schwierig. In dem Fall muss der Staatsanwalt entscheiden, nicht ich.«

»Ich werde mir einen Anwalt nehmen.«

Neri nickte. »Eine gute Idee. Das wollte ich Ihnen sowieso raten. Aber könnte ich jetzt bitte Ihren Pass haben?«

Bastian stand schweigend auf, zog den Pass aus seiner Brieftasche und reichte ihn Neri, der ihn einsteckte.

»Arrivederci«, sagte Neri und ging zur Tür.

Bastian antwortete nicht. Er goss sich einen Whisky ein und starrte mit leerem Blick aus dem Fenster.

23

Gabriella war zwar eine waschechte Römerin, und Römerinnen hielten sich nun mal gern in kühlen Innenräumen auf, aber an diesem Abend sagte sie nach dem Abendessen: »Komm, Donato, lass uns noch einen Moment auf der Terrasse sitzen.« Ein leichter Wind, der die sommerliche Hitze abmilderte, wehte, und das fand sie äußerst angenehm.

Neri, für den der Wille seiner Frau Befehl war, zumal, wenn es sich um so nichtige und leicht zu erfüllende Bitten handelte, trug Gläser und Rotweinkaraffe nach draußen und bedauerte, dass sie nichts zum Knabbern im Haus hatten. Es sah alles nach einem gemütlichen Abend aus.

»Schön, wenn mal nicht der Fernseher läuft«, sagte Gabriella zum Auftakt, und ihre Stimme klang warm, tief und verheißungsvoll.

Neri sah sie forschend von der Seite an, aber in diesem Moment schloss sie die Augen, rutschte in ihrem Stuhl ein bisschen tiefer und machte nicht den Eindruck, sich unterhalten zu wollen.

Wie?, dachte Neri. Jetzt sitzen wir auf der Terrasse, starren in die Nacht oder aufs Windlicht und schweigen? Das durfte ja wohl nicht wahr sein.

Er sah auf die Uhr. Die Fernsehserie, von der er bisher nicht eine Folge verpasst hatte, lief seit fünf Minuten.

»Was gibt's Neues?«, fragte er in die Stille.

»Nichts. Warum fragst du? Etwas Neues hätte ich dir sicher schon beim Essen erzählt. Nein, es ist einfach nur schön hier. Und angenehm. Die Wärme, der leichte Wind, herrlich. Wir sollten es einfach mal genießen. Das machen wir viel zu selten.« Und schon schloss sie wieder die Augen.

Neri langweilte sich maßlos. Das war ja schlimmer als im Büro. Aber wenn er jetzt aufstand und hineinging, wäre sie sauer. Und das nicht nur fünf Minuten, sondern eventuell drei Tage lang. Also fand er sich mit der Situation ab und beschloss auszutesten, wie lange sie es schaffte, die Klappe zu halten.

»Ich brauche keinen Palast am Meer«, sagte sie nach fünfundsiebzig Sekunden, »ich brauche nur diesen unendlichen Frieden auf meiner eigenen kleinen Terrasse. Dann bin ich glücklich. Wir sind gesund, uns kann nichts passieren, was will man mehr.«

»Ich hätte gegen einen Palast am Meer nichts einzuwenden«, brummte Neri.

Gabriella lachte leise auf und fiel sofort wieder in ihre glückselige Schweigsamkeit.

Neri überlegte gerade, ob es eine Katastrophe für Gabriella wäre, wenn er sich eine Zeitung holen und die Lampe über der Terrassentür anschalten würde, als ein Fahrradklingeln die seltene Stille zerriss und nur Sekunden später Franco vom Rad sprang. Als postino fuhr er mit einem verbeulten Fiat Panda, nach Feierabend am liebsten mit einem verbeulten Rad.

Gabriella schlug, ein wenig entsetzt, die Augen auf.

»Sera«, sagte Franco und setzte sich Neri und Gabriella gegenüber, sodass er nur die verputzte Hauswand im Blick hatte, die durch den aufsteigenden Schimmel bereits in einer Höhe von anderthalb Metern schwarz war.

»Was willst du trinken?«, fragte Neri hocherfreut und sprang auf.

»Un piccolo bicchiere del vino rosso«, meinte Franco und grinste.

Neri lief ins Haus, um ein Glas zu holen.

»Und? Alles gut, Gabriella?«, fragte Franco.

»Alles bestens.«

»Schöner Abend, nicht?«

»Hervorragend.«

»Stör ich gerade?«

»Aber überhaupt nicht.«

»Na, dann ist ja gut.«

Nur Sekunden später erschien Neri mit einem sauberen Glas und schenkte eine neue Runde vino rosso ein.

»Franco, alter Freund«, meinte Neri strahlend. »Was gibt's Neues? Was treibt dich hierher?«

»Erstens wollte ich dich treffen«, begann Franco schleppend, »zweitens wollte ich deine bezaubernde Frau mal wieder sehen, und drittens hab ich etwas gesehen, das du vielleicht wissen solltest.«

Neri spitzte die Ohren. Was Franco zu erzählen hatte, war immer interessant, und wenn er extra hier zu ihm nach Hause kam, musste es hochinteressant sein.

»Schieß los.«

»Es ist schon ungefähr eine Woche her, da war ich abends im Poloclub. Im Ristorante. Cinzia, die im Club arbeitet, hatte meine Frau und mich eingeladen. Die beiden Frauen sind seit Langem befreundet, und wir wollten mal zusammen essen. Die Küche im Poloclub ist exzellent!«

»Das glaub ich«, murmelte Neri, und Gabriella machte nur große Augen, sagte aber nichts.

»Es war grandios. Das Turnier war vorbei, viele Spieler aßen mit Freunden im Ristorante, Cinzia bediente zwar, aber saß doch oft bei uns am Tisch und unterhielt sich mit uns. Es war eine gelöste Stimmung, und wir fühlten uns ausgesprochen wohl und fragten uns, warum wir nicht schon viel öfter hier essen gegangen waren. Ab und zu könnte man sich das leisten. Jedenfalls war irgendwann nach zehn, als das Hauptgeschäft vorbei war, Cinzia verschwunden, obwohl sie gesagt hatte, sie komme gleich wieder. Als dann noch mal zehn Minuten vergangen waren, da sagte meine Frau: ›Guck doch mal, wo sie ist.‹

Vor dem Haus war sie nicht. Sie raucht ja ab und zu mal eine. Auf dem Parkplatz auch nicht und auch nicht im Stall. Aber dann hab ich sie in der Scheune gefunden, wo um diese Zeit kein Mensch mehr hineingeht. Da hat sie es getrieben mit diesem deutschen Polospieler. Und frag mich nicht nach Sonnenschein. So was hab ich noch nicht gesehen. Die beiden hatten nicht die geringste Angst, entdeckt zu werden, das war denen offensichtlich alles egal. Aber auf jeden Fall haben sie mich nicht bemerkt, und ich bin zu meiner Frau und hab gesagt: ›Cinzia kommt gleich, die hat noch was in der Küche zu tun.‹

Sie kam dann auch. Ungefähr 'ne Viertelstunde später. Hatte sich unglaublich im Griff und tat, als wäre nichts gewesen. Na ja, was sollte sie auch machen? Wir hatten ja offiziell keine Ahnung. Aber Neri, ich sag dir, das, was ich gesehen hab, das machen keine zwei Menschen beim ersten Mal. Das machen sie nur, wenn sie sich besser, oder sagen wir mal, wenn sie sich schon sehr gut kennen ...«

Gabriella grinste.

Nur die Grillen zirpten.

»Ich weiß«, sagte Neri leise. »Ich hab in dieser Sache ermittelt und herausgefunden, dass da was läuft zwischen den beiden. Und nicht erst seit gestern.«

»Dann erzähle ich dir gar nichts Neues?«

»Doch. In gewisser Weise schon. Denn von der Scheune wusste ich noch nichts.«

Alle drei schwiegen und hingen ihren Gedanken nach.

Schließlich sagte Franco: »Normalerweise geht mich das ja alles nichts an, und man sieht 'ne Menge als postino, das kannst du mir glauben, aber in dem Fall, wo die Frau von diesem Bastian doch gerade ermordet worden ist ...«

»Ja, und zwar nur wenige Tage später«, ergänzte Neri.

»Da dachte ich, das wäre vielleicht wichtig.«

»Das ist auch superwichtig, Franco«, sagte Neri und lächelte breit. »Was dieser Bastian so trieb, war ja nicht mehr normal, das war krankhaft. Und das ist in einem Mordfall mehr als wichtig.«

Er würde wohl auch diese Cinzia mal interviewen müssen, überlegte Neri. Obwohl er dazu nicht die geringste Lust hatte.

»Bitte!«, meldete sich Gabriella zu Wort. »Überleg doch mal, Neri! Sennen ist ein großes reiches Tier in Deutschland. Er hat ein Verhältnis mit einer Frau in Italien, die in einer italienischen Bar arbeitet, den ganzen Tag hinterm Tresen steht und im Monat ein paar Piepen verdient, die Sennen, wenn er mit seinen Geschäftsfreunden ausgeht, wahrscheinlich in einer Nacht auf den Kopf haut. Er ist mit einer wunderschönen, intelligenten Frau verheiratet, die ebenfalls einen Spitzenjob hat. Warum soll er das alles wegen dieser kleinen Bardame aufs Spiel setzen und noch dazu einen Mord begehen? Also dämlicher kann man wirklich nicht sein.«

»Vielleicht kann diese Cinzia ein Kunststück.«

»Vielleicht. Aber dann genießt er es, bringt es seiner Frau bei und muss nicht seine Existenz riskieren. Die Sache ist interessant, aber meiner Meinung nach unerheblich für den Mordfall.«

Meraviglioso. Wunderbar. Seine Gabriella.

»Irgendwie leuchtet mir das ein«, sagte Neri leise und zaghaft.

»Mir auch«, pflichtete Franco bei und sah Gabriella voller Hochachtung an.

»Vielleicht ist Bastian Sennen ein wüster Feger«, meinte Gabriella grinsend zu Neri, »aber deswegen ist er noch lange kein Mörder. Ich denke, da musst du ein bisschen tiefer graben, tesoro.« Sie schenkte ihm ihr bezauberndstes Lächeln und fuhr ihm sanft über den Arm, sodass sich bei Neri sämtliche Härchen aufstellten und zu zittern begannen. »Aber versetze dich doch mal in die Lage dieser Cinzia! Das wär doch mal ein Coup! Ein steinreicher Deutscher! Wenn sie seine Frau aus dem Weg räumt und es schafft, ihn um den Finger zu wickeln, ist sie gemacht und schwimmt im Geld. Vielleicht hat *sie* ja den Makler als Killer engagiert?«

Jetzt fiel Neri fast vom Stuhl. Daran hatte er ja noch gar nicht gedacht.

Und Franco verstand überhaupt nichts mehr, aber es war ihm im Grunde auch egal.

»Wie wär's mit einem nächtlichen Eis?«, fragte Gabriella. Die beiden Männer sahen sich an, grinsten und nickten.

24

»Seit wann kennen Sie eigentlich Signor Sennen?«, fragte Neri mit betont sachlichem Gesichtsausdruck und beobachtete, wie Cinzia Gläser abtrocknete.

»Seit ein paar Jahren. Drei, vier, keine Ahnung, so in dem Dreh.«

»Und seit wann arbeiten Sie hier?«

»Seit fünf Jahren.« Cinzia antwortete schleppend, blickte ab und zu gen Decke und spielte die Gelangweilte.

»Signor Sennen hat damals hier noch nicht Polo gespielt?«

»Nein. Sonst würde ich ihn ja seit fünf Jahren kennen.«

Der herablassende Ton dieser Signora ging Neri gehörig auf die Nerven. Aber warte nur, dachte er, wir unterhalten uns auch noch über andere Dinge.

»Dann kennen Sie Signora Sennen genauso lange?«

»So ist es.«

»Hatten Sie einen guten Kontakt zu ihr?«

Cinzia zog die Augenbrauen hoch. »Aber natürlich. Wir waren Freundinnen.«

»Ach?«

»Ja.« Cinzia polierte und polierte, als wäre es die dringendste Aufgabe der Welt.

»Und Sie hatten keine Skrupel, Ihre Freundin mit ihrem Mann zu betrügen?«

Cinzia zuckte die Achseln. »Eigentlich nicht. Weil es nicht so wahnsinnig wichtig war. Bastian und ich, wir hatten Spaß, das war alles. Und wenn es keiner merkt, tut es keinem weh, und fertig. Lara war glücklich, und sie hatte keine Ahnung. Also, wo ist das Problem?«

»Am Abend des siebenundzwanzigsten Juni waren Sie auch hier?«

»Keine Ahnung. Muss ich im Dienstplan nachgucken.«

»Ja, dann tun Sie das bitte.«

»Der Dienstplan ist im Büro.«

»Dann holen Sie ihn bitte.«

»Ich kann die Bar nicht allein lassen.«

»Fünf Minuten wird das möglich sein«, zischte Neri. »Ich verbürge mich dafür, dass unterdessen hier niemand eine Schnapsflasche klaut.«

Cinzia knallte das Handtuch auf den Tresen und ging.

Neri wartete. Die Gute war ja ein harter Brocken. Und warum – zum Teufel – war sie so unkooperativ und so aggressiv?

Zwei Minuten später war sie wieder da und hatte den Dienstplan in der Hand. »Ja, am Siebenundzwanzigsten war ich hier.«

»Früh oder spät?«

»Spät.«

Aha, dachte Neri, somit war die Sache ja schon klar. Dann würde er jetzt mal ein bisschen bohren.

»Haben Sie an diesem Abend Signor Sennen gesehen?«

»Kann sein. Keine Ahnung. Ich erinnere mich nicht.«

»Aber an dem Tag war doch ein Turnier.«

»Wenn Sie das sagen …« Cinzia stützte sich mit dem linken Arm auf die chromglänzende Arbeitsplatte und sah Neri aufmüpfig an.

»Ja, das sage ich. Und Signor Sennen hat hinterher hier mit Kollegen und Freunden gefeiert. Das dürfte Ihnen nicht entgangen sein.«

»Wenn Sie das sagen …«

»Aber es waren auch andere Gäste im Lokal.«

»Sicher. Es sind immer auch andere Gäste im Lokal. Wir sind ein öffentliches Restaurant und nicht nur für den Poloclub zuständig.«

»Aha. Und gegen zweiundzwanzig Uhr oder zweiundzwanzig Uhr dreißig sind Sie mit Herrn Sennen in der Scheune verschwunden.«

»Ja und? Ist das verboten?«

»Was passierte in der Scheune?«

»Nichts Besonderes.«

»Warum waren Sie dann mit ihm in der Scheune?«

Cinzia lachte. »Was wollen Sie? Was sollen diese blöden Fragen? Sie wissen doch sowieso alles. Wir hatten einen Quickie in der Scheune, wie schon oft hier und dort und überall. Es war wie immer nicht weltbewegend und in zwei Minuten vorbei. Wenn überhaupt. Ist das ein Verbrechen?«

Neri grinste innerlich und hoffte, dass man es ihm nicht ansah. »Nein. Natürlich nicht. Seit wann hatten Sie denn eine Affäre mit Signor Sennen?«

Cinzia schlug mit der flachen Hand auf den Tresen, dass Neri zusammenzuckte. »Was weiß ich. Seit zwei Jahren. Wenn er hier war, haben wir es getrieben.« Sie sah ihn kiebig an.

»War das nicht nervig, dass Sie immer vorsichtig sein mussten, weil Frau Sennen nichts merken durfte?«

Cinzia grinste. »Nö. Das war das Interessante daran.«

»Waren Sie in Bastian Sennen verliebt?«

Cinzia zögerte. Dann wirkte sie, als ob sie die Wahrheit sagte. »Ein bisschen schon, sonst hätte ich es wohl nicht gemacht. Ich bin ja keine Nutte.«

»Haben Sie sich manchmal gewünscht, an Frau Sennens Stelle zu sein?«

»Nee. Und wissen Sie, warum nicht?« Sie beugte sich dicht zu Neri und flüsterte: »Weil es dann eine andere Cinzia gegeben hätte und ich die Gelackmeierte gewesen wäre. So einer ist Bastian. Eine Frau reicht ihm nie. Und da bin ich lieber die Geliebte.«

»Aber die Frau hat die Kreditkarte, die Geliebte nicht.«

»Ich weiß schon, dass Sie mir ein Motiv anhängen wollen, ich bin ja nicht blöd, Commissario, aber ich sag Ihnen, die Geliebte hat die Leidenschaft, die Frau nur die Kreditkarte. Und da ist mir die Leidenschaft wichtiger.«

Neri war baff.

Cinzia hatte aufgehört, Gläser abzutrocknen, und sah ihn direkt an.

»Und noch was, Commissario: Sie kennen ja die Gegend, hier sagen sich die Füchse Gute Nacht, und im Winter ist absolute Vollnarkose. Da amüsiert man sich in den Sommermonaten, wo und wie man kann. Verstehen Sie das nicht? Das mit Signor Sennen war keine Affäre, sondern lediglich ein fröhliches, wiederkehrendes Intermezzo, das ich immer sehr genossen habe. Ich bin jung, soll ich jeden gleich heiraten, mit dem ich mal kurz ins Bett gehe?«

»Nein«, stotterte Neri und versuchte, sich an seine Sturm-und-Drang-Zeit zu erinnern, die aber nicht mehr als drei zaghafte Male beinhaltet hatte. Und er konnte sich weder an die Gesichter noch an die Namen erinnern.

»Ich bin halt manchmal schwach geworden unterm Olivenbaum, hinterm Haus, im Wohnzimmer, im Auto, auf der Wiese, im Wald, in der Scheune, wo auch immer«, redete Cinzia weiter. »Va bene, quale disastro, irgendjemand hat mich vielleicht auch hier und dort gesehen, Pech gehabt, nun gut, aber es hat mir gefallen. Wo ist das Problem?«

Das weiß ich jetzt auch nicht mehr, dachte Neri. Es war eine Verquickung unglücklicher Umstände, aber wegen so einer Sache hatte Signor Sennen seine Frau sicher nicht umgebracht. Und Cinzia war eine lebenslustige Signora, die in allen Revieren wilderte und nicht einen Einzigen für sich behalten wollte.

»Sagen Sie, eine Frage habe ich noch. Kennen Sie diesen Mann?« Er legte Cinzia ein Bild Benjamin Fabers vor, das er vom Immobilienprospekt herunterkopiert hatte. »Lassen Sie sich Zeit.«

Cinzia sah sich das Bild lange und genau an. »Nein. Den habe ich noch nie gesehen«, sagte sie dann. »Wer soll das sein?«

»Könnte das der Immobilienmakler gewesen sein, der bei Ihnen am Tresen gestanden und sich mit Lara Sennen unterhalten hat?«

Cinzia lachte laut auf und hielt sich die Hand vor den Mund. »Nein! Niemals! Der Kerl sah vollkommen anders aus, richtig attraktiv! Der hatte ein viel prägnanteres Kinn und eine ziemlich schmale Nase. Nicht so einen Zinken wie der hier.« Sie lachte schon wieder.

»La ringrazio«, sagte Neri. »Ich habe keine weiteren Fragen und wünsche Ihnen noch einen schönen Abend.«

Er fasste sich grüßend an die imaginäre Mütze und ging.

Cinzia brannten die Tränen in den Augen. Was für ein Trottel, dieser Neri.

Natürlich liebte sie Bastian Sennen. So sehr, wie sie noch nie in ihrem Leben einen Mann geliebt hatte. Im Winter zählte sie die Stunden bis zu seiner Wiederkehr im Frühjahr.

Tausendmal schon hätte sie diesen miesen Job im Polo-club am liebsten hingeschmissen, wenn da nicht die Hoffnung gewesen wäre auf ein paar Stunden im Sommer. In der Scheune. Im Wald.

Wo auch immer. Überall.

Das war alles, was sie interessierte.

Ihr Leben würde sie geben für ihn.

Wenn er es nur wollte.

BERND GERNERSHEIM

25

Deutschland

Sie waren jetzt seit zwei Stunden unterwegs, und Bernd hatte keine Lust mehr. Sein Hintern tat ihm weh, er wusste nicht, wie er noch sitzen sollte, die Oberschenkel spannten, der Rücken schmerzte, und die Lunge pfiff. Der Schweiß stand ihm auf der Stirn und lief ihm in kleinen, zarten Bächen über Auge, Nase und Wangen. Er brauchte jetzt einen bequemen Stuhl, ein großes kühles Bier und eine Speisekarte, auf der Eisbein oder Kasseler mit Sauerkraut standen. Und dann eine Dusche und ein weiches Bett. Bitte keinen Sex. Bitte nicht. Erst morgen wieder. Wenn es sein musste.

Außerdem bekam er von den Tabletten immer Herzrasen, Kopfschmerzen und hohen Blutdruck.

Was für eine blöde Idee, eine Fahrradtour durch Norddeutschland zu machen. Er hatte es sich so einfach vorgestellt: von Gasthof zu Gasthof, zwischendurch ein bisschen strampeln, was machte das schon, er war schließlich ein sportlicher Typ, und außerdem ging es in Norddeutschland ja immer geradeaus und zum Glück nie bergauf, bergab.

Aber den Wind hatte er nicht auf der Agenda gehabt. Der Wind, der so hinterhältig war, permanent von vorn und ihnen ins Gesicht zu wehen. Er bremste das Rad, sodass man das Gefühl hatte, sich die Seele aus dem Leib zu strampeln, ohne vorwärtszukommen. Er hasste den Wind und schwor sich, wenn überhaupt, dann nie wieder eine Radtour ohne ein E-Bike zu machen, koste es, was es wolle.

»Wie lange müssen wir noch?«, schrie er gegen den Fahrtwind zu Veronika hinüber.

Veronika hatte das Navi am Lenker und warf nur einen kurzen Blick darauf. »Fünfzehn Kilometer.«

Nein. Das war unmöglich. Das schaffte er nicht. Nicht in seinem Alter. Offensichtlich hatte er die Jugend unter- und sich selbst überschätzt, als er sich in seinen kühnsten Träumen vorgestellt hatte, mit Veronika, die achtunddreißig Jahre jünger war als er, zusammenleben zu können und zu wollen. Sie war ihm so zart und hilflos vorgekommen, aber die Frau konnte eine Power entwickeln, dass einem schlecht wurde. Das hatte er aber erst viel zu spät gemerkt, zum Beispiel vor einem Monat, als sie mit dieser Idee zu der einwöchigen Fahrradtour durch Norddeutschland ankam.

»Stell dir vor«, hatte sie gesagt, ihn am Kinn gekrault und fast geschäumt vor Enthusiasmus, »das ist jetzt nicht die Panamericana, aber vielleicht ein kleiner Vorgeschmack: Wir starten in Flensburg, dann weiter nach Kappeln, Eckernförde, Kiel, Hohwacht/Lütjenburg, Heiligenhafen/Großenbrode, Neustadt, Lübeck. Die Matjestour. Eine Woche genau, jeden Tag so rund vierzig Kilometer, das ist zu schaffen, ich buche die Hotels, und wir können abends immer schön in den jeweiligen Städten und Städtchen aus- und essen gehen, gucken uns alles an et cetera. Wie geil ist das denn? Eine Woche Kultur vom Feinsten und noch dazu Sport ohne Ende. Gibt's was Besseres?«

Einen Strandkorb am Strand, dachte Bernd, aber er sagte es nicht. Veronikas Augen funkelten derart, dass sie wahrscheinlich jeden hergelaufenen Straßenmusikanten oder Postboten mitgenommen hätte, wenn er Nein gesagt hätte. Abzubringen war sie von dieser Wahnsinnstour jedenfalls nicht mehr, und daher sagte er »ja«. Und »ich freu mich«. Und »wie kommst du nur immer auf so tolle Ideen?«.

Sich selbst wollte er beweisen, dass er mit ihr noch mithalten konnte. Das bisschen Strampeln würde ja wohl nicht das Problem sein. In der Nacht obendrein noch seinen Mann zu stehen schon eher.

Und jetzt scheiterte er bereits hier. Fünfzehn Kilometer vor Eckernförde. An die Tage, die noch vor ihnen lagen, wagte er gar nicht zu denken.

Veronika fuhr wie eine junge Göttin, und während sie kraftvoll in die Pedale trat und nicht die geringsten Konditionsschwierigkeiten zu haben schien, wirkte sie, als läge sie in einem Liegestuhl am Strand. Sie warf den Kopf in den Nacken, genoss Sonne und Wind und summte leise vor sich hin.

Bernd lief der Schweiß den Rücken hinunter, sein Gesicht war krebsrot, und er hatte das Gefühl, in den nächsten Sekunden mit einem finalen Herzinfarkt vom Rad zu kippen, wenn er nicht schnellstens eine Pause einlegte.

»Anhalten!«, schrie er, und sie hörte auf zu treten und sah sich verwundert um.

»Wie? Jetzt?«

»Ja, bitte!«, keuchte er. »Lass uns eine Pause machen!«

»Aber doch nicht hier!« Veronika sah sich verärgert um. »Hier ist es ja so romantisch wie im Industriegebiet von Wanne-Eickel! Rechts überall Windräder, links Biogasanlagen und da vorn dieser hässliche Bauernhof mit den Wellblechställen.«

»Bitte, Veronika!« Sie fuhren jetzt langsamer und nebeneinander, aber Bernd konnte kaum noch sprechen, so kurzatmig war er.

»Ich hab auch Lust auf ein kleines Picknick, aber doch nicht hier«, wiederholte sie. »Komm, lass uns weiterfahren, bis die Gegend ein bisschen schöner ist.«

»Nein.« So deutlich hatte er ihr noch nie widersprochen, normalerweise erfüllte er ihr jeden Wunsch, sie musste gar nicht darum bitten.

Er hielt an und stieg vom Rad. Dann warf er sich ins Gras.

Ihm war alles egal. Sollte sie doch allein weiterfahren. Zum Teufel mit Veronika, mit Eckernförde und dieser ganzen verdammten Tour. Er würde ein Taxi rufen, das sein Rad transportieren konnte, und nachkommen.

Jetzt bremste auch Veronika, drehte um und fuhr langsam zu ihm zurück.

»Na, das kann ja noch heiter werden«, sagte sie. »Wenn du jetzt schon schlappmachst.«

Bernd schwieg.

Sie setzte sich neben ihn.

»Soll ich die Feuerwehr rufen?«, fragte sie passenderweise und grinste.

»Nee. Aber vielleicht kannst du einen Moment die Klappe halten, bis ich wieder Luft bekomme und mein Puls von zweihundertfünfzig auf achtzig gesunken ist. Ja? – Das wäre nett.«

Das darauffolgende Schweigen zwischen ihnen war eisig.

Veronika saß vornübergebeugt und pulte Sand, kleine Steinchen und Grasreste aus den Umschlägen ihrer Jeans.

Bernd sah an ihrem Rücken, wie sauer sie war.

Er stand auf. »Können wir uns auf ein langsameres Tempo einigen?«, fragte er und legte so viel Wärme in seine Stimme, wie er konnte. Dazu lächelte er schief.

»Ich wollte eigentlich vor Einbruch der Dunkelheit in Eckernförde sein«, bemerkte sie bissig, erhob sich und schwang sich aufs Rad.

»Das dürfte kein Problem sein. Es ist noch mindestens fünf Stunden hell.«

Sie fuhren los. Veronika betrachtete während des Fahrens ausgiebig ihre Fingernägel, um ihm wortlos zu demonstrieren, wie sehr sie sich an seiner Seite langweilte.

Beim Abendessen im griechischen Restaurant war Veronika wieder friedlich. Sie wirkte entspannt, angenehm ausgepowert und freute sich auf Tzatziki, Salat und Retsina.

Sie lächelte und drückte Bernds Hand. »War es so schlimm?«

»Nachher ging es leichter«, log Bernd. Sein Hintern und seine Eier taten ihm weh, er wusste, dass es morgen noch heftiger werden würde. Keine fünf Minuten konnte er noch auf einem Sattel sitzen.

Der Kellner brachte den Wein. Sie stießen an, ohne etwas zu sagen, lächelten sich nur stumm zu.

»Ich kann nicht weiterfahren«, sagte Bernd schließlich gequält. »Nicht, dass ich es konditionsmäßig nicht schaffe, ich glaube, da werde ich mich dran gewöhnen, wenn wir nicht rasen wie die Idioten, aber mir tut alles weh, Vroni. Es ist eine Tortur.«

»Wirklich *alles* tut weh?«, fragte sie grinsend und zwirbelte mit dem linken Zeigefinger ihr langes Haar.

»Ja. Alles.«

»Oh!«

Sie schwieg, und Bernd dachte, dass ihm die schönste Frau der Welt gegenübersaß. Im gleichen Moment überlegte er, ob er nicht doch die horrenden Schmerzen ertragen und vielleicht ignorieren sollte, nur um Veronika nicht zu verärgern, zu frustrieren oder sogar irgendwann zu verlieren.

Nein, das war unmöglich. Er konnte es ja kaum aushalten, auf diesem harten, geflochtenen Kneipenstuhl zu sitzen.

Es war jetzt vier Jahre her, seit Elke gestorben war.

Neununddreißig Jahre waren sie verheiratet, als sie zusehends verfiel. Ihr war ständig übel, es verging kaum ein Tag, an dem sie sich nicht übergab, sie klagte über undefinierbare Schmerzen im Oberbauch und magerte ab.

Bernd nahm Urlaub und blieb zu Hause. Umarmte sie bei jeder Gelegenheit: wenn sie in der Küche kochte, wenn sie im Sessel saß oder versonnen am Fenster stand. Selbst im Schlaf hielt er sie eng umschlungen, was er früher nie getan hatte. Als wollte er sie festhalten. Als spürte er, dass sie dabei war zu gehen.

Und er weinte im Schlaf.

Elke dagegen lachte über seine Sorgen und küsste ihn. »Da ist nichts«, sagte sie. »Mit mir ist alles in Ordnung, ich hab vielleicht einen etwas nervösen Magen.«

Zwei Wochen später kam die Diagnose: Bauchspeicheldrüsenkrebs.

Jetzt lachte auch Elke nicht mehr, sondern verfiel in eine tiefe Depression. »Wir unterhalten uns hier nicht über Jahre«, hatte der Arzt gesagt, »sondern höchstens über Monate.«

Bernd litt wie ein Hund, versuchte Gedankentürme zu bauen, eine Idee zu bekommen, wie er leben sollte ohne sie. Keinen Tag konnte er sich vorstellen. Noch nie war er allein gewesen, und nun sollte er allein alt werden? Er hatte noch drei Jahre bis zur Pensionierung, und dann? Kam dann die große Leere? Wurde er zum verbitterten, schrägen, traurigen Alten, der sich im Haus verkroch und sich einmal in der Woche die Lebensmittel liefern ließ, weil das Leben so schwer auf seinen Schultern lastete, dass er bewegungsunfähig geworden war?

Er hatte einfach keine Ahnung, wie es weitergehen sollte, und setzte sich mit dem Gedanken auseinander, ihr zu folgen und sich umzubringen. Diese Vorstellung nahm immer mehr Gestalt an und schien ihm die einfachste Alternative.

Trotz dieser alles überlagernden Melancholie versuchte er Elke aufzumuntern, und wenn sie sich einigermaßen fühlte, machte er mit ihr Wochenendtrips an die Müritz und in den Harz, fuhr mit ihr nach Usedom, saß stundenlang mit ihr im Strandkorb und hielt ihre Hand.

»Was hältst du davon, wenn wir gemeinsam gehen?«, fragte er sie eines Tages, und das war das einzige Mal, an das er sich erinnern konnte, dass sie richtig böse geworden war.

»Nichts!«, schrie sie. »Gar nichts! Du tickst doch nicht richtig!« Und dann war sie zurück ins Hotel gelaufen, hatte sich ins Bett gelegt, zur Wand gedreht und bis in den nächsten Vormittag hinein geschlafen.

Bernd hatte nie wieder ein Wort zu diesem Thema gesagt.

Sie sprachen überhaupt nicht über den Tod. Elke konnte und wollte nicht. Weil sie es selbst nicht glaubte. Sie wollte sich nicht damit auseinandersetzen, war überzeugt, dass die Ärzte sich geirrt hatten und dass sie noch zwanzig schöne Jahre vor sich hatte. Irgendwann würde sie sich wieder besser fühlen, irgendwann würde die Übelkeit verschwinden und ihr Magen sich beruhigen. Irgendwann würde dieser Albtraum vorbei sein.

Bernd begriff, dass Elke in keinster Weise akzeptierte, was mit ihr geschah, und dass sie darum so wütend auf seine Frage reagiert hatte.

Er hätte ihr gern gesagt, dass er ohne sie nicht leben konnte, aber das ging nicht.

Also behielt er es für sich und musste fassungslos mit ansehen, wie sie immer mehr verfiel.

Tagsüber kam eine Schwester ins Haus und hängte sie an den Tropf, weil sie keine Nahrung mehr bei sich behalten konnte.

Elke glaubte immer noch daran, dass dies alles vorbeigehen würde.

Eines Nachts wachte er auf, weil sie stöhnte.

Alarmiert machte er das Licht an und nahm sie in den Arm.

»Leb wohl«, sagte sie leise und sah ihn an. »Versprichst du mir das?«

Er nickte unter Tränen.

»Bitte küss mich«, flüsterte sie.

Er tat es weinend. Lange und zärtlich.

Und währenddessen starb sie.

Der Kellner brachte für Veronika einen gewaltigen Salat mit Schafskäse, der für eine vierköpfige Familie gereicht hätte, und für Bernd ein Gyros mit Pommes.

Veronikas Augen leuchteten, als sie die Salatberge sah, Bernd stocherte in seinem knusprigen Gyros herum.

»Ich muss dich etwas fragen«, sagte er auf einmal mit leerem Kopf. Und in diesem Augenblick wusste er, dass es der denkbar ungünstigste Moment war, aber dies war sein

Schicksal. Er hatte kein Geschick, eine passende Sekunde abzupassen, wenn es wichtig war, machte er immer alles falsch.

Beinah hatte er sich schon daran gewöhnt.

»Ich liebe dich«, sagte er leise.

Veronika lächelte. »Ich weiß«, meinte sie, »aber ich dachte, du wolltest mich etwas fragen?«

Hätte sie den Satz doch einfach nur so in der Luft stehen lassen, dann hätte er nicht weiter nachgehakt, noch einmal den falschen Moment ausgebremst und die Kurve gekriegt.

Aber nun war es zu spät.

»Willst du mich heiraten?«, fragte er, während sie sich ein viel zu großes Salatblatt in den Mund schob und dreimal nachstopfen musste. Das Dressing lief ihr übers Kinn und tropfte auf den Teller.

»Wie?«, fragte sie und sah ihn mit großen Augen an, als hätte sie ihn nicht verstanden, weil die Musik im Hintergrund zu laut war.

»Willst du mich heiraten, Veronika?«, wiederholte Bernd tapfer und war sich klar, dass es einen blöderen Heiratsantrag unter der Sonne nicht geben konnte und dass er eigentlich schon jetzt zum Scheitern verurteilt war.

»Aber natürlich!«, antwortete sie trocken und keineswegs überrascht. »Ich dachte, das wäre zwischen uns schon lange klar. Sonst würde ich ja nicht mit dir zusammenziehen.«

Bernd stutzte. Dies war ihm vollkommen neu. Er konnte sich nicht daran erinnern, mit ihr überhaupt je von Hochzeit gesprochen zu haben, und dass sie ihr Zusammenziehen davon abhängig machte, hatte er auch nicht gewusst.

Diese Frau war immer für eine Überraschung gut.

Trotz der furztrockenen Atmosphäre durchflutete ihn ein warmes Glücksgefühl.

»Das freut mich«, murmelte er, »das freut mich so ungemein.« Und er griff ihre im Salat stochernde Hand und drückte sie. »Darauf sollten wir einen Champagner trinken!«

»Nach dem Retsina?«, meinte sie empört. »Das schmeckt doch wie Donnerstag. Nee, das lass uns mal ein andermal machen. Heute nicht.«

Bernd nickte. Sie hatte ja vollkommen recht. Und innerlich revidierte er die landläufige Meinung, dass Frauen immer die Romantischeren waren.

Ein kühler, strammer Wind war aufgekommen. Eng umschlungen gingen Bernd und Veronika zurück zu ihrem Hotel, Veronika hing schwer in seinem Arm, und Bernd fragte sich, ob es an dem Retsina oder ihrer Müdigkeit lag. Anscheinend hatte sie sich heute auch verausgabt. Und er dachte mit Schrecken daran, dass dieser heftige Wind ihm morgen auf dem Fahrrad direkt ins Gesicht wehen würde.

Verflucht seist du, Fahrrad, dachte er und freute sich auf sein Bett.

Was morgen war, würde er morgen sehen. Daran wollte er jetzt keinen Gedanken mehr verschwenden.

»Wollen wir noch einen Spaziergang zum Hafen machen?«, fragte er spaßeshalber.

»Nein«, stöhnte sie, »bitte nicht, ich will nur noch ins Bett.«

Bernd grinste. Sehr schön. Sie würde binnen Sekunden eingeschlafen sein.

Obwohl – jetzt war man einmal in Eckernförde, und sie hatten den Hafen nicht gesehen. Das fand er schade.

26

In der Nacht hatte er seine Ruhe.

Veronika hatte sich wortlos ausgezogen, die Zähne geputzt, war ins Bett gekrochen und hatte sich die Decke bis über beide Ohren gezogen.

Bernd sah, dass sie vergessen hatte, sich abzuschminken, morgen würde das Kopfkissen verschmiert sein, aber das war ja egal. Das Bettzeug wurde im Hotel ohnehin gewaschen. Jedenfalls ging er davon aus.

Als er ihr einen Gutenachtkuss gab, grunzte sie nur noch. Keinerlei Übergriffe mehr in dieser Nacht, dachte er dankbar, entspannte sich zusehends und schlief sofort ein.

Am nächsten Morgen wurde er wach, weil sie im Bad laut trällerte: »Wer nur den lieben langen Tag, ohne Plag, ohne Arbeit, vertändelt, wer das mag, der gehört nicht zu uns ...«

Es ging wieder los. Sie platzte vor Energie.

Wenige Minuten blieben ihm noch, bis sie fertig geschminkt war. Dann hatte sie Kaffeedurst, und er musste sich fürchterlich beeilen, damit sie nicht auf ihn wartete und sauer wurde.

Im Grunde machte sie ihm – der sich ständig nach ein bisschen Ruhe sehnte – nur Stress. Rund um die Uhr.

Beim Frühstück sah sie strahlend schön aus. Ihre Haut war makellos, ihre Augen waren zart glänzend geschminkt und verzauberten ihn, ihr Haar fiel frisch gewaschen, weich auf ihre Schultern.

Sie hielt den Kaffeebecher zwischen ihren Händen, als wolle sie sich die Finger wärmen, machte keine Anstalten, zum Buffet zu gehen, sah ihn an, legte den Kopf schräg und sagte: »Ich will eine Feier. Eine ganz große. Eine bombastische. Eine wahnsinnige. Eine, die die Welt noch nicht gesehen hat. Ich will nicht heimlich heiraten, sondern so, dass es alle mitbekommen. ALLE. Meine Freundinnen, meine ehemaligen Freundinnen, meine ehemaligen Lover, meine Kollegen, meine Bekannten und Verwandten, alle, alle, alle. Dich zu heiraten ist der Hammer, und die ganze Welt soll es wissen. Meine Freunde und alle Arschlöcher, die sich hoffentlich die Plauze ärgern. Die müssen wir nicht alle einladen, aber ich will, dass sie es durch Facebook, Twitter und was weiß ich alle erfahren. Es wird das Fest unseres Lebens!«

Ihm blieb vor Schreck das Brötchen im Halse stecken, und ihm wurde angst und bange. Er musste schnell einen heißen Schluck Kaffee trinken, um nicht zu husten.

»Ich habe übrigens auch unsere kleine Tour hier im Netz gepostet, hab Bilder reingestellt, geschrieben, wo wir sind und wo wir hinwollen, und auch, dass es dir schon ein bisschen zu schaffen macht. Konditionstechnisch, meine ich. Ganz lieb. Nicht schlimm. Ich weiß schon, was ich poste und was nicht. Und es werden jeden Tag mehr Follower, das ist wirklich klasse. Ich hätte niemals gedacht, dass sich so viele Leute dafür interessieren, wie wir uns hier abstrampeln oder wo wir pennen und was wir zu Abend essen.«

Bernd wurde schlecht. »Bist du wahnsinnig!«, stieß er mit Mühe hervor und verschluckte sich fast. »Ich will ein Privatleben haben! Da soll nicht die ganze Welt davon erfahren, wann wir ein Brötchen essen, in der Nase popeln oder einen Pups lassen. Hör auf damit, Veronika! Sofort! Und ich will auch nicht, dass unsere Hochzeit im Netz steht!«

»Gott, was bist du spießig und altmodisch. Früher ist man vielleicht auf dem Pferd zu seinen Nachbarn geritten und hat ihnen verkündet, dass man heiratet. Schön und gut. Heute ist es anders. Da postet man es bei Facebook, und alle wissen Bescheid. Wo ist das Problem? Ist eine Hochzeit ein Geheimnis?« Sie zuckte die Achseln, verdrehte die Augen und verzog den Mund. Wie ein böses Kind, das hinter dem Rücken des Vaters Fratzen schneidet.

»Wenn du unsere Hochzeit in den sozialen Medien verkündest, kommen zweihundertfünfzigtausend Leute«, raunte er entsetzt. »Niemals! Nicht mit mir! Das ist die Hölle!«

Veronika lachte und schmierte sich dick Nutella aufs Brötchen. »Blödsinn. Du hast Angst vor Facebook, weil du dich nicht auskennst. Ich will nicht mit der ganzen Welt feiern, ich will nur, dass die ganze Welt weiß, was los ist. Mehr nicht. Sie können mir schreiben, können ihre Kommentare abgeben, vielleicht werde ich ein paar Fotos von unserer Hochzeit posten – mehr nicht. Aber feiern werden wir nur mit denen, die wir eingeladen haben. Mach dir keine Sorgen.«

Das sagte sich so leicht.

Keine Nacht würde er mehr schlafen können. Die Gespenster, die sie gerufen hatte, wurde er nicht mehr los, das wusste er.

27

Zwei Jahre zuvor

Bernd hatte sich gegen Abend auf den kargen, unbepflanzten Balkon gesetzt. Es war ein milder, sonniger Septembertag gewesen, und es schien, als würde auch der Abend noch angenehm warm bleiben, sodass man es draußen aushalten konnte.

Mithilfe einer Verlängerungsschnur leuchtete eine Nachttischlampe auf dem winzigen Balkontisch, und Bernd versuchte zu lesen. Zumindest die Überschriften und Untertitel der Tageszeitung, damit er so einigermaßen auf dem Laufenden war.

Bernd bewohnte eine große, alte, wunderschön restaurierte und mit Stuck überladene Berliner Altbauwohnung in Charlottenburg, ein seltenes, teures Stück, das er und Elke vor fünfzehn Jahren gekauft hatten. Die traumhafte Wohnung lag im dritten Stock, wo sogar ein klappriger, antiker Fahrstuhl hinauffuhr.

Bernd war sich bewusst, dass die Wohnung ein Vermögen wert war, aber das interessierte ihn nicht. Bis zu seinem Tod würde er hier wohnen bleiben; was Leander eines Tages damit machte, war ihm egal. Vielleicht selbst einziehen, vielleicht verkaufen – Bernd ging davon aus, dass sein lebensuntüchtiger Sohn weder zu dem einen noch zu dem anderen in der Lage war.

Es war ein anstrengender Tag gewesen, er hatte zehn Stunden im Gericht verbracht und sechs Urteile gefällt. Er war ein milder Richter, gab den jugendlichen Straftätern, die auf die schiefe Bahn geraten waren, gern noch eine zweite, manchmal auch eine dritte und vierte Chance, was ihn bei strengeren Kollegen nicht gerade beliebt machte. Dennoch hielt er seine Fähigkeit zur Empathie für seine beste Tugend, und jetzt im Alter wurde sein Mitgefühl – den Eindruck hatte er jedenfalls – immer stärker.

Aber er hatte keine Lust, an einem so schönen Abend noch über die Prozesse des Tages nachzudenken, und irgendwann schlief er ein. Sein Kopf sackte auf die Brust und kippte zur Seite, mit der Schulter rutschte er gegen den Blumenkasten.

Auf einmal schreckte er hoch, weil es klingelte. Verdammt, dachte er, der Wecker. Wie spät ist es? Schon sieben? Wo muss ich hin?

Aber dann merkte er, dass er auf dem Balkon saß, es mittlerweile empfindlich kühl geworden war, sein Nacken schmerzte und die Zeitung auf dem Boden lag.

Das war kein Wecker – es läutete an der Wohnungstür.

Irgendjemand klingelte Sturm.

Beinah wäre er über die Schwelle zum Wohnzimmer gestürzt, so beeilte er sich, zur Eingangstür zu kommen. Er konnte sich gerade noch an der Vitrine festhalten, stolperte weiter und fuhr sich mit den Händen durchs Haar.

Schon Monate hatte niemand mehr an seiner Tür geklingelt.

Mit der linken Hand zog er seine Hose hoch, mit der rechten öffnete er.

Veronika von Kammloh war sechsundzwanzig Jahre alt, hatte grünblaue Augen und einen leichten Silberblick. Bei ihrem blassen, von hellbraunen, fast durchsichtig scheinenden Sommersprossen durchzogenen Teint erahnte man die echte, zum Rötlichen tendierende Blondine. Ihre Naturkrause fiel in sanften Wellen bis auf die Schultern. Sie war zart, schlank und sportlich, Verkäuferinnen schätzten ihre Konfektionsgröße zielsicher auf 34-36.

»Hi!«, sagte sie und reichte Bernd die Hand. »Ich bin Veronika, Ihre Nachbarin, wir haben uns irgendwie noch nicht so richtig vorgestellt. Aber egal. Freut mich. Freut mich sehr. Wir sollten irgendwann mal einen Wein miteinander trinken. Aber nicht heute, denn heute wird's laut. Und darum wollte ich Bescheid sagen, ich feiere ein Fest, meinen Geburtstag, den sechsundzwanzigsten. Ich liebe vor allem krumme Geburtstage, und darum lass ich es heute mal so richtig krachen. Also wundern und ärgern Sie sich bitte nicht, wenn es ein bisschen hoch hergeht. Aber Sie sind natürlich herzlich eingeladen. Es gibt Nudelsalat und Buletten und Bier und Wein und was das Herz begehrt. Und Sie haben es ja nicht weit. Also dann – würde mich freuen.« Sie winkte Bernd kurz zu, lachte und verschwand in ihrer Wohnung.

Ihre Tür krachte ins Schloss und ließ das Treppengeländer erzittern.

Bernd war völlig überrumpelt, stand da wie ein begossener Pudel mit vom Schlaf zerzausten Haar, roten Augen und krauser Stirn. Er schüttelte sich und verschwand ebenfalls in seiner Wohnung.

Diese junge Frau war wie ein plötzlicher warmer Sommerwind, der einem die Zeitung aus der Hand riss. Schon Monate war er nicht mehr einem so offenen, fröhlichen Menschen begegnet, und allein durch ihren kurzen Auftritt fühlte er sich jünger und gesünder.

Er gab sich einen Ruck und ging ins Bad, rasierte sich, duschte, wusch sich die Haare, cremte sich sorgfältig ein und suchte sich saubere Wäsche aus dem Schrank.

Gegen Mitternacht stand er vor ihrer Wohnung, hatte die Hand schon auf dem Klingelknopf, aber dann drehte er sich um und ging zurück in seine Wohnung.

Zog sich aus und legte sich ins Bett.

Die Musik von nebenan dröhnte durchs Haus.

Es war kurz nach drei, als er endlich einschlief.

28

Der nächste Tag war ein Samstag, und Bernd schlief bis zehn. Das war vollkommen ungewöhnlich für ihn, normalerweise stand er auch am Wochenende immer spätestens um acht auf.

Er zwang sich zu ein paar gymnastischen Übungen, zog sich an und setzte gerade Kaffee auf, als es an der Tür klingelte.

Draußen stand Veronika und lächelte. »Hi«, sagte sie, »ich hoffe, ich störe nicht.«

»Aber überhaupt nicht«, sagte er. »Kommen Sie doch herein, Kaffee ist gerade fertig.«

Veronika folgte ihm in die Küche. »Ich wollte mich noch entschuldigen, wegen gestern. Ich glaube, wir haben es etwas übertrieben. Es war ein bisschen laut und ging ziemlich lange.«

»Hat mich nicht gestört«, sagte er. »Überhaupt nicht.«

»Warum sind Sie denn nicht noch rübergekommen?«

Er zuckte die Achseln. »Hatte irgendwie keine Lust auf so viel Remmidemmi. Und es ist auch langweilig, wenn man keinen kennt.«

»Da haben Sie recht.« Sie setzte sich, und er stellte Kaffee vor ihr auf den Tisch.

»Milch, Zucker?«

»Nee, ganz schwarz. Danke.«

»Haben Sie schon gefrühstückt? Ich hab noch ein bisschen Kuchen im Kühlschrank.«

»Oh ja. Gern. Marcel schläft noch, und ich möchte ihn nicht stören.«

Bernd nickte. Marcel war wahrscheinlich ihr Freund, aber er fragte nicht nach.

Eine Weile aßen und tranken sie schweigend, dann fragte Bernd: »Was machen Sie? Studieren Sie?«

»Ja. BWL an der FU.«

Er nickte. »Interessant.«

»Und Sie?«

»Ich bin Richter am Landgericht. Ein Jahr noch, dann ist Schluss.«

»Das sagen Sie so strahlend?«

»Ja, ich hab genug und freu mich auf die Pension. Hab die Faxen dicke, wie man so schön sagt.«

»Oh! Sie leben doch allein, oder?«

»Ja. Meine Frau ist vor zwei Jahren gestorben.«

»Oh, das tut mir leid!« Sie machte eine kurze Pause, bevor sie weiterfragte: »Und was wollen Sie dann machen, wenn Sie pensioniert sind, so allein?«

»Mein Leben genießen, machen können, was ich will, und vor allem viel reisen. Es gibt in der Welt so viele interessante Orte und Dinge, die ich noch nicht gesehen habe.«

»Zum Beispiel?«

»Ach …« Bernd lehnte sich zurück und überlegte. »Schon als Kind wollte ich die Chinesische Mauer sehen, als Jugendlicher wollte ich dann unbedingt mal nach San Francisco zur Golden Gate Bridge, inspiriert durch den Song von Scott McKenzie, aber den kennen Sie sicher gar nicht mehr …«

»Na klar kenn ich den!«, sagte Veronika und grinste.

»Das Empire State Building hab ich auch noch nie in natura gesehen«, fuhr Bernd fort, »oder das Kolosseum in Rom. Die Inka-Ruinenstadt Machu Picchu hat mich schon immer gereizt, aber da braucht man eine Malaria-Prophylaxe, und die vertrage ich nicht. Tja, mein absoluter Traum wären die Pyramiden von Gizeh, doch ich glaube, nach Ägypten zu fahren ist im Moment ziemlich gefährlich und auch keine so wirklich gute Idee. Meine Liste ist lang, und irgendwas wird sich schon finden.«

»Das ist absolut geil!« Veronika stand auf und goss sich selbst noch eine Tasse Kaffee ein. »Ich wollte immer mal die Panamericana rauftrampen. Von Argentinien bis nach Alaska.«

»Auch nicht ganz ungefährlich«, meinte Bernd und grinste.

»Nee, aber ist ein Traum von mir. Vielleicht, wenn ich mit dem Studium fertig bin.«

»Gut, dann komm ich mit.«

»Is ein Spruch, oder?«

»Ja, aber warum nicht? Aber bitte mit dem eigenen Auto. Nicht trampen.«

»Einverstanden.«

Wieder schwiegen beide. Dann stand Veronika auf. »Ich muss jetzt rüber. Wenn Sie mal wieder Zeit haben – ich revanchier mich gern für den Kaffee.«

Bernd nickte und erhob sich ebenfalls.

An der Tür blieb Veronika stehen, gab Bernd die Hand und sagte: »Was war das denn jetzt? Wir kennen uns überhaupt nicht und wollen zusammen die Panamericana entlangfahren? Echt nicht schlecht!« Sie lachte, sagte »Tschüs« und verschwand in ihrer Wohnung.

Bernd setzte sich an den Schreibtisch, schaltete den Computer an und öffnete die Seite »Panamericana, Traumstraße der Welt« bei Wikipedia.

In den nächsten Wochen und Monaten tranken sie immer mal wieder einen Kaffee oder ein Glas Wein zusammen, Bernd besorgte Theater- und Konzertkarten, und Veronika hatte Spaß daran. Bernd war für sie ein charmanter, kluger und humorvoller Begleiter, und sie empfand seine Anwesenheit als äußerst angenehm. Dafür schleppte sie ihn ab und zu mit ins Kino oder lud ihn zu diversen äußerst kreativen Pfannenschlägen ein, wenn Marcel, ein Journalist, beruflich unterwegs war.

Über die Panamericana hatten sie seit ihrem ersten Zusammentreffen nie wieder gesprochen.

Sie klingelte immer dreimal kurz und dreimal lang, wenn sie zu ihm rüberkam.

So auch an diesem Abend.

Da kannten sie sich bereits über ein Jahr.

Er öffnete.

Sie stand vor ihm: leichenblass, ungeschminkt und verweint. Ging wortlos in seine Wohnung und ließ sich auf die Couch fallen.

Er ließ ihr Zeit. Als sie ihn das erste Mal ansah, fragte er leise: »Was ist passiert?«

»Er betrügt mich«, flüsterte sie und brach in Tränen aus.

Bernd war ganz still, stand hilflos im Raum und wusste nicht, was er machen sollte.

»Marcel vögelt durch die Gegend wie ein Geisteskranker«, schluchzte sie, »immer wenn er unterwegs ist. In jedem

Hotel hackt er eine an. Eine Nacht allein im Hotelzimmer ist ja eine Zumutung!« Ihre Stimme war kaum noch hörbar. »So ein Schwein ist er. So krank ist er. Ein widerlicher Sexomane. Pfui Teufel!«

Bernd setzte sich zu ihr auf die Couch und nahm sie in den Arm. »Du hast recht«, sagte er leise. »Er ist ein Arsch.«

Veronika schloss die Augen. Es tat so gut, dass er das sagte. Er verstand sie eben. Verstand sie immer.

»Hast du ihn zum Teufel gejagt?«, fragte er.

»Ja«, flüsterte Veronika in seinem Arm und kuschelte sich an ihn. »Natürlich hab ich das. Ich hab ihn achtkantig rausgeschmissen, aber jetzt denke ich schon wieder, es war ein Fehler. Ich liebe ihn doch, verstehst du? Ich kann nicht leben ohne ihn. Das ist die Hölle! Wenn ich könnte, würde ich ihn vielleicht sogar zurückholen.«

»Aber er wird sich nicht ändern. Er wird sich nie ändern, Veronika«, flüsterte Bernd und fuhr ihr mit der Hand sanft den Rücken hinauf und hinunter. Dann massierte er ihren Hals und spielte mit ihren Ohrläppchen.

»Lass ihn sausen«, sagte er leise. »Marcel wird dich immer wieder verletzen. Das ist nicht der richtige Mann für dich. Und je länger du an ihm hängst, umso schwieriger wird das alles.«

»Ja, ja, ja!«, kiekste sie. »Ich weiß das alles, aber ich kann ihn nicht lassen, ich liebe ihn doch, ein Leben ohne ihn ist völlig unmöglich, vollkommen unvorstellbar! Oh mein Gott, Bernd, hilf mir doch, was soll ich bloß tun?«

Veronika stand völlig neben sich.

»Du musst seine Eskapaden akzeptieren, sonst ist er weg.«

Sie nickte.

»Kannst du das?«

Sie schüttelte den Kopf.

»Du bist in einer Zwickmühle. Unglücklich bist du in jedem Fall. Was du auch tust. Ich kann dir nur raten, gib ihn auf. Lieber ein Ende mit Schrecken als ein Schrecken ohne Ende. Irgendwann ist der Kummer vorbei, und du begegnest dem Richtigen. Einem, der dich wirklich liebt und der dich niemals betrügen würde.«

»So was gibt es?«, fragte sie kraftlos.

»So was gibt es«, meinte er lächelnd.

Sie drückte ihn fest an sich. »Du bist so lieb«, flüsterte sie.

Drei Tage später klingelte sie wieder.

»Bitte, kann ich bei dir pennen?«, fragte sie atemlos. »Marcel ist auf dem Weg zu mir, aber ich möchte nicht zu Hause sein, verstehst du? Soll er sich wundern, wo ich bin und wo ich die ganze Nacht bleibe.«

»Klar«, meinte Bernd, »komm rein. Aber wann nimmst du ihm endlich den Schlüssel ab?«

»Das frag ich mich auch«, sagte Veronika. »Und das ist sooo schwer, das kannst du dir gar nicht vorstellen.«

In der Nacht lag sie in seinem Arm.

Er streichelte sanft ihren Kopf, mehr traute er sich nicht.

Veronika schlief und hatte wohl gar nichts davon mitbekommen.

29

Faruk hatte die Nacht damit verbracht, seine Zellenwand oberhalb des Bettes mit Zeichen zu bemalen: einen Strich für jeden Tag, dann ein Kreuz für jede Woche und einen viereckigen Kasten für jeden Monat, den er noch in diesem dreckigen Loch verbringen musste.

Es war erschreckend, wie beschmiert die Wand war, wie viele verdammte Striche, Kreuze und Kästen er noch ertragen musste.

Faruk dachte, er müsse kotzen, aber er bekam Kopfschmerzen. Er drückte den Notfallknopf.

»Was ist, Faruk?«

»Mir explodiert der Kopf. Brauch dringend 'ne Tablette.«

»Is nich.«

»Wie: Is nich?«

»Wir sind hier im Knast und nicht inner Apotheke. Wenn du morgen noch immer Kopfschmerzen hast, sehen wir weiter. Dann rufen wir den Arzt. Eventuell.«

Klack. Die Verbindung war beendet.

Faruk schlug mit der Faust auf den Tisch.

Zum Einschluss am Abend kam Schulderinski in die Zelle und sah Faruks Kalender an der Wand oberhalb des Bettes.

»Toll«, sagte er. »Super. Immer wieder was Neues. Ich bring dir 'nen halben Scotch Brite, um die Schmierereien zu entfernen, ansonsten kostet Haftraumstreichen dreihundert Euro. Ist ja nichts Neues, oder? Wusstest du doch.«

»Isch hab Kopfschmerzen.«

»Ja. Pech.«

»Brauch Tabletten.«

»Is nich. Leg dir 'nen kalten Lappen auf 'n Kopf.«

»Ihr seid Schweine.«

»Danke für die Blumen. Aber gut. Kriegst einen ganzen Scotch Brite für die Putzerei. Hab heute meinen sozialen Tag!«

Schulderinski ging aus der Zelle und schloss hinter sich ab.

Faruk dachte nicht daran, seinen Kalender zu entfernen, auf die dreihundert Euro war geschissen. Wenn er hier raus war, ging es ihm gut, da interessierten niemanden diese verfickten dreihundert Euro.

Am nächsten Tag. Hofgang. Es war die letzten Tage ruhig gewesen, und kaum einer hatte Einschluss. Das ganze Pack war draußen.

Faruk hatte keinen Bock. Weder auf Tischtennis noch darauf, blödsinnige Runden zu drehen oder mit diesen ganzen Blödmännern rumzustehen. Noch zweiunddreißig Minuten, dann war Schluss. Dann konnte er wieder in seine Zelle und hatte Ruhe.

Einige Rumänen kickten einen Fußball hin und her, Russen belagerten eine Bank und diskutierten, Araber gingen zu zweit strammen Schrittes immer im Kreis. Die Schwarzafrikaner waren überall. Gelangweilt. Ein paar Deutsche standen in einer Ecke und drehten sich Zigaretten.

Faruk hätte gern mal wieder zusammen mit Yusuf und Burhan das Hütchenspiel mit Kaffeebechern gespielt, er war völlig aus der Übung, aber die beiden stritten sich gerade und schrien sich an.

Da kam Aleko vorbei. Ein bulgarischer Fettsack, der X-Beine und so dicke Oberschenkel hatte, dass er kaum laufen konnte, und sich dennoch für was Besseres hielt. Faruk konnte ihn nicht ausstehen, versuchte sich wegzudrehen, aber Aleko rempelte ihn derartig heftig an, dass Faruk fast auf die Schnauze fiel.

»Ej!«, schrie Faruk. »Willst du Krieg oder was?«

»Ich will deine Mutter ficken, du Hurensohn!«, brüllte Aleko und lachte schallend.

Faruk, der sicher hundert Kilo leichter war als Aleko, wollte sich gerade auf den Fettklops stürzen, zumal schon mehrere drumherum standen, um zu beobachten, was passieren würde, als ein Afrikaner vorbeikam. Groß und breit wie ein Schrank, aber im Gegensatz zu Aleko durchtrainiert. Er ließ seine Faust auf Alekos linkes Auge krachen.

Das Splittern der Augenhöhle konnte man regelrecht hören, der Fettsack ging zu Boden, hielt sich die Hand vors Gesicht und wimmerte vor Schmerz.

»Alles gut«, sagte der Afrikaner, grinste breit und ging ruhig davon.

»Wer war das?«, fragte Faruk die Umstehenden.

»Das war Pakka.«

30

Toskana

Neris und Gabriellas Haus sah aus, als hätte eine Bombe eingeschlagen, und hatte den Gemütlichkeitsfaktor eines Rohbaus. Die vom Umbau nicht direkt betroffenen Zimmer versanken im Chaos und sahen aus wie das Innenleben eines Zelts einer fünfköpfigen Familie nach drei Wochen Urlaub. Klamottenberge glichen einer Müllhalde, saubere Wäsche war von der dreckigen nicht mehr zu unterscheiden, die Möbel waren in Plastikplanen gehüllt, Gabriella stakste von Zimmer zu Zimmer, und ihr Mund war ein zusammengepresster scharfer Strich. Das tat sie, um nicht zu schreien. Wenn sie den Mund öffnete, kamen qualvolle Laute heraus oder spitzzüngige Bemerkungen.

Neri floh ins Büro und sammelte dort die Kraft, um abends Gabriella und den häuslichen Irrsinn zu ertragen.

Dies alles hatten Neri und Gabriella auf sich genommen, um ihre Ehe zu retten, um einen Neuanfang zu machen. Neues Glück in neuem Zuhause. Ohne Oma, die vor Kurzem verstorben war, im renovierten Heim, inmitten neuer schicker Möbel …

Sie hatten es sich traumhaft vorgestellt, aber so einfach war das alles nicht.

Vielleicht wäre es doch besser gewesen, die Bruchbude, in der sie seit Jahren hausten und in der sie nie etwas erneuert oder renoviert hatten, zu verkaufen und irgendwo ein neues Haus zu bauen, um wirklich ganz von vorn anzufangen.

Aber sie hatten sich anders entschieden.

Und so saß Gabriella seit Montag im häuslichen Wahnsinn und wartete auf Luca, den Maurer. Heute war Freitag, es war jetzt halb elf, und die ganze Woche war niemand erschienen. Weder Luca noch Manilo, der Elektriker, der mit Luca Hand in Hand arbeiten sollte.

Gabriella hatte den beiden pausenlos hinterhertelefoniert – ohne Erfolg. Manilo hatte ständig behauptet, er würde auf alle Fälle zusammen mit Luca kommen, und Luca hatte unentwegt versichert, er käme in zwei Stunden. Oder dopo pranzo. Il pomeriggio. Domattina. Prima pranzo. La sera … Und so waren die Tage vergangen.

Gabriella war fast geplatzt. Sie wusste ja ganz genau, dass Unpünktlichkeit und das Nichterscheinen von Handwerkern eine italienische Krankheit war, aber es am eigenen Leib zu erfahren war eine ganz andere Sache.

Daher traf sie fast der Schlag, als Luca und Manilo um elf Uhr fünfundzwanzig, also eine halbe Stunde vor der Mittagspause, vorfuhren.

Sie versuchte es – aber sie konnte sich einfach nicht freuen.

»Schön, dass ihr da seid!«, sagte sie steif zur Begrüßung, und die beiden Jungs strahlten, als wären sie immer gern gesehene Gäste, die besten und pünktlichsten Handwerker unter der Sonne. »Kommt rein, ich zeig euch, worum's geht.«

Beide griffen brav ihre Werkzeugtaschen und trotteten hinter Gabriella her.

Im Wohnzimmer blieb sie stehen. »So, diese Wand hier soll raus, dafür kommt ein Torbogen rein, damit die Stabilität gewahrt wird, aber das hatte ich schon alles mit eurem capo Simone besprochen. Und dann werden die Steckdosen, Fernsehanschluss, Internet, was weiß ich, alles hier an diese Wand verlegt, denn Omas ehemaliges Zimmer wird jetzt Neris Arbeitszimmer, der gute Mann hat ja immer zwischen Tür und Angel gelebt und nirgendwo vernünftig arbeiten können. Und außerdem machen wir dieses Zimmer da drüben zu unserem Esszimmer. Die Tür da hinten zum Garten mauert bitte zu, dafür wird dieses Fenster bis auf den Boden vergrößert und mutiert zu einer lichtdurchfluteten Glastür.«

»Stimmt es, dass ihr auch eine komplett neue Küche und ein komplett neues Bad wollt?«, fragte Luca und kratzte sich am Kinn. Er stand so breit- und o-beinig da, dass man ihm leicht einen Fußball durch die Beine hätte schießen können.

»Sicher wollen wir das«, bestätigte Gabriella.

»Aber sollten wir dann nicht vielleicht mit der Küche beginnen?«, fragte Luca. »Dann rufen wir mal Sergio, den Hydrauliker an, ob er Zeit hat, denn der muss dann erst mal den ganzen Kram …«

»Nein!«, sagte Gabriella scharf. »Wir fangen hier an. Mit diesem Zimmer. Mit dieser Wand und mit diesem Torbogen. Und zwar sofort. Va bene, ragazzi?«

Manilo sah auf die Uhr. »Va bene, dann kommen wir dopo pranzo wieder, so gegen una e mezzo, va bene?«

»Bleibt hier!«, sagte Gabriella, da sie wusste, dass die beiden nach dem Mittagessen niemals wiederkommen würden. »Fangt schon mal an, ich hole euch ein paar panini. Mit mozzarella, mit funghi, mit tonno?«

»Mit allem«, brummte Luca, bekam augenblicklich schlechte Laune und nahm den Vorschlaghammer in die Hand.

Binnen weniger Minuten verwandelte er Gabriellas und Neris Zuhause in eine staubige Trümmerwüste, und dort, wo noch vor kurzer Zeit Omas Bett gestanden hatte, lag jetzt nur noch ein Haufen Schutt.

Gabriella raste unterdessen in den Ort und holte die panini.

Zwei Stunden später war die Mauer zwischen Wohn- und Omas Zimmer fast vollständig gefallen, und es kehrte Ruhe ein. Alle saßen auf irgendwelchen Gesteinsbrocken, aßen belegte Brötchen und tranken Wasser und Wein.

»Wisst ihr schon mehr zu dem Mord an der blonden Deutschen in Palazzuolo?«

»No. Niente. È strano. Sehr merkwürdig.«

»Die beiden, die in dem Haus wohnen, wo das alles passiert ist, sind übrigens wieder da. Seit gestern. Regine und Holger.«

»Ach!«, sagte Gabriella.

»Ja«, meinte Luca und pulte sich den Thunfisch aus den Zahnlücken.

Am Abend, als Gabriella und Neri immer noch in staubiger Luft zwischen den Schuttbergen saßen, meinte sie: »Die Eigentümer des Hauses, wo die Frau auf der Terrasse umgebracht worden ist, sind wieder da. Vielleicht solltest du mal …«

»Ja, ja, schon klar, ich kümmer mich drum.«

»Ich meine ja nur.«

»Ja, ja, ja. Kein Problem. Danke.«

»Nur, weil du so genervt klingst.«

»Ich klinge nicht genervt, ich dachte du bist genervt, wegen der Handwerker und so, ist ja verständlich.«

»Ich bin nicht genervt«, zischte Gabriella.

»Na, dann ist ja alles bestens. Es ist bei mir nur so angekommen.«

»Falsche Adresse. Es ist alles gut. Aber du bist tierisch gestresst, hab ich den Eindruck, und überträgst es auf mich. Dann glaubst du immer, dass ich gestresst bin und hältst es mir vor.«

Neri verdrehte die Augen. »Du bist schon die ganze Zeit genervt und gestresst und irgendwie anders. Das ist furchtbar, Gabriella. Du bist nicht zu ertragen, und jetzt fang nicht an, es mir in die Schuhe zu schieben.«

Gabriella schwieg verstockt, so ungeheuerlich fand sie die Vorwürfe Neris. Natürlich waren die Handwerker nicht leicht zu ertragen, aber sie hatte die Probleme gut weggesteckt, und jetzt kam er mit seiner ekelhaften Bürolaune und wälzte alles auf sie ab.

Sie hatte Bock abzuhauen, aber das brachte ja nichts.

»Ich dachte, wir wollten von vorn anfangen«, sagte sie traurig, »und jetzt redest du wie vor hundert Jahren.«

»Weil du dich wie vor hundert Jahren benimmst!«, schrie Neri, und Gabriella versuchte in ihrem Kopf zu sortieren, worum es überhaupt ging.

Es gelang ihr nicht.

Daher fehlten ihr die Argumente, und sie schwieg.

Aber sie wünschte sich, in dieser Nacht nicht mit ihm in einem Bett schlafen zu müssen, was natürlich unmöglich war.

Jetzt, wo die Handwerker alles auf den Kopf stellten, erst recht nicht.

In der Nacht kuschelte sich Gabriella im Halbschlaf an Neris Rücken.

»Unser Haus wird wunderschön«, raunte sie, »ganz, ganz toll. Wir müssen nur die Handwerker irgendwie überleben.«

»Das werden wir«, flüsterte Neri und drückte sie fest an sich.

31

Sie besaßen dieses Haus jetzt seit dreiundzwanzig Jahren, und noch nie hatte sich Regine Börner hier in der Toskana gefürchtet. Aber jetzt hatte sie Angst.

Seit ihr Stefania, die einen guten Kilometer entfernt wohnte, erzählt hatte, was hier auf ihrer Terrasse geschehen war, wusste sie nicht mehr, was sie denken sollte, und hatte ihren Glauben an das gelobte, friedliche Land, in dem es Oliven und Wein, Sonnenblumen und nette Menschen gab, verloren.

Holger hatte das Ganze hingenommen, als hätte man ihm gesagt, das Zitronenbäumchen sei umgefallen, und war zur Tagesordnung übergegangen. Aber Regine saß die schaurige Geschichte in den Knochen, denn offensichtlich waren Fremde auf ihrem Grundstück gewesen, und es war ein Mord geschehen.

Sie konnte das alles kaum glauben – und nun fühlte sie sich in ihrem eigenen Haus nicht mehr sicher. Denn was wäre gewesen, wenn sie schon zwei Wochen früher zurückgekommen wären?

Daher wunderte sie sich auch nicht, als am späten Vormittag ein Polizeiwagen hinter dem Haus hielt und zwei Carabinieri ausstiegen.

»Buongiorno«, sagte der Ältere der beiden. »Mein Name ist Donato Neri, das ist mein Kollege Diego Roncucci. Signora Börner?«

Regine nickte und begrüßte beide mit Handschlag.

»Sprechen Sie Italienisch?«, fragte Neri.

»Einigermaßen. Mein Mann ist im Garten. Bitte kommen Sie.« Sie hatte weiche Knie, als sie voraus zur Terrasse ging und die beiden Carabinieri bat, sich zu setzen. Dann rief sie ihren Mann: »Holger, kommst du mal! Die Polizei will mit uns sprechen!«

Holger, der gerade dabei war, die Rosen zu beschneiden, kam langsam den Hang herauf.

»Buongiorno«, sagte er und gab den beiden Carabinieri die Hand.

Neri setzte sich, Diego blieb stehen.

»Schön haben Sie es hier«, meinte Neri und sah sich um, als hätte er dieses Haus und das Grundstück noch nie gesehen. »Sehr, sehr schön.«

»Ja, wir waren eigentlich auch immer ganz glücklich hier«, bemerkte Regine ausdrücklich im Imperfekt.

»Sie wissen, was hier auf Ihrer Terrasse passiert ist?«

»Ja, eine Nachbarin hat es uns erzählt.« Regine starrte auf ihre Hände und knetete ihre Finger. »Aber glauben können wir es nicht.«

»Das kann niemand so recht glauben«, sagte Diego, und Neri warf ihm einen warnenden Blick zu.

»Kannten Sie die Signora Lara Sennen?«, fragte Neri und sah dabei sowohl Frau als auch Herrn Börner an.

Beide schüttelten die Köpfe. »Nein«, sagte Herr Börner. »Ich hatte den Namen zuvor noch nie gehört.«

»Ich auch nicht«, bestätigte Frau Börner.

»Kommt Ihnen vielleicht der Name Benjamin Faber bekannt vor?«

Beide überlegten einen Moment, sahen sich an und schüttelten dann wieder die Köpfe.

»Nein, wir kennen keinen Benjamin Faber«, sagte Regine bestimmt. »Wer soll das sein?«

»Sagen Sie, wollen Sie Ihr Haus verkaufen?«, konterte Neri mit einer Gegenfrage.

»Nein! Niemals! Wir haben Jahre gebraucht, es uns so schön herzurichten. Wir haben das Nebengebäude ausgebaut, den Pool und die Terrassen angelegt … Nein, wir müssten verrückt sein, es jetzt, wo alles fertig ist, wieder zu verkaufen.«

»Es geht das Gerücht, dass Sie einen Makler beauftragt haben.«

»Nein.« Regine war jetzt fast empört.

»Einen Makler namens Benjamin Faber.«

»Na, wenn wir ihn beauftragt hätten, würden wir ihn ja kennen. Aber wir kennen ihn nicht.«

»Schon gut, schon gut.« Neri ließ das Thema fallen.

Herr Börner saß ruhig daneben, wippte mit dem Fuß und machte ein durch und durch zufriedenes Gesicht. Das Gespräch schien ihn nicht im Geringsten zu interessieren.

»Können Sie sich vielleicht erklären, was hier passiert ist? Ich meine, haben Sie eine Vermutung, was geschehen sein könnte?«

»Nein.« Regine zupfte an ihrer Unterlippe. »Wir diskutieren über nichts anderes, seit wir davon erfahren haben. Aber wir haben keine Idee. Nicht die geringste.«

»Wann sind Sie hier angekommen?«

»Vorgestern Abend.«

»Und wie lange bleiben Sie?«

»Ungefähr zwei Monate.«

»Das ist gut, sehr gut sogar«, meinte Neri und stand auf. »Unser Büro ist in Ambra, da, wo das Kriegerdenkmal ist.«

»Ja, das wissen wir.« Auch die Börners erhoben sich.

»Wenn Ihnen irgendetwas einfällt, was wichtig sein könnte, sagen Sie uns bitte Bescheid. Kommen Sie vorbei oder rufen Sie uns an. Haben Sie was zu schreiben? Dann gebe ich Ihnen die Büro- und meine Handynummer.«

Was für eine Schande, dass wir noch nicht mal Visitenkarten haben, dachte Neri. Aber dafür ist kein Geld da. Das brauchen ja die Politiker, um es sich in den Rachen zu stopfen.

Regine lief ins Haus und kam nur Sekunden später mit einem kleinen Block und einem Kugelschreiber wieder.

Neri kritzelte die Nummern darauf.

»Irgendwie habe ich jetzt hier Angst«, sagte Regine leise. »Es ist nicht mehr so wie früher. Es ist unheimlich. Wurde die Frau denn tagsüber oder nachts umgebracht?«

»Soweit wir wissen am Vormittag.«

Regine riss die Augen auf. »Das ist ja ganz furchtbar!«

»Aber Angst brauchen Sie nicht zu haben«, beruhigte Neri sie. »Der Mörder hatte es mit großer Wahrscheinlichkeit auf genau diese Signora abgesehen. Warum auch immer. Aber ich denke nicht, dass es ein Irrer ist, der hier durch die Wälder zieht.«

Regine Börner fuhr das, was Neri gesagt hatte, durch Mark und Bein. Nie wieder würde sie allein auf der Terrasse sitzen können, wenn Holger einkaufen war. Sie würde vor Angst umkommen.

»Na, hoffentlich haben Sie recht«, sagte Holger Börner, putzte seine Brille und setzte sie wieder auf.

Dann gab er Neri und Diego die Hand. »Vielen Dank für Ihren Besuch! Wir melden uns, wenn was ist.«

Fünf Minuten später rollte der Polizeiwagen vom Berg.

»Es kann doch wohl nicht sein, dass hier am helllichten Tag eine Frau ermordet wird und wir nichts, aber auch gar nichts herausbekommen? Wir haben ja nicht eine einzige Spur!« Diego raufte sich die Haare.

»Das kann eigentlich nicht sein, stimmt«, bemerkte Neri dumpf. »Aber so ist es immer. Es passiert alle naselang was, und keiner weiß warum und wieso. Das ist ein verdammter Fluch, der auf Ambra liegt. An deiner Stelle würde ich mich irgendwann versetzen lassen. Bevor du hier aus diesem Sündenpfuhl nicht mehr wegkommst.«

Neri hatte dies nicht scherzhaft, sondern außergewöhnlich ernst gesagt.

Und das machte Diego nachdenklich.

32

Deutschland

Aleko war im Krankenhaus. Mit allen Mitteln ärztlicher Kunst versuchte man sein Augenlicht zu retten, Pakkas Faust hatte das Augenvakuum zerdrückt und lediglich Matsch hinterlassen.

Es sah schlecht aus für Aleko, Pakka hingegen war in Sicherheitsverfügung: keinen Kontakt mit anderen Gefangenen, und JVA-Beamte durften ihm nur zu zweit begegnen.

Pakka saß jetzt in Zelle dreizehn. Fühlte sich trotz aller Maßregelungen immer noch wie der König. Der König von Afrika. Ehre, wem Ehre gebührt.

Faruk sah ihn ab und zu im Hof seine einsamen Runden drehen. Pakka lief dort mit gesenktem Kopf wie ein wildes eingesperrtes Tier immer im Kreis, bereit für den Sprung, für den Angriff. Aber es gab niemanden, der sich ihm näherte, also konnte er nicht springen.

Brisant war es nur für die Beamten, die ihn nach einer Stunde zurück in den Haftraum bringen mussten.

Pakka war ein unangenehmer Fall. Da aber jeder das Recht auf eine Stunde Hofgang hatte, fragten die Beamten bei freundlichen Gefangenen, die keinen Stress machten, morgens um zehn: »Na, wie sieht es aus? Wollen Sie im Hof ein paar Runden drehen? Die Vögel zwitschern, die Sonne scheint, aber es ist ein bisschen kühl, nehmen Sie sich ein Jäckchen mit ...«

Bei gefährlichen und stressigen Typen fragten sie meist morgens um sechs, wenn der Gefangene noch im Tiefschlaf war, ob er Lust hatte, draußen spazieren zu gehen. Bei Regen und Sturm, Eis und Schnee.

Neunundneunzig Prozent sagten: »Leck mich!«, zogen sich die Decke über die Ohren, und somit war der Hofgang erledigt.

Nicht so Pakka. Pakka wollte und lief. Bei jedem Wetter. Er war durch nichts zu beeindrucken, hielt den Kopf in den Regen, trank ihn, atmete tief und sagte, Deutschland wäre ein so reiches Land, weil es den Regen habe.

Seine Tochter hatte bei Regen immer gelacht und getanzt.

Aber dann drei Jahre lang nicht mehr.

Und dann waren sie gegangen. Als es kein Brot mehr gab und die Ziegen verdurstet waren.

Faruk ließ auf Pakka nichts mehr kommen. Wenn er unbeobachtet war, zischte er vor Pakkas Zellentür: »Isch bin's, Faruk!«, und schob ihm ein bisschen Tabak unter der Tür durch.

Pakka grunzte dann etwas, das Faruk nicht verstand, aber er interpretierte es als »danke«.

Faruk fand es irre, dass sich dieser Teufel, der alles zusammenschlug, was sich ihm in den Weg stellte, nicht die Bohne darum scherte, ob er Sicherheitsverfügung hatte und von allen isoliert war oder nicht. Er ruhte eben einfach in sich.

Du bist klasse, mein Freund!, dachte Faruk. Wenn wir beide jemals aus diesem Puff herauskommen, tun wir uns zusammen. Isch plane, du haust drauf.

Ahmed-Schachbrett hatte nichts mehr gesagt, von wegen Tabak. Doof war er ja nicht, denn im Moment war er leichte Beute, ziemlich gehandicapt mit seiner kaputten Hand, er konnte schlecht zurückschlagen, und es war besser für ihn, sich tot zu stellen. Obwohl es sein konnte, dass sie ihn jetzt erst richtig auseinandernahmen, weil er sich kaum wehren konnte.

Es gab alles im Knast. Handys, Alkohol, Drogen ... – alles, was das Herz begehrte. Jedenfalls wenn man die nötige Knete hatte. Aber eins gab es nicht: Mitleid.

Faruk dachte an die bescheuerte Klee, die ihm wieder den Weg in die Freiheit ebnen konnte, und so wie es aussah, würde sie es auch tun. Er hatte ihr genug Honig ums Maul geschmiert und sie davon überzeugt, dass er im Grunde seiner Seele ein lieber Junge war, der ein neues, braves, gesetzestreues Leben führen wollte.

Wenn er daran dachte, wie doof und leichtgläubig sie war, konnte er sich ausschütten vor Lachen, aber was ihn zurzeit nervte, war, dass sie immer noch nicht aus ihrem verdammten Urlaub zurück war.

Er legte sich auf seine Pritsche, dachte an eine dreckige Nutte und wichste. Das war üblicherweise eine kurze, schmerzlose Angelegenheit, er brauchte sie sich nur nackt in seiner Zelle vorzustellen, und schon ging ihm einer ab.

Gott sei Dank gab es die Gucklöcher in den Türen nicht mehr. Dann hätte er unter der Decke und ganz still und verschämt wichsen müssen, aber das war Schnee von gestern. Hatten die Psychologen, die ja wirklich superklasse Typen waren, abgeschafft. Von wegen der Menschenwürde.

Er lachte schon wieder.

Komm, Schatzi, Bumsi, kleine süße dreckige Maus, komm endlich, wir machen Plan.

Klee, du miese Schlampe, wo bist du? Mach mir Ausgang, mach mir Ausgang, oder ich vögle dich, bis du um Gnade winselst, du Hure, du, mach mir Ausgang, mach mir Ausgang, oder ich schlitz dich auf, ich schneid dir Brüste ab, bis du schreist, bis du ... bis du ... bis du ...

Er war fertig. Sein Bett war feucht und klebte.

Diese Frau war der Hammer. Wie sie tickte, würde er nie verstehen.

Nirgends gab es so viel Multikulti wie im Knast. Hier im Jugendknast waren Gefangene aus aller Herren Länder, aus Libyen, Syrien, dem Libanon, Marokko, Ägypten, Afghanistan, Rumänien, Bulgarien, Albanien, Algerien, Tunesien, Türkei, Kenia, Guinea, Somalia, Russland, Estland, Lettland und noch x ungeklärten Herkunftsländern.

Und dazwischen wanderte Diana Klee durch die Flure und strahlte, als würde sie die Probleme der Gefangenen weglächeln können.

Aber die Gefangenen liebten sie nur, wenn sie sie gehen ließ. Ansonsten wollten sie sie nur ficken und konnten es nicht. Und zerschlugen deswegen ihre Zelle oder den Kiefer des Zellennachbarn.

Diana war ein Herzchen.

Vor einem halben Jahr kam auf die Station ein Typ aus dem arabischen Raum, schwerer Raub, schwere Körperverletzung, mit vier verschiedenen Namen, vier verschiedenen Herkunftsländern und vier verschiedenen Geburtsdaten. Er war nach eigenen Angaben zwischen sechzehn und einundzwanzig und meinte selbst, genau wüsste er das nicht, aber zwanzig würde wohl am ehesten hinkommen.

»Gut«, hatte Diana gesagt, auf die Einweisung gesehen und ihm die Hand getätschelt, was für einen arabischen Moslem ja wohl das Letzte gewesen sein musste. »Hier steht achtzehn als mögliches Alter. Da bist du ja richtig bei uns im Jugendknast.«

So ähnlich war es auch mit einem anderen Neuzugang: Drogendealer. Er sagte von sich selbst, er sei siebzehn, ungeklärter Herkunftsort, er könne sich nicht erinnern, sei schon in der ganzen Welt herumgereist, wüsste gar nicht mehr, wo oben und unten ist. Aber vor drei Jahren war er schon mal im Knast. Da war er auch siebzehn …

»Okay«, sagte Diana. »Alles in Ordnung, also siebzehn. Alles gut.«

Auch von Pakka wusste niemand, wie alt er wirklich war, und im Grunde wollte es auch niemand so genau wissen. Irgendwas zwischen fünfzehn und fünfunddreißig musste es sein, und niemand interessierte sich dafür. Hatte er seine Tochter mit zwölf oder mit dreißig gezeugt? Mein Gott, alles war möglich, alles war gut, und wer konnte schon bei einem Schwarzen das Alter schätzen? Niemand.

Die Klee wollte alle missionieren. Im Jugendknast ging es nicht um Strafe, sondern um Erziehung. Darum sammelte sie ihre Schäfchen um sich und log sich in die Tasche, auch wenn das Schaf schon dichte Ganzkörperbehaarung hatte und fünfunddreißig war.

Man musste sie einfach lieb haben.

33

2011

Da war Faruk dreizehn und bereits Intensivtäter.

Die Schule zog er widerwillig durch, um der Prügel des Vaters zu entgehen, die dafür seine Mutter und Schwester zu spüren bekamen.

Wenn der Vater schlechte Laune hatte, fand er immer einen Grund zuzuschlagen.

Faruk ging nie dazwischen, wenn seine Mutter oder seine Schwester schrien. War schon okay, dachte er, sein Vater wusste schließlich, was er tat.

Und es waren ja nur Frauen. Sollten sie sich anständig benehmen, dann passierte auch nichts.

Faruk hatte sich mittlerweile auf Fahrradklau spezialisiert, das war einfach. Wenn man unbeobachtet war, hatte man seine Ruhe, brauchte nur gutes, effektives Werkzeug und konnte dann die Räder leicht nach Polen verscheuern. Für ihn war es wie ein Job, eine sichere Einnahmequelle neben der Schule, aber der Kick war es nicht. Jeden Tag dasselbe. Scheißfahrräder.

Ein Lieblingsrad hatte er, mit dem er durch die Gegend fuhr.

Und er hatte angefangen zu kiffen. Geile Sache. Nach einer halben Stunde war dir alles scheißegal. Da sollten sie doch alle reden. Geld hatte er ja genug, um sich den Stoff zu kaufen.

Seit drei Monaten machte er mit Olaf und Tschibo gemeinsame Sache. Olaf war fünfzehn, stark übergewichtig und hatte keine Hemmungen, jemanden auf der Stelle zu skalpieren. Er war brutal und skrupellos, hatte vor nichts Angst, aber wusste nicht so recht, was er mit dem Tag anfangen sollte.

Er brauchte Faruk, der die Pläne schmiedete. Olaf tat alles, was Faruk von ihm wollte, insofern waren die beiden ein super Team.

Und dann Manni, genannt Tschibo, da er sich erfolgreich darauf spezialisiert hatte, bei Tchibo zu klauen.

»Da passt keiner auf«, hatte er erklärt. »Die Tanten sind so doof und damit beschäftigt, Kaffee zu kochen, dass niemand drauf achtet, wer rein- oder rausgeht und was du dabeihast. Echt easy. Mittlerweile gibt's da ja fast alles, und du hast immer ein schönes Geschenk für die Mutti.«

Tschibo war etwas unterbelichtet, aber gelenkig wie eine Gummipuppe und schnell wie ein Panther. Er brauchte kein Fahrrad, um zu türmen, wenn du dich umdrehtest, war er schon weg. Leichtfüßig sprang er über Zäune und Mauern, über Gräben und Autos, über Dächer und Häuserschluchten.

Tschibo war ein physisches Phänomen.

Zusammen waren die drei unschlagbar. Faruk der Kopf, Olaf der Killer und Tschibo der Athlet.

Und sie wussten, was sie aneinander hatten.

Aber Olaf, der sieben Geschwister hatte und ständig besoffen war, war auch ein Problem. Bereits vormittags um elf hatte er einen Pegel, dass er jeden abschlachten wollte, der ihm entgegenkam. Und nachmittags war er kaum noch zu bremsen.

Olaf war eine aggressive, sadistische Zeitbombe.

»Die Fahrräder gehen mir auf den Zeiger, lasst uns Autos klauen«, sagte Faruk eines Tages, als sie im Keller ihres Mietshauses saßen und sich Joints reinzogen.

»Du bist dreizehn, Mann«, sagte Tschibo, »ich bin vierzehn, und Olaf ist fünfzehn. Zeig mir den, der von uns 'nen Führerschein hat!«

Faruk lachte so, dass er husten musste. »Ja, und? Autos kann man auch ohne Pappe klauen. Wer kann fahren? Olaf, du?«

Olaf nickte, obwohl sich Faruk das fette Schwein hinter einem Lenkrad kaum vorstellen konnte.

»Du?«, wandte er sich an Tschibo.

Der nickte auch, aber Faruk glaubte ihm nicht und tönte seinerseits: »Isch bin schon mit der Karre von mei'm Alten gefahren. Hat er nischt gemerkt, egal, aber war kein Problem. Also, was halten wir uns mit Fahrrädern auf?«

Olaf und Tschibo sagten eine Weile kein Wort.

Dann schließlich: »Stimmt.«

»Vielleicht hast du recht.«

»Scheiße, Mann, warum nicht?«

»Geile Sache. Wo und wann?«

Faruk grinste. Genau diese Reaktionen hatte er erwartet.

Faruk, Olaf und Tschibo stiegen ganz groß in den Autoklau ein und verschacherten die Wagen auf dem Polenmarkt.

Aber irgendwann flogen sie auf, und Faruk bekam seine zweiunddreißigste Anzeige und eine Vorladung vor Gericht:

· Handtaschendiebstahl
· Raub
· Einbruch

- Körperverletzung
- Beleidigung
- Fahrraddiebstahl
- Autodiebstahl

Faruk war schon oft vor Gericht erschienen, es schreckte ihn nicht, es war immer gut ausgegangen: Man hatte ihn verwarnt, und das war's.

Er war dreizehn.

Er hatte dichte, dunkle Wimpern und einen Blick, der einen dahinschmelzen ließ.

Er hatte es gelernt, Staatsanwälte und Richter um den Finger zu wickeln. Vor allem, wenn Faruk seine absolut perfekte Unschuldsmiene aufsetzte, wollte jeder seine Seele retten.

Und so musste er nur einen vom Richter höchstpersönlich angeordneten Aufsatz schreiben. Mindestens dreißig Sätze mit dem Thema: »Warum das Leben leichter ist, wenn ich nicht mehr straffällig werde«.

»Das Leben is okay. Sonne scheint. Meine Mutter is gut drauf. Meine Schwester is dumme Pute. Mein Vater schlägt sie nich heute. Alles ruhig bei uns. Meine Mutter kocht Suppe. Da tu ich mich drauf freuen. Ich hab kein Bock, rauszugehen, denn is okay zu Hause. Außerdem hat mein Kumpel keine Zeit.« (Den letzten Satz strich Faruk wieder).

Erst sieben Sätze. Verdammt. Wie zum Teufel sollte er dreißig schwachsinnige Sätze zusammenbekommen?

»Die Katze schreit. Hat Hunger. Das Vieh kriegt was von meine Mutter. Ich ruf Kumpel an. Er is noch nich wach. Ich sitze am Computer. Ego-Shooter. Hab Bock drauf. Meine Schwester kommt rein. Ich schmeiß sie raus. Soll sich verpissen. Hat hier nichts zu suchen. Kapiert sie nich. Aber egal, das Spiel is geil. Ich hab Hunger, verdammt. Wenn ich vollgefressen bin, hau ich ab. Familie is wichtig, weiß ich. Das, was dich retten tut.

Ich will nich wieder in Knast. Das Leben draußen is cool. Ich hab kapiert, was ich hab falsch gemacht. Klauen und so. Mach ich nich mehr.

Faruk.«

Puuuhh, so viel verlogene Scheiße hatte er schon lange nicht mehr rausgekotzt, aber gut, wenn sie es haben wollten, bitte gerne. Der Aufsatz war perfekt, er war echt begabt.

Der Richter war zufrieden. Faruk bekam außerdem noch zwanzig Arbeitsstunden aufgebrummt, dazu einen Haufen Ermahnungen, und das war's.

34

Heinrich Gernersheim. Henriette Gernersheim. Adele Gernersheim und Arno Gernersheim.

Überschaubar.

Aber ein Bernd Gernersheim war nicht darunter.

Eigentlich hatte er es auch nicht erwartet.

Es war jetzt kurz nach vier. Kaffeezeit. Eine gute Gelegenheit, um fremde Leute anzurufen. Den Namen nach alte Leute.

Er wählte die erste Nummer.

»Gernersheim«, meldete sich eine tiefe Stimme.

»Ja, einen schönen guten Tag, mein Name ist Horst Schlüter. Könnte ich mal bitte Bernd sprechen?«

»Hier gibt es keinen Bernd.«

»Ach. Aber ich bin doch bei Gernersheim?«

»Ja, sicher. Aber einen Bernd Gernersheim kenn ich nicht.«

»Oh! Dann muss ich mich wohl vertan haben. Aber Sie sind sich sicher, dass auch nicht Ihr Neffe, Schwager, Enkel oder so …?«

»Das wüsste ich. Einen schönen Tag noch.«

Der Angerufene legte auf.

Heinrich war also ein Fehlgriff gewesen.

Die Nächste, Henriette, war sofort am Apparat. »Ja?« Ihre Stimme klang schrill.

»Entschuldigen Sie, aber könnte ich mal bitte Bernd sprechen? Bernd Gernersheim?«

»Wen?«

»Bernd Gernersheim.«

»Wen?«

»Bernd Gernersheim.«

»Bernd?«

»Ja.«

»Kenn ich nicht.«

»Okay. 'tschuldigung, dann hab ich mich verwählt.«

Er legte auf.

Fühlte leichten Stress aufkommen, aber ein paar Optionen gab es ja noch.

Adele hatte eine leise, zittrige Stimme. »Jaaa?«

»Entschuldigung, bin ich da richtig verbunden mit Gernersheim?«

»Ja?«

»Könnte ich mal bitte den Bernd sprechen?«

»Bernd?«

»Ja. Bernd.«

»Der wohnt hier nicht. Wieso wollen Sie ihn denn sprechen?«

»Ich will ihn einladen. Zu einem Klassentreffen. Achtundvierzig Jahre Abitur. Ich suche die Klassenkameraden zusammen, aber es ist verdammt schwierig.«

»Oh, oh, oh. Verstehe. So alt ist mein Sohn schon? Ich kann es gar nicht fassen. Achtundvierzig Jahre?«

»Nein. Ihr Sohn müsste jetzt Mitte sechzig sein.«

»Ah ja. Kann sein. Und was wollen Sie von ihm?«

»Ich brauche seine Adresse. Ich will ihn zum Klassentreffen einladen.«

»Wer sind Sie denn?«

»Ich bin ein Schulfreund. Ein Klassenkamerad. Der Horst Schlüter.«

Die zittrige Stimme machte eine Pause. »Ach, der!«

»Ja, genau.«

»Und den Bernd wollen Sie einladen?«

»Ja, genau.«

»Ich weiß nicht, wo der Horst Schlüter wohnt.«

»Nein, liebe Frau, ich möchte Ihren Sohn, den Bernd Gernersheim, einladen.«

»Ach so. Das ist ja kein Problem. Von ihm hab ich ja die Adresse. Moment – ich muss mal nachsehen.«

Er hörte, wie sie das Telefon auf den Tisch legte.

Dann wartete er eine Weile, bis sie den Apparat wieder aufnahm.

»Hören Sie?«

»Ja?«

»Bernd Gernersheim ist mein Sohn, wissen Sie das?«

»Aber natürlich.«

»Gut. Also er wohnt Pestalozzistraße 73a. Ich weiß nicht, ob er da immer noch wohnt, aber es steht hier.«

»Super. Danke. Dann werd ich ihm einen Brief schicken.«

»Tun Sie das.« Sie hustete fürchterlich, dann sprach sie weiter. »Kommen Sie denn auch zur Hochzeit?«

»Welche Hochzeit?«

»Na die von Bernd!«

»Ach so, ja, sicher. Ich hab eine Einladung bekommen. Wann und wo war das noch mal?«

»Moment.« Die alte Frau schnaufte, und man hörte, dass sie in Papieren kramte. Dann nahm sie den Hörer wieder zur Hand.

»Ich muss noch weitersuchen. Ach Gott, man wird ja immer klappriger, Frau Doll von gegenüber ist jetzt fast blind, und vorige Woche ist sie gefallen und ins Krankenhaus gekommen. Hab ich dir das erzählt, Bernd? Wenn man erst mal im Krankenhaus ist, dann ist es das Ende, dann kommt man nicht mehr raus.«

»Ich bin nicht Bernd, ich bin der Horst, aber du wolltest mir die Adresse raussuchen, wo die Hochzeit stattfindet ...«

»Ach so, ja, gleich. Warte mal.«

Er stöhnte unhörbar auf und zwang sich zur Geduld. Hörte, wie Adele Schubladen aufzog, Schränke öffnete und herumsuchte.

Er stellte das Telefon auf laut, legte es auf den Tisch, öffnete den Kleiderschrank und holte seinen grauen Anzug heraus. Er sah noch ganz passabel aus, aber vor der Hochzeit würde er ihn wohl noch einmal in die Reinigung bringen. Und ein paar neue Accessoires kaufen.

Er hängte den Anzug zurück und horchte ins Telefon.

Adele kramte immer noch, und es dauerte noch weitere zwei Minuten, dann meldete sie sich wieder.

»Hier. Hörst du, Horst?«

»Ja.«

»Hier hab ich es. Am 17. August um 11 Uhr im Standesamt Rathaus Schmargendorf, danach Feier im ... Moment ...«

Sie suchte erneut, und er war ganz still. »Gasthof zum Alten Kurfürst, Fritzweg 17. – Wissen Sie, ich bin einundneunzig, ich kann mir solche Sachen nicht mehr merken.«

Jetzt waren sie wieder beim Sie. Ihm war es egal. Er hatte, was er brauchte.

»Aber ich bitte Sie, das ist doch fantastisch, Sie haben ja alles parat, also wirklich: Kompliment! Und wie alt sagten

Sie, sind Sie? Einundneunzig? Bitte! Ich habe gedacht, ich unterhalte mich mit einer Siebzigjährigen!«

»Sie sind sehr freundlich«, säuselte Adele geschmeichelt ins Telefon. »Grüßen Sie meinen Sohn, wenn Sie zur Hochzeit gehen, ich schaffe das in meinem Alter nicht mehr.«

»Das werde ich tun. Alles, alles Gute für Sie und herzlichen Dank.«

Er legte auf.

Das war ja einfach gewesen. Der alte Herr heiratete also. Na so was. Wahrscheinlich war seine Frau etliche Jährchen, wahrscheinlich sogar Jahrzehnte jünger. Na, auch das konnte ihm egal sein.

Zum grauen Anzug besorgte er sich in den kommenden Tagen ein fliederfarbenes Einstecktuch, eine ebenso fliederfarbene, aber im Ton etwas dunklere Krawatte, ein Paar geflochtene klassische Oxford-Lederhalbschuhe mit geschlossener Fünf-Loch-Schnürung in Schwarz und eine vergoldete Anti-Aids-Schleife für das Revers.

Er besaß fünf perfekt gebügelte, akkurat sitzende und gestärkte weiße Hemden, hochzeitstauglich waren sie alle.

Gasthof zum Alten Kurfürst. Das hörte sich ja fürchterlich an.

Am kommenden Samstag fuhr er hin, um die Gegend zu erkunden.

Der Gasthof lag in der untersten Etage eines beeindruckenden ehemaligen Gutshauses. Die Fassade war eher schlicht und kühl, aber wenn man die wenigen Stufen zur gewaltigen Eingangstür hinaufging und das Innere des Hauses betrat, überraschte einen ein prächtiger und geschmackvoller

Innenausbau mit unterschiedlich großen Gastzimmern, Sälen und Veranstaltungsräumen – einer schöner als der andere.

Die Bezeichnung »Gasthof« war ein Understatement, das seinesgleichen suchte. Das war ein Gutshof, der über eine große und weitläufige Parkanlage mit freien Rasenflächen, Inseln aus Buschwerk, verschlungenen Wegen, schmalen Brücken über Bachläufen und gewaltigen, jahrhundertealten Buchen, Eichen und Kastanien verfügte.

Ein Kleinod am Rande der Stadt, von dem er bisher noch keine Ahnung gehabt hatte, was ihn ehrlich verwunderte.

Aber gut.

Der Park stand jedermann zur Verfügung, und er ließ sich Zeit, ihn zu durchwandern. Erst auf den zweiten Blick sah er, dass es einen Zaun gab. Von Büschen verdeckt, teilweise zugewachsen und an mehreren Stellen zerrissen und niedergetrampelt. Um diesen Zaun hatte sich schon lange niemand mehr gekümmert, die Wildschweine ignorierten ihn offenbar seit Langem.

Dahinter ein idealer Parkplatz für das Fluchtauto.

Umso verwunderlicher, dass der Park immer noch vollkommen gepflegt wirkte.

Vielleicht war es der rege Publikumsverkehr, der die Tiere abhielt.

Zwei Stunden ließ er sich Zeit.

Das Gelände war wundervoll. Besser ging es gar nicht.

Jetzt lag es an ihm, wie er die Sache anging.

Zu verschwinden war überhaupt kein Problem.

Dieser Gedanke erfüllte ihn mit unendlicher Erleichterung.

Noch drei Wochen bis zur Hochzeit.

35

Steffen war neunzehn, hochaggressiv, saß vier Jahre wegen schwerer Körperverletzung, Vergewaltigung und Raub.

Alles konnte er ab. Aber den Knast nun so gar nicht. Er wurde wahnsinnig. Mit wem sollte er sich unterhalten? Außer mit Rolf, dem armen Irren, der hier sechs Wochen hockte, weil er zu einem verdammten Gerichtstermin nicht erschienen war, konnte er mit kaum jemandem sprechen. Überall nur ein undefinierbares Sprachengewirr, er verstand kein Wort, aber rechnete jeden Moment, wenn er über den Flur lief, sein Essen holte oder zum Duschen ging, damit, dass er zusammengeschlagen, vergewaltigt oder sonst was wurde.

»Ej!«, rief er aus dem Fenster. »Faruk?«

»Schüüch. Was is?«

»Brauch Klopapier. Was soll ich machen?«

Faruk reagierte erst mal nicht. Dann: »Seit wann bist du hier?«

»Seit drei Tagen.«

»Ach so. Drück Knopf und ruf Meister an. Wenn was ist, immer Meister fragen.«

»Okay.« Steffen drückte den Notfallknopf.

»Ja?«, sagte die langsame Stimme von Schulderinski, immer wachsam, immer auf der Hut.

»Is heute noch Freistunde?«

»Nee.«

»Warum denn nich?«

»War schon. Is vorbei. Haben Sie verpennt.«

»Ich brauche Klopapier. Können Sie mir was bringen?«

»Nee.«

Bumm. Schulderinski hatte die Verbindung unterbrochen.
Zwei Minuten später klingelte Steffen wieder.

»Wann ist Hofgang?«

»Gar nicht.«

»Hab ein Recht drauf.«

»Ich hab Sie heute Morgen gefragt, da wollten Sie nicht.«
Klack.

Steffen klingelte.

»Was ist denn heute für ein Tag? Donnerstag oder Freitag?«

»Freitag. Und wenn Sie noch einmal wegen so einem Blödsinn klingeln, knallt es. Dann kommen wir vorbei. Das ist
ein verdammter Notfallknopf, klar?«

»Klar.«

Eine halbe Stunde später klingelte er wieder.

»Gibt es heute Milch?«

»Keine Ahnung.«

»Regnet es draußen?«

»Guck aus dem Fenster.«

»Habt ihr Schweine meine Zelle durchsucht?«

»Kein Kommentar.«

»Wo ist der blaue Müllsack, den ich ans Fenster gehängt
hatte?«

»Weg.«

»Wie, weg? Ich will meinen Müllsack wiederhaben!«

»Nur mal so zur Info, Steffen. Sie sind im Gefängnis, klar? Wenn Sie nichts ausgefressen hätten, wären Sie jetzt zu Hause und könnten sich so viele Müllsäcke vors Fenster hängen, wie Sie wollen. Aber hier ist Knast, und hier ist der Müllsack weg, klar?«

»Ihr seid Arschlöcher.«

»Das ist ein verdammter Notfallknopf. Wenn Sie den missbrauchen, so wie heute den ganzen Tag schon, wandert der Fernseher weg. Alles klar?«

»Ihr seid Arschlöcher.«

»Noch einen Ton in dieser Richtung und Sie wandern in' Keller, klar?«

Klack.

Montagmorgen. Neun Uhr. Diana Klee tauchte auf.

Sie war Mitte vierzig, leicht übergewichtig und ziemlich plump. Hatte brünette, halblange, strähnige Haare, die schnell fettig wurden. Durch eine schmale, eckige Brille wirkte sie streng, zumal sie sich nie schminkte. Jedenfalls nicht bei der Arbeit. Und außerdem trug sie in der JVA stets flache, bequeme Schuhe, die aussahen, als würde sie zu einer Wanderung durchs Fichtelgebirge aufbrechen.

Auf jeden Fall machte sie nicht den Eindruck einer Frau, die auf ihr Äußeres besonderen Wert legte.

Wie ein Lauffeuer sprach sich herum, dass sie wieder da war.

Allein der Gedanke an sie reichte Faruk, um ihn kribblig werden zu lassen. Er spürte einen Hauch von Freiheit um seine Nase wehen.

Faruk wurde ganz verrückt. Jieperte auf einen Termin mit ihr, bekam einen Hass auf alle, die eventuell früher dran waren. Er wollte der Einzige sein. Er. Er. Er.

Aber Diana Klee verschwand erst einmal in ihrem Büro, setzte sich, schaltete den Computer an und überflog ein paar Mails.

Kurz darauf trat sie mit strahlendem Lächeln auf den diensthabenden JVA-Beamten Schulderinski zu. »Irgendwas Neues, irgendwas Dringendes, irgendwas, das ich unbedingt wissen müsste?« Sie wirkte so entspannt, dass man den Palmenstrand direkt auf ihrer Stirn sah und im Ohr die Klänge der Bacardi-Rum-Reklame hörte.

»Zelle drei, vier, sieben und vierzehn haben Einschluss. Drei und vier drei Tage, vierzehn eine Woche und sieben auf unbestimmte Zeit. Richterliche Verfügung.«

Diana nahm das ohne große Begeisterung zur Kenntnis.

»Ist Aufschluss immer noch von achtzehn bis zwanzig Uhr?«

»Ja.«

»Das ist gut.« Diana zeigte ein zuckersüßes Lächeln. »Sehr gut. Aber in zwei Stunden lässt sich nicht viel anfangen. Man duscht, kocht sich einen Kaffee oder haut sich ein paar Eier in die Pfanne, gibt einen Antrag ab, und dann ist die Zeit schon fast rum. Wenn man mit Kumpels Skat spielen will, lohnt es sich kaum noch anzufangen.«

»Skat spielt hier keiner. Kann keiner, kennt keiner. Araber und Afrikaner spielen kein Skat.«

»Ja, okay, vielleicht haben Sie recht. Aber dann spielen sie etwas anderes. Und das will ich fördern. Die Gefangenen brauchen Zeit zum Spielen, das schult die kommunikative Interaktion, baut Aggressionen ab, lässt Freundschaften entstehen, motiviert den Geist … Spielen ist nicht nur bei Kindern wichtig. Und unsere Gefangenen sind ja noch halbe Kinder. Nicht nur physisch. Manche sind auf dem geistigen Stand eines Zehnjährigen oder darunter. Da erzähle ich

Ihnen sicher nichts Neues, Herr Schulderinski, und darum müssen die schweren Jungs, die wir hier nicht bestrafen, sondern erziehen wollen, spielen.«

Schulderinski verdrehte die Augen, aber so, dass Diana Klee es nicht sehen konnte. Schließlich war sie seine Vorgesetzte.

»Haben Sie sich das alles im Urlaub überlegt?«

»Jaaaa«, sagte Diana, und ihr Dauerlächeln war bereits etwas angesäuert, »das habe ich mir im Urlaub überlegt. Und zwar reiflich. Darum möchte ich, dass ab nächsten Montag nicht nur zwei Stunden, sondern vier Stunden Aufschluss ist. Zeit für die Gefangenen zur freien Gestaltung. Zur Kommunikation. Zum Spielen.«

»Das ist Wahnsinn«, stöhnte Schulderinski. »Das kriegen wir nicht kontrolliert. Fünfzehn Schwerstkriminelle, die mit ihrer freien Zeit nichts anzufangen wissen, stehen sich gegenüber. Vier Stunden Zeit für Prügeleien. Ich sage Ihnen, nach einer Viertelstunde kracht es. Und nicht zu knapp.«

»Warum kracht es denn dann nicht jeden Tag um Viertel nach sechs?«

»Es kracht jeden Tag um Viertel nach sechs, aber das kriegen Sie nicht mit, weil Sie um siebzehn Uhr bereits Feierabend haben.«

»Na, dann bin ich ja gespannt, was montags passiert, wenn ich noch da bin.«

»Ich bin allein auf der Station. Können Sie sich vorstellen, was passiert, wenn sich die fünfzehn Aufgeschlossenen einig sind?«

»Vorstellen kann ich mir vieles, aber lassen Sie mal. Haben Sie ein bisschen Vertrauen. Der Mensch braucht Freiheit, damit seine Seele gesundet. Und wir sind uns doch alle einig, dass wir nur gesunde Seelen irgendwann in die Freiheit entlassen wollen. Ständig eingesperrte Tiere haben Verhaltensstörungen. So ist das. Wenn man Zwingerhunde irgendwann freilässt, und sie wissen nicht, wie man sich außerhalb des Käfigs verhält, werden sie aus lauter Hilflosigkeit zu aggressiven Angstbeißern. Mit Menschen oder Strafgefangenen ist das nicht anders. Wenn wir sie nicht bei jeder nur möglichen Gelegenheit – natürlich im Rahmen des Gesetzes – an die Freiheit gewöhnen, werden wir scheitern und Kriminelle niemals mehr an ein gewaltfreies Leben heranführen können. Mörder werden Mörder bleiben, und Vergewaltiger und Räuber werden zu Mördern werden. Wollen wir das? – Nein! Also versuchen wir schon mal hier im Knast, kontrolliert und sorgsam, die Türen zu öffnen. Und wenn ein paar Inhaftierte ausrasten, dann werden wir mit ihnen reden. Dann werde *ich* mit ihnen reden. Dafür bin ich ja da.«

Schulderinski brach innerlich zusammen.

»Leuchtet Ihnen das nicht ein?«, fragte die Psychologin.

»Nein«, sagte er, »und darum wiederhole ich meine Frage: Was machen wir, wenn sich die fünfzehn Schwerstkriminellen hier im Block, mit denen wir uns nicht unterhalten können und mit denen *Sie* sich auch nicht unterhalten können, einig sind, mich als JVA-Beamten zusammenzuschlagen, mir die Schlüssel abzunehmen und einen fröhlichen Aufstand in der gesamten Anstalt anzuzetteln? Dann haben wir hier keine Resozialisierung, sondern eine Revolte. Ich werde sofort umgebracht, bei Ihnen dauert es etwas länger, Sie werden vorher noch zigmal vergewaltigt. Der Weg dazu ist nicht weit und beginnt beim Aufschluss. Zumal wir nicht mithören können, wenn die zusammenhocken und Pläne schmieden. Weil wir kein Wort verstehen.«

Diana lächelte. »Haben Sie Vertrauen«, sagte sie noch einmal und ging aus dem Büro.

Was für eine bekloppte Kuh, dachte Schulderinski, und ihm wurde angst und bange.

36

»Ich freue mich, dich zu sehen, Faruk«, sagte Diana Klee und reichte ihm die Hand. »Wie geht es dir?«

»Gut. Danke. Gut.« Seine Hand war schweißnass, und er überlegte, ob er es nicht einfach tun sollte: Ihr in die Fresse schlagen, bis sie bewusstlos war und auf dem Boden lag und sie dann vögeln ohne Ende. Endlich mal wieder vögeln ohne Ende. Und sei es auch mit dieser Klee, dieser hässlichen Tusse. Aber dann war natürlich Schicht mit Lockerung und vorzeitiger Entlassung. Das war der Preis.

»Ich war drei Wochen weg. Das ist eine lange Zeit. Wie ist es dir ergangen?«

»Gut. Alles klar so weit.«

»Hattest du Stress mit Mitgefangenen?«

»Sie haben mich provoziert, klar. Immer wieder. Aber bin nicht drauf eingegangen. Bin ruhig geblieben. Will nicht Streit.«

»Prima, Faruk. Aber deine Wange sieht komisch aus.«

»Hab mich gestoßen.«

»Du stößt dich aber oft.«

»Tja, ich guck nich, wo ich hinlaufe.«

»Na, dann ist ja alles prima, Faruk! Du scheinst in letzter Zeit eine Menge begriffen zu haben, das freut mich sehr.«

»Aber ich denke immer an draußen. Da kommt einer und fasst meiner Freundin an die Titte. Was soll isch machen? Soll isch dem eins in die Schnauze hauen?«

»Deeskalation, Faruk. Das ist das Zauberwort. Das kennst du doch, oder? Deeskalation!«

Faruk nickte gelangweilt, unterdrückte ein Gähnen, aber riss interessiert die Augen auf.

»Stell dir vor, eine alte Oma wird provoziert, weil jemand ihr Hündchen nimmt und droht, ihm den dünnen Hals umzudrehen. Sie hat fürchterliche Angst, aber was soll sie tun? Sie kann den Kerl nicht angreifen, da hat sie schlechte Karten. Also nimmt sie ihr Handy und ruft die Polizei. Das ist immer richtig. So kommt es zumindest nicht zur Prügelei.«

»Aber so 'ne Oma hat nich Handy.«

»Kann sein. Aber du hast ein Handy. Du kannst anrufen. Auch wenn jemand deine Freundin anfasst. Du kannst sagen: ›Kommen Sie schnell, meiner Freundin wird Gewalt angetan!‹«

»Und bis die Typen kommen, die zehn Minuten soll isch zugucken, was die mit meine Freundin machen?« Faruk wusste, dass die Frage schon mal ganz falsch gewesen war, aber er konnte sie sich einfach nicht verkneifen.

»Wenn es nur einer ist, reiß ihn zurück, versuch ihn zu überwältigen, sag, was soll das, lass das, das ist meine Freundin. Wenn es zwei sind, hol dir Hilfe. Sprich Passanten an, sag, hallo, bitte helfen Sie mir, meine Freundin wird dort belästigt. Verstehst du? Versuche die Situation zu klären mit so wenig Gewalt wie möglich. Gewalt erzeugt Gegengewalt. Wenn du draufhaust, wird es nicht besser, sondern schlimmer.«

»Alles klar«, sagte Faruk und überlegte, was diese Diana Klee doch für eine selten dumme Schlampe war. Sie hatte ja nichts, aber auch gar nichts von dem begriffen, was sich auf der Straße abspielte. Sie war von einem ganz anderen Stern, und das nervte ihn ohne Ende. Vielleicht war es für ihren weiteren Lebensweg doch wichtig, mal so richtig durchgevögelt zu werden. Vielleicht würde sie dann kapieren, wo die Glocken hingen.

Aber er ließ sich nichts anmerken, nickte, grinste und sagte: »Okay, versteh isch.«

Diana Klee sah Faruk lächelnd an, als wolle sie ihn durchleuchten.

»Und wenn so 'n Typ meine Freundin umbringt?«, fragte Faruk. »Was soll isch dann machen?«

»Das regelt die Polizei. Der Typ wird festgenommen und landet dann hier. Hier im Knast. Und wir tun alles, damit er versteht, was er falsch gemacht hat.«

Faruk nickte. Hoffentlich war bald Schluss mit dem Gelaber. Er wollte nur noch Glotze gucken und von dem ganzen Scheiß nichts mehr hören.

»Und du hast auch jemand umgebracht, Faruk. Schon vergessen?«

Er hatte es wahrhaftig schon fast vergessen, aber schüttelte wild den Kopf. »Nee, nee. Es war verdammter Unfall. Aber isch denke ständig daran.«

»Das glaub ich.« Diana bekam ihren mitleidigen Ton. »Auch dein Opfer hatte Eltern, Geschwister, Oma und Opa, Cousins und Cousinen vielleicht, Freunde, Freundinnen …«

»Nur Eltern. Oma und Opa weiß ich gar nich.«

»Alle leiden bis heute darunter und hoffen, dass du kapierst, was du getan hast.«

»Hab ich kapiert. Hundertpro.«

»Warum hast du deine Freundin damals umgebracht?«

»War Unfall.«

»Warum hast du sie vergewaltigt?«

»Isch dachte, sie wollte das. Aber müssen wir altes Zeugs aufwärmen, verdammt? Dann kommt mir immer wieder alles hoch, und isch kann nich positiv denken in Zukunft.«

»Warum ist die Situation mit Jenny damals eskaliert?«, fragte Diana Klee unbeirrt weiter.

»Keine Ahnung, weiß isch wirklich nicht, ist einfach passiert, vielleicht, weil isch besoffen war. Oder weil wir alle besoffen waren und die beiden anderen sie gevögelt haben …«

»Ich verstehe, du warst eifersüchtig. Das ist ein ganz normales, menschliches Gefühl. Aber du hast ihr das Genick gebrochen.«

»Hab ich nisch gemerkt. War im Effekt.«

»Im Affekt.«

»Ja, genau. Würd isch nie wieder tun. Nie wieder, isch schwör.«

»Und wenn du wieder eine Freundin hast?«

»Dann kann sie machen, was sie will. Und wenn sie mich bescheißt, schmeiß ich sie raus.«

Diana stand auf. Freudig erregt. »Das ist doch mal ein Wort, Faruk. Das ist doch der richtige Weg. Ich merke von Mal zu Mal, dass du mehr begreifst. Ja, das wird wirklich was mit uns zwei.«

Faruk grinste.

»Träumst du von ihr?«

Faruk sah auf den Boden und sagte leise: »Ständig. Immer und immer wieder. Und dann schrei ich. Scheiße, warum hast du das getan, du blöder Hund? Du hast ganzes verdammtes Leben versaut! Weil du hier in Knast sitzt und nichts machen kannst. Gar nichts. Nur rumhängen und ferngucken. Und dann heul isch. Und wache auf. Und meistens kann ich dann auch nicht mehr einschlafen. Furchtbar.«

»Du verarbeitest. Das ist gut. Träume sind wichtig. Es wird dich noch lange belasten, Faruk, aber irgendwann wird es vorbei sein. Du bist auf einem guten Weg, Faruk.«

Faruk nickte, sah sie offen an und hoffte, dass sie ihm diesen ganzen Schmus glaubte.

»Bekomm ich Lockerung?«, fragte er. »Irgendwann? Isch weiß gar nich mehr, wie ʼne Straße aussieht.«

»Wir wollen mal sehen«, sagte Diana Klee und blätterte in ihren Unterlagen. »Ich muss da mal mit den Kollegen reden. Wir wollen ja alle nicht, dass noch mal so was wie damals passiert.«

Faruk kniff die Augen zusammen und spürte, wie er sauer wurde. Mehr als sauer. Richtig wütend. Sollte das heißen, dass aus der Lockerung nichts wurde? Dass sie ihn die ganze Zeit nur hingehalten und ihm irgendwelche Märchen erzählt hatte?

Ihm wurde heiß. Er konnte sich kaum noch beherrschen. War diese ganze anstrengende Lügerei umsonst gewesen? Er hatte Lust, sie auf der Stelle zusammenzuschlagen, um ihr mal zu zeigen, wie das hier ablief im Knast. Wer Müll erzählte, bekam sein Fett weg. So einfach war das.

Sie stand auf und reichte ihm die Hand.

»Alles Gute«, sagte sie. »Pass auf dich auf, irgendwann fängt ein ganz neues, gewaltfreies Leben an.«

»Irgendwann«, grunzte er. »Für irgendwann kann isch mir nichts kaufen. Isch will wissen, wann Lockerung ist. Wann isch rauskomme aus diesem stinkenden Knast.« Er riss sich zusammen und quälte den Satz heraus: »Wann ich draußen endlich beweisen kann, dass ich bin okay, dass ich kein Mist mehr baue und leben kann normal.«

»Ich bemüh mich drum«, sagte sie achselzuckend. »Das verspreche ich dir.«

Er fand sie so hässlich und abstoßend in diesem Moment, dass er gar keine Lust mehr hatte, sie flachzulegen. Aufschlitzen wäre besser.

»Danke«, sagte er, als er das Büro verließ. »Danke, danke, danke.« Er konnte die Schlampe kaum mehr ertragen.

Aber sie war nun mal der Schlüssel zur Freiheit.

37

Am folgenden Montagnachmittag war es unheimlich ruhig auf der Station. Niemand schrie, keiner prügelte sich.

Die Jugendlichen saßen in ihren Zellen, auf den Fluren oder im Aufenthaltsraum und spielten Brett- und Würfelspiele. Unterhielten sich in ihrem undefinierbaren Sprachengewirr, machten Notizen und legten Listen an. Manche schrieben sich etwas in die Handfläche oder malten bei ihrem Nachbarn mit Kuli dicke Kreuze auf den Unterarm.

Es war eine vollkommen gespenstische Atmosphäre.

Diana Klee wanderte mit einem leichten Siegerlächeln, das sie für Bescheidenheit hielt, auf dem Flur auf und ab, beugte sich über zum größten Teil selbst gebastelte und auf Pappen flüchtig hingekrakelte Brettspiele und tat, als würde sie die Spiele durchschauen.

Wenn sie dastand, spielte keiner weiter, alle guckten zum Himmel und waren genervt.

Aber Diana Klee schien es nicht zu bemerken.

Als es ihr zu langweilig wurde, ging sie zu Schulderinski ins Büro.

»Na?«, fragte sie strahlend. »Was hab ich gesagt? Die Jungs sind friedlich, sie spielen, die brauchen das. Es ist ungemein wichtig für ihre Sozialisation. Wer spielt, schlägt dem Partner nicht die Zähne aus. Hatte ich nicht recht? Wenn sie öfter spielen, wird hier vielleicht noch ein friedliches Zusammenleben draus.«

»Sie werden nur alle zwei Wochen montags spielen«, sagte Schulderinski kühl.

»Ach. Wieso?«

»Weil es hier im Knast keine Interaktion gibt, liebe Frau Klee, keine Freundschaft und keinen Spaß. Es geht hier nicht ums Vergnügen, sondern um Macht, und das bedeutet Kampf.«

»Inwiefern?«

»Alle vierzehn Tage dienstags können die Gefangenen einkaufen, wie Sie wissen. Morgen zum Beispiel. Also spielen sie heute um ihre Einkäufe, den Kaffee, den Tabak, die Nutella. Es geht um hohe Einsätze. Wer verliert, kann sich die nächsten zwei Wochen zum Frühstück keinen Kaffee kochen und kriegt nichts zu rauchen. Das ist kein Spaß, das ist harte Realität. Existenzkampf. Und ich denke, wenn sie fertig sind, werden sie sich prügeln. Weil die Verlierer keine Lust haben, Verlierer zu sein. Die Verteilungskämpfe der Waren werden härter und schlimmer ausgetragen werden als je zuvor. Jetzt sitzen sie alle friedlich da, weil jeder noch die Hoffnung im Bauch hat zu gewinnen. Aber spätestens in einer Stunde wird die Stimmung kippen. Und dann Halleluja. Dann haben *wir* den Spaß. Und einen ganz besonders fröhlichen.«

»Oh!«, sagte Diana Klee bestürzt. »Das wusste ich ja gar nicht, ich meine, das hab ich so noch gar nicht gesehen.«

»Liebe Frau Klee«, erwiderte Schulderinski und bemühte sich um einen höflichen Ton, »ich schätze Ihre Arbeit und Ihren Einsatz für die Jungs sehr, aber Sie wissen so manches nicht, was hier in der Anstalt abläuft.«

Draußen ertönte wüstes Geschrei.

»Entschuldigen Sie mich«, sagte Schulderinski und drückte sich an ihr vorbei zur Tür, »ich nehme an, es geht los.«

Diana stand wortlos und mit hängenden Armen im Raum. Ganz still und ganz blass.

38

Viertel vor acht. Veronika war immer noch nicht da. Normalerweise kam sie um sieben, und langsam wurde er nervös, obwohl er wusste, dass an der Uni immer was dazwischenkommen konnte. Hier noch ein Kolloquium, eine spontane Diskussionsrunde, ein Plausch in der Kantine oder ein Gespräch mit dem Doktorvater. Und da wurden aus zehn Minuten schnell mal anderthalb Stunden.

Um Viertel nach acht rief Bernd sie auf ihrem Handy an. Sie meldete sich sofort und wartete seine Frage gar nicht ab.

»Schatz, tut mir leid, hat ein bisschen länger gedauert, ein paar Minuten noch, dann sind wir hier fertig. In'ner halben Stunde bin ich da.«

Aufgelegt. Er war gar nicht dazu gekommen, auch nur ein einziges Wort zu sagen. Dass er sie eventuell anrief, weil er gestürzt war, sich etwas gebrochen hatte oder nicht mehr aufstehen konnte, kam ihr nicht in den Sinn.

So wie sie sich überhaupt nie vorstellen konnte, dass ihm oder ihr oder ihren Eltern oder sonst wem irgendwo auf der Welt irgendetwas passierte. Sie dachte nicht an einen Unfall, wenn sie sich ins Auto und an keinen Absturz, wenn sie sich ins Flugzeug setzte. Sie fürchtete sich weder nachts auf der Straße noch allein im Wald.

Veronika hatte ein durch und durch sonniges Gemüt.

Und Bernd hatte begriffen, dass sie das Beste war, was einem Skeptiker, Schwarzseher und misstrauischen Menschen wie ihm passieren konnte.

Endlich. Um neun hörte er sie die Wohnungstür aufschließen, ihr fröhliches »Ich bin's!«, und nur Sekunden später kam sie ins Wohnzimmer und küsste ihn auf die Stirn.

»Sorry, ist etwas später geworden. Nicht böse sein.«

Er konnte ihr nie böse sein, obwohl das Essen nun nicht mehr frisch gekocht war, sondern in der Mikrowelle heiß gemacht werden musste.

Sie zog ihn aus dem Sessel hoch. »Alter Mann, komm in die Küche, ich habe einen Mordshunger!«

In der Küche setzte sie sich, schenkte beiden Wein ein und strahlte. »Mein Doktorvater meinte, ich wäre auf einem guten Weg. Auf einem sehr, sehr guten Weg. Wenn ich so weitermache, hab ich die Doktorarbeit im Griff und dann auch ziemlich bald fertig. Stell dir das vor! Dann musst du mich siezen!« Sie lachte. »Komm, lass uns anstoßen, das müssen wir feiern, ich war mir nämlich echt nicht sicher, ob ich mich nicht vergaloppiert hatte.«

Sie prosteten sich zu.

Wenn sie derartig aufgedreht war, würde es ein langer Abend werden.

Morgen in einer Woche war die Hochzeit. Sie hatten hundertfünfzig Einladungen verschickt, hundertzwanzig Gäste hatten zugesagt.

Es war alles bestens vorbereitet. Bernd hatte einen Wedding Planner engagiert, der die ganze lästige Organisation und deren Durchführung übernahm. Eine kirchliche Trauung sollte es nicht geben, nur eine standesamtliche, und dann die

Feier im Gutshof mit einem üppigen Buffet. Veronika hatte eine Band ausgesucht, die spielen sollte.

Ihm war das alles relativ egal, es kam ja sowieso fast nur junges Volk, er hatte kaum Freunde und keine Verwandten, und seiner alten Mutter war es zu viel.

Nach der Hochzeit wollte Bernd Veronikas Wohnung dazukaufen und dann einen Durchbruch machen. Dann hätten sie insgesamt zweihundertzwanzig Quadratmeter, da konnte man sich auch mal zurückziehen, wenn es nötig war oder Veronika in Ruhe arbeiten wollte.

Und jeden Abend überlegten sie, ob sie getrennt oder zusammen schliefen. Was er allerdings als Stress empfand.

»Bleibst du heute Nacht hier, oder gehst du rüber?«, fragte Bernd, als sie anfingen zu essen.

»Was meinst du denn?«, fragte Veronika, lächelte und legte den Kopf schief.

»Ich freu mich immer, wenn du bleibst«, antwortete Bernd zaghaft.

»Na gut, dann bleib ich.«

Ihm brach schon wieder der Schweiß aus. Veronika war in Feierlaune, und das sicher nicht nur am Tisch, sondern auch im Bett. Jetzt war es halb zehn. Wenn sie um zwölf ins Bett gingen, musste er um elf die Tablette nehmen, wenn sie aber kein Ende fand, was oft vorkam, und erst um eins ins Bett wollte, war die Wirkung der Tablette vertan. Dann passierte nichts mehr. Aber wenn er sie erst um zwölf nahm und sie auf einmal über ihn herfiel und ihn ins Schlafzimmer zog, passierte auch nichts, weil die Tablette eine Stunde Vorlauf brauchte.

Es war fürchterlich, machte ihm ständig die größten Schwierigkeiten und nahm ihm die Lust.

Er musste es Veronika sagen. Musste ihr beichten, dass er ohne Tablette nicht mehr konnte, aber er traute sich nicht.

Nicht vor der Hochzeit.

Als sie sich kennengelernt hatten, war noch alles gut gewesen, aber dann hatte er Herzprobleme bekommen, Betablocker nehmen müssen, und aus die Maus. Nicht von heute auf morgen, aber schleichend und endgültig.

Nach dem Essen räumte er die Küche auf, während Veronika sich auf der Couch lümmelte, Musik hörte, in Zeitschriften blätterte und sich eine Weile in einem Buch festlas. Sie war heute viel zu euphorisch, um sich noch an den Schreibtisch zu setzen und weiterzuarbeiten.

Als er sich zu ihr setzte, war es halb elf.

Sein Herz raste. Vielleicht sollte er ihr sagen, dass ihm übel, dass ihm das Essen nicht bekommen sei. Dass er sich hinlegen müsse.

Aber sie würde ihm nicht glauben, weil es ihr glänzend ging und das Essen wunderbar geschmeckt hatte.

Das halte ich auf Dauer nicht aus, dachte er. Ich hätte niemals gedacht, dass ich auf meine alten Tage noch mal derartig in die Bredouille komme.

Oh mein Gott.

Um zehn nach elf ging er in die Küche und nahm die Tablette. Er hatte ja keine Wahl.

Veronika hatte inzwischen den Fernseher eingeschaltet und zappte durch die Programme. Bei einer Talkshow blieb sie hängen. »Komm«, sagte sie, »setz dich mal zu mir und hör dir an, was dieser Schwachkopf hier für einen Müll erzählt.«

»Wer ist das?«

»Irgendein Sänger. Ich vergesse immer den Namen, aber ich kenne seinen aktuellen Hit. Du, der Text ist genuschelt, total unprofessionell und grammatikalisch falsch. Aber geht ab wie 'ne Rakete. Bitte! Gibt es da keinen, der sagt: ›Ej, du, das geht nicht, das ist falsch‹? Und da, guck, immer trägt er diese alberne Kappe, das ist sein Markenzeichen, oh Mann, wie primitiv ist das denn? Hör mal, was der erzählt! Gruselig!«

»Der Mann interessiert mich nicht.«

»Nee, mich auch nicht, aber hör doch mal!«

Bernd setzte sich und nahm sie in den Arm. Hörte nicht zu, alles rauschte an ihm vorbei.

Es war jetzt Viertel vor zwölf. Am besten wäre es, wenn sie nun langsam den Feierabend einläuteten. Aber Veronika war überhaupt nicht müde, sondern regte sich immer mehr über diesen schwachsinnigen Sänger auf.

Die Talkshow ging bis zwölf. Wenn sie dann wirklich sofort ins Bett gehen würden, könnte es klappen. Aber wenn sie sich noch irgendwo anders festguckte, war die Chance vertan, und er würde morgen den ganzen Tag Kopfschmerzen haben. Für nichts.

Veronika ignorierte, dass Bernd irgendwann leise flüsterte: »Du, ich bin müde, komm, lass uns ins Bett gehen.«

Sie grunzte ab und zu wütend über das, was der Sänger von sich gab, und als die Sendung zu Ende war und Bernd schon aufstehen und den Fernseher ausschalten wollte, meinte sie plötzlich: »Ej, jetzt kommen ja noch Classics, guck mal, Kinski, wie er Romy Schneider an die Wäsche geht … Alles Ausschnitte, wenn in der Show mal was Außergewöhnliches passiert ist, das is ja irre, lass uns kurz noch 'n Moment gucken, ja? Das sehe ich für mein Leben gern!«

Bernd brach innerlich zusammen. Sie würde sicher noch eine ganze weitere Stunde vor dem Fernseher hängen, und dann war alles vorbei. Eine zweite Tablette konnte er nicht nehmen, die eine, die er genommen hatte, trieb seinen Blutdruck am nächsten Tag schon in astronomische Höhen; wenn er noch eine nahm, platzte ihm der Schädel.

»Ist gut, Liebste, guck dir das in Ruhe an, ich geh ins Bett«, sagte Bernd, küsste Veronika, stand auf und verließ das Zimmer.

»Ich komm auch gleich!«, rief Veronika ihm noch hinterher.

Bitte nicht, dachte er. Bitte, lass sie noch lange da sitzen, bitte lass mich schon schlafen, wenn sie kommt, bitte!

Für seine abendliche Toilette brauchte er immer viel Zeit. Mindestens eine Viertelstunde, manchmal sogar eine halbe. Er hatte sich gerade ins Bett gelegt und wollte das Licht löschen, als sie plötzlich vor ihm stand und unter die Decke kroch.

»Ich hab mir überlegt, dass es viel schöner ist, noch ein bisschen mit dir zu kuscheln, als mir diese Typen anzugucken, die sich in einer Talkshow danebenbenehmen«, flüsterte sie und biss ihm ins Ohrläppchen.

Mit dem linken Auge konnte er den Radiowecker erkennen. Zwanzig vor eins.

Zu spät. Das würde nicht funktionieren. Wäre nur noch ein schwaches, peinliches, nutzloses Aufbäumen.

Zum Teufel mit diesem ganzen Kram.

Er hätte sich nicht in Veronika verlieben dürfen, im Grunde war es Wahnsinn, sie zu heiraten.

»Was ist los mit dir?«, hauchte sie ihm wenig später vorsichtig ins Ohr, als hätte sie selbst Angst, es auszusprechen. »Hab ich was falsch gemacht?«

»Aber nein! Ganz und gar nicht! Ich bin nur einfach zu müde. Es tut mir leid, es liegt nicht an dir!«

Er spürte, dass Veronika verstört war. Sie hatte es nach allen Regeln der Kunst versucht, mit allen Tricks, die wirklich immer und – wie er wusste – auch bei jedem funktionierten, und war gescheitert.

Und das waren Probleme, die sie wahrscheinlich nicht haben wollte. Nicht mit achtundzwanzig.

Sie hatte ihm von Typen erzählt, die fingen um einundzwanzig Uhr an zu vögeln und waren um dreiundzwanzig Uhr immer noch nicht fertig. Da war sie dann vollkommen wund irgendwann nach Hause gegangen und hatte gesagt: »Mach mal schön alleine weiter, mir reicht's.«

Er war der Freund, der ältere, einfühlsame, zärtliche und erfahrene Mann, und hatte sie erleben lassen, was sie nicht zu träumen gewagt hatte.

Und jetzt so was.

Müde galt nicht. Müdigkeit war irgendwann weg und vergessen. Damit konnte er sich nicht rausreden.

Aber wenn so etwas einmal passierte, konnte es zum Dauerzustand werden.

Er wusste echt nicht mehr, was er machen sollte.

39

Der Mann fiel ihm auf, weil er wartend vor ihrem Haus auf und ab ging. Er hatte einen kurzen, angegrauten Stoppelhaarschnitt, Dreitagebart, eine hohe Stirn und ziemlich eng zusammenliegende Augen. Sein Kopf wirkte wie zu heiß geworden und von einem Glasbläser auseinandergezogen.

Setz einen Hut auf, dachte Wolfgang. Oder eine Mütze, dann ist alles gut. Die Probleme, die du mit deinem Schädel hast, sind mit einer Kopfbedeckung relativ leicht zu lösen.

Er wartete.

Keine fünf Minuten später ging die Tür auf, Karin kam heraus, begrüßte den Langkopf, dann stiegen sie gemeinsam in ein Auto und fuhren davon.

Wolfgangs Stirn krachte auf das Lenkrad.

Jetzt war es passiert.

Sie hatte einen anderen.

Und dann den. So einen hässlichen Typen.

Er musste sie unbedingt so schnell wie möglich auf den neuesten Stand der Dinge bringen, dann war vielleicht alles anders, dann kam sie hoffentlich zu ihm zurück.

Er startete den Motor und fuhr mit quietschenden Reifen aus der Parklücke.

Sein Blut kochte. Und in seinen Schläfen hämmerte es: Karin, ich schwöre dir, ich beeile mich, ich mache alles wieder gut.

Vertrau mir und schick diesen Hohlkopf in die Wüste.

Er fuhr zu seinem gewohnten Blumengeschäft.

»Hi, Wolfgang«, sagte die Blumenhändlerin. »Wie immer?«

Wolfgang nickte nur, holte den Zehner aus dem Portemonnaie und fuhr zurück zu Karins Haus.

Und legte ihr die Blumen – wie so oft – auf den Abtreter vor der Wohnung.

Sollte der Langkopf sich doch Wunder was denken, woher die Blumen kamen.

Und wenn ihn das verunsicherte, umso besser.

Er fuhr zum Charlottenburger Schloss und stellte dort die Taxe ab. Ging zum Teich und zur großen Wiese, zu der sie früher so oft mit Jenny gegangen waren. Wenn sie Ball und Federball spielen wollten.

Damals hatten sie in einer weitläufigen Altbauwohnung in Charlottenburg gewohnt, fünf Zimmer, Küche, zwei Bäder. Zweiter Stock. Mit einer gewaltigen Kastanie vor dem Haus.

Es ging ihnen gut.

Sie brachten Jenny zu einer liebevollen Tagesmutter in der Zillestraße und dann in einen Kindergarten in der Mierendorffstraße. Die Erzieherin hieß Hilde, und Jenny liebte sie vom ersten Tag an. Es gab keine Tränen, wenn Karin sie morgens in der Kita abgab, nur vergnügtes Jauchzen.

Das Leben war leicht, Karin und Wolfgang probten täglich im Orchester, spielten Konzerte, genossen ihre schöne Wohnung und liebten ihre Tochter.

Ihr Glück war direkt spürbar. Im genuschelten »Morgen«, wenn der Mund voller Zahnpasta war, im Gutenachtkuss am Abend, im gedeckten Tisch zum Mittagessen. Wolfgang baute Jenny ein Hochbett, und Karin bemalte die fünf Meter lange Wand des Kinderzimmers mit einer Dschungellandschaft und exotischen Tieren.

Auf die Frühstückseier schrieben sie mit Filzstift: »Papa liebt Mama« – »Mama liebt Papa« – »Mama liebt Jenny« – »Papa liebt Jenny« – »Jenny liebt Papa« – »Jenny liebt Mama« – »Jenny liebt Mama und Papa« – »Mama liebt Jenny und Papa« – »Papa liebt Mama und Jenny«, und dann überlegten sie, wer wen vergessen hatte.

Alles war gut.

Sie wollten nur eins: dass es immer so blieb, dass es niemals endete.

Aber das entpuppte sich als ein frommer Wunsch.

Sein Handy piepte. Schwer atmend blieb er stehen und sah nach.

Eine Weltmeldung. Ein Video der Berliner Polizei.

Er sah sich das Video an. Eine junge, schlanke Frau im U-Bahnhof. Blaue Jeans, helles T-Shirt, Jeansjacke. Sie steht auf dem Bahnsteig und wartet auf den Zug. Vier Typen mit Baseballkappen, labbrigen Trainingshosen, schwerfälligen Körpern und ausdruckslosen Gesichtern halten sich in ihrer Nähe auf, bewegen sich, als würden sie einen Rap hören; ob sie Ohrenstöpsel drinhaben, sieht man auf dem Video nicht.

Einer trinkt aus einer Wasserflasche, ein anderer zieht an einer Kippe.

Der Zug fährt ein. Einer der vier tritt mit voller Kraft und Schwung der Frau in den Rücken, diese stürzt auf die

Gleise, direkt vor die U-Bahn, wird überrollt. Passanten auf dem Bahnsteig schreien, rennen zur Unfallstelle, sind blockiert, handlungsunfähig, nichts ist zu sehen, die Frau ist verschwunden, liegt unter dem Zug.

Die vier interessiert das alles nicht, sie verlassen den Bahnsteig. Betont langsam.

Es ist alles ganz normal. So was kann man tun, da ist doch nichts dabei.

Die Uhr auf dem Video zeigt dreiundzwanzig Uhr fünfzehn.

Die Wut nahm ihm fast den Atem.

Immer und immer wieder sah er sich die Aufnahme an.

Und prägte sich das Gesicht des Typen, der getreten hatte, ein. Man wusste ja nie. Vielleicht brauchte auch der mal ein Taxi.

40

Toskana

Seit Lara Sennens Tod waren vier Wochen vergangen.

Ganz gleich, was Gabriella an Gegenargumenten gebracht hatte, Neri war dennoch überzeugt von Bastian Sennens Schuld und hatte die ganze Angelegenheit dem Untersuchungsrichter Maurizio Agostino übergeben. Der musste entscheiden, ob Bastian Sennen verhaftet werden sollte oder nicht.

Agostino hatte schnaufend und unwillig den Fall innerhalb von achtundvierzig Stunden geprüft, bearbeitet und anschließend Neri zu sich gebeten.

»Ciao, Donato«, sagte er und stand hinter seinem Schreibtisch auf, als Neri das Büro betrat. »Schön, dich zu sehen. Come stai?«

»Tutt'a posto.« Die beiden schüttelten sich die Hand.

»Schon wieder ein Fall aus dem näheren Umfeld Ambras. Was ist los bei euch?«

Neri zuckte die Achseln und grinste. »Ich bring die Leute nicht um, das kannst du mir glauben.«

»Daran zweifle ich nicht.« Maurizio Agostino wurde ernst. »Ich habe die Akten sehr genau geprüft. Und auch deine Vernehmung von Signor Sennen habe ich mehr als ein Mal gelesen. Was hast du gegen ihn in der Hand?« Er sah Neri eindringlich an. »Ich werd es dir sagen: nichts! Gibt es

irgendeinen Beweis, dass er seine Frau umgebracht hat? –
Nein! Gut, er hatte ein Verhältnis mit einer anderen Frau.
Reicht das als Motiv für einen Mord? – Nein!«

Neri wurde übel. Er sah zu Boden und sagte keinen Ton.

»Va bene.« Agostino blätterte in den Akten und rückte
immer wieder seine Brille zurecht, die ihm ständig auf die
Nasenspitze rutschte.

»Gehen wir den fraglichen Tag mal gemeinsam durch.
Also: Signora Sennen verlässt morgens das Haus, um sich
mit einem Makler zu treffen, der ihr ein paar Häuser zeigen
möchte. Signor Sennen hat keine Lust mitzukommen, also
fährt die Signora allein. Signor Sennen ist im Ferienhaus ohne
Auto. Er will an diesem Tag für das Poloturnier trainieren
und sich dann ein bisschen ausruhen.

Frage: Wenn er vorhätte, seine Frau umzubringen, müsste
er ihr folgen, denn er weiß ja nicht, wohin die beiden fahren.
Womit soll er folgen? Zu Fuß? Oder per Rad einem Porsche
Cayenne hinterherstrampeln? Oder einen Freund bitten, um
beim Mord einen Zeugen danebenstehen zu haben? Das Training absagen? Aus welchem Grund?

Das ist alles völlig idiotisch.

Und warum bringt er nicht seine Frau irgendwo im Wald
bei einem Spaziergang um, wo ihn niemand sieht, wo sie
allein sind und keine Zeugen zu befürchten haben? Warum
in der Konstellation mit dem Makler?

Lieber Donato, das ist völlig absurd. Und vollkommen unmöglich. Theoretisch nicht machbar, denn hexen kann der
Signor Sennen nicht.

Gut. Er hat eine Affäre. Aber so etwas ist immer auch ein
Motiv für den Betrogenen. Da hätte in diesem Fall die Signora Sennen vielleicht ein viel größeres Motiv, ihren Mann

aus der Welt zu schaffen, als umgekehrt. Oder die Nebenbuhlerin. Auch eine interessante Variante.

Das ist alles kalter Kaffee, Donato.

Wenn es hier einen handfesten Verdacht gibt, dann gegen den Mann, der sich offensichtlich als Makler ausgegeben hat, aber gar keiner ist. Es muss also ein Unbekannter dessen Identität benutzt haben.«

»So ist es.«

»Aha. Der Mörder hat sich also nur als Makler ausgegeben, was ja auch dazu passt, weil die Börners ihr Haus gar nicht verkaufen wollen. Also, collega, gib dem armen Signor Sennen schleunigst seinen Pass zurück und lass ihn in Gottes Namen nach Hause fahren. Er hat wirklich schon genug durchgemacht, und es gibt nichts, was es erforderlich machen würde, ihn in Untersuchungshaft zu nehmen. Die Leiche ist obduziert und kann nach Deutschland überführt werden. Wir werden die Staatsanwaltschaft in Deutschland bitten, Benjamin Faber zu suchen und uns Amtshilfe zu geben, mehr können wir nicht tun. Dieser ominöse Herr Faber ist sicher in Deutschland und nicht in Italien.«

Agostino stand auf. »Tutt'a posto?«

Neri nickte zerknirscht. »Tutt'a posto.« Sein Bauchgefühl hatte ihm zwar immer gesagt, dass es der Ehemann gewesen war, aber sein Bauchgefühl hatte ihn ja auch schon oft getäuscht.

»Buona giornata, Donato«, sagte Agostino. »Grüß deine Frau von mir.«

Neri nickte. »Grazie.« Er fühlte sich wie ein kleiner Junge, der von seinem Lehrer zurechtgewiesen worden war.

Zum Teufel mit diesen ganzen verdammten deutschen Touristen.

41

Zwei Stunden später standen Neri und Diego vor Bastians Ferienhaus.

Als Bastian, durch das Motorengeräusch aufgeschreckt, auf die Terrasse trat und gegen die Sonne blinzelte, wirkte er fahrig und desorientiert.

»Buonasera, Signor Sennen«, sagte Neri und hatte das Gefühl, den Deutschen aus dem Tiefschlaf gerissen zu haben. »Können wir Sie einen Moment sprechen?«

Bastian nickte und ging wortlos ins Haus, Neri und Diego folgten ihm.

Neri zog Bastians Pass aus der Uniformtasche und gab ihn ihm zurück. »Unsere Untersuchungen sind abgeschlossen. Sie können nach Hause fahren, wann immer Sie wollen. Tut uns leid, wenn wir Ihnen so viele Unannehmlichkeiten bereitet haben. Die Leiche ist ebenfalls freigegeben. Sie können sie hier beerdigen oder einäschern oder überführen lassen. Wie Sie möchten.«

Bastian war im ersten Moment völlig sprachlos. Er sah immer wieder irritiert von Neri zu Diego und schien zu überlegen, ob er alles richtig verstanden hatte.

Dann sagte er: »Oh. Ja. Danke. Ich werde meine Frau zu Hause beerdigen.«

»Aber eine Überführung ist nicht billig«, warf Diego ein.

»Das spielt keine Rolle.«

Jetzt braucht er ja auch kein Haus mehr in der Toskana und spart eine Menge Geld, dachte Neri und fand sich selbst unmöglich. Aber gegen seine Gedanken konnte man nun mal nichts machen.

»Ich möchte sie zu Hause beerdigen«, wiederholte Bastian.

»Gut. Dann werde ich alles in die Wege leiten und die deutsche Staatsanwaltschaft informieren, damit in Deutschland weiterermittelt werden kann.«

Bastian nickte.

»Gibt es noch irgendetwas, das wir für Sie tun können?«, fragte Neri und hoffte auf eine kurze, negative Antwort.

»Nein. Vielen Dank für alles, Commissario. Ich werde morgen abreisen. Meine Adresse und Telefonnummer in Deutschland haben Sie. Bitte melden Sie sich, wenn Sie irgendetwas in Erfahrung bringen. Wenn Sie einen Verdacht haben oder wissen, wer der Mörder ist. Ich finde sonst keine Ruhe.«

»Das verstehe ich. Ich melde mich bei Ihnen.«

»Arrivederci.« Bastian gab Neri und Diego die Hand, und die beiden Carabinieri verließen das Haus.

»Irgendwie ist der Kerl merkwürdig«, sagte Diego, als sie ins Auto stiegen.

»Ja«, meinte Neri nachdenklich. »Irgendwie schon. Aber unschuldig.«

Am Abend fuhr Bastian zum Poloclub. Zum letzten Mal, da war er ganz sicher, denn er würde nie wieder hier spielen.

Cinzia stand hinter dem Tresen und mixte Cocktails für einige Gäste, die am Fenster saßen und die Abendsonne genossen.

Bastian trat zu ihr und sah sie an.

Cinzia lächelte. »Bastian! Come stai?«

»Ich bin gekommen, um mich von dir zu verabschieden«, sagte Bastian auf Italienisch. »Ich fahre morgen nach Hause, und ich werde nicht wiederkommen. Ich möchte dieses Land, diesen Ort, diesen Platz hier nie wieder sehen.«

»Und mich möchtest du auch nie wieder sehen?«

Bastian schwieg und blickte zu Boden. »Bitte gib mir ein Glas Wein.«

Sie stellte ihm das Glas Wein hin und sah ihm in die Augen. »Tesoro, amore, wenn du willst, gebe ich hier alles auf und komme mit dir mit. Wir könnten in Deutschland ein ganz neues Leben anfangen. Nur du und ich. Wir beide.«

Sie schwiegen und sahen sich an. Die Spannung war schier unerträglich.

Dann sagte Bastian leise: »Nein, Cinzia, das geht nicht.«

»Wieso nicht?« Sie streichelte seine Hand. »Du bist allein, ich würde alles für dich tun!«

»Nein, Cinzia.«

Cinzia überspielte ihre Enttäuschung, indem sie die bestellten Cocktails fertig mixte und den Gästen brachte.

Als sie wiederkam, sagte sie: »Ich liebe dich, Bastian. Ich habe dich immer geliebt. In jeder Sekunde, die ganze Zeit. Aber ich hab es dir nie gestanden, um es nicht kompliziert zu machen, denn du warst Laras Mann. Jetzt kann ich es dir sagen.«

Bastians Schultern strafften sich, und seine Stimme war nicht mehr leise und weinerlich, sondern kalt und klar. »Hast du etwas mit Laras Tod zu tun, Cinzia? Sag es mir! Ich werde es für mich behalten, aber dann weiß ich endlich, was hier gespielt wird.«

»Sag mal, bist du irre?« Cinzias Augen funkelten wütend. »Drehst du jetzt total durch? Ich habe gesagt, dass ich dich liebe, aber das heißt noch lange nicht, dass ich deine Frau umgebracht habe! Sie war meine Freundin, und ich hab sie sehr gemocht! Wirklich sehr! Ich könnte weder dir noch ihr so etwas antun. Wie kannst du mir so etwas überhaupt zutrauen? Das hätte ich nie von dir gedacht, Bastian! Und jetzt verschwinde! Ich möchte dich nie wieder sehen! Dein Wein geht aufs Haus. Raus!«

Bastian drehte sich um und ging.

Er hatte wirklich nichts mehr in diesem Land verloren.

Am nächsten Morgen hatte er das Auto gepackt, Küche und Bad notdürftig geputzt, das Haus gefegt und den Müll weggebracht.

Die noch ausstehende Miete legte er auf den Tisch vor dem Kamin.

Dann setzte er sich in den Wagen und fuhr davon.

Sah nicht ein einziges Mal zurück.

42

Deutschland

Am Tag der Hochzeit war strahlend schönes Wetter.

Bernd blinzelte in den hellen Morgen und wäre liebend gern noch etwas liegen geblieben, aber er wusste, dass es nicht ging. Unter gar keinen Umständen.

Veronika hatte in dieser Nacht in der anderen Wohnung geschlafen und war sicher schon seit Stunden wach, um alle Vorbereitungen mit Kleid und Make-up und weiß der Teufel was rechtzeitig hinzukriegen. Eine Freundin aus der Uni war bei ihr und half ihr. Und sei es, um den klemmenden Reißverschluss des zu engen Kleides zu schließen.

Veronika war mit ihm einkaufen gefahren. Es war einer der scheußlichsten Tage seines Lebens gewesen. Komplette vier Stunden hatte er in einer engen Umkleidekabine verbracht und all die Anzüge anprobiert, die ein Verkäufer auf Anweisung Veronikas anschleppte.

Wenn es nach ihm gegangen wäre, hätte er die Hochzeit abgesagt, nur um dieser Tortur zu entgehen.

Nach drei Stunden war er völlig willenlos, und als Veronika einen hellblauen Anzug mit silberner Weste und dazu passender silberner Fliege für gut befand, da er zu ihrem lachsfarbenen Kleid passte, wehrte er sich nicht mehr. Es war ihm egal, er wollte nur noch überleben und raus aus dieser Umkleidekabine.

»Das sieht klasse aus und macht jung!«, hatte sie gesagt. »Du wirkst wie ein ganz neuer Mensch! Toll, Bernie, richtig toll!«

Dazu verpasste sie ihm schwarze Lackschuhe, und er kam sich vor wie ein Affe. Wusste, dass er sich den ganzen Abend wie verkleidet vorkommen würde, wie ein Schauspieler auf der Bühne, der eine Rolle spielte, die ihm nicht lag und die er nicht beherrschte.

In den letzten zehn oder fünfzehn Jahren – es konnten auch mehr sein – war er privat immer nur in Jeans, Pullover und schlabbrigem Jackett rumgelaufen. Und hatte sich sauwohl gefühlt. Für das Büro hatte er einen langweiligen Allerweltsanzug, den er stur jeden Tag trug, und man hatte ihn akzeptiert, wie er war. Vor Gericht warf er die Robe über.

Im Schrank hing ein schwarzer Anzug für Hochzeiten, Beerdigungen oder andere fürchterlich offizielle Anlässe. Außerdem drei weiße Hemden und ein paar Schuhe.

Zu seiner eigenen Hochzeit musste es nun ein ganz anderes, neues Outfit sein, aber es war nicht seins, es war ihm fremd. Er fühlte sich schrecklich unwohl.

Bernd stand auf, schlurfte in die Küche und schaltete als Erstes die Kaffeemaschine an. Es war wunderbar, am Morgen ungekämmt, verschwiemelt und in Puschen in der Wohnung herumrennen zu können und nicht befürchten zu müssen, dass ihn jemand sah. Denn zwischen dem Bernd Gernersheim vor und dem nach der morgendlichen Dusche und Körperpflege lag ein himmelweiter Unterschied.

Warum bleibe ich nicht einfach allein und glücklich und habe meine Ruhe, fragte er sich insgeheim und hasste sich für diesen Gedanken.

Heute war seine Hochzeit. Zum Kneifen war es zu spät. Veronika freute sich. Alle freuten sich. Die ganze Sache abzublasen wäre unendlich peinlich, kam also überhaupt nicht infrage. Er musste da durch. Und er liebte sie ja auch. Wollte sie glücklich machen, wollte der Mann ihrer Träume und an ihrer Seite sein.

Wusste nur nicht genau wie.

Beim Kaffee wurden seine Gedanken nicht besser, die Idiotie seiner Situation wurde nur deutlicher und klarer.

In einer Stunde wurde er abgeholt, in anderthalb Stunden begann die Trauung.

Oh mein Gott. Bernd fühlte sich wie im falschen Film.

Er trank den Kaffee aus und ging ins Bad. Duschte heiß und lange. Sehr lange. Und hatte das Gefühl, erst in diesem Moment wirklich wach zu werden.

Am liebsten wäre er noch Stunden so stehen geblieben, aber er drehte das Wasser aus, trocknete sich ab, cremte sich sorgfältig ein, parfümierte und kämmte sich, vermied den Blick in den Spiegel und zog sich die bereitgelegte saubere Unterwäsche an.

Im Schlafzimmer ließ er sich Zeit für das perfekt gebügelte weiße Hemd, Manschettenknöpfe, Weste, Schuhe und zum Schluss die Fliege.

Er stand vor dem Spiegel. Er wirkte in diesem hellblauen Anzug etwas albern, aber er machte auch etwas her. Eigentlich sah er nicht schlecht aus. Junge und mittelalte Frauen flogen auf ihn. Die Gleichaltrigen versuchten es erst gar nicht, weil sie glaubten, keine Chance zu haben.

Bernd konnte stolz auf sich sein.

Er trank noch eine Tasse Kaffee, räumte hier und da etwas weg, entnahm seiner Brieftasche die Münzen, die sie schwer und unförmig werden ließen, schob sie in die Jacketttasche und war froh, dass sie in keiner Weise auftrug.

Es war alles in Ordnung.

Es konnte losgehen.

Er war bereit für ein neues Leben mit Veronika.

Was immer auch geschehen würde.

Zehn Minuten später hupte es vor dem Haus.

Leander öffnete die Tür seines Audi, grinste breit, umarmte seinen Vater kurz, und als Bernd eingestiegen war, sagte er: »Na, dann woll'n wir mal«, und fuhr los.

Kein Wort hatte Leander bisher dazu gesagt, dass sein Vater noch einmal heiraten wollte. Er hatte all die Erzählungen und Ankündigungen kommentarlos hingenommen, aber Bernd wusste, dass es ihn ankotzte. Bernd besaß ein kleines Vermögen, und Leander war davon ausgegangen, dass er dies alles einmal erben würde.

Allein erben würde.

Leander hatte nie ein Problem mit seinem Vater gehabt, bis zu dem Tag, als Bernd von Veronika erzählte.

Und als Leander hörte, dass sein Vater plante, dieses junge Gemüse auch noch zu heiraten, brach eine Welt für ihn zusammen. Es war für ihn vollkommen klar, dass Veronika sich für nichts anderes interessierte als für Bernds Geld.

Leander hasste sie. Aus ganzer Seele. Er machte keinen Hehl daraus, dass er Veronika unerträglich fand, und hatte lange überlegt, ob er zu dieser mehr als peinlichen Hochzeit überhaupt gehen sollte. Aber dann hatte er sich doch dafür entschieden. Aus Angst, irgendetwas Wichtiges zu verpassen.

Leander Gernersheim war achtunddreißig, seine neue »Stiefmutter« achtundzwanzig. Das war ein Witz. Ein ganz böser und selten blöder Witz.

Während der Fahrt zum Standesamt herrschte eisiges Schweigen im Auto.

»Danke, dass du mich fährst«, sagte Bernd unvermittelt in die beklemmende Stille.

Leander antwortete nicht.

»Wie geht es Nora?«, fragte Bernd. Nora war Leanders Freundin.

»Gut.«

»Kommt sie nicht mit?«

»Nein. Sie hat zu tun.«

»Ah ja.« Bernd nickte und presste die Lippen zusammen. Leander sah es im Augenwinkel

»Vielleicht schafft sie es ein bisschen später?«, hakte Bernd nach.

»Nein, ich denke nicht. So ein Fest ist nicht ihre Sache. Zumal sie kaum jemanden kennt.«

»Nun, sie kennt dich und mich und Veronika, das ist doch schon mal das Wichtigste … Und es gibt viele, die …«

»Papa, lass es, ja? Sie will eben nicht. Basta. Da brauchen wir beide nicht darüber zu diskutieren.«

Bernd schwieg. Dass diese dumme Fragerei sinnlos gewesen war, war ihm vollkommen klar. Er wusste schon lange, dass Nora nicht kommen würde, aber er hatte dennoch gefragt. Weil er es einfach nicht lassen konnte. Weil er ein Typ war, der immer und immer wieder Salz in die Wunde streute, weil er einfach aus jedem Konflikt als Sieger hervorgehen wollte, aber es gelang ihm immer seltener.

Leander fand einen Parkplatz direkt vor dem Standesamt, was Bernd erschreckte. Um Gottes willen, kam keiner? Waren sie mit dem Standesbeamten allein?

»Du hast mit dem Parkplatz aber verdammtes Glück gehabt«, meinte Bernd.

»Ja«, antwortete Leander völlig unbeeindruckt. »Ich hab mit Parkplätzen immer Glück. Wusstest du das nicht? Das ist eine Sache, über die ich mir wirklich nie Gedanken machen muss.«

Wie schön, dachte Bernd, ich habe ein Glückskind gezeugt.

Er stieg aus, und sie gingen – in ziemlichem Abstand, aber nebeneinander – zum Rathaus, um dort auf die Braut, die Trauzeugen und Gäste zu warten.

»Wie fühlst du dich?«, fragte Leander irgendwann kalt und unbeteiligt.

»Merkwürdig.«

»Das kann ich mir vorstellen.«

Damit erstarb das Gespräch.

Zehn Minuten später kam Veronika in einem Taxi mit ihren Eltern.

Sie trug ein enges, knielanges weißes Kleid, eine Blume im langen, gelockten Haar, weiße Pumps mit atemberaubend hohen Absätzen und einen Brautstrauß aus kleinen roten Rosen mit silbernem Glitzer, der in der Sonne funkelte.

Bernd konnte es nicht glauben. Diese Frau, die schönste Frau der Welt, wollte ihn heiraten?

Sie lächelte ihm zu.

Bernd trat zu ihr, begrüßte sie mit einem zaghaften Kuss auf die Wange und ihre Eltern mit einem Handschlag.

»Noch zehn Minuten«, sagte er. »Vielleicht sollten wir hineingehen.«

Eine Dreiviertelstunde später wurden Bernd und Veronika getraut.

Bernd empfand die Zeremonie als herz- und schmerzlos. Wenig feierlich. Die Standesbeamtin leierte einen auswendig gelernten Standardtext hinunter, niemand lachte, niemand weinte, ein Fahrkartenkauf bei der Deutschen Bahn war wahrscheinlich aufregender.

Es gab auch keine Musik.

Nur zwei »Ja« und zwei Unterschriften, den Ringtausch, und dann waren sie Mann und Frau. Bernd konnte es kaum glauben und wusste nicht, wie es in Zukunft werden würde.

Innerlich bat er seine Frau um Verzeihung und freute sich auf das Fest, um endlich ein Bier im Gutshof trinken und dieser sachlichen Amtshölle des Rathauses entkommen zu können.

Er küsste Veronika.

Veronikas Eltern klatschten. Einige fielen müde ein.

Leander klatschte nicht.

»Ich liebe dich«, flüsterte er Veronika ins Ohr und hoffte vergeblich darauf, dass sie antwortete.

43

Dirk, Heino und Boris rückten ihre kleinen, albernen Hüte zurecht und griffen in die Tasten. Auf Dixie und Boogie-Woogie waren sie spezialisiert, mit »Bei mir bist du schön« rissen sie die Stimmung endgültig an sich.

Das Brautpaar kam auf die Bühne. Bernd zog Veronika an sich, und sie tanzten einen schnellen Fox. Einfach, aber wirkungsvoll. Der alte Mann und das Mädchen. Schwungvoll, fröhlich, begeisternd.

Die Gäste jubelten und applaudierten, als Veronika und Bernd geendet hatten und sich in die Arme fielen, er küsste sie und schnappte nach Luft.

Dieser Hochzeitstanz war nicht geplant gewesen, aber er hatte hervorragend funktioniert.

Die Band spielte weiter, die Gäste tanzten. Das war die Musik, die Jung und Alt begeisterte, alle Füße begannen zu wippen, die Körper vibrierten, es zog jeden auf die Tanzfläche.

Veronika tanzte vollkommen entfesselt, wie eine Verrückte.

Bernd saß am Tisch und trank einen Schluck Wein.

Ein paar Minuten guckte er ihr zu, dann ging er hinaus.

Durchs Tanzen war er ins Schwitzen gekommen, sein Oberhemd war feucht und klebte am Körper.

Die kühle Nachtluft tat ihm gut. Er setzte sich auf eine Gartenbank und genoss es zu spüren, wie er langsam abkühlte, obwohl er genau wusste, dass dies die beste Methode war, sich zu erkälten.

Durch die geschlossenen Fenster hörte er gedämpft die Musik und das Jauchzen und Klatschen der Tanzenden und Feiernden.

Bis auf wenige waren die Gäste wesentlich jünger als er, er hätte von fast allen der Vater sein können. Es waren alles Veronikas Freunde, Freundinnen und Kommilitonen, außerdem ihre Eltern, zwei Cousinen, Onkel und Tante und ihre zwei Omas und Opas, die alle noch lebten. Die – und das war das Erschreckende – nur unwesentlich älter waren als er.

Alle waren freundlich zu ihm gewesen, hatten seinen Vornamen gemurmelt, ihn nach der Trauung vor dem Rathaus umarmt und gratuliert, aber er mochte sich nicht vorstellen, was sie insgeheim über ihn dachten.

Er selbst hatte nur drei alte Freunde und zwei Kollegen mit ihren jeweiligen Frauen eingeladen, die ihm anerkennend auf die Schulter geklopft hatten.

Gregor hatte ihm zugezwinkert und dabei gegrinst. »Gratuliere, Sugardaddy«, hatte er gesagt und Bernd auf den Rücken geschlagen. »Hätte ich dir gar nicht zugetraut, aber ich wünsch dir alles erdenklich Gute!«

Bernd hatte geschluckt und dazu geschwiegen.

Und dann war da ja noch Leander, der sowohl im Standesamt als auch beim anschließenden Essen nur mit versteinerter Miene herumsaß und sein schweres Schicksal zur Schau trug, dass ihm eine blutjunge Stiefmutter das Erbe vor der Nase wegschnappte.

Leander, der als Grundschullehrer den ganzen Vormittag herumbrüllte, kleine Kinder zusammenstauchte und jede Menge psychologische Ratgeber las, die Tipps gaben, wie man sich Autorität verschaffte – ohne Erfolg.

Aber sein langweiliger Sohn hatte zumindest immer eine Hoffnung gehabt: irgendwann mithilfe seines Erbes in einen wenigstens mittelmäßig gefüllten Geldtopf zu fallen und sich so manchen Wunsch erfüllen zu können.

Und das hatte sich nun auch zerschlagen.

Bernd fand es beinah komisch.

Ab und zu ging die Tür des Gasthofes auf, und ein paar Leute kamen heraus, um eine Zigarette zu rauchen.

Bernd saß im Halbdunkel und wurde von niemandem bemerkt.

Wahrscheinlich wurde er auch von niemandem vermisst.

Sein feuchtes Hemd war getrocknet, und allmählich wurde ihm kalt. Aber er hatte keine Lust hineinzugehen. Sich mit seinen Gästen zu unterhalten, empfand er als eine einzige Qual.

Für ihn war das keine Hochzeit, sondern ein Spießrutenlaufen, und er hoffte, dass es bald vorbei war.

Als er leicht zu zittern begann und überlegte, nun langsam doch wieder zu seiner Braut und den Feiernden zurückzukehren, stand plötzlich ein Mann vor ihm.

»Herr Gernersheim?«, fragte eine angenehm leise und wohlklingende Stimme.

»Ja?« Bernd stand auf. Der Mann kam ihm fremd vor, aber gut, die Gäste waren ihm fast alle fremd. Dieser jedoch wäre ihm vielleicht aufgefallen, wenn er beim Essen mit am Tisch gesessen hätte. Er trug einen perfekt sitzenden grauen Anzug, Hemd, Krawatte, sehr teure Schuhe, das sah man mit einem Blick, hatte ein intelligentes Gesicht, die Haare streng zurückgekämmt – ein Mann mit Stil.

»Entschuldigen Sie, mein Name ist Aaronsheim, Philipp. Sie kennen mich sicher nicht, aber ich kenne Sie, und da ich erfahren habe, dass Sie heute heiraten, bin ich vorbeigekommen, in der Hoffnung, dass Sie ein paar Minuten Zeit für mich haben. Ich würde gern kurz mit Ihnen reden.«

Bernd wusste überhaupt nicht, was er von dem Ganzen halten sollte. »Worüber?«, fragte er irritiert.

»Können wir ein paar Schritte gehen? Dies ist ein herrlicher Park, ein bisschen Bewegung tut uns gut, denn mir ist kühl, und Sie sehen auch nicht gerade aus, als ob Ihnen sehr warm wäre.«

»Stimmt. Gut. Gehen wir.«

Einen Moment gingen beide schweigend im Dunkeln nebeneinanderher, als hätten sie es nicht eilig, ins Gespräch zu kommen.

»Was wollen Sie von mir?«, fragte Bernd, als ihm das Schweigen zu lang wurde.

»Arbeiten Sie noch als Richter?«, antwortete der andere mit einer Gegenfrage.

»Nein. Wieso?« Bernd war jetzt alarmiert. Es gab viele Irre, die ihn hassten, weil er sie oder ihre Eltern, Freunde, Freundinnen oder wen auch immer irgendwann verurteilt hatte. Eine Diskussion dieser Art konnte er jetzt überhaupt nicht gebrauchen.

»Na, dann ist es ja gut. Wissen Sie, ich stelle mir den Beruf des Richters ungeheuer schwer vor. Man muss unentwegt, wenn es um kleinere Delikte geht, beinah stündlich, Entscheidungen treffen und Urteile fällen. Was für ein Stress! Entscheidungen zu treffen ist ohnehin das Allerschwerste im Leben. Wer so etwas nicht kann oder auch nur zögerlich ist, scheitert. Ich bewundere das. Ja, ich bewundere Sie. Ich wollte nie in Ihrer Haut stecken.«

Bernd überhörte den letzten Satz und fühlte sich ein wenig geschmeichelt und beruhigt. Mit diesem Mann hatte er noch nie zu tun gehabt, da war er sich sicher. Typen wie dieser kamen nicht in den Knast. Außer wenn sie die Deutsche Bank um fünfhundert Millionen betrogen hatten. Aber das war nicht sein Ressort.

»Worüber wollten Sie mit mir sprechen?«

»Mich interessiert Ihre Einstellung. Ich möchte verstehen, wie Sie denken. Was Sie antreibt. Da ist ein junger Krimineller. Er klaut, er bricht ein, er entreißt Omas die Handtasche, er prügelt, wo er nur kann, auch völlig sinnlos, nur um zu prügeln eben, und irgendwann eskaliert die ganze Sache, eines Morgens sticht er auf seine Lehrerin ein, sie überlebt nur knapp. Der junge Mann ist vierzehn. Was denken Sie? Braucht er Milde und Verständnis?«

»Ich denke, wir sollten das Gespräch hier beenden. Heute ist meine Hochzeit, ich wollte nur ein bisschen frische Luft schnappen, aber ich habe wirklich keine Lust, über solche Dinge, über solche Spitzfindigkeiten, zu reden.«

»Spitzfindigkeiten?«, zischte der Fremde wütend zwischen den Zähnen. »Das sind keine Spitzfindigkeiten, sondern Entscheidungen über Schicksale, über das Leben anderer, die Sie treffen, Entschuldigung, die Sie trafen, und das scheint Ihnen in Ihrem kleinen Dickschädel gar nicht bewusst zu sein.«

Er packte Bernd mit eisernem Griff am Arm und zog ihn weiter in den dunklen Park. »Urteile im Akkord. Oder wie? Ich hab Sie gefragt, ob so ein junger Spund eine zweite Chance bekommt?«

»Keine Ahnung. Ich kenne den Fall nicht, ich erinnere mich nicht daran. Lassen Sie mich sofort los!«

Der Fremde ging nicht darauf ein. »Aber ich erinnere mich daran. Und Sie erinnern sich sicher auch daran, wenn ich Ihnen auf die Sprünge helfe, aber ich überlege gerade, ob ich dazu überhaupt Lust habe, ob es etwas bringt, wenn ich Ihnen Nachhilfeunterricht erteile. Wahrscheinlich nicht.«

»Ich gehe jetzt wieder zu meinem Fest.« Bernd entriss ihm seinen Arm und drehte sich um.

Aber der Fremde hielt ihn zurück. Er war groß und kräftig. Bernd war ihm körperlich eindeutig unterlegen. Er spürte, dass er diesem Irren nur entkommen konnte, wenn er genau das richtige Gespräch mit ihm führte. Ein Gespräch, das den anderen beruhigte, sodass er ihn gehen ließ.

»Ich hab Sie gefragt, und ich frag Sie jetzt zum dritten Mal, ob so ein Gewohnheitskrimineller, der schon zig Delikte und einen versuchten Mord auf dem Konto hat, vorzeitig aus der Haft entlassen werden sollte?«

»Er ist jung und muss doch irgendwann mal kapieren, dass es so nicht weitergeht. Ein paar Monate im Knast zu sitzen ist viel, wenn man jung ist.«

»Das ist wenig, wenn man jung ist und das ganze Leben noch vor sich hat. Kommen Ihnen jetzt nicht auch die Jahre wertvoller vor als damals, als Sie zwanzig waren? Da wussten Sie doch das Leben noch gar nicht zu schätzen!«

»Stimmt.« Bernd musste ihm recht geben.

»Und wenn er zu drei Jahren verurteilt wurde, wie es bei Faruk war …«

»Was für ein Faruk?«

»Tun Sie nicht so! Sie kennen ihn ganz genau, haben sich lange genug mit ihm beschäftigt!«

Bernd spürte, dass es in dem Fremden brodelte, und schwieg.

»Also«, fuhr der Fremde fort, »Faruk saß nur zwei Drittel von seiner dreijährigen Strafe ab, das macht vierundzwanzig Monate, dabei wurde die U-Haft angerechnet, blieben zwanzig Monate. Davon in den letzten Monaten Haftentlassungsvorbereitungen mit begleitetem Ausgang und allem Möglichen, der brave Junge ist gerade mal gute anderthalb Jahre im Knast. Für über hundert Delikte und einen versuchten Mord. Finden Sie das in Ordnung?«

»Ich stimme Ihnen zu, das hört sich sehr milde an. Aber der jugendliche Straftäter bekommt im Knast eine Therapie. Lebt in einer Wohngruppe, lernt soziales Verhalten.«

»In anderthalb Jahren?«

Bernd überhörte dies. »Und wenn wir, die Richter, die Psychologen, die Sozialarbeiter, die JVA-Beamten, wenn wir alle der Meinung sind, er hat es kapiert, wie man sich in unserer Gesellschaft bewegt und verhält, dann üben wir mit ihm. Dann bekommt er kontrollierten Ausgang. Und wenn das alles gut läuft, dann kommt er wieder raus.«

»Und wenn das nicht gut läuft, bringt er – kaum in Freiheit – den oder die Nächste um. So wie er es getan hat! Er war keine zwei Monate draußen, da hat er meine Tochter bestialisch ermordet!«

»Sie können einen Sechzehnjährigen nicht lebenslänglich einsperren, nur weil er einmal Mist gebaut hat.«

»Mist gebaut heißt ins Deutsche übersetzt: nur weil er einmal einen umgebracht hat?«

»Ja. Im Grunde heißt es das. Ich weiß, es hört sich schlimm an, aber wir sind ein Sozialstaat. Wir wollen, dass die Jungen wieder auf die Füße kommen, dass die siebzig Jahre, die sie vielleicht noch vor sich haben, nicht ein für alle Mal verloren sind.«

»Wann knastest du einen für immer ein?«, fragte der Fremde leise.

»Für immer sowieso nicht. Fünfzehn Jahre sind das Maximum. Bei guter Führung ist man nach acht Jahren wieder draußen.«

Bernd spürte, dass er sich um Kopf und Kragen redete, denn genau das wollte der Fremde sicher nicht hören.

»Aber es gibt natürlich auch eine Sicherheitsverwahrung. Und die wird alle paar Jahre überprüft, ob sie noch weiter bestehen muss.«

»Jugendliche bekommen maximal zehn Jahre, richtig?«

Bernd nickte.

»Und wenn sie sich gut benehmen, sind sie nach der Hälfte der Zeit wieder raus?«

Bernd wurde jetzt lauter. »Nach zwei Dritteln. Aber ich hab es doch schon gesagt: Die Jungen brauchen eine zweite Chance. Man kommt nicht böse oder kriminell auf die Welt, alle haben einen guten Kern. Den muss man nur zutage fördern, verstehen Sie, der ist verschüttet …«

»Und wenn der Typ dann in der zweiten Chance wieder mordet?«

Bernd zuckte die Achseln. »Das ist natürlich furchtbar.«

»Fühlen Sie sich dann schuldig?«

»Nein. Es tut mir leid, aber man kann es nicht ändern. In unserem Land gibt es keine Todesstrafe. Wir versuchen, den Gefangenen ihr Fehlverhalten zu verdeutlichen und sie dann, wenn sie begriffen haben, langsam wieder in die Gesellschaft zu integrieren. Und ich denke, das ist auch der richtige Weg.«

Der Graue schwieg einen Moment.

Holte tief Luft.

Und rammte dann dem ehemaligen Richter Bernd Gernersheim ein Messer in den Bauch. Ohne Vorankündigung. Und ohne weiteren Kommentar.

Mit voller Wucht.

Bernd sah seinen Mörder entsetzt an.

Der Fremde stach wieder zu. Und wieder und wieder.

Bis der Bräutigam blutüberströmt am Boden lag.

Blutiger, hellroter Schaum sprudelte aus seinem Mund.

Und er fragte sich, was er falsch gemacht hatte. Heute war doch sein Hochzeitstag, er hatte es nicht verdient zu sterben.

Dann dachte er nichts mehr.

Er war tot.

Und sein Mörder verschwand langsam im Dunkeln.

44

»Du siehst fantastisch aus!«, flüsterte Tatjana ihrer Freundin Veronika ins Ohr. »Ganz, ganz toll. Ich habe dich noch nie so schön gesehen!«

Veronika lächelte und küsste Tatjana auf die Wange. »Du bist lieb, danke.«

Veronika trug jetzt für die Feier das lachsfarbene lange Kleid. Der weite Rock lag tüllartig in mehreren Schichten übereinander und wirkte wie ein Hauch von Stoff, ihre Taille war schmal, der Ausschnitt weit, und nur eine dünne Goldkette mit einem Diamanten funkelte in ihrem Dekolleté. Im lockigen Haar steckten weiße Blüten. Sie wirkte wie eine Elfe, die durch die Lüfte schweben und sich im Nebel auflösen würde.

Veronika kannte Tatjana seit fünfzehn Jahren. Tatjana hatte eine russische Mutter und einen deutschen Vater und lebte seit ihrem fünften Lebensjahr in Berlin. Seit ihrer Schulzeit waren die beiden Mädchen befreundet.

»Du bist jung, du bist schön, du hast dein ganzes Leben noch vor dir, warum bitte heiratest du einen so alten Mann?«, hatte Tatjana sie gefragt. »Warum? Erklär mir das! Wir in Russland heiraten nicht in eine andere Generation. Warum tust du das?«

»Ich liebe ihn«, sagte Veronika nachdenklich. »Ja, ich glaube, ich liebe ihn wirklich, Tatjana. Er gibt mir ein Gefühl von Zuhause. Das Gefühl, angekommen zu sein.«

»In deinem Alter darf man nicht angekommen sein«, meinte Tatjana streng und mit einer tiefen Zornesfalte auf der Stirn. »Du kannst noch so viel erleben, noch so viele Männer kennenlernen, noch so viele Pläne schmieden.«

»Kann sein. Aber ich will das gar nicht. Bernd gibt mir Frieden und Freiheit und Sicherheit. Und ich habe noch nie einen Menschen so sehr geliebt wie ihn. Warum sollte ich ihn dann nicht heiraten? Vielleicht sind wir füreinander bestimmt.«

»Vielleicht«, meinte Tatjana und sagte nichts mehr. Sie mochte ihre Freundin sehr, sie würde sie bei allem unterstützen, was sie tat, aber verstehen konnte sie sie nicht.

Tatjana streichelte Veronikas Wange. »Bist du glücklich?«

»Sehr!«

»Ich wünsche dir, dass es immer so bleibt!«

Beide Frauen umarmten sich, und Veronika weinte vor Rührung eine Träne auf Tatjanas roten Satinbolero.

Sie sah sich um. »Wo ist Bernd eigentlich? Ich hab ihn das letzte Mal gesehen, als wir vorhin zusammen getanzt haben.«

»Er wird schon irgendwo sein.«

»Ja klar, aber …«, sie sah auf die Uhr. »Oh Himmel, das ist ja über eine Stunde her! Und der Bräutigam lässt sich nicht mehr blicken? Das ist doch komisch, oder?«

»Okay. Komm, wir suchen ihn. Ich hab ihm auch noch gar nicht dazu gratuliert, dass er die tollste Frau der Welt ergattert hat.«

Veronika und Tatjana sprangen auf, durchforsteten alle Säle, Garderoben, Toiletten, Flure – nirgends eine Spur von Bernd.

Dann gingen sie nach draußen.

»Bernd!«, schrie Veronika, aber niemand antwortete. Nur ein paar Raucher drehten sich alarmiert um.

»Komm«, bat Veronika Tatjana, »lass uns was überziehen, und dann gehen wir in den Park.«

Tatjana nickte, obwohl sie nicht die geringste Lust zu einem Nachtspaziergang hatte.

Fast zwanzig Minuten irrten die beiden Frauen durch den Park.

Dann fanden sie ihn.

Er lag mit dem Gesicht nach unten auf dem feuchten Waldboden.

Veronika schrie auf. »Bernd! Was ist mit dir?«

Er regte sich nicht.

Sie kniete sich neben ihn und drehte die Leiche um.

»Fass ihn nicht an!«, warnte Tatjana.

»Ach was. Er ist mein Mann. Ich muss sehen, was los ist.«

Sein ehemals weißes Hemd war blutdurchtränkt. Sein Gesicht war von rötlichem Schaum verklebt und wirkte abstoßend.

Veronika schrie auf. »Bitte, Tatjana, hol jemand, hol Hilfe, Polizei, Feuerwehr, Krankenwagen, irgendjemand, ich glaube, er ist tot, oh mein Gott!«

Tatjana stürzte los.

Veronika warf sich über Bernd, nahm seine Hand und küsste ihn. Küsste ihn immer und immer wieder und weinte unaufhörlich.

»Lieber Gott«, flüsterte sie, »lieber Gott, lieber Gott, was ist los, was soll das, was hast du getan, warum ist er tot, ich liebe ihn doch, wir hätten so ein tolles Leben haben können, warum hast du ihn umgebracht, warum hast du mir alles genommen, ich versteh das nicht, Bernd, bitte, Bernd, komm, steh auf, bitte!«

Und dann lag sie auf seiner blutverschmierten Brust und war plötzlich sicher, seinen Herzschlag zu hören.

»Alles wird gut«, murmelte sie. »Du musst durchhalten, Liebster, alles wird wieder gut.«

Zwanzig Minuten später trafen Rettungskräfte und die Polizei ein. Behutsam hob man die Braut mit blutverschmiertem Kleid von der Leiche und brachte sie in den Rettungswagen.

»Wie heißen Sie?«, fragte einer der Sanitäter sanft.

Veronika antwortete nicht.

»Können Sie mir Ihren Namen sagen?«, versuchte er es noch einmal.

Veronika schwieg.

»Wissen Sie, was passiert ist?«

Immer noch Schweigen.

»Ist der Mann, den wir gefunden haben, Ihr Mann?«

Veronika nickte.

45

Faruk konnte nicht schlafen. Hatte Sehnsucht nach zu Hause. Dachte an seine Mutter, die ihn immer anlächelte, ihm über den Kopf strich und verzieh, egal, was er getan hatte. Dachte an seinen Vater, der hart war, aber gerecht. Und klug. Ein ganzer Mann. Auch wenn er ihn verprügelt hatte, hatte er ihn nicht gehasst. Das wollte schon was heißen.

Und er dachte auch an seine Schwester Leyla, die still und zurückhaltend war. Und ganz okay, wenn sie so blieb und sich nicht plötzlich wie eine Nutte benahm. Man wusste ja nie, mit wem sie so durch die Gegend zog. Und er wollte ihr nicht die Kehle durchschneiden, um die Ehre der Familie zu retten. Er wollte es einfach nicht.

Aber wenn sein Vater es von ihm verlangte, musste er es tun. Und dann würde er es auch tun.

Er war genauso ein harter Kerl wie sein Vater.

Was erledigt werden musste, wurde erledigt.

Er hätte heulen können, so eine Sehnsucht hatte er. Sie kamen ihn fast nie besuchen in diesem Scheißknast. Seine Mutter konnte nicht Auto fahren, und sein Vater hatte keine Zeit.

Faruk wollte nach Hause. Unbedingt. Sofort. Er hatte das Gefühl, es keine Sekunde mehr auszuhalten.

Sie waren eine kleine Familie und lebten in einer Zwei-einhalbzimmerwohnung in Berlin-Neukölln, Hinterhof, dritter Stock. Wohnzimmer, Schlafzimmer, Mädchenkammer, die er für sich allein hatte, Küche, Bad. Das Bad war ein echter Luxus, mit Dusche und Badewanne. Leyla schlief auf der Couch im Wohnzimmer. Wahrscheinlich würde sie jetzt, während er im Knast war, in seinem Zimmer pennen, und bei dem Gedanken kam ihm die Galle hoch. Er wurde schon wieder wütend und dadurch immer wacher.

Seine Familie war vergleichsweise klein. Er hatte außer seinen Eltern und seiner Schwester nur drei Onkel und Tanten, zwei Cousinen, drei Cousins und Oma und Opa in der Türkei. Das war alles.

Fünfzig Personen waren eigentlich das Mindeste, was man als Unterstützung brauchte, hatte Faruk immer gedacht.

Dieser Ahmed-Schachbrett hatte es gut. Der hatte 'ne verdammte arabische Großfamilie in Neukölln, bestimmt tausend Leute, einer war für 'n andern da, ganz egal, was du verbrochen hattest. Wie Mafia. Super. Die Großfamilien machten, was sie wollten, Gesetze und Polizei in Deutschland waren denen scheißegal.

Ahmeds Vater Hamid zum Beispiel. War mit allen Wassern gewaschen. Dealte im Görlitzer Park. Oder am Kottbusser Tor. Immer da, wo die dämlichen Zivilfahnder, die man zehn Kilometer gegen den Wind roch, nicht rumstanden. Hamid war clever. Echt gut drauf, der Alte. Wusste genau, wie's geht. Tauchte zum richtigen Zeitpunkt am richtigen Ort auf und verscheuerte die Ware. Astrein. Machte pro Woche locker dreißigtausend. Wenn es gut lief, mehr.

Ahmed hatte schon viel erzählt von Hamid, dem Halsabschneider. Hamids Problem war nur: Wohin mit der ganzen

Kohle? Also sagte er zu seinem Cousin: »Du, Yasar, mach Geschäft auf. Siebzehnte Dönerbude in einer Straße – egal. Muss nicht laufen.« Und zu seinem Neffen: »Du, Kamal, eröffne Pizza-Schnell-Imbiss in Mitte. Schlechte Idee in Schicki-Micki-Gegend – egal. Muss nicht laufen. Und du, Omar, eröffne Matratzen-Geschäft in Kreuzberg, wo sich niemand neue Matratze kauft – egal. Muss nicht laufen.«

Yasar, Kamal und Omar machten das. Klar. Ehrensache. Yasar hatte einen Opa mit über achtzig als Dauergast, immer zu Mittag aß er einen Döner; Kamal machte einen Umsatz von vierzig Euro am Tag, Omar verkaufte Matratzen. Zwei im Monat. – Scheißegal.

Die drei tippten den ganzen Tag Bons in die Registrierkasse, bei jedem vierzigtausend im Monat, alle zusammen hundertzwanzigtausend. Das wär mein Job, dachte Faruk, wie geil ist das denn? Und Hamid bezahlte brav die Steuern – das Geld war gewaschen. Er verdiente sich dumm und dämlich. Hatte eine coole Karre, Super-Mercedes-Sport-Cabrio. Heißes Teil. Parkte immer ein paar Straßen entfernt, wenn er beim Arbeitsamt Hartz IV abholte. »Macht schlechten Eindruck, wenn ich mit Auto komme«, hatte er Ahmed erklärt.

Einmal war er erwischt worden. Wurde festgenommen, kam in U-Haft und hatte fünfzehntausend Euro dabei.

Der JVA-Beamte zog ihm das Geld aus der Tasche.

»Wo hast'n det her?«

»Gespart!«, sagte Hamid.

»Und det schleppste mit dir herum?«

»Ja«, meinte Hamid. »Mag Banken nich. Trau den Brüdern nich. Alles Verbrecher. Hab die Knete lieber bei mir.«

Bei der Entlassung bekam er alles wieder. Und die Knete war gewaschen. Geil. Besser ging's nich. Der Neffe von Hasim,

Ercan, war in Palermo erwischt worden. Im Knast nahmen ihm die Aufseher seine gesamte Kohle ab. Die sah er nie wieder. Und seine Karre, ein hundertzwanzigtausend-Euro-Teil, auch nicht.

In Deutschland bekam man immer alles wieder. Echt easy und völlig ungefährlich. Und darum hatte auch Ahmeds Groß-familie so viel Knete. Ganze Mietblöcke und haufenweise Villen und weiß der Teufel was. Wenn Ahmed rauskam, konnte er sich ins gemachte Nest setzen und einfach weitermachen.

Er gönnte so was vielen, aber diesem Arschgesicht Ahmed schon mal gar nicht.

Wirklich echt super so 'ne Großfamilie. Hammerhart. Die-ser Hurensohn Ahmed musste sich keinen Kopf machen. Wenn sein Handy weg war, bekam er von der Familie ein neues. Das flog über die Mauer, oder sein Anwalt brachte es mit. Die Typen wurden ja nicht durchsucht. Mit Kohle ging alles. Und vor Gericht hauten ihn dann die teuersten Anwälte raus.

So ungerecht war diese Scheiß-Welt.

Das alles wusste Faruk von Ahmed, wenn er auf dem Flur rumtönte, oder von Ali aus Haftraum neun, der mal mit Ahmed-Schachbrett dicke befreundet gewesen war. Es war ja schon fast peinlich gewesen, wie die ständig zusammen rum-hingen. Bis dann Ali mal zwei Pfund Kaffee nicht bezahlen konnte, die er sich von Ahmed gepumpt hatte.

Seitdem war Krieg zwischen den beiden.

Aber nun saß Faruk hier und wusste nicht, wohin mit sich. Konnte nicht telefonieren, konnte nirgends hin. War tierisch allein.

Es war jetzt nachts um halb drei.

Faruk drückte den Notfallknopf.

Eine müde Stimme meldete sich.

»Ja?«

»Hier Faruk. Kann nicht schlafen. Können Sie mir Teebeutel bringen, Tee beruhigt mich immer so.«

»Nein. Kann ich nicht, will ich nicht, und jetzt ist Feierabend. Gute Nacht.«

Zehn Minuten später: »Hier Faruk. Habe tierisches Nasenbluten. Könnt ihr was machen? Eis oder Medizin oder was?«

»Nee. Leg dich hin und gib Ruhe. Renn nicht rum, dann geht das von alleine weg.«

Klack.

»Na, Faruk?«, schrie Ahmed von nebenan. »Sollen wir Feuerwehr rufen wegen Nasenbluten?« Er lachte gackernd. »Und sag deine Mutter dir bringen Tee! Und soll auch mitbringen deine Schwester. Ahmed wird durchvögeln ohne Ende! Kannst zugucken, Mann!« Er lachte immer lauter, konnte sich gar nicht mehr beruhigen.

Faruk bekam den Hass.

Dieses Arschloch hatte Schonzeit wegen seiner kaputten Hand, aber riskierte trotzdem die dicke Lippe.

Faruk zitterte am ganzen Körper, so wütend war er.

Der rote Knopf leuchtete wieder.

Diesmal nahm Michael den Hörer ab: »Ja?«

»Hier Faruk. Hab tierisch Kopfschmerzen und kann nich schlafen, weil Ahmed-Schachbrett in der Vier neben mir ohne Ende kifft und ganze Gestank zu mir rüberzieht. Könnt ihr was machen?«

»Faruk, du hast uns in den letzten vierundzwanzig Stunden zweiunddreißig Mal angefunkt. Was soll der Scheiß? Ich glaub dir kein Wort mehr.«

»Es ist wahr! Ihr braucht doch nur mal riechen gehen!«

»Woher hat er das Gras?«

»Keine Ahnung.«

Klack.

Michael, der seit drei Stunden total übermüdet war, war jetzt knallwach. Er und Volker dachten dasselbe und sahen sich an.

»Na gut«, sagte Volker, »dann geben wir den Kollegen der Frühschicht mal den dezenten Hinweis, Ahmeds Zelle zu filzen. Verdacht auf Drogen.«

»Und wie wär's mit 'ner Pinkelprobe für alle?«

»Auch nicht verkehrt.«

Die beiden grinsten und sahen den *Tatort* weiter, der gerade im Nachtprogramm lief.

Die Frühschicht führte eine Zellenkontrolle durch, es wurde nichts gefunden, Ahmeds Zelle war sauber.

Aber Ahmed schäumte.

»Du Lügner!«, brüllte er durch die Gitter in Richtung Faruk. »Du dreckiges Lügenschwein. Schwärzt mich an, obwohl nichts ist, gar nichts. Das du wirst büßen.«

»Schüüüüch«, antwortete Faruk gelangweilt, »weiß nicht, wovon du sprichst.«

»Du schuldest mir noch Tabak. Du bist Petze. Du bist Lügner. Du bist Schwein. Ich hab durch Fenster gehört, wie du gesprochen hast zu Meister in der Nacht. Wir kommen und hauen dich zu Brei.«

»Reg dich ab, Penner«, schrie Faruk und schloss sein Fenster.

In der gesamten Wohngruppe wurde eine Urinprobe durchgeführt, sechs waren positiv, die Fernseher der Betroffenen wanderten aus den Zellen.

Ahmed-Schachbrett war nicht darunter, aber er reckte zwei Finger in die Luft, das Victory-Zeichen, um deutlich zu machen, dass er auf der Seite der »Opfer« war. Einer für alle, alle für einen.

»Faruk ist das Schwein, das uns das alles eingebrockt hat!«, tönte Ahmed-Schachbrett durch die Flure und auf dem Hof. »Er hat mich verpfiffen, aber ohne Grund, ich hab keine Drogen, ich bin clean, seit ich auf der Welt bin. Das wirst du büßen, Faruk, du Hurensohn!«

Faruk musste sich jetzt warm anziehen. Er hatte keine Freunde mehr, sondern alle gegen sich.

46

Schulderinski machte am nächsten Morgen Lebendkontrolle. Er schloss Faruks Zelle auf, rief »Morgen!«, und Faruk grunzte nur.

»Hab ich das richtig verstanden, Sie sind lebensmüde und wollen sich umbringen?«, fragte Schulderinski.

»Nein, nein, nein«, beeilte sich Faruk zu sagen, »alles klar, geht mir nur scheiße.«

Schulderinski ließ die Zellentür ins Schloss fallen, sperrte ab und machte Meldung: »Faruk Yilmaz auf Beobachtung: selbstmordgefährdet.«

Der Typ stresste ihn schon seit Monaten ohne Ende. Von Volker, der Meldung gemacht hatte, hatte er erfahren, dass Faruk vorgestern allein zweiunddreißig Mal den Notfallknopf gedrückt und die Beamten ohne Ende genervt hatte.

Außerdem hatte er Ahmed angeschwärzt, fälschlicherweise, wie sich herausgestellt hatte, und letztlich hatte er es auch zu verantworten, dass mehrere Gefangene Einschluss hatten und überall miserable Stimmung herrschte.

Ein kleiner Denkzettel würde Faruk ganz guttun.

Schulderinski hatte eine Torte mitgebracht, die seine Frau gebacken hatte. Irgendetwas mit Creme und Orangen, es war ihm egal, aber es machte gute Laune. Als die Gefangenen ihr Essen bekommen hatten und Ruhe war, lud Schulderinski die Kollegen zum Kaffee ein.

»Liebe Freunde, lasst es euch schmecken, ich bin jetzt drei Wochen in Urlaub, ich hoffe, alles läuft friedlich. Die Fünf ist drei Tage im Einschluss, die Sieben zwei Tage, die Zwei vier, die Vierzehn auch drei, die Dreizehn noch bis morgen, die Zwölf auf unbestimmte Zeit, und Faruk Yilmaz auf Drei beobachtet bitte, ich hab ihn auf die Liste gesetzt. Ich glaube, seit der Geschichte mit Ahmed ist er selbstmordgefährdet. Bitte passt auf ihn auf. Ja?«

»Aber sicher!«, tönte es aus allen Ecken. »Dass der nach der Aktion nicht mehr so gute Karten in der Anstalt hat und die Krise kriegt, kann man sich vorstellen.«

Schulderinski nickte und trank einen Schluck Kaffee.

»Ich wünsch euch alles Gute und schreib euch 'ne Karte, alles klar?«

»Guten Urlaub!«

Die Kollegen langten zu, jeder nahm sich ein Stück Torte.

Ein Urlaub war ja nicht außergewöhnlich, aber lange drei Wochen schon.

Sie würden Faruk Yilmaz auf dem Radar haben.

Um zweiundzwanzig Uhr wurde die Zellentür aufgerissen und das Licht angeschaltet. »Was ist los, Yilmaz? Geht's Ihnen gut? Wollen Sie sich die Pulsadern aufschneiden? Ja? Nein? Vielleicht?«

Vierundzwanzig Uhr dasselbe Spiel.

»Faruk? Wie isses? Wollen Sie sich aufhängen? Ja? Nein? Vielleicht?«

Und so weiter. Fünfmal in der Nacht mindestens.

Faruk kniete nachts um vier auf dem Boden und flehte: »Bitte, lasst mich schlafen, es war ein Missverständnis, ich schwör, ich tu mir nichts an, aber bitte, lasst mich schlafen!«

»Und wenn du dann morgen früh tot bist, haben wir die Arschkarte.«

»Ich verspreche es!«

Der Beamte Stegmeyer wusste nicht, was er machen sollte. Schulderinski hatte die Beobachtung angeordnet. Schulderinski war in Urlaub. Es lag in Stegmeyers Ermessen, den Gefangenen jede Viertelstunde zu wecken und zu überprüfen, oder nur jede Stunde oder alle drei Stunden. Es war einzig und allein seine Verantwortung.

Aber wenn Kollege Schulderinski die Beobachtung angeordnet hatte, musste ja wohl irgendetwas dran sein.

Also ging Stegmeyer alle zwei Stunden in Faruks Zelle, schaltete das Licht an, weckte Faruk und überzeugte sich, dass er noch lebte.

Und Faruk war am nächsten Morgen, als er in die Beete musste, so geschafft, dass er zum ersten Mal wirklich in Erwägung zog, seinem Leben ein Ende zu setzen.

DIANA KLEE

47

Acht Uhr fünfundvierzig. Er wusste, was jetzt passierte, war vollkommen unspektakulär, aber sein Herzschlag beschleunigte sich trotzdem.

In diesem Moment sah er ihren schwarzen Golf kommen. Sie setzte den Blinker und fuhr auf den Parkplatz, der für das Personal der JVA reserviert war. Parkte wie jeden Morgen ziemlich nah am Eingang.

Er stand links in der zweiten Reihe, hatte sie gut im Blick.

Sie stieg aus, griff ihre Handtasche vom Beifahrersitz, verschloss das Auto mit der Fernbedienung und ging zum Pförtner, der ihr kurz zulächelte und das schwere Tor öffnete.

Dann verschwand sie in der JVA.

Heute war sie zwei Minuten später dran gewesen als gestern.

Das vierte Mal stand er jetzt schon hier und wartete auf sie, wollte herausfinden, ob sie auch Schichtdienst hatte, vielleicht irgendwann erst um fünfzehn Uhr begann oder sogar Nachtdienst schob.

Dazu musste er diese Beobachtung wohl oder übel mindestens zwei Wochen lang durchziehen, aber egal, er hatte es nicht eilig.

Sie hatte sich kaum verändert. Ihre Haare waren etwas länger als damals vor Gericht, und es kam ihm so vor, als wäre sie noch ein bisschen dicker geworden. Er schätzte, dass sie fünf Kilo zugelegt hatte. So wirkte sie noch behäbiger. Vor Gericht hatte sie Pumps mit zumindest einem kleinen oder mittelhohen Absatz getragen, hier trug sie jeden Tag flache Schuhe, die ihre strammen Waden noch betonten.

Vielleicht war es sicherer, so unattraktiv wie möglich im Knast zu erscheinen. So ließ sich der Abstand zu den Gefangenen leichter wahren.

Er startete seinen Wagen und rollte vom Parkplatz. Um Viertel vor fünf würde er wieder hier sein.

Eine knappe Stunde wartete er schon, als sie endlich herauskam. Es war jetzt siebzehn Uhr fünfundvierzig, und er war kurz davor sauer zu werden, obwohl er sich natürlich vorstellen konnte, dass es noch ein Gespräch mit Kollegen oder Gefangenen gegeben hatte, das länger gedauert hatte.

Dennoch machte es ihn wütend.

Sie stieg ins Auto und fuhr davon.

Er folgte ihr.

Den Weg von der JVA bis zu ihrem Wohnhaus kannte er bereits in- und auswendig, aber heute fuhr sie nicht direkt nach Hause, sondern parkte vor einem Supermarkt.

Auch er hielt, nahm sich einen Einkaufswagen und ging ihr hinterher.

Sie würde ihn nicht wiedererkennen. Sie hatte nicht auf ihn geachtet, während der Verhandlung hatte er draußen im Flur auf der Bank gesessen, ihre Blicke hatten sich nie getroffen.

Problemlos hielt er sich ständig in ihrer Nähe auf.

Sie legte Tomaten, Eisbergsalat, eine Gurke, Radieschen und Paprika in ihren Wagen, dann ein halbes Brot, ein Baguette, ein paar Eier, Naturjoghurt, jungen Gouda, Reis, Kräuterbutter und Chilisoße.

Am Fleischstand kaufte sie zwei Steaks, insgesamt vierhundertzwanzig Gramm. Dann nahm sie noch Küchentücher und zwei Flaschen trockenen Rotwein und ging zur Kasse.

Er hatte ebenfalls ein Baguette, Thunfisch und Feldsalat in seinen Wagen gelegt und stand an der Kasse direkt hinter ihr, sah für den Bruchteil einer Sekunde in ihre Brieftasche, sie hatte ungefähr zweihundert Euro im Portemonnaie.

Nach ihr bezahlte er schnell, lief zum Parkplatz, warf die wenigen Dinge auf den Beifahrersitz und folgte ihrem Wagen.

Sie fuhr nicht nach Hause, sondern nach Steglitz in eine ruhige Seitenstraße mit liebevoll restaurierten Stadthäusern und großen Altbauwohnungen. Gewaltige Kastanien verdunkelten die engen Straßen, Parkplätze gab es so gut wie gar nicht.

Sie fand einen, nachdem sie dreimal ums Karree gefahren war. Er merkte sich, in welches Haus sie ging. Verwundert registrierte er, dass sie die Tasche mit ihren Einkäufen mit ins Haus nahm.

Dann suchte er selbst einen Parkplatz. Wartete in zweiter Reihe darauf, dass etwas frei wurde. Fuhr unzählige Male ums Karree, wenn jemand die enge Straße passieren wollte, aber probierte es immer wieder aufs Neue, bis ein Wagen fast direkt vor der Tür, in der Diana Klee verschwunden war, wegfuhr und er sich auf diesen Parkplatz stellen konnte.

Erleichtert machte er sich Notizen: Einkäufe, Adresse, Zeit. Es war jetzt neunzehn Uhr fünfzig.

Er wartete zwei Stunden. Sie kam nicht wieder heraus.

Wahrscheinlich übernachtete sie bei einem Freund oder einer Freundin.

Daher fuhr er nach Hause.

48

Sonja Vännern war eine kleine, sportliche, muskulöse Frau mit langem schwarzen Haar und einem Hang zur Avantgarde.

In ihrem Haar blinkten glitzernde Spangen mit Blumen und Schmetterlingen, sie war grell und stark geschminkt, ging nie ohne dichte geklebte Wimpern aus dem Haus, trug Kleidungsstücke in allen Farben und Formen übereinander, Röcke über Hosen, Blusen über Jacken und Stulpen über Stiefeln. Sie war ein fröhlicher Paradiesvogel, das genaue Gegenteil Dianas und seit über zehn Jahren ihre beste Freundin.

Ihre Wohnung war ähnlich chaotisch wie ihre äußere Erscheinung, wirkte aber sofort einladend und gemütlich, so wie auch Sonja jedem Menschen auf Anhieb sympathisch war.

Sie strahlte, als sie die Tür öffnete. »Komm rein, Süße!«, jubelte sie und umarmte Diana. »Was für ein himmlischer Tag, und wie schön, dass du da bist! Na los, zieh dich aus, häng dich auf, wollen wir auf dem Balkon sitzen? Was willst du trinken? Ein Schlückchen Prosecco?«

Jetzt holte sie zum ersten Mal Luft, Diana küsste sie auf die Wange und sagte: »Fantastisch. Ich kann mir nichts

Schöneres vorstellen! Ich hab auch Wein, Steaks, Salat und Baguette mitgebracht.«

»Klasse, ein Traum! Aber zum Anstoßen nehmen wir ein Schlückchen Prosecco. Ist es dir zu kalt auf dem Balkon? Du kannst von mir eine Strickjacke haben. Oder einen Pullover. Oder beides.«

»Nee, lass mal, ist schon okay.«

Diana behielt ihre Jacke an, ging durchs Wohnzimmer zum Balkon und setzte sich. Sonja zündete ein Windlicht auf dem kleinen Tischchen an.

Diana lächelte. »Es ist immer wieder schön hier bei dir. Noch ein kleines bisschen schöner als bei mir. Mein erklärter Lieblingsplatz.«

Sonja grinste. »You're welcome! Und? Wie geht's dir? Alles klar?«

»Alles so weit so gut«, sagte Diana mit wenig Begeisterung in der Stimme.

»Warte mal kurz, ich hole den Prosecco!«

Sonja war ein Schatz. Ein Fels in der Brandung. Es gab nichts, was Diana nicht mit ihr besprechen konnte. Sonja hatte immer Zeit, immer ein offenes Ohr, sie konnte sich ein Leben ohne Sonja in ihrer Nähe überhaupt nicht vorstellen. Sie wäre vollkommen verloren. Oder besser gesagt: Sie wäre einsam.

Sonja kam mit der Flasche Prosecco aus der Küche, fummelte das goldene Papier vom Flaschenhals, löste den Draht und schoss den Korken hoch in die Luft, bis er irgendwo im weitläufigen Hinterhof in der Nähe der Mülltonnen landete.

Sie lachte. »Irgendwann schieß ich das Ding direkt in die Tonne! Komm, lass uns anstoßen, wir haben jede Menge zu feiern!«

Sonja schenkte ein, sie ließen die Gläser klingen, während sie gleichzeitig ihren Trinkspruch sagten: »Auf dich, auf mich, auf uns! Auf die Liebe, auf die Freundschaft, auf den Sex: hex, hex!«

Sie tranken einen Schluck und sahen sich an.

»Und? Dein Urlaub? Wie war's? Alles schick?«

»Alles gut. Aber sag doch mal: Was haben wir zu feiern?«, fragte Diana.

»Unser Wiedersehen. Wir haben uns bestimmt vier Wochen nicht gesehen. Und dann den Hammer des Jahrhunderts, Süße, darum trinke ich jetzt hier auch wirklich nur einen Schluck, den Rest der Flasche lass ich dir, obwohl ich mich rasend gerne mit dir sinnlos besaufen würde, aber das geht leider nicht. Ich bin schwanger!«

Es war wie ein Paukenschlag. Beide sahen sich an, sagten kein Wort.

Dann, Diana, leise: »Nee, wa?«

»Doch, Mäuschen, hundertpro. Ist nichts mehr dran zu rütteln.«

»Wie alt bist du noch mal?«

»Neununddreißig, werde im Dezember vierzig.«

»Geil. War das geplant oder so ganz aus Versehen?«

»So ganz aus Versehen. Du, ich hatte mit diesem ganzen Kinderkriegen schon abgeschlossen. Klappt nicht, soll eben nicht sein, dann werd ich halt kinderlos sterben. Gibt schlimmere Schicksale. Und dann diese coole Kreuzfahrt mit Benno. Ich sag dir, das war der Hammer. Würde ich jederzeit wieder machen. Und wenn ich jünger wäre, würde ich wahrscheinlich nach jeder Kreuzfahrt werfen und eine ganze Kinderschar in die Welt setzen.« Sie lachte. »Ach Süße, ich bin so glücklich, das kannst du dir nicht vorstellen.«

»Doch, das kann ich mir vorstellen«, meinte Diana ernst, und Sonja sah sie erschrocken an.

»Ach, entschuldige bitte ...«

»Schon gut.« Diana winkte ab. »Erzähl mal ein bisschen!«

»Du, das war so cool! Ich dachte immer, auf so einem Dampfer sind nur alte Säcke, aber is gar nicht! Und wenn du nicht willst, kriegst du ja auch gar keinen mit. Wir hatten eine supertolle Kabine, richtig schön Platz, süßes Bad und einen unglaublich schönen Balkon! Fast wie 'ne Terrasse. Da träumst du von. Schöner geht's nicht! Wir haben nachts bei offenem Fenster geschlafen, haben das Meer rauschen gehört und das Schlagen der Wellen. Morgens gehst du als Erstes raus und siehst übers Meer ... Du, Diana, es ist so unglaublich, da gehen dir das Herz und sämtliche Knopflöcher auf, du willst nichts mehr essen, nichts mehr trinken, nur noch dasitzen und übers Meer schauen und träumen ... Ich kann das nicht beschreiben. Klar sind wir essen gegangen, aber dann haben wir uns immer den Wein mit aufs Zimmer genommen. Ich habe noch nie mit einem Mann so schöne Abende erlebt wie mit Benno auf diesem Schiff. Romantischer geht's nicht. Und was sollst du machen? Du bist einfach rund um die Uhr in der Kiste. Im Angesicht des Meeres. Und wenn da der liebe Gott nicht seinen Segen dazu gibt, dann weiß ich's auch nicht!« Sie grinste.

»Wahnsinn«, sagte Diana voller Neid und versuchte zu lächeln.

»Du, wir sind auf dem Schiff nicht shoppen gegangen, haben keine von diesen tausend Aktivitäten mitgemacht. Nee, wir waren eigentlich nur im Bett. Wir haben aufs Meer geguckt und gevögelt. Und bestimmt die schönste Meerjungfrau gezeugt, die die Welt je gesehen hat. Zweimal sind wir aus den Federn gekommen und haben einen Landausflug gemacht. Eigentlich auch nur, weil wir uns dazu verpflichtet gefühlt haben. Und haben dabei die ganze Zeit nur an unser Lotterbett in Kabine 567 gedacht.« Sie kicherte. »Du, in der Entspannung liegt die Kraft. Wenn du dich deines Lebens freust und alles in Ordnung ist, wirst du auch schwanger. Sonst wahrscheinlich nicht. Jedenfalls nicht in unserem Alter.«

»Stimmt. Die Achtzehnjährigen werden ja schon schwanger, wenn sie sich nur ein Softpornofoto in der *Bravo* ansehen, die müssen verdammt aufpassen.«

»Richtig. Da ist der Körper noch so scharf drauf, sich zu vermehren. Bei uns hat er ja kein Interesse mehr. Da muss man ihn ein bisschen austricksen. Und ich kann nur sagen: Kreuzfahrt!«

»Ich gratuliere dir!«, sagte Diana schweren Herzens. »Und ich drücke dir alle Daumen, dass alles gut geht. Werd ich Patentante?«

»Aber sicher doch! Auf alle Fälle! Es gibt keine bessere Patentante als dich!«

Sonja stellte bereits auf Wasser um, Diana nippte weiter an ihrem Prosecco.

Sie gönnte Sonja ihr Glück und ihre Schwangerschaft, aber sie war auch derart neidisch, dass es schmerzte.

Diana war jetzt fünfundvierzig und hatte nicht mehr viel Zeit. Schwanger zu werden war seit Jahren, nein, seit Jahrzehnten ihr Herzenswunsch, aber es hatte nie geklappt. Was sollte sie bloß tun?

Sie hatte keinen Freund, mit dem sie auf Kreuzfahrt gehen konnte.

»Werdet ihr zusammenziehen, Benno und du und das Kind?«

»Keine Ahnung, aber kann schon sein, wir haben noch nicht drüber gesprochen. Die ganze Sache ist noch so frisch, ich weiß ja erst seit fünf Tagen, dass ich schwanger bin.«

»Was soll ich bloß machen, Sonja? Ich kann mir ja nicht einen X-Beliebigen krallen und mit ihm auf Kreuzfahrt gehen!«

Sonja stand auf und nahm Diana in den Arm. »Nee, natürlich nicht. Oh, verflucht. Lass uns mal überlegen. Misst du Fieber?«

»Jeden Morgen um Viertel vor sieben. Präzise.«

»Dann weißt du ja ziemlich genau, wann deine fruchtbaren Tage sind.«

Diana nickte.

»Dann musst du los, Süße! Auf die Pirsch! Geh in die Kneipe, ins Kino, ins Theater, ins Museum, irgendwohin, wo Kerle rumstehen, und hack einen an, der dir gefällt.«

»Das kann ich nicht.«

»Klar kannst du das. Das kann jeder. Oder hast du einen alten Freund, mit dem du hin und wieder mal in die Kiste steigen willst?«

Diana schob die Unterlippe vor. »Nicht dass ich wüsste …«

»Überleg! Vielleicht buddelst du ja noch irgendwo einen aus und verführst ihn. Ich bin sicher, irgendwann macht es dir sogar Spaß, und dann klappt es auch.«

Diana nickte, wenig überzeugt.

»Kauf dir ein paar geile Klamotten, ein Paar Stilettos, schneid dir die Haare ab, schmink dich, und wenn du willst, komm ich mit zum Einkaufen und helf dir.«

Diana nickte erneut. Noch weniger überzeugt.

Dann sagte sie, weil ihr das Gespräch allmählich unangenehm wurde: »Aber sollten wir nicht vielleicht jetzt erst mal die Steaks braten und den Salat schnippeln?«

»Gute Idee!« Sonja verschwand in der Küche.

Für Sonja war es nie so existenziell wichtig gewesen, ob sie noch ein Kind bekam oder nicht. Für Sonja war immer alles gut und alles in Ordnung. Klappt es: prima! Klappt es nicht: auch gut! Tausendmal hatten sie darüber geredet. Kinder engten ein, banden einen an einen bestimmten Ort, strukturierten den Tag völlig neu, Kinder warfen einen auf ein spießiges Leben zurück.

Keine Kinder machten frei, aber einsam. Kein Lachen, kein Spielen, kein Quatsch im Haus und niemand, der im Alter deine Hand hielt und auf dich aufpasste. Keiner, der dich fragte, warum der Himmel blau war, die Sonne jeden Abend unterging und Vögel nicht vom Himmel fielen, obwohl sie kein Kerosin getankt hatten.

Es war ein traurigeres, trostloseres Leben.

Diana sehnte sich so sehr nach einem Kind. Sie wollte einen Menschen beschützen und pflegen, sie wollte ihn aufwachsen sehen und ihm alles erdenklich Gute zukommen lassen.

Sie wollte ihr eigenes Fleisch und Blut im Arm halten und es lieben.

Aber sie konnte nicht.

Es war ihr nicht vergönnt.

Es hatte nie geklappt.

Aber bei Sonja, der es nie so wirklich wichtig gewesen war, hatte es geklappt.

Es war zum Wahnsinnigwerden.

49

Die Klingel war kaputt, Wolfgang klopfte an Giorgios Tür.

»Bist du noch wach, amico?«

Giorgio öffnete. »Certo. Komm rein.« Er sah auf die Uhr. »Kein Italiener geht ins Bett um diese Zeit! Keiner! Jetzt fängt der Abend ja erst an!«

Wolfgang grinste.

»Ich hab Hunger. Und du?«

»Ich hab immer Hunger. Morgens, mittags, abends, nachts.«

»Wollen wir mal den Inhalt unserer beiden Kühlschränke zusammenschmeißen und was Leckeres kochen? Ich hab außerdem vor ein paar Tagen eine Flasche Grappa gekauft.«

»Das ist benissimo. So machen wir das, beste amico del mondo.«

Giorgio kochte Spaghetti alla Trapanese, verfeinert mit allen möglichen Kräutern dieser Welt, die er auf dem Balkon züchtete und liebevoll pflegte. Dazu summte er leise vor sich hin und nippte an seinem Wein.

Wolfgang saß an dem winzigen Küchentisch vor dem Fenster, hatte ebenfalls ein Glas Rotwein vor sich und lächelte.

»Du wirkst ja richtig fröhlich, Giorgio! Geht's dir besser?«

»Ich denke jeden Tag an Familie, die ist so weit weg, certo, aber auf Regen folgt Sonne, auf Kälte Wärme, und nach jeder dunklen Nacht kommt ein heller Tag. Es ist nicht gesund und nicht gut, immer und ständig unglücklich zu sein. Da muss man aufpassen, sonst geht man kaputt. Capito?«

»Wie recht du hast, amico«, murmelte Wolfgang und freute sich dermaßen auf die Spaghetti, dass er es kaum erwarten konnte.

Giorgio schnitt Tomaten und Chilischoten und pfiff leise durch die Zähne »Gente di mare.« So vergnügt hatte Wolfgang ihn schon ewig nicht mehr gesehen.

»Wie geht es dir, mein Freund?«, fragte Giorgio und hörte einen Moment auf zu summen und zu pfeifen. »Die Arbeit? Amore?«

»Die Arbeit ist okay, amoremäßig tut sich nicht viel.«

»Warum? Du bist schöner, junger, intelligenter Mann! Die Frauen stehen Schlange, oder nicht?«

»Danke für das *jung*!«

»Na, ich bitte dich! Wie alt bist du? Vierundvierzig?«

»Fünfzig.«

»Seit wann?«

»Seit drei Monaten.«

»Und da hast du nicht gefeiert große Fest?«

Wolfgang verzog den Mund. »Nee. Hatte keine Lust.«

Giorgio drehte sich um und machte eine große Geste. »Egal. Ob Feier oder nicht, ganz egal. Was willst du? Fünfzig ist beste Alter überhaupt! Wann hast du Karin letztes Mal gesehen?«

»Sie will mich meistens nicht sehen.«

»Oh!« Giorgio hielt einen Moment inne und schenkte Wolfgang Wein nach. »Dann musst du hingehen. Warten vor ihrem Haus. Auf der Straße neben ihr gehen. Reden. Nett sein. Irgendwann ist gut. Irgendwann geht sie in ristorante mit dir.«

Ja, dachte Wolfgang, vielleicht sollte ich wirklich hartnäckiger sein. Ihr von meinen Plänen erzählen und von dem, was ich in letzter Zeit getan habe. Obwohl das gefährlich war. Das musste er sich noch ganz in Ruhe und ganz genau überlegen.

»Allora, a posto!«, verkündete Giorgio, schwenkte noch einmal die Pfanne durch und tat die Spaghetti auf. »Buon appetito, mio numero uno!« Er grinste. »Schön, dass wir mal wieder zusammen essen!«

»Ich hab es auch vermisst«, meinte Wolfgang. »Es sieht toll aus, und es riecht fantastisch! Du hast mal wieder gezaubert, Giorgio!«

»Ich hoffe! Ist altes Rezept von meine nonna.«

»Wie alt bist du, Giorgio?«

»Zweiundvierzig.«

»Zwei-und-vier-zig?« Wolfgang verschluckte sich fast. »Ich dachte, du bist höchstens Mitte dreißig.«

Giorgio grinste. »Danke für die Blumen. Meine Frau ist neununddreißig. Aber auch mit neununddreißig kann man sich noch in einen anderen verlieben, verstehst du?«

»Ja, ja, natürlich.« Wolfgang aß schweigend. Es schmeckte hervorragend.

»Ich will zurück nach Hause. Aber ich hab nicht genug gespart, und in Italien es gibt keine Rente. Nicht für mich. Ich war zu lange weg. Und für meine Frau auch nicht Rente. Sie hat sich immer nur um Kinder, Tiere, Oliven und Garten gekümmert. Das ist dem Staat egal.«

»Ich habe eine Überraschung für dich«, sagte Wolfgang und lächelte verschmitzt. »Ich werde sie dir jetzt verraten, und dann feiern wir.«

Giorgio war augenblicklich aufgeregt. »Ich liebe Überraschungen. Sag mir, was ist?«

»Also, ich hab mal im Internet recherchiert. Da hab ich Flüge für September gefunden: Berlin – Catania hin und zurück für schlappe neunzig Euro. Das ist geschenkt. Und ich komme mit. Wir bleiben zwei Wochen, amüsieren uns königlich, du zeigst mir deine Heimat, ich lerne deine Kinder und deine Frau kennen, und alles ist prima. Und wenn wir jetzt buchen, können wir ein echtes Schnäppchen machen. Na, was sagst du?«

Giorgio sagte gar nichts. Er hatte das Besteck zur Seite gelegt und war ganz blass geworden.

Wolfgang beugte sich vor. »Giorgio, das ist doch *die* Gelegenheit, deine Familie endlich mal wieder zu sehen! Und ich weiß, dass du nicht gerne allein reist, aber deswegen komme ich ja mit!«

Giorgio schwieg immer noch.

»Was ist los?«, fragte Wolfgang nach einer Weile, sichtlich irritiert.

Giorgio schob seinen Teller zur Seite. Anscheinend war ihm der Appetit vergangen.

»Ich muss dir was sagen, Wolfgang.«

»Ja?« Wolfgang spürte, dass er ganz flach atmete.

»Ich habe keine Familie in Carozziere in der Nähe von Syrakus.«

»Wie? Wo wohnen die denn dann?«

Giorgio schwieg.

»Sag's mir, Giorgio. Wir sind doch Freunde. Und was du mir erzählst, erzählst du nur mir und niemandem sonst.«

Giorgio stand auf, ging ein paarmal mit gesenktem Kopf durchs Zimmer, blieb am Tisch stehen, trank sein Glas Wein in einem Zug aus und sah Wolfgang an.

»Ich habe keine Frau und keine Kinder, keine Mutter und keinen Vater, amico.«

Wolfgang war fassungslos. »Wie, du hast keine Familie? Hat deine Frau dich verlassen?«

»Nein.«

»Giorgio, ich versteh nicht?«

Giorgio zuckte nur mit den Achseln.

»Wer sind die Frau und die Kinder auf den Bildern, die hier bei dir überall rumstehen und rumhängen?«

»Das ist meine Schwester mit ihren Kindern. Sie lebt in Spanien.«

»Und deine Kinder?«

»Ich habe keine Kinder. Und keine Frau. Meine Eltern sind tot. Ich bin ganz allein. Wir brauchen nicht nach Syrakus zu fliegen, amico.«

Wolfgang war sprachlos. Er aß jetzt auch nicht mehr weiter.

»Dann hast du mir die ganze Zeit Märchen erzählt?«

Giorgio nickte und sah Wolfgang nicht an. »Ich bin allein, und ich war immer allein. Kein Mädchen hat sich in mich verliebt, niemand wollte mich heiraten. Ich habe keine Ahnung warum, ich weiß es einfach nicht. Und dann bin ich mit zweiundzwanzig nach Deutschland gegangen. Aber es hat sich nichts geändert. Ich bin allein geblieben.«

»Und warum hast du mir ständig von deiner Familie erzählt?«

»Weil ich allmählich schon selbst daran geglaubt hab, dass ich auch wirklich eine habe. Ich habe ihre Geburtstage gefeiert und in Gedanken mit ihnen telefoniert.« Er stand auf und ging ins Wohnzimmer. »Komm mal mit!«

Wolfgang folgte ihm, und Giorgio öffnete eine Hälfte des großen Wohnzimmerschranks. Neben ein paar eingewickelten Geschenken lag dort ein Fußball, an den sich Wolfgang gut erinnern konnte.

Vor einigen Monaten hatte er mit Giorgio eine Kneipentour gemacht. Sie waren an einem Spielwarengeschäft vorbeigekommen, und Giorgio war vor dem Schaufenster stehen geblieben.

»Weißt du, wie lange es her ist, dass ich mit meinem Sohn Fußball gespielt hab? Drei Jahre? Vier? Fünf? Ich weiß nicht mehr. Aber er hatte eine schlimme Schramme unter dem Auge … Hat meine Mutter am Abend verarztet.«

Wortlos ging Wolfgang in den Laden und kaufte den Fußball.

»Hier«, sagte er und drückte den Ball Giorgio in die Hand. »Schick ihn deinem Sohn.«

Giorgio nickte sichtlich gerührt. »Danke! Du bist wirklich beste amico del mondo.«

An diesem Tag kaufte Giorgio auch noch ein Halstuch für seine Frau und eine Barbie für seine Tochter.

Dies alles fand Wolfgang jetzt in Giorgios Schrank.

»Oh mein Gott!«, stöhnte er. »Giorgio, du bist total verrückt!«

»Wahrscheinlich hast du recht, ja. Ich werde das jetzt alles verschenken.« Er setzte sich in einen Sessel und schlug die Hände vors Gesicht.

Wolfgang stand auf. »Komm, Giorgio, lass uns was essen und trinken. Das hilft.«

Sie setzten sich wieder an den Küchentisch, und Giorgio schüttete zwei Gläser Chianti hinunter.

»Bist du mir jetzt böse?«, fragte er leise. »Bin ich jetzt nicht mehr beste amico del mondo für dich?«

»Doch, natürlich. Das hat doch damit gar nichts zu tun«, sagte Wolfgang und dachte, jeder hat seine Geheimnisse. Ich ja auch. Niemals durfte Giorgio davon erfahren. Niemals.

Es durfte überhaupt niemand davon erfahren.

Als er zwei Stunden später wieder zurück in seine Wohnung ging, sah er ins kleine Gästezimmer, in dem auch sein Computer stand.

Ob Jenny vielleicht da war.

Ob sie vielleicht ganz unbemerkt wiedergekommen war.

50

»Hallo, Reinhardt! Hier ist Diana. Diana Klee. Erinnerst du dich noch an mich?«

In der Leitung war es still. Bestimmt vier, fünf Sekunden lang, was sich für Diana wie eine Ewigkeit anhörte. Dann sagte eine tiefe Männerstimme langsam und zögerlich: »Diana ... Ja, klar, ich erinnere mich! Du? Na, das ist ja ein Ding, dass du mich anrufst!«

»Es hört sich vielleicht blöd an, aber ich hab ein altes Telefonregister durchgeblättert, da bin ich auf deinen Namen gestoßen, und da dachte ich, ruf doch einfach mal an. Mal sehen, wie's dem Reinhardt geht. Ich wusste ja auch gar nicht, ob die Nummer noch stimmt.«

Er lachte leise. »Ja, stell dir vor, ich bin ein Spießer, ich wohne immer noch am Rüdesheimer Platz, ich bin immer noch mit derselben Frau verheiratet, aber Jonas und Marie sind jetzt schon vierzehn und zwölf.«

»Wahnsinn, wie die Zeit vergeht! Wie lange haben wir nichts voneinander gehört? Zehn Jahre? Ja, das könnte hinkommen. Ich glaube, als wir uns das letzte Mal getroffen hatten, war die Kleine gerade zwei Jahre alt.«

»Das kann sein. Und wie geht's dir so?«

»Gut. Sehr gut. Ich arbeite jetzt seit acht Jahren als Psychologin in der JVA. Ist ein echt interessanter Job. Aber sag mal, was hältst du davon, wenn wir irgendwo zusammen 'nen Kaffee trinken gehen und ein bisschen quatschen? Ich finde es unglaublich interessant zu hören, was in den letzten zehn Jahren so alles bei dir passiert ist …«

»Das können wir gerne tun.«

»Aber nur, wenn du Lust hast.«

»Klar hab ich Lust.«

»Wo treffen wir uns? Und wann hast du Zeit?«

»Lass uns doch mal mittags einen kleinen Imbiss nehmen. Donnerstag so um eins?«

»Passt mir gut«, log Diana, denn dafür musste sie einen Dienst tauschen, aber das war sicher kein Problem. Sie hatte schon unzählige Dienste für Kollegen übernommen, die ihre Kinder betreuen mussten, weil die mit Masern im Bett lagen oder weil die Kita streikte. Sie hatte immer Gewehr bei Fuß gestanden, jetzt waren mal die anderen dran.

»Wo gehen wir hin? So wie damals, in die *Kleine Weltlaterne*?«

»Gibt's die noch?«

»Ich denke schon.«

»Gut. Dann treffen wir uns Donnerstag um eins dort. Und wenn die *Weltlaterne* geschlossen hat, gehen wir woanders hin.«

»Prima!« Diana jubelte innerlich. »Ich freu mich.«

»Ich mich auch«, sagte er relativ reserviert und legte auf.

Tagelang hatte Diana hin und her überlegt, ob sie Reinhardt anrufen sollte oder nicht. Jetzt hatte sie es gewagt, es hatte geklappt, und sie war unheimlich stolz auf sich und ihren Mut.

Vielleicht sollte es so sein. Es hätte ja auch passieren können, dass seine Frau am Apparat gewesen wäre oder eines der Kinder, und dann wäre es kompliziert geworden. Dann hätte sie wahrscheinlich sofort wieder aufgelegt.

Aber das Schicksal hatte es gut mit ihr gemeint, sie hatte ihn direkt an der Strippe gehabt, und ob er seiner Frau nun von dem Date am Donnerstag erzählte oder nicht, war sein Problem.

Wunderbar.

Reinhardt Küster. Vor gut zehn Jahren – so genau wusste sie es nicht mehr – hatte sie ihn beim Billard in einer Kneipe kennengelernt. Sie hatten bis zum Morgengrauen gespielt, waren beide betrunken gewesen und anschließend zusammen in die Kiste gestiegen.

Es passierte nur zwei- oder dreimal, sie gingen auch einige Male in der *Kleinen Weltlaterne* essen, diskutierten sich die Köpfe heiß, und dann war Schluss. Reinhardt wollte das Doppelleben nicht, den Stress mit seiner Frau und seinen beiden kleinen Kindern, die ewige Lügerei und Geheimhaltung.

Sie hatte es problemlos akzeptiert. Nach drei leidenschaftlichen Nächten war bei ihr sowieso die Luft raus. Für Beziehungen war sie nicht geschaffen und als dauerhafte Geliebte schon gar nicht.

Schluss – aus – Ende. Auf der Straße ein letzter Kuss auf die Wange, und das war's.

Sie gingen in unterschiedliche Richtungen davon und sahen sich nie wieder. Riefen auch nie wieder an. Strichen den anderen aus ihrem Leben.

Diana mochte solche Männer. Klar strukturiert, problemlos. Ein bisschen Spaß, und dann Feierabend. Kein Weinen, kein Bitten, kein Betteln, kein Psychokrieg, keine Pseudophilosophien.

So war das Leben: Zwei Menschen treffen sich, sind sich sympathisch, schlafen ein paarmal miteinander und trennen sich wieder. Keine schwülstigen SMS, keine geschickten Herzchen auf WhatsApp, keine Mails, nichts.

Das war das, was Diana bevorzugte.

Und was damals mit Reinhardt geklappt hatte, würde ja vielleicht auch jetzt noch einmal funktionieren.

Sie hatte ihren Dienst getauscht, es war kein Problem gewesen.

Jörg hatte gegrinst, »Na klar, mach ich doch« gesagt und hatte dann noch mehr gegrinst, als er gesehen hatte, wie erleichtert Diana war und wie sehr sie sich freute.

Sie war gestern beim Friseur gewesen und hatte ihre mittellangen, brünetten Haare relativ kurz schneiden und weißblond färben lassen.

Der Friseur hatte dreimal nachgefragt, ob sie das wirklich so haben wolle, aber sie hatte genickt und gesagt: »Nun schneiden Sie endlich! Ich bin erwachsen, ich weiß, was ich will.«

Noch im Frisiersalon schminkte sie sich anschließend Smokey Eyes, benutzte einen knallroten Lippenstift und ein dunkles Rouge mit Glitzerelementen.

Wahnsinn! Als sie in den Spiegel sah, erblickte sie eine tolle, aber völlig fremde Frau.

Ein Glücksgefühl durchflutete sie, und sie fragte sich, warum sie jahrelang als graue Maus herumgelaufen war. Als farbloses Muttchen konnte man weder einen Mann kennenlernen noch schwanger werden.

Kurz bevor sie Reinhardt treffen sollte, badete sie lange, wusch und gelte sich die Haare, rasierte sich die Achseln, cremte sich ein, lackierte sich Finger- und Fußnägel. Es war unheimlich langwierig und anstrengend, aber hinterher fühlte sie sich wie neu.

Dann zog sie ihre engste Lieblingsjeans und eine weite, locker fallende Bluse an, schlüpfte in Stiefeletten und schminkte sich aufwendig, klebte sich sogar künstliche Wimpern an, und steckte sich außerdem noch einen Lippenstift in die Hosentasche, um sich die Lippen eventuell nachziehen zu können.

Sie zog ihre Lederjacke über, die schon Jahre auf dem Buckel und so manches mitgemacht hatte, nahm ihre Handtasche und ihre Schlüssel und verließ die Wohnung.

Diana Klee war auf dem Weg in ein neues Leben.

51

Er hatte den ganzen Morgen vor ihrem Haus gewartet, aber sie war nicht herausgekommen und nicht zur Arbeit gefahren. An einem Donnerstag. An einem ganz normalen Arbeitstag.

Merkwürdig.

Aber vielleicht hatte sie frei, oder ihr Dienst begann erst am Nachmittag, oder sie war krank.

Er würde warten.

Am Ende der Straße kaufte er sich in einem kleinen Kiosk ein belegtes Brötchen und eine Cola, setzte sich ins Auto und wartete. Darin hatte er mittlerweile Übung.

Den Verdienstausfall konnte er sich leisten, er hatte gespart. Für Situationen dieser Art.

Das Problem war, nicht einzuschlafen.

Zeitung konnte er nicht lesen, da war die Gefahr groß, dass er sich auf die Zeilen konzentrierte und nicht sah, dass sie das Haus verließ.

Er konnte eigentlich nur leise Radio hören, den Hauseingang beobachten und warten. Bis sie irgendwann herauskam.

Oder auch nicht.

Nach drei Stunden und zwanzig Minuten trat sie auf die Straße. Sie hatte eine neue Frisur, die Haare deutlich kürzer, es stand ihr gut. Sie sah jünger aus, und die Schminke im Gesicht ließ sie frischer und vitaler wirken.

Er fuhr ihr hinterher.

Wieder endete die Fahrt in einer lästigen Parkplatzsucherei. Er hoffte inständig, dass sie nicht bemerkte, dass er ihr auf den Fersen war, aber sie war so hektisch auf die Suche konzentriert, dass sie offensichtlich nichts um sich herum registrierte.

Schließlich fand sie eine Lücke für ihren Wagen und lief im Laufschritt zur *Kleinen Weltlaterne*, riss die Tür auf und verschwand darin.

Diesmal also eine ganz andere Kneipe.

Sonst war sie abends immer in den *Schuppen* gegangen, um ein paar Gläser Wein zu trinken und eine Kleinigkeit zu essen.

Dieser Ortswechsel musste einen Grund haben.

Als sie nach einer halben Stunde immer noch nicht wieder herausgekommen war, ging er hinein.

Und sah sie in der hintersten Ecke mit einem Mann. Groß. Bärtig. Ein wenig beleibt. Sympathisch wirkend.

Sie aßen Zwiebelsuppe.

Er beobachtete die beiden, konnte aber nicht hören, was sie sagten, setzte sich an den Tresen, trank ein kleines Bier und ging wieder hinaus.

52

Sie sah, dass Reinhardt gerade das Lokal betrat, als sie angefahren kam.

Lieber Gott, bitte schick mir eine Parklücke, betete sie verzweifelt und verfluchte sich, dass sie nicht eine Viertelstunde eher von zu Hause losgefahren war.

Nicht, dass Reinhardt jetzt wieder ging, nur weil sie nicht pünktlich war.

Ihre schweißnassen Hände rutschten übers Lenkrad.

Schließlich fand sie einen Parkplatz, dankte dem Himmel und rannte zur Kneipe. Kam zerzaust und schweißgebadet an, überspielte ihre Unsicherheit, fiel Reinhardt, der die Ruhe selbst war, um den Hals, setzte sich und beruhigte sich erst allmählich.

»Sorry«, sagte sie zerknirscht lächelnd, »hab keinen Parkplatz gefunden.«

»Kein Problem«, meinte er. »Du siehst toll aus!«

»Danke«, sagte sie und errötete. Die ganze Aktion hatte sich augenscheinlich gelohnt.

Beide schwiegen und bestellten eine überbackene Zwiebelsuppe. Wie in alten Zeiten.

»Wo arbeitest du?«, fragte sie. »Immer noch beim Radio?«

»Nein, bei der *Morgenpost*.«

»Oh! Das ist ja toll.«

»Ja. Ich fühl mich wohl.«

»Und zu Hause? Läuft alles?«

»Alles bestens. Der Große kommt in die Pubertät, aber das werden wir überleben. Nee, alles prima.«

»Super. Ich freu mich für dich.«

»Aber deswegen wolltest du mich doch nicht treffen? Diese ganze Inszenierung hier hat doch einen Grund, oder?«

»Nee, ich wollte dich einfach nur wiedersehen. War neugierig.« Sie lächelte. »Ich hab manchmal solche Anwandlungen.«

In diesem Moment kam die Suppe, und sie begannen zu essen.

»Und du?«, fragte er nach einer Weile. »Bist du auch verheiratet?«

»Nein. Es hat sich irgendwie nie ergeben, und mittlerweile bin ich ein Single aus Überzeugung.« Sie versuchte ein fröhliches Grinsen, aber spürte, dass es missglückte.

»Hast du Kinder?«, fragte er, und sie fand die Frage deplatziert und überflüssig, nachdem sie ihm gestanden hatte, dass sie keinen Mann zu Hause hatte.

Daher schüttelte sie einfach nur stumm den Kopf.

Schließlich sagte sie: »Ich glaube, ich habe die Karriere immer ein bisschen überbewertet.«

»Bist du glücklich?«, fragte er.

»Im Großen und Ganzen schon. Nicht immer, aber meistens.«

Jetzt war ihr trauriges Lächeln echt. »Und wie läuft es mit dir und deiner Frau?«

»Fantastisch. Nee, wirklich gut. Wir sind jetzt schon so lange zusammen, aber wir haben immer noch eine tolle

Beziehung. Ich bin froh, dass ich damals alles so gemacht hab, wie ich es gemacht hab. Es war vollkommen richtig.«

»Oh, das freut mich aber für dich!«, log sie. »Hast du ein Bild von deinen Kindern und von deiner Frau?«

»Sicher!«, sagte er und zeigte ihr ein paar Fotos auf seinem Smartphone, die sie begeistert kommentierte.

»Ich habe übrigens ein Buch geschrieben«, bemerkte sie, als sie nicht mehr wusste, was sie sagen sollte, und das Gespräch schon wieder stockte: »Sex, Drogen und rohe Gewalt. Jugendliche auf dem Weg in den Abgrund.‹ – Kannst ja mal reingucken, wenn du magst.«

»Echt? Das ist interessant. Werd ich mir besorgen. Vielleicht schreib ich was drüber, dann ruf ich dich an. Wir könnten eventuell ein Interview machen oder so …«

»Ja, das wär klasse. Würde mich sehr freuen.«

Sie schwiegen wieder eine Weile.

Reinhardt schob den leeren Suppenteller zur Seite und sah auf die Uhr. »Tja, Diana, tut mir leid, aber ich muss dann los, hab noch einen Termin.« Er winkte dem Kellner.

»Hast du so wenig Zeit? Ich dachte, wir trinken bei mir noch einen Prosecco …« Sie legte ihre Hand auf seinen Unterarm.

Er rührte sich nicht. Beide sahen sich einen Moment in die Augen.

»Kennst du meine Wohnung überhaupt? Ich weiß nicht, ob ich damals schon da gewohnt habe …?«

Er lehnte sich zurück, sodass sie ihre Hand zurückziehen musste. Der Moment der Berührung war vorbei.

»Tut mir leid, das geht heute nicht«, sagte er knapp. »Vielleicht ein andermal.«

Der Kellner kam, Reinhardt bezahlte schnell für beide, zerknüllte den Beleg und ließ ihn auf dem Tisch liegen.

Er stand auf. Sie erhob sich ebenfalls.

»Tja dann«, sagte er, »war schön, dich wiederzusehen. Mach es gut.«

»Danke für alles«, antwortete sie und fühlte sich wie nach einem Sprung ins eiskalte Wasser.

Er umarmte sie kurz, sagte noch einmal »Ciao« und verließ das Lokal.

Mein Gott, wie hatte sie sich erniedrigt!

Und sie hatte es offensichtlich auch ganz falsch angepackt.

53

Es war kurz vor zwei, als Reinhardt die *Kleine Weltlaterne* verlassen hatte.

Der Tag war noch lang, der Nachmittag hatte irgendwie noch gar nicht begonnen, und Diana wusste nicht, wohin mit sich. Am liebsten wäre sie in die JVA gefahren und hätte gesagt, Jörg, geh nach Hause, ich bin da. Ich hab den freien Tag doch nicht gebraucht, amüsier dich.

Aber das wäre albern gewesen. Er hätte sie für verrückt erklärt.

Also blieb sie sitzen und bestellte sich einen halben Liter Rotwein und einen Thunfischsalat. Dass sie eigentlich vorgehabt hatte, mit ihrem Wagen zurückzufahren, der da draußen irgendwo geparkt war, war ihr egal. Dann musste die Karre dort eben übernachten. Sie würde schon irgendwie nach Hause kommen.

Sie aß und trank. Als sie fertig war, war es Viertel vor drei. Dieser verfluchte Tag schien einfach nicht vorbeizugehen.

Wenn sie jetzt aufgestanden und gegangen wäre, hätte sie es vielleicht noch bis nach Hause geschafft.

Aber sie tat es nicht. Konnte einfach nicht. Saß wie festgeklebt auf ihrem harten Stuhl und bestellte den nächsten halben Liter.

Zum Teufel mit allen Männern. Sie waren entweder Verbrecher, davon hatte sie ja in der JVA mehr als genug, Weicheier wie Reinhardt oder eingebildete, großkotzige Schnösel, die sowieso keinen hochbekamen. Ein paar nette, sensible gab es auch noch, aber die waren schwul. Was war bloß los in dieser Welt?

Eigentlich hatte sie vorgehabt, sich mit diesen Schwierigkeiten überhaupt nicht mehr herumzuschlagen, und hatte sich bereits ein Jahr zuvor über eine künstliche Befruchtung informiert und darum bemüht. Ein Nachmittag auf einem gynäkologischen Stuhl war ihr allemal lieber, als tagelang mit einem Mann zu diskutieren, Süßholz zu raspeln, sich zu verkleiden und Gott weiß was anzustellen, nur damit er mit ihr ins Bett ging. Himmel, was war denn dabei?

Aber Diana landete vorerst gar nicht auf dem gynäkologischen Stuhl, sondern strandete bereits an den bürokratischen Hürden.

Für sie wäre nur eine donogene oder heterologe Insemination infrage gekommen, das hieß, der Samenspender war nicht ihr Partner oder Ehemann. Aber in Deutschland hatte dieser ungewisse Fremde kein Recht auf Anonymität, was bedeutete, ihr Nachwuchs konnte jederzeit auf die Idee kommen, seinen Vater zu suchen und »Papa« schluchzend in die Arme zu fallen.

Das wollte sie auf gar keinen Fall.

Aber es erübrigte sich sowieso für sie, weiter darüber nachzudenken, denn Frauen, die eine Samenspende erhielten, durften nicht älter als vierzig und mussten verheiratet oder verpartnert sein.

Beides traf auf sie nicht zu.

Innerlich kochte sie. Nur wer jung war und einen impotenten oder unfruchtbaren Partner mit sich durchs Leben schleppte, bekam eine Samenspende. Jung gebliebene, starke und alleinstehende Frauen wie sie nicht. Was für ein Wahnsinn! Und was für eine Gemeinheit!

Daraufhin hatte sie sich im vergangenen Frühjahr in einer Klinik in Holland angemeldet.

Es war wie Urlaub. Die Klinik war kein typischer großer Kasten, sondern bestand aus einzeln stehenden Häusern mit roten Dächern, einander zugewandt wie ein kleines Dorf. Eine Entbindungsstation (»de adelaar« – der Adler), eine Station zur Geburtsvorbereitung (»de uil« – die Eule), ein Haus für Gespräche und Konfliktbewältigung (»de papegaai« – der Papagei), ein Verwaltungshaus (»de schildpad« – die Schildkröte), ein Übernachtungshaus für Angehörige, für Kinder, Ehemänner und Eltern von Gebärenden (»de ezel« – der Esel), ein Haus für künstliche Befruchtungen (»de vlinder« – der Schmetterling) und vieles mehr. Dazwischen Wege mit parkähnlich angelegten Gärten, Springbrunnen, hölzernen Bänken, verschwiegenen Strandkörben und kleinen Teehäusern, in denen es Mineralwasser und spezielle Tees aus Heilquellen zu trinken gab.

Diana meldete sich im Verwaltungshaus an. Man hatte ihre Daten registriert, alles war vorbereitet, eine Mitarbeiterin brachte sie ins Schmetterlingshaus, wo sie in einem Wartezimmer, in dem nur eine einzige weitere Frau saß, Platz nehmen sollte.

Nach zwanzig Minuten wurde sie aufgerufen, musste sich in einer winzigen Kabine untenherum entkleiden und kam dann auf den gynäkologischen Stuhl.

Im Nachhinein erinnerte sie sich nicht mehr, was mit ihr geschah. Wer ihr wann und wo und warum und wohin eine Spritze gegeben hatte, sie verhakte sich in ihren wild durcheinanderwirbelnden Träumen und fand sich später in einem Aufwachraum wieder. Mit einer Wolldecke über dem Bauch und Schäfchenwolken an der Decke.

Sie überlegte noch, wo sie ihre Handtasche gelassen hatte, und dann dämmerte sie wieder weg.

Zwei-, dreimal.

Als sie zum vierten Mal erwachte, stand eine Schwester mit blonden Zöpfen neben ihrem Bett und streichelte ihre Hand.

»Wie geht es Ihnen?«, fragte sie auf Deutsch.

»Gut«, sagte Diana, obwohl sie unendlich müde war und am liebsten noch zehn Stunden geschlafen hätte.

»Sie können jetzt gehen«, sagte die Schwester mit den Zöpfen. »Wir brauchen noch ein paar Unterschriften, und dann sollten wir in zwanzig Tagen wieder telefonieren. Melden Sie sich, wenn Sie schwanger sind, und kommen Sie wieder, wenn es nicht geklappt haben sollte. Ihre Tasche und Ihre Anziehsachen sind in einem Korb unter dem Bett.«

Diana nickte und stand mühsam auf wie eine uralte Frau. Sie war unendlich müde.

Was haben die mit mir gemacht?, fragte sie sich und schleppte sich zur Rezeption. Dort unterschrieb sie alle erforderlichen Papiere, die sie kaum verstand, aber es war ihr auch herzlich egal, und dann trat sie hinaus und versuchte sich mühsam daran zu erinnern, wo ihr Auto stand.

Sie fand es schließlich, setzte sich hinein, klappte den Sitz nach hinten und schlief weitere fünf Stunden.

Als es dunkel wurde, fuhr sie los in die Nacht.

In Richtung Deutschland.

Drei Wochen später war ihr klar, dass es nicht geklappt hatte. Natürlich nicht. So konnte es nicht klappen. Auf diese

Art und Weise wurden keine kleinen Menschlein gezeugt, die Natur hatte auch ihren Stolz.

Sie würde es nicht noch einmal probieren.

Nie wieder.

Es war fünf vor zehn abends, hatte geregnet, und die Straße glänzte feucht im Licht der Straßenbeleuchtung.

Diana hing über dem Tisch in der *Kleinen Weltlaterne*, konnte kaum noch aufrecht sitzen.

Sie winkte der Bedienung und war sich in ihrem umnebelten Kopf klar, dass dieses unsichere Winken das Winken einer Betrunkenen war.

Dann zahlte sie anstandslos eine Rechnung, die sie nicht verstand und nicht nachvollziehen konnte, und bat, ihr eine Taxe zu rufen.

Er hörte den Taxifunk. »*Kleine Weltlaterne* in Schöneberg«, sagte die schnarrende Stimme.

Wolfgang meldete sich. »Hier zwei-sechs-eins, bin ganz in der Nähe und übernehme.«

»Die Tour ist nicht lang, geht nur bis in die Eisenzahn.«

»Kein Problem. Geht in Ordnung.«

Dort wohnte sie. Sie hatte die Taxe bestellt.

Er wartete fünf Minuten, dann ging er in die Kneipe.

»Taxi!«, rief er laut.

Die Schirmmütze hatte er tief ins Gesicht gezogen.

Diana bemühte sich, gerade zu gehen, stieg mühsam in den Wagen, nannte ihre Adresse und hatte Schwierigkeiten, nicht sofort einzuschlafen, als sie in den weichen Sitzen saß und sich das Auto in Bewegung setzte.

Sie schaute geradeaus, konzentrierte sich auf die Straße und versuchte alles, um sich nicht übergeben zu müssen.

Gott sei Dank bin ich noch nicht schwanger, so besoffen, wie ich bin, überlegte sie und kicherte leise.

»Alles klar?«, fragte der Taxifahrer.

Diana winkte nur müde ab und antwortete nicht.

»Da wären wir«, sagte der Taxifahrer nach wenigen Minuten. »Sieben Euro zwanzig.«

»Sieben Euro fünfzig, und machen Sie mir bitte 'ne Rechnung«, lallte Diana.

Wolfgang tat es und beobachtete sie im Rückspiegel.

»Soll ich Sie noch raufbringen?«, fragte er. »Sie kommen mir vor, als wären Sie sehr müde.«

»Nicht nötig«, hauchte sie, bezahlte, rollte sich irgendwie aus der Limousine, stolperte zu ihrem Hauseingang, suchte in ihrer Handtasche verzweifelt und unendlich lange nach ihren Schlüsseln, fand sie schließlich, stocherte mühevoll damit herum, bis sie endlich das Schloss traf, wankte in den Hausflur und ließ die Tür hinter sich zuknallen.

Wolfgang sah ihr nach.

Als die Beleuchtung im Treppenhaus ausging, fuhr er davon.

54

Auf die Hochzeit folgte die Beerdigung.

Statt Weiß trug die Braut Schwarz.

Sie lachte nicht, sie weinte.

Die Gäste waren dieselben.

Leander saß ebenfalls in der ersten Reihe, ganz außen am Rand, und war sehr blass. Nora war auch diesmal nicht mitgekommen.

Der Pfarrer wünschte kein glückliches Leben, sondern sprach tröstende Worte.

Der Platz in der Kirche direkt neben Veronika war leer. Darauf lag nur eine rote Rose. So hatte sie es sich gewünscht.

Wenn sie ihm in die Augen sehen wollte, musste sie auf das Porträt schauen, das beinah lebensgroß neben seinem Sarg aufgestellt war.

Veronika versuchte zu verstehen, was hier los war.

Auf vielen Beerdigungen war sie noch nicht gewesen, sie hatte keine Routine. Ihr Opa war vor drei Jahren gestorben und vor fünf Jahren eine Tante, zu der sie kaum Kontakt gehabt hatte.

Sie hatte sich nicht allzu viele Gedanken gemacht.

Jetzt versuchte sie zu begreifen, was in und mit ihrem Leben passiert war, und konnte es nicht. Sie fühlte sich wie tot, und diese Beerdigung war nichts als ein gespenstischer Termin. Vielleicht würde sie viele Jahre später ein schlechtes Gewissen bekommen, weil sie ihn nicht intensiver wahrgenommen hatte.

Aber es ging nicht.

Sich vorzustellen, dass Bernd da vorn in diesem Sarg lag, war einfach unmöglich.

Am offenen Grab stand sie anschließend wie eine steife und bleiche Wachspuppe, sie ließ sich umarmen, sah in verweinte Gesichter, hörte sich die Beileidsbekundungen an und wünschte sich in eine Badewanne mit warmem, schaumigem Wasser, das nach Erdbeeren und Honig duftete, und sie war sich ganz sicher, dass Bernd irgendwann mit einem Handtuch hereinkommen würde.

Stunden später saß sie in Bernds Arbeitszimmer.

Sie hatte den Magen voller Kaffee und wunderte sich, dass sie vor Hunger nicht ohnmächtig wurde. Aber sie war vollkommen klar im Kopf.

Zum ersten Mal ahnte sie, dass sie in diesen beiden Wohnungen, in ihrem gemeinsamen Bett und auch in diesem Arbeitszimmer von nun an immer allein sein würde.

Wenn sie eine seiner Schubladen aufzog, so war dies kein Vertrauensbruch. Sie durfte auch sein Fahrrad verkaufen, seine Kunstsammlung oder den Lüster, der im Esszimmer hing. Es würde niemanden interessieren, und er konnte es ihr nicht mehr übel nehmen.

Aber sie wusste, dass sie sich von keinem einzigen Stück, das er geliebt hatte, jemals trennen würde.

Sie kannte das Passwort von seinem Computer. Zum Glück. Und klickte durch die Dateien, die ihr alle nichts sagten.

Sie würde jede einzelne öffnen und gegebenenfalls durchsuchen müssen.

Bernd war sicher nicht durch Zufall ermordet worden.

Niemand wurde ohne Grund auf seiner eigenen Hochzeit abgestochen. Niemand.

Es musste mit Bernds Beruf zu tun haben.

Richter waren unbeliebt. Richter wurden für ihre Urteile gehasst.

Denn der private Bernd hatte keine Feinde.

Irgendjemand hatte ihn also ganz bewusst ausgewählt, und irgendjemand hatte ganz genau gewusst, dass er an diesem Tag dort heiraten würde.

Irgendjemand hatte seinen Hochzeitstag zu seinem Todestag machen wollen.

Irgendjemand, der ihn abgrundtief gehasst hatte. Und der sich rächen wollte.

Es musste einen Konflikt gegeben haben, von dem Bernd nie etwas erzählt hatte.

Anders konnte es gar nicht sein.

Sie hatte keine andere Chance, als Akten zu wälzen und zu suchen, zu suchen, zu suchen.

Veronika begann, langsam und sorgfältig, Papiere zu ordnen, Dateien zu öffnen und Akten durchzulesen. Eine nach der anderen.

Es war ihr egal, ob es Wochen oder Monate dauerte.

Aber sie ahnte, dass sie den Mörder nur hier finden würde.

Hier in diesem Zimmer.

55

Der Schuppen wusste nicht so richtig, was er sein wollte: Eck- oder Szenekneipe. Und darum war er wohl beides ein bisschen.

Es gab einen Tresen wie vor hundert Jahren und eine harte Bestuhlung. Karge massive Holztische. Auf jedem eine Kerze und ein Brotkorb. Die Wände zugepflastert mit gerahmten Fotos, Autogrammen, Zeichnungen und Malereien. Man musste Wochen beim Wein verbringen, um wirklich alle Bilder zu betrachten.

Und da saß sie. Mit einem Glas Weißwein.

Er beobachtete sie.

Aber noch würde er sie nicht ansprechen.

Er hatte Zeit.

Zwei Wochen später die gleiche Szene.

Er saß ihr gegenüber am Tresen und war sich sicher, dass sie ihn nicht wiedererkannte. In seinem Taxi war sie zu betrunken gewesen, um sich sein Gesicht zu merken. Außerdem war es dunkel gewesen, und er hatte seine Schirmmütze getragen.

Er lächelte ihr zu.

Sie erwiderte das Lächeln.

Er schob sich von seinem Barhocker und setzte sich neben sie.

»Hallo«, sagte er leise und freundlich, »ich bin Hajo. Eigentlich Hans-Joachim, aber Hajo ist mir lieber.«

Sie nickte.

»Ich wohne in der Nähe«, fuhr er fort, »bin ab und zu hier und hab Sie schon ein paarmal gesehen. Hatte nie den Mut, Sie anzusprechen. Aber heute bin ich mal kopfüber ins kalte Wasser gesprungen.«

Sie wirkte nicht pikiert, sondern meinte freundlich: »Ich beiße nicht, und ich bin Diana.«

»Hi.«

»Hi.«

Das Glas Bier, das er mitgenommen hatte, war fast leer.

»Was möchten Sie trinken?«, fragte sie in diesem Moment.

»Ich nehme mir auch noch ein Glas Wein.«

Das war ja interessant! Sie versuchte, ihm das Zepter aus der Hand zu nehmen.

»Für mich gerne noch ein Bier«, meinte er.

»Sie wohnen also auch hier in der Nachbarschaft?«, fragte sie.

»Ja. Zu Fuß ungefähr zehn Minuten von hier. Und Sie?«

»So ähnlich. Und da ich abends nicht gern allein bin, komme ich häufig her.«

»Sie haben keine Familie?«

»Nein. Und Sie?«

»Ich auch nicht.«

»Ich mag diese Gegend«, sagte sie fast ein wenig gedankenverloren. »Sie ist so friedlich, so still. Obwohl wir mitten in der City sind. Aber hier hörst du nichts, selbst wenn dein

Schlafzimmer zur Straße hin liegt, und du kannst abends getrost nach Hause gehen. Es passiert nichts. Ich fühle mich hier richtig wohl. Ein paar Straßen weiter sieht das schon ganz anders aus.«

»Ja, das ist richtig«, stimmte er ihr zu. »So geht's mir auch. Dieser Bezirk ist wie eine Oase der Ruhe.«

»Merkwürdig, nicht?«

»Ja. Ich hab mir darüber noch nie Gedanken gemacht, aber jetzt, wo Sie es sagen ...«

Der Barmann stellte ihnen die frischen Getränke auf den Tresen.

»Zum Wohl!« Diana nahm ihr Glas. »Und bitte: Sag Diana zu mir!«

»Gern. Sehr gern. Auf dich!« Hajo prostete ihr zu. »Was machst du so? Beruflich, meine ich?«

»Ich bin Psychologin und arbeite im öffentlichen Dienst.«

Er riss die Augen auf. »Oh! Das ist ja interessant!«

»Ja, ich bin zufrieden. Und du?«

»Ich bin ...« Er zögerte einen Moment. »Schriftsteller. Geschichtenerzähler.«

»Oh!«, sagte sie, und man sah ihr an, wie spannend sie das fand. »Wie heißt du genau: Hajo? Hab ich vielleicht schon mal was von dir gelesen?«

»Wahrscheinlich nicht. Ich schreibe unter Pseudonym. Und fast bei jedem neuen Buch unter einem anderen. Mein Verlag weiß, wer ich bin. Niemand sonst.«

Sie sah ihn an und sagte leise: »Das bewundere ich. Seit wann bist du in Berlin?«

»Noch nicht lange. Ich war vor zwanzig Jahren schon mal ein paar Jahre hier, aber jetzt bin ich nach Berlin zurückgekommen, weil diese Stadt dabei ist, sich zu verändern. Es ist aufregend, was hier passiert. Ich glaube fast, im Moment ist Berlin die spannendste Stadt der Welt. Frag mich nicht, warum – es ist nur so ein Gefühl.«

Die Gläser waren bereits wieder leer.

»Möchtest du noch was trinken?«

Diana nickte.

Hajo winkte dem Kellner. »Bitte dasselbe noch mal.«

»Das kriegt man nicht so richtig mit, wenn man hier wohnt«, sagte Diana, »aber vielleicht hast du recht.«

Eine Weile tranken sie schweigend. Lächelten sich ab und zu an.

Dann fragte er: »Warum lebt eine Frau wie du allein?«

Sie überlegte eine Weile. »Ich glaube, ich tauge nicht zu festen Beziehungen, denn ich hasse Kompromisse.«

Er nickte und drehte sein Glas in den Händen. »So geht's mir auch. Hast du Kinder?«

Sie zuckte kaum merklich zusammen. »Nein. Es hat irgendwie nicht sollen sein. Hat nie geklappt. Und du?«

Er schüttelte den Kopf.

»Warum nicht?«, fragte sie.

»Es hat auch nicht sollen sein«, sagte er leise, und seine Augen schienen sich zu verdunkeln.

Beide schwiegen.

»Erzähl mir von dir«, meinte er nach einer Weile. »Was machst du so, wenn du nicht arbeitest?«

»Wie?«

»Na ja, gehst du viel spazieren oder ins Kino? Liest du oder kochst du gern? Es gibt ja tausend Möglichkeiten?«

Sie überlegte einen Moment. »Ja, doch, ich koche sehr gern. Für Freunde. Nicht für mich allein. Filme gucke ich am liebsten zu Hause auf DVD, und dann gehe ich gern tauchen. In Ägypten. Dieses Jahr war ich auch wieder da. Es war toll!«

Grauenvoll, dachte er, tauchen war ja wohl das Letzte. Ansonsten war sie eine echte Stubenhockerin. Na gut. Er würde sich darauf einstellen. Würde sie besuchen.

Und dann sagte er: »Wir können ja mal zusammen kochen. Das ist nämlich auch eine Leidenschaft von mir.«

»Ja, das wär schön. Und du? Was machst du gern?«

»Ich interessiere mich für alte Musikinstrumente.«

»Oh!«

Das Gespräch erstarb.

Diana wollte sich weiter mit ihm unterhalten, aber sie wusste einfach nicht, was sie noch sagen sollte.

»Kann ich dich anrufen?«, fragte sie daher nach einer Weile.

Er nickte.

Sie nahm einen Bierdeckel und kritzelte ein paar Zahlen darauf. »Hier ist meine Nummer. Gibst du mir deine?«

»Ich ruf dich an«, sagte Hajo und schrieb eine Fantasienummer ebenfalls auf einen Bierdeckel. »Bin ein bisschen schwer zu erreichen.«

»Vielleicht treffen wir uns wieder hier, wenn es passt. Okay?«

»Okay!«, sagte er und stand auf. »Mach's gut.«

Er drehte sich um, ging zum Tresen, bezahlte und verließ die Kneipe.

Diana blieb sitzen und bestellte noch ein Glas Wein.

Das hatte also auch nicht geklappt. Jedenfalls nicht an diesem Abend.

Er sieht wirklich gut aus, dachte sie, ist höflich, nicht zu aufdringlich, sehr gut gekleidet, anscheinend geht's ihm auch finanziell nicht schlecht. Als Schriftsteller hat er viel Fantasie, ist intelligent … Ja, er hatte ganz offensichtlich gute Gene.

Und als sie ausgetrunken hatte, wünschte sie sich nichts sehnlicher als ein weiteres Date mit ihm.

56

Faruk hatte um Einschluss gebeten.

Keine Arbeit, kein Hofgang, kein Duschen, nur Essen in der Zelle, keinerlei Kontakt mit anderen Gefangenen.

Nur so fühlte er sich sicher.

Aber scheiße war es schon: Er konnte nicht dealen, keine Schulden eintreiben, er konnte niemandem auf die Schnauze hauen, der wüste Beschimpfungen vor seiner Zellentür brüllte und ihm androhte, seine Mutter und seine Schwester zu ficken.

Faruk platzte fast.

Aber ohne Einschluss war er in Lebensgefahr. Sie würden ihn fertigmachen. Ohne Probleme und skrupellos. Das Schlimme war, dass sie sich alle einig waren. Er war das Hassobjekt, er hatte es verbockt.

Durch diese Hölle war er schon einmal gegangen, als er eingeliefert worden war. Sie lauerten ihm auf, sie verprügelten ihn, sie vergewaltigten ihn zu zweit, zu dritt, zu viert … Sie drohten, ihm die Kehle durchzuschneiden, sie ritzten ihm die Fußsohlen auf, zerquetschten ihm den Daumennagel in der Tür und sagten ihm, sie würden es mit allen Fingern machen. Langsam und genüsslich. Weil er ein Schwein war, das allermieseste: ein Kinderficker und Kindermörder.

Er war damals nur knapp mit dem Leben davongekommen und hatte vier Monate auf der Krankenstation verbracht.

Das wollte er nicht noch einmal erleben.

Es war so einfach. Wenn Aufschluss war und die Sozialarbeiter und Psychologen zum fröhlichen Beisammensein luden, lungerten alle auf den Fluren herum. Meist war nur ein JVA-Beamter auf Station, und der saß häufig im Büro.

Der konnte ja auch nicht vier Stunden auf dem Flur herumstehen.

Psychologen und Sozialarbeiter waren eh nie zu sehen.

Meist waren die Gefangenen unter sich. Und Faruk hatte panische Angst, dass sie ihn einkesselten, zurück in die Zelle drückten, zu dritt oder viert mit einem Besenstiel oder einer Klobürste vergewaltigten, ihn anschließend verprügelten und ihn dann bewusstlos liegen ließen.

Oder ihn umbrachten.

Also musste er eingeschlossen bleiben, wenn ihm sein Leben lieb war.

Er wurde wahnsinnig. Sollte das jetzt Wochen, Monate so bleiben?

Oder Jahre?

Seine letzte Chance war die Schlampe Klee. Die musste ihn unbedingt rauslassen, sonst ging er kaputt.

57

2012

Da war Faruk vierzehn.

Er war groß und breit für sein Alter und sah aus wie siebzehn oder achtzehn. Hatte in den letzten zwei Jahren einen Schuss gemacht und wirkte jetzt älter als Tschibo.

Er war stolz auf sich. Die Welt lag ihm zu Füßen: zuschlagen, abkassieren, fertig.

War denkbar einfach. Aber es gab viele, die das nicht kapierten und denen er auf die Sprünge helfen musste.

Ronco war ein geiler Typ. War neunzehn, hatte vier Autos, alle frisiert, alle getunt und aufgemotzt – vom Feinsten.

Faruk verschaffte ihm Drogen, dafür ließ Ronco ihn fahren. Nachts. Wenn keiner unterwegs war.

Ronco hatte einen BMW Cabrio, einen Golf V5 ABT Tuning, einen Mercedes C 180 Sport Tuning und einen Audi A6 Avant Quattro.

Wahnsinn.

Faruk schrubbte sie alle durch.

Noch vier Jahre bis zur Volljährigkeit – scheißegal.

Am besten kam er mit dem Mercedes klar, er liebte ihn, und Ronco sagte: »Okay, du fährst gegen meinen Kumpel, der nimmt den Audi. Gucken wir mal. Bin gespannt. Am Mittwoch, vierundzwanzig Uhr, Halensee. Alles klar?«

»Alles klar«, sagte Faruk und spürte dieses Kribbeln im Bauch, das leider so wahnsinnig selten war.

Denn bei einem Mädchen hatte er es nur ein einziges Mal gehabt, aber dann hatte er sie nie wieder gesehen.

Die blöde Kuh.

Kumpel Nadim, gegen den er fahren sollte, war siebzehn.

Faruk war schon eine halbe Stunde vor Mitternacht da.

Nadim kam erst zwanzig Minuten später.

Faruk ließ den Motor aufheulen.

Er war bereit.

Als sie mit quietschenden Reifen starteten, begriff Faruk, dass es ein Wahnsinn war. Er wusste, dass er das Auto zu wenig kannte und nicht richtig im Griff hatte. Fühlte sich auf einmal völlig fremd im Cockpit.

Und trotzdem raste er durch die Nacht.

Neben ihm – beinah zum Greifen nah – der Wagen mit dem Koloss Nadim. Er hatte einen dunklen Dreitagebart und ein Doppelkinn und sah aus wie dreißig.

Faruk hatte Respekt und Angst vor ihm.

Nadim konnte es besser.

Er, Faruk, würde verlieren.

Dennoch drückte er auf die Tube.

Restaurants, Geschäfte, Lichter, Häuser, verstörte Passanten, geparkte Autos rasten vorbei, jedes Mal wenn Faruk eine rote Ampel sah und voll darauf zuhielt, bekam er einen Adrenalinstoß.

Wenn es gut gegangen war, jauchzte er auf und brauste weiter.

Nadim war kurz vor ihm, aber noch war alles drin.

Faruk donnerte über eine rote Ampel, sah, wie ein Passant im letzten Moment auf den Bürgersteig sprang, hupte wie verrückt, auch wenn er damit eine Hand quasi lahmlegte.

Nadim lag eine halbe Wagenlänge vor ihm.

Den Passanten hätte er beinah überfahren. Wäre er nicht zur Seite gesprungen, hätte er den Opa plattgemacht.

Und dann tat Faruk etwas, was ihn selbst überraschte: Er legte eine Vollbremsung hin.

Nadim donnerte weiter.

Faruk ließ den Wagen am Straßenrand stehen, knallte die Tür zu, fuhr sich einmal durch die Haare, atmete tief durch, kickte ein Stück Dreck vom Straßenrand in den Rinnstein und ging zur nächsten U-Bahn-Station.

Ronco wartete im Ziel. Wenn Faruk nicht kam, würde er sich die Karre abholen.

War ja nichts passiert.

War ja alles gut gegangen.

Zum Teufel mit diesen blöden Autorennen. Die brachten keine Kohle, und die Chance, dass die Polizei einen hoppnahm, war riesengroß. Viel größer, als wenn man einer Oma die Ersparnisse abknöpfte und die Gurgel zudrückte.

Da blieb er lieber beim Altbewährten.

Zwei Stunden später rief Ronco an.

»Sag mal, hast du sie nich alle? Bleibst einfach stehen? Was bist du denn für ein feiges Arschloch?«

»Halt die Luft an«, sagte Faruk cool. »Deine Scheißkarre hat gestottert. Isch hab Gas gegeben ohne Ende, aber da kam kein Saft. Und darum ich bin stehen geblieben. Nicht weil ich wollte, sondern weil ich musste, kapiert? Und jetzt lass misch in Ruhe, isch hab die Fresse voll von deine Schrottautos. Lass reparieren, dann kannst du bei mir vielleicht wieder anklopfen. Vielleicht! Klar?«

Ronco schnaufte nur. »Der hat gestottert?«

»Ja. Wie mein Onkel, bevor er tot vom Stuhl gefallen ist. Wie peinlich ist das denn? Nadim brettert davon wie Geisteskranker, und isch verrecke am Straßenrand? Sehr schön! Danke auch!«

»Ich guck mal, was da los ist«, bemerkte Ronco kleinlaut.

»Ja, guck mal, mach mal«, sagte Faruk und legte auf.

Er grinste breit.

Eleganter konnte man sich nicht aus der Affäre ziehen.

Am nächsten Tag ging er nicht zur Schule. Musste sich erst mal in Ruhe auspennen.

Als es seine Mutter mitbekam, war der Vormittag schon um, und er sagte ihr, er hätte den ganzen Morgen gekotzt.

Seine Mutter nahm es hin. Ohne ein weiteres Wort, und Faruk wusste, dass sie auch seinem Vater nichts sagen würde.

Na bitte, lief doch. Man brauchte nur immer einen Plan. Das war das A und O.

Zwei Tage lungerte er noch im Park herum, nahm einer Oma mit einer grässlich herumkläffenden Kampfratte mit Schleifchen im Haar die Handtasche ab, aber da waren nur zehn Euro drin, ein versifftes Stofftaschentuch, ein dämlicher Hausschlüssel und eine Regenhaube.

Er pfefferte die Handtasche ins Gebüsch und machte sich aus dem Staub. Für so einen Müll wollte er nichts riskieren.

Aus der Ferne beobachtete er noch, wie die Oma den Köter beruhigte, ihren Rollator zum Gebüsch schob, beinah auf die Schnauze fiel, als sie versuchte, die Handtasche herauszuangeln, sie schließlich über die Lenkstange ihres Rollators hängte, umdrehte und so schnell, wie es ihr möglich war, nach Hause lief oder besser stolperte.

Er lachte sich kaputt.

Und langweilte sich maßlos.

Am nächsten Tag ging er wieder zur Schule. Aber er kam nicht um acht, sondern erst um Viertel nach neun und fand sich aber nicht zu spät, sondern erwartete eher noch Lob, dass er überhaupt gekommen war.

Frau Linkel war eine verhungerte, ergraute Endfünfzigerin mit herausgewachsener Dauerwelle, obligatorischer und etwas zu kurzer schwarzer Hose mit schiefer Bügelfalte und farblich wechselnden Billigpullovern.

Sie hatte ständig eine dunkelbraune Lesebrille auf der Nase, und wenn sie nicht las, sah sie darüber hinweg, was sie streng und herrisch aussehen ließ.

Faruk hasste sie.

Frau Linkel unterrichtete Deutsch, und daher hasste Faruk auch dieses verdammte Fach.

Um Viertel nach neun betrat er die Klasse, grinste, hob zwei Finger zu einem verkrümmten Peace-Zeichen und wollte sich still auf seinen Platz setzen, als Frau Linkel scharf fragte: »Wo kommst du jetzt her?«

»War noch im Puff, hat bisschen länger gedauert.«

Die Mitschüler johlten, Faruk grinste jetzt breiter. Alles gut. Jetzt stand er im Mittelpunkt, war in seinem Element.

»Hattest du nicht schon zur ersten Stunde?«, fragte die Linkel.

»Ja, aber wen interessiert das, Stunde ist ja vorbei.«

So viel Kaltschnäuzigkeit ließ Frau Linkel nach Luft schnappen. »Hast du eine Entschuldigung?«

»Ja. Ich hatte Frust und einen Stau, musste dringend in Puff, und das hat länger gedauert. Wenn Sie wissen, was ich meine.« Er grinste sie an. »Isch bin nischt fertig in zwei Minuten.«

Einige Mitschüler lachten, andere tobten oder prusteten in die Ärmel ihrer Pullover.

»Pass mal auf, mein Freund«, sagte Frau Linkel überlaut, und ihre Stimme klang so wichtig, als wolle sie die Stadionansage für Hertha machen, »so geht das nicht. Du kannst hier nicht erscheinen, wann du willst und wie es dir passt. Ich werde einen Eintrag ins Klassenbuch machen.«

»Bitte, sehr gerne«, sagte Faruk achselzuckend und war noch ganz ruhig. »Tun Sie, was Sie nischt lassen können. Aber seit wann sind wir Freunde? Das hätte ich doch mitbekommen müssen …«

»Wat soll'n ditte jetzt?«, fragte ein Fetter aus der letzten Reihe. »Jeht's hier heute um Joethe oder um Faruk?«

»Im Moment geht's um Faruk, wie du siehst«, zischte Frau Linkel und baute sich vor Faruk auf. »Um unser Herzchen, das sich hier aufspielt, als wäre er der liebe Gott persönlich.«

Faruk begann langsam zu kochen. Mit allem konnte er verglichen werden, aber nicht mit dem lieben Gott.

»Halt die Fresse!«, knurrte er leise.

Aber Frau Linkel reagierte nicht darauf. Sie hatte sich nun mal auf Faruk eingeschossen, und wenn sie so weit war, dann gab es keinen Weg zurück.

»Gib mir dein Deutschheft, und dann schreibe ich deinen Eltern einen Liebesbrief, den du mir bitte morgen unterschrieben zurückbringst!«

»Niemals!«

»Gib mir jetzt dein Deutschheft!«

»Isch denke nicht dran!«

»Kipp die Tasche aus! Wollen wir doch mal sehen, was alles darin ist, und wollen wir doch mal sehen, ob in deinem Deutschheft nicht doch noch Platz für ein paar Bemerkungen für deine Eltern ist!«

»Isch denke nicht daran, du alte miese vertrocknete Zicke!«

Frau Linkel wurde knallrot vor Wut, und die Klasse hielt den Atem an. Selbst der Fette wagte nichts mehr zu sagen.

»Kipp die Tasche aus!«, schrie Frau Linkel hoch und schrill. Anscheinend wusste sie selbst nicht mehr, wie sie jetzt aus dieser verfahrenen Situation wieder herauskommen sollte.

»Gut!«, schrie Faruk zurück.

Er war außer sich. Wusste nicht mehr, was er tat, es war ihm alles egal, er reagierte nur noch, war wie von Sinnen, nahm seine Tasche, kippte sie im hohen Bogen aus: Handy, Stifte, Hefte, Bücher, Zeitschriften, Pornos – alles flog durch die Klasse, landete auf dem Boden, aber niemand lachte, niemand rührte sich, alle waren wie erstarrt.

Frau Linkel griff ein Pornoheft, sah Faruk hasserfüllt an, wollte gerade den Mund aufmachen, um etwas zu sagen, aber Faruk kam ihr zuvor. Er riss sein Messer aus der Hosentasche und stach zu. Blitzschnell. Frau Linkel direkt in die Brust.

Zuerst blieb sie stehen, sah ihn völlig ungläubig an, dann stach er wieder zu, und wieder und wieder. Die Mitschüler begannen zu schreien, und die Lehrerin sackte zusammen.

Der Fette telefonierte.

Frau Linkel lag auf dem Boden und rang nach Luft.

Faruk rannte aus dem Klassenraum.

58

2012, vier Monate später

Bernd Gernersheim hatte die Nacht schlecht geschlafen. Seine Frau Elke hatte über Bauchschmerzen geklagt und war immer wieder aufgestanden und zur Toilette gegangen.

Um halb fünf gab er die Hoffnung auf, noch ein bisschen schlafen zu können, schlurfte in sein Büro und setzte sich an seinen Schreibtisch. Es war sinnvoller, noch einmal in die Akten der Fälle zu sehen, die heute verhandelt werden sollten.

Um halb sieben hatte er schließlich geduscht, anschließend kurz gefrühstückt und war ins Landgericht gefahren.

Elke schien es besser zu gehen.

Um neun Uhr stand der vierzehnjährige Faruk Yilmaz als Angeklagter vor ihm. Groß und kräftig für sein Alter, mit einem gewinnenden Lächeln. Er machte einen freundlichen und sympathischen Eindruck.

An seiner Seite die in Jugendstrafsachen erfahrene Anwältin Lara Sennen.

Die Verhandlung dauerte vierzig Minuten.

Vor der Urteilsverkündung entstand eine Pause.

Niemand sagte einen Ton.

Die gesamte Konzentration des Raumes war auf Richter Gernersheim gerichtet.

Faruk machte das unschuldigste Gesicht, das er aufsetzen konnte.

Schließlich seufzte Gernersheim, ließ seinen Kopf kurz nach vorn fallen, richtete ihn wieder auf, setzte die Brille ab, beugte sich vor und sagte: »Jetzt ist Schluss, Faruk. Feierabend. Meine Geduld ist am Ende. Ich hab dich ja in den letzten paar Jahren öfter gesehen als meine Frau. Wie oft haben wir uns hier gegenübergestanden?«

Faruk zuckte die Achseln und zog eine Augenbraue hoch. Das konnte er fantastisch.

Der Richter schlug die Akte auf, schob die Brille vor die Augen und las: »Trickdiebstahl, Handtaschenraub, Einbruch, versuchte Körperverletzung, Körperverletzung, Autodiebstahl, Beleidigung ... und, und, und. Die Liste ist ewig lang. Du kennst sie, ich kenne sie, und wir kennen uns. Jedes Mal hab ich dir eine neue Chance gegeben – jetzt ist Schluss. Diesmal ist versuchter Mord dazugekommen, die Lehrerin Iris Linkel hat nur knapp überlebt. Es reicht, Faruk.«

Anwältin Sennen blickte zu Boden.

Faruk schaltete auf Durchzug. In seinem Blick war keinerlei Gefühlsregung zu erkennen, er fror einfach seinen arroganten »Ich-weiß-gar-nicht-wovon-ihr-alle-redet«-Blick ein und bewegte sich nicht mehr.

»Ich habe lange überlegt, ob du in eine betreute Wohngruppe für schwer erziehbare und straffällig gewordene Jugendliche ziehen solltest«, fuhr Gernersheim fort, und Faruk verdrehte die Augen. »Es gibt da sehr fähige Einrichtungen mit vollstationärer Hilfe zur Erziehung über Tag und Nacht in altersgemischten individuell geschlossenen Intensivgruppen für Jungen zwischen zwölf und fünfzehn. Das wäre eine Möglichkeit, das ist für viele straffällig gewordene Jugendliche ein Ort, an dem sie pädagogisch positiv beeinflusst werden und nicht ausweichen können. Für viele taugt das was, aber nicht für dich, Faruk.

Du wanderst jetzt mal für drei Jahre in den Jugendstrafvollzug. Vielleicht kommst du dort wieder zu dir, vielleicht begreifst du in deiner Zelle, was du pausenlos für einen Mist gemacht, was du vielen Menschen angetan und wie sehr du dir bereits jetzt mit vierzehn dein Leben verbaut hast.«

Auf einmal war Faruk hellwach.

Das ist die Hölle, dachte er. Umgeben von lauter Vollpfosten, Idioten und Sadisten, die dir die Rippen brachen, nur weil es so schön krachte …

Und dann vollgelabert zu werden von irgendwelchen Gefängnispsychologen, das ertrug er ja nun gar nicht. Da wurde er erst richtig aggressiv.

Warum konnten sie ihn nicht einfach in Ruhe lassen?

Vielleicht war das ein Fehler gewesen, dass er auf diese Linkel-Ziege eingestochen hatte.

Aber warum konnte ihn sein Vater nicht einfach raushauen?

Denn im Knast, in der Umklammerung von Sozialarbeitern, Therapeuten, Pädagogen, JVA-Beamten und haufenweise abgefuckten kriminellen Typen, saß er wirklich in der Scheiße.

59

Zwei Wochen war Veronika nicht mehr aus dem Haus gegangen.

Sie hatte in Bernds Arbeitszimmer auf dem Teppich gesessen, in Akten gewühlt, den Computer durchgecheckt, Tee
getrunken und Kekse gegessen. Auch die vertrockneten aus
dem Jahre 2002, die sie noch in irgendeiner alten Dose gefunden hatte.

Hin und wieder machte sie sich eine Büchse auf, und es
war ihr egal, ob es Ravioli, gemischtes Gemüse oder Hering
in Tomatensoße war, sie aß die Speisekammer leer, ohne Rück-
sicht auf Haltbarkeitsdaten, nur um die Wohnung nicht verlassen zu müssen.

Mittlerweile fürchtete sie sich vor dem Kontakt mit anderen, mit dem Auto zu fahren erschien ihr gänzlich unmöglich, und einen Supermarkt zu betreten war für sie eine
ebenso große Herausforderung wie für einen schüchternen
Grundschüler, vor einer prall gefüllten Aula zu sprechen.

Wenn sie sich vorstellte, auf die Straße zu gehen, fühlte sie
sich komplett nackt: beobachtet, verletzlich und ausgekühlt.

Das schaffte sie nicht.

Daher verkroch sich Veronika wie ein Grottenolm in ihren
und Bernds vier Wänden und fraß sich durch die Akten.

Das war das, was sie im Moment brauchte.

Von Tag zu Tag wurde ihr klarer, was Bernd für ein guter Mensch gewesen war. Seine Urteile waren nie hart, sondern immer milde gewesen. Er wollte jedem Menschen eine zweite Chance geben, egal, was er verbrochen hatte.

Er war Jugendrichter. Die Jugendlichen lagen ihm am Herzen.

»Die haben noch ihr ganzes Leben vor sich«, hatte er immer wieder gesagt. »Und wenn sie in der Pubertät irgendwelchen Mist machen, darf das nicht bedeuten, dass sie sich damit ihr ganzes Leben verbauen. Wenn einer mit fünfundvierzig Kinder vergewaltigt, ist das eine ganz andere Geschichte.«

»Und was ist, wenn einer mit fünfundachtzig eine Bank überfällt?«, hatte sie gefragt. »Darf man dem sein kurzes Leben, das ihm noch bleibt, nehmen?«

»Da halte ich es mit den Italienern«, hatte Bernd grinsend geantwortet, »die sperren die Alten nicht mehr ein. Und das finde ich auch sinnvoll.«

Veronika hatte damals nur gelächelt und nicht weiter darüber nachgedacht.

Jetzt las sie die Akten:

»Peter Schubert, achtzehn, Einbruch, schwere Körperverletzung. Hat eine alte Dame gefesselt und geknebelt, sie erlitt während des Überfalls einen Asthmaanfall und überlebte nur knapp. Drei Jahre.«

»Melanie Bausen, neunzehn, ließ ihr Kind verhungern, niemand weiß so richtig, warum. Die Verteidigung sagte, sie sei überfordert gewesen, habe gar nicht realisiert, dass ein Baby ständig gefüttert werden müsse. Melanie zog mit ihrem Freund um die Häuser und vergaß ihr Baby stunden-, manchmal sogar tagelang.

Zwei Jahre auf Bewährung. Das wird sicher nie wieder passieren. Die junge Frau hat aus der schrecklichen Erfahrung gelernt. Falls sie wieder schwanger werden sollte, wird ihr dieses Trauma vor Augen stehen, und sie wird sich gut um ihr Kind kümmern.«

»Max Brünner, sechzehn. Hat seine Mutter mit drei Messerstichen getötet, als sie ihm sagte, er solle sich gefälligst selbst was zu essen machen. Unterbringung in einem Heim für schwer erziehbare Jugendliche.«

»Faruk Yilmaz, siebzehn. Hat zusammen mit zwei Freunden seine Freundin vergewaltigt und ihr dann das Genick gebrochen. Vier Jahre, drei Monate Jugendhaft.«

Und so weiter. Und so weiter.

Veronika fand, dass Bernd ein gütiger und milder Richter gewesen war.

Niemand konnte ihn gehasst haben.

Je mehr Akten sie las, je mehr Fälle und Verfahren sie kennenlernte, umso mehr wurde ihr bewusst, dass sich Bernd wirklich mit jedem einzelnen Schicksal beschäftigt hatte.

Er hatte versucht, die Täter nicht abzuurteilen und fertigzumachen, sondern sie aufzubauen, damit sie einen Weg aus der kriminellen Laufbahn fanden, die oft schon in der Kindheit begonnen hatte. Er hatte auch für heftige Delikte Bewährungsstrafen verhängt, hatte Jugendliche zu Sozialdienst verdonnert und hatte Hilfsprojekte und Wohngruppen gefunden, die sie dabei unterstützten, aus der kriminellen Sackgasse wieder herauszukommen.

Er hatte an jeden einzelnen Straftäter geglaubt, war davon überzeugt, dass in jedem Menschen das Gute existierte, dass es nur verschüttet war von Hass, Gewalt und mangelnder Liebe.

Je mehr Veronika las, desto mehr liebte sie ihren toten Mann.

Und desto mehr weinte sie um ihn.

Ein Name fiel ihr ins Auge, tauchte immer wieder auf, er hatte offensichtlich häufig mit ihr zusammengearbeitet: Strafverteidigerin Lara Sennen.

Veronika googelte sie: »Lara Sennen, geb. 1971, Studium der Rechtswissenschaft an der FU-Berlin, Schwerpunkt Strafrecht, Jugendstrafrecht, Kriminologie, Strafvollzugs- und -prozessrecht, Rechtsreferendariat in Hannover mit Schwerpunkt Strafrecht, Fachanwaltslehrgang für Strafrecht in Berlin. Seit 2010 in der Kanzlei Timber, Böhning, Jessen und Sennen.«

Frau Sennen war in vielen Verhandlungen die Anwältin der meist jugendlichen Straftäter gewesen.

Bernd und sie mussten auf jeden Fall Kontakt gehabt haben. Vielleicht wusste sie ja noch gar nicht, dass er tot, dass er ermordet worden war.

Vielleicht sollte sie mal versuchen, Frau Sennen zu kontaktieren.

Drei Tage kaute sie auf ihren trockenen Keksen herum und ging mit dem Gedanken schwanger. Dann rief sie die Berliner Nummer von Lara Sennen an.

Beim zweiten Mal, als sie es abends versuchte, meldete sich eine leise Männerstimme:

»Bastian Sennen.«

Obwohl sie lange vorher überlegt hatte, war sie in diesem Moment doch völlig überrascht, musste ihre Gedanken sortieren und überlegen, was sie sagen sollte: »Ja, schönen guten Tag, mein Name ist Veronika Gernersheim. Entschuldigen Sie, ich habe Ihren Namen gerade eben nicht richtig verstanden.«

»Sennen. Bastian Sennen.«

»Ah, ja. Könnte ich bitte Ihre Frau, Frau Sennen, sprechen?«

»Nein. Das geht nicht.« Die Stimme war stumpf und tonlos.

»Okay. Wann könnte ich sie denn erreichen?«

»Gar nicht. Sie brauchen nicht wieder anzurufen.«

»Ich verstehe nicht ganz … Wohnt sie jetzt woanders?«, fragte sie vorsichtig.

»Nein. Sie ist tot.«

»Oh!« Veronika schwieg erschrocken. »Das tut mir aber leid.«

Bastian Sennen sagte keinen Ton. Sie hörte noch nicht einmal seinen Atem.

»Sind Sie noch da?«, fragte sie nach einer Weile leise.

»Ja. Bin ich.«

»Ich – ich versteh nicht ganz … Sie sagten, Ihre Frau ist tot?«

»Ja, sie ist ermordet worden.«

Klack. Bastian Sennen hatte aufgelegt.

Veronika brach der Schweiß aus. Kurz darauf wurde ihr so kalt, dass ihre Zähne klapperten und sie sich eine Jacke anziehen musste.

Ermordet worden, dröhnte es in ihrem Hirn. Sie ist – verdammt noch mal – ermordet worden.

Wie Bernd.

Sie kochte sich einen Espresso, kippte ihn hinunter und wählte zum zweiten Mal Bastians Nummer.

Er war sofort am Apparat, als hätte er auf ihren Anruf gewartet.

»Ich bin's noch mal«, sagte Veronika. »Bitte hören Sie mir einen Moment zu. Mein Mann – Bernd Gernersheim – war

Richter am Landgericht. Straf- und Jugendstrafrecht. Auch er ist ermordet worden. Am Tag unserer Hochzeit.« Sie machte eine Pause, und jetzt hörte sie Bastian Sennen atmen.

»Ich bin dabei, seine Akten, Dateien und Notizen durchzusehen«, fuhr sie fort, »und bin ziemlich häufig auf den Namen Lara Sennen gestoßen. Mein Mann hat wohl häufig mit Ihrer Frau als Anwältin zusammengearbeitet.«

Bastian Sennen reagierte nicht. Es war still in der Leitung.

»Herr Sennen?«, fragte Veronika.

»Ja. Ich habe Sie verstanden.«

Wieder entstand eine Pause. Dann fragte Veronika: »Wann und wo ist Ihre Frau ermordet worden?«

»Vor etwa sechs Wochen in Italien. Die Polizei hat keine Ahnung, wer es gewesen sein könnte.«

»Bei meinem Mann tappt die Polizei auch total im Dunkeln. Vielleicht sollten wir uns mal zusammensetzen und unsere Informationen austauschen?«

»Ja, das ist eine gute Idee. Vielleicht sollten wir das«, antwortete er nach kurzem Zögern.

»Wo treffen wir uns? Wollen Sie vielleicht zu mir kommen? Ich kann im Moment nicht so gut das Haus verlassen.«

»Das verstehe ich. Wollen Sie mir Ihre Adresse geben?«

Veronika diktierte ihm ihre Anschrift in Charlottenburg.

»Wann?«, fragte Bastian Sennen.

»Nächste Woche vielleicht? Samstag um elf?«

»Das passt mir gut.«

»Okay. Bis dann.«

»Passen Sie auf sich auf.« Bastian Sennen legte auf.

Veronika ließ den Hörer sinken.

Keine Ahnung, wie das alles zusammenhing.

Und ob es überhaupt zusammenhing.

Aber es gab einen Leidensgenossen.

60

Diana Klee saß am Computer, schrieb Berichte und Tages-
protokolle und war dankbar über ein bisschen Ruhe.

Vom Flur her hörte man nur leise Stimmen, vereinzelte
Flüche, Stuhlrücken und Schritte. Kein Schreien, kein Streit,
keine Prügelei.

Das war selten.

Plötzlich stand Faruk in der Tür. »Kann isch kurz sprechen
mit Ihnen?«, fragte er flüsternd und zog die Tür hinter sich
zu. »Schulderinski hat mich raus- und zu Ihnen gelassen, weil
isch reden wollte, ich hab ja Einschluss. Wollt isch so. Weil die
anderen mich sonst kaltmachen wegen dem Kiffen von Ahmed.
Auf mich haben sie eine Scheißwut und wollen mich killen.
Nur weil ich hab Bescheid gesagt. Ich kann nichts mehr machen. Hocke nur noch in Zelle. Helfen Sie mir, bitte! Helfen
Sie mir, lassen Sie mich raus, bevor die mich umbringen. Isch
hab doch kapiert, wie's läuft. Isch geh nach Hause und werd
Gärtner. Hab ich hier gelernt, und ich find, das is tolle Arbeit. Immer an frische Luft, alles wächst von allein. Und dann
verkauft man Pflanzen und verdient Geld. Geil! Cooler Beruf!
Oder ich werd Koch. Auch toll. Bitte, Frau Klee, isch geh
kaputt hier, und die Halbaffen da draußen mich machen kalt.
Mit denen kann isch nich reden, nur mit Ihnen.«

Diana seufzte. Das waren genau die Situationen, die sie auf den Tod nicht ausstehen konnte. Wenn die Gefangenen nervten und sie unter Druck setzten.

Denn von jetzt auf gleich ging im Knast schon mal gar nichts. Die bürokratischen Mühlen mahlten langsam, und eine JVA war ein komplexer Apparat. Jede Entscheidung wanderte von Gremium zu Gremium und über mehrere Schreibtische. Da konnte auch sie keine spontane Entscheidung treffen.

»Setz dich, Faruk«, sagte sie und lächelte bemüht. »Und beruhige dich. Niemand wird dich hier umbringen, wir werden zu verhindern wissen, dass dir irgendwas geschieht. Hier bist du sicher.«

Sie hat keine Ahnung, dachte Faruk und ließ sich auf dem Besucherstuhl nieder. Verdammt noch mal, die Schlampe hat nicht den blassesten Schimmer, was hier abgeht. Es ist doch nicht zu glauben! Wo lebt die denn? Wenn die einmal über'n Flur geht, muss die doch sehen, was hier los ist! Und dann stieß er in seinem Inneren den schlimmsten türkischen Fluch aus, den er im Repertoire hatte.

Aber dabei senkte er den Kopf und nickte.

Dann sah er auf und grinste. »Neue Frisur? Klasse! Todschick! Sehen Sie glatt zehn Jahre jünger aus!«

»Danke, Faruk. Sehr nett.« Sie fühlte sich geschmeichelt.

Faruk wurde schlagartig wieder ernst. »Schön und gut. Aber ich frag, was passiert, wenn Ahmed jetzt hier reinkommt und mich allemacht? Er ist zerfressen vor Hass. Was tust du?«

»Wie sollte er dich hier allemachen?«, fragte Diana irritiert.

»Sie haben ja wirklich nicht den geringsten blassen Schimmer«, sagte Faruk und hatte absolut keine Lust mehr zu grinsen, weil sie einfach zu blöd war. »Wir alle haben Porzellangeschirr. Wegen Menschenwürde. Weil draußen auch alle Porzellangeschirr haben. Und die Kollegen in Zellen haben zerschlagenes Porzellan in Strümpfen. Das sind Superwaffen, aber so was kriegt ihr ja nicht mit. Wenn die die Socken schwingen und jemand gegen die Birne donnern, der sieht keine Sonne mehr. Habt ihr denn alle keine Fantasie?«

Diana schwieg. Dieser Faruk war wirklich ein wacher, intelligenter Junge. So hatte sie das noch gar nicht gesehen. Sie hatte nur immer gedacht, dass es menschenunwürdig sei, wenn man Tag für Tag aus Plastikgeschirr oder aus Blechnäpfen essen musste wie in üblen Hollywood-Filmen, aber dass so ein kaputter Teller ... oh mein Gott!

»Es gibt tausend Möglichkeiten, den anderen hier im Knast fertigzumachen oder umzubringen, und isch hab nich Bock drauf«, fuhr Faruk fort. »Lassen Sie mich raus, verdammte Scheiße, bitte, und isch werd Ihnen keine Schande machen. Hab schon zwei Drittel rum von meiner Strafe. Muss ich da offiziellen Antrag stellen, um rauszukommen, oder muss ich mir Anwalt nehmen, oder tun Sie das alles für mich? Ich hab gesehen, wie das hier läuft, isch brauch das nich mehr. Isch werd mich benehmen, und wir werden uns dann leider nich wiedersehen. Aber bitte: Lassen Sie mich raus!«

»Das geht nicht von heute auf morgen, Faruk, das weißt du. Und du weißt auch, dass ich dich schon einmal rausgelassen hab, weil ich an dich geglaubt hab, und du hast mich bitter enttäuscht. Du hast ein Mädchen umgebracht.«

»Es war Unfall«, fiel ihr Faruk ins Wort.

Diana Klee winkte ab. »Warum sollte ich dir diesmal glauben, Faruk? Wie kann ich sicher sein, dass nicht wieder etwas passiert? Du sagst, du hast endlich kapiert, wie's läuft und was du falsch gemacht hast. Okay. Aber welche Sicherheit hab ich?«

Faruk blieb die Spucke weg. So wütend war er. Er hatte Lust, die Schlampe zusammenzuschlagen, und konnte nur mit Mühe sitzen bleiben. »Du wirst bezahlt von Staat!«, brüllte er. »Dafür, dass ich mich entwickeln tu, dass ich werd besserer Mensch!«

»Wir brauchen zusammen noch ein bisschen Zeit, Faruk. Und dann werde ich für dich tun, was ich kann. Wenn ich davon überzeugt bin, dass du mich nicht mehr enttäuschst.«

Faruk stand auf. »Toll! Super! Danke! Isch mach das alles, um Anstalt clean zu halten, und dann hab ich Arschkarte. Und wo ist der Dank? Scheiße. Ich häng allein rum und geh vor die Hunde. Das hätt ich niemals gedacht, dass ihr so drauf seid! Ich dachte, ihr sagt, ej, Faruk, klasse, dass du uns Bescheid gesagt hast, wie können wir dir helfen? Wir wollen mal sehn, ob wir dich lockern können.

Aber nein! Ich hab Riesenproblem, und ihr lasst mich allein verrecken. Schönen Dank! Ich bin schwer enttäuscht. Und da soll man den Glauben an Menschheit nicht verlieren?«

Diana schwieg.

Faruk setzte sich, beugte sich vor und kam über dem Schreibtisch ihrem Gesicht bedrohlich nah, aber Diana rührte sich nicht, sondern hielt den Atem an.

»Lass mich raus, Honey, bitte, und ich schwör, ich werd keiner Fliege mehr was tun. Wenn eine Süße mich bescheißt, dann lass ich sie sausen. Wir tun uns hier im Knast nie wiedersehn! Außer draußen zum Kaffeetrinken. Und dann lad ich dich ein, Lady. Bitte lass mich hier nich kaputtgehen in diesem Scheißhaus, hilf mir nach draußen, isch werd ein

Gewinn für Gesellschaft und Menschheit sein! Ich schwör! Beim Leben meiner Mutter!«

Diana war fassungslos.

Sie gönnte sich eine Pause, dann nickte sie und sah Faruk fest an.

»Faruk, ich glaube dir, und ich glaube an dich. Denn ich kann mich nicht erinnern, hier in der JVA schon jemals so eine Rede gehört zu haben. Du hast 'ne Menge auf dem Kasten, und ich glaube auch, dass du eine Zukunft in Freiheit hast. Ich werde daran arbeiten. Ich werde alles für dich tun. Werde eine Eingabe und eine Anfrage machen. Hab noch ein bisschen Geduld, bitte. Du musst noch eine Weile aushalten. Eingeschlossen bleiben und jegliche Provokationen vermeiden, schaffst du das?«

Faruk stand auf und schlug in die offene Hand, die Diana ihm hinhielt, ein.

»Okay. Ich will das jetzt alles mal glauben. Bringen Sie mich zurück in die Zelle? Es sind nur zwanzig Meter, aber auf dem Weg kann 'ne Menge geschehen.«

Diana nickte und stand auf.

»Gehen wir.«

Auf einmal hatte auch sie ein mulmiges Gefühl im Bauch. Es war kein JVA-Beamter in der Nähe. Der Notfallknopf war am anderen Ende des Flurs.

Und zum ersten Mal ahnte sie, wie man sich fühlte, wenn man bei den Gefangenen auf der Abschussliste stand.

61

Es klingelte an der Tür.

Ich mache nicht auf, dachte Veronika, ich bin nicht zu Hause.

Aber es klingelte weiter. Immer und immer wieder.

Da erst fiel ihr das Telefonat mit Bastian Sennen ein. Siedend heiß. Sie sah auf die Uhr. Es war fünf Minuten nach elf. Das musste er sein. Dann hatte sie das Gespräch mit ihm also doch nicht geträumt.

Sie fuhr sich mit der Hand durch die ungekämmten Haare, atmete einmal tief durch und öffnete.

Vor ihr stand ein älterer, magerer, durchaus sportlicher Herr mit kurzem ergrautem Haar in eleganter, gepflegter Kleidung, der freundlich lächelte.

»Entschuldigen Sie«, sagte Veronika, »ich bin im Moment etwas schlecht organisiert, hatte unser Treffen irgendwie etwas verdrängt, aber das macht ja nichts, bitte kommen Sie herein.«

Sie war sich bewusst, dass sie ungekämmt und ungeschminkt war und nur einen jahrealten, ausgebeulten Jogginganzug trug. So empfing man einfach keinen Fremden.

Einen Moment überlegte sie, ob sie sich einen Augenblick entschuldigen und sich umziehen sollte – aber dann ließ sie es bleiben. Reden konnte man auch in zerschlissenen Uraltklamotten, darauf kam es heute sicher nicht an.

»Es tut mir wirklich leid«, sagte sie, als sie ins Wohnzimmer gingen, »aber ich dachte, unser Treffen wäre erst morgen. Ich bin zurzeit in einem etwas verwüsteten Zustand …«

Sie lächelte hilflos und entschuldigend zugleich.

»Aber das macht doch nichts. Ich finde, Sie sehen bezaubernd aus.«

Veronika antwortete nicht, dachte aber, dass er sich diese Bemerkung hätte sparen können. Obwohl sie bestimmt nett gemeint war.

»Was möchten Sie trinken?«, fragte sie stattdessen. »Kaffee, Tee, Wasser, Wein, Prosecco?«

»Einen Espresso und dazu ein Wasser, wenn Sie haben, das wäre wundervoll«, sagte er und sah sich im Wohnzimmer um. »Was für ein schöner Raum! Ich liebe Altbauwohnungen. Sie haben eine Atmosphäre, die man wirklich nirgendwo anders wiederfinden kann. Und Ihre ist ja ganz besonders schön.«

»Freut mich, dass Sie das sagen«, hauchte sie. »Aber bitte, nehmen Sie doch Platz, der Espresso kommt gleich.«

Während die Maschine ratterte und die braune Kaffeecreme in die Tässchen floss, dachte Veronika daran, wie sie sich in der Nacht schlaflos hin- und hergeworfen, geschwitzt und sich dreimal umgezogen hatte. Sie hatte überlegt, ob sie vielleicht krank wurde – aber dann war ihr klar, dass es nur ihre wüsten Gedanken waren, die sie am Einschlafen hinderten und ihr die Hitze durch den Körper jagten.

Sie hatte höchstens zwei Stunden geschlafen. Um fünf war sie aufgestanden, hatte ein Glas Wasser getrunken und sich in die warme Badewanne gelegt. Um endlich müde zu werden. Um einschlafen zu können. Und sei es im Wasser. Dann würde sie eben ertrinken und wäre weg.

Es war ihr alles egal.

Auf einem Tablett balancierte sie jetzt Espressotässchen, Zuckerdose und Wassergläser ins Wohnzimmer.

Bastian Sennen ging im Zimmer umher und sah sich die Bilder an.

»Sie haben einen außergewöhnlichen Kunstgeschmack«, sagte er. »Kompliment. Es sind wunderbare, seltene und auch sehr wertvolle Bilder darunter.«

»Mein Mann hatte sehr viel Ahnung von Kunst«, meinte sie müde. »Er war ein Sammler. Hat ein halbes Vermögen in Bilder gesteckt. Ich kenne mich damit nicht so aus.«

Bastian setzte sich. »Aber wir haben uns ja nicht getroffen, um über Kunst zu sprechen.«

»Nein, das haben wir nicht. Bitte erzählen Sie mir, was mit Ihrer Frau passiert ist. Bitte.«

Bastian Sennen trank seinen Espresso und erzählte langsam und stockend von dem Ferienhaus in der Toskana, seinem Polosport und Laras Wunsch, ein Ferienhaus zu kaufen. Von dem Makler, der ihr ein paar Objekte zeigen wollte, und von dem schönen Haus, vor dem sie erdrosselt aufgefunden worden war.

Bastian redete lange und sehr ausführlich. Bis auf seine Affäre mit Cinzia verschwieg er nichts.

Veronika hörte aufmerksam zu. Als er endete, hatte sie Tränen in den Augen.

»Das ist absolut furchtbar«, meinte sie leise. »Was müssen Sie durchgemacht haben!«

»Ich denke, Sie haben ähnlich Schreckliches erlebt.«

Veronika nickte und erzählte unter Tränen von ihrer Hochzeit, dem Fest danach, der Suche nach ihrem Mann und dann schließlich, wie sie und ihre Freundin die Leiche gefunden hatten.

Als sie fertig war, weinte sie.

Bastian stand auf, setzte sich neben sie und nahm ihre Hand.

Bestimmt eine Minute saßen sie schweigend nebeneinander.

Schließlich stand Veronika auf und putzte sich die Nase.

»Da sind wir nun«, sagte sie. »Ohnmächtig und wütend und wissen beide nicht, was das Ganze soll. Warum man sie aus dem Leben gerissen hat. Gerade in dem Moment, wo sie am glücklichsten waren.«

»Hatte Ihr Mann Probleme mit Familie, Bekannten oder sonst irgendwem?«

»Nein. Ihre Frau?«

»Nein.«

Veronika fuhr sich durch die Haare. »Mein Mann war Richter, Ihre Frau Anwältin. Die beiden haben in vielen Fällen zusammengearbeitet. Das Motiv, das wir suchen, muss mit der Arbeit zu tun haben. Mit irgendeinem Fall.«

»Haben Sie eine Idee?«

»Nein. Ich lese seit Tagen – ach was, seit Wochen Akten und Fälle, Protokolle, Aufzeichnungen, Notizen, kurze Fallzusammenfassungen. Aber ich habe nichts gefunden, was man meinem Mann übel nehmen könnte. Er war ein gütiger, ein milder Richter. Er hat die Jugendlichen nicht weggesperrt, sondern ihnen eine Alternative zu ihrem kriminellen Leben gegeben. Wer kann etwas dagegen haben? Er war eine Seele von Mensch. Nie rechthaberisch. Hat geholfen, wo er nur konnte.«

»Wenn ich Sie so reden höre«, sagte Bastian nachdenklich, »dann habe ich das Gefühl, Sie sprechen von meiner Frau. Sie hatte ein Helfersyndrom, wollte die Welt retten, und wenn sie von den Straftätern sprach, redete sie von ›meinen Jungs‹, die sie raushauen, denen sie eine Zukunft und eine Perspektive geben wollte. Vielleicht haben sich die beiden ja auch deswegen so gut verstanden und so viel zusammengearbeitet. Weil sie die gleiche Wellenlänge hatten. Weil sie an einem Strang zogen und zusammen den Jugendlichen eine zweite Chance gaben.«

»Aber das ist doch wundervoll«, sagte Veronika verwirrt.

»Ja. Aber irgendjemandem hat das gar nicht gefallen.«

»Normalerweise ist es doch so, dass Täter oder deren Angehörige richtig sauer werden, wenn hohe Strafen verhängt werden. Das kann ich ja verstehen. Aber wenn das Gegenteil der Fall ist?«

Bastian überlegte und nippte an seinem Wasser. »Tja, das ist merkwürdig, das stimmt. Die Täter und ihre Angehörigen können es ihm und ihr nicht übel genommen haben. Sicher nicht.« Er stockte. »Aber die Opfer vielleicht. Und die Angehörigen der Opfer. Daran haben wir noch gar nicht gedacht.«

Veronika riss die Augen auf.

»Stimmt. Daran haben wir überhaupt noch nicht gedacht.«

62

»Hallo«, sagte er am Telefon, als Diana sich meldete. »Hier ist Hajo. Wie geht's?«

»Alles bestens. Alles prima.«

»Oh, das freut mich. Ich wollte dich fragen, ob du Lust hast, mit mir essen zu gehen?«

»Aber ja, gern«, antwortete sie. »Wann und wo?«

»Heute Abend im *Adlon*, wenn es dir recht ist?«

»Im *Adlon*?«, fragte sie irritiert.

»Ja, warum nicht? Dort isst man sehr gut.«

Diana schluckte. Sie war davon ausgegangen, dass sie sich wieder im *Schuppen* treffen würden. »Alles klar. Und wann?«

»Um neunzehn Uhr dreißig in der Lobby?«

»Das passt mir gut.«

»Also bis später. Ich freu mich.«

»Ich mich auch.«

Sie legte auf.

Bestimmt noch eine Minute hielt sie das Telefon in der Hand, bevor sie es zurück auf die Station stellte.

Hajo. Im *Adlon*. Nun gut, warum auch nicht.

Sie überlegte, dass sie ihn eigentlich mal googeln könnte. Aber dann fiel ihr ein, dass sie noch nicht einmal seinen

Nachnamen wusste und seine Pseudonyme auch nicht. Okay, dann würde sie ihn heute Abend mal danach fragen.

Sie rief ihre Mutter in Mönchengladbach an, die am Stadtrand in einem kleinen Häuschen wohnte, dienstags beim Skat, donnerstags beim Kegeln und jeden zweiten Samstag beim Fußball war und sich sauwohl fühlte, seit ihr Mann, der ein permanenter Quengelkopf gewesen war, das Zeitliche gesegnet hatte.

Erika hatte immer was zu erzählen, und es war schwer, sie nach einer halben Stunde zum Schweigen zu bringen.

Aber Diana schaffte es. Als sie einen Blick auf die Uhr warf und sah, dass ihre Mutter achtundzwanzig Minuten ohne Punkt und Komma geredet hatte, sagte sie: »Entschuldige, Mama, aber ich habe einen fantastischen Mann kennengelernt, den ich in einer halben Stunde treffe, und ich muss mich noch hübsch machen. Lass uns morgen wieder telefonieren, okay?«

»Was für einen Mann?«, fragte ihre Mutter wie aus der Pistole geschossen.

»Erzähle ich dir morgen, Mama, ja? Bis dann. Mach es gut und halte dich wacker.«

Diana legte auf und wusste, dass ihre Mutter in der Nacht an ihrer Neugier fast ersticken würde, aber es war ihr egal.

Sie konnte nichts von einem Mann erzählen, von dem sie selbst nichts wusste.

Vier Stunden später saßen sie sich im Restaurant des *Adlon* gegenüber.

Sie hatte sich sorgfältig geschminkt und eine helle Seidenhose angezogen, dazu High Heels, eine lockere, leichte Bluse und darüber ein Jackett.

Er trug einen grauen Anzug. Edel. Fantastischer Schnitt. Teurer Stoff. Darunter ein Hemd, das bestimmt zweihundert Euro gekostet hatte, das sah sie sofort. Dazu eine geschmackvolle Krawatte in Blau-grau-beige-Tönen, die hervorragend zum Anzug passte. Er sah einfach toll aus.

Der Kellner kam. Sie bestellten einen Chateaubriand für zwei Personen – Rinderfilet, Gemüseallerlei, Gratin dauphinois und Trüffeljus. Dazu Wasser und einen edlen französischen Rotwein.

Diana wurde schwindlig. Alles zusammen kostete über zweihundert Euro.

»Wie ist es dir ergangen in der letzten Woche?«, fragte Hajo und sah ihr zum ersten Mal offen und direkt in die Augen. Er fühlte sich in diesem Ambiente offenbar wie zu Hause.

»Gut. Nichts Aufregendes.« Sie grinste. »Wie sagt man so schön: keine besonderen Vorkommnisse.«

»Was ich dich fragen wollte«, sagte er und beugte sich ein wenig vor. »Du hast erzählt, du bist Psychologin im öffentlichen Dienst. Was soll ich mir denn darunter vorstellen?«

Sie zögerte einen Moment. Dann meinte sie: »Ich arbeite in der JVA. Jugendstrafanstalt. Und da werden Psychologen dringend gebraucht.«

Er zog interessiert die Augenbrauen hoch und nickte. »Das kann ich mir vorstellen. Ist bestimmt ein aufreibender, anstrengender Job.«

»Tja …« Diana drehte die Serviette in ihren Händen. »Es gibt eben grundlegende Interessenskonflikte und die üblichen Schwierigkeiten in der JVA. Die Beamten wollen wegsperren, die Psychologen wollen Gespräche und mehr Freiräume, und die Knackis wollen raus. Das ist das Problem.«

»Und wer gewinnt?«, fragte Hajo.

»Wir. Die Psychologen und Sozialarbeiter gewinnen, weil wir die Vorgesetzten des JVA-Personals sind. Was wir wollen, geschieht. Wenn wir einen jugendlichen Straftäter freilassen wollen, weil wir glauben, dass es gut und richtig für ihn ist, dann müssen wir natürlich noch viele bürokratische Hürden überwinden, aber das ist unser Job. Und normalerweise schaffen wir das.«

»Klasse.«

Genauso war es. Genauso hatte er es sich gedacht, und genau das hatte er ihr übel genommen.

»Im Moment hab ich zum Beispiel einen jungen Türken. Ist aber schon Deutscher in der x-ten Generation, total integriert, spricht muttersprachlich deutsch, hat aber jede Menge auf dem Kerbholz. Begreift allmählich, dass das, was er getan hat, großer Mist war. Möchte einen Neuanfang, möchte sauber bleiben, nicht mehr straffällig werden, sondern arbeiten. Im Knast wird er von den anderen Gefangenen gemobbt.

Was macht man mit so einem Jungen? An so einem Problem beißt man sich die Zähne aus, aber das ist mein Job. Verstehst du?«

»Na klar«, sagte Hajo. »Und das finde ich auch toll, wie du dich engagierst. Wie heißt denn der Typ, den du rauskriegen willst?«

»Das kann ich dir nicht sagen. Und das ist ja auch nicht wirklich interessant für dich.«

»Stimmt. Vergiss es.«

»Aber das sind so Schicksale, die mich beschäftigen.«

»Klar.«

»Der Junge tut mir leid. Er hat begriffen, was er falsch gemacht hat, und jetzt geht er im Knast kaputt. Du, das ist furchtbar, das kannst du dir nicht vorstellen. Und darum will ich diese jungen Menschen retten, damit sie eine Zukunft haben.«

Er lächelte. »Wie hoch ist die Rückfallquote?«

Sie winkte ab. »Hoch. Vergiss es. Aber was soll man tun? Man kann sie nicht alle auf ewig wegsperren, und man kann keinem in den Kopf gucken. Das ist die Schwierigkeit.«

Er nickte. »Ich möchte nicht in deiner Haut stecken.«

Der Kellner brachte das Essen, und eine Weile aßen sie schweigend.

»Ich kann mich nicht erinnern, schon jemals etwas so Gutes gegessen zu haben«, meinte Diana nach einer Weile.

»Das freut mich. Dann war es ja doch keine so schlechte Idee, hierherzugehen.«

»Sicher nicht. Aber da wäre ich niemals drauf gekommen.«

Als sie fertig waren, fragte Hajo: »Möchtest du noch etwas? Ein Dessert? Einen Kaffee? Noch einen Wein?«

»Nein danke, wirklich nicht. Es war sehr, sehr gut.«

»Okay.«

»Ich muss ja auch noch nach Hause fahren. Aber ich mach dir einen Vorschlag: Ich habe einen fantastischen Champagner im Kühlschrank. Wollen wir vielleicht noch zu mir gehen?«

»Sehr gerne.« Hajo winkte dem Kellner. »Ich möchte zahlen.«

Der Kellner trat nur wenig später an den Tisch, gab Hajo eine Mappe, Hajo legte ein paar Scheine hinein und sagte: »Stimmt so.«

Der Kellner verbeugte sich.

Als Hajo seine Brieftasche wegsteckte, sagte Diana: »Danke für das wunderbare Essen!«

»Nicht dafür. Komm, gehen wir.« Er berührte sanft ihre Schulter und dirigierte sie durch das Restaurant und die mittlerweile voll besetzten Tische.

In der Lobby winkte ein Taxifahrer. »Ej, was machst du denn hier?«

Hajo tat, als habe er nichts gehört, und ging nach draußen.

»Da hat dir ein Taxifahrer zugewinkt, der hat dich gekannt«, sagte Diana.

»Wirklich? Hab ich gar nicht gemerkt.« Hajo zuckte mit den Achseln. »Ich fahre ständig Taxi. Vielleicht bin ich ihm im Gedächtnis geblieben.«

»Mein Auto steht da«, sagte Diana und deutete auf einen Parkplatz hinter dem *Adlon*. »Komm.«

63

Sie war deutlich kleiner als er, und als sie vom Parkplatz zu ihrem Haus liefen, musste er sich Mühe geben, nicht zu lange Schritte zu machen, um sich immer ein wenig hinter ihr zu halten. Damit sie nicht merkte, dass er den Weg kannte.

Als sie stehen blieb und in ihrer Handtasche nach ihren Schlüsseln suchte, fragte er demonstrativ: »Hier wohnst du?«

»Ja.«

»Schönes Haus.«

»Ich hab auch 'ne schöne Wohnung. Bin jetzt seit fünfzehn Jahren hier, und so soll es auch bleiben. Freiwillig geh ich hier nicht weg.«

»Ich wohne nur zwei Straßen weiter. Da vorne rechts und dann wieder links«, log er. »Aber ich habe keinen Champagner im Kühlschrank und auch keine so wahnsinnig aufgeräumte Wohnung.«

»Guck mal an, ich hätte jetzt gedacht, bei dir ist alles superordentlich.«

»*Ich* bin superordentlich«, sagte Hajo, »aber nicht meine Wohnung.«

Er grinste, und sie schloss die Haustür auf.

Als sie in der Wohnung waren, wurde sie ein bisschen hektisch. »Du kannst dein Jackett hier aufhängen, wenn du magst, und guck hier, das ist mein Wohnzimmer, setz dich. Wenn ich nach einem stressigen Tag nach Hause komme, kann ich hier total abspannen, wie findest du meinen Fernseher? Ein geiles Teil, oder? Ich hab mir erst vor einem halben Jahr dieses Riesending gekauft, ich mag es und finde es unglaublich, hier zu liegen, einfach nur faul zu sein und Filme zu gucken.«

»Tolles Gerät«, sagte er, nur um irgendetwas zu sagen, und dachte: Mein Gott, halt den Mund, das interessiert mich alles nicht. Mir ist egal, was du tust, wenn du allein bist, es wird ohnehin bald alles vorbei sein.

»Mach es dir gemütlich«, sagte sie, »ich hole den Schampus und die Gläser. Kleinen Moment, ich bin gleich wieder da.« Damit verschwand sie in der Küche.

Er setzte sich, fand das Sofa zu weich und zu tief. Unangenehm. Aufrecht zu sitzen war darin unmöglich. Er sah sich um, ob es noch eine andere Möglichkeit gab, ein harter Stuhl wäre ihm recht gewesen, aber da war nichts. Dieses Zimmer bestand fast ausschließlich aus diesem monströsen Sofa, auf dem eine ganze Fußballmannschaft Platz gehabt hätte.

Nur Sekunden später kam sie mit der Flasche und zwei Gläsern wieder herein. »Weißt du, meine Kollegen sind ja alle so alternativ. Grüne, Linke, Sozis, und da gehört es zum guten Ton zu sagen: Wir haben zu Hause gar keinen Fernseher. Aus Prinzip. Und wir wollen, dass unsere Kinder lesen und nicht den ganzen Tag vor der Glotze hängen. Der Schmus. Ich war noch nie bei denen, aber ich bin sicher, sie lügen. Doch es ist mir auch egal. Ich lebe allein, ich habe keine Kinder, die fernsehsüchtig werden können, und ich liebe es, mir Filme anzusehen. Manchmal, wenn ich richtig

drauf bin, die ganze Nacht. Psychothriller. Steh ich voll drauf.«
Sie lachte, ließ den Korken knallen und schenkte ein. »Du auch?«

»Nein«, sagte er. »Eher nicht. Ich gucke gar keine Krimis. Ich sehe fast ausschließlich Dokumentationen. Wenn ich morgens aufstehe, schalte ich als Erstes den Fernseher an, n-tv oder N24. Damit ich weiß, was in der Welt passiert ist.«

»Oh«, meinte sie. »Dann kriegst du es ja morgens gleich mit dem Holzhammer, und da kommt dann so richtig gute Laune auf, stimmt's?«

»Das stimmt.« Er lächelte. »Aber das macht nichts. Es ist, wie es ist. Wenn wir davor die Augen verschließen, belügen wir uns selbst.«

»Wann stehst du morgens auf?«

»Meist um sechs. Oder früher.«

»Puhh! Und dann fängst du an zu schreiben? Komm, lass uns anstoßen!«

Sie setzte sich zu ihm, sie ließen die Gläser klingen und tranken.

»Guck mal dort drüben das Bild rechts neben dem Fenster. Wie findest du das?«

»Sehr schön«, log er. »Es ist mir gleich aufgefallen. Echt interessante Farbgebung.«

»Ist mein Lieblingsbild«, sagte sie, legte den Kopf ein wenig schief und drehte eine ihrer kurzen Haarsträhnen um ihren Finger. »Hat mein Vater gemalt. Ich finde, er hatte wirklich was auf dem Kasten, leider ist er schon seit zehn Jahren tot.«

»Oh, das tut mir leid«, sagte er.

»Ja, so ein verfluchter Lkw-Fahrer, der wahrscheinlich während der Fahrt Pornos geguckt hat, ist in das Stauende gekracht. Mein Vater wurde zerquetscht wie ein …«. Sie zögerte. »Da fällt mir jetzt kein Bild ein, na jedenfalls war das Auto auf einen Meter zusammengestaucht. Du kannst es dir vorstellen.«

»Furchtbar«, sagte er leise.

»Tja.« Sie sah ihn an. »Aber wir sollten heute Abend nicht über so schreckliche Dinge reden.«

»Nein, das sollten wir vielleicht lieber nicht.«

Sie stellte ihr Glas ab, ließ sich an seine Schulter sinken, spielte mit seinem Haar und strich ihm zart über den Arm.

»Erzähl mir von dir. Von deinem Leben, deiner Kindheit, deiner Arbeit. Und davon, warum auch du keine Familie hast.«

Den Teufel werd ich tun, dachte er. Allmählich wurde ihm die ganze Lügerei auch zu anstrengend. Sie wollte offensichtlich mit ihm ins Bett, aber wusste nicht, wie sie die Kurve kriegen sollte, weil er bisher noch nicht die Initiative übernommen hatte.

Aber irgendwann würde sie schlafen.

Friedlich. Arglos. Und für immer.

64

Sie hatte keine Lust zu flirten, zu hoffen, zu taktieren, ihm kleine, unauffällige Signale zu geben – diese ganzen Spielchen hingen ihr zum Hals heraus. Weil sich niemand traute, vollkommen unromantisch zu sagen: »Ich will es jetzt. Und zwar sofort!«

Und genau das wollte sie.

Sie raspelte kein Süßholz mehr, sie erzählte keine spannenden oder witzigen Anekdoten aus ihrem Leben, sondern wandte sich auf der Couch zu ihm hin, küsste ihn wild und leidenschaftlich und knöpfte gleichzeitig seine Hose auf.

Und nahm ihn in die Hand. Hart, fordernd und zärtlich zugleich.

Kein Mann konnte da widerstehen.

Auch Hajo nicht.

Er war nicht mehr bei Verstand, sein Wille schaltete sich aus, er ließ sich gehen und ließ es geschehen. Dachte an alles – nur nicht an die Konsequenzen.

Sie zog ihn und sich gleichzeitig aus, dabei streichelte, zwickte, knetete sie ihn, ihre Hände waren überall – er wusste nicht, wie ihm geschah.

Sie erhob sich ganz blank und bloß vor ihm mit ihrer unförmigen Taille, ihrem Hängebauch und ihren wogenden Brüsten.

Er schloss die Augen.

Sie ritt ihn, sie tobte auf ihm, sie machte ihn fertig.

Nur das wollte sie. Nichts anderes.

Und schließlich überkam es ihn. Er schnaufte, und seine Augen verengten sich zu Schlitzen, als er sie auf den Rücken warf und sie vögelte, wie sie noch nie in ihrem Leben gevögelt worden war. Sie glaubte zu explodieren, davonzufliegen, wollte diesen Moment festhalten.

Er wirkte ernst, leidenschaftlich, konzentriert, er schien sie zu begehren, und er war stark.

Es war vorbei. Sie hatten kein Wort gesprochen, und er ging ins Bad.

Als er wiederkam, lag sie nackt im Bett, hatte ihr linkes Bein um die Bettdecke geschlungen, umklammerte den oberen Teil der Bettdecke mit ihren Händen und schnarchte leise. Bewegte sich leicht, aber nur, um die Bettdecke noch fester an sich zu drücken.

Die Zeit war gekommen. Wenn, dann musste er es jetzt tun.

Aber er hatte einen Fehler gemacht.

Ihm brach der Schweiß aus.

Er atmete schwer.

Es war nicht die Angst, ihr ein Messer in die Brust zu rammen oder ihr den Hals zuzudrücken, das ging leicht, das wusste er mittlerweile. Nein, ihm wurde klar, dass er seine DNA hinterlassen hatte. Überall. In ihrer Wohnung, in ihrem Bett, in ihr.

Noch war er in keiner Kartei, aber es war einfach zu gefährlich. Irgendwann durch einen blöden Zufall ein Massen-DNA-Test wegen irgendeines Verbrechens, und er war dran.

Nicht wegen des unaufgeklärten Falles, aber wegen Diana Klee.

Was sie bei dem Richter gefunden hatten, wusste er nicht. Nicht viel wahrscheinlich. Eine unter tausend Spuren. Eine Hochzeit ist die DNA-Kontaktbörse schlechthin.

Und Lara Sennen? Da machte er sich überhaupt keine Sorgen. Ob die Italiener überhaupt DNA-Spuren genommen und untersucht hatten, war fraglich, und ob sie ihre Ergebnisse in die europäische Datenbank eingaben, noch mehr.

Nein. Gefährlich war nur Diana Klee. So wie sie da lag. Wenn er sie jetzt tötete, konnte er seine Spuren nicht verwischen. Unmöglich. Er konnte nicht ihre Möse auswaschen.

Er musste Zeit vergehen lassen.

Eine neue Möglichkeit abwarten.

65

Die Tage gingen ins Land, es wurde kühler. Der Wind fegte durch die Straßen und trieb die Blätter vor sich her, am frühen Morgen zog der Nebel durch die Stadt und umhüllte Häuser, Autos und Menschen mit einem geheimnisvollen Schleier.

Der Herbst kündigte sich an.

Um halb neun trat Diana auf die Straße, sie war spät dran.

Um neun begann ihr Arbeitstag, eine halbe Stunde brauchte sie für die Fahrt bis zur Anstalt, und sie war gern eine Viertelstunde vor neun da, um Kollegen zu begrüßen und zu hören, was es Neues gab.

Ihr Wagen stand zwei Straßen weiter vor einem kleinen Parkstück. Sie beeilte sich, lief fast im Laufschritt, öffnete ihren Wagen schon aus weiter Ferne mit der Fernbedienung, warf ihre Handtasche auf den Beifahrersitz, wollte den Motor starten, aber nichts passierte.

Kein Laut, kein Schnarren, kein Röcheln, kein Klingeln, kein Jaulen des Motors – gar nichts. Der Wagen schien vollkommen lahmgelegt, offensichtlich war die gesamte Elektronik total tot.

Fluchend stieg Diana wieder aus und holte ihr Handy aus der Handtasche. Es hatte jetzt wenig Zweck, den ADAC zu holen und das Auto abschleppen zu lassen, das würde alles viel zu lange dauern, sie brauchte ein Taxi.

Nur eine Querstraße weiter war ein großer Platz mit einem Taxistand, da warteten eigentlich immer ein paar Wagen.

Sie sah auf die Uhr. Zehn Minuten nach halb.

Jetzt rannte sie.

Wenn sie etwas auf den Tod nicht ausstehen konnte, dann war es zu spät zu kommen und sich rechtfertigen zu müssen. Selbst die Wahrheit klang wie eine dumme Ausrede, und man konnte sich anstrengen, wie man wollte, man wirkte immer wie jemand, der schlicht nicht aus dem Bett gekommen war.

Der Hohn der Kollegen war ihr sicher.

Am Stand warteten zwei Taxen. Sie lief auf das erste zu, sprang hinein, nannte die Adresse der JVA, und der Wagen fuhr los.

Während der Fahrt versuchte sie sich zu beruhigen. Auch andere kamen manchmal zu spät. Sie war eine der Pünktlichsten. Und wenn ihr Auto seinen Geist aufgab, konnte sie schließlich nichts dafür.

An einer Ampel stand neben ihr ein weiteres Taxi.

Und da sah sie ihn. Den Taxifahrer. Hajo. Sie war sich ganz sicher.

Verflucht noch mal.

Er hatte eine Kappe auf, sah stur nach vorne und bog links ab, während ihr Taxi geradeaus weiterfuhr.

Aber sie war sich hundertprozentig sicher: Es war Hajo gewesen.

Sie verstand die Welt nicht mehr.

66

Als Diana Klee endlich im Büro angekommen war, hatte sie sich gleich die Akte »Faruk Yilmaz« aus der Verwaltung geholt, um sich den Fall noch einmal genau in Erinnerung zu rufen:

Jenny Bergmann, fünfzehn Jahre alt, zart, schmal, mager, wirkte eher wie dreizehn. Zuerst mehrfach vergewaltigt, dann wurde ihr das Genick gebrochen.

Angeklagt und zu vier Jahren und drei Monaten Jugendhaft verurteilt: Faruk Yilmaz, der Haupttäter.

Zwei weitere Täter flüchtig, bis heute schwieg Faruk und nannte die Namen nicht.

Sie las weiter.

Die Mutter des Opfers, Karin Bergmann: Cellistin.

Der Vater des Opfers, Wolfgang Bergmann: Geiger.

Faruk war Dauergast im Knast. Saß schon mal ein wegen Raub, Diebstahl, illegalem Autorennen, Körperverletzung, versuchtem Totschlag – alles, was das Herz begehrt. Verbüßte zwei Drittel der Haftstrafe und wurde wegen guter Führung vorzeitig entlassen.

Lernte noch in demselben Sommer Jenny kennen.

Und so landete er nach dem Tod von Jenny wieder in der JVA.

Wieder hier bei ihr. In ihrer Obhut und Verantwortung. Oh Mann, Faruk.

Sie seufzte, legte die Akte auf ihrem Schreibtisch ab und ging zu Schulderinski ins Büro.

Dort stand der Gefangene Kaempf gerade vor Schulderinskis Schreibtisch und gab ihm einen Brief. »An meinen Schatz Nadine. Meine Verlobte. Wir heiraten, sobald ich draußen bin.«

»Aha. So, so«, sagte Schulderinski, sah in den Umschlag, entfaltete den Brief, warf einen Blick auf die Vorder- und die Hinterseite, und nur ein einziger Satz fiel ihm in der kurzen Zeit ins Auge: »*Muschilein, kannst du mir bitte eine SIM-Karte schicken, ein Handy hab ich schon.*«

»Alles klar«, sagte Schulderinski, »wird frankiert und geht auf die Reise. Schönen Tag noch!«

Kaempf verließ das Büro, und Schulderinski brach in brüllendes Gelächter aus. »Wie doof ist der denn?«, schrie er, konnte gar nicht mehr aufhören zu lachen, schnappte nach Luft und wischte sich die Tränen aus den Augen.

Dann sprach er mühsam weiter: »Na, da werden wir Freund Arne doch mal zum Duschen schicken und eine kleine Zellenkontrolle machen. Das Handy wird ja wohl zu finden sein.«

Schulderinski lachte immer noch, und Diana musste jetzt auch grinsen. »Zeig mir mal die Akte.«

Er reichte Diana die Akte Arne Kaempf. Sie überflog die Daten und Fakten. Arne war sechzehn, Vater Anwalt, Mutter Internistin. Großes Haus, teure Gegend, alles bestens, nur Söhnchen kreiste unentwegt aus, machte nur Mist, suchte sich den Kick beim Einbrechen. War insgesamt siebenunddreißig Mal auffällig und straffällig geworden, sein Vater haute ihn vor dem Jugendrichter jedes Mal raus.

Jetzt hatte es ihn erwischt. Weil er keine Lust hatte, auf dem Weg zu seiner Freundin auf den Bus zu warten, hatte er einfach ein Auto aufgebrochen, kurzgeschlossen, war durch die Stadt gebrettert, viel zu schnell, ohne Licht und über rote Ampeln. Dass er mit sechzehn noch keinen Führerschein hatte, verstand sich von selbst. Die Polizei konnte ihn stoppen, jetzt war Schluss.

Viereinhalb Monate. Bingo. Und das verzogene Söhnchen hatte Probleme mit seiner Unterbringung.

Diana klappte die Akte zu. »So einer ist ja direkt mal erfrischend. Hat durchaus einen gewissen Unterhaltungswert. Na dann: Viel Glück beim Suchen!«

Damit verließ sie das Büro.

Schulderinski durchsuchte Zellen seit zwanzig Jahren, er kannte die Tricks und die Verstecke. Ihm konnte man nichts vormachen, und er war voller Hochachtung, wenn ein Häftling ein Versteck kreierte, das für ihn neu war.

Er öffnete Arnes Zellentür. »Hej, Arne«, begann er. »Alles gut?«

Arne saß auf dem Bett, zog eine Augenbraue hoch und antwortete nicht.

»Schlechte Luft hier drinne«, sagte Schulderinski und öffnete das Fenster. »Bis zum Essen ist noch 'ne Stunde hin. Haste Lust zu duschen? Geh man, ist grade frei. Unterdessen mach ich hier 'ne kleine Zellenkontrolle. Nichts Besonderes, reine Routine.«

Arne sprang auf. »Niemals! Kommt nicht in die Tüte! Sie schnüffeln nich in meinen Sachen!«

Schulderinski grinste. »Aber so was von. Da kannste sicher sein! Und jetzt mach keine Zicken und hau ab, dann ist alles gut.«

Arne baute sich vor Schulderinski auf und stemmte die Hände in die Hüften. »Niemals! Nur über meine Leiche! Das dürfen Sie gar nicht!«

»Und wie ich das darf!« Schulderinski musste schon wieder lachen, unterdrückte es aber. »Pass mal auf, mein Freund, du gehst jetzt duschen und lässt mich meine Arbeit machen, oder es knallt und ich blase zum großen Programm: Keller, Einschluss, kein Hofgang mehr, keine Einkäufe, keine Vergünstigungen, gar nichts. Und wenn es noch nicht reicht, können wir auch noch den Fernseher konfiszieren. Alles ganz, wie du willst. Noch Fragen?«

Arne schüttelte den Kopf.

Schulderinski durchsuchte seinen Kulturbeutel nach dem Handy, drückte ihn dann Arne in die Hand, begleitete ihn zur Dusche und schloss ihn dort ein.

Anschließend begann er, Arnes Zelle zu durchsuchen.

Systematisch, klar strukturiert und routiniert.

Es dauerte genau zwölf Minuten, dann hatte er das Handy gefunden: in einem schmalen Spalt zwischen Neonröhre und Decke.

Nicht sehr originell, dachte er, aber du bist ja auch noch nicht lange hier, mein Freund.

Schulderinski rief Stegmeyer. »Guck mal, hier hab ich ein Handy gefunden. Kannst du es mal bitte bezeugen?«

»Aber selbstverständlich«, sagte Stegmeyer.

Ein Handy in der Zelle war immer ein No-go. Stand auf gleicher Stufe wie Drogen und zog ebenfalls das große Programm nach sich. Einschluss.

Schulderinski ging, um Arne aus der Dusche abzuholen.

67

»Karin!«, rief er laut und trat hinter einem parkenden Auto hervor.

Wie elektrisiert blieb sie stehen. »Was willst du?«

»Ich muss dir etwas Wichtiges sagen. Können wir irgendwo reden? In deiner Wohnung? In einem Café? In meinem Auto? Wo du willst, aber ich muss mit dir reden! Wir können auch einen Spaziergang machen, wenn dir das lieber ist. Bitte!«

Sie schien einen Moment zu überlegen. Dann sagte sie: »Gut. Komm mit rauf. Da sind wir ungestört.«

»Wolltest du gerade weg?«

»Ja, ein paar Kleinigkeiten einkaufen, aber das ist nicht so furchtbar wichtig.« Sie drehte sich um, ging zurück und schloss die Haustür auf.

Wolfgang hielt ihr die Tür auf und folgte ihr. Er war fassungslos, dass sie so schnell und kampflos bereit gewesen war, mit ihm zu reden, er hatte sich auf lange und hitzige Diskussionen auf der Straße, verzweifeltes Betteln und dann hartnäckiges Verfolgen eingestellt. Aber heute schien sie sanftmütig und offen ihm gegenüber zu sein.

Er würde herausfinden, warum.

Voller Wehmut betrat er die Wohnung. Hier waren sie zusammen glücklich gewesen, bevor dies alles passierte. Hier hatten sie einmal miteinander alt werden wollen. Aber dann musste und wollte er gehen, als sie ihre Trauer um Jenny und ihre Wut nur noch gegeneinander richteten und ein Miteinander unmöglich geworden war.

Er liebte diese Wohnung, beneidete Karin darum, aber er gönnte sie ihr auch.

Vielleicht war der Verlust eines Kindes für die Mutter noch schrecklicher als für den Vater? Das konnte er nicht beurteilen.

Er war so lange nicht mehr hier gewesen.

Die Wohnung war kaum wiederzuerkennen. Bücher, Kisten, Taschen, Kartons stapelten sich, stinkende Plastiktüten mit Abfall, das Wohnzimmer war eine einzige Müllkippe.

Auf dem großen, dunkelbraunen Ledersofa vor dem Fernseher hatten sie sich geliebt, er konnte kaum hinsehen. Darauf stapelten sich Mülltüten, Zeitschriften, Zeitungen, alte Klamotten, leere Konservendosen und Pizzakartons.

Eine Wiederholung war unmöglich. Das wusste er.

Vielleicht gab es einen Neuanfang, wenn seine Mission beendet war.

Karin.

In seinem Leben gab es nun nichts Wichtigeres mehr als sie.

Alles andere hatte er verloren.

Karin räumte notdürftig einen Zeitungsstapel von der Couch, er legte schmutzige Wäsche vom Sessel auf den Boden.

»Wie geht es dir?«, fragte er, als sie sich gegenübersaßen.

Sie zuckte die Achseln.

Er stand auf und ging zum Esstisch, auf dem ein Sammelsurium von Tablettenschachteln lag.

»Nimmst du das alles?«

»Der Arzt hat es mir verschrieben«, sagte sie tonlos.

»Da sind jede Menge Psychopharmaka dabei!«

»Na und?« Sie sah ihn nicht an, sondern starrte auf ihre Finger, die sie unentwegt knetete. »Die Tabletten tun mir gut.«

Er nickte. »Ich hab einen Typen gesehen, einen mit einem extrem langen Schädel, mit dem du zusammen hier aus dem Haus gekommen bist … Hast du eine neue Beziehung?«

»Nicht wirklich. Er würde gerne, aber ich kann nicht.« Sie verschränkte die Arme fest vor ihrem Körper. »Ist es das, warum du gekommen bist? Dann kannst du gleich wieder gehen.«

»Nein, das ist es nicht.«

»Sondern?«

Sie war so kurz angebunden, dass er nicht wusste, wie er anfangen sollte.

»Karin, ich denke vierundzwanzig Stunden am Tag an Jenny. Ich kriege sie einfach nicht aus meinem Kopf, und vielleicht will ich sie auch gar nicht aus meinem Kopf kriegen, denn wenn sie aus meinen Gedanken verschwunden wäre, das wäre das Allerschlimmste überhaupt!«

Karin nickte stumm.

»Aber es gibt einige Leute, die schuld sind an ihrem Tod.«

»Ich weiß«, flüsterte Karin. »Ich weiß es nur zu gut, und ich hasse sie.«

»Den Richter gibt es nicht mehr«, sagte Wolfgang leise. »Und die Anwältin auch nicht. An der Psychologin und dem Täter arbeite ich noch. Es geht nicht schnell, es ist nicht einfach, aber ich kriege es hin. Glaub mir.«

Karin starrte ihn mit großen Augen an.

»Du bist verrückt.«

»Kann sein. Aber vielleicht kannst du mich dann, wenn alles erledigt ist, wieder lieben?«

»Vielleicht.«

»Ich liebe dich, Karin.«

»Ich weiß nicht, ob ich dich noch liebe. Ich habe vergessen, wie es sich anfühlt.«

Er stand auf. »Das wollte ich dir sagen. Glaub nie, dass ich Jenny zu den Akten gelegt habe. Ich bringe die Sache zu Ende. Es ist mein Liebesdienst für Jenny und für dich. Vergiss das nicht. Niemals. Auch wenn es noch dauert. Wenn es vollbracht ist, komme ich wieder und bitte dich um deine Hand. Und ich hoffe, dass du sie mir noch einmal gibst. Dass du sie mir für immer entzogen hast, ist meine einzige Angst.«

Karin hatte Tränen in den Augen, als sich Wolfgang mit einem Kuss auf die Wange verabschiedete und ging.

Jenny.

Wenn sie Faruk nicht kennengelernt hätte, wäre das alles nicht passiert.

JENNY BERGMANN

68

2014

Jenny behauptete, jeden Morgen zwei Toastbrote mit Nutella zu essen, Pommes weiß-rot direkt nach der Schule zu lieben, ebenso Spargelrisotto, wenn es ihr Vater machte, Curry-Fischfilet mit Kräutern, wenn es ihre Mutter kochte, außerdem Marzipan, Marshmallows, weiße Gummibärchen und Vanille-Schoko-Eis.

»Für diese Dinge würde ich töten«, verkündete sie gerne, laut und häufig. Das war ein Scherz, natürlich, und eine Lüge, denn Jenny war eins achtundfünfzig groß und wog achtunddreißig Kilo, war einen halben Kopf kleiner als ihre Klassenkameradinnen, hatte dünne Ärmchen, dünne Beinchen und kaum Busen, während die anderen Mädchen in ihrer Klasse ihre teilweise üppigen Oberweiten stolz in gigantische BHs pressten.

Jenny war ein mickriger, schüchterner Engel, und das lag daran, dass sie zwar ständig übers Essen redete, aber so gut wie nichts aß. Wenn es sonntags gebratenes Hähnchen mit brauner Soße, Brokkoli und Reis gab, dann stocherte sie tapfer auf ihrem Teller herum und ging zehn Minuten später auf die Toilette, um alles wieder auszukotzen.

Sie hatte eine Essstörung, die sich gewaschen hatte, litt unter Bulimie und war mit Riesenschritten auf dem Weg in die Magersucht.

Aber sie war eine Meisterin des Vertuschens, und weder Karin noch Wolfgang merkten, wie schlimm es um Jenny stand. Sie fanden zwar, dass ihre Tochter sehr klein, zart und dünn für ihr Alter war und nur wie ein Spatz aß, aber gut, es gab Spätzünder, ein zu dünnes Kind war allemal besser und gesünder als ein zu dickes.

Karin legte großen Wert auf die gemeinsamen Mahlzeiten. Wenn sie es zeitlich irgendwie einrichten konnte, kochte sie aufwendig und liebevoll, und es fiel ihr nicht auf, dass Jenny jedes Mal nach fünf, zehn, fünfzehn oder zwanzig Minuten hinaufging ins Bad. Und kurz darauf zurückkam. Lächelnd. Und sagte, sie möge keine Nachspeise. Vielleicht später einen Kaffee. Und dazu ein Stückchen Marzipan.

Für Karin und Wolfgang war das alles ganz normal.

Jenny war fünfzehn und brauchte noch keinen BH. Ihre spitzen Brustknospen drückten sich durch jedes T-Shirt. Das war eben so. Da konnte man nichts gegen machen.

Jenny war lieb. Sie sagte, wo sie hinging, und sie kam nie zu spät nach Hause. Karin und Wolfgang brauchten sich keine Sorgen zu machen. Sie hatte den Kopf voller mathematischer Formeln und voller Komplexe. Was sie fühlte, war ihre Minderwertigkeit.

In ihrer Klasse waren die meisten fett. Die Jungs schrien denen »fettes Schwein«, »dicke Sau« und »Wabbelschlampe« hinterher, aber Jenny ließen sie in Ruhe. Sie wollte Model werden, ihnen allen zeigen, dass sie toll war. Jetzt wünschte sie sich, dafür bewundert zu werden, dass sie mit Leichtigkeit den Aufschwung am Stufenbarren schaffte, dass sie wie eine Feder übers Pferd grätschte und ohne Mühe am Seil bis unter die Decke der Turnhalle kletterte.

Aber das passierte nicht. Niemand bewunderte und beklatschte sie.

Denn Manuela, eine von den fetten Schweinen, ließ die Kerle ran und war die Königin. Die Jungs standen Schlange, wühlten in den Fettmassen, und Manuela prahlte von ihren Orgasmen.

Die sich Jenny gar nicht vorstellen konnte.

Kein Junge interessierte sich für sie.

Jenny hatte drei Freundinnen: Ina, Mona und Aysen. Die drei wussten, dass Jenny kaum was aß und das wenige regelmäßig wieder hochwürgte und ausspuckte, aber sie sagten nichts.

So war Jenny eben. Andere kifften, soffen oder vögelten in der Gegend herum. Einige stellten sogar Filme ins Internet, wenn sie sich selbst einen runterholten. Jede war anders gestrickt. Und Jenny kotzte eben. Was soll's.

Ina war eine Fette, Mona war so groß, dass sie nicht wusste, wohin mit sich, und bei Aysen sprießte bereits ein leichter Flaum über der Oberlippe, was sie ganz unglücklich machte.

Aber die vier waren eine verschworene Gemeinschaft, und Jenny hatte das Gefühl, wenigstens Freundinnen zu haben.

Mona wohnte mit ihren Eltern in einem kleinen Haus mit vier Zimmern, Küche, Bad, Gästeklo und einer kleinen Terrasse auf einem achthundert Quadratmeter großen Grundstück.

Für Jenny, die nur ihre Altbauwohnung kannte, ein Erlebnis wie der Kruger-Nationalpark.

Mona gab eine kleine Grillparty und lud ihren Freund Lukas, Ina und Kai, Aysen, deren Freundin Leyla und Faruk ein.

Jenny kam allein. Sie hatte niemanden, den sie mitbringen konnte.

Jenny kannte kein anderes Gefühl, als allein zu sein. Sie war noch niemals zu zweit gewesen.

Faruk war Leylas Bruder. Leyla war vierzehn, und in diesem Alter schon einen Freund zu haben – das ging in ihrer Familie gar nicht. Aber sie hatte ja Faruk, und der passte auf sie auf.

Monas Vater grillte die Würste, Monas Mutter schleppte Salate und Getränke heran.

»Mein Gott, Jenny!«, sagte Monas Mutter. »Du wirst ja immer dünner und bist wirklich nur noch Haut und Knochen. Wie sieht's aus? Wie viele Würste willst du? Eine oder zwei?«

»Eine«, sagte Jenny verlegen lächelnd. »Die sehen echt toll aus. Und ein bisschen Salat, bitte.«

»Geht's dir gut?«, fragte Monas Mutter mit skeptischem Seitenblick, während sie Jenny auftat. »Ich hab dich lange schon nicht mehr gesehen.«

»Ist alles prima«, sagte Jenny und versuchte zu grinsen. »Echt. Alles in Ordnung. Ich soll auch schön grüßen von meinen Eltern.«

Monas Mutter sagte nichts dazu, sondern zog nur die Augenbrauen hoch. So ein Satz kam ihr von einer Fünfzehnjährigen komisch vor. Aber nun ja. Vielleicht war wirklich alles gut.

Sie gab Jenny den Teller mit der Wurst und dem Salat. »Lass es dir schmecken. Was möchtest du? Senf oder Ketchup?«

Jenny überlegte ziemlich lange. Dann sagte sie: »Senf, bitte.«

Monas Mutter spritzte ihr etwas auf den Teller und lächelte sie an.

Jenny lächelte zurück und drehte sich weg.

Sie überlegte, ob sie die Wurst unbemerkt ins Gebüsch schmeißen könnte. Monas Eltern hatten zwei Hunde, die würden sie vielleicht fressen. Aber dann traute sie sich doch nicht: Es würde auffallen, wenn sie mit ihrem Teller ins Gebüsch ging, sie waren ja nur so wenig Leute.

Wo konnte sie sich denn vielleicht in Ruhe den Finger in den Hals stecken, wenn sie das alles aß? Der gefüllte Teller erschien ihr wie ein unüberwindlicher Berg. Diese Mengen von Wurst und Salat durften niemals in ihrem Bauch bleiben. Das würde sie umbringen.

Mit ihrem Teller in der Hand stand sie verloren und unschlüssig in der Gegend herum und überlegte. Sie würde sich später heimlich in die Toilette verdrücken, dann brauchte sie sich jetzt keine Sorgen zu machen, also würde sie die Wurst und den Salat erst einmal essen. Das würde schon gut gehen.

Sie sah sich um. Ina, Kai, Mona und Lukas standen zusammen und tranken Bier. Jenny wunderte sich, dass Monas Eltern nichts dagegen hatten.

Aysen und Leyla saßen in der Hollywood-Schaukel, Jenny hatte keine Lust, sich dazuzuquetschen, bequem war die Schaukel nur für zwei Personen.

Unterhalb einer großen Tanne stand ein Holzklotz. Dort könnte ich mich hinsetzen und diese verdammte Wurst essen, dachte sie, als sie jemand am Ärmel zog.

»Hi! Was stehst du hier so alleine rum?«, fragte Faruk.

»Keine Ahnung. Nur so eben.« Eine blödere Antwort gab es kaum, das war ihr schon klar, aber sie konnte es nicht mehr ändern.

»Schmeckt's dir?«, fragte Faruk.

»Keine Ahnung. Hab noch nicht probiert.«

»Mach mal. Ich hab schon drei Würste gegessen. Echt geil. Mach grade 'ne Pause, weil ich noch fünf essen will. Is alles umsonst hier! Hammer! Draußen zahlst du für eine Wurst zwei fünfzig! Und hier gar nichts! Da kann man sich ruhig mal fünf bis zehn reinziehen, oder?«

Jenny nickte und grinste. »Isst du denn Schweinefleisch?«

»Logo. Zu Hause nich, hier schon.«

»Für Leyla und Aysen hat Monas Mutter extra Sojawürstchen besorgt.«

»Kann sein. Find ich affig. Und die schmecken auch nich. Wenn ich zehn Sojawürste esse, bin ich tot, nach zehn normalen bin ich satt.«

»Cool. Aber so viele schaff ich nicht.«

»Das sieht man!« Faruk schlug sich auf die Schenkel und lachte. »Irgend so ein Klugscheißer-Schriftsteller, keine Ahnung, hat ein Buch geschrieben, das heißt: *Wem die Stunde schlägt.* Ich glaube, wenn einem die Stunde schlägt, muss man sie nutzen. Und wenn es hier Würste gibt, muss man sie essen. Verstehst du? Man muss sich richtig den Bauch vollschlagen, denn morgen is vielleicht Schicht. Schicht im Schacht. Und nichts gibt's. Dann ist gut, wenn du 'ne volle Wampe hast!«

Faruk grinste so süß, und Jenny war hin und weg. Der Typ war einfach irre. Er sah sie an, und sie schmolz dahin.

Jenny blickte auf den Boden und wusste nicht, was sie machen sollte.

»Du musst jetzt langsam mal deine Wurst essen, sonst ist die steinhart und eiskalt und schmeckt nicht mehr«, sagte Faruk grinsend. »Ich mein ja bloß.«

Jenny nickte und marschierte in Richtung Tanne und Holzklotz.

Faruk folgte ihr und setzte sich neben sie.

Und dann legte er den Arm um sie.

So etwas hatte Jenny noch nie erlebt.

Sie ließ vor Schreck die Gabel wieder sinken, stellte den Teller neben sich und sah Faruk an.

Und dann bekam sie den ersten Kuss ihres Lebens. Er wühlte mit der Zunge in ihrem Mund herum, und sie fand es komisch und auch ein bisschen eklig, aber dann immer besser, und sie spürte ein heißes Ziehen in ihrem Unterleib.

»Du bist 'ne süße Braut«, sagte Faruk und wischte sich mit dem Ärmel über den Mund. »Samstag rappe ich mit ein paar Kumpels im Görlitzer Park. Kommst du?«

»Cool. Klar!«

Er grinste und zog sie hoch. »Komm, wir holen uns noch eine Wurst. Oder auch zwei.«

Er zwinkerte ihr zu, und sie musste lachen.

69

»Wo gehst du hin?«, fragte Karin, als Jenny vor ihr stand und noch einen Schluck aus der Wasserflasche nahm.

Sie war ganz irritiert, weil Jenny zum ersten Mal geschminkt war, ihre Haare offen trug und richtig erwachsen aussah.

»Hab mich mit Ina, Mona und Aysen verabredet. Lukas, Monas Freund, gibt 'ne Party. In Friedrichshain. Soll cool sein.«

»Wer ist da sonst noch so?«

»Keine Ahnung, jede Menge Leute, Kai, Rachel, Ösen, Julian, Biggi, Tina, Tilli, Michi, Faruk, Leyla, ach, was weiß ich.«

»So viele Leute lädt der Lukas ein?«

»Ja, er hat den Führerschein gemacht.«

»Aha.« Karin nickte. »Schreib mir mal die Adresse auf.«

»Die weiß ich nicht genau, weil ich ja mit Mona, Ina und Aysen zusammen hinfahre.«

»Wie kommt ihr hin?«

»Mit der U-Bahn.« Jenny verdrehte die Augen. »Is jetzt mal langsam gut? Oder willst du noch 'ne Kopie vom Ausweis von Lukas' Eltern haben? Das is echt peinlich, Mama!«

Karin ließ sich nicht beirren. »Wann bist du zurück?«

»Um zwölf.«

»Um elf.«

»Oh Mann, ej, ich bin doch kein Baby mehr!«

»Elf ist mein letztes Wort. Oder gar nicht.«

Jenny stöhnte auf.

»Wie kommst du zurück?«

»Mit der U-Bahn!«, schrie Jenny ihrer Mutter ins Gesicht und heulte fast.

»Kommt nicht infrage! Nicht um diese Zeit!« Sie nahm ihr Portemonnaie aus ihrer Handtasche und gab Jenny fünfzig Euro. »Hier. Für ein Taxi. Den Rest krieg ich wieder, okay?«

Jenny nickte stumm.

»Und bitte, Jenny«, Karin blickte Jenny tief in die Augen, »rauch nicht, sauf nicht und pass auf dich auf, ja?«

»Ja klar, Mama.« Sie drückte ihrer Mutter einen Kuss auf die Wange und ging.

Die Tür fiel ins Schloss, und Karin dachte: Das sind ja ganz neue Moden. Aber vielleicht wurde ihre Tochter auch einfach nur erwachsen.

»Ina, hi, hier is Jenny. Du, kommst du mit in den Görlitzer Park? Da machen so 'n paar Typen Musik. Rap und so. Faruk is auch da. Hast du Lust?«

»Nee. Kein Bock. Andermal vielleicht.«

»Schade.«

»Ja. Bis denne.«

Sie wählte die nächste Nummer.

»Mona, hi, hier is Jenny. Du, kommst du mit in den Görlitzer Park? Da machen so 'n paar Typen Musik. Rap und so. Faruk is auch da. Hast du Lust?«

»Geile Idee, aber ich hab mich grade mit Lukas zum Kino verabredet. Hättest du fünf Minuten früher angerufen, wären wir vielleicht mitgekommen. Sorry! Lass es krachen!«

»Ja, danke. Tschüs.«

Bei Aysen meldete sich niemand.

Jenny nahm ihren Rucksack und fuhr los.

Im Görlitzer Park war absolut tote Hose.

Nirgends eine Menschenansammlung, nirgends Musik, Stimmengewirr oder der Hinweis darauf, dass dort irgendetwas stattfand.

Jenny war völlig hilflos, allein und verwirrt. Was sollte sie jetzt tun? Einfach wieder gehen? Aber vielleicht würde sie Faruk dann nie wiedersehen?

Wenn jetzt wenigstens Ina oder Mona hier gewesen wären, dann wäre sie sich nicht so verloren vorgekommen, dann hätten sie gemeinsam etwas machen können, aber so …

Allein wusste sie nie, was sie tun sollte.

Der Görlitzer Park war groß. Vielleicht war sie verkehrt, aber sie stand dort, wo man direkt von der U-Bahn aus in den Park ging. Weiter hinein traute sie sich nicht.

Der Park war ein ganz übler Ort, und allmählich wurde es dunkel. Sie hatte ihrer Mutter gegenüber die Coole, die Mutige gespielt, aber das war sie nicht. Ganz und gar nicht.

Und jetzt wusste sie nicht ein noch aus.

Sie ging unschlüssig auf und ab, zitterte immer mehr und sah dauernd auf die Uhr. Gerade als sie sich noch einmal zehn Minuten gab, dann würde sie mit der U-Bahn zurück nach Hause fahren, näherte sich Faruk.

Leise, langsam.

Sie schrie, als er sie von hinten mit seinen Armen umfing.

Er beruhigte sie. »Jenny, isch bin's! Faruk! Alles gut!«

Sie sah ihn entsetzt an.

Er trat ungeduldig vom rechten aufs linke Bein, sah zu Boden und sagte: »Große Scheiße, Konzert fällt aus. Keine Ahnung warum, die Kumpels haben keinen Bock oder was weiß isch. Oder haben keine Publicity gemacht und keine Sau weiß, dass hier das Event des Jahrhunderts stattfinden soll. Echt übel. Man kann sich auf keinen verlassen. Und jetzt? Jetzt steh ich da. Hab mein Programm geübt wie ein Bekloppter, und was ist? Nichts! Du, die Typen gehen mir so was von auf den Zeiger, komm mit zu mir nach Hause, wir stellen einen Rap von mir ins Internet, und dann geht's los. Dann verdien ich mich wund, so geil ist die Nummer.«

»Was sagen denn deine Eltern, wenn ich mit zu dir nach Hause komme?«

Faruk riss die Augen auf. »Nichts! Wieso? Ich kann doch mitbringen, wen ich will! Da sagt keiner was. Also bitte!«

Jenny war froh, aus dem mittlerweile dunklen Park herauszukommen.

»Okay«, sagte sie. »Fahren wir zu dir.«

70

Das Mietshaus, in dem Faruk wohnte, hatte einen eintönigen, grauen Hinterhof, wo Mülltonnen, Fahrradständer und eine verwitterte zerbrochene Bank standen, während eine kümmerliche Kastanie, die jetzt im Sommer bereits braune Blätter hatte, mühsam vor sich hin trocknete.

Anscheinend erbarmte sich keiner und goss ab und zu mal einen Eimer Wasser an die fast völlig zubetonierten Wurzeln.

Jenny tat das Bäumchen, das sich immerhin schon bis in die Höhe des ersten Stockes gekämpft hatte, unendlich leid.

Die rechte Hälfte des Hofes lag voller Müll. Alte Matratzen, Autoreifen, vollgeschissene Babywindeln, eine zerbrochene Kommode, alte Pfannen und Töpfe, Tellerscherben, ein zerschnittener Koffer, ein verbeultes Fahrrad, ein ausgedienter Kühlschrank und jede Menge Abfalltüten. Verschlossene und aufgeplatzte, dazu Küchenabfälle aller Art ...

Wer im Parterre wohnte, konnte vor lauter Müll kaum aus dem Fenster sehen.

»Was soll das denn?«, fragte Jenny angewidert.

»Da drüben im rechten Flügel wohnen nur Rumänen. Die werfen ihren ganzen Dreck aus dem Fenster. Das ist so in Rumänien. Das ist bei denen Kultur, hat unsere Lehrerin gesagt.« Er tippte sich an die Stirn. »Isch will hier weg aus diesem Loch, verstehste? Isch hau ab und werde Rapper, und isch schwör dir, isch mach die ganz große Kohle. Und dann wohn isch irgendwo mit eigenem Haus und so, wo es keine Rumänen gibt, die ihren ganzen Scheiß aus dem Fenster schmeißen.

Du kannst da echt zugucken: Wenn Essen fertig ist, machen sie das Fenster auf und kippen den ganzen Dreck von den Tellern raus auf den Hof. Nachts tanzen hier die Ratten, und die Stadtreinigung denkt gar nicht daran, den Müll zu holen.

Komm rein, nicht hingucken, sonst wird dir schlecht.«

Jenny schwieg und folgte Faruk ins Haus.

In der Wohnung war es stickig, roch dumpf und ein bisschen modrig. Die Wände waren zugepflastert mit Bildern, auf den Schränken und Kommoden lagen Deckchen und Tücher, mit Spitze und Tüll, bestickt und gehäkelt, rosa, lila und gold, überall Nippes aller Art, Kerzen, kleine silberne Moscheen, Teetässchen, Blumenvasen mit künstlichen bunten Blumen – Jenny war wie erschlagen.

Auch auf dem Sofa und den Sesseln lagen Kissen und Decken neben- und übereinander. Jenny konnte nicht sagen, welche Farbe das Sofa ursprünglich hatte. Die Teppiche am Boden schichteten sich drei- und vierfach übereinander, man musste genau hinsehen, um nicht zu stolpern.

Die abgestandene Luft im Wohnzimmer wurde von einem schweren, süßlichen Geruch überlagert, und Jenny hatte das Gefühl, nicht richtig atmen zu können.

Aus der Küche kam eine freundliche, sehr korpulente Frau mit Kopftuch, trocknete ihre Hände an ihrer Schürze ab und reichte Jenny die Hand.

»Guten Tag«, sagte sie mühsam.

»Hallo«, sagte Jenny, und die Frau lächelte und nickte.

»Das ist meine Mutter«, erklärte Faruk, »und das ist Jenny, meine Freundin.«

Die Frau nickte erneut.

Dann sagte ihr Faruk in barschem Ton etwas auf Türkisch, das Jenny nicht verstand.

Die Frau nickte zum dritten Mal und verschwand wieder in der Küche.

»Komm«, sagte Faruk und zog Jenny in sein Zimmer.

»Was hast du ihr gesagt?«, fragte Jenny.

»Dass wir unsere Ruhe haben wollen.«

Faruks Zimmer war penibelst aufgeräumt.

Ein fast leerer Schreibtisch, Bücher akkurat übereinander, die Bettdecke exakt glatt gezogen, nichts lag herum, das Fenster war geputzt, der Fußboden gesaugt, nirgends ein Staubkorn oder eine Spinnwebe.

»Hier ist es aber ordentlich …!«, sagte Jenny beeindruckt.

»Macht meine Mutter. Oder Schwester. Jeden Tag. Aufräumen und sauber machen ist Weiberkram.«

Jenny schwieg.

Faruk öffnete den Schrank. Auch seine Pullover und T-Shirts waren alle perfekt zusammengelegt und aufeinandergestapelt.

Er deutete auf eine Kassette auf dem Boden des Schrankes. »Hier, mein Geheimfach. Ich hab Schlüssel, meine Mutter weiß nich, was drin ist, meine Schwester auch nich. Nur ich. Nichts für Mädchen. Sie wissen, wenn sie aufbrechen, sind sie tot.«

Das hatte er im Knast gelernt. Was einem wirklich wichtig war, musste man wegschließen oder verstecken. Und in seiner Kassette hortete er geklautes Geld, Drogen, Gras, Pornos, erbeuteten Schmuck, den er irgendwann mal zu Geld machen wollte.

An den Wänden Poster von einer türkischen Fußballmannschaft und von Bushido.

»Bushido is geil«, meinte Faruk, als Jenny vor dem Plakat stand. »Macht geile Texte, geile Musik, echt geil. Erst kommt Bushido, dann komm ich!«, grinste er. »Und in ein paar Jahren ist es umgekehrt. Ich schwör's. Ich hab's drauf. Ich weiß, wie's geht. Wenn ich meinen Rap ins Internet stelle, kennt mich ganze Welt.«

»Kannst du ihn mir mal vormachen? Ich würd den so gerne mal hören.«

»Ich hab nich nur einen, Baby, nee, Hunderte. Aber gut, ich performe dir mal meinen neusten, meinen aktuellsten, den ich auch heute noch ins Netz stelle. Mal sehn, wie das geht. Kannst du so was?«

Jenny schüttelte verschreckt den Kopf. »Nee, gar nicht.«

»Na, egal. Ich hab ein paar Kumpels, die machen mir das.«

»Bitte, spiel ihn mir mal vor.«

»Okay. Musik du musst dir denken, ich dachte ja, mein Kumpel kommt heute, der hat Synthy, aber ich kann das auch ganz ohne was, klingt nur nicht ganz so toll.«

»Ich kann mir das echt vorstellen. Bitte, mach mal.«

Faruk baute sich direkt vor dem Fenster auf, holte tief Luft, bewegte sich ein paarmal im Takt, hatte die typische Rap-Handhaltung, in der er mit Zeige- und kleinem Finger im Takt in Richtung des Geschlechtsteils zeigte, und begann:

Isch bin Faruk, isch sag euch, wo's langgehen soll,
Ihr Arschlöcher habt doch die Hosen voll,

Ihr pisst euch ans Bein, wenn einer sticht,
Ej, hau bloß ab Mann, du Arschgesicht.
Isch bin Faruk, pass auf du, isch mach dich alle,
Isch hab meine Jungs: Hasim, Mehmet und Kalle,
Die machen dich kalt, du mieses Stück Scheiße,
Das schwör isch dir, du weißt, wie isch heiße.

Dieses Drecknest, das is meine Stadt,
Die nur Gestörte und Vollidioten hat,
Penner, Assis und Verlorene,
Bärte, Burkas, im Müll Geborene,
Asylos, Psychos, Kriminelle,
Das is die neue deutsche Welle.
Die ganze Welt is hier zu Gast,
Wo du nur noch Bekloppte um dich hast.

Isch bin Faruk, isch schlag dir die Fresse ein,
Nach fünfzig Verfahren wird's auch in der Presse sein,
Isch bin jetzt wer, hab meinen Kiez im Griff,
Meine Stadt is der Eisberg fürs sinkende Schiff.
Hier mach isch Knete, hier werd isch nich alt,
Hier kotz isch täglich, hier mach isch dich kalt.
Nie wieder Knast, lieber 'n Loch im Bauch,
Wir sind im Krieg, irgendwann kapiert ihr das auch.

Dieses Drecknest, das is meine Stadt,
Die nur Gestörte und Vollidioten hat,
Penner, Assis und Verlorene,
Bärte, Burkas, im Müll Geborene,
Asylos, Psychos, Kriminelle,
Das is die neue deutsche Welle.

Die ganze Welt is hier zu Gast,
Wo du nur noch Bekloppte um dich hast.

Faruk hatte einen hochroten Kopf bekommen.

Er hielt inne und sah Jenny an.

Jenny hatte einen ebenso roten Kopf, aber jetzt klatschte sie wie verrückt.

»Faruk, das ist echt cool! Wahnsinn! Du bist der Größte, ich hätte nie gedacht, dass du so was Tolles, einen so geilen Rap machen kannst! Stell das ins Internet, das kommt ganz groß raus, da bin ich überzeugt von!«

Sie fiel ihm um den Hals, und er drückte sie an sich.

Ließ sie nicht mehr los, hielt sie ganz fest.

Stieß sie gegen die Wand und küsste sie.

Drang so tief in ihren Mund ein, dass sie kaum noch Luft bekam, während seine Hände über ihren Körper wanderten, ihre kaum vorhandenen Brüste kneteten, dann immer tiefer rutschten, ihre sehr schmale Taille abtasteten und dann mit einem raschen Schnips den Knopf ihrer Jeans und den Reißverschluss öffneten.

So schnell konnte Jenny gar nicht denken, wie Faruks Hand in ihrer Hose verschwunden war.

Sie war erschrocken und erregt zugleich und fühlte sich so großartig, so unglaublich erwachsen. Wahrscheinlich machten alle das, und jetzt gehörte sie dazu.

Mit ihrer Klitoris hielt er sich nicht auf, sie fühlte nur ein warmes, wohliges Erschauern, als seine Hand vorüberglitt, dann drang er mit zwei Fingern in ihre Möse ein.

In diesem Moment war sie hochgradig entsetzt, das hatte sie nicht erwartet, sie fühlte sich grauenvoll, verletzt, quietschte, sprang weg, drückte Faruks Hand zurück und schloss eilig ihre Hose.

Sie war völlig verwirrt, wusste nicht, was sie denken sollte, stand da wie ein verwundetes Reh, als es an die Tür klopfte.

»Faruk!«, rief Tarik mit tiefer, sonorer Stimme. »Die Mutter hat gesagt, du hast Besuch. Kann ich mal begrüßen?«

»Na klar«, sagte Faruk und öffnete die Tür. »Mein Vater – Jenny, meine Freundin.«

»Freut mich«, sagte Tarik und schüttelte Jenny die Hand. »Wo habt ihr euch kennengelernt?«

»Auf einer Grillparty von Freunden.«

»Sehr schön. Was für eine Grillparty?«

»Es gab auch Veggiewürste, Papa. Die gibt es mittlerweile überall.«

»Das ist gut. Isst du gerne Fleisch?«, fragte er Jenny.

Jenny schüttelte den Kopf. »Nein, überhaupt nicht.«

»Das ist gut.« Er sah Faruk an. »Viel Spaß noch. Unterhaltet euch schön.«

»Ja, danke.« Faruk schloss hinter seinem Vater die Tür. »Jetzt kommt ganz bestimmt niemand mehr. Mein Vater hat alles geklärt, und meine Mutter und meine Schwester trauen sich nicht. Weil sie sonst nämlich eins aufs Maul kriegen, verstehste?«

Jenny nickte eingeschüchtert. »Es tut mir leid, Faruk, aber ich möchte jetzt nach Hause.«

Faruk stand auf. War wütend. »Aber was willst du, verdammt? Hier alles klar. Niemand kommt mehr herein. Wir sind unter uns, ja? Du kannst bleiben, solange du willst. Bis morgen früh. Interessiert niemanden. Wo gibt's so was? So eine Freiheit?«

»Bitte, Faruk, ich möchte nach Hause. Wir treffen uns ein andermal, ja? Ich hab meiner Mutter gesagt, ich bin um zehn zu Hause, und jetzt ist es halb. Ich muss echt los, sonst krieg ich ein Problem, und dann können wir uns nie wieder treffen, okay?«

»Ja. Scheiße«, sagte Faruk und war richtig wütend.

»Bitte nicht böse sein«, flehte Jenny.

Faruk brummte nur.

»Bringst du mich noch runter?«

Faruk brummte erneut, aber er stand auf. »Na gut. Komm.«

Vor der Tür verabschiedeten sie sich mit einem zarten Kuss auf die Wange.

»Rufst du mich wieder an?«, fragte Jenny unsicher.

»Klar doch. Warum nich? Aber dann klär das zu Hause und hab mehr Zeit.«

»Mach ich.«

Faruk fasste sich an die Schirmmütze.

»Dein Rap war wirklich toll«, sagte sie leise, wusste aber nicht, ob Faruk es noch gehört hatte, denn er drehte sich in diesem Moment um und ging davon.

Sie schlug die entgegengesetzte Richtung ein.

Zur U-Bahn.

71

Faruk chattete mit Salim über WhatsApp.

Faruk: »Hab 'ne kleine Braut kennengelernt. Muss noch zugeritten werden. Können wir deine Bude haben?«

Salim: »Klar. Wann?«

Faruk: »Samstag? Ab fünf?«

Salim: »Okay.«

Faruk: »Wie viel?«

Salim: »Ein Hunni bis zwölf.«

Faruk schickte den »Daumen hoch«.

Salim: »Schlüssel is unter Fußmatte.«

Faruk: »Danke. Super von dir.«

»Ich hab jetzt einen Freund, Mama«, sagte Jenny zu ihrer Mutter, als sie am Freitagabend die Talkshow ansah.

»Wie heißt er denn?«

»Faruk Yilmaz.«

»Ein Türke?« Karin riss die Augen auf.

»Ja, ein Türke, Mama. Meine Fresse, was ist denn dabei? Er lebt seit hundert Jahren in Deutschland und spricht besser deutsch als ... als ... als ...«

»Als wer?«

»Als so ziemlich alle hier. Er ist hier aufgewachsen. So

wie ich. Und er ist ein Rapper und macht ganz tolle Texte. Echt irre.«

»Ah ja.«

»Ich treff mich mit ihm am Samstag.«

»Und wo?«

»Bei ihm.«

»Wie bitte? Sind seine Eltern zu Hause?«

»Keine Ahnung.«

Karin war alarmiert und augenblicklich auf hundertachtzig. »Kommt gar nicht infrage. Du bist fünfzehn!«

»Ja und? Was soll das jetzt? Warum darf ich mich nicht mit ihm treffen?«

»Sag mal, Jenny, du spinnst doch wohl!«

»Gut, irgendwann so gegen eins bin ich zu Hause.«

»Nein, meine Süße, du bist fünfzehn, und um elf bist du wieder hier, klar?«

Jenny sprang auf. In ihren Augen schwammen Tränen. »Weißt du, wie gemein das ist? Du behandelst mich wie ein Baby! Die anderen feiern die Nächte durch, und ich bin die blöde Kuh, die nichts darf und immer um elf zu Hause sein muss. Findest du das okay?«

»Nimmst du die Pille?«

»Nee.«

»Dann besorg sie dir, und dann reden wir weiter. So geht das alles gar nicht.«

»Du bist echt blöde.«

»Nein, aber ich weiß, wie's läuft und was alles schiefgehen kann, wenn's nicht läuft. Jennymaus, ein bisschen Vorsorge, und dann kann man das Leben genießen, aber so ganz ohne geht's nicht. Glaub mir. Ich will ja nur nicht, dass du vollkommen blauäugig in dein Verderben rennst.«

Jenny sah ihre Mutter hasserfüllt an, rannte aus dem Zimmer und schmiss die Tür hinter sich zu.

Am Tag darauf schlief Jenny zum ersten Mal mit einem Jungen, zum ersten Mal mit Faruk. Ohne Pille. Sie hätte auf einen neuen Zyklus warten müssen, um mit der Pille zu beginnen, und das wagte sie nicht. Hatte Angst, Faruk zu verlieren. Wollte es ihm in allem recht machen. War er doch der Erste, der ihr ein bisschen Selbstbewusstsein zurückgegeben hatte.

Und seit einer Woche kotzte sie nicht mehr.

Es war nicht toll. Es war ganz anders, als sie sich das vorgestellt hatte.

Sie waren in der Wohnung eines Freundes, Faruk schloss die Tür ab und stürzte sich sofort auf sie.

Da war keine Zärtlichkeit, keine Liebe, nichts.

Er riss ihr beinah die Kleider vom Leib, warf sie aufs Bett, legte sich auf sie und stieß in sie hinein. Tobte auf ihr herum wie ein wild gewordenes Tier, das die zwei Wochen Brunft im Jahr ausnutzen will. Er atmete heftig, stöhnte bei jedem Stoß, er tat ihr weh.

Ich hätte doch auf die Pille warten sollen, dachte sie, das ist ja fürchterlich.

Und sie spürte tief in ihrem Inneren, dass sie Faruk nichts, aber auch gar nichts bedeutete. Er brauchte nur jemand zum Vögeln. Und sie erinnerte sich daran, dass er die Wohnungstür abgeschlossen und den Schlüssel eingesteckt hatte.

Er hatte sie eingesperrt.

Wann hört das auf?, dachte sie, denn es tat immer mehr weh.

Sie wollte nach Hause, ins Bett, Musik hören, mit ihren Freundinnen chatten, einschlafen. Frieden haben. Aber nicht das.

Sie empfand gar nichts. Nicht die geringste Lust, die sie durchaus gespürt hatte, als er sie geküsst und berührt hatte. Sie hatte an eine Steigerung geglaubt, aber dies hier machte alles tot.

Faruk stöhnte laut auf, sackte über ihr zusammen, es war vorbei.

Gott sei Dank, dachte sie. Und: Wie komme ich jetzt nach Hause?

In diesem Moment wurde die Tür aufgeschlossen, und zwei Typen kamen herein.

Die Tür zum Schlafzimmer stand offen, und Jenny zog erschrocken die Bettdecke über sich.

»Ej!«, sagte Faruk. »Wir hatten ausgemacht ganzen Abend!«

»Ja, aber nun isses anders gekommen. Reg dich ab. Ihr könnt ruhig vögeln, stört uns nicht. Wir wollen ein bisschen Glotze gucken. Alles schick.«

»Wer sind die?«, flüsterte Jenny.

»Der eine ist Salim, dem die Wohnung hier gehört, und den anderen kenn ich nicht.«

»Ich will nach Hause«, sagte Jenny eingeschüchtert.

»Ja, ja, kommt alles. Nun mach mal hier keine Panik.«

Faruk stand auf und zog sich seine Hose an.

Die zwei hatten mehrere Flaschen Wodka mitgebracht und schenkten ihn in Wassergläser ein.

Faruk setzte sich dazu, und sie tranken schnell.

»Faruk«, wimmerte Jenny. »Bringst du mich nach Hause?«

Faruk winkte nur ab.

Es wurde lauter, die drei lachten gröhlend, Jenny wusste nicht, worum es ging. Ihre Sachen lagen im Bad, sie traute sich nicht nackt durchs Zimmer, um sich anzuziehen.

Sie lag im Bett, fühlte sich vollkommen hilflos und zog sich die Decke über den Kopf.

Daher hörte sie auch nicht das, worüber die drei leise sprachen, als sie hoffnungslos betrunken waren.

»Das ist ein Geschenk des Himmels«, lallte Salim, »hier liegt eine geile Braut im Bett. Wir sollten sie ficken.«

»Sie ist meine Braut, mein Mädchen!«, empörte sich Faruk. »Vergiss es.«

»Ja, sicher, sie soll es auch bleiben, mein Freund, aber wir sind Brüder, wir halten zusammen, unsere Familien halten zusammen, Weiber sollten uns nicht auseinanderbringen, du verstehst? Wir sind Blutsbrüder, Freunde bis ans Ende der Zeit, wir helfen uns bis in den Tod, warum sollen wir nicht auch ein Mädchen miteinander teilen, was ist dabei, mein Freund? Ich nehm dir nichts weg, es ist ein Zeichen der Liebe, wenn wir zusammen dieselbe Frau ficken.

So war es früher immer. Nur in Deutschland ist es so verkrampft. Eine Frau – Treue – Eifersucht. Alles großer Mist. Wir halten zusammen, mein Freund. Deine Freundin ist auch meine Freundin.«

Dies alles leuchtete Faruk irgendwie ein, zumal ihm sowieso alles egal war. Er hatte dieses schüchterne Brett angebaggert, weil sie den Eindruck machte, dass sie leicht ins Bett zu kriegen war, und nichts weiter. Also warum sollten sie nicht alle über sie rübersteigen?

Für ihn war es egal, für sie war es egal, und für die beiden Typen war es auch egal. Aber alle hätten ihren Spaß.

Er nickte. »Alles klar.«

Der Dritte im Bunde hieß Kevin. »Ich fang an«, sagte er, ließ die Hose herunter und näherte sich dem Bett, in dem sich Jenny immer noch unter der Decke verkroch.

Er zog die Decke weg, drehte sie auf den Rücken und legte sich über sie.

In diesem Moment, als sie in die Augen dieses wildfremden jungen Mannes sah und spürte, dass er sich an ihrem Unterleib zu schaffen machte, begann sie zu schreien. Sie schrie um ihr Leben. Laut und schrill, als wolle sie sämtliches Glas der umliegenden Wohnungen zum Platzen bringen.

Sie brüllte, als Kevin in sie eindrang.

Faruk und Salim hielten ihr Nase und Mund zu, damit sie damit aufhörte.

Sie schluckte und würgte, ihre Nase kam wieder frei, sie schnappte nach Luft, aber Salim und Faruk drückten ihr wieder die Nase zu, sodass sie nicht mehr schreien konnte.

Durch Kevins Stöße rutschte sie auf dem Holzbett immer höher, bis ihr Hinterkopf auf den Rahmen drückte und schließlich hinten runter und ins Leere fiel.

Kevin war fertig, Salim wollte ran.

Jenny hob den Kopf und sah voller Entsetzen Faruk, der sie festhielt, ins Gesicht.

Warum tust du mir das an?, fragte ihr Blick.

Faruk antwortete nicht. Er blickte sie unbeweglich und kalt an, als würde er sie nicht kennen, als hätte er noch nie ein Wort mit ihr gewechselt.

Salim vögelte wie Kevin, Jenny schrie vor Schmerz, versuchte ihren Kopf hochzuhalten, aber bald verließ sie die Kraft, und ihr Kopf fiel wieder nach hinten und nach unten. Der Rahmen des Bettes drückte hart gegen ihren Hals.

Als Salim fertig war, hörte er nicht auf, sondern griff sich eine leere Flasche und rammte sie ihr in die Vagina.

Jenny konnte sich nicht wehren, war hilflos, voller Angst. Sie fürchtete um ihr Leben. Ihr ganzer Körper war ein Meer von Schmerz, sie wusste nicht mehr, was sie tun sollte, sie versuchte zu erschlaffen, nichts mehr zu spüren, aber es gelang ihr nicht.

Die Jungs raubten ihr den letzten Rest von Würde, sie war nur noch ein Stück Fleisch, hingeworfen und vollkommen ausgeliefert. Die Tränen liefen ihr übers Gesicht, sie rief nach ihrer Mutter, ihrem Vater, aber niemand hörte sie, niemanden interessierte es.

Und dann war Faruk an der Reihe.

Die anderen beiden tranken schon wieder, johlten und sahen ihn erwartungsvoll an.

Jenny blutete, Faruk machte es an.

Er wollte gerade loslegen, als Jenny schrie: »Bitte, Faruk, mach es nicht, bitte. Lass mich, bitte!«

Einen Moment zögerte er, aber dann dachte er: Das geht gar nicht, Salim und Kevin haben sich mit meiner Freundin ausgetobt, und ich kneife? Niemals!

Und er nahm sie brutaler und härter ran als die beiden zuvor.

Jenny weinte lautlos.

Und plötzlich begann sie wieder zu schreien. Wie eine Wahnsinnige. Sie schrie nicht nur, sie tobte, sie zappelte, sie wehrte sich mit ihren letzten Kräften.

Faruk hielt ihr beide Hände aufs Gesicht, während er mit Kraft in sie hineinstieß, und drückte ihren Kopf mit Gewalt noch weiter nach unten, damit sie endlich aufhörte zu schreien.

Daher hörte er das leise Krachen ihrer Wirbelsäule nicht.

Die anderen beiden johlten und hatten einfach den Fernseher laut gestellt.

Er spürte nur, dass sie schlaffer wurde, nicht mehr schrie und ihren Widerstand anscheinend aufgegeben hatte.

Dass sie sich so gar nicht mehr wehrte oder bewegte, törnte ihn ab, daher dauerte es nur noch wenige Minuten, bis er endlich fertig war und neben sie sank.

Sie war so unglaublich still.

Regte sich gar nicht.

Er stand auf, verschwand im Bad, pinkelte, zog sich an und kehrte ins Zimmer zurück.

Jenny lag noch genauso bewegungslos und still da wie vorher.

Er setzte sich neben sie und schüttelte sie leicht. »Ich bring dich jetzt nach Hause, Baby, okay?«

Keine Reaktion.

Kevin und Salim achteten nicht auf Faruk und Jenny. Sie zappten durch die Programme.

»Jenny?«, fragte Faruk.

Nichts. Keine Bewegung.

»Jenny?!« Faruk brüllte jetzt fast und hob sie hoch.

Sie hing schlaff in seinen Händen.

Und allmählich dämmerte Faruk, was geschehen war.

Erst als er laut und schrill »Jenny!« schrie, wurden Kevin und Salim aufmerksam.

»Was ist los?«

»Scheiße, ich glaube, sie ist tot!« Faruk heulte fast.

»Wie das denn?«, fragte Kevin.

Alle drei untersuchten sie. Horchten nach ihrem Atem, fühlten ihren Puls, Kevin holte sogar einen Spiegel, um sehen zu können, ob sie noch atmete.

Und schließlich begriffen es alle drei.

Jenny war tot.

Sie standen um sie herum und schwiegen. Das Entsetzen war spürbar.

»Bist du wahnsinnig?«, fragte Salim schließlich. »Sag mal, spinnst du? Was hast du getan? Bei mir war sie noch gesund und munter!«

Faruk war nicht in der Lage zu antworten.

Kevin stand fassungslos da. Wie unter Schock.

Faruk schlug die Hände vors Gesicht.

»Ihr müsst mir helfen, bitte«, sagte er leise. »Wir müssen sie wegbringen. Heute Nacht. Allein schaff ich das nicht.«

Keiner sagte etwas.

»Warum zum Teufel hast du sie umgebracht?«, fragte Salim noch einmal.

»Ich hab sie nicht umgebracht!« Faruk brach in Tränen aus.

»Und warum ist sie dann tot?«, brüllte Salim. »Oh Mann, Faruk, du bist ein selten dämlicher Hund!«

Faruk sagte nichts weiter. Er wusste nicht mehr ein noch aus.

Jenny lag da. Still. Bleich.

Dass sie jetzt eine Leiche und keine Jenny mehr war, konnte Faruk nicht glauben.

»Bitte, helft mir!«, sagte er.

Er spürte die allgemeine Ratlosigkeit.

»Wir warten bis Mitternacht«, sagte Kevin, »dann bringen wir sie weg.«

»Wohin?«

»Irgendwohin.«

Faruk nickte.

Er fühlte sich so schlecht wie noch nie.

72

Karin kam um halb zwölf nach Hause. Wolfgang war im Sessel eingenickt, der Fernseher lief. Sie hatten beide eine Woche lang kein Konzert, nur vormittags bis fünfzehn Uhr Proben, und genossen ihre freien Abende. Karin war mit einer Freundin im Kino gewesen.

»Hi.« Sie drückte Wolfgang einen Kuss auf die Wange. »Schläfst du schon?«

»So ein bisschen. Wie war der Film?«

»Große Klasse. Nee, wirklich ganz toll. Vor allem auf der riesigen Leinwand. Ein echtes Erlebnis. Solltest du dir auch angucken.«

»Mal sehn. Vielleicht.« Wolfgang war kein großer Kinogänger, er war froh, wenn er mal abends nicht wegmusste und seine Zeit zu Hause genießen konnte.

»Ist Jenny schon da?«

»Nee. Ich bin ganz allein. Ein verlassener, armer, alter, einsamer Mann.« Er grinste, zog Karin zu sich auf den Schoß und drückte sie an sich.

Karin lachte, stand auf und sah auf die Uhr. »Komisch, dass sie noch nicht zurück ist. Ich hatte gesagt bis elf. Normalerweise ist sie immer superpünktlich. Maulig zwar, aber man kann sich auf sie verlassen. Jetzt ist es schon fast zwanzig vor zwölf.«

»Vielleicht hat sie die Zeit vergessen, oder es ist was dazwischengekommen.«

»Dann kann sie anrufen und Bescheid sagen.«

»Ruf du an!«

Karin nickte und zog ihr Smartphone aus der Handtasche. Sie ließ es bei Jenny klingeln, bis der Apparat abschaltete.

»Nichts. Sie geht nicht ran.«

Hilflos sah sie Wolfgang an. »Was sollen wir denn jetzt tun?«

Wolfgang stand aus dem Sessel auf. »Nichts. Wir machen uns jetzt gemütlich eine Flasche Wein auf, warten bis zwölf oder bis Viertel nach zwölf, und dann überlegen wir weiter. Aber bis dahin ist sie sicher längst da.«

Seine Gelassenheit beruhigte Karin ein wenig, und sie nahm das Glas Wein, das Wolfgang ihr wenig später reichte, dankbar entgegen. »Zum Wohl!«

»Salute!«

Wolfgang schaltete den Fernseher aus und legte leise Musik auf, sie redeten über den vergangenen Tag und genossen den Wein.

Darüber verging die Zeit.

Um Viertel nach zwölf war Jenny immer noch nicht da.

»Wo wollte sie denn heute Abend hin?«, fragte Wolfgang.

»Zu ihrem neuen Freund, Faruk Yilmaz. Den kennt sie seit einer Woche und ist anscheinend schwer verliebt.«

»Ein Türke?«

»Ja. Aber die Familie lebt seit Ewigkeiten in Deutschland. Faruk ist hier geboren.«

»Kennst du ihn?«

Karin schüttelte den Kopf. »Jenny hat nur ganz wenig von ihm erzählt, hat sich jeden Wurm einzeln aus der Nase ziehen lassen. Offensichtlich haben sich die beiden bei Mona auf der Grillparty kennengelernt.«

»Dann rufen wir jetzt mal bei der Familie Yilmaz an. Hast du die Nummer?«

»Nein. Die würde sie mir nie geben. Weil sie es oberpeinlich finden würde, wenn ich dort anrufe, und weil sie ja sowieso ihr Handy dabeihat.«

Wolfgang wurde wütend, das sah Karin, und sie bekam sofort ein schlechtes Gewissen, obwohl sie nicht so genau wusste, warum. Sie hatte nichts falsch gemacht, gar nichts.

Mittlerweile war es halb eins.

»Gib mir mal die Nummer von Mona. Ich ruf da jetzt an. Vielleicht wissen die Eltern oder Mona selbst, wie man die Familie Yilmaz oder diesen Faruk erreichen kann.«

Karin rief die Nummer in ihrem Smartphone auf und reichte es Wolfgang.

Monas Mutter klang bereits völlig verschlafen, als sie den Hörer abnahm. »Kelling? Ja?«

»Hella, entschuldige, dass ich so spät anrufe, ich bin's, Wolfgang. Jenny ist noch nicht nach Hause gekommen, und wir machen uns Sorgen. Sie wollte sich mit Faruk treffen. Hast du zufällig seine Handynummer oder die Nummer von seinen Eltern?«

»Nee, aber ich frag mal Mona. Kleinen Moment, bleib mal dran bitte.«

Wolfgang hörte, wie Hella den Hörer auf dem Tisch ablegte.

Karin sah ihn abwartend an.

Nach zwei Minuten kam Hella wieder. »Wolfgang?«

»Ja, ich bin dran.«

»Also, Mona war noch wach. Ich hab jetzt Faruks Handynummer, aber die von seinen Eltern weiß sie auch nicht. Hast du was zu schreiben?«

»Ja.«

Hella diktierte Wolfgang die Nummer langsam und deutlich. Dann sagte sie: »Hoffentlich kommt Jenny bald nach Hause. Du weißt, dass Faruk im Knast gesessen hat?«

»Nein, das wusste ich nicht. Warum, um Gottes willen?«

»Keine Ahnung. Aber Jenny ist sicher bald wieder da. Viel Glück!«

»Danke, Hella, du hast mir sehr geholfen. Gute Nacht.«

Wolfgang legte auf und wählte die Handynummer, ließ es so lange klingeln wie möglich, aber niemand hob ab.

»Es ist wie bei Jenny«, meinte er. »Die sind offensichtlich beide nicht zu erreichen. Und Hella hat mir gesagt, dieser Faruk war im Knast.«

»Oh mein Gott! Was machen wir denn jetzt?« Karin merkte, wie sie langsam in Panik geriet. In ihr breitete sich die Angst aus, als wäre ihr Blut mit einer brennenden Substanz verseucht.

Wolfgang sah auf die Uhr. »Es ist jetzt Viertel vor eins. Wen können wir noch anrufen?«

Karin zuckte nur die Achseln und bemühte sich, nicht zu weinen, weil das Wolfgang meist wütend machte.

»Wir warten bis zwei. Dann rufen wir die Polizei. Okay?«, schlug er schließlich vor.

Karin nickte. »Okay.«

Sie kommt bestimmt, dachte sie, ganz bestimmt. Das gab es einfach nicht, dass ihr kleines, zartes, folgsames Mädchen nicht nach Hause kam. Auch wenn sie einen Freund hatte. Auch wenn sie vielleicht knutschend in irgendeinem Auto saß. Sie wusste, dass sich ihre Eltern die größten Sorgen machten. Das tat ihr leid, das konnte sie nicht ertragen, da rührte sich ihr Gewissen.

Und deswegen kam sie nach Hause. Ganz bestimmt.

Wahrscheinlich schon innerhalb der nächsten fünf Minuten.

Aber sie kam nicht.

Wolfgang und Karin saßen sich am Esstisch gegenüber und schwiegen. Alle paar Minuten rief Wolfgang sowohl Jennys als auch Faruks Handy an. Das war das Einzige, was er tun konnte, aber es blieb jedes Mal ohne Erfolg.

Die enorme Hoffnung und die riesengroße Enttäuschung, die er alle paar Minuten verkraften musste, brachten ihn fast um den Verstand.

Um zwanzig nach zwei stand er auf. »Schluss jetzt. Ich rufe die Polizei.«

Er wählte die 110. Nach nur wenigen Sekunden war die Kummer gewöhnte, völlig abgestumpfte und nur wenig interessierte Stimme eines Polizeibeamten am Apparat, nannte seinen Namen und fragte, was los sei.

»Mein Name ist Bergmann, Wolfgang Bergmann, Kaiser-Friedrich-Straße 34, meine fünfzehnjährige Tochter Jenny ist heute Abend nicht nach Hause gekommen. Sie wollte um elf zurück sein, aber sie ist nicht gekommen. Normalerweise ist sie sehr pünktlich. Beinah übertrieben pünktlich. Wir können uns das nicht erklären. Sie hat sich mit ihrem Freund getroffen, einem Faruk Yilmaz, wo, wissen wir nicht, und seitdem ist sie verschwunden …«

»Sie sagten, Ihre Tochter ist fünfzehn?«

»Ja.«

»Und dieser Faruk? Wie alt ist der?«

»Wie alt ist Faruk?«, fragte Wolfgang seine Frau. »Weißt du das?«

»Sechzehn.«

»Er ist sechzehn, sagt meine Frau.«

»Herr Bergmann, ich verstehe Ihre Sorge, aber vielleicht ist Ihre fünfzehnjährige Tochter mit ihrem sechzehnjährigen Freund in einem Liebesnest abgetaucht oder vielleicht mit Freunden versumpft? Können Sie sich das nicht vorstellen? Sie waren doch auch mal in dem Alter! Vielleicht lassen sie es irgendwo krachen, ziehen sich ein Tütchen rein und dröhnen sich den Kopf mit Alkohol voll. Und sind so benebelt, dass es ihnen völlig egal ist, wie spät es ist und dass ihre Eltern vor Angst fast umkommen. Ich würde vorschlagen, Sie gehen ins Bett und versuchen zu schlafen. Jetzt in der Nacht können wir sowieso nichts machen. Und wenn Ihre Tochter morgen Vormittag immer noch nicht auftaucht und auch am Montag nicht in der Schule erscheint, dann melden Sie sich bitte wieder. Dann nehmen wir eine Vermisstenanzeige auf und gehen der Sache nach, ja? Wollen wir uns darauf verständigen?«

Wolfgang überlegte einen Moment. »Ich kann es ja nicht ändern, wenn Sie nichts unternehmen wollen. Aber würden Sie sich bitte meine Nummer aufschreiben und mich sofort anrufen, wenn heute Nacht irgendwo ein junges Mädchen auftaucht: betrunken, verletzt, verstört, was weiß ich. Wenn Sie von einem Unfall hören oder wenn …« Er wollte sagen: Wenn Sie eine Leiche finden, brachte es aber nicht über die Lippen.

Der Polizist unterbrach ihn auch rechtzeitig. »Natürlich, das machen wir. Kein Problem.« Er notierte sich Wolfgangs und Karins Nummer, verabschiedete sich und legte auf.

»Sie können heute Nacht nichts mehr machen«, sagte er.

»Ja, ich hab's gehört.« Sie flüsterte nur noch, hatte keine Kraft mehr.

»Wir sollten ins Bett gehen, Karin. Wenigstens ein bisschen schlafen. Wer weiß, was morgen alles auf uns zukommt.«

»Ja, vielleicht sollten wir das«, sagte sie und fürchtete sich vor den Stunden, in denen sie kein Auge zumachen, sondern stattdessen alle Szenarien durchspielen würde, was Jenny zugestoßen sein könnte.

Es wäre die Hölle.

»Bitte sei mir nicht böse, aber ich bleibe lieber im Sessel«, sagte sie und legte das Telefon neben sich.

Wolfgang strich ihr stumm übers Haar und ging dann leise nach oben ins Schlafzimmer.

73

Faruk, Salim und Kevin hatten Jenny mühsam ihre Klamotten wieder angezogen, dann warteten sie bis zwei Uhr früh.

Faruk hatte siebzehn Anrufe von Jennys Festnetznummer zu Hause auf seinem Handy, natürlich die Eltern, die in der Gegend herumtelefonierten. Woher zum Teufel hatten sie seine Handynummer? Es nervte ihn tierisch.

Sie mussten jetzt so schnell wie möglich die Leiche loswerden, und er musste nach Hause, den Nichtsahnenden spielen. Wenn die Eltern schon in der Nacht die ganze Welt verrückt machten, hetzten sie ihm sicher bald die Polizei auf den Hals.

Was waren denn Jennys Eltern für schräge Typen, verdammt? Seine Alten interessierte es überhaupt nicht, ob er nachts nach Hause kam oder nicht. Hauptsache, sie mussten ihn nicht von irgendeinem Revier abholen, weil er was ausgefressen hatte. Nur dann gab's Ärger.

Und er hatte Jenny extra gesagt, sie solle dafür sorgen, dass sie Zeit hatten. Das heißt, es sollte nicht sofort hinter ihr her telefoniert werden. Was für eine dumme Kuh.

Er wusste, dass das, was er heute Abend getan hatte, das Schlimmste überhaupt war. Er durfte auf keinen Fall erwischt werden. Es durfte nicht rauskommen. Dieses eine Mal muss ich noch davonkommen, dachte er, dann werde ich so eine Scheiße auch nie wieder machen. Ich schwöre! Bei der Ehre meiner Mutter.

Wenn sein Vater davon erfuhr, würde er ihn allemachen. Er hatte ja 'ne Menge Verständnis für vieles, aber das ging ihm garantiert über die Hutschnur.

Das wusste Faruk. Momentan hatte er mehr Angst vor seinem Vater als vor der Polizei.

Vielleicht war es doch besser, heute Nacht nicht nach Hause zu gehen.

Salim fuhr seinen Wagen, einen Opel Astra Kombi, der zum Glück groß genug war, im Hinterhof bis direkt vor die Tür.

Faruk bewunderte ihn, wie er den Wagen zentimetergenau durch die schmale Hofeinfahrt und auf engstem Platz rangierte, er fuhr beinah lautlos, es war niemand mehr wach, die Fenster waren dunkel.

Die Hinterklappe des Wagens stand offen, Faruk und Kevin schleppten die Leiche. Vom Kopf bis zum Oberkörper war sie schon steif, es war höchste Zeit, dass sie sie in den Kombi packten, noch drei Stunden später wäre es nicht mehr gegangen.

Vollkommen unbehelligt fuhren sie vom Hof.

Mittlerweile waren alle drei total nüchtern und schwiegen.

»Nur dass du's weißt«, sagte Salim schließlich zu Faruk, »du bist der blödeste und der dämlichste Scheißtyp, den ich je getroffen habe. Und ich bin so wütend auf dich, dass ich platzen könnte. Ich hab heute Abend zehnmal überlegt, ob ich nicht die Bullen rufe, aber ich hab's gelassen. Wir ziehen das jetzt durch, legen sie irgendwo hin, und dann mach ich meine Bude sauber. Von wegen der DNA und so. Ich bin sauer, weil du mich da reingezogen hast, weil du meine Wohnung versaut hast und wahrscheinlich auch mein Auto. Nur weil ich so nett war und dir mal für 'ne Weile meine Bude überlassen hab. Und jetzt hab ich Probleme ohne Ende, einfach, weil du nur Scheiße im Hirn hast. Aber eins sag ich dir: Wenn die Bullen aus irgendeinem Grund zu mir kommen und mir Fragen stellen, sag ich, was passiert ist. Dann sag ich denen, wie krank du bist, dass du alles abmackelst, was dir nicht passt. Immer gleich tot, tot, tot. Du bist geisteskrank, Alter, weißt du das? Und das bade ich nicht aus. Ganz bestimmt nicht.«

»Is okay«, sagte Faruk. »Kapier ich.«

»Na, das is ja super.«

Und Faruk dachte, dass dieses Arschgesicht auch noch aus seinem Klo Wasser trinken würde. Er würde ihm irgendwann zeigen, wo die Glocken hingen, denn so eine Rede hielt man einem Faruk nicht, Salim war weder sein Lehrer noch sein Kindergärtner noch sein Vater noch sonst irgendwas. Er hatte gedacht, Salim wäre sein Freund, der ihm hilft, aber das war er offensichtlich nicht. Und so ein schwachsinniges Gelaber konnte er auf den Tod nicht ausstehen.

Aber jetzt schwieg er, ließ sich nicht anmerken, wie wütend er war und dass er Salim am liebsten von hinten ein Messer in den Hals gerammt hätte, denn die Leiche musste weg. Jetzt bloß keine weiteren Komplikationen.

»Wo fährst du hin?«, fragte Faruk relativ kleinlaut nach einer Weile.

»In den Tiergarten. Wir setzen sie da irgendwo hin.«

»Wäre der Grunewald nich besser?«

»Halt die Fresse. Sei froh, dass ich überhaupt irgendwo hinfahre und sie nich einfach bei dir vor die Tür kippe.«

Faruk schnaufte, aber schwieg.

Salim fuhr am Brandenburger Tor vorbei auf die Straße des 17. Juni, umrundete die Siegessäule, fuhr weiter in Richtung Charlottenburg und parkte schließlich rechts an einem schmalen Weg, der in den Tiergarten führte.

Um diese Zeit war hier niemand mehr unterwegs.

»Wenn kein Auto kommt, heben wir sie schnell aus dem Kofferraum und tragen sie hier in den Weg hinein. Es sind nur wenige Meter bis zum faulen See. Wir setzen sie auf eine Bank und fertig. Die Leute werden denken, sie schläft. Da passiert wahrscheinlich lange nichts.«

Die drei stiegen aus.

Mehrere Autos fuhren vorbei, dann war die Straße des 17. Juni leer.

»Los jetzt! Schnell!«, kommandierte Salim.

Kevin und Faruk hoben die Leiche aus dem Kofferraum und trugen sie in Windeseile hinein in den Park. Rannten fast mit der toten Jenny.

Es waren keine hundert Meter bis zur ersten Parkbank. Dort setzten sie Jenny hin. Eigentlich sah sie vollkommen normal aus.

Faruk konnte nichts mehr tun. Er musste Jenny nun ihrem Schicksal überlassen.

Und es war völlig offen, was mit ihm geschah.

74

Es war fünf Uhr dreißig, als Faruk Salims Auto kurzschloss und losbrauste. Nur weg. Nur raus aus der Stadt. Irgendwann würde er den Wagen zurückbringen, Salim sollte sich man bloß nicht ins Hemd machen.

Oder hatten die alle gedacht, dass er zu Hause sitzen und auf die Polizei warten würde, um sich Handschellen anlegen zu lassen? Nee, Freunde. Er war ja nicht doof.

Er wusste nicht, wohin, er fuhr einfach ins Ungewisse, bloß weg.

Denn wenn sie die Leiche fanden, würden sie ihn suchen. Und bis dahin brauchte er Vorsprung.

Er kachelte die Stadtautobahn runter, drückte aufs Gas, als wäre der Teufel hinter ihm her, obwohl er wusste, dass eine Polizeikontrolle das Letzte war, was er jetzt gebrauchen konnte.

Faruk kam bis Köpenick, dann konnte er nicht mehr. Er fuhr raus aus der Stadt, parkte am Rand eines abgelegenen Feldwegs, schaltete den Motor aus und fiel augenblicklich in Tiefschlaf.

Wenn ihn jetzt die Polizei fand, war es ihm egal.

Alles war plötzlich unwichtig und nebensächlich – er wollte nur noch schlafen, schlafen, schlafen.

Er erwachte nachmittags um drei.

Alle Knochen taten ihm weh, die alte Schrippe von Salim hatte keine Liegesitze, er hatte acht Stunden zusammengekrümmt im Sitzen geschlafen, seine Lippen klebten aufeinander, sein Mund war ausgetrocknet, er brauchte dringend etwas zu trinken.

Aber zumindest hatte ihn niemand entdeckt. Dieser Platz hier zwischen zwei Feldern war große Klasse, allerdings wusste Faruk, dass dies nicht immer so bleiben würde. Einsame Autos auf Feldwegen fielen auf. Waren an sich schon verdächtig.

Er musste sich etwas anderes überlegen. Aber zuerst brauchten er und sein Auto etwas zu trinken. Er fuhr kurz vor Reserve und musste tanken, bevor sie die Karre suchten.

Faruk fluchte laut und begann, den Wagen nach einer vielleicht vergessenen Wasserflasche zu durchsuchen, aber da war nichts. Was er sich fast gedacht hatte. Salim trank alles, aber kein Wasser. Bitte! So weit kam es noch.

Faruk ärgerte sich, dass er in der Nacht nicht gleich getankt, Wasser eingeladen hatte und dann abgehauen war. Jetzt am Tag war alles unendlich schwieriger.

Er durchwühlte seine Hosentaschen. Achtzehn Euro zwanzig. Für Wasser reichte es, aber nicht zum Tanken. Verflucht.

Ganz abgesehen davon hatte er einen Hunger, dass er hätte schreien können. Wie viele Stunden er nichts gegessen hatte, wusste er nicht mehr. Er konnte sich nicht erinnern. Es musste Tage her sein. Sein Magen schmerzte, als wäre er gerade dabei, sich selbst zu verdauen. Ein paar trockene Brötchen und Bier. Das würde reichen, damit würde er klarkommen.

Verdammt. Die ganze Natur um ihn herum ging ihm so auf den Sack, hier war er aufgeschmissen, hier gab es einfach nichts, noch nicht einmal einen, dem man die Brieftasche abnehmen konnte.

Landschaft war ihm schon immer suspekt gewesen. Sinnlos und blöde. Total spießig.

Außerdem hatte er das Gefühl, dass es draußen auf dem offenen Feld ständig regnete. Die Landschaft zog das Dreckswetter geradezu an, während er in der Stadt gar nicht mitbekam, ob es regnete oder nicht. Die Stadt war cool, hip, wüst und geil, da war es scheißegal, was für Wetter war.

Und jetzt saß er hier in der Pampa, hatte nichts zu fressen und nichts zu saufen, es war ja wohl das Allernachletzte.

Er überlegte, ob er es wagen konnte, wieder nach Berlin Köpenick reinzufahren, um ein bisschen Beute zu machen.

Es war ein Risiko, falls Salim gleich zur Polizei gerannt war und sein Auto als geklaut gemeldet hatte. Aber das konnte er sich nicht vorstellen, dann musste Salim wirklich mehr als bescheuert sein.

Wenn man so eine versiffte Wohnung hatte, war es besser, sich nicht zu mucksen. Man wusste ja nie, vielleicht kamen die Beamten doch mal vorbei und stellten blöde Fragen. Und dann hatten sie ihn irgendwie auf der Agenda.

Eigentlich konnte er es riskieren, Salim würde sich sicher nicht selbst ans Messer liefern. Nicht wegen dieser Schrottkarre.

Um Viertel vor vier fuhr er los.

In der Nähe einer Kirche parkte er und wusste nicht, was er tun sollte. Früher, als er Omas die Handtasche geklaut hatte, war er völlig sorglos, frei und unbedarft gewesen, und daher hatte es auch fast immer gut geklappt. Jetzt hatte er auf einmal Hemmungen. Und ein bisschen Angst.

Angst war kein guter Ratgeber, das wusste er. Man machte Fehler, strahlte Unsicherheit aus und war nicht schnell genug. Angst blockierte.

An alldem war nur diese blöde Jenny schuld. Schon wieder kam die Wut in ihm hoch.

Er durchsuchte zum x-ten Mal Salims Handschuhfach. Ein zerfledderter Stadtplan von Berlin, ein paar Schlüssel an einem Anhänger in Form eines Boxhandschuhs, ein aufgerissenes Päckchen Kaugummi, ein verrostetes Taschenmesser, ein dreckiger Lappen, ein kleines Fläschchen Eisfrei fürs zugefrorene Türschloss im Winter. Das war's. Keine Kippe, nichts.

Er knallte das Handschuhfach wieder zu. Ein bisschen Gras wäre das Mindeste gewesen. Wo fuhr Salim denn mit dieser Karre hin? In die Moschee?

Faruk saß wie angenagelt auf seinem Sitz. Was sollte er bloß machen? Er brauchte dringend Knete.

Es war jetzt Viertel nach vier. Um die Zeit war in jeder Stadt und in jeder Fußgängerzone 'ne Menge los. Da ließ sich sicher was machen.

Er wollte gerade losfahren, da fiel es ihm so plötzlich ein, dass er den Wagen abwürgte: Verflucht noch mal, heute war Sonntag. So ein verfickter, affiger Dreckssonntag. Alle Geschäfte zu, tote Hose in der Fußgängerzone. Da gammelten bestimmt nur so 'n paar Typen rum, und er fiel total auf. Das konnte er nicht riskieren.

Also musste er hier in der Pampa noch mal vierundzwanzig Stunden warten.

Das durfte ja wohl nicht wahr sein.

Faruk stieg aus, schlug mit der Faust immer wieder auf die Motorhaube, sodass jeder Schlag eine Delle gab, so lange, bis seine Hand schmerzte und er nicht mehr konnte.

Nachdem er noch eine Weile gegen einen Reifen getreten hatte, ging es ihm besser.

Er schaltete die Zündung und das Radio an. Wenigstens gab es eins in diesem Auto. Drehte die Musik laut auf. Ein Song lief, von dem er kein Wort verstand, aber egal – er war cool.

Als er zu Ende war und der Moderator anfing zu reden, schaltete Faruk das Radio wieder ab und beschloss, zur Tanke zu fahren. Er hatte eine gesehen, die war vielleicht fünf Kilometer entfernt.

Er fuhr los, wie eine alte Oma, so benzinsparend wie möglich. Wenn es auch nur ein bisschen bergab ging, ließ er das Auto rollen.

Im Tankshop kaufte er ein Sixpack Bier, einen Sparbeutel Tabak, ein Briefchen Zigarettenpapier und ein Viertel Baguette mit Salami, das Ganze für zwölf Euro achtzig.

Dann tankte er noch für fünf Euro, damit kam er zumindest morgen bis in die Stadt, und hatte noch genau zwanzig Cent übrig. Egal. Der Abend war gerettet, morgen würde er sich mehr beschaffen und richtig Beute machen.

Er freute sich schon darauf.

Später parkte er den Wagen an derselben Stelle im Wald wie in der Nacht zuvor.

Das Baguette fraß er gierig wie ein Verhungernder, obwohl er gern ein bisschen länger was davon gehabt hätte, und auch die ersten vier Bier waren schnell weg. Dann drehte er sich Zigaretten – ein Feuerzeug hatte er generell immer in der Hosentasche – und trank die letzten beiden Biere etwas langsamer.

Es wurde allmählich dunkel, und schon wieder kam ihm die Galle hoch. Diese sechs Biere reichten bei Weitem nicht, um sich diese Nacht in der Pampa schönzusaufen, dazu hätte er mindestens noch zwei Sixpacks gebraucht.

Und darum hatte er Lust, Salim voll eins auf die Zwölf zu geben. Er machte ihm wirklich nur Schwierigkeiten.

Am nächsten Nachmittag war in der Stadt viel Betrieb.

Faruk schlenderte langsam durch die Fußgängerzone. Eine Frau mit Kinderwagen rempelte ihn versehentlich an. »Pass auf, du!«, schnauzte er laut und dachte in diesem Moment, dass es eigentlich auch gar keine schlechte Idee wäre, mit dem Kinderwagen davonzubrausen und von den Eltern ein Lösegeld zu verlangen.

Aber dann überlegte er, dass so etwas sorgfältig geplant werden müsste. Man musste wissen, an wen man sich mit seinen Forderungen wenden konnte, und hatte das kleine Gör zu versorgen, sonst war es nach drei Tagen tot. Mit so etwas Empfindlichem sollte man sich vielleicht lieber nicht abgeben. Dann lieber einen Zwölfjährigen überreden mitzukommen. Den konnte man auch mal 'ne Woche gefesselt liegen lassen, ohne dass irgendetwas passierte.

In einer Nebenstraße, die von der Fußgängerzone abging, war eine kleine Bankfiliale. Er hatte sich überlegt, dass es wenig sinnvoll war, eine Oma zu überfallen, die nur fünf Euro siebzig in der Tasche hatte. Dann lieber geduldig vor der Bank warten, bis irgendeine, die schon ziemlich klapprig war, ihre Rente abholte oder was vom Konto abhob.

Er würde warten. Hatte schließlich Zeit. Noch eine Stunde, bis die Bank schloss.

Lässig stand er an einen Kleinwagen gelehnt und drehte sich eine Zigarette.

»Darf ich?«, sagte eine kratzbürstige ungefähr Dreißigjährige, sah Faruk missbilligend an und schloss ihr Auto auf.

»Aber natürlich! Entschuldigen Sie bitte!«, meinte Faruk mit seinem erprobten »Ich-bin-der-freundlichste-und-liebenswürdigste-Mensch-unter-der-Sonne«-Blick und lehnte sich gegen ein anderes Auto.

Die Frau fuhr los, und Faruk schickte ihr einen leisen Fluch hinterher.

Zwanzig Minuten später sah er, wie eine alte Frau mühsam mit Rollator in die Bank hineinschlurfte.

Das war großartig. Sie würde diese Anstrengung sicher nicht auf sich nehmen, um drei Euro fünfzig zu überweisen. Wenn sie sich schon in die Bank quälte, würde sie bei der Gelegenheit sicher auch noch ein bisschen Geld abheben.

Faruks Körper straffte sich. Er ließ die Bank nicht aus den Augen, war auf dem Sprung.

Zehn Minuten später kam die alte Dame wieder heraus. Der Rollator zitterte, so klapprig war sie. Sie wirkte, als würde sie jeden Moment samt Gehhilfe zusammenbrechen.

Wunderbar, dachte Faruk. Die ist genau die Richtige, ich muss nur noch unauffällig hinterher.

Die Frau – Faruk schätzte sie auf mindestens Mitte achtzig – ging extrem langsam, und Faruk folgte ihr mit weitem Abstand.

Hoffentlich ist die Alte bald zu Hause, dachte er gelangweilt.

In einem Zeitungsladen kaufte sie noch eine Tageszeitung, eine Frauenzeitschrift und eine kleine Flasche Weinbrand.

Super, dachte Faruk, der sie durch das Schaufenster beobachtete, die Pulle ist auch für mich. Und seine Laune besserte sich augenblicklich.

Dann schlurfte die Frau weiter.

In der nächsten Nebenstraße hielt sie vor einer kleinen Doppelhaushälfte, öffnete das niedrige Gartentor, schob den Rollator hindurch und schloss das Tor wieder.

Sie hatte nur ein paar Meter bis zur Haustür, schloss umständlich auf, und als sie versuchte, den sperrigen Rollator durch die Tür zu bugsieren, sprang Faruk über das Gartentor, rannte zu ihr, gab ihr einen Tritt, dass sie ohne jede Chance sich festzuhalten im Flur zu Boden stürzte und dabei mit dem Kopf auf die erste Treppenstufe zum Obergeschoss aufschlug.

Faruk hörte es leise krachen.

Das musste ihr Schädel gewesen sein, aber er achtete nicht weiter darauf, wollte nicht schon wieder die nächste Leiche an der Backe haben, entriss der Frau, die mit verdrehtem Genick am Boden lag, die Handtasche und haute ab.

Zog schnell die Haustür hinter sich ins Schloss. Es würde sicherlich dauern, bis die Frau gefunden wurde. Tot oder lebendig.

Mein Gott, sie hätte ohnehin nicht mehr lange gelebt, so uralt, wie sie schon war, sagte er sich. So schlimm war das alles nicht. Da war Jenny ein ganz anderer Fall gewesen.

Zuerst entfernte er sich langsam vom Haus der Alten, dann rannte er.

War froh, dass Salims Auto noch unbehelligt dastand.

Er schloss es kurz und fuhr los. Irgendwohin, kreuz und quer durch die Gegend.

An einer Ampel durchsuchte er die Tasche der Oma und jubilierte. Sie hatte zweihundert Euro abgehoben. Das war sensationell. Außerdem klimperte noch ein bisschen Kleingeld im Portemonnaie. Super. Das würde eine Weile reichen.

Wenn sie jetzt mausetot war, täte es ihm leid, aber er konnte sich wahrlich nicht um alles kümmern.

An der ersten Tankstelle, an der er vorbeikam, tankte er den Wagen randvoll und brauste davon. Die Trulla an der Kasse war eine so verschlafene Mutti gewesen, die hatte sich seine Autonummer garantiert nicht gemerkt. Und wenn? Er würde das Auto leer fahren und dann irgendwo stehen lassen. Und sich ein neues besorgen. Vielleicht eins, das ein bisschen bequemer, ein wenig luxuriöser war.

In der zweiten Tankstelle kaufte er vier Sixpack Bier, vier belegte Baguettes, Chips, geröstete Erdnüsse und eine große Tüte Marshmallows. Bezahlte brav.

Er grinste in sich hinein, als er in Richtung Müggelsee fuhr, um sich ein Plätzchen für die Nacht zu suchen.

75

Nach einer schrecklichen Nacht war Wolfgang gleich am Sonntagvormittag zum Revier gefahren, um bei der Polizei eine Vermisstenanzeige aufzugeben.

Der diensthabende Polizist blies ins gleiche Horn wie der Kollege in der Nacht: »Bitte, überlegen Sie, Ihre Tochter ist fünfzehn, kann es nicht sein, dass sie mit ihrem Freund eine Sause macht, an die Ostsee gefahren ist? Sie ist verliebt, sie schläft vielleicht zum ersten Mal mit ihrem Freund, sie hat ein ganz neues und ungewohntes Gefühl von Freiheit … Sie ist einfach weg, pennt in einem Strandkorb, und ihre Eltern sind ihr völlig wurscht. Kann das nicht sein, Herr Bergmann?«

»Nein, das kann nicht sein!«, sagte Wolfgang scharf. »Und ich habe diese blumigen Schilderungen, was meine Tochter im Moment vielleicht machen könnte, satt. Da hat Ihr Kollege heute Nacht schon gedichtet, und jetzt fügen Sie noch ganz allerliebste Bilder an. Nein! Ich kenne meine Tochter, Sie nicht! Und Ihr Kollege auch nicht. Sie ist in der Pubertät, da sind sie alle unberechenbar, das brauchen Sie mir nicht zu erklären, aber ich weiß, was sie tut und was sie nicht tut. Ich weiß, was sie sich traut und was sie sich nicht traut. Und das, was Sie mir da so hübsch ausmalen, traut sie sich nicht! Auch nicht, wenn sie verliebt ist. Ich bin ihr Vater, und ich weiß, dass ihr etwas passiert ist. Ich weiß es einfach. Und ich verlange, dass Sie jetzt endlich – verdammt noch mal – Ihre Pflicht tun und nach meinem Mädchen suchen!«

Er kämpfte um seine Fassung.

»Gut«, sagte der Polizist ziemlich angesäuert, »dann fangen wir an: Name, Adresse, Geburtsdatum, Geburtsort …«

»Nur, dass wir uns richtig verstehen«, unterbrach ihn Wolfgang, »ich gebe Ihnen jetzt alle meine Daten, ganz egal, ich sag Ihnen auch, wann ich meinen Freischwimmer gemacht habe, ich erzähle Ihnen alles, was Jenny liebte, was sie anhatte und wer ihre Freunde waren. Aber wenn wir hier mit Ihrem Formular fertig sind, möchte ich den leitenden Oberkommissar sprechen, und dann will ich wissen, was er tut, um meine Tochter zu finden. Vielleicht ist sie längst tot, das ist meine größte Angst, aber wenn ihr sie als Karteileiche behandelt, das würde ich euch nie verzeihen. Dann laufe ich Amok, das schwöre ich.«

»Das habe ich jetzt nicht gehört«, sagte der Beamte stoisch und konzentrierte sich wieder auf seinen Fragebogen: »Name?«

»Bergmann, Wolfgang.«

»Geboren?«

Als Wolfgang zwei Stunden später nach Hause kam, war Karin völlig hysterisch, in Tränen aufgelöst, sie hyperventilierte und war überhaupt nicht mehr bei sich.

Wolfgang interpretierte ihren Zustand als Nervenzusammenbruch und rief die Feuerwehr.

Die Jungs kamen nach acht Minuten und brachten sie ins Krankenhaus.

Jetzt war Wolfgang allein. Gefangen in seinen Gedanken, und seiner Angst vollkommen ausgeliefert.

Niemand nahm ihn in den Arm und gab ihm Hoffnung. Niemand sagte: »Wird schon werden, du wirst sehen, sie finden sie, sie ist bestimmt an der Ostsee.«

Niemand war da.

Die Polizei rief nicht an, und er weinte. Konnte einfach nicht mehr damit aufhören.

Noch am selben Abend kam der Anruf. Sie hatten ein Mädchen gefunden.

Es saß auf einer Parkbank, zusammengesunken, wahrscheinlich hatte man es für eine Kifferin gehalten, und niemand hatte erkannt, dass sie nicht mehr lebte.

Ein mageres, zerschundenes Wesen, mehrfach vergewaltigt, verletzt und gequält, mit gebrochenem Genick.

Wolfgang wusste, dass weder er noch Karin jemals wieder Ruhe finden würden.

76

Es dauerte, bis die Spurensicherung ihre Arbeit getan hatte und die Leiche abtransportiert worden war.

Die Beamten arbeiteten die ganze Nacht.

Wolfgang sah gegen zwei Uhr früh ein letztes Mal in das Gesicht seiner toten Tochter.

Er nickte, als der Beamte fragte, ob dies Jenny sei.

Weinen konnte er in diesem Moment nicht, er stand stumm vor seinem toten Kind und konnte es einfach nicht fassen. Konnte und wollte es nicht begreifen.

Bleib bei mir, flehte er, bleib hier, bitte! Und stand zehn Minuten bewegungslos neben ihr und hielt ihre kalte Hand.

Dann strich er ihr über die Wangen, die geschlossenen Augenlider und Lippen.

Ich werde niemals aufhören, dich zu lieben, dachte er ganz für sich, ganz im Geheimen.

Erst als er sich umdrehte und ging, weinte er.

Er wusste, dass er Jennys bleiches Gesicht kurz vor ihrem sechzehnten Geburtstag an diesem Morgen um halb drei in der Pathologie niemals, bis zu seinem Lebensende nicht vergessen würde.

Um fünf Uhr fünfundvierzig klingelten die Kripobeamten an der Wohnungstür der Familie Yilmaz.

Tarik öffnete. Verschlafen, brummig, irritiert, barfuß und im Schlafanzug.

»Was ist?«, knurrte er.

»Tarik Yilmaz?«

»Ja.« Er kniff die Augen zusammen. »Wissen Sie, wie spät es ist, verdammt?«

»Herr Yilmaz, wir möchten Ihren Sohn Faruk sprechen.«

»Warum?« Tarik stellte sich fast intuitiv breitbeinig in die Tür.

»Wir verdächtigen ihn, seine Freundin, Jenny Bergmann, umgebracht zu haben. Kennen Sie Jenny Bergmann?«

Tarik nickte. »Ich hab sie einmal kurz gesehen. Hab ihr Guten Tag gesagt, als sie meinen Sohn besucht hat. Mehr nicht.«

»Wir haben ihre Leiche gefunden, und Ihr Sohn ist verdächtig, sie ermordet zu haben. Es sei denn, er kann uns erklären, wo er am vierundzwanzigsten August war.«

»Blödsinn!« Tarik wurde laut. »Mein Sohn ist ein feiner Junge. Er tanzt manchmal aus der Reihe, ein bisschen, nicht schlimm, aber er bringt keinen um. Und ein Mädchen schon gar nicht. Da leg ich meine Hand für ihn ins Feuer!«

»Das werden wir klären. Wo ist Ihr Sohn?«

»Nicht da. Nicht zu Hause. Ist seit drei Tagen nicht nach Hause gekommen. Weiß nicht, wo er ist.«

»Seit drei Tagen?«

»Ja, seit drei Tagen.«

»Und warum haben Sie ihn nicht als vermisst gemeldet?«

»Oh, oh, oh!«, Tarik klatschte sich mit der flachen Hand gegen die Stirn. »Faruk ist groß. Ist klug, fast erwachsen. Ich vertraue ihm. Auch seine Mutter vertraut ihm. Wenn er mal nicht nach Hause kommt, ist das okay. Wir wissen, dass er nichts Unrechtes tut. Er kommt wieder. Ist bisher immer wieder aufgetaucht.«

»Dürfen wir mal reinkommen?«

»Bitte.« Tarik trat zurück und ließ die Polizisten herein.

»Ist dies hier Faruks Zimmer?«, fragte einer der Beamten und steuerte auf die nächstgelegene Tür zu.

»Nein, dort hinten, rechts.«

Die Polizisten öffneten die Tür. Das Bett war ordentlich gemacht, das Bettzeug glatt gestrichen, der Schreibtisch aufgeräumt, nichts lag herum. An den Wänden die typischen Plakate eines Sechzehnjährigen, aber von Faruk keine Spur.

»Wie lange wollten Sie noch warten, bis Sie sich bei der Polizei melden?«, fragte der Beamte, und man sah seinem Gesichtsausdruck an, dass er die Situation unmöglich fand.

»Eine Woche«, sagte Tarik. »Mehr als zehn Tage nicht. Aber länger würde Faruk auch nicht verschwinden, ohne uns Bescheid zu sagen.«

»Wie schön.« Der Tonfall des Beamten troff vor Ironie, und in diesem Moment tauchte Faruks Mutter auf.

»Was ist, Tarik?«, fragte sie auf Türkisch.

»Özel bir şey yok«, antwortete er. »Her şey yolunda. Nichts Besonders. Alles okay. Die Polizisten fragen nach Faruk. Keine Ahnung warum, aber er ist nicht da, und er hat nichts getan.«

Sie nickte und zog sich verschüchtert zurück.

»Wir können Ihnen nicht helfen«, sagte Tarik. »Und jetzt muss ich mich fertig machen. Muss zur Arbeit.«

Der Polizist drückte Tarik seine Visitenkarte in die Hand. »Bitte geben Sie uns sofort Bescheid, wenn Faruk wieder auftaucht.«

Tarik nickte, legte die Visitenkarte auf eine Kommode und begleitete die Polizisten zur Tür. »Güle güle«, sagte er zur Verabschiedung.

Seine Frau stand im Flur und weinte still vor sich hin.

Tarik beachtete sie nicht, aber er hatte ein sehr schlechtes Gefühl, dass Faruk nicht nach Hause gekommen war und gesucht wurde.

Verdammt noch mal, was hast du getan, mein Sohn, dachte er und ging ins Bad, um sich anzuziehen.

Er würde den ganzen Tag mit schwerem Herzen arbeiten, bis er wusste, was mit Faruk geschehen war oder was er angestellt hatte.

So ein nettes Mädchen, dachte Tarik, ich hab es doch gesehen, so zart, so fein, so schüchtern … Und sie soll tot sein? So eine Süße bringt mein Sohn doch nicht um!

Diebstähle, Autos klauen, Autorennen, Einbrüche, Schlägereien, Körperverletzung – alles konnte er sich bei Faruk vorstellen, aber so etwas nicht. Niemals.

Sie verdächtigten ihn nur, weil er die Kleine gekannt hatte und ein Türke war. Nur deswegen. Natürlich. Es war immer dasselbe.

Dann schlug er mit der Faust gegen die Wand.

77

Faruk hatte es satt, in dieser Dreckskarre zu pennen, aber er wusste auch nichts Besseres. Hier im Wald unweit des Müggelsees war er sicher, hier war er noch niemandem begegnet, nur einmal einem Rudel Wildschweinen, ein paar Rehen und einem Fuchs.

Noch nicht mal ein Liebespaar suchte sich hier ein verschwiegenes Plätzchen.

Aber es ging einfach nicht mehr in diesem Schrottauto, er musste einen anderen Unterschlupf finden.

Ohne Ziel fuhr er durch die Gegend und landete durch Zufall in Neu-Venedig am Rande des Müggelsees. Am Ufer von verschwiegenen Kanälen lagen hochherrschaftliche Villen, spießige Einfamilienhäuser, Lauben, bessere Baracken, romantische Holz- oder Fachwerkhäuser.

Alle Stilrichtungen wild durcheinander, aber jedes Haus mit eigenem Garten, Wasserzugang und manchmal sogar kleinem eigenen Bootsanleger.

Geil, dachte Faruk. Wusste ja gar nicht, dass es hier so was Schräges gibt.

Er klapperte die Gegend ab und stieß auf ein Holzhaus, das er sich auch als Farm in Kentucky hätte vorstellen können.

Auf der Wiese zum Kanal hin stand ein großes Schild: »Zu verkaufen!«

Fenster und Türen waren fest verrammelt, das Grundstück wirkte verlassen und ein wenig ungepflegt.

Dieses Häuschen hat auf mich gewartet, dachte Faruk, hier habe ich meine Ruhe.

Er sah sich um. Der Nachbar zur Linken war hinter gewaltigen Büschen verborgen, der Nachbar zur Rechten verschwand hinter der Kurve des Kanals.

Perfekt.

Er zog das Verkaufsschild aus dem Rahmen und warf es auf die Terrasse.

Dann schlug er ein Fenster auf der Rückseite des Hauses ein und kletterte hinein.

Ein Glücksgefühl durchflutete ihn.

Das Haus war offensichtlich unbewohnt, es war sein Haus, seine Heimat, hier konnte er es aushalten, bis die Luft rein war, bis er … nun ja, bis er eben wegmusste.

Es war natürlich ein bisschen verwohnt, aber es war perfekt für ihn, er hatte keine großen Ansprüche, wollte hier keine Feste feiern und keine Kumpels empfangen, er wollte einfach nur seine Ruhe haben, bis die Jennyscheiße vorbei war.

Vielleicht verhafteten sie ja auch einen anderen. Salim zum Beispiel. Oder wen auch immer. Die Polizei machte 'ne Menge Mist. Die fanden selten den Richtigen.

Faruk jubilierte. Sein Herz klopfte vor Freude.

Ein bisschen näher konnte er mit dem Wagen noch an dieses Haus heranfahren, und dann würde er es sich hier gemütlich machen. Wenn er Alkohol, ein bisschen was zu kiffen und zu fressen hatte, fehlte ihm eigentlich nichts mehr.

Das Leben war großartig.

Man musste sich nur von Frauen fernhalten. Dann ging's einem gut, dann passierte nichts. Das war das Geheimnis.

Er, Faruk, hatte es kapiert.

78

Hubertus Münster hatte sein Leben lang davon geträumt, Makler und reich zu werden. Er hatte Filme gesehen, in denen Makler auf Mallorca Sieben-Millionen-Villen verkauften und dreihundertfünfzigtausend Euro Provision kassierten.

Das hatte ihn nicht mehr losgelassen. Zwei Objekte im Jahr verkaufen – das würde doch wohl zu machen sein – und hinterher im Geld schwimmen.

Er hatte eine Ausbildung als Hotelfachmann, was ja nun mit Immobilien nicht allzu viel zu tun hatte, hatte fünf Jahre in Bayern als Kellner gejobbt, aber seinen Traum nie aus den Augen verloren.

Vor vier Jahren bekam er die Chance, auf Provisionsbasis in der Immobilienfirma »Berliner Stadt- und Landträume« mitzuarbeiten. Für ihn der Traum vom Glück. Das Sprungbrett zu einem Leben im Reichtum.

So kutschierte Hubertus Münster an diesem warmen, sonnigen Vormittag das Ehepaar Hurtig in seinem BMW X5 quer durch die Stadt bis zu einem außergewöhnlichen Holzhaus in Neu-Venedig, direkt vor den Toren Berlins. Die ganze Chose für dreihundertfünfzigtausend Euro, inklusive viertausend Quadratmeter Grundstück und einem kleinen Anlegesteg für ein maximal Fünf-Meter-Boot.

Als er langsam auf das Haus zufuhr, sah er versteckt unter Bäumen ein Auto und fragte sich, was das sollte. Aber dann schob er diesen Gedanken ganz weit weg und konzentrierte sich auf seine Kunden.

»Zu dem Anwesen gehören nicht nur das Haupthaus«, sagte er, als er den Wagen stoppte und den Motor ausschaltete, »sondern auch noch ein Carport, ein Schuppen, ein Spielhaus und ein Bootsanleger. Ein perfektes Ferienparadies für Eltern, Großeltern und Kinder. Und natürlich auch für Haustiere. Man ist hier ja mitten in der Natur, aber von der Berliner Innenstadt nur dreißig bis vierzig Minuten entfernt.«

»Schaun wir mal«, sagte Herr Hurtig, stieg aus und half seiner Frau aus dem Wagen.

»Wir haben ein bisschen Geld in der Hand und wollen vermieten«, erklärte er. »Wenn man hier ein wenig investiert, könnte man ein kleines Paradies daraus machen. Oder was denkst du, Silvie?«

»Sicher«, stimmte sie zu, wirkte aber wenig überzeugt.

»Bitte folgen Sie mir«, meinte der Makler und steuerte auf die Haustür zu.

Faruk hatte am vergangenen Abend drei Sixpack Bier und eine Flasche Wodka in sich hineingekippt. Er hatte einfach nicht aufhören können und war irgendwann quasi ohnmächtig geworden.

Keine Ahnung wann genau.

Irgendwann, als die Nacht schwarz war. Ganz schwarz. Und als sicher niemand mehr den Weg nach Neu-Venedig finden würde.

Ganz langsam wurde er wach, hörte Stimmen und wusste nicht, wo er war. In seinem Kopf drehte sich alles.

Während er verzweifelt versuchte, seine Sinneseindrücke zu sortieren, wurden die Stimmen immer lauter.

Und dann begriff er allmählich, dass die Stimmen nicht draußen, sondern bei ihm, hier in seinem geliebten Haus waren.

Das war der Supergau, denn er hatte keine Waffe.

Er sprang aus dem Bett, schlüpfte in seine Jeans.

Sein Herz schlug bis zum Hals.

Einen Moment überlegte er, aus dem Fenster zu springen, aber dann sah er, dass ein Mann am Haus vorbeiging, stehen blieb und sich umsah. Jetzt guckte er nach oben, Faruk zuckte vom Fenster zurück. Rausspringen konnte er also nicht.

Es gab nur eine verdammte Treppe nach unten, und jetzt hörte er, dass sich Schritte näherten. Jemand kam die Treppe herauf, er saß in der Falle.

Also setzte er sein »Wo-ist-denn-bitte-das-Problem«-Gesicht auf, lehnte sich gegen den Schrank und drehte sich eine Zigarette, als der Makler hereinkam.

»Wer sind Sie? Und was haben Sie hier zu suchen?«, fragte Münster scharf.

»Eigentlich nichts.« Faruk lächelte freundlich. »Ich hatte gestern Abend einen im Tee, wollte nach Hause fahren und hab mich hier total verfranst. Hab einfach nicht mehr nach Berlin gefunden. Und dann hab ich die Hütte hier gesehen und mich einfach pennen gelegt. Sorry, ich hoffe, das war nicht so schlimm. Wenn Sie wollen, bin ich in fünf Minuten weg.«

Hubertus Münster gab sich große Mühe, ebenso freundlich zu lächeln wie Faruk. »Nee, nee, schon gut. Kein Problem. Ich zeige nur meinen Kunden das Haus. Sie wollen es eventuell kaufen. Bitte seien Sie so gut, bleiben Sie einfach hier in diesem Zimmer und kommen Sie uns nicht in die Quere.«

»Is klar. Darf man hier rauchen?«

»Besser nicht.« Münster ging hinaus und zog die Tür hinter sich ins Schloss.

Er überlegte fieberhaft und war sich nur Sekunden später absolut sicher: Ja, das war der Typ, nach dem seit Tagen ständig im Fernsehen gefahndet wurde. Er stand unter dringendem Verdacht, einer Fünfzehnjährigen das Genick gebrochen zu haben, ein scheußliches Verbrechen.

Münster rannte die Treppe hinunter. Herr und Frau Hurtig sahen sich gerade die Küche an.

»Eigentlich musst du das Haus komplett abreißen und was Vernünftiges neu bauen. Die Bausubstanz ist Schrott. Man kauft eigentlich nur den Bauplatz und die sensationelle Lage direkt am Wasser«, sagte Herr Hurtig gerade.

»Bitte sehen Sie sich in Ruhe um, ich muss nur mal ganz kurz telefonieren, dann stehe ich Ihnen für eventuelle Fragen zur Verfügung. Und bitte erschrecken Sie nicht: Oben im Schlafzimmer ist ein junger Mann, der Enkel des Eigentümers, er hat heute hier übernachtet.«

Das Ehepaar nickte und öffnete die Tür zur Terrasse.

Münster ging hinters Haus, wo ihn weder der ungebetene Gast noch die Hurtigs hören konnten, und alarmierte die Polizei.

Nur eine Viertelstunde später kamen zwei Mannschaftswagen vorgefahren und nahmen den völlig verdutzten Faruk Yilmaz fest.

»Du Schwein!«, raunte Faruk Münster zu, als er an ihm vorbeiging. »Das wirst du büßen, das schwör ich dir.«

79

Faruk kam in Untersuchungshaft und hatte die ersten zwei Wochen einen Zellennachbarn, der unentwegt quatschte und ihm unsagbar auf die Nerven ging. Außerdem war Justin unerträglich neugierig.

»Worum geht's bei dir? Was hast du verbrochen?«, fragte er von Fenster zu Fenster.

Faruk verdrehte die Augen. »Geht dich 'nen Scheißdreck an, außerdem bin ich unschuldig.«

Justin lachte hoch und kieksend. »Willkommen im Club. Ich bin auch unschuldig. Alles klar, Kumpel. Wenn du verknackt wirst, kannst du's sowieso nicht geheim halten. Dann hast du den Zettel mit dem Grund und der Länge deiner Strafe in der Zelle. Und du wirst ihn den anderen schon vorzeigen, wenn dir dein Leben lieb ist. Als Polizistenmörder hast du nichts zu befürchten, aber als Kinderficker oder Mädchenmörder schlagen sie dich tot. Und wenn du den offiziellen Wisch nicht herzeigst, schlagen sie dich auch tot. Denn sie wissen ja, warum du ihn verheimlichst. Das is echt übel!« Justin zündete sich eine Zigarette an und blies den Rauch in den Hof.

»Ich weiß, wie's läuft.«

»Oh! Dann warst du also schon mal im Knast? Mehrmals

unschuldig verknackt ist allerdings selten!« Justin lachte schon wieder leise glucksend.

Faruk antwortete nicht. Der Typ ging ihm so fürchterlich auf den Sack, dass er Lust hatte, ihm beim nächsten Aufschluss sämtliche Zähne auszuschlagen.

80

Faruk erschien vor dem Landgericht an jedem Verhandlungs-
tag im dunkelblauen Anzug, weißen Hemd und in geputz-
ten Schuhen. Das alles hatte ihm seine Familie besorgt, und
er kam sich vor wie ein verkleideter Clown.

Seine Haare waren frisch geschnitten, und die Unschuldsmiene hatte er sowieso perfekt drauf.

Seine Anwältin, Lara Sennen, die er einfach nur ratten-
scharf fand und die ihn schon einmal verteidigt hatte, hatte
ihn dazu verdonnert, den Mund zu halten. Keine Aussage,
kein Zwischenruf, keine gebrummte Bemerkung, nichts.

Er sollte unschuldig und traurig gucken und gefälligst
die Klappe halten. Am besten auf den Boden oder auf die
Tischplatte starren, auf gar keinen Fall dem Richter oder
einem Zeugen, dessen Aussage ihm nicht passte, böse Blicke
zuwerfen.

Vielleicht auch ein bisschen weinen, bereuen und sich gegebenenfalls entschuldigen.

Er sollte den Eindruck erwecken, ein verschüchterter Junge
zu sein, der tief in der Pubertät steckte und gar nicht so recht
begriff, was mit ihm geschah.

Wenn es etwas zu sagen oder zu erwidern gab, dann würde
sie es tun. Sie, seine Anwältin.

Er nicht.

Ihm war es recht. Konnte er wenigstens nichts falsch machen. Und es war leichter, sein loses Maul zu halten, als es zu zügeln.

Er wunderte sich, wie viele Leute ihm zu Ehren angetreten waren: ein Richter, zwei Schöffen (eine Frau, ein Mann), die bestimmt saudoof waren, genauso bescheuert wie seine Lehrerin Frau Linkel, die auch mal erzählt hatte, dass sie Schöffin gewesen war. Das konnte ja heiter werden.

Außerdem saßen da noch der Staatsanwalt, ein grimmiger Mann mit eckiger Brille, und ein Dickbauchiger mit Glatze und roter Nase von der Jugendgerichtshilfe.

So ein großes Aufgebot hatte er noch nie gehabt.

Der Richter war derselbe, der ihn schon einmal verknackt hatte, als er sich mehreres hatte zuschulden kommen lassen und auch noch die Linkel-Ziege niedergestochen hatte.

Die Sennen, die ihn auch damals verteidigt hatte, hatte ihm erklärt, dass die Richter nach den Anfangsbuchstaben der Nachnamen der Beschuldigten zugeteilt wurden. Und Richter Gernersheim war nun mal für die Buchstaben T-Z zuständig.

Also noch mal dieselbe Truppe, man traf sich nicht nur zweimal, sondern ständig im Leben.

Faruk seufzte innerlich. Aber es konnte spannend werden, denn nun galt es, sie alle um den Finger zu wickeln.

Vielleicht war es ein Fehler gewesen, der Sennen zuzustimmen, dass er nichts sagte, denn wenn er nur schwieg, konnte er seinen Charme nicht sprühen lassen. Wenn er gut gelaunt war, war er richtig gut. Eine echte Stimmungskanone auf jeder türkischen Hochzeit. Und vor Gericht konnte er sicher auch ein wenig zur Erheiterung beitragen.

Für Faruk war dies alles eine einzige große Show mit ihm als Hauptdarsteller, leider mit ungewissem Ausgang. Aber egal. Als Jugendlichem konnte ihm nicht allzu viel passieren.

Wenn er über einundzwanzig war, musste er ein bisschen aufpassen, denn als Volljähriger konnte man schon unangenehm lange im Knast verschwinden. Und wenn man dann noch die Sicherheitsverwahrung bekam, hatte man echt schlechte Karten.

Obwohl auch das wieder relativ war. In Italien fing die Freiheitsstrafe bei Mord mit dreiundzwanzig Jahren auf der nach oben offenen Richterskala an, und in den USA handelte man sich leicht die Todesstrafe oder x-mal lebenslänglich ein, wenn man ein paar Leute umlegte.

In Deutschland funktionierte das besser. Da bekam man immer wieder noch irgendwie eine neue Chance. Egal wie viele Leute man umlegte, wirklich lebenslänglich wanderte niemand in den Knast.

Die ganze Sache mit Jenny war echt dumm gelaufen, aber er war guter Dinge. So schlimm würde es nicht werden. Er kannte den Bau, wusste, wie man sich zu verhalten hatte, und so ein paar Jährchen saß er auf einer Backe ab.

Sie konnten ihn nicht schocken. Ganz gleich, was sie da vorn auf der Richterbank für einen Schmus erzählten.

Die Zeugenaussagen rauschten an ihm vorbei. Drei Mitschüler aus Berlin und auch sein Klassenlehrer Herr Kobler bemühten sich zu schildern, was er für ein freundlicher, umgänglicher Typ war und dass sie sich so eine Tat überhaupt nicht vorstellen konnten.

Er fand es wirklich nett und rechnete es ihnen hoch an. Wenn er konnte, würde er sich irgendwann revanchieren.

Dann betrat Jennys Mutter den Zeugenstand.

Wolfgang war nicht als Zeuge benannt und wartete im Flur.

Karin wirkte unsicher, nervös, war blass und hatte dunkle Ringe unter den Augen.

Der Gerichtsdiener führte sie nach vorn.

Nach den üblichen Formalitäten fragte der Richter: »Frau Bergmann, wie geht es Ihnen?«

»Schlecht. Sehr schlecht. Ich bin arbeitsunfähig und in permanenter psychiatrischer Behandlung.«

»Waren Sie auch in stationärer Behandlung?«

»Ja. Nach Jennys Tod dreieinhalb Monate.«

»Können Sie diesem Prozess hier folgen?«

»Ja.«

»Glauben Sie, dass Sie ihn durchstehen?«

»Ich denke schon.«

»Sind Sie bereit, auf die Fragen, die Ihnen gestellt werden, zu antworten?«

»Ja.«

»Frau Bergmann, was war Ihre Tochter für ein Mensch?«, fragte der Staatsanwalt.

Karin drückte die Hand vor den Mund, überlegte und sagte dann: »Sie war ein liebenswürdiges, nettes Mädchen, das jedem positiv gegenüberstand. Sie glaubte an das Gute im Menschen, liebte Tiere, war nie aggressiv, nie auf Konfrontation eingestellt, sie war folgsam, pünktlich, fleißig … Tja, so war sie.«

»Das hört sich ja fast märchenhaft an in der heutigen Zeit.«

»Ja, das stimmt, aber so war sie nun mal. Sie war umgeben von Liebe, und das gab sie zurück.«

Faruk verdrehte die Augen gen Himmel, und als ihm bewusst wurde, dass dies jemand gesehen haben könnte, stierte er ganz schnell wieder auf die Tischplatte vor ihm und verdeckte seine Augen mit der Hand.

»Ihre Tochter war fünfzehn, als es passierte?«

Karin nickte.

»Hatte Ihre Tochter bis dahin schon einmal einen Freund?«

»Nein, nie. Sie war zarter, kleiner und schmächtiger als die anderen Mädchen in ihrer Klasse. Hatte erst mit vierzehn zum ersten Mal ihre Tage, manch andere in ihrer Klasse schon mit elf. Wenn man sie neben ihren Klassenkameradinnen sah, hatte man den Eindruck, sie wäre drei Jahre jünger.«

»Ich hatte Sie gefragt, ob sie einen Freund hatte.«

»Bislang nicht. Aber dann kam sie einen Tag vor dem Mord zu mir und sagte …«

»Einspruch, Euer Ehren.« Lara Sennen stand auf. »Ob es Mord war, wissen wir noch nicht. Das wird die Verhandlung ergeben.«

»Einspruch stattgegeben. Bitte fahren Sie fort, Frau Bergmann.«

Karin war knallrot geworden, sie glühte vor Wut und Ohnmacht, aber riss sich zusammen.

»Also gut. Bevor das Schreckliche passierte«, sagte sie betont mit einem Seitenblick zu Lara Sennen, »kam meine Tochter zu mir und sagte, sie habe einen Freund. Einen Türken. Faruk Yilmaz. Und sie bat, am Samstag zu ihm gehen zu dürfen. Ich sagte ihr, sie solle sich vorher die Pille besorgen.«

»Tat sie es?«

»Ich glaube nicht. Dazu war die Zeit zu knapp.«

»Und Sie erlaubten ihr trotzdem zu gehen?«

»Was sollte ich machen?«, schrie Karin verzweifelt. »Sie zu Hause einsperren? Dann springt sie aus dem Fenster, hasst mich und erzählt mir nie wieder etwas. Sie wollte um elf zu Hause sein. Wenn ich es verboten hätte, hätte sie gesagt, sie trifft sich mit ihren Freundinnen zum Mathelernen und wäre trotzdem zu Faruk gegangen. Was sollte ich machen? Sagen Sie es mir! Ich habe mit meiner Tochter geredet und ihr gesagt, sie soll vorsichtig sein. Schwanger werden kann man auch nachmittags um vier!«

»Ihre Tochter ging also?«, fragte Lara Sennen.

»Ja.«

»Hatten Sie die Adresse ihres neuen Freundes?«

»Nein. Die hätte sie mir nie gegeben, weil sie dann das Gefühl gehabt hätte, dass ich sie behandle wie ein Baby und dass ich da vielleicht anrufe oder aufkreuze. Das wollte sie auf keinen Fall. Aber ich hatte ihre Handynummer. Und ihr Smartphone war immer eingeschaltet. Rund um die Uhr.«

»Nur als Sie sie anrufen wollten, war es nicht mehr an.«

»Nein!«, schrie Karin. »Da war es nicht mehr an, weil sie schon tot war! Weil ihr Mörder es ausgestellt hatte.«

»Einspruch, reine Mutmaßung, noch ist er kein Mörder!«, rief Lara Sennen.

»Stattgegeben.«

»Haben Sie Kinder?«, fragte Karin den Richter Bernd Gernersheim völlig verzweifelt.

»Ja, aber das tut hier nichts zur Sache. Denn *ich* stelle hier die Fragen. Was glaubten Sie, was geschehen war, als Ihre Tochter auch nach Mitternacht noch nicht nach Hause gekommen war?«

»Ich hoffte, dass sie bis über beide Ohren verliebt ist und deswegen die Zeit vergisst.« Karin begann leicht zu schwanken, ihr war schwindlig geworden. »Könnte ich bitte etwas Wasser haben?«

»Aber selbstverständlich.«

Gernersheim machte dem Gerichtsdiener ein Zeichen, der nur Sekunden später Karin ein gefülltes Glas Wasser brachte.

»Hat noch irgendjemand Fragen an die Zeugin?«, fragte Gernersheim.

Lara Sennen meldete sich. »Ja.«

Gernersheim nickte ihr zu. »Bitte.«

Lara Sennen trat vor. »Frau Bergmann, habe ich Sie richtig verstanden: Ihre Tochter hatte einen Freund, Faruk Yilmaz, sie war verliebt, und sie wollte mit ihm schlafen?«

Karin Bergmann sah Lara Sennen hasserfüllt an. »Ja, das ist richtig«, sagte sie.

»Keine weiteren Fragen.«

Der Richter nickte Karin Bergmann zu, und sie schleppte sich aus dem Gerichtssaal.

Im Flur brach sie in Tränen aus.

81

Am nächsten Morgen um neun trat der Vertreter der Jugendgerichtshilfe, Henrik Reiff, in den Zeugenstand.

Faruk hatte ihn erst einmal im Leben für zehn Minuten gesehen, aber er hielt einen Vortrag, als würde er Faruk und seine Familie seit zehn Jahren kennen.

Faruk kochte schon, als Herr Reiff gerade angefangen hatte zu reden.

»Familie Yilmaz wohnt in geordneten Verhältnissen in einer Zweieinhalbzimmerwohnung in Neukölln, die Wohnung ist sauber und ordentlich. Ein intaktes, funktionierendes Familienleben.

Vater Tarik Yilmaz arbeitet bei Saturn im Lager, die Mutter Esmee Yilmaz kümmert sich um den Haushalt und die Kinder. Faruk genießt große Freiheiten, er kann im Großen und Ganzen tun und lassen, was er will, und fühlt sich als der Mann im Haus, wenn sein Vater nicht da ist. Diese wenigen und zu laschen Grenzen, die man ihm zu Hause gesetzt hat, haben wohl auch dazu geführt, dass er außerhalb seiner Familie über die Stränge geschlagen hat und auffällig geworden ist.

Faruk hat einiges auf dem Kerbholz, ohne Zweifel, aber er ist kein perspektivloser Fall. Er ist sehr impulsiv, er handelt, ohne nachzudenken. Wenn er begreifen würde, worum es im Leben geht und was er falsch gemacht hat, könnte noch ein ganz normaler, ordentlicher Mensch aus ihm werden.«

Bla, bla, bla. Faruk stank dieses Gesülze gewaltig, denn er hörte nicht richtig zu und begriff nicht, dass das, was der dicke Glatzkopf da über ihn und seine Familie sagte, nur positiv für ihn war. Er konnte den Mann nicht leiden, und darum nervte ihn alles, was er von sich gab.

Faruk langweilte sich. Er wollte zurück in seine Zelle, wollte rauchen, wichsen, fernsehen. Blöderweise gab es im Knast keinen Alkohol. Sonst wäre es fast perfekt gewesen.

Henrik Reiff redete noch eine weitere Viertelstunde, dann beendete er seinen Vortrag, der Richter bedankte sich, und der Vertreter der Jugendgerichtshilfe verließ den Zeugenstand.

Faruk hatte keinen Ton darüber gesagt, wer bei der Tat noch dabei gewesen war. Er war ja nicht lebensmüde. Die beiden würden ihn sonst irgendwann allemachen. Und es war auch eine Frage der Ehre, die Schnauze zu halten. Er würde schweigen bis ins Grab. Sie hatten ihn erwischt, nun ja, das war halt Pech.

Wenn er die anderen verpfiff, bekam er vielleicht ein oder zwei Jährchen weniger, aber würde sein Leben lang Angst haben. Und ganz bestimmt irgendwann eine Kugel in den Nacken bekommen.

Die Sitten und Gebräuche waren rau in diesen Kreisen. Da konnte man sich nicht ducken. Sie fanden einen überall.

Als Nächstes kam Diana Klee als Gutachterin in den Zeugenstand. Sie hatte sich schon einmal dafür eingesetzt, dass Faruk nach zwei Jahren Knast vorzeitig entlassen wurde und so die Gelegenheit hatte, Jenny Bergmann kennenzulernen.

»Frau Klee, was, glauben Sie, ist Faruk für ein Mensch?«, fragte Richter Gernersheim.

Die Gefängnispsychologin überlegte einen Moment. Dann sagte sie: »Ein schwer verstörter und verunsicherter. Bei ihm geht es den ganzen Tag um die Ehre. Seine persönliche und die Ehre als Türke. Ganz gleich, ob ihm jemand beim Frühstück das Brötchen klaut, ihn beleidigt oder seine Mutter beschimpft. Er rastet unkontrolliert aus und neigt dann zur Gewalttätigkeit.«

Gernersheim machte sich eine Notiz. »Sie hatten unlängst schon einmal seine Freilassung befürwortet. Haben Sie das zu diesem Zeitpunkt nicht gewusst?«

»Nein, nicht in diesem Ausmaß. Das ist mir erst jetzt, nach dieser Tat, klar geworden.«

»Es war also eine Fehleinschätzung seines Charakters, als Sie seiner Freilassung zugestimmt haben?«

Diana Klee fühlte sich in die Ecke gedrängt. Sie versuchte, sich ihre Verärgerung nicht anmerken zu lassen. »Im Nachhinein könnte es so aussehen, aber lassen Sie mich das Ganze bitte erklären. Faruk hat einen unglaublichen Geltungsdrang. Er hält sich nicht nur für den Größten, sondern möchte vor allem als dieser anerkannt und geachtet werden. Er will mit denen mithalten, die schon wesentlich älter sind. Er will allen beweisen, dass er alles kann. Darum auch dieses illegale Autorennen vor drei Jahren auf dem Ku'damm. Nicht eine Sekunde hat er daran gedacht, dass jemand zu Schaden kommen könnte, was ja Gott sei Dank auch nicht passiert ist. Er hatte nur im Kopf, allen zeigen zu wollen, dass er der tollste, schnellste und unerschrockenste Autofahrer ist. Mit vierzehn! Dass er es besser kann als sein Kumpel, der fünf Jahre älter war als er.

Aber dann überfährt er beinah einen Passanten, der im letzten Moment zur Seite springt. Und was geschieht? Faruk hält kurz darauf an. Jemanden totfahren will er nicht. Er bekommt Angst um Unbeteiligte.

Er ist also doch empathiefähig. Er geht nach Hause und erfindet seinen Kumpels gegenüber eine Ausrede.

Beispiel zwei: Er klaut alten Frauen auf der Straße die Handtasche, und von dem Geld macht er seiner Mutter und seiner Schwester Geschenke. Zugegeben ein etwas verunglückter Robin Hood oder Jesse James, aber immerhin kein durch und durch schlechter Mensch.

Beispiel drei: Er sticht seine Lehrerin während des Unterrichts nieder, weil sie ihn vor allen Mitschülern vorführt und erniedrigt. Er weiß sich nicht anders zu helfen, denn er ist nicht kritikfähig. Kein bisschen. Aber daran kann man arbeiten.

Mir erschien Faruk als einer, der durchaus will. Der morgens aufsteht und gierig nach Erfolgserlebnissen ist. Der gute Ergebnisse in der Schule erzielen und bei seinen Freunden und Kumpels anerkannt werden will.

Faruk ist vom Ehrgeiz besessen. Er wünscht sich Erfolg, Geld und Macht. Ein bisschen Berühmtheit wäre auch nicht schlecht. Daher genießt er sicher auch in irgendeiner Weise diesen Prozess hier. Und die Berichterstattung in der Zeitung oder im Internet.

Bei diesem Ehrgeiz sollte man ihn packen. Der Ehrgeiz ist der Antriebsmotor für Leistung. Faruk muss lernen: Wenn er Leistung erbringt, wird er Geld und Erfolg haben und hat keinen Grund mehr, kriminell zu sein.

Faruk ist intelligent. Er wird es irgendwann begreifen und sein Leben ändern. Und darum halte ich ihn für keinen hoffnungslosen Fall.«

»Wie wollen Sie ihn packen?«, fragte Gernersheim.

»Wie gesagt, ich glaube immer noch, auch nach dieser schrecklichen Tat, dass ein guter Kern in ihm steckt, dass man ihn auf den rechten Weg zurückbringen kann. Wenn man sich um ihn kümmert. Wenn man sein Vertrauen gewinnt und immer wieder mit ihm spricht. Um seine krausen Gedankengänge zu entwirren. Aber das kostet Zeit.«

»Die Sie nicht haben?«

Diana Klee seufzte. »Nein. Wir haben in der JVA nur wenig Möglichkeiten, uns um diese verwirrten Jugendlichen zu kümmern und mit ihnen zu sprechen. Uns fehlt die Zeit. Ich hatte für Faruk in der Woche eine halbe Stunde. Das war zu wenig.«

Faruk sah sie an und dachte, dass es im Knast unerträglich wäre, wenn so eine wie die Klee jeden Tag Zeit für ihn hätte. Da war es so schon besser: Er konzentrierte sich mal kurz, benahm sich anständig, redete vernünftig, schleimte der Psychologin ums Maul und hatte dann wieder 'ne Weile seine Ruhe.

Richter Gernersheim zeigte jetzt großes Interesse an Diana Klees Erläuterungen. Er beugte sich vor. »Erklären Sie uns das: Faruk hat eine Freundin. Zarte Bande knüpfen sich. Sie schlafen miteinander. Zwei Männer kommen dazu, wollen das Mädchen auch. Er stimmt zu. Warum?«

Diana Klee lächelte. »Weil eine Freundin in diesen Kulturen nichts wert ist. Sie ist nicht seine Frau, sondern eine Hure. Aber das war Jenny nicht klar. Sie dachte, sie ›geht‹ mit einem Jungen, das heißt, sie schlafen miteinander, sie probieren die Liebe aus. Das hat bei uns keinerlei gesellschaftliche Konsequenzen. In anderen Kulturen schon. Aber davon hatte Jenny keine Ahnung.

Er sagt also zu seinen Freunden, okay, macht mal, um mit ihnen keine Schwierigkeiten zu bekommen. Von dem Mädchen erwartete er ohnehin keine.«

Richter Gernersheim fixierte den Stift in seiner Hand und fragte weiter: »Die Männer vergehen sich an dem völlig verstörten Mädchen. Es tobt und schreit. Es bittet wahrscheinlich darum aufzuhören und fleht um Hilfe. Aber Faruk will sie zum Schweigen bringen und bricht ihr das Genick. Warum?«

»Er hatte Unterwerfung erwartet«, antwortete Diana Klee klar und ruhig. »Duldung. Keine Gegenwehr. Mit ihrer heftigen Reaktion kann er nicht umgehen. Er gerät in Panik, weil er glaubt, dass sie das ganze Haus zusammenbrüllt, will dem ein Ende setzen und drückt seine Hand auf ihren Mund, bis ihr versehentlich der Hals bricht. Im Affekt. Aus Angst. Ja, und wie gesagt: in Panik.

Es war eine Kurzschlussreaktion, keine Mordabsicht, er handelte wieder einmal, ohne nachzudenken. Das ist sein Problem.

Faruk ist kein schlechter Mensch, aber er kann seine Gefühle nicht kontrollieren, er braucht dringend Hilfe.«

Sie stellt mich hier als Psycho dar, dachte Faruk, als armen Irren, den man in die Klapse sperren muss, und dreimal in der Woche kommt ein Irrenarzt im weißen Kittel, bindet einen vom Bett los, schiebt einem ein paar Tabletten in den Mund, lächelt milde und fragt in süßlichem Ton, wie es einem geht und dass man doch bitte über seine Probleme reden soll. Nein danke. Dann doch lieber Knast. Das ist ehrlicher. Nicht so ein verlogener Schmus, der ohnehin nichts bringt.

Der Richter blätterte in seinen Akten und schwieg.

»Darf ich noch etwas sagen?«, fragte Diana Klee.

»Aber natürlich.«

»Ich hätte nie gedacht, dass Faruk so eine Tat begeht. Nie im Leben. Ich arbeite seit beinahe zwanzig Jahren als Psychologin, ich habe weiß Gott viel erlebt und eine Menge Erfahrung. Aber mit so etwas habe ich nicht gerechnet.

Faruk war ruhig. Er hielt sich aus Streitereien raus. Er zeigte sich stets einsichtig, war freundlich. Es schien ihm einzuleuchten, dass er auf dem falschen Weg war. Er wollte es ändern, wollte nicht sein Leben lang mit kurzen Unterbrechungen im Knast verbringen.

Er sagte mir, dass er die Hauptschule beenden und sich eine Lehrstelle suchen wolle. Er hatte Lust auf das Leben, auf eine Ausbildung. Er wusste, was er falsch gemacht hatte. Warum sollte man so einem Kind die Zukunft verbauen?«

Die Miene des Richters war vollkommen unbeweglich. »Danke, Frau Klee. Noch Fragen an die Zeugin?«

»Ja.« Lara Sennen stand auf. »Wie war sein Verhältnis zu Frauen und Mädchen generell?«

Diana Klee atmete tief durch und überlegte wieder einen Moment. »Zwiespältig«, sagte sie. »Auf der einen Seite fühlte er sich ihnen überlegen, sie waren nichts wert, auf der anderen Seite begehrte er sie, weil seine Sexualität dabei war zu erwachen. Seine Seele schwankte hin und her, befand sich in dem Dilemma zwischen Zärtlichkeit und Gewalt. Es kam ganz darauf an, wie sich die Frau oder das Mädchen verhielt.«

»Sie kannten seine familiären Verhältnisse. Sie wussten, dass er sich als Pascha fühlte. Sie kannten die kulturellen Unterschiede zu unserer Gesellschaft. Hatten Sie da nie die Befürchtung, dass er einem Mädchen gegenüber gewalttätig werden könnte?«

»Nein«, sagte Diana Klee entschieden. »Er war noch zu jung. Da muss man abwarten. Die Pubertät und aufkommende

Verliebtheit können alles verändern. Krempeln einen Menschen, einen Charakter vollkommen um. Liebe kann Kulturen und gesellschaftliche Gepflogenheiten hinter sich lassen. Da darf man nicht vorverurteilen. Und genau das habe ich nicht getan.«

»Sondern?«

»Ich habe nach stundenlangen Gesprächen …«

Lara Sennen fiel Diana Klee ins Wort. »Eben sagten Sie noch, Sie hätten für jeden einzelnen Gefangenen höchstens eine halbe Stunde Zeit in der Woche gehabt?«

»Ja«, wand sich Diana Klee, »aber mit Faruk habe ich mehr geredet. Er lag mir am Herzen. Ich habe meine Freizeit investiert. Und da bin ich nach stundenlangen Gesprächen in vielen Monaten zu dem Schluss gekommen, dass dieses Kind im Knast zugrunde geht. Dass es mehr Freiheit bekommen und dass sein Verhalten beobachtet werden sollte.

Er weinte, er flehte mich an, ich konnte es nicht ertragen. Schließlich bekam er begleiteten Ausgang und benahm sich dabei absolut korrekt, mehrere Male hintereinander. Daher befürwortete ich seine Freilassung. Richter Gernersheim schloss sich meiner Meinung an und befürwortete Faruks Entlassung ebenfalls.«

»Danke. Keine weiteren Fragen.«

82

Achtzehn Tage später hielten Staatsanwalt und Anwältin ihre Plädoyers.

Der Staatsanwalt Gernot von Dörfen stand auf, rückte seine Brille zurecht und begann zu reden.

»Hohes Gericht, verehrte Anwesende, ich will es kurz machen. Sie haben in den letzten Tagen mehr als ausführlich vor Augen geführt bekommen, was Faruk Yilmaz in den wenigen Jahren seines noch kurzen Lebens alles verbrochen hat. Es ist erschreckend zu sehen, wie sehr sich die Schärfe, die Härte und die Häufigkeit seiner kriminellen Taten steigerten. Vom Handtaschendiebstahl, Autodiebstahl, Einbruch über Drogendeal und versuchten Mord bis zur Vergewaltigung und zum vollendeten Mord lässt er nichts aus. Er ist hemmungslos. Ohne jegliche Empathie. Wenn jemand verletzt am Boden liegt, hilft er nicht, sondern tritt noch nach. Wenn jemand um Hilfe schreit, hört er weg. Seine kleine Schwester drangsaliert er, als wäre er ihr Gebieter. Wenn ihn jemand beleidigt, sticht er sofort zu.

Ich interpretiere seine Taten anders als die von mir sehr geschätzte Psychologin und Gutachterin Diana Klee: Von Recht und Gesetz hat er noch nie etwas gehört, und es wird Zeit, dass er endlich einmal die Härte des Gesetzes zu spüren bekommt, damit er kapiert, dass es so etwas überhaupt gibt. Bis jetzt hat ihn das alles jedenfalls nicht interessiert. Er ist immer davongekommen. Weil es Richter oder Psychologen gab, die ihm nicht eine zweite, sondern die siebzehnte oder fünfundzwanzigste Chance geben wollten. Ich habe nicht mitgezählt, aber ich weiß, dass es reicht.

Er hat Handtaschen-, Fahrrad- und Autodiebstähle nicht verübt, wie Frau Klee vermutet, um seine Schwester und seine Mutter beschenken zu können, sondern weil er das Geld brauchte, um vor anderen zu protzen, sich als der Größte darzustellen und um sich Drogen zu besorgen. Keine edlen Motive, sondern reine Gier und purer Egoismus.

Und er hat nicht versucht, seine Lehrerin zu erstechen, weil er die Erniedrigung nicht ertragen hat, denn dass sie vor der ganzen Klasse seine Tasche ausgekippt hat – das haben sicher schon mehrere Schüler vor ihm erduldet, ohne ihrer Lehrerin ein Messer in den Bauch zu jagen. Nein, er hat zugestochen, weil er ein gefühlloser, unkontrollierter Mörder ist, der noch niemals Grenzen gesetzt bekommen hat und der nicht weiß, wie eine friedliche, demokratische Gesellschaft funktioniert. Er hatte immer Oberwasser, weil ihn Richter Aufsätze schreiben ließen, anstatt ihn angemessen hart zu bestrafen.

Jenny, um die es in diesem Prozess geht, hat er ermordet, weil ihm jegliches Leben gleichgültig ist. Wer nicht spurt, bekommt es zu spüren. Es ist ihm egal, ob er einer Katze, die ihn kratzt, die Gurgel durchschneidet oder einem Mädchen, das tobt und schreit, den Hals bricht. Das hat wenig mit kulturellen Unterschieden zu tun. Das hat damit zu tun, dass Faruk Yilmaz ein eiskalter Junge ist, der sich nicht unter Kontrolle hat und eine Gefahr für die Allgemeinheit darstellt. So wäre er auch, wenn er nicht türkischer Herkunft wäre. Wenn er seit Generationen ein Deutscher wäre. Denn er handelt nicht aus religiöser Überzeugung. Er ist ein Krimineller, der Spaß an seinen Taten hat und sich aus ihnen Vorteile verspricht, und daher muss er gestoppt werden.

Ein Jugendlicher, der mittlerweile sechsunddreißig Mal wegen inzwischen hier hinlänglich bekannter Vergehen, und zuletzt wegen Mordes, erwischt worden ist, der hat in der Freiheit nichts mehr verloren. Er verdient die Höchststrafe, die ein Jugendlicher in diesem Land überhaupt bekommen kann: zehn Jahre, und keinen Tag weniger.

Und auch wenn er seine Haft verbüßt haben sollte, wäre meine dringende Bitte, diesen jungen Mann im Auge zu behalten. Für mich wird er eine Gefahr für die Allgemeinheit bleiben, zumal ihm im Knast keine ausreichende psychotherapeutische Betreuung zuteilwird und zuteilwerden kann, wie uns Frau Klee ja schon erläutert hat.

Zehn Jahre, und keinen Tag weniger.

Meine Damen und Herren, ich danke Ihnen für Ihre Aufmerksamkeit.«

Gernot von Dörfen setzte sich. Seine Brille saß ganz schief auf seiner Nase, aber er merkte es nicht.

Was für ein Arschloch, dachte Faruk.

Lara Sennen erhob sich und trat vor. »Hohes Gericht, verehrte Anwesende«, sie drehte sich ein wenig, um alle in ihre Anrede einzubeziehen, und lächelte. »Der Herr Staatsanwalt hat ein prägnantes und beeindruckendes Plädoyer hingelegt. Durchaus nachvollziehbar. In wenigen Minuten bekommen wir es mit dem Holzhammer: Faruk Yilmaz ist ein empathieloses, mordendes Monster und fertig. Bitte verurteilen. Warum ein Sechzehnjähriger, ein halbes Kind, so Schreckliches tut, scheint ihn nicht zu interessieren.

Ein Pubertierender, der seiner Freundin das Genick bricht, hat ein Problem, da sind wir uns sicher alle einig. Und zwar ein schwerwiegendes. Aber schwerwiegende Probleme, die Pubertierende haben und die sie zu schlimmen Taten animieren, fallen nicht vom Himmel. Es gibt einen Grund dafür. Einen Grund, von dem der Herr Staatsanwalt einfach nichts wissen will, da es seine Theorien und die sich daraus ergebenden Schlüsse erheblich verkomplizieren würde.«

Lara ging vor dem Richtertisch auf und ab und lächelte Staatsanwalt von Dörfen freundlich zu, aber so, dass es der Richter mitbekommen musste.

»Sehen wir es doch mal anders: Faruk hat zum ersten Mal eine Freundin. Eine, mit der er schlafen kann, die ihn ranlässt, das ist ihm bisher noch nicht gelungen. Ein Freund leiht ihm seine Wohnung, es gibt nichts Tolleres, er hat sturmfreie Bude. Endlich mal keine Gefahr, dass Eltern oder Geschwister oder wer auch immer ins Zimmer kommen. Er kann sich entspannen.

Er ist der King. Er hat alles perfekt organisiert. Er hat eine Freundin. Sie ist nicht supersexy, aber sie ist süß und willig, und sie hilft ihm, das auszuprobieren, was ihm als das Allerwichtigste erscheint, seit ihm Freunde ständig Pornos aufs Handy schicken.

Er schläft mit ihr. Und – laut Aussage ihrer Mutter – in beiderseitigem Einverständnis. Alles läuft gut. Aber dann kommen zwei Typen. Das passt ihm gar nicht, und dem Mädchen auch nicht, er sieht die Angst in ihren Augen.

Sie saufen. Alle drei Jungs kippen Hochprozentiges in unglaublicher Geschwindigkeit in sich hinein und werden sehr schnell betrunken.

Und dann sagen die zwei Typen, dass sie das Mädchen wollen. Dem einen gehört schließlich die Wohnung.

Faruk überlegt. Die Zeiten sind hart. Wenn er Nein sagt, hat er zwei Feinde und bei nächster Gelegenheit ein Messer im Bauch. Er ist zu tief in der kriminellen Szene verwurzelt, als dass er Nein sagen könnte. Also stimmt er zu. Um seine Haut zu retten.

Die Typen sind nervös, das spürt Faruk. Es liegt auch am Alkohol, dass er kaum kann, als er an der Reihe ist, und dann beginnt Jenny zu brüllen. Faruk kriegt die Krise, Jenny ist doch seine Braut. Er hat ein echtes Problem, wenn die Nachbarschaft die Polizei holt. Er hat Angst. Panik. Er hasst Jenny in diesem Moment für ihr Gebrüll, kann es nicht ertragen, drückt ihr die Luft ab und den Mund zu und biegt dabei ihren Kopf so weit zurück, dass ihr das Genick bricht.

Ihren Tod hat er nicht gewollt und nicht vorausgesehen. Es war ein Unfall.

Faruk begreift erst viel zu spät, was passiert ist. Dass Jenny tot ist. Er bekommt den Schreck seines Lebens.

Das ist ein tragischer Moment, tragisch im klassischen Sinne: Faruk unterliegt der unausweichlichen Notwendigkeit, so zu handeln, dass etwas Verhängnisvolles passiert, wie es Aristoteles sinngemäß formuliert hat, oder sagen wir es einfacher: Er ist unschuldig schuldig geworden.

Das alles hat nichts mit den Kulturen zu tun, sondern nur damit, dass ein Junge, der noch nicht weiß, was es heißt, ein Mann zu sein, die Nerven verloren hat. Diese Tat hat kein Türke begangen, sondern ein Jugendlicher, der den Unterschied zwischen Gut und Böse, Schwarz und Weiß nicht kennt.

Es war ein hochemotionaler Moment, in dem Faruk falsch gehandelt hat. Es war ein Schicksalsschlag des Lebens gegen ihn. Tragisch eben.

Irgendwann wird Faruk begreifen, was er getan hat, da bin ich mir ganz sicher. Und in einigen Jahren, wenn er reifer ist, wird die Tat nicht nur eine diffuse Erinnerung sein, nach dem Motto, ich hab da mal ganz schön viel Mist gebaut, sondern er wird die Auswirkungen seiner Tat in seiner ganzen Tragweite begreifen, und er wird auch begreifen, dass er nichts, aber auch gar nichts wiedergutmachen kann.

Vielleicht wird er in diesem Moment ein gebrochener Mann sein. Wir wissen es nicht.

Für mich ist Faruk ein Mensch, der in seinem Leben immer nur Pech gehabt hat. In eine – wie ich eben bereits erläutert habe – ›tragische‹ Situation zu geraten, ist auch eine Form von Pech.

Ich habe ihn mal gefragt: Wenn du dir aussuchen könntest, wie du leben möchtest – ohne an Geld, Verpflichtungen, deine Eltern oder sonst was zu denken –, wie würde das aussehen?

Da antwortete er, ohne lange nachzudenken: Ich hätte gerne eine große Farm, egal wo. Felder, Berge, unendliche Weite. Eine Frau und Kinder, ein Haus, Kühe, Schafe und Pferde. Das wäre mein Traum.

Tja. Ein Junge, der Träume hat, die sich für ihn wahrscheinlich nie erfüllen werden. Denn er lebt in Berlin, in Neukölln, zweiter Hinterhof. Aber er will da weg, und das kann er nur schaffen, wenn er begreift, dass er auf dem falschen Weg ist, und wenn man ihn – und da stimme ich Frau Klee zu – bei seinem Ehrgeiz packt.

Jetzt ist er jedoch noch ein kleiner, gewalttätiger dummer Junge, der nicht in den Knast gehört. Ich beantrage eine Freiheitsstrafe von drei Jahren, die er in einem Heim für schwer erziehbare Jugendliche unter professioneller Betreuung verbringen sollte.«

Lara Sennen nickte den Schöffen zu. »Bitte sehen Sie sich diesen armen Jungen an und überlegen Sie genau. Vielen Dank.«

Der Richter wandte sich an Faruk: »Möchtest du noch irgendetwas sagen?«

Faruk sah Lara Sennen fragend an, diese nickte.

Faruk stand auf und fuhr sich mit der Hand durch die kurzen Haare. Er war so nervös wie noch nie. Das war seine Chance, aber er hatte nicht damit gerechnet, etwas sagen zu müssen, die Sennen hatte ihn nicht darauf vorbereitet. Sonst hätte er sich was überlegt. Irgendwas Originelles, mit ein paar Gags, irgendwas, das aber dennoch auf die Tränendrüse drückte. Und jetzt stand er hier und musste improvisieren. Das konnte er nicht ab. Darin war er nicht so richtig gut, aber er versuchte es.

»Tja«, sagte er, »erst mal danke für den fairen Prozess. Alle haben sich Gedanken über mich gemacht, so viele Leute, ich fühl mich echt geehrt. Und ich wollte Jenny nicht umbringen, echt nicht. War 'ne süße kleine Braut. Wollte nur, dass sie die Fresse hält. Tut mir leid, dass ich zugedrückt hab, warum weiß ich auch nicht, war blöd von mir, echt, tut mir leid. Wenn ich könnte, würde ich sie wieder lebendig machen. Hab sie geliebt, echt. Tut mir alles leid. So was mach ich nie wieder. Das geht gar nicht, das hab ich kapiert, echt. Ich schwör's! Faruk bringt niemanden mehr um. Is total bescheuert. Und bei Jenny is es echt dumm gelaufen, ging alles so schnell, hatte gar keine Zeit zum Nachdenken, sie hat gebrüllt wie eine Blöde, und da war es auch schon passiert. Und ich hab bestimmt erst drei Minuten später kapiert, dass da ihr Hals gekracht hatte. Echt übel. Nee, will ich nicht noch mal erleben so was. Müsst ihr mir glauben, Leute.«

Faruk setzte sich. War nicht die Hammerrede gewesen, das wusste er, aber vielleicht besser, als wenn er nichts gesagt hätte.

Der Richter nickte abschließend und schloss die Verhandlung.

83

Eine Woche später war die Urteilsverkündung.

»Im Namen des Volkes ergeht folgendes Urteil: Faruk Yilmaz wird zu vier Jahren und drei Monaten Jugendstrafe verurteilt.«

Der Staatsanwalt zog unzufrieden die Augenbrauen hoch, und auch Faruks Anwältin schien nicht übermäßig erfreut. Beide hatten im Grunde eine Niederlage hinnehmen müssen.

»Ich habe sowohl den Argumenten der Anklage als auch den Argumenten der Verteidigung folgen können«, sagte Richter Gernersheim freundlich.

»Faruk Yilmaz hat schon so viele kriminelle Taten begangen, die immer brutaler und gefühlloser wurden, dass ich ihn nicht mehr nur als verschüchterten, verwirrten Pubertierenden sehen kann. Es ist durchaus Kalkül dabei. Geldgier, Machtwille und absolute Gefühlskälte.

Ich wage zu bezweifeln, dass er sich jemals ändert, aber die Chance, die ich ihm gebe, sind nicht zehn, sondern vier Jahre, drei Monate Haft. Wenn man sich um ihn kümmert, kann da eine Menge geschehen. Bis er entlassen wird, ist er zwanzig und hat vielleicht das eine oder andere begriffen.

Ein Heim für schwer erziehbare Jugendliche ist meines Erachtens für ihn nicht der richtige Rahmen. Es bietet zu viele Freiheiten. Wenn es Faruk dort nicht passt, ist er nach wenigen Tagen weg und begeht die nächste Straftat.

Faruk muss weggesperrt werden, das steht fest, und er braucht Hilfe. Das steht genauso fest. Und die kann er nur im Gefängnis bekommen, alles andere ist zu unsicher.

Denn Faruk Yilmaz ist gefährlich. Ein Wort, das weder der Staatsanwalt noch die Verteidigerin in den Mund genommen haben.

Allerdings gibt es immer noch Hoffnung. Wir werden sehen.

Die Verhandlung ist geschlossen.«

Der Richter erhob sich, und auch alle anderen verließen den Raum.

Vier Jahre, drei Monate, dachte Faruk. Boocch. Übel. Aber immerhin besser als zehn. Wegen dieser kleinen Fotze. Nur weil sie geschrien hatte. Wenn sie nicht geschrien hätte, wäre alles gut gewesen.

Faruk wurde wütend. Was für eine dumme Schlampe. Und jetzt saß er hier über vier Jahre fest. Er musste sich das alles mal ganz in Ruhe durch den Kopf gehen lassen, ob da nicht irgendetwas dran zu drehen war.

Niemals würde er die gesamte Zeit absitzen. Niemals.

84

Zwei Tage später saßen Wolfgang und Karin Bergmann dem Staatsanwalt Gernot von Dörfen gegenüber.

Er schilderte den Verlauf des Prozesses in allen Einzelheiten, denn die Öffentlichkeit war zu einem Jugendstrafprozess nicht zugelassen, und Wolfgang hatte nicht als Nebenkläger auftreten wollen. Unter gar keinen Umständen.

Von Dörfen hatte oft gefragt, warum denn nicht, es wäre sicher hilfreich und so könnte er dem Prozess natürlich auch beiwohnen.

Aber Wolfgang hatte nur abgewunken: »Ich schaffe das nicht. Niemals. Diesen ganzen Leuten ins Gesicht zu sehen. Das kriege ich nicht geregelt.«

»Welchen ganzen Leuten?«

»Na, allen. Dem Faruk, aber auch allen, die da aussagen und begutachten ... Nein, bitte nicht.«

Von Dörfen hatte schließlich nicht weiter insistiert.

Wolfgang Bergmann hörte den Schilderungen des Staatsanwalts aufmerksam zu und saugte die Argumente der Psychologin, der Anwältin und des Richters auf wie ein Schwamm.

Er hatte das Gefühl, das, was von Dörfen gesagt hatte, fast wörtlich nacherzählen zu können, und verankerte es felsenfest in seinem Hirn.

Dann sagte er: »Lächerliche viereinviertel Jahre. Wird Faruk wenigstens die gesamte Strafe absitzen müssen?«

Von Dörfen lehnte sich zurück. »Das kommt ganz darauf an. Ich meine, in diesem Fall hat Faruk Yilmaz schon einmal seine vorzeitige Freilassung missbraucht und ist straffällig geworden, da kann ich es mir nur schwer vorstellen, dass er erneut so eine Chance bekommt. Aber man weiß das nie.

Es könnte ja sein, dass sich Faruk erstklassig, geradezu vorschriftsmäßig benimmt. Er mausert sich zum Vorzeigegefangenen der gesamten Anstalt, ist willig, einsichtig, freundlich, hilfsbereit, reuig, mitleidig, was weiß ich, sodass man doch wieder über eine Zwei-Drittel-Verbüßung nachdenkt. Zumal er draußen seine Familie, einen festen Wohnsitz und somit geregelte und feste Kontakte hat.«

Wolfgang sackte in sich zusammen. »Das darf nicht wahr sein.«

»Doch, möglich ist alles. Also, er hat jetzt vier Jahre und drei Monate bekommen.« Von Dörfen blickte zur Decke und rechnete, während er weitersprach. »Das sind einundfünfzig Monate. Zwei Drittel der Strafe hätte er nach vierunddreißig Monaten verbüßt, dann würden ihm die sieben Monate U-Haft abgezogen, macht siebenundzwanzig Monate, dann könnte er also theoretisch nach zwei Jahren und drei Monaten wieder auf freiem Fuß sein. Wie gesagt, theoretisch, da er soziale Bindungen nach draußen hat.«

»Oder um wieder kriminell zu werden«, bemerkte Wolfgang.

Von Dörfen zuckte nur die Achseln. »Man weiß es nicht. Bei Jugendlichen soll das Gefängnis keine Strafe, sondern eine Erziehungsmaßnahme sein. Und Erziehungsmaßnahmen dauern nicht ewig, zumal wenn man den Eindruck hat, dass sie Früchte getragen haben. Passieren kann natürlich immer was.

Aber ich denke mal, dass sich alle Beteiligten reiflich Gedanken machen, ob sie ihn noch einmal vorzeitig freilassen oder nicht. Leichtfertig urteilt da niemand. Auf keinen Fall bei einem Typen wie Faruk. Und dann darf man nicht vergessen, dass er, wenn er vorzeitig freigelassen wird, natürlich Bewährungsauflagen bekommt. Und nicht zu knapp.«

»Wie lange?«, fragte Karin. »So lange, wie er noch hätte absitzen müssen?«

»Nein. Länger. In diesem Fall wären es siebzehn Monate, ich denke mal, dass er mindestens drei Jahre auf Bewährung wäre. Mit diversen Auflagen: sich regelmäßig polizeilich vorzustellen, Wohnsitzwechsel zu melden, eine Therapie zu machen, soziale Arbeitsstunden zu leisten und, und, und. Das liegt im Ermessen des Richters. Wird er während der Bewährungszeit erneut straffällig, wandert er zurück ins Gefängnis.«

»Das alles ist keine Strafe für das, was er getan hat.«

»Unter Umständen kann man das so sehen, aber das ist das Gesetz.«

Wolfgang seufzte und sah Karin an. In ihren Augen schwammen Tränen. Sie wirkte unkonzentriert und verstört.

»Wollen wir das Urteil anfechten?«, fragte von Dörfen.

»Nein. Lassen Sie das«, antwortete Wolfgang. »Es ist entschieden. Ich kann keinen Prozess mehr ertragen und muss lernen, mit dem Urteil umzugehen. Vielen Dank für Ihre

Hilfe, ich weiß, Sie haben alles Menschenmögliche getan. Aber zehn Jahre für Faruk Yilmaz hätten mir besser gefallen. Dennoch haben Sie eine Menge erreicht. Danke, Herr von Dörfen.«

Wolfgang stand auf, und Karin erhob sich ebenfalls.

»Wenn ich noch irgendetwas für Sie tun kann, oder wenn Sie noch irgendeine Frage haben, bitte melden Sie sich bei mir, jederzeit«, sagte von Dörfen.

Die beiden gebrochenen Menschen, die kaum noch aufrecht aus dem Raum gehen konnten, taten ihm leid.

»Ja, das machen wir. Herzlichen Dank!«

»Bist du zufrieden?«, fragte Karin auf der Straße.

»Nein. Ganz und gar nicht. Und du?«

»Es ist eine Frechheit.«

Karin schwieg, aber Wolfgang wusste, wie sehr sie litt. Einundfünfzig Monate für den Mord an ihrer Tochter. Und eventuell war der Mörder in gut zwei Jahren wieder frei.

»Wie geht es weiter?«, fragte Karin. »Geht es überhaupt weiter?« Sie ließ sich schwer gegen seinen Arm sinken, und die Tränen liefen ihr über die Wangen.

»Ich werde mich darum kümmern«, flüsterte er. »Ich werde alles erledigen. Aber bitte, lass mir Zeit. Das geht nicht von heute auf morgen.« Er küsste ihr die Tränen vom Gesicht.

Sie nickte und sagte leise: »Danke. Leb wohl.« Dann ging sie davon.

Wolfgangs Puls raste, sein Blutdruck war auf hundertachtzig.

Sie hatten vor Gericht von dem lieben Jungen geredet, der seine Schule zu Ende und brav eine Lehre machen wollte. Der vor seiner Psychologin geweint und gefleht hatte und der dabei gewesen war, im Knast zugrunde zu gehen. Und der aber leider ein minderjähriges Mädchen mit zwei Freunden vergewaltigt hatte, weil es ja egal war, weil Jenny ja nur ein wertloses Mädchen war, und der ihr dann das Genick gebrochen hatte, als sie schrie und sich wehrte …

Diesem Jüngelchen musste man natürlich unbedingt eine Chance geben, dann würde er sicher irgendwann einmal einen Job haben, brav seine Steuern zahlen und ein Gewinn für unsere Gesellschaft sein.

Aber Jenny war tot. Jenny hatte nicht nur Sekunden gelitten, in denen sie begriff, dass sie sterben musste und niemand da war, der ihr helfen konnte, sondern Minuten, wahrscheinlich eine gefühlte Ewigkeit. Sie hatte zum ersten Mal mit einem Jungen geschlafen und die Sexualität nicht als das Schönste auf der Welt erlebt, sondern als Schmerz und Hölle. Als Angst und pure Gewalt. Sie hatte um Hilfe geschrien.

Nach ihrem Vater, nach ihrem Helden, dem Retter in höchster Gefahr.

Aber der war nicht gekommen. Weil er nicht kommen konnte. Weil er keine Ahnung hatte …

Er hatte zu Hause vor dem Fernseher gesessen und nicht gewusst, dass seine geliebte Tochter gerade um ihr Leben kämpfte.

Wolfgang war nicht so dumm, sich deswegen selbst einen Vorwurf zu machen, aber allein der Gedanke daran war unerträglich.

Wie der Biss einer Zecke bohrte sich dieser eine Gedanke in sein Hirn und ließ ihn nie wieder los: Lara Sennen, Diana Klee, Bernd Gernersheim hatten für Faruks Freilassung gesorgt.

Und dann hatte Faruk Jenny umgebracht.

Richter Gernersheim, Anwältin Lara Sennen und Psychologin Diana Klee hatten ihren Anteil daran, dass Faruk vorzeitig entlassen wurde, Jenny umbringen konnte und dann eine Gefängnisstrafe bekommen hatte, die ein Witz war. Vier Jahre, drei Monate Strafe für Jennys Tod. Für eine Fünfzehnjährige, die nicht mehr leben durfte.

Jenny hatte nicht nur einen, sie hatte mehrere Mörder.

DIANA KLEE

85

Sie stand gerade Ku'damm Ecke Uhlandstraße an der Ampel, als das Telefon klingelte.

»Süße!«, rief Sonja, als Diana abnahm, und es klang wie ein Jodler. »Wie geht's dir? Was machst du? Wir haben uns ja schon wieder Jahrhunderte nicht gehört!«

Diana lächelte, während sie abbog. »Alles klar, mir geht's gut. Und du? Was macht das Baby?«

»Wächst und gedeiht. Ich fühl mich bombig. Muss mich noch nicht mal übergeben.«

»Das freut mich. Du, ich bin grade unterwegs, gurke durch die Stadt ...«

»Ich wollte dich auch nur fragen, ob du Lust hast, heute Abend mit ins Kino zu gehen?«

Diana fühlte sich völlig überrumpelt. Solche Spontanverabredungen behagten ihr gar nicht. Außerdem fühlte sie sich nicht wohl und sehnte sich nach ihrer Couch. »Nicht wirklich. Was wolltest du dir denn ansehen?«

»Also, im Zoopalast läuft ein Film mit Isabelle Huppert. Keine Ahnung worum's geht, aber wenn die Huppert mitspielt, ist es immer klasse, ich bete sie an. Und da dachte ich, vielleicht kommst du mit? Ein bisschen Seelenschmus ist doch immer toll, oder?«

»Schon …«

»Aber?«

»Ich bin irgendwie neben der Kappe und total kaputt. Bin froh, wenn ich zu Hause bin, und will heute Abend nicht mehr raus. Sorry, Sonja, du hast mich auf dem ganz falschen Fuß erwischt. Jedenfalls heute. Ansonsten immer gerne. Das weißt du ja.«

»Kein Problem, Süße. Dann zieh ich mir die Isabelle allein rein. Grüß dein Sofa schön von mir, und wir hören voneinander, ja?«

»Ganz bestimmt. Ich ruf dich an! Sonja, sei nicht böse, und danke für den Anruf!«

»Alles klar, Süße!« Sonja legte auf.

Diana war erleichtert. Heute Abend noch ins Kino gehen – nee, das war ihr wirklich too much. Sie fühlte sich so unendlich schlapp und hatte ein unangenehmes Ziehen im Unterleib. Als würde sie ihre Tage bekommen, die seit zwei Wochen auf sich warten ließen. Wahrscheinlich sind das die Vorboten der Wechseljahre, hatte sie gedacht und nicht weiter darauf geachtet.

Es war ja auch egal. Leider war alles so furchtbar unwichtig und gleichgültig in ihrem Leben.

Eineinviertel Stunden später war sie zu Hause und kickte sich erleichtert die Schuhe von den Füßen. Sie hatte eine neue Badematte gekauft und legte sie gleich hinein. Die alte hatte der Hund einer Freundin zerfetzt, als die Frauen sich unterhielten und der junge Hund das Gefühl hatte, zu wenig beachtet zu werden.

Sie sah in ihren Kühlschrank, hatte Hunger, aber auf nichts Appetit, und schloss den Kühlschrank wieder.

Dann ging sie auf die Toilette. Trotz des merkwürdigen Ziehens im Unterleib waren ihre Tage nicht gekommen. Und jetzt war das Ziehen weg.

Sie sah auf den Kalender. Siebzehn Tage überfällig. Das war schon merkwürdig, wo sie sonst eigentlich eine ganz Pünktliche war.

Normalerweise wusste sie genau: Sonntagvormittag geht's los. Und das war dann auch so, obwohl es niemanden interessierte. Sie war keine Leistungssportlerin, die eine Krise kriegte, wenn just zu diesem Zeitpunkt ein Wettkampf anstand.

Diana musste höchstens die Zähne zusammenbeißen, wenn es in der JVA stressig wurde, mehr nicht.

Und die so verlässlich Pünktliche war nun plötzlich so verdammt unpünktlich.

Sie dachte an Hajo.

Vielleicht sollte sie doch mal einen Test machen? Sie war immer darauf aus gewesen, schwanger zu werden, und in diesem Fall hatte sie überhaupt nicht daran gedacht?

Doch, natürlich hatte sie daran gedacht. Aber sie hatte es nicht zu hoffen gewagt. Die Angst vor einer Enttäuschung war einfach zu groß gewesen.

Sie sah auf die Uhr. Viertel vor sechs. Wenn sie sich beeilte, konnte sie es noch bis zur Apotheke schaffen.

Diana griff nach ihrer Handtasche und rannte los.

Eine Dreiviertelstunde später pinkelte sie auf den Teststreifen, ließ ihn im Bad liegen, ging in die Küche und goss sich ein halbes Glas Weißwein ein. Wusste nicht, was sie denken sollte. Solch eine Situation kannte sie nicht.

In der Beschreibung hieß es, dass das Testergebnis nach fünf Minuten feststand, Diana gab dem Test zehn Minuten. Sie wollte ganz sicher gehen.

Als sie das Bad betrat, hatte sie weiche Knie.

Als sie den Teststreifen in die Hand nahm, schlotterte sie.

Als sie das Ergebnis las, konnte sie es nicht glauben und hatte zum ersten Mal eine Ahnung, was das heißen könnte: vor Glück zu explodieren.

Schwanger.

Ohne Zweifel.

Das, wovon sie zwanzig Jahre lang geträumt hatte, war endlich eingetreten.

Ein neues Leben begann.

Diana fühlte sich jung und schön und stark und voller Energie.

»Hajo, du bist großartig!«, brüllte sie und tanzte durch die Wohnung.

86

Neunzehn Uhr und zwei Minuten. Eigentlich eine gute Zeit. Sie hatten sich lange nicht gesehen, er konnte nicht länger warten und drückte auf den Klingelknopf. Stand direkt oben vor ihrer Tür.

Unten an der Haustür war er zusammen mit einer alten Frau hereingekommen, der er den Rollator und die Einkäufe bis zum Fahrstuhl getragen und die sich tausendmal bedankt hatte.

Er war dann zu Fuß die Treppen hinaufgelaufen.

Ärgerte sich nachträglich, dass ihn die alte Frau gesehen hatte, baute aber darauf, dass sie sich schon morgen nicht mehr an ihn erinnern konnte.

Er klingelte.

»Wer ist da?«, fragte Diana von innen.

»Ich bin's, Hajo.«

Eine Weile passierte nichts.

»Hajo?«

»Ja. Lässt du mich rein? Ich möchte mit dir reden.«

»Aber ich weiß nicht, ob ich das will.«

»Bitte!«

Er hörte einen leisen Seufzer, dann öffnete sie.

Sie musterte ihn, wie er vor ihr stand: im grauen Anzug,

Seidenhemd, Krawatte, platinfarbene Manschettenknöpfe, italienische handgearbeitete Schuhe.

»Oh! Du hast dich aber wieder schick gemacht! Wollen wir noch wohin gehen?«

Sie sah glücklich aus und wirkte jünger als beim letzten Mal.

Er beugte sich vor, drückte ihr einen Kuss auf die Wange und antwortete nicht.

»Ich liebe normalerweise keine Überraschungsbesuche«, sagte sie, »aber bitte, komm rein!«

Er betrat den Flur, und sie schloss hinter ihm die Tür. »Warum hast du nicht vorher angerufen?«

»Ich hab deine Nummer nicht mehr gefunden.«

Diana zog die Augenbrauen hoch und lächelte milde, was deutlich machte: Ich glaub dir kein Wort.

»Hast du Lust auf ein Glas Wein?«

»Gerne.«

Diana ging in die Küche, er folgte ihr.

»Ich hab dich gesehen, in einem Taxi«, sagte sie. »Du bist also kein Schriftsteller, sondern Taxifahrer! Warum hast du mir denn so eine blöde Lügengeschichte erzählt?«

»Ich kann es dir erklären.«

»Ah, ja? Na, denn man tau! Ich bin gespannt.«

Sie grinste, stand an der Arbeitsplatte und machte sich daran, die Flasche zu öffnen. Er trat hinter sie und zog sich langsam die Krawatte aus dem Hemd …

»Ist ein ganz edler Tropfen aus Sizilien. Hat mir eine Freundin zum Geburtstag geschenkt.«

»Oh, wie schön«, sagte er und straffte die Krawatte.

Sie bemerkte nichts und redete weiter: »Schade ist nur, dass ich kaum was trinken kann, Hajo.« Plötzlich drehte sie sich um und lächelte ihn an.

»Wieso? Bist du auf Diät?«, fragte er, während er erschrocken die Krawatte in seiner Hand zusammenlegte. »Ist unheimlich warm hier bei dir.«

Sie ging nicht darauf ein, füllte ein Glas mit Rotwein für ihn, eines mit Wasser für sich, gab ihm seines und sagte: »Salute!«

Sie stießen an.

»Also, warum trinkst du nicht?«, fragte er. »Bist du krank?«

»Nein.« Ihre Augen funkelten, und sie ließ sich Zeit für den Satz. »Ich bin schwanger.«

Er zuckte zusammen und stopfte die Krawatte in die Jacketttasche.

»Ach ja?«, sagte er leise. »Das ist ja ein Ding.«

»Komm, gehen wir auf den Balkon.«

Kurz darauf saßen sie sich gegenüber.

»Was für ein schöner Abend«, sagte Diana.

»Ja.«

»Worauf trinken wir? Auf das Leben?«

»Ja.« Der ganze Schmus begann ihm bereits jetzt auf die Nerven zu gehen, aber er lächelte und stieß erneut mit ihr an. »Zum Wohl! Auf das Baby!«

»Hajo, ich will keine große Sache draus machen«, begann sie, »erklär's mir bitte nur ganz kurz, und dann reden wir nie wieder darüber: Was ist los? Warum fährst du Taxi?«

»Weil ich nicht so erfolgreich bin, wie du denkst. Weil ich mir was dazuverdienen muss. So einfach ist das.«

»Es ist völlig okay. Vergessen wir das Ganze einfach. Alles gut.«

»Seit wann weißt du es?«, fragte er völlig unvermittelt. »Ich meine, dass du schwanger bist?«

»Seit drei Tagen. Und seit drei Tagen schwebe ich auf Wolke sieben.«

Er schwieg, nahm sein Glas, trank es aus und schenkte sich nach.

Nach einer unendlich langen Pause fragte er leise: »Von mir?«

»Ja, von dir. Ich treffe mich mit keinem anderen Mann. Habe keinen Freund, keine Affäre, nichts. Habe aber auch nicht verhütet, weil mir diese Schwangerschaft sehr recht ist. Ich habe sie mir im Grunde mein ganzes Leben lang gewünscht. Hajo, ich bin dir unendlich dankbar.«

Er wusste nicht mehr, was er denken sollte. Alles stürzte auf ihn ein: Jenny, Karin, Diana, Jenny, Karin … Er bekam es nicht mehr geregelt.

Diana sah, wie verwirrt er war.

»Hajo«, sagte sie, »keine Sorge. Ich will nichts von dir. Keine Beziehung, kein Geld, keine Alimente, nichts. Du kannst jetzt dieses Haus verlassen und unser Gespräch vergessen. Du wirst nie wieder etwas von mir hören. Du wirst nicht erfahren, wann das Baby geboren wird, du brauchst keine Vaterpflichten zu erfüllen und keine Vaterrolle zu spielen. Du bist frei. Für dich wird sich nichts ändern. Es ist allein mein Ding. Wir können uns jetzt trennen und uns nie wieder sehen.«

Allmählich begriff er, dass er hier wirklich nur noch wegwollte.

Denn er konnte sie nicht mehr umbringen.

Sie war schwanger mit seinem Kind. Er konnte sein neues Kind nicht töten, um sein anderes Kind, das getötet worden war, zu rächen. Das war unmöglich.

Es war zum Verzweifeln.

Was würde Karin sagen? Sie würde es nicht verstehen.

Natürlich nicht. Denn er trug die Schuld an dem Dilemma. Er allein.

Er musste darüber nachdenken, wie er die Sache zu Ende bringen konnte.

Diana Klee entwickelte sich plötzlich zu einem großen und fast unüberwindlichen Problem.

87

Mittlerweile freute sie sich, wenn Bastian kam. Sie konnte es kaum erwarten. Drei-, viermal in der Woche trafen sie sich, und Veronika hoffte, dass es nie aufhören, dass er nie zu seinem alten Leben zurückkehren möge.

Bastian hatte sämtliche Akten, die Lara zu Hause und in ihrer Kanzlei hatte, zu Veronika geschleppt, und gemeinsam durchforsteten sie Fall für Fall.

Auch Bernd hatte die Akten zu Hause durchgearbeitet, da er im Gericht keinen ruhigen Arbeitsraum hatte. Nur ein Arbeitszimmer, das er sich mit mehreren Richtern teilen musste. Außerdem gab es nicht genügend Platz, Unterlagen und Akten zu lagern.

Insofern war es gang und gäbe, dass Richter, Anwälte und Staatsanwälte nicht im Gericht arbeiteten, sondern ihre Akten zu Hause sichteten und aufbewahrten.

Schon früh war Bastian und Veronika klar gewesen: Mit Tätern oder deren Angehörigen, die wütend über die Verurteilung waren, hatten sie es mit Sicherheit nicht zu tun. Denn diese hegten vielleicht Rachegedanken dem Richter, aber nicht der Anwältin gegenüber, die ständig versucht hatte, einen Freispruch zu erwirken oder ein mildes Urteil zu erreichen.

Diese Gruppe schied also komplett aus.

Es ging um die Opfergruppe. Geschädigte, die wütend über ein zu mildes Urteil für den Täter waren. Oder Angehörige von Opfern, die ermordet worden waren. Man konnte sich vorstellen, dass Eltern, Geschwister oder Ehepartner an einem milden Urteil zerbrachen. Es war möglich, dass der Täter noch im Gefängnis saß oder schon wieder frei war. Dann lebte er allerdings gefährlich.

Bastian und Veronika studierten die Fälle, sortieren sie aus oder schrieben sie auf die Opferliste. Außerdem legten sie zu den infrage kommenden Fällen auch zwei Täterlisten an: eine für die, die bereits wieder auf freiem Fuß waren, und eine für diejenigen, die wahrscheinlich noch hinter Gittern saßen.

Auf der Täterliste derer, die schon wieder draußen waren, standen bisher elf Namen, auf der Liste derer, die noch im Knast saßen, fünf.

»Guck mal«, sagte Bastian, »hier hat einer acht Jahre abgesessen und ist jetzt schon seit drei Jahren wieder draußen, vielleicht ist er ja auch früher entlassen worden, dann ist er vielleicht schon vier oder fünf Jahre frei. Glaubst du, dass das Opfer oder einer seiner Angehörigen da noch auf Rache sinnt? Nach so einer langen Zeit? Eher nicht, oder?«

»Nee. Den brauchst du nicht auf die Liste zu setzen. Ich habe hier einen Achtzehnjährigen, der zehn Jahre Höchststrafe bekommen hat. Den streichen wir auch, denn da können sich die Opfer ja nicht beklagen.«

»Genau. Wir brauchen nur nach Fällen zu suchen, die noch nicht ewig her sind und wo der Täter eine ungewöhnlich geringe Strafe bekommen hat. So eine, dass man als Betroffener wütend werden könnte.«

Veronika nickte. »Ja klar, aber man wird ganz wuschig. Ich kann allmählich Täter von Opfern nicht mehr unterscheiden.«

Sie saß am Computer und klickte sich durch die Ordner.

»Hier muss doch noch irgendwas zu finden sein …«

»Soll ich uns einen Kaffee machen?«

»Gerne.«

Bastian stand auf und ging hinaus. Veronika suchte weiter.

Als er wiederkam, sagte sie ganz aufgeregt: »Ich hab ja nun immer wieder diesen Computer durchforstet, aber jetzt hab ich hier noch mal Unterordner gefunden, die ich vorher nicht gesehen habe. Eine Datei LGF13, LGF14, LGF15 … der Wahnsinn, Basti. Da hat Bernd sich zu all seinen Fällen Notizen gemacht. Wahrscheinlich, damit er schnell darauf zurückgreifen konnte, ohne lange in Akten wühlen zu müssen. LGF13 steht anscheinend für ›Landgericht, Fälle, 2013‹. Und da steht alles drin. In Kurzform, aber immerhin, ich fasse es nicht, Basti!«

»Wieso hast du das erst jetzt gefunden?«

»Na, sieh dir mal dieses komplizierte System mit tausend Ordnern und Unterordnern an! Und dann hatte Bernd die bescheuerte Angewohnheit, alle Ordner und Dateien nur mit Abkürzungen zu benennen. So wie LGF13. Da kannst du dir erst mal nichts drunter vorstellen. Also musst du jede verdammte Datei aufklappen. Das kostet unendlich viel Zeit.«

»Zeig her!«

Bastian setzte sich neben Veronika, und beide durchforsteten die Notizen Bernd Gernersheims zu jedem einzelnen Prozess.

»Da können wir uns die Wühlerei in den Akten sparen«, sagte Veronika, »hier haben wir alles, was wir brauchen.«

»Ja, und wir haben es lückenlos. Es ist einfach klasse.«

»Mein Bernd war ein ganz Genauer«, sagte sie und lachte.

Sie arbeiteten schweigend weiter.

Lasen, diskutierten, druckten aus.

»Ich bin so froh, dass wir uns kennengelernt haben«, sagte Veronika leise, als es bereits spät am Abend war. »Diese Arbeit hier hilft mir ungemein.«

»Ja, es war gut, dass du mich angerufen hast.«

Wieder schwiegen sie eine ganze Weile.

Dann sagte Bastian: »Lara war ein herzensguter Mensch, sie verurteilte niemanden. Ich kann es nicht glauben, dass gerade ihr so etwas angetan wurde.«

»Bernd war genauso. Ich kann es auch nicht fassen.«

Sie nahmen sich in den Arm und hielten sich einen Moment ganz fest.

88

Wolfgang hatte schon tausendmal bei Karin angerufen.

Niemand hob ab. Und natürlich hatte er es auch auf ihrem Handy versucht. Ohne Erfolg.

Er hatte ihr eine WhatsApp geschickt: »Bitte melde dich doch mal kurz bei mir! Ich mach mir Sorgen!«, aber die beiden Häkchen waren grau geblieben, das hieß, die Nachricht war angekommen, aber sie hatte sie nicht gelesen.

Oder sie hatte die Funktion, dass der Absender dies sehen konnte, ausgeschaltet. Aber das traute er ihr nicht zu. Das Smartphone war für Karin ein Buch mit sieben Siegeln. Funktionen, die übers Telefonieren, Mails oder Nachrichtenschreiben hinausgingen, nutzte sie nicht, und wenn mal irgendetwas anders war als sonst, war sie aufgeschmissen.

»Karin, bitte! Ich muss dich unbedingt was fragen!«, schrieb er ihr, während er an einer roten Ampel stand.

Aber sie reagierte nicht.

Normalerweise war Karin eine, die nicht gern telefonierte, aber sofort antwortete, wenn es wichtig war.

Wolfgang fuhr weiter. Und schneller. Viel zu schnell.

Als er am Ernst-Reuter-Platz zum Stehen kam, riss ein junger Mann die Taxitür auf und sprang auf die Rückbank.

»Zum KaDeWe«, schrie er. »Mach hinne, Mann, irgend so ein Scheißtyp verfolgt mich.«

Wolfgang sah in den Rückspiegel und fuhr los. »Ich glaube nicht«, sagte er ruhig. »Jedenfalls ist da niemand hinter uns.«

Der Typ war irre nervös, drehte sich alle hundert Meter um.

»Ganz ruhig, Mann, alles gut. Keiner will dir ans Leder. Was ist denn los?«

»Lass mich raus, Mann. Sofort!«

Wolfgang bremste und hielt vor einem Hotel. »Sieben sechzig, bitte«, sagte er, aber wusste ganz genau, dass er das Geld von diesem durchgeknallten Typen, der in diesem Moment aus dem Auto sprang und davonrannte wie ein Wahnsinniger, niemals bekommen würde.

Es war Wolfgang egal. Sollte er selig werden.

Er sah auf sein Smartphone. Karin hatte nicht geantwortet. Versuchte erneut, sie anzurufen, aber ohne Erfolg.

Sein Herz war so schwer, dass er kaum das Gaspedal drücken konnte, aber er fuhr weiter, hielt direkt vor ihrem Haus im Halteverbot und lief die Treppen hinauf.

Diesmal legte er nicht verschämt und diskret ein paar Blumen auf den Abtreter, sondern klingelte Sturm.

Nichts rührte sich.

Er legte sein Ohr an die Tür.

Kein Laut.

Er rannte wieder nach unten, ums Haus herum auf den Hof.

Dort stand ihr Auto. Sie musste also zu Hause sein.

Oder sie war nur mal kurz Zigaretten holen, denn seit Jennys Tod rauchte sie wieder. Aber der Zigarettenladen war nur zwei Minuten entfernt. Alle größeren Einkäufe erledigte sie mit dem Auto.

Im Laufschritt lief er zum Kiosk.

Weit und breit von Karin keine Spur.

Sie musste einfach zu Hause sein!

In seiner Taxe hatte er noch einen Satz Wohnungsschlüssel von Karin. Für alle Fälle. Sie wusste nichts davon, er hatte sie auch noch nie benutzt. Jetzt holte er sie aus dem Handschuhfach und rannte erneut die Treppe nach oben, indem er immer drei Stufen auf einmal nahm.

Klingelte noch einmal.

Als er wieder nichts hörte, schloss er auf.

Es war still in der Wohnung.

»Karin!«, rief er. »Ich bin's! Bist du da?«

Keine Antwort.

Er riss alle Türen auf. Küche: leer. Bad: leer. Wohnzimmer: leer.

Im Schlafzimmer lag sie. Leblos auf dem Bett. Keine Spuren von Alkohol oder Tabletten.

Sie lag einfach nur so da. Als schliefe sie.

Über ihrem Bett ein Bild von Jenny. Achtzig mal ein Meter zwanzig groß. Darauf saß Jenny auf einem Steg, planschte mit den Füßen im Wasser, die Sonne schien, und der Wind blies ihr die Haare aus dem Gesicht. Sie lachte.

Ein schöneres Bild gab es nicht von ihr.

Da war Jenny zwölf, und sie waren an der Müritz gewesen.

»Karin!«, schrie er, schüttelte sie, drehte sie, küsste sie, versuchte sie zu beatmen – sie rührte sich nicht.

Aber sie war noch warm und weich. Er zog ihre Lider hoch. Große dunkle Pupillen starrten ihn an.

Guckt man so, wenn man tot ist?, dachte er. Oder verschwinden die Pupillen und werden blass? Er wusste es nicht.

Er versuchte zu spüren, ob sie noch atmete, ob noch ein Hauch aus ihrem Mund kam, aber er war zu nervös, er spürte gar nichts. Auch ihren Puls fühlte er nicht. Aber das war schon immer sein Problem gewesen, er hatte noch nie bei einem Menschen den Puls gefunden. Auch bei Jenny nicht.

Karin lag bewegungslos vor ihm, und er wusste nicht, ob sie noch lebte oder schon tot war.

Mit zitternden Fingern rief er die Feuerwehr, brüllte seinen Namen und die Adresse ins Telefon und schrie schluchzend, sie mögen sich um Himmels willen beeilen.

Die Frau am Telefon versuchte, ihm weitere Fragen zu stellen, aber er hörte nicht zu. Wiederholte nur gebetsmühlenartig: »Bitte kommen Sie, kommen Sie schnell. Meine Frau stirbt. Und ich dann auch, ich halte das nicht aus, ich habe solche Angst, bitte kommen Sie!«

Dann legte er auf.

Acht Minuten später waren die Feuerwehrleute da.

Der Notarzt kniete sich neben Karin und untersuchte sie.

»Sie lebt!«, sagte er knapp, und Wolfgang wurde schwindlig vor Erleichterung. Er musste sich setzen.

Karin bekam eine Infusion, man legte sie auf eine Trage und transportierte sie die Treppe hinunter zum Notarztwagen.

»Wir fahren in die Charité«, sagte der Feuerwehrmann. »Kommen Sie mit oder folgen Sie uns?«

»Ich fahre hinterher«, meinte Wolfgang und bereute es im selben Augenblick, denn er wusste nicht, ob er überhaupt noch dazu fähig war. Seine Knie schlotterten derart, dass er sich nicht vorstellen konnte, Bremse oder Gaspedal zu treten.

Eine Stunde später war Karin notversorgt, und er stand an ihrem Bett. Drückte ihre Hand.

»Was ist?«, fragte Karin verstört, die mittlerweile wieder bei Bewusstsein war.

»Nichts Schlimmes. Du hattest einen Schwächeanfall. Alles gut. Du musst dich jetzt nur ein paar Tage erholen und zu Kräften kommen, und dann nehme ich dich wieder mit nach Hause.«

Karin lächelte. »Danke.« Und schlief ein.

»Wir haben bei Ihrer Frau ein EKG, ein EEG und ein MRT gemacht«, sagte der Arzt einen Tag später in seinem Büro zu Wolfgang. »Sie ist physisch vollkommen gesund. Aber was ihre Psyche betrifft, ist sie eine schwerkranke Frau mit einer posttraumatischen Belastungsstörung. Ein Psychiater und ein Neurologe haben sie eingehend untersucht. Wir wissen nicht genau, was sie belastet. Haben Sie Kinder?«

»Ja«, sagte Wolfgang sehr zögerlich. »Wir hatten eine Tochter.«

»Was ist mit ihr?«

»Sie wurde ermordet.«

Der Arzt rieb sich die Stirn. »Ach so. Das erklärt alles. Wenn man Ihre Frau nach ihrer Vergangenheit befragt und wenn man sie nach Kindern fragt, fällt sie in Ohnmacht. Sie ist dann in einem komplett bewusstlosen Zustand, der Sekunden, Minuten oder sogar Stunden anhalten kann. So haben Sie sie gefunden. Ihr Körper ist nicht mehr in der Lage, die Vergangenheit und die schrecklichen Erlebnisse zu verarbeiten. Er verweigert sich einfach, schaltet sich aus. Verstehen Sie?«

Wolfgang nickte. »Ja, natürlich. Ich weiß, was in ihrem Kopf vorgeht.«

»Ihre Frau braucht dringend Hilfe. Stationär. Sie kommt allein nicht mehr zurecht. Ihre Zustände sind lebensgefährlich. Wie alt war Ihre Tochter, als sie ermordet wurde?«

»Fünfzehn.«

»Sehen Sie. Ihre Frau braucht auf der Straße nur einem fünfzehnjährigen Mädchen zu begegnen, das Ihrer Tochter ein klein wenig ähnlich sieht, und schon schaltet ihr Körper auf den Schonmechanismus, und sie verliert das Bewusstsein. Vielleicht während sie im Auto sitzt. Oder sie fällt eine Treppe herunter. Es gibt tausend Möglichkeiten. Sie ist hochgradig gefährdet.«

»Was kann man tun?«

»Ich möchte sie in eine Traumaklinik einweisen. Dort kann ihr geholfen werden, aber das dauert lange. Was glauben Sie? Wird sie einverstanden sein oder wird sie sich wehren? Denn dann haben wir alle, Sie und Ihre Frau und die Allgemeinheit, ein Problem.«

»Ich weiß es nicht. Ich hoffe, dass sie in die Klinik geht. Ich werde jedenfalls alles versuchen, sie davon zu überzeugen, dass es gut und das einzig Richtige für sie ist.«

Der Arzt stand auf und reichte Wolfgang die Hand. »Danke. Und bitte rufen Sie mich an, wenn es mit Ihrer Frau irgendwelche Probleme gibt.«

»Das werde ich tun. Danke.«

Wolfgang verließ den Raum.

Hör ein Mal im Leben auf mich, Karin, dachte er. Bitte. Nur dieses eine Mal.

Hör auf mich und tu, was ich dir sage …

89

Sie lag nicht mehr im Bett, als er sie besuchte.

Sie saß im Sessel und sah aus dem Fenster.

Still, schweigend, abwesend.

»Hallo, Liebste!«, sagte er leise, aber sie reagierte nicht.

Er setzte sich ihr gegenüber und nahm ihre Hand. »Wie geht es dir?«

»Gut, gut, gut.« Sie nickte bei jedem »gut«, wohl um es zu unterstreichen.

»Das freut mich.«

»Ja.«

»Möchtest du nach Hause?«

Karin schüttelte wild den Kopf. »Nein!«

»Willst du zu mir? Ich habe Zeit für dich, rund um die Uhr!«

»Nein!«

»Was willst du?«

Sie legte den Kopf schief und zuckte mit der Schulter. Wie ein kleines Mädchen. »Weiß nicht.«

»Ich verspreche dir, ich werde alles tun, was ich kann, um Jenny zu rächen. Ich bin dabei. Ich habe nicht aufgehört. Und ich werde es zu Ende führen. Ganz bald.«

Karin sah in die Ferne.

»Was? Wolfgang, was?«

»Ich werde Jennys Tod rächen. Und dann wird alles gut.«

Karin sah ihn an. Mit großen erschreckten Augen. Dann kippten ihre Augen nach oben und fingen an sich zu drehen. Karin sackte in sich zusammen, kippte zur Seite und wurde bewusstlos.

Wolfgang schrie um Hilfe.

Schwestern kamen und dann der Arzt.

»Genauso ist das«, sagte der Arzt. »Wenn sie sich an Vergangenes erinnert, verabschiedet sich ihr Bewusstsein, um dem Leid zu entgehen. Man darf sie nicht gewaltsam darauf stoßen, sondern muss sie sanft und behutsam an die Vergangenheit heranführen, bis sie die Erinnerung wieder zulassen kann.

Das ist ein langer Weg. Und den können wir mit ihr zusammen nur in dieser Klinik gehen.«

Wolfgang nickte. Er hatte genug gesehen.

Und er gab Karin in diesem Moment aus seiner Verantwortung ab.

Hoffentlich würden sie gut mit ihr umgehen.

90

Vor zwei Wochen hatte er sie das letzte Mal gesehen, aber dennoch unentwegt an sie gedacht. Dadurch bestimmte sie sein Leben, und das machte ihn wütend.

Karin war auch vierundzwanzig Stunden in seinen Gedanken, aber das war etwas ganz anderes. Diana hatte dort nichts zu suchen.

Das musste er ändern.

Er rief sie an.

Sie meldete sich sofort.

»Hallo, hier ist Hajo«, sagte er. »Wir haben lange nichts voneinander gehört, wie geht es dir?«

»Nun ja«, sagte sie schlapp, »es geht so. Ich habe ziemlich viel und oft Bauchschmerzen, aber vielleicht ist es normal in meinem Alter, ich weiß es nicht. Wenn ich mich hinlege und die Beine hochlege, geht es besser. Ich bin eben nicht mehr die Jüngste, und so ein Kind kriegt sich nicht im Vorübergehen.«

»Das verstehe ich«, sagte er so sanft wie möglich, obwohl er von dieser Jammerei eigentlich nichts hören wollte. »Meine Exfrau hatte auch eine ganz schwere Schwangerschaft. Es war die Hölle. Sie musste fünf Monate fest liegen, durfte nur aufstehen, um zur Toilette zu gehen. Es war eine scheußliche Zeit. Ich hoffe, dass es dir besser geht.«

»Ja, sicher, mach dir keine Gedanken.«

»Ich würde dich gerne sehen. Würde dir gerne helfen. Kann dir alles besorgen, was du willst, ich steh zu deiner Verfügung, komme wirklich gerne …«

Diana schnitt ihm das Wort ab. »Das ist echt nett von dir, aber ich brauch im Moment nichts, hab dir ja auch gesagt, dass ich nichts von dir will. Kein Geld, keine Unterstützung, keine Hilfe, nichts. Und auch keinen Kontakt. Meine Bauchschmerzen sind allein mein Problem, okay? Und wir brauchen uns auch nicht mehr zu treffen oder zu unterhalten. Das Kind wird irgendwann auf die Welt kommen, und es kann dir egal sein. Bitte lass mich in Ruhe, ich habe im Moment genug mit mir selbst zu tun.«

Diana legte auf.

Wolfgang schluckte. Das war ja das Letzte. Da bekam diese Frau ein Kind von ihm, vielleicht eine neue Tochter, eine neue Jenny, und sie wollte in Ruhe gelassen werden?

Wollte nicht mal mehr telefonieren? Sie wollte ihn nicht sehen? Sie wollte ihn nicht in ihre Wohnung lassen? Sie wollte, dass er keinen Kontakt zu seinem Kind hatte? Sie wollte gar nichts?

Wolfgang war fassungslos.

Er rief sie wieder an.

Sie meldete sich nur mit »Ja?«

»Hör zu, Diana«, begann er ohne weitere Vorrede, »das ist auch mein Kind, klar? Ich will es sehen und im Arm halten, will es trösten, wenn es weint, will ihm die Windeln wechseln, wenn es nötig ist, und es füttern, wenn es hungrig ist. Ich will mit ihm in den Park gehen und ihm ein Eis kaufen. Ich will mit ihm in den Urlaub fahren und ihm das

Meer zeigen. Ich will ihm die Welt erklären. Ich will es lieben. Es wird der wichtigste Teil meines Lebens sein. Und wenn es die Windpocken hat, werde ich an seinem Bett sitzen und seine Hände streicheln, damit es sich nicht unentwegt kratzt. Ich werde so lange mit Erzieherinnen flirten, bis es einen Kindergartenplatz kriegt, und ich werde jedem Lehrer Prügel androhen, der es ungerecht behandelt. Verstehst du? Ich bin sein Vater, verdammt!«, schrie er. »Und ich bin es gern! Ich nehme meine Verantwortung als Vater sehr ernst! Du kannst mich nicht einfach kaltstellen!«

»Du willst das vielleicht, aber ich will es nicht!« Und ohne ein weiteres Wort legte Diana auf.

Wolfgang trat vor Wut gegen den Küchentisch. Er kippte um, und alles, was darauf gestanden hatte, Teller, Gläser, eine Flasche, eine Schüssel, zerbrach.

Er ließ die Scherben liegen. Es interessierte ihn nicht.

Vielleicht brachte dieses Kind ja sein Leben wieder in Ordnung! Vielleicht gab es ihm die Chance, wieder gesund, zufrieden und glücklich zu werden. Jenny würde wiederauferstehen! Ein kleines neues Mädchen! Er würde vergessen, würde wieder neu anfangen zu leben. Ohne diesen unendlichen Hass.

Aber diese schreckliche Diana schlug alle Türen zu.

91

Toskana

Die ersten Tage des November waren warm und schön. Neun Grad, blauer Himmel und strahlender Sonnenschein. Besser konnte das Wetter nicht sein. Überall in den Bergen sah man die gelben Netze liegen, die Leitern an den Bäumen stehen und die Olivenbauern hoch in den Kronen an den Zweigen rütteln.

Es war die wichtigste Zeit des Jahres, und jede verfügbare Arbeitskraft war »in den Oliven«. Frauen und Männer, Kinder und Greise halfen bei der Ernte, und am Abend stand man sich mit Nachbarn und Freunden bis Mitternacht an der Mühle die Beine in den Bauch, um das frisch gepresste Öl in Empfang zu nehmen. Zu Hause aß man dann das noch dickflüssige, undurchsichtige, dunkelgrüne Gold der Toskana auf geröstetem Weißbrot mit Salz und geriebenem frischen Knoblauch und konnte glücklicher nicht sein.

Brot, Wein und Öl, sagte das Sprichwort – mehr braucht der Mensch nicht.

Die Olivenernte war eine Zeit des Rauschs, bei Olivenbauern und ihren Familien drehte sich alles allein darum, es gab nichts Wichtigeres.

Nun war Neri kein Olivenbauer, aber alle seine Bekannten, Verwandten und Freunde waren in den Oliven.

Ambra war ein stiller, friedlicher Ort zu dieser Zeit, die Briefträger brachten keine Post, weil sie in den Oliven arbeiteten, viele Geschäfte waren geschlossen, beim Arzt saßen nur die, die vom Baum gefallen waren, alle anderen hoben sich ihre Zipperlein bis nach der Ernte auf.

Touristen gab es zu dieser Zeit Anfang November kaum noch, und Neri saß in seinem Büro und spitzte Bleistifte. Keine Überfälle, keine Einbrüche, keine Morde – jeder, der sich noch ohne Rollator oder Krücken vorwärtsbewegen konnte, saß in den Oliven, und Ambra war der sicherste Ort der Welt.

Neri dachte oft an Bastian Sennen, der seine tote Frau nach Deutschland überführt hatte, nachdem sie an einem sonnigen Frühsommertag einfach so und ohne ersichtlichen Grund erdrosselt worden war. Es tat ihm leid, dass er zur Aufklärung des Falls so gar nichts hatte beitragen können, aber nun ja, er konnte sich nicht um alles kümmern. Und die deutschen Behörden ließen auch nichts von sich hören.

Lara Sennen war eine schöne Frau gewesen, für deren Tod sich offensichtlich niemand interessierte. Die Italiener nicht und die Deutschen auch nicht. Sie war in das tiefe europäische Loch zwischen den Zuständigkeiten zweier Staaten gefallen.

Neri mochte es sich nicht ausmalen, wie vielen Opfern und Angehörigen es ganz genauso ging.

Es war jetzt achtzehn Uhr, und er wunderte sich, wie warm es noch war. Die Mauern seines Hauses strahlten die Wärme ab wie eine Heizung, es war einfach fantastisch.

Und noch fantastischer war, dass sein Haus fertig und renoviert war. Er konnte es nicht fassen. Monatelang waren sie durch Schutt und Dreck und die Hölle gegangen, jetzt gehörte dies alles der Vergangenheit an.

Er hatte eine herrliche offene moderne Küche mit Blick über die Felder und das kleine Flüsschen Ambra, das bei Hochwasser zu einem gespenstisch breiten Strom anschwellen konnte. Das Wohnzimmer war hell und schön, weil sie eine Wand herausgehauen hatten. Ein Freund hatte ihm einen riesigen Fernseher installiert und außerdem das Kunststück vollbracht, dass von einer Stereoanlage Musik im ganzen Haus zu hören war.

Neri wusste nicht, wie es funktionierte, aber er fand es sensationell, dass er in der Badewanne die Musik hörte, die Gabriella im Wohnzimmer auflegte.

Er hatte das Gefühl, in der Zukunft angekommen zu sein.

Omas ehemaliges Zimmer hatte sich in ein modernes Büro verwandelt, im Schlafzimmer hatten sie eine verspiegelte Schrankwand, es gab ein kleines Gästezimmer und ein Gästebad, und die Terrasse war überdacht und ausgestattet mit einem kleinen steinernen Grill.

Gabriella und er hatten in diesem Sommer auch während der Bauarbeiten fast jeden Abend draußen gegrillt. Das Haus war ein Traum, vermittelte ein ganz neues Lebensgefühl, Neri fühlte sich so wohl wie noch nie.

Er war endlich angekommen.

»Kannst du dir vorstellen, hier noch mal wegzuziehen?«, hatte er Gabriella gefragt, als sie am ersten Abend vollkommen überwältigt vor ihrem neuen, fertigen Haus auf der Terrasse saßen.

»Nein«, sagte sie. »Nein. Niemals. Das ist jetzt mein Zuhause, Neri. Du hast mir mein Zuhause gebaut. Wir haben uns unser Zuhause gebaut.« Sie nahm seine Hand und hatte

Tränen in den Augen. »Hier will ich nicht wieder weg. Wir sind, glaube ich, jetzt beide in Ambra angekommen.«

Neri fiel die Zentnerlast von seinem Herzen ab, die er jahrelang mit sich herumgetragen hatte. Mehr als zehn Jahre, in denen Gabriella ständig darunter gelitten hatte, in Ambra abgestellt zu sein. Sie wollte zurück nach Rom! Und er konnte es nicht möglich machen. Über zehn Jahre hatte er eine unglückliche, unzufriedene Frau gehabt, und jetzt endlich war sie angekommen und fühlte sich genauso wohl wie er.

Ihr Haus war schön. Sensationell. Und es war endlich ihr Zuhause. Ohne Wenn und Aber.

92

Deutschland

»Pass mal auf, Faruk«, sagte Diana Klee, »ich weiß, dass du möglichst schnell gelockert werden und in den offenen Vollzug kommen willst. Ich weiß das alles. Du hast es mir hundertmal gesagt. Und ich verstehe es auch. Du bist jung, du hast kapiert, dass du großen Mist gebaut hast, und jetzt willst du einen Neuanfang und dein Leben in die Hand nehmen. Und darum beschäftigen wir uns auch mit deinem Fall und prüfen, ob du gelockert werden kannst. Ich weiß jetzt nicht so recht, was du hier bei mir willst. Wir haben alles zigmal besprochen, und die Sache läuft.«

»Sie wissen nichts, rein gar nichts, weil Sie mir nicht zuhören, verdammt noch mal«, gab Faruk patzig zurück. »Sie haben Kopf voll von Paragrafenmüll und kriegen gar nicht mit, was ich sage. Dabei heißt es doch immer, Psychologen können so toll zuhören!«

Er blickte zur Zimmerdecke und atmete genervt.

»Ich verstehe jetzt nicht, was du meinst.«

»Ich hab einen Antrag gestellt, einen Tag rauszukommen, weil ich Lehrstelle angeboten bekommen hab. Im *Gasthaus zur Krone* in Bodenwerder. Astreiner Laden, echt cool. Dort gibt es Lehrstelle als Koch, aber ich muss mich natürlich vorstellen. Logo. Und die Möglichkeit dürft ihr mir nicht verbauen. Da hab ich ein Recht drauf!«

Diana Klee schwieg, stand auf und holte die Akte Faruk Yilmaz aus dem Aktenschrank. »Du würdest also gerne Koch werden?«

Faruk nickte und sah bescheiden zu Boden. »Es wäre mein Traum. Aber das wissen Sie ja.«

»Warum wäre es dein Traum?«

»Ich weiß jetzt, dass ich kein Gärtner werden will. Bin nicht so gerne an frischer Luft. Ist immer ungemütlich und nass und kalt und eklig. Ich ekle mich vor Schnecken, vor Würmern, vor Läusen, Spinnen, Insekten, alles widerlich. Die Arbeit in 'ner Küche is cool. Is immer warm da, ich hab Kraft für große Töpfe; wenn man Hunger hat, man kann immer essen, und dann macht man nicht nur Klöße und Soße und Fleisch, sondern Verrücktes, was keiner vermutet, und die reichen Pinkel kommen, finden es toll und abgefahren und zahlen einen Haufen Kohle. Ich glaube, da fällt mir 'ne Menge ein. Und darum würde ich das alles gern lernen, wie das geht, wie man das macht und so weiter.«

»Aha.«

»Ja.« Er wurde langsam sauer. Schließlich hatte er nicht eine Minute lang gedichtet und sich allen möglichen Schwachsinn übers Kochen aus den Rippen geschwitzt, damit die blöde Klee jetzt gar nichts dazu sagte.

»Das hört sich wirklich gut an, Faruk«, sagte sie endlich. »Ich werde es meinen Kollegen berichten. Aber zum Vorstellungsgespräch kannst du erst, wenn du gelockert wirst, wenn alles prima läuft und wenn du dann im offenen Vollzug bist. Vorher nicht. Ich dachte, du weißt, wie der Hase läuft.«

Faruk verdrehte die Augen. »Jetzt bekommt man so eine tolle Chance, und dann man kann sie nicht nehmen, weil der Staat alles verbaut? Danke schön.«

Diana Klee blieb ganz ruhig. »In deiner Situation braucht man schon ein wenig Geduld, Faruk. Schließlich bist du hier nicht im Kururlaub. Du hast ein Mädchen umgebracht und musst begreifen, dass das nicht geht.«

»Isch weiß.«

»Schön. Und darum reden und überlegen wir ja auch. Aber die Entscheidungen fallen nicht heute oder morgen, sondern vielleicht übermorgen. Wir werden sehen.«

Faruk spürte augenblicklich, dass es jetzt besser war, den Bescheidenen zu spielen. Bloß nicht mehr aufmucken, die Klee war kurz davor, sauer zu werden.

»Okay. Alles klar. Kein Problem. Ich bin geduldig. Wird auch noch geben andere Lehrstellen. Kein Problem.« Er hob beschwichtigend beide Hände.

»Das denke ich doch auch. Zumal Köche gesucht werden.«

Diana Klee entspannte sich.

Wenn es irgendeinen Gefangenen gab, dem man wirklich einen Neuanfang ermöglichen sollte, dann war es dieser Faruk. Ein toller, intelligenter Junge. Ganz gleich, was in der Vergangenheit alles geschehen war.

»Gut, Faruk«, sagte sie. »Ich denke, das kriegen wir hin. Ich spreche mit den Kollegen und hoffe, dass du bald gelockert werden kannst.«

Faruk sprang auf. »Danke, danke, danke!«

»Schon gut.«

Faruk setzte sein »Ich-würde-Ihnen-am-liebsten-um-den-Hals-fallen«-Gesicht auf und verließ den Raum.

Und konnte gar nicht mehr aufhören zu grinsen.

93

Er küsste sie auf die Stirn. »Karin! Liebe! Bitte, mach doch mal die Augen auf, sieh mich an, sprich mit mir!«

Karin rührte sich nicht.

Er versuchte es immer wieder, sprach mit ihr, streichelte sie, drückte ihre Hand, küsste sie, aber es kam keine Reaktion.

»Was ist mit ihr?«, fragte er eine Schwester vollkommen verzweifelt. »Warum reagiert sie nicht? Liegt sie im Koma?«

»Nein«, sagte die Schwester, setzte sich neben das Bett und senkte die Stimme. »Im Wachkoma ist sie nicht, aber sie ist auch nicht wirklich bei Bewusstsein.

Wir wissen es nicht, und wir wissen vor allem nicht, wie weit sie es selbst steuern kann. Antwortet sie nicht, weil sie es nicht kann oder weil sie es nicht will? Das bleibt ein großes Rätsel. Es ist jedenfalls nicht ihr Körper, der sich sperrt, sondern ihre Psyche.

Es wird lange dauern, sie wieder in die Realität zurückzuholen. Es kann sein, dass sie jetzt alles, jedes Wort versteht, das wir sagen, aber möglicherweise bekommt sie auch gar nichts mit. Das macht die Sache so schwierig. Man weiß nicht, wie man sich verhalten soll.«

»Danke, Schwester, jetzt kann ich die Sache schon besser einschätzen. Würden Sie mich wohl noch einen Moment mit meiner Frau allein lassen?«

»Gern.« Die Schwester lächelte und verließ den Raum. Sie wirkte nicht verärgert, sondern eher erleichtert.

Wolfgang drückte Karin einen Kuss auf die Lippen und nahm ihre Hand. »Komm zurück, Liebste«, sagte er. »Und hör mir zu. Ich bin ganz nah dran. Ich werde es zu Ende bringen, und ich will, dass du es mitbekommst. Dass du glücklich bist. Du sollst dich daran freuen und die Genugtuung erfahren, dass unsere Tochter gerächt wird. Mäuschen, verstehst du? Wach auf, denn alles, was ich getan habe und was ich jetzt tun werde, tu ich für dich.

Komm zurück zu mir, und unser Leben beginnt noch mal von vorn! Wir werden ganz neu durchstarten, wir werden die Vergangenheit hinter uns lassen und endlich wieder glücklich sein. Ich werde jetzt alles zu Ende bringen, und dann sind wir frei, mein Schatz, ja? Dann machen wir, was wir wollen. Reisen bis ans Ende der Welt und denken nicht mehr daran, was gewesen ist. Ich kann mir keinen Wunsch vorstellen, den ich dir nicht erfüllen würde. Wirklich keinen. Und ich werde auch weiterhin alles tun, was du von mir verlangst. Aber bitte, komm zu mir zurück.«

Karin bewegte sich nicht. Schlug nicht die Augen auf.

Aber sie hauchte ein leises »Danke«, das kaum zu verstehen war.

Und Wolfgang hatte das Gefühl, dass sie den Druck seiner Hand erwiderte.

Ein wenig. Ein ganz klein wenig.

94

Ahmed-Schachbrett hatte eine Sauwut. Auf alles und jeden. Seine Zelle war ein einziger Sauhaufen und eine einzige Kloake, seit Wochen hatte er nicht mehr sauber gemacht, er fand es selbst ekelhaft. Das blöde Geschrei über den Hof von Fenster zu Fenster ging ihm auch so unsagbar auf die Nerven, er konnte nichts mehr ertragen. Nichts. Weder die Beamten noch die anderen Häftlinge noch sich selbst.

Sein Nachbar zur Linken war Faruk, der Verräter, der ihm noch Tabak schuldete, und zur Rechten Nuri, der Vollidiot.

Heute Morgen hatte Ahmed durchs Fenster gerufen: »Nuri, wo ist SIM-Karte?«

Und Nuri hatte geantwortet: »Was diese nicht an morgen schick diese Alim fertig!«

Was sollte die SIM-Karte bei diesem dämlichen Alim? »Schick doch diese!«, brüllte Ahmed zurück. »Ich rede mit Kamal. Wallah. Mach keine Manike, ja?«

Nuri war stur. »Vergiss mal diese, Wallah, ich meinte, lass diese bis morgen und gib Alim.«

Ahmed brach zusammen. Nuri war wirklich ein selten dummer Hund. »Wallah! Schick diese! Ich erklär dies mit

Kamal, schick, Wallah! Wichtig, Wallah! Ich rede mit Alim und morgen dich gebe Kamal, Wallah, ganz wichtig, Wallah!«

Dann knallte er das Fenster zu. Das war alles nicht mehr auszuhalten.

Er wollte weg. Irgendwohin. Nur weg. Weg aus dieser Dreckszelle.

Der Schweiß stand ihm auf der Stirn vor Wut. Er begann zu schreien und schlug um sich, er rastete aus, wie so oft. Bei jeder Kleinigkeit explodierte er, immer und immer wieder, es wurde jedes Mal schlimmer. Er trat gegen Stuhl und Tisch und Bett und schließlich gegen das Rohr der Klospülung, das aus der Verankerung brach.

Dann begann er, mit Brachialgewalt das verdreckte Toilettenbecken aus der Wand zu reißen.

Nur drei Stunden später wurde Ahmed-Schachbrett in eine andere Zelle in einem anderen Haus verlegt.

Er flippte fast aus, als er begriff, dass er vom Regen in die Traufe kam und die neue Zelle noch verdreckter war als seine alte.

»Tja, mein Freund«, meinte der JVA-Beamte, »wir sind hier leider nicht im Fünf-Sterne-Hotel. Ist aber alles kein Beinbruch.« Er drückte Ahmed einen halben Scotch-Brite, einen Lappen und Scheuermilch in die Hand. »Kriegt man alles hin. Viel Spaß.«

Ahmed hatte Lust, das nächste Toilettenbecken aus der Wand zu treten, aber er wusste, dass dann der Keller auf ihn wartete. Aber dass er jetzt den Dreck von irgendeinem anderen Wichser wegmachen sollte, war ja wohl das Letzte.

Ahmed haute sich auf die Pritsche.

Er schnallte das alles nicht mehr. War echt am Ende.

Es sprach sich in Windeseile herum, dass Ahmed-Schachbrett jetzt in einem anderen Haus war, und auch Faruk bekam Wind davon.

Beim allgemeinen Aufschluss am Nachmittag klingelte er. Schulderinski meldete sich.

»Ja?«

»Bitte«, säuselte Faruk zuckersüß, »ich hab Einschluss. Weiß ich. Selbst gewollt. Aber brauch ich jetzt nicht mehr, weil Ahmed weg is. Kann ich raus, bitte?«

Zehn Minuten später schloss Schulderinski Faruks Zelle auf.

»Benimm dich«, sagte er, »sonst bist du hier schneller wieder weggesperrt, als dir lieb ist.«

Halt deine blöde Fresse, dachte Faruk, sonst polier ich dir dein dämliches Maul.

Aber er sagte nichts, sondern lächelte freundlich. »Danke. Echt nett. Geht alles total in Ordnung.«

Damit stolzierte er an Schulderinski vorbei hinaus auf den Flur, um mal die Lage zu peilen.

Wenig später rief ihn Diana Klee ins Büro.

»Faruk«, sagte sie, »bitte setz dich. Wie geht es dir?«

»Blen-dend!«, antwortete Faruk ironisch und grinste.

»Das freut mich«, meinte Diana und warf einen Blick in ihre Unterlagen. »Pass auf, Faruk, du wirst gelockert werden, das heißt, dass du ab und zu rauskannst, in Begleitung natürlich, und dann werden wir sehen, wie das läuft mit dir, da draußen.«

Sie lächelte. »Keine Angst, wir kriegen das schon hin.«

Faruk fiel fast vom Stuhl. Hatte er sich da verhört, oder war die dumme Pute wahrhaftig weichgekocht und wollte ihn lockern? Das war ja nicht zu glauben!

Er war derartig perplex, dass er keinen Ton rausbrachte.

»Hast du vernünftige Klamotten für draußen?«

Faruk konnte mit der Frage nichts anfangen und zuckte die Achseln. »Sicher, ja, Klamotten eben.«

»Ich glaube, du bist nicht nur gewachsen, sondern hast in den vergangenen zwei Jahren auch unheimlich zugelegt. Hast du deine Jeans mal anprobiert?«

Faruk erschrak. »Nee.«

War er wirklich so fett geworden? Das war ihm gar nicht aufgefallen.

»Ich glaube nicht, dass du noch in deine Hosen und T-Shirts passt.«

»Oh!«

»Ja. Probier es aus. Sonst sollten wir einkaufen gehen, denn wenn du gelockert bist, musst du dich ja anständig in der Öffentlichkeit bewegen können.«

Faruk verdrängte, dass er fett geworden war, na klar, er hatte sich neben dem Scheißfraß im Knast ständig nebenbei Chips, Schokolade, Tabak, Cola, Marzipan, Nutella und Nougat gekauft, denn irgendetwas Glücklichmachendes brauchte der Mensch in diesem Saftladen hier. Aber dass er so zugelegt hatte, dass es sogar dieser steifen Psychoschlampe aufgefallen war, hatte er nicht gemerkt.

»Einkaufen gehen« klang allerdings supergeil. Und sie hatte »wir« gesagt. Das hieß, er würde mit der Psychoschlampe einkaufen gehen, und dann hatte er natürlich leichtes Spiel.

Das bedeutete so viel wie: Knasttüren weit offen, willkommen in der Freiheit.

Da war ihm seine Wampe nicht nur egal, sondern mehr als angenehm!

»Schulderinski wird dich begleiten. Nächste Woche Freitag. Ihr fahrt mit dem Bus zum City-Center, eine Hose, ein T-Shirt, ein Sweatshirt, das muss reichen. Mach keine Zicken, dann sehen wir weiter.«

Es war nicht zu glauben, er war so happy, wäre am liebsten den ganzen Arschlöchern in den anderen Zellen um den Hals gefallen vor Glück und hätte es ihnen erzählt, aber es ging ja nicht. Die waren alle zu blöde. Die würden das nie hinkriegen, da konnte er sich den Mund fusslig reden und es ihnen erklären, wie man so was machte, also ließ er es lieber.

Er würde morgen einfach rausgehen und keinem Tschüs sagen.

Das wäre auch zu gefährlich gewesen, da hätte ihn wahrscheinlich irgend so ein Idiot verpfiffen.

Es war schon gut so, wie es war.

Er verpisste sich einfach heimlich, still und leise.

Schulderinski sollte ihn also begleiten. Ein begleiteter Ausgang. Prima. Vorzüglich.

Und Schulderinski war ein ruhiger Geselle. Der drehte so schnell nicht durch, das war wichtig. Der war schon dreiundsechzig und rannte auch nicht mehr gerne. Das war auch wichtig.

Schulderinski war eigentlich der beste Begleiter, den er sich vorstellen konnte.

Und der Alte freute sich wahrscheinlich noch, mal wieder einen Tag an der frischen Luft zu sein.

95

In den frühen Morgenstunden setzten Blutungen ein. Diana rollte sich aus dem Bett und schleppte sich ins Bad. Sie hatte ziehende Schmerzen im Unterleib, und in die Toilette floss Blut.

Minutenlang blieb sie so sitzen und weinte leise vor sich hin. »Bitte nicht, lieber Gott«, flehte sie, »bitte, bitte nicht!«

Dann zog sie sich einen Bademantel über und rief die Feuerwehr.

Alles, was daraufhin passierte, nahm sie nur schemenhaft wahr.

Ein Mann in einer orangefarbenen Jacke beugte sich über sie, fragte sie nach ihrem Namen und legte ihr eine Infusion.

Anschließend wurde sie die Treppe hinuntergetragen. Sie spürte, dass irgendwelche Menschen dabei waren, ihr zu helfen, und das war ein gutes Gefühl.

Sie ließ sich fallen, ließ alles geschehen, was geschehen sollte, gab die Verantwortung für ihr Leben in andere, in fremde Hände.

Und es erleichterte sie.

Sie erwachte, als ein Arzt an ihrem Bett saß und ihre Hand hielt. Sie schätzte ihn auf Anfang vierzig, sein Haar war glatt und streng zurückgekämmt, er war glatt rasiert, alles an ihm war glatt, aber er hatte warme, weiche Augen und ein sanftes Lächeln. Sie hatte sofort Vertrauen zu ihm.

»Frau Klee«, sprach er sie leise an, »wie geht es Ihnen?«

»Ich weiß nicht. Was ist passiert?«

»Erinnern Sie sich noch daran, dass Sie die Feuerwehr gerufen haben?«

Sie nickte schwach. »Was ist mit meinem Baby?«

Der Arzt drückte Dianas Hand jetzt ganz fest. »Frau Klee, Sie hatten eine Fehlgeburt, und wir mussten eine Ausschabung vornehmen. Das ist schlimm, ich weiß, aber Sie werden wieder ganz gesund.«

Sie schluckte, aber die Tränen schossen ihr dennoch in die Augen. »Warum ist das passiert? Ich meine, was hab ich falsch gemacht? Ich rauche nicht, ich trinke nicht, ich habe mich nicht sonderlich angestrengt ...«

»Ihr Alter ist wahrscheinlich der Hauptgrund. Mit Mitte vierzig ist der Gebärmutterhals nicht mehr so elastisch, der Muttermund nicht mehr so kräftig, und die Hormonzufuhr lässt manchmal auch schon zu wünschen übrig. Und dann kann sich der Fötus in der Gebärmutter nicht halten.«

»Ich hatte es mir so gewünscht ...« Sie weinte. »Ist es jetzt ein für alle Mal vorbei?«

»Nein. Beim nächsten Versuch kann alles gut gehen. Das weiß niemand. Aber das Risiko, dass es wieder so endet, ist natürlich sehr viel höher als bei einer jungen Frau.«

»Verstehe.«

»Kann ich noch irgendetwas für Sie tun?«

Diana setzte sich halb auf. Ihre Augen waren groß und weit aufgerissen. »Bitte, kann ich hierbleiben? Noch ein paar Tage? Bitte!«

»Warum? Normalerweise könnten Sie morgen gehen.«

»Bitte lassen Sie mich hier, ich möchte nicht nach Hause, bitte!«

»Wohnen Sie allein?«

»Ja.«

»Gibt es jemand, der Ihnen Angst macht?«

Diana schüttelte den Kopf. »Nein. Niemand. Aber ich möchte nicht in meine Wohnung.«

»Sagen Sie mir, wovor Sie sich fürchten, dann überlege ich, wie wir Ihnen helfen können.«

»Da ist nichts, ich möchte nur einfach nicht allein sein.«

Der Arzt nickte und stand auf. »Jetzt schlafen Sie erst einmal und erholen sich. Wir werden für alles eine Lösung finden.«

Er lächelte und wandte sich zur Tür.

»Danke, Doktor«, hauchte Diana, und dann schlief sie wieder ein.

Zwei Tage später brachte sie ein Taxi nach Hause. Sie war ein bisschen wacklig auf den Beinen, aber fühlte sich ansonsten ganz in Ordnung. Jedenfalls hatte sie jetzt genug vom Krankenhaus und freute sich wieder auf ihre Wohnung.

Eine ganze Woche war sie noch krankgeschrieben. Nur fernsehen, lesen, schlafen – an nichts denken. Sich um nichts kümmern müssen, sich über nichts ärgern. Es würde kein Kind in ihrem Leben geben, damit musste sie sich abfinden. Sie würde eben ihr Leben lang allein bleiben.

Warum war es ihr nicht vergönnt, irgendein Wesen auf dieser Welt zu lieben?

Am Abend rief er wieder an. Dieser Nervbolzen. Dieser Mann, der sie geschwängert und ihr all dies eingebrockt hatte. Der sie einfach nicht in Ruhe lassen wollte.

Sie hatte keine Lust, ihn jemals wiederzusehen.

»Was willst du schon wieder?«, fragte sie aggressiv, als er sich am Telefon meldete.

»Ich wollte wissen, wie es dir geht«, fragte er leise.

»Beschissen«, sagte sie. »Ich habe das Kind verloren, es war eine Fehlgeburt, es ist alles aus und vorbei, und darum geht es mir auch nicht gut. Du brauchst jetzt wirklich nicht mehr anzurufen, die Sache hat sich erledigt.«

Es war still in der Leitung. Gespenstisch still.

»Diana?«

»Sag mal, kapierst du nicht?«, schrie sie. »Du brauchst jetzt keine Windeln mehr zu wechseln und keine Kindertränen zu trocknen, brauchst keine Liedchen zu singen und keine Händchen zu halten. Es wird kein Kind geben! Schluss, aus, Ende! Und bitte ruf mich nie wieder an!« Sie schluchzte.

»Diana, das tut mir alles so unendlich leid, das kannst du dir nicht vorstellen. Ich kann gut verstehen, wie du dich fühlst, es geht mir auch schlecht, aber das ist jetzt wirklich nicht wichtig.«

Sie sagte nichts, und er redete weiter. »Diana, Liebste, lass mich dich in den Arm nehmen, lass uns gemeinsam um unser Kind weinen. Ich bin so tieftraurig, hatte mich so gefreut. Du bist eine so tolle Frau, und ich kann es nicht ertragen, wenn du leidest. Wenn du so unglücklich bist. Bitte, lass mich kommen und dich trösten. Gemeinsam ist alles leichter.«

»Gut, dann komm«, sagte sie schwach. »Wann?«

»Heute Abend um acht?«

»Meinetwegen.« Sie legte auf.

Vielleicht würde es guttun, nicht allein zu sein, sondern jemand um sich zu haben, der auch trauerte, der zumindest annähernd so betroffen war wie sie. Nur nicht ganz so schlimm.

96

Er wollte es schnell hinter sich bringen. Nicht noch mal aufschieben, nicht noch ein paar Tage warten.

Es gab niemanden, den er so sehr hasste wie sie. Sie hatte nicht nur seine erste, sondern jetzt auch seine zweite Tochter umgebracht.

Um achtzehn Uhr ging er unter die Dusche, um den Kopf freizukriegen. Merkwürdigerweise war er irgendwie nervös. Er kochte sich einen Kaffee, trank ihn im Stehen und in Unterhose und zog sich dann Unterhemd, Hemd, Anzug und Krawatte an. Die italienischen Designerschuhe hatte er erst vor zwei Tagen sorgfältig geputzt.

Das war eine Tätigkeit, die ihn unendlich beruhigte, wenn er erregt, aufgewühlt oder ängstlich war. Er hatte das Gefühl, dass ihm nicht viel passieren konnte, wenn er perfekt geputzte Schuhe im Schrank hatte.

Er wusste, dass es Blödsinn war, aber dennoch gab es ihm Sicherheit.

Wolfgang war schlank, kraftvoll und sportlich, trug hin und wieder einen Dreitagebart und hatte immer noch dichtes Haar, das aber leicht grau zu werden begann. Ein »Bild von einem Mann«. Niemand sah ihm an, wie es in seinem Inneren aussah. Denn wirklich sicher und angstfrei fühlte sich Wolfgang nur in seiner kleinen, eher ärmlichen Wohnung und in seinem Taxi.

Drei Minuten nach acht stand er vor ihrer Tür.

Wieder im grauen Anzug, mit Seidenhemd, Krawatte, Einstecktuch, Designerschuhen.

»Hey!«, sagte er und lächelte. »Schön, dich zu sehen.«

Sie war blass und ungeschminkt. Kam ihm schmaler vor als beim letzten Mal. Vorbei die Zeit, als sie sich für ihn geschminkt und herausgeputzt hatte.

Willkommen in der Realität, er war als Liebhaber nicht mehr erwünscht.

Aber das war ihm ja sehr recht. Er wollte nichts von dieser Frau. Null. Das alles war ein verhängnisvoller Fehler gewesen.

Er drückte sie an sich. »Es tut mir so leid.«

Sie nickte und wandte sich ab. »Du kannst dir nicht vorstellen, wie sehr ich mich auf das Kind gefreut hatte …«

»Doch, das kann ich mir vorstellen.«

Sie lief wie eine alte Frau, und er fragte sich, ob sie Theater spielte und bemitleidet werden wollte oder ob sie wirklich so fertig und scheinbar um zehn Jahre gealtert war.

Mach dir keinen Kopf, ermahnte er sich, es ist wirklich egal. Vollkommen egal.

»Ich habe eine Flasche Rotwein, wenn du willst«, sagte sie dumpf und emotionslos, als er zu ihr in die Küche kam. »Aber nichts im Kühlschrank. Wenn du Hunger hast, müssten wir essen gehen. Ich hab aber keinen Appetit.«

»Nein, schon gut, ich auch nicht«, sagte er schnell. »Ein Glas Rotwein ist völlig ausreichend.«

Diana begann, die Flasche zu öffnen.

»Wie geht es dir?«, fragte sie, und er wusste, dass es sie einen feuchten Schmutz interessierte, was er ihr antwortete.

»Passt so. Wir haben einfach zu viele Taxis in Berlin, der Umsatz ist schlecht, und das nervt.«

»Oh. Das tut mir leid.«

»Aber wie geht es dir? Warst du im Krankenhaus?«

»Ja. Ich bin ausgeschabt worden. Aber ich hab nichts davon mitbekommen. Als ich wach wurde, war schon alles vorbei.«

»Ein Albtraum.«

»Du sagst es.«

Sie gingen zur Couch und setzten sich. Diana schenkte ein und hob ihr Glas. »Salute!«

»Salute! Ich wünsche dir alles erdenklich Gute!« Wolfgang sah ihr in die Augen. »Möchtest du es noch einmal probieren?«

»Nein!«, sagte Diana bestimmt. »Nein. Das will ich nicht noch einmal erleben. Diese Freude – und dann diese grenzenlose Enttäuschung. Nein, niemals wieder!«

Er nickte, stieß mit ihr an, und sie tranken.

»Es wäre schön gewesen«, sagte er leise. »Ich hätte mich drum gekümmert.«

»Ich weiß.«

»Haben die Ärzte was gesagt, woran es gelegen hat?«

»An meinem Alter.«

»Oh!«

»Ja. Leider. Die Natur ist brutal.«

»Und wenn du Hormone nimmst und es doch noch mal probierst?«

»Dann bekomme ich am Ende Fünflinge!« Sie brach in schallendes Gelächter aus. »Und das wäre die andere Form der Hölle.«

Wolfgang lächelte ihr halbherzig zu und stand auf. »Ich geh mal kurz auf die Toilette.«

Diana nickte.

Als er nur zwei Minuten später wiederkam, saß sie immer noch auf der Couch, tippte irgendetwas in ihr Smartphone und beachtete ihn gar nicht.

Er ging durchs Zimmer, als würde er noch einmal eingehend alle Bilder betrachten, trat hinter sie, nahm seine Krawatte, die er im Bad bereits abgelegt und in seine Jacketttasche gesteckt hatte, schlang sie ihr blitzschnell um den Hals und zog zu.

Diana war vollkommen überrumpelt.

Sie kämpfte, sie strampelte, sie tobte, sie versuchte zu schreien und seine Hände abzuwehren – aber sie hatte keine Chance.

»Du hast noch zehn Sekunden Zeit zu bereuen, dass du Faruk rausgelassen hast und meine Tochter Jenny sterben musste«, sagte er kalt.

Diana riss die Augen auf, sah ihn entsetzt an, bäumte sich auf und verlor das Bewusstsein.

Wolfgang zog die Krawatte weiter zu.

Minutenlang.

Bis sie starb.

Endlich.

Es war vorbei.

Das Leben konnte so einfach sein.

FARUK YILMAZ

97

Faruk konnte die ganze Nacht nicht schlafen. War so aufgeregt wie selten in seinem Leben. Tigerte nervös in seiner Zelle hin und her, guckte immer wieder auf die Uhr, legte sich hin, wälzte sich von einer Seite auf die andere, stand wieder auf. Hier in diesen menschenunwürdigen Verhältnissen gab es ja noch nicht mal eine Schlaftablette.

Am Abend hatte er noch mit Mustafa gesprochen. »Ich brauch dein Handy«, sagte Faruk. »Is wichtig.«

»Verstehe.« Mustafa lächelte weise. »Is immer wichtig. Wann brauchst du?«

»Am besten jetzt sofort.«

Mustafa nickte. »Okay. Drei Minuten fünfzig Euro. Jede Minute länger noch mal fünf. Ich geh raus, aber stoppe Zeit. Okay?«

»Okay.« Dass Mustafa ein Halsabschneider war, hatte er vorher gewusst, aber er hatte keine andere Wahl.

»Abgemacht?« Mustafa hielt ihm die geöffnete Hand hin, und Faruk schlug ein.

Nur wenig später rief er seinen Onkel Hasan an, der wesentlich flexibler war als sein Vater und nicht groß fragte. Zum Glück war er gleich am Apparat.

»Hasan«, sagte Faruk, »hör zu, ich hab nicht viel Zeit. Ich komm morgen raus, nur kurzer Ausgang, egal, aber ich muss weg, halte Knast nicht mehr aus. Frag nicht, warum. Sag mir, wohin. Kann nicht zu meinen Eltern, Polizei holt mich da sofort. Hast du Idee?«

Zehn Sekunden Pause. Faruk wurde irre.

»Hasan!«, schrie er. »Hast du verstanden?«

»Ich habe verstanden, aber ich brauche Zeit zu denken. Wann bist du frei? Morgen?«

»Morgen Nachmittag, ja.«

»Okay, morgen Abend Friedrichshain, Spedition Harlem, Wagen 1217. Deniz hat Lkw, fährt nach Kalabrien, der nimmt dich mit. Ich rede mit ihm. Kein Problem. Und in Kalabrien ist Giuseppe. Da kannst du wohnen. Italienische Familie, Freunde, alles amici, alles gut, helfen dir weiter, mach dir keine Sorgen.«

»Danke, Hasan.«

Harlem 1217 wiederholte er in Gedanken.

Er legte auf und trat auf den Gang. Mustafa stoppte seine Uhr und zog die Augenbrauen hoch. »Vier Minuten zu lange, mein Freund. Macht noch mal zwanzig Euro.«

Faruk bezweifelte dies. Er hatte niemals sieben Minuten telefoniert, aber er wollte keinen Streit und nickte.

Ging in seine Zelle und bezahlte zusätzlich zu den fünfzig auch noch die zwanzig Euro.

Das war es ihm wert.

Er wusste, dass es nicht gut war, wenn er nicht schlief, denn morgen brauchte er seine ganze Kraft, einen klaren Kopf, schnelles Reaktionsvermögen, Geduld, Konzentrationsfähigkeit und was sonst noch alles. Er musste sich durchschlagen und durchhalten, bis er bei Deniz in seinem verdammten

Lkw saß. Keine Ahnung, was morgen alles passierte – aber es war auf alle Fälle schlimm, wenn er nicht ausgeschlafen war.

Warum konnte er – zum Teufel – nicht endlich noch ein bisschen pennen? Bis zum Wecken waren es nur noch zwei Stunden, und er hatte noch keine Minute die Augen zugemacht.

Niemals hätte er gedacht, dass er so nervös sein könnte. Er hasste sich dafür. Nicht, dass sein blöder Körper ihm jetzt noch einen Strich durch die Rechnung machte.

Als der Beamte wecken kam und die Lebendkontrolle durchführte, war Faruk vollkommen übermüdet, überdreht und hibbelig, sodass er zitterte, als er seinen Instantkaffee umrührte.

Nur seine Verdauung funktionierte. Durchfallartig.

Ich bin fertig, dachte er, heute ist mir sogar der alte Schulderinski überlegen.

An diesem Morgen zog er sich nicht seine Arbeits-, sondern eine private Schlabberhose an, in seine Jeans kam er wirklich nicht mehr hinein, setzte seinen »Ich-schwöre-ich-werde-brav-sein«-Blick auf und verließ zusammen mit dem JVA-Beamten Schulderinski die Anstalt.

»Na, dann woll'n wir mal«, sagte Schulderinski und grinste. »In zehn Minuten geht ein Bus, den nehmen wir.«

Der Bus kam pünktlich. Schulderinski und Faruk saßen friedlich nebeneinander. Faruk war nicht gefesselt, und Schulderinski trug Zivil und hatte keine Waffe dabei.

Alles ganz normal. Kein Mensch, der die beiden sah, wäre darauf gekommen, dass es sich um einen JVA-Beamten und einen Häftling handelte.

»Ist es nicht irgendwo bisschen krank, in so 'ner JVA zu arbeiten?«, fragte Faruk, nachdem sie zehn Minuten schweigend nebeneinandergesessen hatten.

»Nee. Wieso?«

»Na, wo ist der große Unterschied zwischen dir und mir?«

Schulderinski überhörte das Duzen. »Der Unterschied ist, dass ich abends nach Hause in meine Wohnung zu meiner Familie gehe und du nicht. Ich mach mir ein Bierchen auf und du nicht. Und ich fahre im Urlaub nach Italien und du nicht.«

Faruk grinste innerlich. Wahnsinn. Er war schließlich auch auf dem Weg nach Italien.

»Klar. Aber die ganze Atmosphäre im Knast zieht doch runter, oder nicht?«

»Nein. Wenn du die Schlüssel in der Hand hast, nicht. Sonst schon.«

Faruk sah sich Schulderinski von der Seite an. War irgendwie schon ein cooler Typ. Wahrscheinlich musste man so sein wie er, wenn man in diesem gruseligen Irrenhaus überleben wollte.

Irgendwie mochte er ihn. Hoffentlich bekam er jetzt nicht Probleme, nur weil er abhaute. Das würde ihm echt leidtun.

Bis zum Ende der Fahrt sagten sie nichts mehr.

In der Stadtmitte stiegen sie aus. »Gehen wir zu H&M oder zu C&A? Was meinst du?«

»Scheißegal, Meister.«

Im Geschäft nahm Faruk wahllos drei Sweatshirts, drei T-Shirts und drei Jeans mit in die Kabine.

»Von jeder Sorte drei«, sagte er grinsend, »nicht dass nachher einer kommt und sagt, ich klaue, neun Teile, und ab geht die Post.«

Er verschwand in einer Kabine, Schulderinski stand davor.

Faruk stöhnte und ächzte, obwohl er nicht ein einziges Teil anprobierte. »Boocch, Mann, ich hab echt zugenommen von dem Knast-Pamps. Geht ja gar nicht.«

Er reichte ein hellblaues Sweatshirt durch den Plastik-vorhang nach draußen. »Das Teil find ich cool, aber die Farbe ist schwul, und dann ist es viel zu eng. Bitte, Meister, können Sie mal gucken, ob es das Sweatshirt auch in XXL gibt und vielleicht in Dunkelgrau?«

Er hatte den Umkleidevorhang unter seinem Kinn zu-sammengenommen, sodass man nur sein Gesicht sah, und setzte seinen »Bitte-seien-Sie-doch-so-lieb-ich-kann-mich-ja-nicht-andauernd-an-und-ausziehen«-Blick auf.

Und Schulderinski fiel darauf rein. »Na gut«, sagte er. »Ich guck mal.«

Schulderinski verschwand suchend zwischen den Kleider-ständern.

Faruk duckte sich und haute ab. Es dauerte keine drei Se-kunden, da war er weg.

Leid tat es ihm ein bisschen, dass er sich nicht von Schul-derinski hatte verabschieden können. Der Meister war in Ordnung gewesen, aber nun ja, man konnte nicht alles haben.

Als Schulderinski zwei Minuten später mit drei Sweatshirts zur Auswahl zur Kabine kam, war sie leer.

Von Faruk weit und breit keine Spur.

98

Er hatte anscheinend einen Lauf, es ging alles wie geschmiert.

Um neunzehn Uhr hatte er den richtigen Lkw gefunden: Spedition Harlem, Wagen 1217. Transport und Logistik europaweit.

Fantastisch.

Der Truck sah klasse aus. Rot-weiß, riesig, Faruk hatte keine Ahnung, wie viel Tonnen das Teil hatte, es war ihm auch egal. Wenn ihm Deniz blöd kam, würde er das Ding weiterfahren. War bestimmt geil und kein Problem. Eine Superidee, die Hasan da auf die Schnelle gehabt hatte.

Allerdings war kein Deniz in Sicht. Im Führerhaus saß niemand, Faruk rüttelte an der Beifahrertür – der Lkw war abgeschlossen.

Faruk stöhnte. Er hatte keinen Bock auf weitere Schwierigkeiten, er wollte einsteigen, losfahren, seine Ruhe haben, in Sicherheit sein.

Aber eigentlich gab es ja nur zwei Möglichkeiten. Entweder lag Deniz irgendwo im Wagen und pennte, oder er war kurz unterwegs, auf dem Klo und was essen.

Faruk klopfte an die Scheibe. Laut und mehrmals hintereinander. »Deniz!«, brüllte er.

Nichts passierte.

Er zählte bis zwanzig, dann wiederholte er das Ganze.

Nach einer Weile erschien über der Fahrerkabine hinter einem kleinen Fenster ein Gesicht. Düster, unrasiert und wenig erfreut.

Faruk setzte sein »Ej-das-Wetter-ist-klasse-lass-uns-was-Geiles-zusammen-machen«-Gesicht auf und strahlte.

»Hey! Bin Faruk. Neffe von Hasan. Hasan hat mir gesagt, kann mit dir mitfahren bis Kalabrien?«

Deniz verdrehte die Augen und verschwand hinter dem Fenster. Nur Sekunden später stand er neben seinem Lkw. Fasste sich mit der Hand in die Hose, kraulte sich am Sack und spuckte auf die Straße.

»Ja, ich weiß. Hasan hat telefoniert. Aber ich fahre nur bis Neapel. Weiter nicht.«

»Egal. Reicht auch.«

Deniz begutachtete Faruk von oben bis unten. »Hast du Geld?«

Faruk schüttelte den Kopf. »Nicht einen Cent.«

»Hast du Gepäck? Klamotten irgendwo?«

Faruk schüttelte erneut den Kopf, grinste und hob die Arme. »Ich hab nichts. Bin solo.«

»Wo willst du hin?«

»Nach Kalabrien. Zu Giuseppe. Freund von Hasan.«

Deniz nickte. »Wo bist du abgehauen? Aus Knast?«

Faruk nickte. »Ging nicht anders. Fahren wir los. Wenn du müde wirst, lös ich dich ab.«

Deniz grinste. »Du gefällst mir. Musst du noch mal pissen?«

Faruk schüttelte den Kopf, und beide stiegen ein.

Deniz ließ den Motor an und fuhr los.

Der große Truck schob sich langsam durch die parkenden Lkw auf die Autobahn.

Lange fuhren sie schweigend, sahen sich nur ab und zu aus den Augenwinkeln an.

Dann fragte Faruk: »Was hast du geladen? Da hinten?«

»Zwei Umzüge. Die Karre ist voll. Ein Ehepaar, pensioniert, zieht nach Rom, und italienische Familie hält es nicht mehr aus und geht zurück nach Neapel. Auf dem Rückweg hab ich Umzug von Florenz nach München. Deutsche mit Heimweh.«

»Ich dachte, so Logistikunternehmen transportieren anderes Zeug: Trecker, Dachlatten, Holz oder Coca-Cola?«

»Mach ich auch alles. Je nachdem.«

»Geile Sachen da hinten drin?«

Deniz sah Faruk an. »Wenn da auch nur ein Teelöffel fehlt, mein Freund, schmeiß ich dich bei hundertzwanzig auf der Autobahn aus Laster.«

»Schon gut, schon gut. Kein Interesse. Was soll ich mit Teelöffeln?«

Faruk grinste, und Deniz grinste, wenn auch leicht skeptisch, zurück.

»Warum warst du im Knast?«, fragte er.

Faruk überlegte einen Moment. »Bin durchgedreht, hab Nerven verloren und Scheiße gebaut. Geht schnell so was. Dumm gelaufen.«

»Verstehe. Und was willst du in Kalabrien?«

»Auf dem Land leben, zur Ruhe kommen, ganzen Müll in der Stadt vergessen. Da is ja jeden Tag irgendwas zum Ausflippen. Und schon wieder hat man Problem.«

»Stimmt.« Deniz nickte und sah aus, als spräche er aus Erfahrung.

Die Unterhaltung tröpfelte.

Deniz riss Kilometer für Kilometer auf der Autobahn runter, bis schließlich wieder einer von beiden irgendetwas sagte.

»Lkw-Fahrer is geiler Job, oder?«

Faruk stellte es sich überirdisch vor, so eine riesige, schwere Maschine zu lenken. Das war etwas ganz anderes als ein getunter BMW.

»Ja. Wenn man nix Familie hat, gut allein sein kann, nix Alkohol trinkt und mit so gut wie kein Schlaf auskommt. Dann is geiler Job.«

Faruk überlegte. Oh. Keine Familie, nun gut, das war nicht so schlimm, ein paar Nutten auf dem Rastplatz taten es auch, aber ohne Alkohol ging gar nicht und dann noch wenig Schlaf erst recht nicht. Er erinnerte sich, wie er keinen einzigen Tag in der Schule überstanden hatte, ohne auf dem Tisch zu pennen.

Je mehr er sich das überlegte, umso klarer wurde ihm, dass es ein richtiger Scheißjob war.

Dann doch lieber im Görlitzer Park oder am Kottbusser Tor Drogen verkaufen und sich 'ne goldene Nase verdienen. Stressfrei. Mit einer Frau und Kindern zu Hause, Alkohol satt und so viel auspennen, wie man wollte.

Irgendwie tat Deniz ihm richtig leid. Er kam ihm vor wie der Hamster im Rad, der von diesem Weg, den er irgendwann einmal eingeschlagen hatte, nicht mehr wegkam.

Arme Socke.

Drei Stunden später sagte Deniz: »So, wir halten jetzt irgendwo an und pennen. Nachts ich darf nicht fahren. Morgen früh um sieben weiter. Ich schlaf hier oben in Box, du im Frachtraum, da liegt Matratze. Aber Achtung: Wenn ich mitkriege, dass du klaust, fliegst du raus.«

»Alles klar, Meister«, sagte Faruk. So nannte er die JVA-Beamten, und so war er es vom Knast noch gewohnt.

Deniz öffnete ihm die hintere Ladetür, Faruk kletterte hinein, quetschte eine Matratze, die hochkant zwischen Schranktüren stand, auf einen freien Fleck am Boden, legte sich hin und war augenblicklich eingeschlafen.

Deniz ließ die schwere Eisentür ins Schloss fallen und verriegelte sie.

99

Sonja Vännern hatte Diana schon siebenundzwanzig Mal auf den Anrufbeantworter gesprochen und um Rückruf gebeten, sie hatte ihr WhatsApps und Mails geschickt und nie eine Antwort erhalten.

Seit drei Tagen.

Langsam wurde Sonja nervös und machte sich ernsthaft Sorgen. Warum reagierte Diana nicht? War etwas nicht in Ordnung? War sie vielleicht sogar wieder im Krankenhaus?

Normalerweise antwortete sie immer sofort!

Sonja fuhr bei Diana vorbei, klingelte an ihrer Haustür.

Nichts.

Eine Dienstnummer in der JVA hatte Sonja leider nicht, weil Diana dort nicht angerufen werden wollte.

Jetzt stand Sonja auf der Straße herum und wusste nicht, was sie machen sollte. Vielleicht war Diana einfach weggefahren? Hatte ihr Handy konsequent abgeschaltet und wollte ihre Ruhe?

Es war also alles in Ordnung, nur sie, Sonja, sorgte sich zu Tode.

Gott, wie peinlich.

Aber andererseits würde ihr Diana sagen, wenn sie Lust hätte abzutauchen. Für den Notfall sozusagen. Wenn irgendwas ist, kannst du mich da und da erreichen. Aber bitte nur im äußersten Notfall.

Ja, das hätte Diana getan. Sie hatte ja sonst niemanden. Und Sonja traute Diana auch zu, dass sie ihr Handy jeden Tag einmal heimlich anschaltete oder ihren Anrufbeantworter von unterwegs abhörte, ob etwas Wichtiges gekommen war.

Sonja hatte es wirklich dringend gemacht: »Bitte ruf mich unbedingt an! Es ist wichtig!«

So einen Hilferuf hätte Diana niemals ignoriert.

Aber sie schwieg.

Sonja drehte durch. Wenn sie irgendetwas überhaupt nicht ausstehen konnte, dann, so eine Sache allein zu entscheiden.

Aber dann dachte sie, egal, was soll's? Ich mache mir Sorgen um meine Freundin, dann blamiere ich mich eben bei Polizei und Feuerwehr. Und wenn es falscher Alarm ist, bezahle ich fünfhundert Euro. Na und? Daran werde ich nicht zugrunde gehen.

Sonja griff zum Telefon und schilderte ihre Ängste.

»Haben Sie einen Schlüssel zu der Wohnung Ihrer Freundin?«, fragte der Beamte, als Sonja geendet hatte.

»Leider nicht, nein«, sagte Sonja und dachte in diesem Moment, wie blöd das war. Sie war Dianas einzige Vertraute und kam im Ernstfall nicht in ihre Wohnung.

»Gut«, sagte der Beamte. »Wir kümmern uns drum.«

Was heißt das jetzt?, dachte Sonja. Erfahre ich, was mit Diana los ist? Oder bekomme ich in sechs Wochen einen Behördenbrief, in dem ich Fragen beantworten und Aussagen machen soll, aber niemand sagt mir, was passiert ist? Ich bin keine Angehörige, ich bin außen vor.

O Gott, dachte sie, ich denke ja schon, als ob sie nicht mehr lebt.

Sonja stellte sich vor die Tür und wartete.

Um vierzehn Uhr kam die Polizei und öffnete die Wohnung.

Und sie fanden die Leiche.

Sonja stand im Treppenhaus und sah, wie sich in kürzester Zeit Dianas Wohnung in ein Irrenhaus verwandelte. Feuerwehr und Notarzt kamen und schließlich die Kripo und die Spurensicherung.

»Was ist mit ihr passiert?«, schrie sie und klammerte sich an einen Polizisten. »Was hat man mit meiner Freundin gemacht?«

»Sind Sie diejenige, die uns informiert hat?«, fragte der Polizist.

»Ja, die bin ich.«

»Bitte kommen Sie mit, es wäre schön, wenn Sie uns einige Fragen beantworten könnten.«

Sonjas Herz raste, sie bekam kaum Luft vor Angst, fürchtete sich vor dem, was sie vielleicht gleich sehen würde. Hielt sich den Bauch. Du darfst jetzt nicht schlappmachen, sagte sie sich, darfst auf keinen Fall umfallen.

Langsam und schwerfällig folgte sie dem Beamten.

Ihre Freundin war tot. Irgendetwas war passiert. Hatte sie sich umgebracht? Nein, dafür war Diana absolut nicht der Typ. Oder war sie umgebracht worden? Das konnte sich Sonja auch nicht vorstellen. In der JVA war es gefährlich, das wusste sie. Aber hier zu Hause? In Dianas Wohnung? Niemals!

Wahrscheinlich war alles ganz anders.

Diana würde bestimmt auf ihrer geliebten Couch sitzen und lächeln, wenn Sonja hereinkam.

Ja, klar. Ein Mord geschah überall, aber nicht hier.

Als Sonja ins Wohnzimmer kam, sah sie Dianas Leiche auf der Couch. Mehrere Leute in weißen Overalls mit Kapuzen beugten sich über sie, klebten Stoffe ab, säuberten Dianas Fingernägel, sammelten Spuren.

Sonja erstarrte.

Sie hatte es nicht glauben wollen.

Das hier war schlimmer als im *Tatort*.

Das war brutale Realität.

100

»Verdammt, Schulderinski!«, rief Direktor Feldhaus. »Wie konnte das passieren?«

»Soll ich es Ihnen allen Ernstes noch mal erklären?«, fragte Schulderinski und schäumte innerlich. »Ich habe alles zu Protokoll gegeben. Habe über jede Sekunde berichtet, detailliert. Das wissen Sie alles. Und Sie wissen ja wohl auch, wie so ein begleiteter Ausgang abläuft.«

»Ja«, stöhnte Feldhaus.

»Das ist jedes Mal ein hochriskantes Unterfangen. Und funktioniert nur, wenn der Gefangene absolut zuverlässig ist. Faruk Yilmaz war es offensichtlich nicht. Aber wenn die Psychologen und Sozialarbeiter anderer Meinung sind? Bitte schön. Dann kommt das eben dabei heraus.«

»Schon gut, Schulderinski, ich weiß, dass es nicht Ihre Schuld ist.«

»Danke, Chef.« Schulderinski stand auf und verließ das Büro.

Großalarm wurde ausgelöst. Faruks Bild geisterte durch Fernsehsender, soziale Netzwerke, landete in Zeitungsredaktionen und war online jederzeit abrufbar. Streifenpolizisten, die unterwegs waren, hatten ihn auf dem Schirm und hielten die Augen offen.

Schulderinski hatte nicht mehr lange bis zur Pensionierung. Und dann so was.

Er fühlte sich so elend wie noch nie und hatte Lust, diesem Faruk den Hals umzudrehen.

Alle waren freundlich und nett zu Faruk gewesen, alle hatten sich um ihn bemüht, hatten sich den Kopf zerbrochen, wie man einem Jungen wie ihm helfen konnte.

Und dann das.

Er hatte sie alle hinters Licht geführt. JVA-Beamte, Psychologen, Sozialarbeiter, alle. Hatte sie belogen und betrogen.

Schulderinski war nicht böse, nicht wütend – nein, er war menschlich enttäuscht.

Nun saß er dem Kollegen Stegmeyer gegenüber im Büro, schlapp und in sich zusammengesunken wie ein alter Mann.

»Macht mal«, sagte er und schniefte. »Sucht ihn. Fahndet nach ihm. Tut alles, was getan werden muss. Wie gesagt: Faruk hatte eine graue, unförmige Schlabberhose an und ein hellblaues T-Shirt, auf dem stand: ›Habe gerade auf mein Konto geguckt. Braucht jemand ’ne Niere?‹

Mehr weiß ich nicht. Ihr habt sein Bild, seine Größe, sein Gewicht, seine Schuhgröße.

Also dann. Mehr kann ich nicht für euch tun.«

101

Am nächsten Tag kamen sie bis Bologna.

Deniz fuhr vollkommen übermüdet auf einen heillos zugeparkten Rastplatz und hielt in der Ausfahrt einfach am Rand. Eine andere Chance hatte er nicht.

Er war bleich, seine Haut schimmerte fast grünlich, und unter seinen Augen lagen schwarze Schatten.

Sein dicker Bauch ist wahrscheinlich voller Würmer, dachte Faruk, und er ekelte sich zu Tode, wenn er Deniz nur ansah.

Deniz zog los, kaufte für sich und Faruk noch einige staubtrockene belegte Baguettes und ein paar Bier. Er schlang alles hinunter, ohne viel zu sagen, trank drei Bier in einem Zug aus und verschwand in seiner Box.

Faruk saß noch eine Weile auf der Straße neben dem Lkw.

Das kann es ja irgendwie nicht sein, dachte er, ich bin hier auf der Flucht, fahre nach Kalabrien zu irgendwelchen verblödeten Bauern, die davon leben, ihre Ziegen zu melken, meine Eltern wissen nicht, wo ich bin, meine Kumpels wissen nicht, wo ich bin, ich hab keine Kohle, nichts. Und dieser Deniz ist auch nicht der Hit.

Er war froh, wenn er aus diesem fürchterlichen Lkw wieder rauskam.

Ein geiler Job war Lkw-Fahrer nicht. Das hatte er mittlerweile begriffen.

Er wollte frei sein, er wollte Kohle, viel Kohle verdienen, aber er hatte absolut keinen Plan, wie es weitergehen sollte.

Denn er hatte den blöden Verdacht, dass man richtig Kohle nur auf der Straße machen konnte. Nutten schicken und Drogen verkaufen. Alles andere war kalter Kaffee und brachte nichts. Und diese blöde Fahrt hier bis ans Ende der Welt brachte schon mal gar nichts.

Er überlegte, ob er diesem tumben Deniz nicht in der Nacht, wenn er im Tiefschlaf war, einfach mit dem Wagenheber eins überziehen sollte.

Das war ein schöner Tod. Er würde nichts merken. Bumm und weg. Und dann konnte er erst mal alles, was auf der Ladefläche war, verscherbeln. Da waren haufenweise dick eingepackte Bilder, die waren bestimmt jede Menge wert, denn bei wertlosen Bildern würde man sich sicher nicht diese Mühe machen. Und dann konnte er mit dem Truck irgendwohin. Vielleicht nach Polen. Dort das Ding verkaufen, und wieder zurück nach Berlin.

Er überlegte und überlegte und überlegte und merkte doch ganz genau, dass jeder Gedankengang Schwachsinn war.

Wenn die Kunden nicht pünktlich ihre Möbel bekamen, wurde nach dem Laster gesucht, und dann war er dran. Die Umzugsgegenstände waren alle aufgelistet, versichert und was nicht alles. Da flog man sofort auf, wenn man versuchte, irgendwas davon zu verkaufen. So 'n Truck war auch nicht so einfach zu verkloppen wie ein schnieker weißer Audi, auf den sie in Polen alle scharf waren.

Und wenn er zurück nach Berlin kam, hatten sie ihn wahrscheinlich schneller wieder geschnappt, als er denken konnte. Und dann würde sich Schulderinski kaputtlachen.

Was er auch überlegte, es war alles Bullshit.

Er saß in der Falle.

Er musste jetzt weiter. Nach Kalabrien. Zu Giuseppe und den Ziegen. Ins Mafia-Land. Vielleicht hatte Hasan da Beziehungen? Vielleicht war Giuseppe ja gar kein armer Bergbauer, sondern ein ganz übler Finger? Man wusste ja nicht. Und vielleicht konnte er dort Karriere machen.

Das war die einzige Chance.

Also musste er Deniz noch länger ertragen und erst mal weiter mitfahren bis nach Neapel.

Das war das Ziel.

Umkehren konnte er immer noch.

Faruk kroch in den Laster und legte sich hin. Müde war er nicht. Eine Flasche Whisky wäre jetzt gut. Oder Wodka, Gin, Korn. Ganz egal. Irgendein Fusel, damit er pennen und das alles vergessen konnte.

Es war verratzt. Vielleicht hätte er doch warten sollen, bis er richtig rauskam. Offiziell. Mit Brief und Siegel und allem Trara. An einem nebligen Novembertag morgens um sechs mit seiner Sporttasche, in der seine paar Klamotten waren, draußen vor der Anstalt. Die Mauer hinter ihm. Aber keiner, der ihn abholte. Kein warmer Kaffee. Nichts und niemand.

Vielleicht hatte er es wirklich verbockt, weil er nicht abwarten konnte.

Eine dritte Chance bekam er sicher nicht.

Noch nicht mal in Deutschland.

Morgens um sieben ging es weiter.

Deniz torkelte schlaftrunken um den Laster, kontrollierte dies und das, Faruk hatte keine Ahnung, wollte auch wirklich nicht wissen, was der da machte.

Er fragte nicht. Stand einfach nur da und wartete darauf, dass Deniz fertig war.

»Geh noch mal pinkeln«, sagte Deniz endlich, »und dann ab.«

»Brauch ich nicht, war schon im Busch«, meinte Faruk. Das fand er wesentlich bequemer, als über eine riesige Raststätte zu tigern.

»Meinetwegen.« Deniz startete den Motor.

Sie fuhren los.

Faruk war total übermüdet, weil er die ganze Nacht gegrübelt hatte. Er hatte es wirklich richtig gut getroffen. So ein verficktes, vermurkstes Leben gab es selten.

Er sollte ein Buch drüber schreiben. Würde wahrscheinlich durch die Decke gehen wie 'ne Rakete. Ja, das war echt 'ne Idee.

Er musste drüber nachdenken.

Gegen elf sagte er zu Deniz: »Du, ich kann nicht mehr, hab die ganze Nacht nich pennen können, bin völlig fertig, hast du was dagegen, wenn ich in deine Koje gehe und ein bisschen schlafe? Ein, zwei Stunden, dann bin ich wieder fit.«

»Mach man. Kein Problem.«

Dankbar kletterte Faruk nach oben, versuchte nicht an die Würmer in Deniz' Bauch zu denken, als er sich in dessen Koje, in die »Box«, wie Deniz es nannte, legte. Und die Decke über die Ohren zog.

Das Bettzeug roch säuerlich nach altem Schweiß. Booocch.

Im Knast wurde die Bettwäsche regelmäßig gewaschen. Faruk wurde fast irre, aber dann schob er die Decke unters Kinn, hob die Nase nach oben an die Luft, um möglichst wenig zu riechen, und versuchte zu schlafen.

Irgendetwas störte. Irgendetwas drückte. Er hatte das Gefühl, Kopfschmerzen zu bekommen, sein Kopf lag irgendwie hart.

Er setzte sich halb auf, soweit es in dieser engen Schlafbüchse überhaupt möglich war, und untersuchte sein Kopfkissen. Sah in Ordnung aus. Dreckig, dünn, aber völlig normal. Die Matratze in der Koje war genauso dünn, gerade mal zwei Zentimeter. Klar, war ja kein Platz. Er hob sie an.

Und jetzt sah er, was ihn gedrückt hatte: ein Revolver.

Is ja geil, dachte er, da is Freund Deniz mit so 'ner Knarre unterwegs! Super!

Er nahm den Revolver und schob ihn in seine bauschige Hose mit den großen Taschen.

Da sah die Welt ja schon mal wieder ganz anders aus.

Nichts drückte mehr. Im Gegenteil.

Er fühlte sich jetzt wesentlich sicherer und schlief sofort ein.

102

»Kaltblütig hingerichtet.«

Der Mord an Diana Klee war den Boulevardblättern und Tageszeitungen eine Schlagzeile auf der Titelseite wert.

Veronika Gernersheim las es, noch bevor sie unter die Dusche gegangen und sich einen Kaffee gekocht hatte. Sie griff sofort zum Telefon und rief Bastian Sennen an.

»Diana Klee ist auch umgebracht worden. Die Dritte im Bunde! Wir kennen sie doch auch aus den Akten!«

»Oh mein Gott!«

»Ja, guck mal im Internet. Und dann komm her, bitte! Wir müssen überlegen, was wir jetzt machen.«

»Ist okay. Um zehn bin ich bei dir.«

Veronika ging ins Bad und hatte das Gefühl, sich in einem Albtraum zu befinden.

Zwei Stunden später kam Bastian.

Es tat so gut zu wissen, dass er in ihrer Nähe war.

Und wieder blätterten sie die Akten durch.

Sie hatten einen Stapel von Fällen herausgesucht, wo Bernd Gernersheim und Lara Sennen zusammengearbeitet hatten. Und dem Namen »Diana Klee« waren sie auch hin und wieder begegnet.

Aber an welchem Fall waren alle drei beteiligt?

Dann endlich hatten sie einen Treffer: der Fall Faruk Yilmaz.

Faruk war nach Raub, illegalem Autorennen, diversen Diebstählen, Drogenhandel und versuchtem Mord zu drei Jahren Jugendknast verurteilt, aber nach zwei Jahren vorzeitig entlassen worden. Diana Klee befürwortete die vorzeitige Entlassung, Richter Gernersheim gab seinen Segen dazu.

Faruk brachte kurz darauf Jenny Bergmann um, Anwältin Lara Sennen verteidigte ihn in beiden Fällen und war wieder maßgeblich daran beteiligt, dass er nur zu vier Jahren und drei Monaten verurteilt wurde.

»Ich erinnere mich noch daran, dass Lara arbeitsmäßig völlig überlastet war, aber Faruks Eltern wollten unbedingt dieselbe Anwältin wie beim ersten Prozess. Sie hielten viel von Lara.«

»Verstehe«, sagte Veronika, »also alle drei, diese Diana Klee, Lara und Bernd, waren von Faruks ›gutem Kern‹ überzeugt und haben alles versucht, ihm zu helfen, ihm eine zweite Chance zu geben und ihm einen Weg in die Freiheit und in ein normales Leben zu ebnen.«

»Genau.«

Veronika schnappte nach Luft. »Aber Faruk Yilmaz sitzt momentan im Knast!«

»Ja, Vroni, vergiss nicht, es ist das alte Spiel. Faruk hat nichts gegen diese Menschen, die versucht haben, ihm zu helfen, die ihm geringe Strafen gegeben haben und die befürwortet haben, dass er vorzeitig entlassen wird. Faruk könnte sich bei all denen bedanken. Auch wenn er frei wäre, würde er ihnen kein Härchen krümmen. Aber er hat Jenny Bergmann umgebracht. Auf grausame Art und Weise. Ich denke, dass Jennys Eltern es nicht witzig fanden, dass Faruk vorzeitig entlassen wurde und so ihre Tochter töten konnte. Und sie fanden es sicher auch nicht witzig, dass er für den Mord an ihrer Tochter nur vier Jahre bekam, die er niemals in voller Länge absitzen muss.

Da liegt der Hase im Pfeffer. Da haben wir das Motiv. Die Eltern sind wahrscheinlich Opfer und gleichzeitig Täter in der ganzen Geschichte.«

Veronika schwieg.

»Glaubst du nicht auch?«

»Ja. Das leuchtet mir alles ein.« Sie ging zum Fenster, öffnete es und lehnte sich weit hinaus, um frische Luft zu schnappen. »Und was machen wir jetzt?«

»Jetzt gehen wir zur Polizei. Mit all unseren Unterlagen und Akten, mit all unseren Rückschlüssen, die wir daraus ziehen. Und dann hoffen wir, dass es einen gibt, der das alles auch nachvollziehen kann und uns glaubt.«

»Du bist dir ganz sicher?«

»Ich bin mir ganz sicher.«

»Die Bergmanns sind die Mörder?«

»Ja. Einer von beiden oder beide. Das weiß ich nicht, das wird sich zeigen. Jedenfalls haben sie ein Motiv.«

»Ich habe Angst, dass wir etwas falsch machen, dass wir einen Unschuldigen ans Messer liefern.«

»Nein. Wir haben sorgfältig recherchiert. Wir übergeben unser Material der Polizei, wir schildern unsere Vermutung, mehr nicht. Überprüfen können die das selbst. Und sie entscheiden dann, was sie tun. Wir geben nur einen Hinweis. Alles andere liegt im Ermessen der Polizei.«

»Sicher?«

»Ganz sicher.«

»Ich will keine Petze sein. Keinen reinreiten, auch wenn es um den Mörder meines Mannes geht.«

»Das tust du nicht. Ganz bestimmt nicht. Aber wenn wir nichts tun, wird der Fall vielleicht nie aufgeklärt. Und das willst du ja auch nicht.«

Veronika überlegte einen Moment.

Dann sagte sie: »Gut, lass uns alles zusammenpacken und zur Polizei fahren. Hoffentlich finden wir einen Beamten, der uns zuhört und versteht, was wir meinen.«

103

Faruk wachte erst auf, als der Lkw anhielt und die Fahrertür krachend zufiel.

Er gähnte und sah aus dem Fenster. Deniz ging gerade quer über den Parkplatz zu den Toiletten. Er war ja so ein alberner Vogel, der immer in Toiletten pinkeln wollte und nicht ins Gebüsch.

Faruk zog da die Natur vor. Es war sauber, einfach, schnell, praktisch, gut. Er überlegte, ob er vielleicht auch lieber aussteigen und vorsorglich pinkeln sollte, dann war er zu faul, dann zu müde, dann überlegte er wieder, nickte beinah ein, überlegte noch einmal und kletterte schließlich aus dem Truck. Es half ja alles nichts, denn Deniz würde stinksauer werden, wenn er in einer Stunde ankommen und sagen würde: »Bitte halt an, ich muss mal ganz dringend.« Also lieber jetzt, und er hatte keinen Stress und seine Ruhe.

Faruk ging einen kleinen Abhang hinunter, wo die Büsche und Bäume begannen. Hier hatten schon etliche ihr Glück versucht, das sah er an den vielen Tempotaschentüchern, die auf der Erde lagen.

Während er sich gerade entspannte, erleichtert pinkelte und dabei dachte, holla, das war ja wirklich nötig gewesen, hörte er ein Brummen. Ein Motorengeräusch, das er mittlerweile so gut kannte wie die Stimme seiner Mutter.

Ihm wurde heiß und kalt zugleich, schnell zog er seine Hose hoch und stürzte den Abhang nach oben.

Aber er kam zu spät.

Die Stelle, an der der Lkw gestanden hatte, war leer. Er sah nur noch die Rücklichter und beobachtete, wie der Truck abbog, um auf die Autobahn zu fahren.

Hinterherrennen, rufen – es hätte alles nichts mehr genutzt. Deniz konnte ihn schon nicht mehr sehen.

Warum war denn dieser dämliche, stinkende Deniz einfach abgehauen? Warum denn? Sie hatten keinen Krach gehabt, nichts, denn dieser blöde Typ kriegte ja die Zähne nicht auseinander. Da konnte man sich ja gar nicht streiten, wenn einer nie was sagte.

Dann fiel ihm ein, dass Deniz ja nicht gewusst hatte, dass er ausgestiegen war. Wahrscheinlich dachte der Schwachkopf auch die nächsten drei Stunden noch, dass Faruk friedlich in der miefigen Koje lag und schlief.

Ein selten blödes Arschloch.

Faruk stürzte auf die Knie und schlug vor Wut mit der flachen Hand auf den Asphalt. »Scheiße, Scheiße, Scheiße!«, schrie er, und allmählich wurde ihm klar, dass er jetzt alles, aber auch wirklich alles verloren hatte. Er hatte keine Knete, nichts zu essen, keinen fahrbaren Untersatz mehr, nichts.

Nur einen Revolver in seiner labbrigen Jogginghose.

Okay. Dann würde er halt versuchen, daraus Kapital zu schlagen.

Es blieb ihm ja nichts anderes übrig.

Langsam schlenderte Faruk über den Parkplatz zu dem Shop, wo man Parmesankäse, Wein, Spirituosen aller Art, belegte Brötchen, CDs, Bücher, alberne Geschenke, Nudeln, Tassen mit dem Konterfei des Papstes, den schiefen Turm von Pisa, Geschicklichkeitsspiele, Landkarten, Computerzubehör und noch tausend andere nutzlose Sachen kaufen konnte, und klaute sich ein belegtes Baguette und eine kleine Flasche Wein mit Schraubverschluss. Das war einfach, weil er sie in seiner schlabbrigen Jogginghose versenkte, mit aufs Klo nahm und danach unbehelligt rausmarschierte.

Ein Lob auf diese Assi-Hose. Nie wieder eine enge Jeans! Mit der konnte man wirklich nichts anfangen und war in Situationen wie dieser komplett aufgeschmissen.

Jetzt nur nichts überstürzen, dachte er sich, setzte sich vor dem Shop auf eine Bank, aß langsam und genüsslich das Baguette und trank dazu den Wein. Köstlich. Schon sah die Welt wieder viel freundlicher aus.

Er würde einfach Lkw-Fahrer anhauen. Irgendeiner würde ihn schon mitnehmen. Egal wohin. Ob er jemals zu Giuseppe kam oder nicht, war ihm im Grunde schnurz. Schön, die Mafia hätte er ganz gern mal kontaktet, aber wenn das nicht ging, würde er andere Wege finden.

Er – Faruk – fand immer einen Weg. Ihm konnte keiner.

Der dritte Lkw-Fahrer, den er ansprach, war ein dickbauchiger, fröhlicher Italiener, er verstand so gut wie nichts von Faruks Frage, aber grinste breit und winkte ihn in den Laster. »Vieni.«

Faruk setzte sein »Ich-bin-der-höflichste-und-freundlichste-Junge-unter-der-Sonne«-Gesicht auf, kletterte auf den Beifahrersitz, reichte dem Fahrer die Hand und sagte: »Ich Faruk.«

»Bene. Mario.«

Mario grinste, startete den Motor und fuhr los.

Faruk war es egal, wohin er fuhr. Nur weg von diesem blöden Parkplatz, von dieser bekloppten Plüschtier-Raststätte, wo sicher überall Carabinieri herumlungerten.

Auf der Autobahn während der Fahrt fühlte er sich relativ sicher und irgendwo auf dem Land sowieso. Diese verpennten Dorfpolizisten wussten doch sowieso nicht, wo die Glocken hingen, und hatten ihn ganz sicher nicht auf dem Schirm.

Mario war das ganze Gegenteil von Deniz. Er redete und lachte und erzählte ohne Punkt und Komma. Ab und zu holte er Luft, drehte den Kopf, sah Faruk an und fragte: »Capito?«, und wenn Faruk grinste und nickte, redete er weiter. Tsunamis von italienischen Redeschwällen ergossen sich über Faruk, er hatte nicht den blassesten Schimmer, worum es ging, aber er dachte sich, dass Mario ein ganz armes, einsames Würstchen sein musste, wenn er einem wildfremden Jungen, der kein Wort Italienisch verstand, sein ganzes Herz ausschüttete.

Mario tat ihm leid. Und irgendwo mochte er ihn, obwohl das endlose Gequatsche nervte.

Er hatte kein Geld. Das war schlimm. Aber noch schlimmer war, dass er kein Handy, kein Smartphone hatte. Er konnte Hasan keine SMS schicken, und er konnte seine Mutter nicht anrufen und sagen: »Alles gut. Mach dir keine Sorgen, nicht weinen, ich komm bald wieder.«

Seine Mutter schaffte es, Tage und Nächte still und ohne Pause durchzuweinen. Sie schluchzte nicht, sie klagte nicht, sie schrie und sie schimpfte nicht. Sie rang nicht die Hände und ließ sich auch nicht theatralisch und überwältigt vom Schmerz auf den Boden fallen.

Nein. Sie saß nur ruhig in einer Ecke und weinte. Lautlos liefen ihr die Tränen über das Gesicht, und Faruk konnte es nicht ertragen. Es machte ihn fertig.

Sicher saß sie jetzt dort. Zwischen Fenster und Fernseher und weinte. Während sein Vater Fußball guckte.

Sie weinte um ihren Sohn, weil sie nicht wusste, wo er war.

Und das war kaum auszuhalten.

Seine Mutter musste literweise Tränen vergießen, weil er kein verficktes Handy hatte. Er musste sich eins besorgen. Schleunigst.

Faruk nickte ein. Die italienischen Worte Marios wirkten einschläfernd, offensichtlich war heute ein Tag, an dem er rund um die Uhr schlafen konnte.

Zwei Stunden später wachte Faruk auf, weil Mario abbremste und von der Autobahn abfuhr.

Zwei Minuten später waren sie in einer Stadt.

Faruk hatte keine Ahnung, in welcher.

»Wo sind wir?«, fragte er.

Mario erriet die Frage. »Montevarchi«, sagte er. »Bellissima città.«

Na toll, dachte Faruk.

Nur eine Viertelstunde später hielt der Lkw auf einem riesigen Parkplatz vor einem supermodernen Gebäude. Jede Menge flache Zweckbauten, gläserne Showrooms, Fabrikationshallen.

Mario strahlte. »Allora. Prada. Borse, scarpe, vestiti. Ho portato. E dopo – ritorno.«

Faruk begriff. Mario hatte allen möglichen Kram für Prada auf dem Laster und fuhr dann wieder zurück.

»Allora«, sagte auch Faruk und klopfte Mario auf den Rücken. »Grazie, ciao.«

Mario lächelte, und Faruk hatte den Eindruck, dass er eine Träne im Auge hatte. Wem sollte er jetzt noch sein Leben erzählen?

»Ciao, ragazzo.«

Faruk lief zur Straße. Hatte nichts außer seinem Revolver.

Aber das war nicht schlecht. Ohne Revolver war man sehr viel übler dran.

104

»Es tut mir sehr leid«, sagte die Schwester, als sie neben Wolfgang den Klinikflur entlangging, »aber es geht Ihrer Frau nicht gut. Gar nicht gut. Ihr Zustand verschlechtert sich zusehends. Sie ist nicht bei sich, erkennt kaum jemanden und isst nicht. Noch ein paar Tage, dann werden wir sie zwangsernähren müssen. Zum Glück trinkt sie, so ersparen wir uns zumindest den Tropf.

Stundenlang steht sie am Fenster und sieht hinaus. Sie sitzt manchmal den halben Tag unten auf der Bank und sieht aufs Wasser. Ist irgendwo, aber nicht hier. Wir erreichen sie nicht mehr, verstehen Sie?«

Wolfgang nickte. Er wusste, was sie meinte. Es gab niemanden, der besser wusste, was mit Karin los war.

»Nachts geht sie los, geistert durch die Flure, und wir müssen sie festbinden. Es tut uns in der Seele weh, aber nachts haben wir kaum Personal, und sie kann nicht einfach so herumwandern und vielleicht in andere Zimmer gehen und sonst was machen, das verstehen Sie doch, oder? Wir haben das auch nicht gern, aber leider ist es so. Sie zieht jede Nacht los, als suche sie etwas. Und wir wissen nicht, was. Wir haben versucht, mit ihr zu reden, aber keine Chance. Sie antwortet nicht. Sie ist vollkommen geistesabwesend. Es ist ein Trauerspiel.«

»Danke, Schwester, dann weiß ich Bescheid.«

»Sie ist doch noch so jung! Sie darf doch noch nicht aufhören zu leben!«

»Danke, Schwester.«

Wolfgang ging direkt in Karins Zimmer.

Sie stand am Fenster.

»Karin«, sagte er leise.

Sie reagierte nicht.

Langsam ging er auf sie zu und nahm sie in den Arm.

Sie zuckte leicht zurück, aber dann ließ sie sich fallen, wurde ganz weich.

»Karin«, flüsterte er ihr ins Ohr, »ich bin's. Ich bin gekommen, dir zu sagen, dass fast alles erledigt ist. Es hat so gut funktioniert, sie haben keine Ahnung, du, sie werden mich nicht kriegen, sie haben nicht den leisesten Verdacht, wir werden ein neues Leben beginnen können, du und ich und ich und du … Da kannst du ganz sicher sein, es wird alles prima, ohne Sorgen, verstehst du? Nur wir beide …«

Karin lächelte, aber Wolfgang sah, dass sie weder irgendetwas gehört noch begriffen hatte.

»Wir verkaufen deine Wohnung und ziehen in ein kleines Haus am Meer. Irgendwohin, wo uns keiner kennt und wo uns alle in Ruhe lassen. Wo uns nichts an das erinnert, was passiert ist.«

Karin schrie auf, und Wolfgang hätte sich auf die Zunge beißen können.

Er nahm ihre Hand und drückte sie.

»Alles gut, Liebste. Es wird ein wunderschönes Leben werden.«

Sie lächelte komplett entrückt.

»Genug Geld haben wir auch. Das hab ich geklärt. Mach dir keine Sorgen. Wenn wir sparsam sind, kriegen wir alles hin.«

Wolfgang hatte den Eindruck, dass sich ihre Augen ein bisschen mehr öffneten. Und dann hob sie ihren Kopf ein wenig und sprach: »Ich liebe dich, Wolfgang. Aber mach dir keine Hoffnung. Ich komme hier nicht mehr raus. Nie mehr. Das weiß ich. Ein gemeinsames Leben werden wir nicht mehr haben, weil ich es nicht schaffe. In mir ist alles kaputt, und darum geht es nicht. Ich werde hier sein und du da. Da irgendwo. Ich hier, du da. Das ist traurig.«

Und dann fing sie lautlos an zu weinen.

Wolfgang nahm sie in den Arm und hielt sie fest. Ganz fest. Und schwieg.

Was sollte er auch noch sagen?

Er wusste ja, dass sie recht hatte.

Wolfgang blieb die ganze Nacht in ihrem Zimmer. Lag auf ihrem Bett und hielt sie im Arm wie eine Sterbende.

Spürte, wie sich der Rhythmus seines Atems dem ihren anglich, bis beide völlig identisch waren.

Und das machte ihn glücklich.

Warum kam sie nicht einfach nach Hause und lag in seinem Arm? Mehr wollte er ja gar nicht.

Aber es waren die Tage, an denen sie wahnsinnig wurde und die Bilder nicht ertragen konnte. Jenny und ihr gebrochenes zartes Rückgrat.

Und an diesen Tagen konnte er ihr nicht helfen.

Ach, Karin.

Er lag neben ihr und wusste nicht, was er noch tun sollte.

Dann weinte er auch.

Aber sie merkte es nicht.

105

Faruk stand an der Hauptstraße und konnte sich nicht erinnern, aus welcher Richtung sie mit Marios Lkw gekommen waren. Er hatte auch keine Ahnung, in welcher Richtung die Stadt, die Mario erwähnt hatte, lag.

Er konnte ja auch niemanden fragen, weil die Leute ihn nicht verstanden und er die Leute nicht. Er konnte Türkisch und Deutsch. Mehr nicht. Hatte in der Schule ein paar Brocken Englisch aufgeschnappt, aber mehr als »good morning«, »bye-bye« und »fuck you« fiel ihm nicht ein. »I love you« vielleicht noch, aber das hatte er bisher noch nicht gebraucht.

Faruk hatte Hunger wie ein Wolf, er glaubte, dass sein Magen derartig laut knurrte, dass er den vorbeidonnernden Verkehr übertönte. Und er wurde fast irre vor Durst.

Über dem Asphalt flimmerte die Hitze, er musste sich dringend Lebensmittel zusammenklauen oder irgendwie Geld beschaffen. Und sich dann ein Auto organisieren und ab in Richtung Süden.

Was sollte er hier in dieser bescheuerten Toskana? Er hatte immer gedacht, die Toskana läge da bei Venedig, irgendwo ganz oben gleich neben dem Gardasee, aber das war ja wohl ein Irrtum gewesen.

Faruk hatte keinen Schimmer, wo er sich befand. Irgendwo in der Mitte von Italien wahrscheinlich. Und wenn ihm jemand gesagt hätte, hinter der nächsten Kurve beginnt der Strand, hätte er es auch geglaubt.

Seine Situation kotzte ihn an, denn allmählich begriff er, dass er es wirklich vergeigt hatte. In Berlin, in Kreuzberg, Wedding oder Neukölln konnte man immer irgendwie zu Geld kommen. Leute überfallen, rumbetteln, Kumpels anpumpen, Autos kurzschließen … Es gab tausend Möglichkeiten, irgendwas ging immer. Hier hatte er das Gefühl, dass nichts, aber auch gar nichts ging.

Und dieses Gefühl konnte er auf den Tod nicht ausstehen.

Das passte einfach nicht zu ihm.

Das alles lag vor allem an dieser verfickten italienischen Sprache, von der er kein Wort verstand und die hier alle sprachen, was ihm wirklich auf den Sack ging. Er konnte sich nicht verständlich machen, konnte niemanden zulabern oder irgendjemandem ein paar Euro abquatschen.

Die Nummer, jemanden freundlich anzusprechen, ihn dann mit seinem »Ich-bin-der-Engel-auf-Erden-und-hab-so-ein-Pech-gehabt«-Blick traurig anzusehen und zu sagen: »Bitte, haben Sie ein bisschen Fahrgeld für mich? Ich möchte meine Mutter besuchen, sie liegt im Krankenhaus, weil sie ein durchgedrehter Motorradfahrer, der mit hundertzwanzig durch die Stadt gebraust ist, brutal umgefahren hat …« funktionierte immer. Fast alle gaben etwas. Einen Euro, zwei Euro, fünf Euro. Einer hatte ihm sogar einmal fünfzig Euro in die Hand gedrückt.

Faruk hatte jede Menge schaurige Lügen und Geschichten auf Lager, aber die konnte er hier in Italien alle vergessen.

Hier verstand ihn keiner, das hieß, er konnte nicht einmal betteln.

Hasans Idee, nach Kalabrien zu fahren, war vollkommen blödsinnig gewesen.

Jetzt saß er hier, hatte buchstäblich nichts mehr, die Sonne brannte ihm sein Gehirn aus dem Kopf, er war dabei, langsam zu verdorren und zu verdursten, und konnte Hasan nicht mal sagen, was er für ein Vollidiot war.

Faruk spürte, dass er schon wieder die Hasskappe aufhatte. O Mann.

Hier sah ja alles grauenvoll aus! Keine Geschäfte, nichts. Eine Gärtnerei. Na toll. Über seinem Kopf eine Autobahnbrücke, an den Pfeilern Zirkusreklame. Mit einem Elefanten drauf. Das arme Tier. Faruk wurde immer wütender. Die quälten diesen armen Elefanten, um Geld zu verdienen.

Er hatte Lust, an diesem Abend hinzugehen und das Zirkuszelt in Brand zu stecken. Aber zu Fuß würde ihm das nicht gelingen. Er musste warten, bis er ein vernünftiges Auto geklaut hatte.

Was für ein Stress!

Er lief einfach weiter. Immer am Straßenrand entlang, immer geradeaus. Wie ein Roboter. In einer Stunde bin ich sowieso tot und vertrocknet, dachte er.

Das konnte ja wohl alles nicht wahr sein. Er war noch niemals in einer Gegend gewesen, in der es wirklich nichts zu klauen gab. Unvorstellbar!

Jedes Mal, wenn er ein Motorengeräusch hörte, hielt er den Daumen raus, aber niemand hielt an. Und jedes Mal schickte er dem davonfahrenden Wagen einen wüsten Fluch hinterher.

Sonne hatte Faruk immer toll gefunden. Wenn es in Berlin zu heiß wurde, ging er auf irgendeinen Platz, legte sich in voller Montur in das lauwarme Wasser eines Brunnens und ließ sich Wasser von oben direkt ins Gesicht spritzen. Oder er stellte sich am Ernst-Reuter-Platz direkt unter den Springbrunnen und duschte öffentlich.

Sonnentage in Berlin. Einfach nur cool.

Heute spürte er zum ersten Mal, dass die Sonne auch sein Feind sein konnte.

Er war komplett ausgepumpt, wusste nicht, ob er inzwischen zwei, fünf oder zehn Kilometer gelaufen war, und schleppte sich eigentlich nur noch vorwärts, als er in einer Parkbucht ein kleines weißes Auto stehen sah. Irgendein Fiat wahrscheinlich, so gut kannte er sich mit diesen Automarken nicht aus.

Der Fahrer stand zwei Meter vom Auto entfernt und pinkelte ins Gebüsch.

Faruks Schwäche war wie weggeblasen.

Dies war seine Chance. Blitzschnell prüfte er, ob ein Wagen kam, der ihn sehen könnte, und als dies nicht der Fall war, sprang er auf den wehrlosen Mann zu, stieß ihn ins Gebüsch, sodass er noch ein paar Meter den Abhang hinunterrollte, und brauste mit dem kleinen weißen Wagen davon.

Der Hammer!

Er hätte vor Glück schreien können, als er sah, dass in diesem Auto so ziemlich alles war, was er brauchte: eine Flasche Wasser, Zigaretten, eine uralte Straßenkarte und – das Allerbeste– ein Handy. Wahnsinn.

Diesen Pinkelstopp würde der alte, dickbauchige Italiener wahrscheinlich in seinem ganzen Leben nicht vergessen.

Faruk lachte laut und raste die Straße hinunter.

Einige Kilometer weiter fuhr er in einen kleinen Feldweg hinein und durchsuchte das Auto systematisch. Verflucht. Geld fand er nicht. Nun gut. Jetzt, wo er ein Auto hatte, würde er sich das schon beschaffen können. Mit Auto war alles kein Problem.

Er überlegte, wen er dringend anrufen sollte, bevor er die SIM-Karte wegwarf und sich irgendwo eine neue besorgte.

Hasan? Ach was. Es brachte nichts, wenn er Hasan erklärte, dass er ein Schwachkopf war, er würde mit einem Redeschwall antworten, das dauerte viel zu lange. Und dann wäre er sauer und würde ihm nicht mehr weiterhelfen.

Nein. Hasan hatte Zeit.

Aber er rief seine Mutter an.

»Mama«, sagte er auf Türkisch, als sie am Telefon war, »Mama, liebste Mama, ich bin raus aus dem Gefängnis, und ich bin glücklich. Mach dir keine Sorgen und keine Gedanken, bitte. Geht es dir gut?«

»Ja, Faruk, ja«, schniefte sie, und er hörte, dass sie weinte. »Ja, es geht mir gut. Und deinem Vater und deiner Schwester auch. Aber du fehlst uns so sehr.«

»Ich komme bald zurück, Mama, ganz bestimmt. Versprochen!«, sagte er und legte auf.

Dann wischte er sich mit der Hand über die Augen und fuhr weiter.

106

Auf diesen Tag heute hatte sich Neri wochenlang gefreut.

Schon ewig hatte er kein Fest mehr gefeiert, zu Geburtstagen hatten sie seit Jahren nicht mehr eingeladen, und auch ihren fünfunddreißigsten Hochzeitstag hatten sie unter den Tisch fallen lassen.

Das letzte peinliche Fest war Omas Goldene Hochzeit gewesen, als Oma mit lila gefärbten Haaren und einem Krönchen auf dem Kopf in der Kirche und bei einem anschließenden Festmahl feierte, obwohl Opa schon lange nicht mehr lebte.

Dieses Fest lag Neri immer noch wie ein Stein im Magen, und seitdem war ihm die Feierlaune vergangen.

Aber jetzt war es wieder so weit, und er freute sich unsagbar darauf. Zwischen ihm und Gabriella war wieder alles in Ordnung, sie hatten einen Neuanfang gewagt und waren glücklich. Sie hatten ihr Haus um- und ausgebaut und renoviert und es in ein Schmuckstück verwandelt. Es war jetzt ihr Zuhause. Sie waren zufrieden. Waren endlich total und für immer angekommen. Wollten nichts mehr. Genossen ihr gemeinsames Leben.

Von diesem Zustand hatte Neri jahrelang geträumt.

Und das wollte er jetzt feiern. Mit Gabriella, mit seinem Sohn Gianni und mit allen Freunden, Nachbarn und Verwandten.

Heute Abend und in dieser Nacht stand Neris Haus allen offen.

Er konnte es gar nicht glauben. Das Leben war nicht nur gnädig, sondern einfach großartig.

Grazie, Dio, sagte er in Gedanken. Grazie.

Noch vier Stunden Dienst. Gabriella war zu Hause und bereitete alles vor. Er hatte zwar versucht, den Dienst zu tauschen, aber das hatte nicht geklappt, denn Diego war bei dem Versuch, seine Regenrinne zu säubern, von der Leiter gefallen, hatte sich einen Wirbel angeknackst und lag im Krankenhaus.

Also musste Neri ran. Auch an seinem Jubeltag.

Er stand in Ambra an der Straße, gleich hinter dem Gemüsehändler Filippo, der alle zwei Wochen mit riesigen, gebündelten Gemüsezwiebeln, Melonen, Pfirsichen und gewaltigen Knoblauchzöpfen aus Sizilien kam und hier an der Straße seine Waren verkaufte.

Filippo war ein einfacher, ehrlicher Mann, der hart arbeitete, um sein Geld zu verdienen, und Neri mochte ihn.

Die beiden kannten sich seit Jahren und waren wie alte Freunde.

Neri und sein Kollege Federico hielten Wagen an und kontrollierten die Papiere der Fahrer.

Faruk fuhr durch Ambra. Zu schnell. Mindestens achtzig.

Da sah er die Kontrolle. In seinem Kopf erschien ein Bild wie eine Mauer. Undurchdringlich. Rechts der Polizeiwagen, direkt vor ihm auf seiner Fahrspur ein Carabiniere mit waagerecht ausgestreckter Kelle, von vorn Gegenverkehr, links auf der Standspur ein Gemüselaster.

Keine Chance, die Sperre zu umfahren oder zu durchbrechen. Ihm blieb nur die Möglichkeit, anzuhalten oder den Carabiniere frontal direkt über den Haufen zu fahren.

Faruk versuchte eine Vollbremsung. Der Carabiniere sprang im letzten Moment zur Seite, und Faruk kam einen halben Meter hinter der Stelle, wo der Polizist gestanden hatte, zum Stehen.

Der Carabiniere deutete ihm kopfschüttelnd an, rechts auf dem Seitenstreifen zu halten.

Faruk tat es.

Ich habe keinen Alkohol getrunken und keine Drogen genommen, dachte Faruk, wo ist das Problem? Aber dann fiel ihm ein, dass er keine Papiere und keinen Führerschein hatte, dass das Auto geklaut war und er von der Polizei gesucht wurde, weil er aus dem Knast geflüchtet war. Das alles hörte sich nicht mehr so gut an.

Er musste hier weg. Irgendwie abhauen. Koste es, was es wolle.

»I documenti, per favore«, zischte Federico wütend ins Wageninnere. »Patente e carta d'identità.«

Au, Scheiße, dachte Faruk, und in diesem Moment drehte er durch. Er riss das Handschuhfach auf, griff seinen Revolver, richtete ihn auf Federico, der sich vollkommen erschrocken zur Seite wegduckte …

… und in dieser Sekunde schoss Neri. Aus drei Metern Entfernung mit seiner Maschinenpistole, mit der er immer die Kontrollstelle und den Kollegen absicherte, die er aber noch niemals während seiner gesamten knapp vierzigjährigen Amtszeit benutzt hatte.

Die Kugel durchschlug die Fahrertür und fuhr Faruk direkt ins Herz. Er fiel vornüber aufs Lenkrad und merkte gar nicht, was mit ihm geschah.

Es dauerte nur Sekunden – dann war er tot.

Neri konnte später nicht mehr genau wiedergeben, was an diesem schicksalsschweren Nachmittag auf der Straße passiert war.

In dem Moment, als es geschah, liefen in Zeitlupe lauter unwirkliche Bilder ohne Ton vor seinem Auge hin und her.

Der Gemüsehändler Filippo, der die Hände vors Gesicht schlug.

Vorüberfahrende Autos, die anhielten.

Gaffende Passanten, die versuchten, in den Wagen zu sehen, in dem die blutüberströmte Leiche zusammengesunken hinterm Steuer saß.

Federico, der versuchte, die Gaffer zu verscheuchen, und der Verstärkung anforderte.

Und mittendrin Neri, der alldem scheinbar unbeteiligt von außen zusah, unfähig, sich zu bewegen, zu agieren oder zu reagieren. Vollkommen paralysiert und überzeugt davon, mitten in einem ganz, ganz bösen Traum zu sein.

Wach auf, dachte er. Wach endlich auf. Heute ist dein Fest, du musst noch Gabriella helfen.

Aber er war müde. So unendlich müde.

107

Als er nach Hause kam, war das Fest in vollem Gange. Er schleppte sich wie ein alter Mann zur Tür herein, wurde mit großem Hallo begrüßt, aber lächelte nicht. War weiß wie die Wand.

»Tesoro, was ist mit dir?«, flüsterte Gabriella und zog ihn in die Küche. »Geht es dir nicht gut?«

»Ich bin okay. Tutto bene«, sagte Neri leise, »aber, Gabriella, ich habe heute Nachmittag einen Mann erschossen.«

»Nein!« Gabriella starrte ihn entsetzt an. »Was hast du getan?«

»Ich habe einen Mann erschossen. Einen Jungen.« Er schluchzte.

Gabriella nahm ihn in den Arm, drückte ihn an sich und fuhr ihm übers Haar. »Ich hab schon gehört, dass heute in Ambra was passiert ist, aber ich wusste ja nicht, was, und dass du … Oddio!«

Die Tür öffnete sich, ein paar Gäste sahen in die Küche, Gabriella machte ihnen ein Zeichen, wieder zu verschwinden. »Warum, tesoro, warum?«

»Er hatte einen Revolver und bedrohte damit Federico.«

»Dann war es völlig richtig, was du getan hast«, sagte Gabriella entschieden. »Oder wäre es besser gewesen abzuwarten, bis Federico tot ist?«

Neri zuckte hilflos die Achseln.

»Komm«, sagte Gabriella und wollte ihn aus der Küche ziehen, »leg dich oben im Schlafzimmer eine halbe Stunde hin, du bist ja völlig fertig.«

»Gib mir ein Glas Wein«, sagte Neri schwach. »Dann geht es vielleicht wieder. Und dann will ich meine Gäste begrüßen. Morgen zerreißt sich sowieso ganz Ambra das Maul über mich.«

»Oder sie feiern dich als Held«, meinte Gabriella leise. »Vergiss das nicht, amore. Schließlich hast du deinem Kollegen das Leben gerettet. Und deines vielleicht auch.«

Sie küsste ihn, schenkte ihm ein Glas Wein ein und drückte es ihm in die Hand. »Komm.«

Der Vorfall in Ambra wurde genauestens untersucht und durchleuchtet, Neri war Zeuge und Beschuldigter, aber bei den Untersuchungen außen vor.

Er hatte auf eine unmittelbare Bedrohung mit einer Waffe schnell, richtig und gut reagiert. Er hatte das getan, was jeder angehende Carabiniere in der Polizeischule lernte. Hatte geschossen, bevor es der andere tun konnte. War schneller gewesen. Finaler Rettungsschuss, um Leib und Leben zu retten.

Die Medien waren voll des Lobes. »L'assassino tedesco ucciso!« titelten die Zeitungen. »Fatto di un carabiniere italiano!«

Die Leute grüßten und beglückwünschten ihn auf der Straße, und einige Zeit später bekam er einen Brief aus Rom: Gratulation und eine Beförderung.

Sie würden sich glücklich schätzen, ihn in Rom begrüßen zu dürfen. Selbstverständlich auf einem verantwortungsvollen, höher dotierten, interessanteren Posten bis zum Renteneintrittsalter.

Neri las den Brief Gabriella laut vor.

Sie hörte aufmerksam und regungslos zu.

Beide schwiegen eine Weile.

Dann sagte sie: »Nein!«

»Nein!«, sagte auch Neri.

Sie fielen sich in die Arme und küssten sich.

»Es ist alles gut so, wie es ist, tesoro«, flüsterte Gabriella. »Du bist mein Held.«

Und Neri wusste nicht, wann er jemals so glücklich gewesen war.

108

Deutschland

»Ich fasse es nicht!«, schrie Veronika.

»Was ist los?«, rief Bastian und stürzte ins Arbeitszimmer, wo Veronika am Computer saß. »Ist was passiert?«

»Er ist tot, Basti, dieser Faruk ist tot! Ich kann es kaum glauben: Hier, schau selbst, es steht im Internet. Ich weiß nicht, ob es auch in den Fernsehnachrichten kommt, aber ist ja ganz egal. Er ist während eines Ausgangs abgehauen, das hab ich dir erzählt, erinnerst du dich?«

»Ja klar …«

»… und offensichtlich ist er nach Italien geflüchtet. Bei einer Polizeikontrolle hat ihn ein Carabiniere in der Toskana erschossen. Der liebe Gott macht seine Arbeit gründlich.«

Bastian Sennen stand ganz still, starrte erst auf den Bildschirm und dann Veronika an. »Weißt du, dass ich eine Gänsehaut habe?«

»Ich auch«, sagte sie leise. »Er ist der Vierte in dem Trauerspiel.«

»Jetzt ist es vorbei.«

»Das glaube ich auch, zumal sie Wolfgang Bergmann sicher bald festnehmen werden. Davon bin ich überzeugt, sie können gar nicht anders.«

Bastian zog Veronika vom Stuhl hoch und nahm sie in den Arm. »Lass uns irgendwohin fahren und das alles vergessen. Und ganz neu anfangen. Nur du und ich.«

»Du und ich?«, fragte Veronika und sah ihn an.

»Ja. Du und ich.«

Veronika hob ihr Gesicht und küsste ihn.

»Ich möchte heute Nacht nicht allein sein«, sagte sie.

»Ich auch nicht«, antwortete er. »Ich bleibe bei dir. Und nicht nur heute Nacht.«

109

Zwei Minuten vor halb fünf am frühen Morgen krachten harte Schläge gegen Wolfgangs Tür.

Sie klingelten nicht, sie hämmerten.

Wolfgang erschrak überhaupt nicht.

Jetzt ist es so weit, dachte er und zog in aller Gemütsruhe seinen Bademantel an. Es war egal, was jetzt kommen würde. Völlig egal. Er hatte Jenny verloren, er hatte Karin verloren, was konnte ihm noch passieren?

Langsam und lächelnd öffnete er die Tür. Er wirkte älter, als er war, und schien keine Kraft mehr zu haben.

»Wolfgang Bergmann?«, fragte eine dunkle Stimme aus der Gruppe der schwer bewaffneten Polizisten.

Sie hatten wohl gedacht, er würde ihnen Handgranaten entgegenwerfen.

»Ja, das bin ich«, antwortete er gefasst.

»Herr Bergmann, Sie werden verdächtigt, Bernd Gernersheim, Lara Sennen und Diana Klee umgebracht zu haben, und sind vorläufig festgenommen.«

Wolfgang nickte. »Kann ich mich noch anziehen und ein paar Sachen zusammenpacken? Dann komme ich mit Ihnen mit.«

»Aber natürlich.«

Einen Kaffee würden sie ihm wohl nicht mehr erlauben, aber das war auch nicht wichtig.

Das war es jetzt also.

Karin, Liebste, jetzt kann ich dich nicht mal mehr besuchen.

Es brach ihm das Herz.

Er zog sich Jeans, T-Shirt, Sweatshirt und Jacke an, packte Zahnbürste, Zahnpasta, Hautcreme, Nageletui, Duschgel und noch ein paar Pröbchen in seinen Kulturbeutel, nahm das Buch von seinem Nachttisch, das er gerade las, und ging.

Sah sich noch nicht einmal mehr um.

Würde sowieso nie mehr zurückkehren.

Er ließ alle Untersuchungen über sich ergehen, gab ab, was er besaß, und ließ sich eine Zelle zuweisen.

Den Beamten gegenüber blieb er unauffällig und höflich, er tat, was sie sagten, begehrte nicht auf.

Seine Zelle war so, wie er es oft im Fernsehen gesehen hatte. Schlicht, eng, karg. Bett, Tisch, Stuhl, Schrank, Klo. Und ein Fenster. Vergittert natürlich.

Alles gut. Mehr wollte und brauchte er nicht.

Für alles, was sie ihm brachten, bedankte er sich.

So auch für die trocknen Brote und den Schmierkäse zum Abendbrot.

Bettwäsche empfand er schon als Luxus.

Zu allem, was sie ihm sagten, nickte er.

Einen Fernseher wollte er nicht.

Er hätte gern ein letztes Mal mit Karin telefoniert. Aber das ging ja nicht.

Brachte wahrscheinlich auch nichts. Er hatte ihr alles gesagt, was er sagen konnte.

»Na dann, gute Nacht«, sagte der JVA-Beamte, »schlafen Sie gut. Die erste Nacht in der Anstalt ist immer komisch und ein bisschen ungewohnt, aber dann geht's besser. Erschrecken Sie nicht, morgen um sechs kommen wir zu Ihnen rein, Lebendkontrolle, wir wollen nur sehen, ob es Ihnen gut geht. Haben Sie noch irgendeinen Wunsch, ein Problem, eine Frage?«

»Nein, nichts. Danke.«

»Na dann, gute Nacht!«

Wolfgang hörte, wie sich der Schlüssel im Schloss drehte, dann war er eingesperrt.

Faruk war tot. Das hatte er mitbekommen.

Das hatte ein italienischer Polizist erledigt. Wunderbar.

Beinah ein Geschenk des Himmels.

Er wusste nicht, ob Karin es auch mitbekommen hatte. Aber vermutlich würde das für sie keinen Unterschied mehr machen.

Zwei Stunden saß er still auf seinem Bett.

Dann sah er sich noch einmal aufmerksam in der Zelle um.

Wollte nicht mehr lange warten. Wollte hier nicht erst ein paar Wochen sitzen, das machte keinen Sinn. Wenn, dann schnell.

Er war ein gefügiger, scheinbar ausgeglichener Neuzugang, sie hegten keinerlei Verdacht. Kannten ihn nicht und hatten ihn nicht im Visier. Er wurde nicht kontrolliert und stand nicht als suizidgefährdet auf der Liste.

Er musste es tun. Besser heute als morgen.

Hatte er noch irgendeine Chance? – Nein.

Kam Karin jemals zu ihm und in diese Welt zurück? – Nein.

Er hatte viel geschafft, viel wiedergutgemacht, viel gerächt. Aber sein Leben hatte nun keinen Sinn mehr.

Einen Neuanfang gab es nicht.

Lieber heute als morgen.

Dreiundzwanzig Uhr dreißig.

Es war alles still auf den Fluren.

Wolfgang zerriss sein Bettlaken, knüpfte die Streifen aneinander und befestigte das geknüpfte Band am Fenstergitter.

Das Fenster lag zum Glück fast unter der Decke, viel höher als in normalen Räumen.

Dann stellte er sich auf einen Stuhl, legte sich das Streifenseil doppelt um den Hals, bekreuzigte sich, sprang vom Stuhl und zog dabei die Knie an.

Er hatte Glück.

Sein Genick brach, und er starb schnell.

DANK

Danke, H. D., dass Du mir Dein Vertrauen geschenkt und als ehemaliger Knacki von Deinem Leben im Knast erzählt hast.

Bleib sauber, Keule, auf dass Du nie wieder dorthin zurückkehrst.

Lust auf mehr von Sabine Thiesler?

Dann lesen Sie weiter in

DER KELLER

THRILLER

ISBN 978-3-453-44114-9
Oder als E-Book: 978-3-641-21558-3

Das Buch

Hannah und Heiko sind glücklich verheiratet und freuen sich auf ihr erstes Kind. Da erreicht Hannah der Hilferuf ihres Vaters: Ihre Mutter sei depressiv und selbstmordgefährdet, Hannah möge doch bitte kommen. Trotz ihrer Schwangerschaft fliegt sie in die Toskana, wo ihre Eltern ein Ferienhaus besitzen. Im Flugzeug lernt sie einen charmanten Herrn kennen, und da der Flieger erst am späten Abend in Florenz landet, nimmt sie die Einladung des sympathischen Fremden zu einem Abendessen in seinem Palazzo gerne an. Seitdem gibt es von Hannah kein Lebenszeichen mehr. Ihre Familie ist vollkommen verzweifelt, und auch die Polizei ist ratlos. Denn Hannah ist nicht die letzte junge Frau, die in der Toskana spurlos verschwindet.

EINS

Toskana, Oktober 2017

Ein leichter, durchsichtiger Nebel lag wie ein Schleier über dem Tal, hellorange ging die Sonne auf, und der Wetterbericht sagte achtzehn Grad voraus.

Mitte Oktober. Weinlese in der Toskana.

Ein wunderschöner Herbsttag kündigte sich an. Es fühlte sich beinah an wie Spätsommer.

Eberhard stand im Bademantel vor dem Haus und genoss die klare, frische Luft. Atmete tief durch. War für einen kurzen Moment entspannt und mit sich im Reinen.

Die Seitenwände des Pools schimmerten bereits grünlich, Algen bildeten sich, und auf der Wasseroberfläche schwammen braun-gelbe Blätter. Er würde sie später herausfischen.

Überhaupt erschien ihm das Wasser dunkler als sonst. Egal. Er würde dieses Jahr keine Chemie mehr hineinkippen und keine Zeit mehr darauf verwenden, den Boden zu saugen und die Wände zu scheuern.

Er hatte beobachtet, dass Ute nicht mehr richtig schwimmen konnte. Sie wusste nicht, wohin mit ihren Armen und Beinen. Als ob sie es verlernt hätte. Zweimal hatte er gesehen, dass sie unterging wie ein Stein, und er hatte sie gerade noch rechtzeitig aus dem Wasser ziehen können.

Es war kein schöner Sommer gewesen.

Ute lag noch im Bett. Sie schlief viel in letzter Zeit, zehn oder zwölf Stunden waren keine Seltenheit. Früher war sie nach sechs Stunden Schlaf immer wach und voller Tatendrang gewesen.

Aber auch diese Zeiten waren vorbei.

Er ging ins Haus, zog den Bademantel aus und stellte sich unter die warme Dusche. Das war der schönste Moment des Tages, und er sang leise vor sich hin. »Imagine all the people, living life in peace …«

Er stellte die Dusche aus, trocknete sich ab, schlüpfte in Unterwäsche, Jeans und Pullover und lief nach oben ins Schlafzimmer.

Sie lag auf dem Bett und schäumte. Ihr Speichel bildete Bläschen, die sich wie winzige Seifenblasen auf ihrem Gesicht türmten. Sie wimmerte leise.

»Ute!«, rief er und packte ihre Hand.

Sie reagierte nicht.

»Wach auf! Red mit mir!«

Keine Reaktion.

Sie war nicht bei Bewusstsein.

Erst jetzt sah er die ausgedrückten Tablettenverpackungen: Herztabletten, Abführmittel, Schlaftabletten, Entwässerungspillen, Antibiotika, Cortison.

Ein Mördercocktail. Sie hatte alles geschluckt.

Eberhard rief den Notarzt.

ZWEI

Berlin-Schönefeld

Er schätzte sie auf Ende zwanzig, Anfang dreißig. Vielleicht auch älter. Sie hatte ein mädchenhaft glattes Gesicht mit klarem Teint und kleinen Augen. Wahrscheinlich würde sie in zehn Jahren kaum anders aussehen.

Sie war mittelgroß und eigentlich zierlich, aber nur obenherum. Ihre Hüften dagegen waren ausladend und ihre Beine ziemlich dick.

Er musste grinsen.

Sie hatte das Handgepäck auf ihren Koffer gestellt und rollte beides Zentimeter für Zentimeter vorwärts. Obwohl es in der Abfertigungshalle kühl war, wischte sie sich ständig den Schweiß von der Stirn, und nur dann ließ sie für einen Moment ihre Tasche los.

Offensichtlich war sie alleinreisend.

Sehr gut.

Zwischen ihm und der jungen Frau stand nur ein älteres Ehepaar in der Schlange. Betont lässige, aber sehr teure Kleidung. An den Koffern weder ein Staubkorn noch ein Kratzer, die Haare ordentlich frisiert, die Fingernägel kurz und perfekt manikürt.

Er ging davon aus, dass sie nach Florenz flogen, um von Palazzo zu Palazzo, von Kirche zu Kirche und von Museum

zu Museum zu wandern. Ein oder zwei Wochen pralles Kul-
tur- und Kunstprogramm.

Bei der jungen Frau konnte er sich das nicht so recht vorstellen.

Er hatte sie unentwegt und sehr gut im Blick.

Jetzt war sie an der Reihe, checkte ihr Gepäck ein und
wählte einen Sitzplatz am Gang.

Das sind die ganz Ängstlichen, die die Gangplätze bevor-
zugen, dachte er. Die, die verdrängen wollen, wie hoch sie
sich über der Erde befinden. Die ständig Fluchtgedanken
entwickeln und hoffen, im Notfall schneller rauszukommen.

Er hörte, wie die Stewardess »Reihe 17, Platz D« sagte
und der jungen Frau die Bordkarte reichte. »Boarding ist in
einer Dreiviertelstunde, Gate 8B. Guten Flug.«

Nach dem älteren Ehepaar war er an der Reihe.

»Wo möchten Sie sitzen?«, fragte die Stewardess. »Fenster oder Gang?«

»Mir egal, aber bitte in der Mitte des Fliegers. Ich bin
ehrlich gestanden ein wenig ängstlich. Hätten Sie eventuell
etwas in der Reihe 17? Das ist meine Glückszahl.«

Die Stewardess lächelte. »Aber sicher. Ich habe in Reihe
17 noch einen Platz in der Mitte der Dreierreihe. Oder in
Reihe 19 und 25 einen Fensterplatz und in Reihe 9 was am
Gang.«

»Dann nehme ich den Platz in Reihe 17«, sagte er schnell.

Die Stewardess nickte, und nur Sekunden später gab sie ihm
die Bordkarte. »Gate 8B. Guten Flug.«

Er bedankte sich lächelnd.

Als sie am Gate ihr Handgepäck durchleuchten ließ, stand
er direkt hinter ihr. Sie war hektisch, legte Handtasche, Ticket,

Halstuch, Smartphone, Tablet und schließlich auch noch ihren Gürtel in die Plastikwanne.

Dann fuhr sie sich gestresst durch die langen, dunkelbraunen Haare.

Er roch ihr Parfum. Eine faszinierende Mischung aus blumig und bitter mit einem Hauch von Mandel und Orchidee.

Ihr Handgepäck fuhr auf dem Band durch den Röntgenapparat, und sie trat durch den Kontrollbogen.

Es piepte, was sie kaum merklich zusammenzucken ließ.

Sie musste die Schuhe ausziehen. Er sah, dass sie flammend rot geworden war. Förmlich glühend ging sie ein zweites Mal durch den Bogen.

Es piepte wieder.

Verzweifelt rang sie die Hände.

Die Sicherheitsangestellte sagte etwas zu ihr, das er nicht verstand, dann suchte sie die junge Frau mit dem Handkontrollgerät ab, lächelte ihr kurz zu und winkte sie weiter.

Am Gate 8B stand »Florenz 19:25« an der Anzeigetafel.

Die meisten Passagiere saßen wartend auf den grauen Plastiksitzen, lasen Zeitung oder tippten auf ihren Smartphones herum.

Er setzte sich der jungen Frau gegenüber.

Sie wusste anscheinend nicht, was sie machen sollte. Nahm ein Buch in die Hand, las eine halbe Seite, legte es wieder weg. Ständig checkte sie ihr Handy, ob eine Nachricht gekommen war, und sperrte es wieder.

Sie seufzte, durchwühlte ihre Handtasche, zog ihre Bordkarte heraus und las aufmerksam jedes Wort. Als wäre es rasend interessant.

Dann nahm sie ihr Portemonnaie aus der Handtasche, zog ihren Personalausweis heraus, stand auf, um ihn sich in die Hosentasche ihrer Jeans schieben zu können, und wischte dabei mit ihrer Jacke die Bordkarte vom Stuhl.

Er war schnell, hob sie vom Boden auf und gab sie ihr, noch bevor sie überhaupt etwas bemerkt hatte.

»Hier, bitte. Die sollten Sie vielleicht besser nicht verlieren.«

»Oh! Vielen Dank!« Sie wurde schon wieder rot.

Es gefiel ihm.

In diesem Moment änderte sich die Anzeige am Gate. »Florenz – verspätet«, stand da. »Voraussichtliche Abflugzeit 20:20«.

Die junge Frau starrte fassungslos auf den Bildschirm. »Das darf nicht wahr sein«, murmelte sie leise.

Er sah auf die Uhr. »Noch eineinviertel Stunden. Oh mein Gott! Hoffentlich fliegen wir heute Abend überhaupt noch.«

Die Frau nickte.

Er ließ ihr einen Moment. Dann sagte er: »Wir sollten was trinken gehen, um uns die Zeit zu vertreiben. Darf ich Sie zu einem Glas Champagner einladen?«

Sie schien völlig überrascht. »Wie kommen Sie denn auf die Idee?«

»Nur so.« Er zuckte die Achseln. »Wir haben eine elende Warterei vor uns … Gemeinsam vergeht die Zeit schneller, und ein Glas Schampus vertreibt die schlechte Laune.«

Sie sah ihn ungläubig an. Dann huschte der Hauch eines Lächelns über ihr Gesicht. »Überredet. Das ist aber nett.«

Sie saßen sich gegenüber und drehten ihre Champagnergläser in den Händen.

»Wissen Sie, dass ich heute schon hundertmal daran gedacht hab, einfach abzuhauen und nicht mitzufliegen?«, begann sie das Gespräch.

Er lächelte. Natürlich wusste er das. Schließlich hatte er sie beobachtet. Aber das würde er ihr nicht auf die Nase binden.

»Haben Sie Flugangst?«, fragte er mitfühlend.

Sie nickte. »Ja. Ganz furchtbar. Und jetzt habe ich noch einmal die Gelegenheit zur Flucht. Einen Aufschub von einer knappen Stunde. Vielleicht ist es ein Wink des Schicksals?«

»Dann müssen Sie jetzt aber ganz schnell austrinken, aufstehen und gehen. Und es wird ein Heidentheater geben, Ihr Gepäck wiederzubekommen. Und dann sitzen Sie heute Abend um elf zu Hause vor dem Fernseher und die Welt ist in Ordnung. Es gab keinen Flugzeugabsturz, es ist nichts passiert. Und Sie ärgern sich schwarz, dass Sie gekniffen haben und nicht in Florenz sind.«

»Glauben Sie? Es geht alles glatt?«

»Aber natürlich.«

Eine Weile schwiegen beide, sahen sich ab und zu an und lächelten. Dann fragte er, um den Gesprächsfaden wieder aufzunehmen: »Aber wenn Ihnen das Fliegen so einen Stress bereitet, was gibt es dann so Dringendes, dass Sie unbedingt nach Florenz wollen? Urlaub doch sicher nicht?«

»Nein.« Sie schüttelte den Kopf. »Meine Mutter ist sehr krank, und mein Vater hat mich gebeten zu kommen.«

»Ihre Eltern leben in Italien?«

»Wir haben dort seit Menschengedenken ein Ferienhaus, und so zwei, drei Monate im Jahr sind meine Eltern dort.«

»Das ist ja wunderbar.«

»Sie wissen nicht, dass ich heute komme, damit meine Mutter nicht enttäuscht ist, wenn etwas schiefgeht. Oder ich es nicht schaffe und doch nicht fliege …« Sie lächelte gequält.

»Heute fliegen Sie. Ich passe auf Sie auf. Es wird nichts geschehen. Das Wetter ist gut, wir haben kaum Wind, kein Gewitter, nicht mal Regen, was will man mehr. Alles bestens. Wenn Sie heute nicht einsteigen, wann dann?«

»Stimmt.«

»Darf ich Sie fragen, wie Sie heißen?«

»Hannah. Und Sie?«

»Daniel.«

Es war nicht zu übersehen, dass Hannah ruhiger geworden war. Sie wirkte entspannt, ihre Hände zitterten nicht mehr, und ihre Haut hatte einen zarten pastellfarbenen Ton.

DREI

Hannah wunderte sich nicht schlecht, als Daniel seine Tasche direkt neben ihr auf den Sitz stellte.

»Sie sitzen hier?«

»Offensichtlich, ja!« Er sah noch einmal auf seine Bordkarte und zeigte sie ihr.

»Das kann ich gar nicht glauben.«

»Ich auch nicht«, meinte er, »aber wenn das mal kein Wink des Schicksals ist.« Er verstaute seine Sachen und setzte sich.

»Was für ein Zufall!«, sagte sie. »So was glaubt einem ja keiner!«

»Nee. Das Leben schreibt Geschichten, die man sich gar nicht ausdenken kann.«

Vor Hannah und Daniel saßen drei Italienerinnen, um die vierzig Jahre alt, die sich lautstark unterhielten. Hannah konnte jedoch nicht verstehen, worüber. Ab und zu kreischte eine laut, dann gab es wieder schallendes Gelächter. Die Frau, die neben Hannah auf der anderen Seite des Ganges saß, gehörte offensichtlich auch zu der Gruppe und beugte sich quer über den Durchgang, um sich mit ihren Freundinnen unterhalten zu können.

Hannah und Daniel sahen sich an. Als sie begriffen, dass sie in diesem Moment dasselbe dachten und gleichermaßen von den Vieren genervt waren, mussten sie grinsen.

»Da sehen Sie mal«, sagte Daniel leise in Hannahs Ohr, »es gibt Leute, die machen sich überhaupt keine Gedanken, ob das Flugzeug abstürzt oder nicht. Diese Menschen fliegen genauso sorglos wie sie morgens zum Bäcker gehen und sich ein paar Brötchen kaufen. Das sollte Sie beruhigen.«

Hannah nickte dankbar.

Die Stewardess kam, bat die vier Frauen, jetzt sitzen zu bleiben und sich anzuschnallen, und führte ihr Sicherheitsballett vor.

»Daniel schaltete sein Handy aus.

»Hoffentlich haben die auch alle ihre Geräte ausgestellt«, flüsterte Hannah.

»Keine Sorge. Heutzutage stürzt kein Flugzeug mehr wegen so was ab. Sonst würden die Flieger ja pausenlos vom Himmel fallen. Was glauben Sie, wie viele Leute ihre Geräte anlassen. Jede Menge, aber so genau wollen wir das gar nicht wissen.« Er lächelte.

Kurz darauf rollte die Maschine auf die Startbahn, hielt noch einmal inne und beschleunigte dann.

Daniel nahm Hannahs Hand. »Es ist alles gut«, sagte er leise. »Alles läuft nach Plan. Jetzt ganz ruhig einatmen – ausatmen – einatmen – ausatmen ...« Und bei jedem »Einatmen« drückte er ihre Hand, bei jedem »Ausatmen« lockerte er den Griff wieder.

Erst als hoch über den Wolken die Anschnallzeichen erloschen, hörte er damit auf.

»War es schlimm?«, fragte er leise.

»Nein, gar nicht. Sie haben mir sehr geholfen!«

Erst jetzt ließ er ihre Hand los.

Kurz darauf zog Daniel ein Buch aus seinem Handgepäck. *Florenz: Die Maler der Renaissance.* Er blätterte darin herum, las aber nicht.

Daher wagte Hannah, ihn zu stören. »Entschuldigen Sie, aber was machen Sie denn in Italien? Sind Sie an einer deutschen Schule? Unterrichten Sie?«

Daniel schloss das Buch, legte den Kopf in den Nacken und lachte leise. »Nein. Ich bin nur kunstgeschichtlich sehr interessiert, und da hat man ja in Florenz und Umgebung wirklich die besten Voraussetzungen. Kunst und Kultur in Hülle und Fülle. Nein, es ist ganz banal. Ich besitze in der Toskana einen kleinen Palazzo und vermiete Ferienappartements an wahrscheinlich ebenso kunstinteressierte Urlauber.«

»Fantastisch! Sie haben wirklich einen Palazzo?«

»Nun ja.« Er wand sich, was bescheiden wirken sollte. »Das ist ja in der Toskana nahe Florenz nicht so ganz außergewöhnlich.« Er wechselte das Thema. »Und was machen Sie beruflich, wenn ich fragen darf?«

»Ich bin Lehrerin. Habe gerade Herbstferien.«

»Oh! Was für ein schöner Beruf! Kommen Sie, wir trinken noch ein Gläschen. Sie werden sehen, es hilft dabei zu vergessen, dass wir in einem Flugzeug sitzen.« Er klingelte nach der Stewardess.

»Diesmal für mich aber etwas Alkoholfreies, bitte!«, sagte sie.

Als sie die Gläser in der Hand hielten, fragte Daniel: »Worauf trinken wir? Auf eine schöne Zeit in der Toskana?«

Hannah nickte.

Sie stießen an, nahmen einen Schluck, und Hannah vergaß ihre Flugangst.

Als der Flieger zur Landung ansetzte, nahm Daniel wieder ihre Hand.

»Beim Start ist alles gut gegangen«, sagte er leise, »dann wird auch jetzt alles gut gehen. Das Wetter ist immer noch super, wir werden in Florenz die sanfteste Landung seit Menschengedenken haben.«

Dieser Mann tat ihr ungeheuer gut. Hannah schätzte ihn auf etwa fünfzig, er war also ungefähr zwanzig Jahre älter als sie. Aber er strahlte eine solche Ruhe und Gelassenheit aus, dass sie sich augenblicklich geborgen fühlte. Obwohl es ja Blödsinn war. Wenn das Flugzeug abstürzte, stürzte es ab. Ob er nun neben ihr saß oder nicht.

Es war längst dunkel, und Hannah sah tief unter sich die funkelnden Lichter der Stadt, als die Maschine noch eine Schleife über Florenz drehte.

Eigentlich kann Fliegen auch schön sein, dachte sie, genieß den Moment, es wird eine perfekte Landung geben.

Plötzlich sackte das Flugzeug ab. Hannah schrie. Schon im nächsten Moment setzte die Maschine hart auf, schwankte, rüttelte, quietschte und machte eine Vollbremsung.

»Oh mein Gott!«, seufzte Hannah voller Entsetzen, und Daniel drückte ihre Hand.

»Das war ganz normal, besser geht es hier in Florenz nicht. Die Landebahn ist ein bisschen kurz, daher sind die Landungen immer *molto sportivo*, aber die Piloten wissen das. Es ist eine Herausforderung für sie, und das ist gut so, denn dann passen sie auf.«

Einen kurzen Augenblick ließ sich Hannah an Daniels Schulter sinken und schloss die Augen.

Als das Flugzeug zum Stehen gekommen war, löste sich Hannah von ihm und atmete tief durch. Geschafft.

Sie lebte noch.

Sie mussten ewig darauf warten, dass die Türen geöffnet wurden. Bestimmt eine Viertelstunde. Hannah fühlte sich eingesperrt und beengt.

Die Italienerinnen vor ihnen machten pausenlos Fotos, Filme und Selfies, Daniel drehte sich weg. Einmal, als Hannah spürte, dass sie unweigerlich mit auf dem Film war, lächelte sie.

»Sprechen Sie Italienisch?«, fragte Daniel, der versuchte, diese unerträgliche Frauengruppe zu ignorieren.

»Nein. Kaum. Also nur das Allernötigste.«

Daniel nickte. »Wo wohnen denn Ihre Eltern, wenn ich fragen darf?«

»In Civitella. Das ist in der Nähe von Ambra. Kennen Sie das?«

Daniel nickte. »Ja, ich glaube, ich war vor einer Weile mal dort in der Nähe. Und wie wollen Sie da hinkommen? Für ein Taxi ist es zu weit.«

»Ich dachte, ich nehme mir hier einen Mietwagen.«

Daniel riss überrascht die Augen auf. »Oh! Aber es ist schon bald elf Uhr!«

Hannah nickte.

»Ich bezweifle, dass Sie hier um diese Zeit überhaupt noch einen Mietwagen bekommen. Und selbst wenn: Abholen können Sie ihn nur auf einem großen Parkplatz im Zentrum, wohin ein Shuttlebus Sie karrt. Von dort müssten Sie dann selbst sehen, wie Sie aus Florenz herausfinden. Um diese Zeit ist im Zentrum immer noch ein Wahnsinnsverkehr. Und im Dunkeln mit einem nur italienisch sprechenden Navi ist das alles kein Vergnügen.«

»Oh mein Gott, im Ernst?«

Daniel nickte. »Es ist desolat. Eine absolute Zumutung.«

Hannah seufzte.

Daniel sah aus, als würde er überlegen. Dann sagte er sehr leise: »Ich mache Ihnen einen Vorschlag. Es ist wirklich nur ein Vorschlag. Sie können ihn ohne Probleme ablehnen. Aber warum kommen Sie nicht mit zu uns? Mein Auto parkt hier auf dem Flughafenparkplatz. Ich lade Sie zu einem wunderschönen Abendessen ein. Meine Frau liebt Gäste und wird sich sicher freuen. Und dann übernachten Sie bei uns, wir haben sicher noch irgendwas frei. Für eine Nacht auf alle Fälle. Und morgen früh fahren Sie ganz in Ruhe zu Ihren Eltern.«

Hannah überlegte. Das klang alles mehr als verlockend.

»Civitella ist nicht weit von uns«, fuhr Daniel fort. »Eine gute halbe Stunde vielleicht. Da bringe ich Sie morgen Vormittag mit meinem Wagen direkt hin.«

»Das kann ich alles nicht annehmen«, sagte sie leise.

»Machen Sie mich nicht böse«, erwiderte Daniel freundlich lächelnd, »sonst stelle ich Ihnen das Abendessen und die Übernachtung in Rechnung. – Nein, das war nur ein Scherz, ich lade Sie wirklich herzlich ein!«

»Okay!«, sagte Hannah nach einer kurzen Pause. »Das ist wahnsinnig nett von Ihnen. Ich nehme Ihr Angebot gern an.«

Ende der Leseprobe